LA ESTRELLA PEREGRINA

Ángeles de Irisarri nació en Zaragoza. Licenciada en Filosofía y Letras (sección de Geografía e Historia). Ejerció de profesora de Instituto y de archivera. Trabajó en una agencia de publicidad de jefe de medios. En la actualidad se dedica a la literatura. Entre sus múltiples publicaciones destacan *Diez relatos de Goya y su tiempo* (Premio Baltasar Gracián de narrativa), *El viaje de la reina, Moras y cristianas, Las damas del Fin del Mundo, El año de la inmortalidad, La reina Urraca, Historias de brujas medievales, Trilogía de Isabel, la reina, Romance de ciego, Te lo digo por escrito, Gentes de las tres religiones, La Artillera* y *Perlas para un collar*, junto con Toti Martínez de Lezea. Entre sus premios más destacados están los siguientes: Isabel de Portugal de narrativa breve (1992 y 1994), Femenino Singular de novela de Editorial Lumen (1994), Baltasar Gracián de narrativa (1996), Alfonso X el Sabio de Novela Histórica (2005), Búho de la Asociación de Amigos del Libro (1996), Sabina de Oro (2002) y varios premios de cuentos. Asimismo es colaboradora habitual de varios periódicos (*Heraldo de Aragón* de Zaragoza y *ABC* de Madrid), de revistas y de publicaciones conjuntas.

LA ESTRELLA PEREGRINA

ÁNGELES DE IRISARRI

*Una peregrinación
a Santiago de Compostela en el Año Mil*

punto de lectura

© 2010, Ángeles de Irisarri
© De esta edición:
2011, Santillana Ediciones Generales, S.L.
Torrelaguna, 60. 28043 Madrid (España)
Teléfono 91 744 90 60
www.puntodelectura.com

ISBN: 978-84-663-2379-6
Depósito legal: B-9.735-2011
Impreso en España – Printed in Spain

© Ilustración de cubierta: Alejandro Colucci

Primera edición: abril 2011

Impreso por **blackprint**
A CPI COMPANY

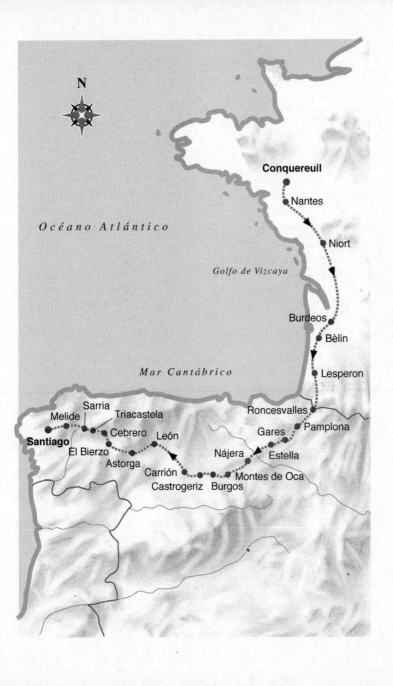

Capítulo
1

Ducado de Bretaña (Francia)
Año IIII del rey Robert
Año de la Encarnación de 999

Diríase que el señor conde venía adormecido sobre su caballo, mismamente como los hombres de su compaña, excepto el abanderado que había de permanecer muy atento y con el estandarte en alto para que los que avistaran o contemplaran el paso de la comitiva supieran que se trataba de don Robert de Conquereuil, que regresaba a casa después de hacer la guerra a quien la hubiere hecho, o de servir al duque Geoffrey de la Bretaña, su señor natural, en la tarea que éste le hubiere encomendado.

Pero no, que los que tal suponían erraban de medio a medio, porque don Robert de Conquereuil, aunque de tanto en tanto cerrara un instante los ojos, venía, de tiempo ha, en agrias meditaciones o, dicho con exactitud, rumiando su desdicha. Su infortunio, adversidad —llámesele como se quiera—,

9

un sentimiento ora de rabia ora de dolor. Su inacabable cuita era, después de todo, pues que —exagerando más de la cuenta— pensaba que su desgracia habría de acompañarle incluso cuando descansara en su sepultura. E iba mascullando su mala suerte —que tales palabras manejaba—, pese a que era fama, que haber había engendrado diez bastardos, si no veinte, en razón de que había empreñado decenas de mujeres, ya fueran pastoras, labradoras o criadas, por doquiera hubiera encaminado sus pasos o blandido su espada, dejando un sinnúmero de hijos de la Bretaña a la Aquitania, y que todos habían venido enteros al mundo y sin que un dedo les faltara.

Era voz común también que, cuando le ocurrió lo que le sucedió, para percatarse de que sus descendientes no carecían de ningún miembro del cuerpo ni sufrían deformidad, había enviado sirvientes por las tierras donde había holgado a preguntar y a entregar una bolsa de monedas a las madres, para que se compraran una cabra o, en otro orden de cosas, una saya de brocadillo o algún ungüento para la cara que las hiciera más hermosas y, de paso y como si se arrepintiera de sus pecados, aliviarles el trance que les hiciera sufrir. Y había constancia de que todos sus mandaderos habían vuelto con la misma noticia: el hijo, la hija, de la Tal, de la Cual o el de la que vivía en Orleáns o en Poitiers —de las que recordaba el nombre o se podían situar en un espacio determinado— etcétera, no tenían taras y eran niños o niñas alegres y vivarachos que se criaban bien, que les habían quitado la teta o que no la habían abandonado todavía y que, Dios mediante, cuando fueran mayores serían buenos mozos o buenas hembras.

Esto que hubiera contentado a cualquier hombre, a don Robert no. En razón de que, después de ocho años de matrimonio, no había tenido hijo varón y sí dos hijas en los primeros veinte meses de su unión con la señora Poppa, su mujer.

Una de ellas, la primogénita, llamada Mahaut, era bella como las estrellas del firmamento, pero la segunda, de nombre Lioneta, era un monstruo que se afeaba y se deformaba de cuerpo conforme avanzaba en edad, amén de que no crecía ni aumentaba de talla el negro de una uña, y que su hermana, cumplidos los siete años, ya le aventajaba dos palmos. Por eso, de tanto en tanto, entornaba los ojos, quizá para no recordar la imagen de la criatura. De la pequeña; que era enana y fruto de su semilla, de su mala semilla en este caso, cuando, vive Dios, tan buena la había tenido, como sobradamente había demostrado, por casi todas las viejas Galias.

E iba don Robert en este cavilar más que fastidiado, enojándose a cada paso del caballo que le acercaba a su casa, y eso que había salido el sol para recibirle, bendito sea el Señor, sintiendo el aire fresco del mar y sufriendo la calor húmeda de su tierra. Y andaba a un par de millas de su castillo de Conquereuil, cuando los perros ladraron y el abanderado dio la voz de que se aproximaba una compaña. Al grito, los hombres se asentaron en sus cabalgaduras, aprestaron sus lanzas y echaron mano a las empuñaduras de sus espadas porque nunca se sabe quién puede aparecer por los caminos, pero el conde, que tenía buena vista, distinguió, al momento, su estandarte. Lo anunció y todos sus soldados se alegraron en razón de que los del castillo salían a recibirlos y traerían agua fresca, sidra y algo de comer.

Se holgaron todos, salvo el conde que no aceleró la marcha, pese a que pronto saludaría a doña Poppa, su querida esposa y señora, a quien amaba sobre todas las cosas y, de consecuente, deseaba abrazarla y yacer con ella, con aquella mujer de gran corazón y, ay, de carnes prietas. Y es que cruzaba mirada con los ojos tan parleros que tenía y le latía el órgano rector y, si continuaba más abajo, adivinaba sus abundosos pechos bajo sus ricas vestes y, si seguía más abajo, presentía su cálido vientre y, sin poderlo remediar, se le alzaba el demoñejo que alojaba en sus partes de varón. Tanta era su pasión por la dama que, cuando estaba en campaña se encomendaba a ella antes que a Dios —no se lo tenga en cuenta el Señor, pues actuaba como enamorado y, en tal estado, hombres y mujeres suelen hacer necedades—, amén de que, en lo más encarnizado de cualquier combate, cuando la sangre corría a ríos y las cabezas de los hombres caían segadas por las espadas, no le hubiera importado miaja que lo atravesara una lanza con tal de que lo atendiera doña Poppa en su postrer momento, siempre que pusiera los sus labios en sus labios y bebiera su último aliento. A ratos llegaba a decirse que la quería tanto o más que aquel Lanzarote —el que andaba en las canciones de los troveros y otras gentes de mal vivir— que había amado a la reina Ginebra o como el rey Robert, el segundo, de la Francia que, después de repudiar a su primera esposa, pues no le había dado hijos, quería hasta el infinito a doña Berta de Borgoña, su segunda mujer, y por ella, que era su prima hermana, mantenía agria disputa con el Papa de Roma que, dado el parentesco entrambos, amenazaba con excomulgarlos, lo cual no era cuestión baladí. Por estos negocios, por el amor de Lanzarote, aunque fuere leyenda, por el más cercano del rey Robert y por lo que le dictaba su propio corazón, él también podía decir que vivía una bellísima historia de amor apta para ser cantada por cualquier tañedor de vihuela. Quizá mucho más la suya que las de los otros puesto que doña Poppa, a más de ser mujer virtuosa, había sido sólo suya, mientras doña Berta había enviudado del conde Eudes de Blois, y la reina Ginebra, por mucho que el asunto se hubiera querido tapar, había actuado como una moza de burdel, como si fuera puta sabida, hablando claro, en razón de que le había puesto cuernos nada menos que al gran rey Arturo Pendragon. De consecuente —tal pensaba el conde—, doña Poppa merecía todo su amor y más que pudiera darle hasta el fin de sus días, máxime porque las pastoras o campesinas que había violentado para yacer con ellas o las mujeres en común a muchos a las que había pagado o regalado para lo mismo, habían constituido para él mero divertimiento y simple desahogo.

Pero, pese a la bella imagen de su mujer, que representaba en su sesera, y a que iba a descansar y a ser servido en su castillo por los muchos criados y siervos que tenía, el buen conde Robert no se albriciaba, no, al revés. Conforme se acercaban las dos comitivas, su descontento aumentaba y se desasosegaba más y más, pues le venía a la mente la estampa de Lioneta, su hija, y todo lo que tenía previsto contar de sus correrías y hazañas se le embarullaba en la cabeza e incluso sus amores abandonaban sus pensamientos y le venían arcadas al estómago. A él, maldita sea, al conde Robert, descendiente del mismísimo emperador Carlomagno y de otros grandes hombres, a él, que era primo del duque Geoffrey, su señor natural, y el más aguerrido de los capitanes, que le había confirmado en feudo la fortaleza de Conquereuil, situada en la Bretaña, entre las ciudades de Rennes y Nantes —que ya disfrutaran sus antecesores, por gracia de los antepasados del duque—, y las tierras que se veían e incluso muchas otras imposibles de alcanzar con la vista desde cualquier punto del condado, en razón de que por el norte llegaban al mar, pues así de extenso era su predio.

Y se lamentaba, pues que vería incluso antes a sus hijas que a doña Poppa porque, como niñas que eran, se apearían de la carroza como dos torbellinos; la enana Lioneta, la primera pues era la más movida de las dos, y él habría de hacer una vez más de tripas corazón; tal preveía.

Cuando doña Poppa fue avisada por los vigías de las torres de que su marido y señor regresaba al castillo, se sobresaltó. No porque no lo esperase, no, que lo aguardaba todos los días rezando para que volviera presto y, aunque tardara, mantenía esperanza de que lo haría sano y salvo, a más de cubierto de gloria, pues no en vano era el paladín de la Bretaña y tanto el rey de la Francia como el duque de la Aquitania hubieran dado una mano porque militara en sus filas y le hubieran otorgado muchas más tierras de las que disfrutaba de don Geoffrey, en razón de que, siendo el más joven de los condes del anterior duque de Bretaña, don Conan el Tuerto, que haya Gloria, so-brevivió a todos los capitanes —al citado incluso—, y él solo defendió el castillo de Conquereuil. Y hubiera arrojado de allí al sitiador, a don Fulques el Negro, conde de Anjou, a no ser porque don Geoffrey, el sucesor del duque muerto y todavía un muchacho, le ordenó entregar la fortaleza que, mira, una vez rescatado el cuerpo del fallecido del campo de batalla y firmadas paces con el Negro, le confirmó la tenencia por haber defendido la plaza mismamente como lo hubiera hecho el glo-rioso Carlos Martel, por ejemplo.

Ante la buena nueva, a la condesa se le iluminaron los ojos y dejó su bordado —un tapiz de una vara de largo por media de ancho en el que, con buena mano y mucha paciencia, gloriaba la hazaña de su esposo y en el que llevaba más de un año ocupada—. Se levantó con presteza del escabel, y salió a la almena por ver si atisbaba la comitiva, pero no vio nada, y se complugo. Porque, Santa María Virgen, que iba vestida de tra-pillo y había de aviarse, otro tanto que a sus hijas que, alertadas de la llegada del padre, se habían puesto a dar saltos por el aposento, pues que niñas eran. Y ordenó a sus damas que le prepararan tal veste y tal cofia, y tales trajes a sus niñas, y que las vistieran, y tal afeite para ella, y que sacaran de su azafate el perfume de alegría —el que más gustaba al conde— y el rojete para las mejillas y el palo de raíz de nogal para colorearse los labios e, ítem más, sus joyas para elegir éstas o aquéstas.

Fue un correr en la habitación de la dama, pero muy pronto todas estuvieron aviadas, y no sólo eso, emocionadas, cuando montaron en el carruaje, pues que el mayordomo del castillo, aparte de un piquete de soldados, agua, sidra y vianda abundante, se había ocupado de llevar un par de gaiteros para salir a recibir a su señor.

E iban las mulas al paso, hombres y mujeres albriciados, las niñas asomando la cabeza por las ventanillas. La *naine*, la enana Lioneta, con los ojos encendidos, correspondiendo con inmenso odio a las miradas que le deparaban los soldados y criados del séquito que, mira, como se estaba dejando ver, como asomaba buena parte de su cuerpecito por la ventanilla, tenían ocasión de contemplarla. Es menester decir que las gentes de la población tenían pocas oportunidades de verla, pues que si la criatura salía del castillo lo hacía escondida, pues se envolvía hasta casi desaparecer entre los muchos vuelos de la saya de su madre o de la de su aya, precisamente para evitar los ojos de hombres y mujeres —lo que resultaba sorprendente, pues que ambas, mejor dicho las tres, se habían acostumbrado a andar ella con ellas, y conseguido ajustar el paso, ocho o nueve de la niña por uno de las mujeres quizá— o bien madre y aya la metían en una bolsa con dos agujeros para las piernas, mismamente como las que llevaban las campesinas cuando con sus hijos menores realizaban labores agrícolas, pues que necesitaban de las dos manos, y se la echaban a la espalda o al pecho, y ella sacaba la cabecita de vez en cuando y, claro, el personal la observaba curioso y cierto que también desdeñoso o burlón. Del mismo modo que cualquier persona que veía a la pequeña, ya fuera por primera vez, ya la hubiera visto mil veces, pues que, al parecer, las gentes no podían dejar de mirar, de examinar o de escrutar a aquel ser diminuto, cuando bien podían mirar el cielo y admirarse de la obra de Dios. Además, dada su grotesca estampa, lo hacían con mofa y, pese a su poca edad, no pasaba desapercibido a la criatura y por eso de sus ojos emanaba altivez y, aunque no levantaba dos palmos del suelo, se permitía gritarles y ellos huían espantados y se santiguaban creyéndola diablesa.

En este viaje, cuando la niña se cansaba de arrojar odio por sus ojos, se entraba en el carro condal y, por el contrario, miraba con infinita ternura a su señora madre y a su aya, las únicas habitadoras del castillo que la querían bien, según se aducía, según manifestaba a veces llorando a las dos y, en esta ocasión, también a su hermana, pese a que tan pronto la quería como no la quería, pues la insultaba —cosas de hermanas— llamándola *naine* o la miraba mal o le hablaba con retintín o la acusaba de su mala facha con luengo silencio, es decir, con desprecio al igual que los sirvientes de la casa. Eso que los niños sienten quizá antes de abandonar la cuna, pues confían en unas personas y temen a otras, sin que nadie les prevenga ni les diga tal o cual:

U:

—Ojo con ése o con ésta...

O:

—Si las buenas gentes desvían la mirada al cruzarse contigo o las malas te observan con descaro o te hacen burla, no hagas caso, tú como si no existieran. Tú eres la segunda en heredar las tierras de tu padre y las mías, y lo más importante tienes una madre que te quiere...

—Y una hermana que te defenderá de los dragones y de los monstruos de la mar y de la tierra. —Tal sostenía Mahaut cuando estaba de buenas.

—Y un aya que daría la vida por ti.

Para cuando las dos comitivas se juntaron, don Robert de Conquereuil ya había superado al abanderado, ya cabrioleaba su caballo a la puerta del vehículo de la condesa y ya asonaban las gaitas dándole la bienvenida. Ya las niñas, asomadas, movían sus manitas queriéndole tocar y bajando del carro alborotaban alegres y revoloteaban en derredor de hombre y bestia, y también llamaban a los perros del caballero, cada una a su manera, claro, Mahaut con su dulce voz y Lioneta con su voz estridente, y saltaban de alegría niñas y bichos pero, pese a aquellas muestras de cariño, empezó a alterarse más, si cabe, el ánimo del padre al ver a la *naine,* pues que venía descompuesto, como dicho va.

Pero fue que doña Poppa, su mujer, distendió la situación sin querer, pues que, al apearse, se le cayó dentro del vehículo la cofia con la que se había adornado —la más alta que tenía, en virtud de que en las villas y aldeas de la Bretaña las mujeres parecían competir por lucir en sus cabezas la cofia más alta de todas— y se le desbarató el cabello y perdió las horquillas y, mira, que la dama se echó a reír y cruzó una mirada cómplice con su esposo, y éste, como no podía ser de otra manera, sólo tuvo ojos para ella, sobre todo para lo que no veía, para lo que tapaba su rico corpiño y su magnífica falda y, sonriendo, en apariencia al menos, se sumó al contento general. Entregó el caballo a su escudero, dio a besar la mano a su esposa e hijas —a una de ellas con reparos, tragando saliva y haciendo grande esfuerzo por no retirársela y no hacerle desaire delante del personal y que lo vieran todos— y ellas se la besaron y, ya tras tomar un poco de refrigerio y beber un vaso de sidra, se subió al carro con su familia camino del castillo.

Durante el recorrido, sus tres mujeres, a más de repetirle una y otra vez que lo habían echado a faltar, le fueron preguntando por sus guerras, por su larga ausencia, por el duque

Geoffrey, por el rey Robert y por otros señores, la enana también. Tanto habló Lioneta que el conde alegó cansancio, pues que no había dejado de cabalgar en tres jornadas, para que doña Poppa hiciera callar a sus hijas. Pero mintió como un bellaco, porque, en realidad, no soportaba la presencia de Lioneta ni en aquel momento su interminable verborrea. No obstante, cambiaba miradas con su esposa y le hacía muecas cómplices, porque sonrisas no eran aunque por tal las tomara la dama, pidiéndole lo que todo hombre solicita a su mujer después de larga ausencia o a diario, que de todo hay.

Antes de cruzar el río y atravesar el puente levadizo de la fortaleza, ya se habían sumado a la comitiva numerosos labradores, que habían abandonado sus labores y otros muchos, menestrales y gentes de oficio, y esperaban y saludaban con los brazos en alto la llegada de su señor. Así las cosas, una multitud se apiñaba en el patio de armas del castillo.

El conde se apeó de la carroza, dio la mano a su esposa, y ambos saludaron a aquella tropa vocinglera que los aclamaba. Como siempre, don Robert, dada su alta estatura —que demostraba que había estado en su infancia mejor comido que los demás—, destacó entre todos y sus vasallos pudieron contemplarlo a satisfacción, porque medía casi dos varas y llevaba a los hombres más fornidos una cabeza. Además, es menester decir que apuesto era cuando llevaba armadura y hasta galano cuando llevaba buenos ropones y la barba bien recortada, tal se comentaba y se constataba entre las gentes de la población que, de un tiempo acá, comenzaban a instalarse en torno al castillo formando ya una próspera villa.

Y visto y saludado el señor, visto y saludado; vista la condesa y admirado su bello y dulce rostro, cuya blancura resaltaba pues que se había untado con albayalde, y vistos sus ricos ropajes, vista y admirada, pero fue que la multitud deseaba ver a las niñas: a Mahaut y sobre todo a Lioneta. Para compararlas y sobre todo para hablar de la fea y de la maldición que sufrían los condes e, ítem más, de la mala cara que traía don Robert o de sus devaneos amorosos, que llevaban fama por el condado todo y más allá; de la dignidad con que doña Poppa llevaba su desgracia, etcétera y, como había tanto gentío y todos querían acercarse a los señores haciéndose paso a codazos o a empellones que fuere, a la par que cruzaban entre ellos palabras gruesas, como comenzó aquí una trifulca y allá otra por un quítame allá esas pajas, el conde, que no tenía gana de enfrentarse con sus vasallos ni de poner orden en el vocerío, dio por terminada la bienvenida, entró en el castillo y las gentes de su casa le siguieron.

Así las cosas, ninguno de los habitadores pudo decir que había visto a la bella, ni menos a la fea, ni aclarar si ésta ya levantaba dos palmos o tres del suelo, y los compadres lo sintieron pues eran curiosos sobremanera, tanto o más que las comadres. No obstante, luego en todos los hogares se volvió a hablar del «engendro» o de la «monstrua», por no llamarle «demonia», y no mentar a Satanás —tal nombre le daban, perdóneles el Señor—, y algunos hombres se jactaron de que ellos, pobres labriegos, tenían mejor semilla que todo un señor conde y, a la vista de sus hijos, rieron con un vaso de sidra en la mano, pese a que bien sabían que Dios camina a veces por senderos torcidos y que, a lo largo de la vida, pocos son los que escapan de sufrir una desgracia u otra.

En los aposentos de la condesa, las tres mujeres de don Robert recibieron con mucho contento los regalos que les había traído su padre y marido: las hijas una muñeca de trapo para cada una y la esposa un collar de perlas gruesas casi como huevos de codorniz que, inmediatamente, se puso al cuello. Luego, idas las niñas y tras tomar refrigerio, los señores se quedaron solos en el dormitorio y, después de bañado el conde en una tina de agua caliente y de ser frotado con una esponja de mar por su propia esposa, yacieron como marido y mujer. Después del acto, la condesa le habló a su marido de los progresos de Mahaut, que ya sabía las letras y empezaba a leer, sufriendo lo suyo, pues que cuesta aprenderlas. Pero de Lioneta nada le dijo y eso que era mucho más espabilada que su hermana, pues leía correctamente los latines y empezaba con las cuentas, y es que bien conocía que la sola mención del nombre de la niña le revolvía las entrañas y no ignoraba que su descendiente y el adverso resultado de la semilla de su esposo andaban en boca de nobles y plebeyos.

A don Robert le daba un ardite lo de las letras, pues era un hombre de armas, vasallo del duque de la Bretaña, que a su vez era vasallo del rey de la Francia, y comentaba con doña Poppa de ajustar el matrimonio de su primogénita con el hijo de don Tal o de don Cual, pues que ya había cumplido siete años y tiempo era, no se les fuera a adelantar el duque Tal o Cual. Y, como le había dado parlera, también le decía de viajar a Roma, a Jerusalén o a Compostela, pero no hablaba de ciudades más cercanas como París, Tours o Poitiers, donde había Santos de prosapia y donde hubieran podido visitar a los parientes que uno y otro tenían para que unos y otros observaran la belleza de la primogénita y se la disputaran para matrimoniarla con sus hijos, a la par que ellos concertaban ventajosas nupcias que agrandaran su señorío.

No pasaba desapercibido a la dama que mencionaba lugares lejanos, quizá —tal pensaba— para que los señores de aquellos países remotos no supieran de la existencia de la pequeña —nunca mejor dicho— Lioneta. No obstante, le parecía de maravilla viajar, aunque hubiera de pasarse lo que le quedara de vida por los caminos de Dios y de los enemigos de Dios, pues que había musulmanes en Tierra Santa y en las Hispanias, pero no le importaba miaja. En razón de que en Roma podría pedir gracia para su *naine* —y qué no haría una madre por una hija—, y salud para el resto de la familia nada menos que a los Santos Apóstoles Pedro y Pablo; en Jerusalén, Dios Todopoderoso, al mismísimo don Jesucristo y en Compostela a Santiago Apóstol, convencida de que todos juntos o alguno de ellos en particular, se apiadarían de la desventura de la niña, le concederían favor y su hija alcanzaría talla razonable, entre otras cosas porque ellos, los condes de Conquereuil, se ocuparían de dejar buena limosna en aquellas ciudades y en otras muchas de los caminos donde hubiere santuarios y santas reliquias ante las que postrarse.

Don Robert le hablaba a su esposa de don Gotescalco, obispo de Le Puy que había hecho viaje a Compostela de la Galicia con trescientos mesnaderos para implorar la misericordia de Dios y la intercesión del señor Santiago, mientras ella permanecía acostada del lado derecho en la cama —en aquellas camas de Bretaña llamadas *lits-clos* que eran talmente almarios, unos muebles grandes, como cuatro arcones puestos juntos y encima unos de otros, que encerraban plumazo, cobertor y almohadas y se tapaban con unas cortinas, para preservar a los durmientes del frío, la humedad y las ratas, resultando muy útiles—, del lado derecho, decíamos, sin cantearse para tener un hijo varón, siguiendo las instrucciones de la partera que la había asistido en sus alumbramientos. Y mientras don Robert pedía vianda para reponer fuerza y, a poco, se comía con buen apetito una cazuela de setas con caracoles y le daba a su esposa a la boca, ésta se entusiasmaba con aquellos viajes que le proponía su buen marido, y se dejaba besar y se prestaba a volver a yacer, para luego tornar a adoptar la misma posición y quedarse empreñada. Y es que del mismo modo que don Robert se encomendaba a ella en las batallas, ella le tenía tanto amor o más, pese a lo extraño que resultaba que hombre y mujer se amaran en un matrimonio concertado por sus familias y consentido por el rey, pero no fue el caso de ellos, no.

Fue que los padres de Poppa conocieron a don Robert y que los de éste oyeron hablar hasta la saciedad de la joven precisamente de boca del mozo. Pues que, al regresar a casa, había contado cómo, cuando empapado hasta los huesos, sin nada que comer, sin agua que beber, muertos sus compañeros y él tiritando de frío, exangüe y sin aliento, las olas de un mar embravecido, como pocas veces, habían arrastrado su barca hacia una isla llamada Sein, situada a pocas millas del Finisterre, que constituía tenencia del conde Guigues, el señor de ella. Y cuyos hijos —lo quiso Dios—, pese a que había muy mala mar, cuando vieron una embarcación a la deriva dejaron de jugar a hacer castillos en la playa, se despojaron de los vestidos y nadaron hacia el bote consiguiendo encallarlo en la arena con grande esfuerzo; mientras, la hija del conde, de nombre Poppa, una joven bella y de abundosas carnes, contemplaba desde la orilla la proeza de sus dos hermanos y mojándose la saya y luchando contra la resaca se acercó también. Y sorprendidos los tres encontraron a un hombre desnudo (que era él) dentro de la barquichuela, lo único que quedaba del hermoso navío con el que don Robert zarpó de la ciudad de Dinard rumbo a la Inglaterra. Superada la sorpresa, rescataron al náufrago, lo llevaron a hombros a su castillo y lo atendieron, mientras, en el ínterin, la joven, que al abrir los ojos le había parecido mismamente la Virgen María, lo tapaba con su capa para cobijarlo y fue ella misma la que, en el puente levadizo, le dio agua a la boca y ambos cruzaron mirada y se enamoraron, antes incluso de que el recién llegado dijera que se llamaba Robert y que era hijo del conde de Conquereuil, una tierra ubicada en la Bretaña. Entonces don Guigues y su esposa se sonrieron y lo trataron, mientras permaneció allí, como a un hijo, y sus hijos como a un hermano, y hasta pusieron a su disposición un barco de su propiedad para que lo trasladara a Nantes y le dieron dineros para volver a casa.

Y fue que mil veces oída la historia que contaba el muchacho, después de dar mil veces gracias a Dios por la salvación de su hijo y de haber leído en sus ojos, la madre de Robert, bendita sea, tomó cartas en el asunto y le propuso a su marido casarlos en razón de que llevaban tiempo buscando pareja para el joven. Alegando que los dos tenían la misma edad, cuando lo habitual era que el novio o la novia fuera diez o quince años mayor que el otro y, lo mejor, que al mirarse, que sólo con verse los dos se habían enamorado, que Poppa parecía ser mujer de prendas, amén de que ella, su madre, deseaba que su hijo fuera feliz.

La dama porfió con su marido, pues que a éste la joven le parecía poco, pero no había pasado un año que ya los prometidos cruzaron anillos en Conquereuil y celebraron fastuosas bodas y tornabodas tanto que, después de ocho años, todavía se recordaban en todas las cortes vecinas y en otras lejanas por su magnificencia, pues que, a más de ser el oficiante el obispo de Nantes, hubo bailes, juegos, troveros, etcétera, y los novios dieron de comer a toda la población, que se llenó con gentes venidas de la Inglaterra y de la Francia para estar presentes en tan feliz ocasión.

Y eso, que todo fue fortuna para la pareja, aunque nació Mahaut. Una niña, en vez de un varón que era lo que deseaba todo hombre y toda mujer, y al año llegó Lioneta, que era fea como un demonio, pequeña como un gnomo de los bosques y con otras disminuciones que se observaron enseguida. No obstante, la ventura para doña Poppa no disminuyó porque era madre y las madres aceptan lo que les viene, pero sí para el padre, por lo que ya se viene explicitando.

Mucha era la felicidad de los castellanos de Conquereuil, mucho se ayuntaban en el tálamo. Mucho permanecía la dama acostada del lado derecho en la cama, pues que deseaba un varón; mucho holgaba el conde con la caza del ciervo o del zorro siempre acompañado de sus caballeros y venablo en mano, pero lo que los esposos temían, cada uno por su parte y sin participárselo al otro, se presentó.

Ya fuera porque lo malo llega o porque el conde no aceptaba a su hija enana y no se acostumbraba a su presencia, fue que en la Bretaña, entrado el otoño, llevaban alrededor de quince días de mal tiempo y no se podía salir a cabalgar pues que hasta las capas aguaderas resultaban ineficaces ante la cortina de agua que, imparable, caía del cielo y estaba la tierra embarrada, o fue que don Robert andaba enojado o algo bebido pues había estado jugando a dados con sus caballeros y había perdido. Fuere lo que fuere, resultó que entró en los aposentos de la condesa, pidió silla, se sentó en una cátedra al amor del fuego de la chimenea que doña Poppa había mandado encender para paliar el frío de la habitación y que las niñas no se resfriaran, y sucedió que las hijas se acercaron al padre y le llevaron sus muñecas pretendiendo, en su inocencia, que jugara con ellas, pero él las rechazó. A Mahaut la separó con su brazo suavemente una media vara, pero a Lioneta le propinó un empujón que la hizo caer al suelo. Doña Poppa se levantó rauda y atendió a la niña y le secó las lágrimas con un pañuelo bellamente bordado que se sacó de la faltriquera, a la par que lanzaba una mirada de reproche a su marido. El aya actuó presto y se llevó a las criaturas, a la *naine* berreando, con lo cual todo el castillo supo que el conde había pegado a la cría y las malas lenguas comentaron lo que ya venían anunciando: que el día menos pensado tendría lugar una desgracia, pues que don Robert un día, un día cualquiera, que ya tardaba en llegar, desenvainaría la espada y le cortaría a su hija la cabeza de un certero tajo, en razón de que llevaba muy mal que fuera enana, o que le echaría las manos al cuello y la estrangularía o que de un bofetón la estamparía contra la pared y la mataría.

El caso es que los señores se quedaron solos en la habitación, y fue que doña Poppa, dolida del empellón que había recibido su *naine*, su querida *naine*, sentenció:

—De hombres perfectos nacen hijos imperfectos, y al revés...

Y no es que tales palabras le vinieran picando en la punta de la lengua ni que las tuviera preparadas ni que, como buena madre, se las espetara a un mal padre, no, sencillamente repitió lo que ya le había dicho muchas veces y, ante la pasividad de su marido, continuó con dulce voz:

—Es tu ejemplo, y debes aceptar lo bueno y malo que Dios te da con resignación y aun contento, porque podía enviarte peores cosas...

Y siguió con lo que no debía decir ninguna mujer a ningún varón, pues se exponía a ser maltratada y aun azotada públicamente y hasta repudiada:

—Me consta, don Robert que, desde que nació Lioneta, has abandonado los lechos ajenos, quizá para no sembrar la tierra de «monstruos», como se comenta que has dicho más de una vez... Te aseguro que nuestra hija no es un monstruo, al revés, es un ser lleno de ternura y de corazón generoso... Siempre has rechazado a la niña, no has querido verla, y has estado quejándote de ella con tus mesnaderos, por ello la población la ha considerado un «engendro», de tal manera que hacen burla de ella. Y no se lo merece, pues bastante desgracia tiene y sus padres, es decir, nosotros, somos los primeros que tenemos el deber de ayudarla...

—Lo siento, mi buena Poppa, se me llevan los demonios, no ya con verla, sino de pensar en ella...

—Pues habrás de remediarlo... Un hombre de prendas como tú ha de asumir esta desgracia y más.

—Tengo para mí que cuando me mira me maldice. Hasta creo que me ha disminuido la potencia para procrear... Y es por ella, porque me mira mal.

—Ah, no, eso es falso, son imaginaciones tuyas... La niña te ama y desea que la quieras, que bien lo sé yo... Emprendamos viaje a Roma, veremos nuevos paisajes, trataremos con nuevas gentes...

—¿Nosotros, los dos solos?

—Ah, no, con las niñas... Será bueno que reciban la bendición papal y que entreguen el óbolo a San Pedro... Mejor ocasión no han de tener... Además, quizá Lioneta se cure...

—Entonces, ¿cómo me voy a quitar a Lioneta de la cabeza?

—Debes rezar.

—Lo he hecho.

—Y pedir consejo a hombres buenos y sabios.

—Tal he hecho muchas veces.

—¿Y qué te han dicho?

—Que me resigne, que acepte con buena cara lo que Dios me envía.

—Lo mismo que yo.

—Más o menos, sí, pero veamos...

—¿Qué?

—Al quedarte empreñada de Lioneta, ¿qué día sentiste dolor de cabeza o no quisiste comer o tuviste vómitos?

—¿Cómo?

—Sí, ¿al décimo, al undécimo día...?

—Pues no recuerdo, ha pasado mucho tiempo.

—¿Y cuándo sentiste el primer movimiento de la criatura?

—No sé, ¿cómo lo puedo recordar después de tantos años? Me sentí encinta cuando no me vino la «enfermedad» y vómitos no tuve ni aborrecí los manjares, al revés, para lo que se cuenta mis embarazos fueron buenos y mis partos, dentro de lo que cabe también, aunque sufrí, como cualquier mujer, la maldición de Eva...

—¿No recuerdas nada, pues?

—Casi nada... Las mujeres preferimos olvidar aquellos malos tragos y el paso del tiempo nos ayuda...

—Sin embargo, yo hago memoria y me viene a mientes que, antes de entrar en tu habitación a darte la enhorabuena después del parto y a conocer a la niña, oí en la puerta a la comadrona que te asistió comentar que Lioneta era demasiado chica y demasiado fea, y que tú, antes de cerrar los ojos para descansar, habías estornudado...

—Pues, no sé, como había estado destapada, estaría a punto de resfriarme, ya conoces el frío y la humedad de esta tierra.

—No, es que estornudar es señal de mal augurio y detrás de un parto más...

—¿Y qué? Si estornudé las mujeres que allí había, exclamarían: «¡Jesús!», como siempre se dice cuando alguien estornuda, con lo cual cualquier mal que hubiera podido haber, fue conjurado. Y dime, ¿has visto a hombre o a mujer arrojar algún demonio después de estornudar...?

—Hay quien dice que por eso la niña nació enana. —Tal aseveró don Robert después de santiguarse.

—¡Quita allá, marido...! ¿Con quién has hablado, a quién has consultado? ¿Quién te ha dicho semejantes necedades? ¿Eres de los que creen que está maldita o acaso que tiene un demonio dentro? ¡Por Dios bendito...!

En este momento lo que había sido habla serena se tornó en discusión, en la misma porfía que los condes ya habían mantenido en múltiples ocasiones:

—Aparte de lo que te he dicho: que los hombres perfectos tienen hijos imperfectos, te recuerdo que lo nuestro no es extraño, pues tu tatatatarabuelo, el egregio don Pipino, Dios lo tenga con Él, era enano y por eso se le llamó el Breve, pues no llegaba a medir una vara, lo cual no le impidió ser un gran hombre, blandir la espada como el mejor de los campeones, derrocar al rey Childerico y proclamarse rey de la Francia, además de tener un montón de hijos altos y hermosos, pues ahí está don Carlomagno...

—Don Carlomagno, mi tatatarabuelo, fue un gigante, pues medía dos varas, como yo.

—Además, tu tatatatarabuela, doña Berta de Laón, tenía un pie mucho más largo que otro, por eso pasó a las crónicas con el nombre de Berta la del Pie Largo... Y a ninguno de los dos les hizo ascos la sociedad, es más, las gentes los admiraron y sus vasallos se arrodillaron ante ellos... Por cierto, en nuestro viaje a Roma y una vez en París, podemos llegarnos a la iglesia de San Denis y orar ante sus tumbas, quizá tengan a bien explicarnos cómo llevaron ambas desgracias con la cabeza alta...

—Deja a mis antepasados, mujer.

—Entre los míos no hay deformes ni tullidos...

—No, entre tus antepasados está el conde Roland, que no se casó, pues murió en Roncesvalles y no tuvo descendencia...

Fíjate, qué curioso, don Roland está entre tus ancestros, aunque no tuvo hijos...

—Don Roland fue hermano de mi tatatatarabuelo que, aunque no era par de Francia, pues era su hermano menor, le ayudó a matar al gigante Ferragut en tierras de la Navarra, cuando ambos, con otros muchos señores, acompañaron a don Carlomagno a recuperar las Hispanias para la fe cristiana pretendiendo arrojar a los sarracenos... Mi abuelo fue duque de la Bretaña y, en la actualidad, lo sería mi padre, a no ser porque estas tierras han sufrido demasiadas guerras y muchos señores se las han disputado a sangre y fuego... Pero dejemos esta porfía, has de saber que te amo y que mi amor comenzó el día en que mis hermanos te rescataron de una barca a la deriva...

—Yo también te amo desde aquel mismo día.

—Bueno, pero lo que te quiero decir...

—Lo sé, que en mi familia, además de Pipino el Breve, de Berta de Laón, de Jubel el Feo, de Conan el Tuerto y de Gisele la Loca, que gritaba como si fuera una arpía aterrando a la población de Vannes, está mi hija. Tu hija Lioneta que, antepasados aparte, es enana y no crece ni crecerá, que tiene el tamaño de una muñeca y que grita, quizá porque nació en día de galerna o a causa de un aire de mar o por tus estornudos, ¿tú sabes algo de ello? ¿Te has preocupado de consultar a alguien?

—No, yo la amo y la cuido mismamente como a Mahaut y a diez hijos que tuviera, pero ¿qué quieres con Pipino, Berta, Jubel, Conan y la otra? ¿Qué?

—Dime que Lioneta ha salido demasiado hermosa, es lo que me falta por escuchar.

—No, no te lo digo... Y bien sé que «de los tuyos dirás, pero no oirás».

—No puedo soportar su presencia, me dan ganas de...

—Destierra ese pensamiento, te advierto que si pretendes hacer una maldad contra las leyes de Dios y de los hombres, amén de que te condenarás para siempre jamás, habrás de pasar por encima de mi cadáver... Yo no quisiera hablarte así, Robert, yo te amo, como te tengo demostrado.

—Yo también, Poppa, por eso no le corto a Lioneta la cabeza o no la despeño por un barranco o no la ahogo en una tinaja...

—No hables así, por Dios, que, aunque tenemos esta desgracia, las hay mayores.

—En eso llevas razón. No hace mucho he sabido que hay una mujer en la Germania que tiene dos caras en el rostro, una en la cabeza, la natural, y otra en uno de los carrillos, y también he oído de unos hombres en el Oriente que caminan como los animales a cuatro patas, pues no pueden andar erguidos...

—Nada, nada, imagínate que Lioneta no es enana. A fin de cuentas, el único esfuerzo que habrás de hacer es inclinarte un poco más cuando le hables, mismamente como haces con tus perros.

El conde se levantó de la cátedra, besó la mano de su esposa, musitó algunas palabras de despedida y fuese poniendo cuidado en agachar la cabeza al atravesar la puerta de la habitación, pues que en todos los castillos y casas las puertas resultaban demasiado chicas para su estatura.

Ido el conde, la señora tornó a su escabel y tomó su bastidor para continuar con el bordado que ella misma titulaba: la batalla de Conquereuil. Una sorpresa que guardaba a su marido y, antes de que volvieran sus hijas trayendo el bullicio consiguiente, estuvo preguntándose si acaso, en la conversación que había mantenido con su esposo, le había levantado un tantico la voz o si había estado demasiado enérgica, cosa que no debía hacer ninguna mujer en toda la cristiandad, pero se adujo que no, que, pese a que en ausencia de don Robert era capaz de mandar como un hombre para la buena gobernación del castillo, poblado y tierras, había estado circunspecta y serena, aunque también templada y valiente en defensa de su hija, como no podía ser de otra manera. Luego repasó las palabras del conde, sobre todo lo referente al nacimiento de Lioneta y lo de sus estornudos de los que no tenía memoria, y empezó a cavilar quién habría instruido a su esposo en aquellos menesteres, si un hombre —y se dijo que no pues es harto sabido que los varones, como no han de parir, no tienen necesidad de entender en tales negocios— o una mujer. Pensamiento o más bien sospecha que le causó dolor, pues que venía a indicar que talvez su señor hubiera vuelto a sus aventuras femeniles, cuando tenía oído que las había abandonado para no traer más «monstruos» al mundo e, ítem más que, cuando andaba en sus guerras, se mantenía casto mismamente como si fuera un monje. Lo que habíale holgado ciertamente pues, aunque sin detalle, sabía de las correrías de su marido, lo de los bastardos, lo de los mandaderos y la respuesta que trajeron, amén de lo de las bolsas de dineros que envió a las madres, pues, aunque el castillo de Conquereuil era una fortaleza de buen ladrillo de color pardo y de gruesas murallas, nada se podía ocultar a sus moradores y, aunque ella posiblemente fuera la última en enterarse de la ocurrencia de su cónyuge, que se sintió herido en su hombría al nacer Lioneta, también lo sabía. Dios perdone a don Robert, que ella lo había hecho de tiempo ha, y callado y soportado aquellas afrentas, como hacen todas las mujeres. Otro tanto que hizo su señora madre con los devaneos de su padre, el valiente conde Guigues de Sein —una isla situada en la mar Océana que era el fin o el principio de la tierra, según de dónde se viniere, claro—, que haya descanso eterno, que siendo vasallo del duque Alano de Nantes, venció a los normandos y que, a decir de dueñas, cuando empuñaba la maza más parecía mismamente el dios Thor matando a sus enemigos con su martillo y fue que, en premio, su señor, después de que ganara para él tantas batallas, siquiera le permitió instalarse en tierra firme, sino que lo envió a aquella isla, situada a 22 millas de navegación de la ciudad del Loira, más allá del Finisterre —seguramente para que no se rebelara contra él o le hiciera sombra—, permitiéndole llevar cien de sus hombres, los que quisiere, los mejores que tuviere y le sirvieren, para poblar aquella isla desierta con sus familias y ganados.

Y recordaba su plácida niñez con sus padres y hermanos. Eso sí, con un padre que se tornó taciturno y murió de tristeza contemplando desde las almenas de un castillo —cuya alzada pagó con sus dineros y, como se aburría, hasta él mismo echó una mano a los canteros en la construcción— la tierra, en fin, que había conquistado para su señor, felón donde no haya otro. Que hablaba de la muerte de don Roland, su antepasado, en la batalla de Roncesvalles o de los pares de Francia o del rey Childerico, el último de los merovingios, o del emperador Carlomagno, el mejor de la dinastía, o de don Hugo, el primer rey Capeto y, de tanto en tanto, la llevaba a ver el rayo verde, pues que mandaba aparejar su caballo, montaba y con su única hija a la grupa se llegaba al faro. Pero las más de las veces no podían contemplar el fenómeno en virtud de que es harto difícil, ya sea por las muchas brumas de por allá, por las nubes, por los nubarrones causados por las terribles galernas que azotan el país de los bretones o, en otro orden de cosas, porque, al durar tan breve tiempo, es menester estar muy atento.

Fue que continuaron las lluvias, tan pronto lluvias meonas, como grandes aguaceros y que el conde se presentaba en los aposentos de su esposa sin avisar, y que allí estaban sus dos hijas, la bella que, presente o ausente, le alegraba la vista y el corazón, y la fea que, presente o ausente, le corroía las entrañas.

Doña Poppa, que era mujer avisada, había puesto una criada en la escalera que conducía a sus habitaciones de la torre alta, para que vigilara y le anunciara la llegada de su marido, y así tener tiempo de esconder a Lioneta que permanecía largos ratos sentada en su halda —lo que no era bueno pues no hacía ejercicio para que se le fortalecieran sus cortas piernas—, pero andaba nerviosa y tomando tisanas. No obstante, instruía constantemente a la niña sobre qué debía hacer si su señor padre se presentaba de súbito, porque la guardiana hubiera ido a la letrina, por ejemplo, y le instaba a que se ocultara rauda. Primero, entre los vuelos de su saya, segundo, en los del aya, la de la que más cerca estuviere y, tercero, detrás de un cortinaje o de un arcón y, para no dejar ningún cabo suelto, le hizo ensayar varias veces. Mahaut se sumó a aquel juego, que era parecido al de escondecucas, y las niñas disfrutaron porque anduvieron por los pies de las damas y les hicieron cosquillas en las pantorrillas y más de una gritaba porque, de siempre, las mujeres habían de tener mucho cuidado con que ratas y ratones no se les introdujeran debajo de las faldas y les mordieran o, lo que es peor, se les entraran en el cuerpo a través de la madre, es decir, por donde los niños nacen. Y es que la enana parecía mismamente una rata, a más

que corría como un demonio y hasta talvez fuera un ser in-
fernal, como apuntaban las gentes; tal pensaba más de una y
se santiguaba aunque callara por no enojar a la señora, que
genio tenía, máxime cuando se trataba de alguna cuestión re-
lacionada con Lioneta.

Capítulo

2

As í las cosas, la condesa consiguió que su marido aban-
donase Conquereuil, pues varias veces le rogó que se
llegara a la isla de Sein. Se encaminara a Saint-Nazaire, fleta-
ra un barco, embarcara con sus caballeros y navegara hasta la
isla, pues muertos sus padres de vejez y sus hermanos en la flor
de la juventud —uno, de una coz de un caballo y otro, en una
batalla entre los belicosos condes bretones—, la única señora de aquella tierra y de sus mares era ella. Además, sucedía
que desde que saliera para celebrar sus bodas no había vuelto por allá y, lo peor de todo, que llevaba cinco años sin per-
cibir renta alguna, cosa esta que no se podía consentir. Le hizo
ver que en aquellos parajes del Fin del Mundo había podido
pasar cualquier cosa: que sus vasallos no abonaran las gabelas porque no quisieran o porque se hubieran malogrado las
cosechas a causa de la mucha lluvia o de la lluvia escasa; o que
hubieran muerto los peces de la mar o los habitantes de la
tierra por alguna peste o a mano de los ingleses y no quedaran más que cadáveres. O incluso, Dios no lo quiera, que hubiera desaparecido la isla porque se la hubiera tragado la brava mar.

El conde, que ya se cansaba de permanecer inactivo en el castillo, no se hizo de rogar y aceptó de grado ir a ver qué sucedía en la isla de Sein y poner orden en lo que fuera menester, azotar a los vasallos levantiscos si los hubiere y, de paso, dedicarse a la pesca del bonito o del abadejo o a coger percebes de las rocas, pues que, durante su estancia anterior, cuando naufragó en aquellas latitudes, ya había practicado y se había mostrado diestro con el manejo de las artes de la pesca o desincrustando moluscos en las rompientes cuanto más peligrosas mejor, destacando en ambos menesteres tanto o más que blandiendo la espada con la que no tenía parangón en la Francia toda. Amén de que durante el tiempo que estuviere no vería a la enana y, si lograba distraerse, tampoco pensaría en ella, con lo cual descargaría su corazón del odio que iba acumulando contra la cría. Por eso aceptó encantado la sugerencia de su mujer.

Cuando partió el esposo con su mesnada, todos con las capas aguaderas puestas, aunque resultaban insuficientes pues que del cielo jarreaba, doña Poppa respiró hondo.

El conde hizo otro tanto y, tras esperar en Saint-Nazaire a que escampara, dejara de llover, remitiera la tempestad y se calmara la mar, embarcó en una nave y desembarcó en la isla con sus compañeros, todos muy albriciados, y con tiempo excelente. Fue recibido como el amo que era, se instaló en el castillo de sus señores suegros, por cuyas almas unos días después mandó celebrar misa y, tras hablar con los labriegos y pescadores, qué hablar, interrogarlos y amenazarlos, conminó a sus vasallos a pagar los tributos atrasados —la gabela de la sal, el tercio de sus capturas en la mar y el tercio de las cosechas multiplicado por cinco años— y no aceptó excusas. Hizo levantar una horca en la playa grande, pero hubo de desistir de sus crueles propósitos porque aquellas gentes le explicaron que habían empleado sus ganancias en fortificar la isla, parte de las rentas de ellos y todas las de la condesa, pues que los barcos ingleses, que más parecían peste, no habían dejado, en cinco años, de asomar por allá, no para comerciar con ellos, sino para hacer botín, esclavos y mujeres sobre todo y, claro, no tenían una libra. No obstante, todos aportaron lo que pudieron, los pocos ahorros que guardaban en ollas o pucheros o escondidos en la tierra por si las cosas venían mal dadas, y se ofrecieron a pagarle con la fuerza de sus brazos en lo que tuviera a bien mandarles y, tras rendirle homenaje y besarle los pies, se comprometieron a abonarle la deuda en años sucesivos.

Así las cosas, don Robert hubo de conformarse, pues no era cuestión de ahorcar a todos, y aceptó las alegaciones de sus vasallos ya fueran verdad o falsedad y además les aseguró que los defendería de las pérfidas velas inglesas. Y mientras llegaban y no llegaban los piratas, teniendo siempre presta su espada, se dedicó a la holganza, a pescar atunes y arenques que, es menester decir, repartía entre las gentes para que se dieran un atracón y ahumasen o salasen el resto para tener alimento en el invierno, pues era un buen señor. Tal comentaron los habitadores de la isla, que estaban más que extrañados de la largueza de don Robert, en virtud de que no pedía nada a cambio siquiera a una moza que llevarse al lecho. Pero, cuando uno de sus caballeros se fue de la lengua con un herrero, y éste hizo correr lo que oyera y las gentes supieron que el conde tenía una hija enana, comprendieron que no quisiera yacer con mujer y, como buenos cristianos que eran, se lamentaron de tamaña desgracia y hasta lo encomendaron al Señor Dios.

Holgaba el conde sí, pero ni a 50 leguas de distancia de Conquereuil era capaz de quitarse de la cabeza a la dichosa Lioneta, maldita sea. Un momento que se quedara solo y pensaba en ella o cuando se metía en la cama o mismamente cuando dormía soñaba con ella y la veía correr como una rata perseguida por un gato y que rata y gato pululaban en derredor de doña Poppa, y, como peor hubiera sido saber qué querían o buscaban ambos bichos en torno a su mujer, siempre en aquel punto de la historia, se despertaba sobresaltado y envuelto en sudor y para no volver a dormirse. Para padecer largas vigilias en las que no podía evitar pensar en su situación, en su obcecación, dicho con propiedad, pues otras personas veían a la enana y nada les sucedía y es más, hasta la querían, cuando él la odiaba. Que, vive Dios, debía ser odio lo que tenía a su hija, esa pasión tan difícil de borrar que consumía su corazón. Un corazón que era generoso como acababa de demostrar con sus vasallos de la isla de Sein y como había quedado manifiesto a lo largo de sus veinticinco años de existencia, pues había perdonado la vida a numerosos enemigos y siquiera había mandado arrancarles los ojos o cortarles la nariz.

Como los rezos no le hacían favor ya que talvez no fueran muy sinceros y las tisanas tampoco, como ya había tenido coloquios con varios sacerdotes y hasta con un obispo, decidió hablar con el cura de la isla, un hombre que le doblaba en edad. Lo llamó a su castillo y le expuso su caso. Empezó diciéndole que no tenía hijo varón que heredara su señorío y sí dos hijas. Una de ellas bella hasta el delirio y otra fea hasta decir basta, a más de enana, sí, una *naine*. Le aclaró que entre hermanas siempre hay una más hermosa y otra más fea, máxime porque la gente tiende a compararlas, y ya describió a Lioneta por lo menudo diciendo que, al nacer, medía poco más de un palmo y que pesaba cuatro libras, es decir, menos de la mitad que cualquier otro niño, lo que llamó la atención a todos, y que, al verla tan enclenque, nadie, salvo la señora condesa, dio una higa por que sobreviviera. Pero que, vive Dios, lo hizo, entre otras razones, porque su señora madre le buscó la mejor nodriza de la zona y ella misma vigiló horas veinticuatro su crecimiento y su desarrollo midiéndola y pesándola a diario y, dicho lo dicho, reconoció que, merced al empeño y dedicación de su madre, la niña había engordado, pues que, aunque era chica, muy chica, resultaba incluso corpulenta. Y aún fue más explícito:

—Mi hija, que ha cumplido seis años largos, es una criatura imperfecta... Las gentes la llaman la «monstrua»... Tiene la cabeza muy grande para su cuerpo; los rasgos de su cara son raros y deformes con la frente muy grande, las mandíbulas prominentes, la nariz muy chata y los labios y la lengua muy gordos. Tardó en andar y aún se bambolea, aunque eso no le impide correr como un perro persiguiendo a un gato; tiene los brazos y las manos cortos y gordos y las piernas también a más de arqueadas, el pecho y el vientre abultado y ya le apunta en la espalda una joroba. No obstante, su cuerpo resulta proporcionado, acorde con su altura...

—Deberás, don Robert, aceptar lo que Dios te manda —aconsejó el preste con los ojos muy abiertos ante semejante descripción.

—¡Ah, además, como tiene la lengua muy gorda, no parla bien y tiene voz chillona, incluso estridente...!

—El Señor camina a veces por senderos torcidos, hijo mío. Alguna virtud tendrá. ¿Tiene alma generosa? ¿Se hace querer...?

—No, no la quiere nadie, salvo su madre y su aya. Las gentes, aunque sienten curiosidad por ella, por ver si ha crecido o ha aumentado de peso o por verla correr, le tienen miedo y dicen que está maldita o endemoniada, pues sus ojos rezuman odio y, como su madre le consiente todo, se irrita con demasiada facilidad... Cierto que es más lista que su hermana, pues me dijo que ya lee y escribe en latín...

—A mí el latín mis lágrimas me costó...

—El caso es que no se hace querer.

—Lo del querer es cosa de dos, señor conde.

—Lo sé, lo sé... Excepto a su madre, a su aya y a ratos a su hermana, odia a todo el género humano, a mí también...

—Es lógica esa reacción, si todos la miran mal o con extrañeza, como ella no está contenta con su cuerpo, se defiende de esa manera, pero tiene sentimientos afectivos, como reconoces, mi señor.

—Sí, pero también el negocio va conmigo. Nada más nacer me di cuenta de que no la quería y conforme pasa tiempo la detesto más y más, me produce pesadillas y me viene gana de matarla...

—Dios te perdone, hijo. ¿Quieres confesión?

—No. Quiero consejo.

—Seguro que ya has consultado a hombres de pro... Yo soy un pobre cura de una pequeña isla que atiende una parroquia cuyos feligreses son gentes sencillas, que no suelen tener problemas excepto los cotidianos. Me vas a permitir, señor conde, que te haga una pregunta indiscreta, ¿estás seguro de que la niña es tuya?

—Sí, tiene mis mismos ojos, y doña Poppa, la condesa, mi mujer, es virtuosa y bien sé que ha guardado mis largas ausencias.

—Hijo, te puedo recomendar la confesión, que te aliviará el alma; la oración, la resignación, la paciencia, la templanza, la caridad, es decir, que practiques las virtudes cristianas, y hasta que peregrines a un lugar santo para que, hincado de rodillas, pidas favor...

—¿No será que mis padres pecaron y lo estoy pagando yo?

—No sé, ¿tus padres pecaron? ¿No eran grandes señores y buenos cristianos?

—Sí, lo eran.

—Además, eso de los padres... Don Jesucristo desmiente el castigo en los hijos... El padre eres tú, ¿has pecado tú?

—Sí, yo he pecado.

—¿Entonces?

—Cuando hablo de esto con la señora condesa, mi mujer, me recuerda a varios antepasados míos y menciona a don Pipino el Breve, a doña Berta la del Pie Largo, pues que tenía un pie más grande que otro, a un tuerto y a una dicha doña Gisele que estaba alunada y lanzaba gritos espantosos...

—Ah, el gran don Pipino...

—¡Don Pipino era enano, de ahí el sobrenombre de «el Breve»!

—No lo sabía.

—Pues sí, pasados los años, lo desconoce todo el mundo y parece que fuese por tener corto reinado, pero no.

—Ahí lo tienes, hijo, lo de la pequeña proviene de don Pipino, que Gloria haya, no te atormentes más. Contento puedes estar de no haber sido tú el enano y de ser hombre enaltecido en la Francia toda... Has de saber que tu fama te precede.

—Sí, sí, mucha fama, pero no encuentro sosiego.

—Alza la cabeza con el mismo orgullo que levantas tu espada y afronta la situación. Haz penitencia y ve de rodillas a postrarte ante la tumba de San Martín de Tours, por ejemplo.

—No, no, acaso me iré más lejos, pues en Tours, en París o en Orleáns, me encontraré con algún enemigo, que tengo muchos, y me preguntará qué tal está mi bufona, refiriéndose a mi hija, y yo habré de retarlo a duelo como, de hecho, ya me ha sucedido alguna vez.

—Pues no. Le respondes que goza de buena salud. No te lo tomas a afrenta y te olvidas del hecho. Piensa, hijo, sobre lo que hemos hablado.

—El conde Robert de Conquereuil no puede dejar pasar las afrentas; de otro modo no sería quien es.

—Queda con Dios, hijo, medita y que Él te ilumine.

Tras la conversación mantenida, el conde se dejó llevar de la ira, masculló varios juramentos y gritó como si estuviera en el campo de batalla. Sus caballeros al oírlo acudieron con un par de jarros de vino, se sentaron en torno a una mesa y bebieron todos. Y, mira, esta vez lograron distraerlo de su pesar y hasta que se achispara un poco, bromeara con ellos y hablara de mujeres y caballos —de lo que hablaban los hombres—, pero de sus cuitas no dijo una palabra y mejor, pues que todos le habían recomendado mil veces lo de la resignación, lo de la paciencia, lo de la peregrinación, es decir, otro tanto que el cura de Sein hacía pocas horas, otro tanto que el obispo de París o el abad de San Martín de Tours tiempo atrás. Y no querían airarle, pues le temían en razón de que tenía reacciones muy diversas, pues unas veces era capaz de escuchar serenamente y, otras, empezaba a jurar, a maldecir, a hablar de su mala suerte, de su mala semilla y, a punto de que le saltaran las lágrimas, a gritar que era el hazmerreír de la Francia, y entonces, aunque se trataba de su señor y la vida hubieran dado por él, avergonzados, habían de guardar silencio, porque cada uno en el fondo de su corazón pensaba que llevaba razón, que era el hazmerreír de la Francia, pero que un hombre nunca, nunca, debía llorar.

En el retiro de Sein, pese a que cazaba conejos y aves con su arco y a que pescaba enormes atunes, pese a que recorría la isla al trote de su caballo y algunos tramos a galope, las más de las veces ganando la carrera a sus mesnaderos y a que ejercitaba las armas contra ellos, venciéndoles también en peleas sin sangre, pese a que no le hubiera importado que se presentara algún barco inglés para, con el suyo, enfrentarse a los piratas, abordarlos y ahorcarlos a todos en el cadalso que había hecho instalar en la playa y que no había utilizado, analizó al detalle su penosa situación y, con lo que le habían dicho unos o aconsejado o propuesto otros y lo que él había discurrido, consideró varias alternativas para salir de ella.

Veamos. Primera: repudiar a doña Poppa porque no había tenido hijo varón y él necesitaba uno, al menos uno, que heredara el señorío; lograrlo del Papa de Roma, negocio que no reputaba difícil, pues su matrimonio era canónicamente imperfecto dado que doña Poppa y él eran parientes en octavo grado y siempre podría alegar que prefería estar en paz con las leyes de la Santa Iglesia de Roma a tener a la dama en su lecho, que anteponía vivir en gracia de Dios, es decir, el amor divino al terrenal, máxime porque le podía llegar la excomunión en cualquier momento, nada más que algún obispo se enfadara con él y lo denunciara ante la Santa Sede. Pero desechó la idea porque le causaba inmenso dolor pues, como se ha dicho, tenía debilidad por su mujer y la amaba sobre todas las cosas, que no se sentía capaz de enviar a su esposa con sus hijas a la isla de Sein o a algún convento; en virtud, tal razonaba, de que tenía una señora natural, la condesa, y una sobrenatural, la Virgen María, que ni a una ni a otra abandonaría jamás. Segunda, matar a la criatura con sus propias manos o provocar un accidente para que muriera, que lo mismo era. Tercera, peregrinar hasta el Fin del Mundo que fuera a pedir favor a quien fuere. Y cuarta: exorcizarla por si las gentes llevaran razón y estuviere endemoniada.

Lo del repudio y el homicidio lo pasó por alto; de la peregrinación ya había hablado largo y tendido con su señora y ambos estaban de acuerdo, la dama incluso entusiasmada, como ya se ha expresado en estas páginas, pero sobre el exorcismo caviló más y más, y se adujo que doña Poppa, aunque no creyera que la niña estaba poseída por algún espíritu maligno, no se negaría, pues ningún mal le haría someterla al rito y quizá hasta le hiciera mucho bien. Además, se manifestó dispuesto, en caso de que su esposa rechazara su propuesta, a imponer su autoridad, a amenazarla incluso con quitarle a la criatura y enviarla con una familia de siervos a los confines del condado, para que no la viera jamás y que fuere de ella lo que Dios quisiere. No obstante, se propuso no ser cruel con su esposa, pues ya sabía lo que las madres son capaces de hacer por los hijos, no sólo por el trabajo que les ha supuesto el embarazo y el parto, sino por ese sentimiento íntimo y, sin embargo, tan general que traen todas las féminas, pues que en determinados momentos pueden llegar a convertirse en auténticas fieras, más doña Poppa que le había expuesto taxativamente que si se le ocurría hacer alguna maldad contra Lioneta, pasaría por encima de su cadáver. Y se dijo que, una vez más, trataría de razonarle a la condesa que la tara de la niña no se debía a su mala semilla ni a la herencia de don Pipino el Breve, pues que se habían sucedido muchas generaciones, demasiadas, para que la anomalía de tan egregio señor se manifestara en la criatura, sino, posiblemente, a que el cura que la había bautizado, un hombre viejo y achacoso, talvez hubiera trabucado la fórmula bautismal sin desearlo y que por ese error, fatal error, la niña no había crecido apenas. Hecho factible que, ambos puestos de acuerdo, tratarían de remediar con el exorcismo que, dicho sea, no hacía mal a nadie.

Tal le dijo el conde a su señora, cuando se presentó en Conquereuil con su compaña, después de dejar de administrador en la isla al párroco con una buena paga y con la manda de que él mismo se presentara en el castillo cada un año, el día de San Miguel, llevando las rentas, si dineros, dineros, si trigo, trigo, si salazones de pescado, salazones, si leña, leña, etcétera, y le amenazó si no lo hacía cumplidamente con cortarle la cabeza. Después le contó su estancia en la isla a la menuda, todo buenas andanzas, salvo la cuestión de las gabelas que había resuelto como había podido, aplazando las deudas, pues no encontró otro modo, so pena hubiera ahorcado a toda la población masculina. Lo que no era cuestión, pues, por poner un símil, hubiera matado a la gallina y las familias no hubieran tenido ni huevos ni polluelos que se convirtieran en adultos, empollaran y nacieran millares de gallos y gallinas que proporcionaran a todos sabrosos huevos y apreciada carne.

Después de entregados los regalos que había traído y narrado el viaje de ida y vuelta y la estancia, don Robert pasó a lo del exorcismo de Lioneta y puso énfasis en sus argumentaciones, pues que sólo verla le había producido la misma náusea que en sus regresos anteriores, y no sólo le habló a su bienamada de huevos y gallinas, ni del viejo sacerdote que bautizó a la niña y que alguna palabra clave pudo olvidar, sino que añadió que talvez hubiera habido en el paritorio pocas reliquias o que las parteras que la habían asistido no le habían puesto a la niña un ágata en la cuna nada más nacer, pues que es sabido que con esa piedra preciosa se obtiene favor de Dios; y, además, repitió lo de los estornudos.

Doña Poppa negó con la cabeza y torció el gesto, pero no se opuso a la pretensión de su marido. Cierto que tampoco se sumó con entusiasmo a la iniciativa, pues que ni con un hierro rusiente en la mano hubiera aceptado que su hija estuviera poseída por algún demonio, y otra vez mencionó a don Pipino y a doña Berta la del Pie Largo. No obstante y ante el empecinamiento de su esposo le dejó hacer, máxime porque su confesor le aseguró que el ritual no le haría daño a la criatura.

Así que ni fue ni entró ni intervino, ni dijo ni apuntó ni precisó ni concretó en un negocio en el que no creía, pues que bien sabía que Lioneta era un ángel de Dios, un poco feo, un poco contrahecho sí, pero de todo hay en la viña del Señor. Y, como quería a la niña con todas sus potencias y sentidos, continuaron brillándole los ojos cuando la besaba y la abrazaba, otro tanto, lo mismo, para ser exactos, que le sucedía con Mahaut, pues no hacía distinciones en cuestiones de cariño.

El caso es que doña Poppa se limitó a atender a sus hijas y a continuar con su bordado, y en cuanto a lo demás se lo encontró todo hecho. Supo, porque todo se sabía en el castillo, que el señor conde había ordenado a su escribano redactar carta para el obispo de Nantes y que éste le había respondido que, a más de comprometerse a guardar silencio sobre la cuestión —lo que fue falso, pues que se molestaron los obispos de Orleáns y París por no haberlos consultado sobre el particular—, aceptaba de grado mandar un exorcista a «sus carísimos hijos Robert y Poppa de Conquereuil», según decía la contestación del prelado que ella misma leyó, en razón de que ella, Poppa, sabía hacerlo, pues, siendo niña, le había enseñado el párroco de la isla de Sein, para que pudiera seguir las preces litúrgicas.

En dos jornadas, un cura exorcista, sin duda hombre piadoso e íntegro de vida, realizó el viaje de Nantes a Conquereuil, con licencia del obispo o de quien se la hubiere otorgado. Venía en gruesa mula, pero con las alforjas vacías, hambre y cara desmayada con motivo, pues lo primero que dijo, al ser recibido por el señor conde, fue que unos salteadores de caminos, sin tener en cuenta su dignidad, le habían robado los dineros, el pan y el queso que llevaba para comer y las cartas de presentación de sus superiores que traía y aún añadió que si no le habían quitado la mula fue porque les había maldecido con la condenación eterna y, mira, que los forajidos lo habían entendido y, tras la mención de Satanás, habían echado a correr con lo que ya habían guardado en sus morrales.

Don Robert, tras darle su mano a besar y hacer otro tanto con el crucifijo que colgaba del cíngulo del clérigo, mandó que lo instalaran en el dormitorio común de los caballeros y que le sirvieran vianda. Y, cuando don Hoel, que así se llamaba el exorcista, se había dado agua a la cara, se había cepillado el hábito, se había personado en el gran comedor y se aplicaba a una caldereta de congrio con puerros, zanahorias y mucha cebolla, regada con abundante sidra, le interrogó sobre los ladrones, preguntándole dónde había sido el encuentro, cuántos eran y qué lengua hablaban para dirimir si eran de la Bretaña o extranjeros y qué aspecto tenían, sin duda, para salir en su busca y darles su merecido, en razón de que había dicho muchas veces que en sus tierras no habría salteadores de caminos ni luchas banderizas mientras él mantuviera un hálito de vida. Y, a no ser porque se estaba poniendo el sol, hubieran mandado aparejar los caballos y salido con sus caballeros a perseguir a aquella canalla.

Al día siguiente y antes del alba, don Robert abandonó la fortaleza con un piquete de hombres armados y, casi a la par, el exorcista, tras rezar sus oraciones, celebrar la Santa Misa en la capilla del castillo y desayunarse, empezó su pesquisa, pues que lo primero que había de dirimir era si la cría, si la *naine*, padecía alguna enfermedad o estaba poseída, lo cual era tarea delicada, pues a veces se confundía, y él, que nunca se había equivocado en tal tesitura, no quería errar esta vez, máxime al tratarse de la hija de aquellos señores condes.

Así que, diligente como era, se presentó en los aposentos de doña Poppa, llamó a la puerta, se nombró, pidió audiencia, dijo a qué venía y quién le mandaba y, en un banco de la antesala, hubo de esperar largo rato. Todo el tiempo que le plugo a la señora, bastante, a lo menos una hora, en virtud de que quiso dejar claro quién mandaba allí porque no ignoraba el desprecio con que algunos clérigos, no todos, no todos por supuesto, trataban a las mujeres ni lo que pensaban de ellas ni que las creían seres inferiores al hombre por haber sido creadas por Dios en segundo lugar, además no de la nada y mediante un muñeco de barro, sino de una costilla de Adán, es decir, de un ser ya creado, aunque mismamente que al primer hombre las creara el propio Dios, pues que el ser humano carece de capacidad de hacer vida de la nada. Y más por aquello que se comentaba que los sacerdotes mantenían agria y antigua diatriba sobre si las mujeres tenían alma o no la tenían.

Por fin, la dama, alta la cabeza y altiva la mirada, entró en la antesala, seguida por dos de sus camareras. El cura se levantó y le dio a besar su crucifijo, ella le dio silla. Y estaban frente por frente, ella sentada en una cátedra y el cura en un banco, mirándose y fue él quien rompió el silencio:

—Vengo de Nantes, me envía don Hugo, el señor obispo, a indagar si es menester practicar exorcismo a vuestra hija... Me llamo don Hoel...

—Bien, don Hoel, preguntad.

—Habré de ver a la niña.

—La veréis cuando llegue el momento.

—Señora, la mi señora, el sujeto de exorcismo es la niña, no vuesa merced.

48

—Lo sé, pero es menor y, en ausencia de su señor padre, la tutelo yo. Preguntad, señor cura.

Antes de entrar en el interrogatorio, don Hoel informó de que había expulsado demonios en Rennes, Caen, Nantes, etcétera, con excelente fortuna, y comenzó:

—Permitidme, señora, ¿la niña sufre ahogos? ¿Se le hincha el cuerpo?

—No.

—¿Habla sin parar, grita?

—Habla tanto como su hermana y grita lo justo para hacerse oír. Creo que, al ocupar menos lugar en el mundo, ha de alzar más la voz.

—Bien. ¿Dice palabras impropias para su edad?

—Es muy lista. Mis dos hijas son muy listas.

—No lo dudo. De tales padres, tales hijos...

La condesa se asombró ante semejante frase y se preguntó si el preste conocería los defectos corporales de los antepasados de su marido, pero siguió con lo que iba a decir:

—Aunque muy chica y algo desgarbada, Lioneta es un ser creado a semejanza de Dios como el resto de los mortales...

—Si la señora me permite...

—Continúe su merced.

—Los demonios —aquí se santiguó el hombre— son astutos y a veces se esconden.

—Mi hija no está endemoniada. Ha heredado el cuerpo de don Pipino el Breve, y aún pudo sufrir más deformaciones, pues doña Berta, la esposa del susodicho, tenía un pie mucho más largo que otro. ¿Ha oído su merced hablar de ellos?

—Sí, pero ¿acaso puede afirmar su señoría que alguna persona de su entorno no entregara la niña al Demonio en el momento o a poco de nacer, al verla tan disminuida?

Con esta pregunta don Hoel atinó en un punto sensible. Doña Poppa reconoció para sí que su marido nunca había amado a la niña, pero, al instante, se adujo que de no quererla a darla a Satanás había un abismo, amén de que a los demonios se les da algo a cambio de algo, de riqueza sobre todo y, como no era el caso, movió la cabeza. Y contestó:

—La niña es de quien es, de sus padres, así que de entregarla a alguien hubiéramos sido nosotros, sus padres, los dadores. Puedo asegurar que mi marido no hizo tal ni yo tampoco, y que allí no había ninguna encantadora o ensalmera que nos quisiera mal, sino una partera y mis damas, todas ellas mujeres de probada honestidad.

—No tema su señoría que el Señor Jesucristo liberó de los demonios a muchas gentes y los señores Apóstoles también. Yo, con la ayuda del Altísimo, voy a tratar de hacer lo mismo... Pero habré de ver a la criatura y platicar con ella hasta donde su intelecto alcance.

—Hoy no, mañana.

—¡Señora, he venido a realizar mi pesquisa, vuestro marido y el señor obispo tienen prisa!

—Pues yo no. ¡Ea, volved mañana!

Y es que doña Poppa, amén de que no creía en la bondad del exorcismo ni que le fuera a reportar beneficio alguno a Lioneta, estaba de mal genio y comenzaba a sentirse indispuesta, pues comentó con sus camareras que iba a venirle la «enfermedad» y, como tenía dolores, después de beberse una tisana, se tendió en el lecho y se tapó la cabeza con el cobertor, aunque quizá lo hiciera para esconderse del mundo.

El preste aprovechó el tiempo. Como iba desairado por el recibimiento que le había deparado la condesa, impropio de una dama de alta alcurnia, y se sentía herido en su amor propio, consciente del hecho entró a quitarse el orgullo en la iglesia de la población y entonó el *mea culpa*. Luego, conformado y dispuesto a sufrir las impertinencias que, sin duda, habría de depararle la dama, decidió preguntar a las gentes sobre la causa que le ocupaba. Se acercaba a un corrillo y demandaba:

—¿Qué sabéis de la hija del conde, de Lioneta?

Y, ya fueran hombres o mujeres, los interpelados, al verlo cura, se limitaban a besarle la mano y a encogerse de hombros o a pasarse la propia mano por delante del rostro, como si quisieran alejar de su mente algo malo. Claro que, tal gesto también indicaba que no querían hablar de ello, quizá por temor a que don Robert tomara represalias contra ellos pues eran conscientes de que la criatura le revolvía las tripas y le dolía en el corazón. El caso es que, fuera acá o allá, las gentes no soltaban prenda y se despedían, eso sí inclinándose ante él, alegando los hombres que tenían que regresar a sus laboreos, a la herrería, al andamio, a la pellejería, al puesto de verduras, etcétera, y las mujeres que habían de volver a sus pucheros o a trabajar el mimbre para hacer aquellos cestos tan bellos que tejían por allí.

Visto lo visto, don Hoel constató una vez más la cerrazón de los bretones, de aquellas gentes rudas que no gustaban de los extranjeros y permanecían insensibles a su pregunta, cuando, entrados en hablas, podían llegar a ser apasionados, cuando de aquellos países salían buenos troveros, como el que tenía el duque Geoffrey en su castillo, cuando serían curiosos y hasta maledicientes como casi todas las personas y más las mujeres, que eran, salvo excepciones, comadres lenguaraces. Y, sin embargo, ya fuera acá o acullá, ya estuviera en la calle principal o en el portón de la fortaleza, proponía un tema que podía dar mucho de sí y, sin embargo, todos callaban. Les hablaba en bretón, en franco o en latín, y nadie le respondía, y eso que lucía un agradable sol y el personal había salido a las calles a calentarse y quitarse la humedad.

Pero, cuando se presentó en la taberna, pidió un vaso de vino y lo alzó para saludar a todos los bebedores que allí estaban mirándolo, el asunto de don Hoel tomó un cariz bien distinto. De haber pensado que, como el obispo, que era avaro hasta decir basta, lo había enviado a cumplir su misión sin ayudantes, no infundía el respeto que su condición sacerdotal requería, pasó a ser el centro de la reunión, a ser saludado con la deferencia requerida e invitado por éste o aquéste, a ser preguntado sobre qué le había traído a la villa, aunque bien sabían que era un preste exorcista venido de Nantes para liberar a Lioneta del diablo que la poseía. Tal pensaban y hablaban entre ellos haciendo la señal de la cruz.

Pero, enseguida, sueltas las lenguas y ofuscadas las cabezas por el jugo de Noé, unos sostuvieron que la niña era *naine* y que sencillamente tenía la mala facha de todos los enanos, una desgracia, por otra parte, mucho menor que ser ciego o impedido y mucho mayor que ser manco o cojo o desorejado o desnarigado, y otros, taxativamente, que estaba poseída por el Demonio, pues causaba más horror que pena verla y que a veces gritaba, o mejor que aullaba como si fuera una loba, causando espanto, e insistían en que aquellos gritos no eran humanos pues más parecían proceder del averno.

Así las cosas, un jarro de sidra tras otro, los que mantenían que la criatura era simplemente enana pasaron a describirla e hicieron más o menos el mismo retrato que hiciera don Robert al cura párroco de Santa María de Sein —por eso no lo repetimos aquí—, con ello acrecentaron la curiosidad de don Hoel que, al final de la conversación, rabiaba por conocer a la «monstrua», pues no escatimaron adjetivos, pero los que perseveraron en lo de la «posesión» adujeron que el Señor Dios había castigado al conde por ser un mujeriego impenitente y haber empreñado a decenas de mujeres y mientras le contaban lo de los emisarios que enviara por doquiera para saber de sus retoños, apenas se enteró de que Lioneta había nacido tarada.

Y es más, como, llegada la hora del yantar, uno de aquellos menestrales lo invitó a su casa a comer, don Hoel, de boca de la mujer e hijas del buen hombre, se enteró de muchas cosas más que se contaban en la villa. De que la niña tenía la fuerza de un gigante; que se dejaba ver Satanás a través de ella pues padecía espasmos; que adoptaba posturas imposibles; que blasfemaba; que, si su madre o alguna de sus camareras le acercaba un crucifijo, se caía o se tiraba al suelo y permanecía quieta, quieta, como si estuviera muerta; que, al despertarse, lanzaba un gran grito, pues que tenía recia voz, lo que, vive Dios, al clérigo le sobrecogió.

Y, como por hablar no quedó, aquellas mujeres se permitieron aconsejarle por si el exorcismo no daba el resultado apetecido que se personara en el bosque de Fouge, situado al norte de la Bretaña, donde vivía un diablo, el que fuere. En lo más espeso de la vegetación, ya le dirían el lugar exacto, donde, según voz común, salía de la tierra un humo que, de manera permanente pues que no se podía apagar y eso que los vecinos de las poblaciones aledañas habían intentado sofocarlo múltiples veces, donde —seguían aquellas comadres— podría hablar con él, más, porque, a decir de dueñas, el Maligno cocía pan de trigo en la fumarola y lo daba a comer a los que se perdían por allá. Cierto que, a cambio de alguna cosa, a cambio de sus almas.

Oído lo oído y sin haber probado bocado del buen guisote que sirvió la dueña de la casa, el cura agradeció la vianda que no se había comido, despidióse y salió espantado. Anduvo rezando de la casa del menestral al castillo y no pudo dormir de miedo, ni que mil veces se dijera que si concluía su misión a satisfacción de don Hugo y de los condes, prosperaría en su carrera eclesiástica y talvez en un tiempo no muy lejano él también podría lucir en su cabeza la mitra obispal. Pero nada ni soñando despierto, ni rezando un paternóster detrás de otro, logró serenarse, en fin.

Menos mal que amaneció y lució el sol. Menos mal que don Hoel, tras decir misa en la capilla del castillo, se desayunó mojando pan con manteca en una tisana de melisa y valeriana bien cargada —lo que solicitó a la criada que quiso servirle un cuenco de vino caliente—, pues que le disminuyó la ansiedad por un tiempo, el tiempo justo en que tardó en llamarle doña Poppa para que conociera a Lioneta de Conquereuil, que apareció en la antecámara de la señora acompañada de su madre y de dos domésticas o damas, lo que fueren.

Y fue, Dios de los Cielos que, sin que nadie se lo ordenara, la niña corrió hacia él, le tomó la mano y se la besó y, seguido, le tiró de la túnica consiguiendo que se agachara para estamparle dos sonoros besos en ambas mejillas, como hacía únicamente con su progenitor y nunca con otras personas, ya las conociera o desconociera, que entraban en los aposentos de su madre. Y fue que la dama se lo permitió y aun se sonrió ante la espontaneidad de la pequeña en razón de que le consentía cualquier acción o gesto que pudiera depararle un instante de felicidad. Y fue que al preste, que no pudo evitar ruborizarse, le dio un vuelco el corazón, y no de asco como solía sucederles a las gentes, pues que, según se decía, dejaba baba, sino por la ternura que acababa de demostrarle la criatura que, mira, no le manchó con saliva, o quizá, ay, porque hacía muchos años que nadie le daba un beso y, por un instante, pasó por su cabeza la imagen de su madre, ya deteriorada por el trascurso del tiempo, besándole cuando era niño y lo sentaba en su halda... «Un engendro, sí, pero con un gran corazón», tal se dijo el hombre cuando la observó al detalle y se percató de su mínima talla, pues que más parecía una muñeca, y de su fealdad, y hubo de carraspear para iniciar su pesquisa y dirimir si la cría estaba enferma, alunada o poseída, y así cumplir el mandado de su obispo.

—Señora Poppa, ¿puedo hablar con vuestra hija?

—Hacedlo.

—¿Me puedo quedar solo con ella?

—No.

—Sería bueno que estuviéramos los dos solos...

—¡No!

—Tú me mandas, señora.

—Comienza...

—A ver, niña...

—Se llama Lioneta.

—A ver, Lioneta, dime, ¿qué es esto? —le preguntó enseñándole su crucifijo.

—Es Jesús en la cruz...

—A ver, ¿quieres darle un beso?

—Sí, señor.

Y se lo dio, a la par que se sacaba una medalla que llevaba colgada al cuello.

—Mira, yo tengo otra...

—¡Ah, qué hermosa! —respondió el clérigo bastante confundido.

—¿Qué sabes de Jesús, Lioneta?

—Que es hijo de Dios y de la Virgen María, y que murió para salvar a los hombres.

En este punto, el clérigo enarcó las cejas, pues que la niña, a más de hablar con desparpajo, estaba muy instruida para su edad pero, como había venido a lo que había venido, se dijo que el Demonio le estaba engañando, pues que bien sabía que era un camandulero. No obstante, siguió:

—¿Rezas a Jesús?

—Todas las noches al acostarme y todas las mañanas al despertarme.

—¿Quién te ha enseñado?

—Mi madre y mi aya.

—¿Duermes bien?

—Sí.

—¿No tienes pesadillas? ¿No tienes miedo a la oscuridad?

—Duermo con mi aya, si tengo miedo me meto en su cama...

—Ah...

—Mi hermana tiene más miedo que yo... Siempre está llamando al aya.

—¿Dónde está tu hermana?

—Ha ido con las camareras a la laguna, a comer allí... A mí no me han dejado ir.

—Vaya, por Dios.

—No digas «vaya por Dios». No he ido porque venías tú.

—¡Ah, claro! ¿Tienes sueños agitados?

—¿Qué es eso?

—Que si te mueves mucho en la cama.

—Aya, ¿me muevo en la cama?

—¡No!

—Debe contestar la niña...

—Se llama Lioneta —repitió la condesa.

—Perdone su merced, pero Lioneta me ha preguntado —aclaró el aya.

—¿No te mueves en la cama ni tienes malos sueños, pues?

—No.

—¿Te gusta mirar a la luna?

—En este país raramente se admira a la luna pues el cielo, cuando no llueve, está casi siempre cubierto —atajó la condesa.

—Sí, señora. Quiero preguntarle a Lioneta si siente el paso de las fases de la luna, si cuando hay luna llena se encuentra mejor o peor de salud...

—Responde, hija.

—Yo estoy muy bien siempre, salvo cuando me resfrío y tengo calentura.

—Y tiene, a más de buen apetito, buen comer —informó el aya.

—¿Eres traviesa?

—Sí...

—La niña es movida y traviesa como cualquier niña —intervino la señora.

—Y goza de excelente salud —sostuvo el aya.

—¿Sus mercedes la han oído blasfemar? —preguntó el preste a las damas, que eran quienes le respondían.

—¡No!

—Quizá hable en alguna lengua desconocida o revele cosas que no conoce y hayan sucedido lejos...

—¡No!

—Talvez muestre aversión a Dios o a la Virgen o a los Santos...

—¡Tampoco!

—¿No recuerda su merced que la niña acaba de besar el Santo Cristo?

—¿Acaso se levanta por los aires volando como los pája-ros... Aya, ¿recuerdas si a su nodriza, le mordía al mamar?

—¡Por Dios bendito, señora...!

—Vale por hoy, supongo que su reverencia habrá sacado sus conclusiones —terminó doña Poppa tratando de disimu-lar su enojo y, dando por acabado el interrogatorio, despidió al sacerdote.

Trascurrida la pesquisa, don Hoel entró en la capilla del castillo y estuvo largo rato meditando. Porque, por orden de su obis-po y por empeño del conde Robert, se había personado en la fortaleza a exorcizar a una niña que, a primera vista, era fea y contrahecha, a más de enana, pero, mira, que llevaba en el cue-llo una cruz y, mira también, que le había mostrado su crucifi-jo y ella lo había besado con toda naturalidad, como cualquier buen cristiano, y no había sucedido nada, ni en el interior de la criatura ni en la habitación, cuando, a la vista de la cruz, cualquier endemoniado hubiera actuado como si le clavaran clavos ar-dientes, a más de arrojar espuma por la boca y blasfemar contra toda la Corte Celestial con voz cavernosa, cuando menos. De consecuente, la niña no tenía ningún diablo en su pequeño cuer-po; tal se aducía con motivo. En razón de que él personalmen-te había sufrido en sus carnes y en su corazón, y había padecido pánico mientras actuaba contra el Maligno en los casos de po-sesión que había atendido hasta la fecha en los que, al Señor sean dadas muchas gracias, había logrado su propósito y conocía el negocio, pues que, simplemente a la vista de los posesos, había sido capaz de calibrar que aquellos hombres no estaban enfer-mos, sino endemoniados y, de consecuente, tras encomendarse al Creador e iniciar el rito contenido en el canon, tras mantener recio combate contra el Diablo, que se resistía a abandonar aquellos cuerpos, tras momentos de angustia y desesperación, había terminado exhausto, pero triunfante. Hecho incontestable que le había merecido la justa consideración de las autoridades eclesiásticas de la diócesis de Nantes, y también fama, merced a la cual había sido enviado a liberar del Diablo a Lioneta.

Sin embargo —seguía el cura con sus discernimientos—, su próximo caso, el de la *naine,* era de muy de otro tenor. A simple vista, la criatura, aunque era fea y las gentes, que sacan las cosas de quicio, aseveraran que causaba repulsión, no mostraba ninguna señal que indicara que estaba endemoniada, pues que, además de llevar una medalla al cuello, no había repudiado al crucifijo y, consciente de que el personal tenía la lengua larga y de que las noticias se trabucan hasta la distorsión y convertir lo blanco en negro, quizá porque no hay posibilidad de comprobarlas o por la maledicencia siempre imperante o porque hay personas que hacen el mal de mil maneras —las que él llamaba «los artesanos del mal» en sus reflexiones y sobre las que tenía previsto escribir un tratado cuando fuera viejo, tuviera experiencia sobrada y hubiera conseguido recluir en el Infierno a todos los demonios que martirizaran a los buenos pobladores de la Bretaña—... Ay, que le iba tan aprisa el pensamiento que se perdía, que estaba con Lioneta. Con la *naine* que no había dado muestras de estar poseída, al revés. Por ello podía tener razón doña Poppa, su señora madre y, el conde, su señor padre, no tenerla y, sin embargo, tenerle tirria; por aquello de que, de sus muchos bastardos, ninguno de ellos era tullido ni menos enano, porque se sintiera herido en su hombría, en su orgullo, cuando bien hubiera podido considerar a la niña víctima de un «accidente» —eso que está latente y acompaña a los seres humanos y a los animales y no sólo a los seres vivientes, sino, ya se provoque por sí mismo o por causa ajena, al mundo todo, a la tierra y al cielo—, y aceptarla como era. Como la niña siquiera lo había mirado mal a lo largo del interrogatorio e incluso le había parecido una personilla afable y muy despierta para su edad, aunque, eso sí, fea hasta el delirio, se dijo que lo que contaban las gentes de boca en boca era producto de imaginaciones acaloradas que tergiversaban los hechos. Pero dejó este tema y se centró en lo del crucifijo, haciendo esfuerzo pues que más parecía que se le había desbocado el intelecto, y sobre todo en los dos besos que le había dado la criatura, hecho que tampoco hubiera dejado impávido al Demonio y lo hubiera llevado a reaccionar y manifestarse por besar a un cura. Porque, veamos, en sus anteriores casos —un hombre que subía por las paredes y ni se caía ni se le descomponían las vestes, y una mujer que movía cosas de un lugar a otro sin trasportarlas y sin tocarlas—, él, don Hoel, había alzado el crucifijo y los posesos se habían retorcido como sierpes, habían sufrido convulsiones y sus rostros se habían desencajado y afeado hasta causar horror; los demonios que llevaban dentro habían gritado y aullado, y habían insultado a Dios y a él. A Dios no, seguramente no, pero a él le habían producido auténtico pavor cuando se carcajeaban, juraban y blasfemaban. Pero en semejantes trances, él había sido capaz de comprender que aquellos dos vivientes, aquellas dos víctimas habían abandonado el estado de razón y alcanzado un estado de perversión difícil de narrar, quizá no por su culpa sino por el Demonio que estaba en ellos, pero en Lioneta no, no había observado nada parecido ni de lejos. Lo cual le llevaba a afirmar que endemoniada no estaba y a deducir que acaso padeciera alguna enfermedad de las que se confunden con la posesión demoniaca tales como ataques o el alunamiento, pero tampoco había visto señal alguna que indicara tales sufrimientos. Ah, si la madre o el aya o las camareras que la asistían a diario hablaran y él pudiera deducir si los actos de la criatura eran sospechosos de posesión o no lo eran; si pudiera preguntarle a alguna criada dispuesta a cooperar a cambio de nada, pues no tenía un penique dado que le habían robado la bolsa los ladrones, solicitarle su opinión personal e interpelarla sobre si la cría era lunática o sobre sus comportamientos y reacciones, si eran como los de los demás niños, aunque conocía que muchos parecían tener el demonio dentro, pues que eran mismamente torbellinos, o sobre si sufría alucinaciones, espasmos o contorsiones y si juraba o blasfemaba, pero no, no, que siquiera lo intentó porque no tenía dinero y, en tal tesitura, ninguna criada atendería su proposición. A más que, le vinieron a las mientes los besos, los dos besos que había recibido de la «monstrua», uno en cada carrillo, y se recreó en aquella expresión de afecto que no se merecía, que no se había ganado y que demostraba que la *naine* tenía alma generosa, entre otras cosas, porque a él le había hecho recordar cariños recibidos años ha y, claro, el hecho le había movido el corazón.

Y hubiera continuado el preste con sus meditaciones, reflexiones, conjeturas, suposiciones, posibilidades y primeras deducciones, pero, al escuchar un gran vocerío fuera de la iglesia, salió a ver qué sucedía. Era don Robert con su mesnada, trayendo presos a media docena de hombres, precisamente a los ladrones que lo habían asaltado en el camino y que le habían dejado sin dineros.

Y fue que el conde, tras entrar en el castillo y descabalgar, mandó buscar a don Hoel y le preguntó si eran los que le habían atracado y, ante la respuesta afirmativa del clérigo, procedió a hacer justicia y, en el patio de armas, en el cadalso que permanecía allí permanentemente, mandó al verdugo que ahorcara a los seis, sin atender a sus súplicas que pedían sacramento, y recibió los aplausos de la multitud que, al enterarse del asunto, había ocupado el recinto. Luego don Robert mandó colgar los cadáveres en los grandes árboles que flanqueaban los caminos de acceso a la villa, para escarmiento de salteadores y otras raleas. Y así se hizo, con ello los maleantes fueron doblemente ahorcados y dos veces castigados, una con pena de horca y otra sin los últimos auxilios espirituales.

El conde una vez despojado de las armas, lavado y vestido por sus domésticos, como estaba impaciente por saber de la encomienda del clérigo, lo llamó al gran comedor e hizo que le sirvieran vino y vianda, según inveterada costumbre en diferente mesa a la suya —la suya estaba sobre un estrado, porque no en vano era el señor—, pero, como hizo salir a sus caballeros y a la servidumbre, ambos se escucharon bien mientras degustaban sendas cazuelas de langosta con gambas blancas, almejas, mejillones y otros frutos de la mar, todo cocido en su propio jugo, que estaban para relamerse los dedos, eso sí, ambos se pusieron las manos perdidas y menos mal que los sirvientes les habían colocado amplias manutergas al cuello, a fin de preservar limpias sus ropas. Don Hoel el hábito, y lo hubiera sentido pues carecía de recambio, dado que, de lo que le habían robado los ladrones, no le devolvieron nada.

Y, mientras comía con gula y se hacía servir más vino, el conde le preguntaba sobre Lioneta y el cura, guloso también, le contestaba entre bocado y bocado, entre trago y trago y entre eructo y eructo:

—Mi señor, no aprecio signos de posesión en vuestra hija...

—Se llama Lioneta.

—Habré de indagar más en el asunto, pero no veo nada malo en Lioneta. Tengo para mí que es una niña movida y traviesa, pero nada más...

—¿Nada más? Es enana, tiene el cuerpo deforme, no crece, tiene la voz aflautada, pero a veces recia, como de hombre, y cavernosa como la de los demonios. ¿Y dices que nada más? ¿Es poco?

—No, poco no es. Es una desgracia, señoría, habrás de aceptarla.

—Siempre tengo yo que asumir este infortunio... Sabrás, reverencia, que a lo menos tengo veinte hijos por ahí y que todos han nacido enteros...

—Lioneta está entera y, además, es muy despabilada. Cuando crezca destacará en cualquier Corte por su agudeza.

—No lo veré yo...

—¿Por qué, mi señor?

—Porque me pone enfermo, porque no sosiego desde que nació, porque, al verla o pensar en ella, se me llevan los demonios y me viene gana de matarla, y un día, no lo quiera el Señor, me ofuscaré tanto que lo haré o, líbreme Dios, me dará un sofoco y me iré al otro mundo, donde no sé si podré descansar...

—¡Ah, no, eso no!, éntrela su señoría en un convento...

—Doña Poppa, mi bienamada esposa, se niega.

—¿Qué ha de ver que una mujer, aunque sea de noble cuna, se oponga a la orden de un marido?

—Se irá con ella al convento, me pedirá el repudio, y yo la amo...

—¿Amas a tu esposa?

—Amo a Dios y después a ella... Y bien sé que nunca se separará de sus hijas, pues que, aunque me quiere hasta la locura, en situación semejante a mí me preteriría... Son cosas que hacen las madres...

—¡Ah, no sé...! Sepa el conde que no he tratado con mujeres, salvo en el confesonario y dándoles la extremaunción, pero, me consta por lo que tengo oído, que son difíciles de carácter y volubles de pensamiento.

—¡Ah, no, doña Poppa es un cúmulo de prendas...! Sin ella no vivo, claro que con Lioneta a su lado tampoco vivo...

—Con la venia, mi señor, ¿no será que te has obsesionado con la niña?

—Se llama Lioneta, Lioneta de Conquereuil... Yo no sé lo que me sucede, he intentado ponerle buena cara, he rezado a la Santa Trinidad, a la Virgen María y a un sinnúmero de Santos y Santas, y no lo consigo, me produce náusea y no hallo sosiego... Por eso solicité al obispo un exorcista.

—Me siento muy honrado de serviros.

—¿Le hará algún daño el exorcismo si no está poseída?

—No.

—Bueno, mañana mismo proceded.

—¿Mañana?

—Sí, mañana, en la capilla, antes de la hora prima. Id con Dios.

—Quede con Dios el señor conde.

Aquella misma noche, don Robert se presentó en las habitaciones de doña Poppa, no para yacer con ella, no, pues había disminuido su apetito carnal y, como la *naine* no pululaba por allí porque sus hijas se habían ido ya a la cama, al parecer, pudo hablarle con ánimo sereno y anunciarle que a la mañana, a la hora prima, don Hoel practicaría el exorcismo que había venido a hacer a Lioneta.

Y fue que las criadas desalojaron a toda prisa el aposento y que su esposa, que ya estaba al pie de la alta cama, con un pie en los escalones para subir al lecho y acostarse, tras sonreírle y helársele la sonrisa al escuchar lo que su marido le decía, se llevó las manos a la cabeza, se mostró confusa y, más que hablar, gritó:

—¿Mañana?

—Sí, mañana.

—¿Por qué tan pronto?

—Quiero acabar con este asunto cuanto antes.

—Es precipitado... Mil veces te he dicho...

—¡Cállate!

—¿Debo callarme?

—Sí, me vas a obedecer sin rechistar. Vas a obedecer al conde de Conquereuil, tu marido y señor. Si no quieres no asistas a la ceremonia, pero ordena al aya que antes de prima tenga aviada a Lioneta. Yo vendré a buscarla.

—Ay, Robert...

—¿Qué pasa?

—Nada, nada. Te obedeceré como mi marido y señor que eres, pero...

—Pero nada, ¿lo has entendido?

—Sí, pero ¿me podrías explicar en que consiste la ceremonia?

—No. El cura y Lioneta lo harán todo. Nosotros asistiremos y amén.

—¿No sería prudente que antes de proceder algún otro sacerdote o algún hombre santo, algún eremita, por ejemplo, bendijera a Lioneta?

—No, mañana actuará el exorcista y fin de este terrible episodio.

—Lo que tú mandes.

—Adiós.

—Oye, Robert...

—Ni oye ni gaitas. Adiós.

En el dormitorio de la condesa no se pegó ojo. Las damas de compañía siquiera se acostaron, pues que la señora anduvo toda la noche de su cuarto al de sus hijas y estuvo largo rato contemplando el plácido sueño de las mismas. Además, se hacía servir una tisana tras otra de melisa y valeriana para quitarse los nervios, pero no quiso descargar su corazón, pues que hablar, habló muy poco. Se limitó a informar a sus camareras de que el exorcismo de Lioneta tendría lugar a la mañana a la hora prima, y a ordenar que se aviara la que quisiera acompañarla, y no respondió a las preguntas bienintencionadas que le hacían ni aceptó ningún consuelo, pues que iba a ver a las niñas, incluso sin dejarse ayudar con el candelabro, llevándolo ella misma. Iba, veía, vertía una lágrima o se le escapaba un suspiro, tornaba, se arrodillaba en una alfombrilla y rezaba ante el crucifijo de su habitación o se ponía la mano en el pecho, sin duda, para tenerla más cerca del pañito de reliquias que llevaba cosidas en el jubón. Y ya amanecía cuando, madre e hija, se encontraron vestidas de negro en la antesala, donde sólo se escuchaba la voz de Mahaut que preguntaba qué sucedía y a su madre que adónde iba tan temprano, para acudir a lo que fuere. La condesa la hizo callar y se dirigió a todas las presentes:

—Hoy pasaremos un mal trago...

Pero hubo de interrumpirse, porque ya se oía llegar al conde y a sus gentes y, ay, Jesús bendito, que se le había olvidado dar unas limosnas para implorar clemencia a quien pudiere escucharla en aquel triste momento desde la Morada Celestial. No obstante, remedió el asunto presto, pues envió a una de sus damas a entregar cinco peniques a los cinco primeros pobres que encontrara en la calle, cinco a cada uno, por las cinco llagas de Cristo.

Don Hoel guardó ayuno y no durmió miaja, eso sí se tendió en el catre y, antes del alba, se lavó la cara en una jofaina, se peinó y sacudió el hábito; luego se arrodilló, rezó sus oraciones y se encaminó a la capilla, rumiando el pensamiento que le había corroído durante toda la noche: que la niña no necesitaba exorcismo, que el que lo precisaba y el que estaba poseído, como demostraba su obcecación, era don Robert, el padre de la criatura.

Capítulo

3

El primero en llegar a la capilla, sin haberse preparado ni mortificado pues no se lo permitieron las premuras del conde, fue el exorcista. Entró por la puerta del patio de armas y se sorprendió de que el párroco de la villa, un dicho don Pol, hombre virtuoso y prudente, lo estuviera esperando. Pero le vino bien la presencia de su compañero, pues le pidió su bendición y, una vez recibida y en su compañía, se encaminó al altar y le fue solicitando lo que necesitaba para la buena práctica del exorcismo: una estola de color morado, una cruz, una imagen de Santa María, un ejemplar de los Santos Evangelios y un lebrillo con agua bendita y, como ya había de todo e incluso más, pues que el rector hasta había dispuesto la arqueta de las reliquias de la iglesia sobre el ara del altar, don Hoel, tras agradecerle su colaboración, se postró boca abajo en el suelo cuan largo era con los brazos en cruz.

Y de tal guisa se encomendó al Señor, a Santa María Virgen y a la Corte Celestial, pues que iba a necesitar la ayuda de todos para expulsar al Demonio del cuerpecito de Lioneta. Digamos que a un supuesto diablo o diablesa, dado que la niña posesa no lo estaba como había conjeturado consigo mismo, si bien su padre, el conde, se había empeñado en que lo estuviere y él carecía de valor para desairarle. A un supuesto espíritu malévolo que, por hacer daño tanto a la cría como a sus progenitores, no le dejaba crecer, cuando lo que, en realidad, sucedía era que don Robert se sentía herido en su orgullo, quizá el peor pecado de todos, pues era el que había llevado a rebelarse contra Dios al mismísimo Luzbel, el Príncipe de las Tinieblas que, desde muy antiguo, desde antes de la creación del hombre, se ocupaba de repartir el Mal por el mundo con una innumerable cohorte de acólitos.

A poco, se presentaron en la capilla don Robert, doña Poppa y la *naine* Lioneta, seguidos de un séquito de caballeros y damas. Los señores ocuparon sendas cátedras al lado de la epístola y la niña un pequeño escabel entre sus padres.

El preste, que sabía cómo proceder, se colocó bien la estola, pidió venia al señor conde, éste se la dio e inició el rito, lo que prescribía el canon, el número que fuera del concilio que fuera, que no era momento de tratar de recordarlo. Situado en el centro del altar, se santiguó, carraspeó, y renovó con todos los presentes las promesas del bautismo. Luego clamó con voz enérgica, pues que era menester proceder con resolución contra el Maligno:

—¡Lioneta de Conquereuil, ven aquí!

La niña, a una señal de su padre, caminó hacia el altar sin temor, pues que ya conocía al preste y porque su madre le había mandado que hiciera lo que le ordenara el señor cura y respondiera a sus preguntas sin echarse a llorar, diciéndole:

—Cuando te llame don Hoel, el sacerdote de Nantes, vas y contestas a sus preguntas con dulzura si te habla con modos, pero si te grita u ofende, lo haces como cuando riñes con Mahaut... Bueno, no tanto, no tanto, sencillamente respondes alzando la voz, pero con seguridad y aplomo. Deberás tener en cuenta que, aunque tú estés sola delante de él, puede que no hable contigo, sino con otro aunque no lo veas, si fuera así te callas y no abres la boca. Estoy segura de que lo sabrás hacer, confío en ti. Yo estaré sentada muy cerca, si te encuentras apurada, me llamas, que acudiré en tu auxilio, ¿lo entiendes, hija mía?

—Sí, madre.

—Pues dame un beso.

—Mil besos, madre.

Siguiendo las instrucciones de su progenitora, la niña caminó a pequeños pasitos hacia el altar, a su marcha y, por supuesto, un murmullo corrió por toda la capilla, pues los que allí estaban, que cada vez eran más numerosos, pudieron contemplarla en toda su pequeñez, pese a que no se había hecho público que un sacerdote venido de Nantes iba a exorcizar a Lioneta. Si tal sucedió fue quizá porque ninguna persona, salvo sus íntimos, había visto a la cría en toda su disminución, pues que, al salir de las habitaciones de su madre, se escondía entre los vuelos de su saya o de la de su aya, como se dijo arriba y, claro, al verla, unos exclamaron:

—¡Ah!

Y otros:

—¡Oh!

Y otros:

—¡Pobre criatura!

O:

—¡Pena da!

O:

—Es como una rata.

O:

—Hace bien el conde.

—El conde hace mal, esto no es negocio del Demonio.

—Don Robert ha perdido la razón...

—¡Silencio!

—La señora no cree en esto, no hay más que verle la cara.

Es menester aclarar que ver, lo que se dice ver, pese a que en el altar había decenas de velas alumbrando en varios candeleros, se veía poco. Que las dueñas que hablaban de la mala cara de doña Poppa la imaginaban, pues que los condes estaban en la penumbra, otro tanto que el gentío que crecía por momentos, tanto que no cabía un alfiler.

El que había de poner a prueba sus dotes para la representación y hacer teatro era el exorcista, entre otras razones porque, como se apuntó ya, no creía que Lioneta estuviera poseída. Pese al temor que llevaba dentro, pues que el Demonio, estuviere o no estuviere en la criatura, siempre podría vengarse de él, sacó buena nota cuando la niña se plantó delante de él y le sonrió, pues no se emocionó, y sobresaliente cuando, al iniciar la ceremonia, la bendijo y le asperjó agua bendita y ni la criatura ni el posible Diablo que ocupaba su cuerpecito hicieron gesto que anunciara presencia alguna, y siguió sin inmutarse. Luego se recogió en sí mismo, alzó los ojos al cielo y oró:

—Ruego a la Divina Providencia, Padre, Hijo y Espíritu Santo, libre a Lioneta de Conquereuil de las molestias del cuerpo...

Y los presentes respondieron a una voz:

—*Oremus...*

El exorcista, tras solicitar a la Santa Trinidad gracia para poder conjurar al Demonio, imaginó que existía verdaderamente y le ordenó con recia voz, como se hace con los inferiores para que obedezcan:

—¡Sal de ella!

71

Repitió textualmente las palabras que, según el evangelio de San Marcos, había pronunciado Jesús para arrojar al Maligno de un poseso, pero el espíritu inmundo que ocupaba el cuerpo de la niña y no la dejaba desarrollar no habló ni gritó ni escupió ni blasfemó ni menos emergió de la boca de la *naine* como una vorágine asustando a todos y, mira, que las gentes, excepto doña Poppa y sus camareras, incluso lo sintieron pues esperaban contemplar un prodigio. El preste mirando a Lioneta, que no se canteaba, continuó:

—El Señor Jesucristo, según se lee en el evangelio de San Mateo, dio potestad a los Apóstoles sobre los malos espíritus y, en el de San Lucas, para echar a los demonios, por eso yo, Hoel de Nantes, cura exorcista y, de consecuente, heredero del poder de los Santos Apóstoles y por orden de don Hugo, mi obispo y pastor, te conmino a ti, Demonio, que vives en el cuerpo de Lioneta de Conquereuil, a que salgas ahora mismo y vuelvas al Infierno.

Pero tampoco hubo señal. El cura siguió:

—¡Habla, maldito, déjate oír...! No me vas a engañar, sé que estás en ella... ¡Hazte ver y te arrojaré a lo más profundo del averno en el nombre de Cristo! ¡Por Cristo vivo, sal...! No creas, no pienses, que me aturdes con tu silencio... Te haré salir con las armas de las palabras y con los incendios de la oración... Niña, no sonrías.

Tal dijo en voz alta y en voz baja y respiró hondo para tomar aliento, que falta le hacía pues todos los poros de su piel rezumaban agua. A un gesto suyo, se acercó el párroco con la cruz y permaneció a su lado, entonces, tras aliviarse el sudor de la frente con un renegrido pañuelo que sacó de la bocamanga, se dirigió a Lioneta, que no dejaba de mirar a su madre, que a su vez le hacía señas con la mano para que permaneciera quieta, y le pidió:

—Lioneta, *da mihi dextram manum...*

Obedeció la *naine*. El hombre estrechó su manita y, teniéndosela, entonó unas letanías y cantó un salmo. Después, llevó a la niña a un estrado e inició el Santo Evangelio:

—*Initium Sancti Evangelii, secundum* Mateo —que era naturalmente el de la hija de la cananea, la endemoniada del capítulo 15, 21-28.

Después sermoneó largo y con mucha prédica sobre los tres enemigos del alma: mundo, demonio y carne, haciendo especial hincapié en la «carne». Lo cual molestó al conde, que carraspeó y el preste lo entendió, pues terminó rápido pidiendo a presentes y a ausentes que se mortificaran para no caer en el pecado y que rezaran por Lioneta.

Luego don Hoel de Nantes se acercó a la niña, le puso las manos en la cabeza y volvió a increpar al Demonio. Los rostros de los asistentes se animaron, pues que habían venido creídos de que iban a presenciar un milagro, un prodigio pero, como nada sucedió, tornaron al desánimo, y algunos ya enfilaban la puerta, enojados además, rezongando que la «monstrua» seguía siéndolo, porfiando entre ellos además, en razón de que la criatura no estaba endemoniada. Unos, sosteniendo que mejor para todos, pues que tener un demonio en el pueblo cosa mala era y, otros, alegando que habían venido a ver al Diablo y que no lo habían visto —como si fuera grato de ver, como si hubieran ido de fiesta— y, otros, repitiendo que de la pequeñez de la niña tenía la culpa su padre, el señor conde, que no había sabido poner freno a su apetito desenfrenado de carne de mujer, o aquel antiguo rey llamado don Pipino el Breve, que haya Gloria, cuyo nombre casi todos oían por vez primera. Pero fue que, antes de terminar, el preste —por eso de intentarlo que no quede— volvió a imponer las manos en la cabeza de Lioneta y que, a la par, emergió del maderamen de la techumbre de la iglesia una bandada de palomas, armando mucho jaleo, pues las aves son bulliciosas por su natura, y las gentes, creyendo que se trataba del Diablo que alojaba Lioneta en su cuerpo, como estaba esperando un milagro, no necesitó más y, tras agacharse para evitar que las aves les rozaran la cabeza, pues volaban alocadas en busca de una salida, estalló en aleluyas y gritó:

—¡Milagro, milagro!

El primer sorprendido fue el padre de la niña que, rabiando, como no debe el buen cristiano en razón de que no había observado ninguna manifestación demoniaca a lo largo toda la ceremonia, ya consideraba inútil el exorcismo y, el muy bestia, sopesaba la posibilidad de arrojar a su hija al río atada de pies y manos para alcanzar sosiego en esta vida, aunque el parricidio, que estaba dispuesto a cometer, le llevara derecho al Infierno por siempre jamás. El segundo fue el cura, pues que había agotado su imaginación y sus buenas intenciones, y ya no era capaz de continuar con aquella celebración innecesaria y se mostraba dispuesto a postrarse en el altar de la iglesia y reconocer que se había equivocado en sus pesquisas delante de todos los asistentes, a reconocer que no había Demonio y a entregar su cabeza al conde, para que hiciera con ella lo que quisiere. Pero, hay que decirlo, le vino bien que una bandada de palomas abandonara su nido, revoloteara, alocada, por la iglesia y saliera por la puerta, veloz, como alma que lleva el diablo.

Al oír los aleluyas y los gritos de las gentes, Lioneta, que se había comportado como si fuera una persona adulta, se meó piernas abajo, pero nadie se enteró y mejor, porque, de haber visto el charco dejado, apreciable para un ser tan pequeño, algún malicioso hubiera podido acusarle de sacrilegio, por orinar en lugar sagrado, y talvez todo hubiera vuelto a empezar. El caso es que fue a buscarla su madre y se la llevó en brazos, y sin apercibirse en principio de la meada, claro que, aún no había dado dos pasos que la notó, pero continuó, alta la cabeza y sin mirar atrás, hasta recogerse en sus habitaciones, donde ordenó cambiar a la criatura, y es más, mandó al aya que quemara las ropas que llevaba, pues quería, al parecer, borrar toda memoria del exorcismo. Pero no pudo porque, aún no había tomado asiento y pedido una tisana, que ya sus damas abrían las ventanas y le narraban a la menuda lo que sucedía en el patio de armas, tarea vana, pues que oía netamente las voces de las gentes, ya fueran de alabanza al Señor, ya fueran de parabienes para el cura que gritaba con orgullo:

—¡Todo ha terminado felizmente, *laus Deo...!*

Y es que, después de que el conde le palmeara la espalda y le diera la enhorabuena con efusión, las gentes también le mostraron su contento. Hombres y mujeres se aproximaron queriendo felicitar al autor del milagro, ante la complacencia de don Robert, que dejaba hacer y veía, albriciado, cómo un grupo paseaba al clérigo a hombros e ítem más, cuando se acercaron para tocarle y besarle los pies, o para que los bendijera, creídos de que aquel hombre santo, don Hoel de Nantes, sería capaz de perdonarles los pecados que hubieren cometido sin pasar por el confesonario mismamente, o parecido mejor dicho, como había hecho con Lioneta, y a él acudieron gentes honradas, las más, pero también envidiosos, maledicentes, calumniadores, alcahuetes, comerciantes que sisaban en el peso de los alimentos y malintencionados de todas las especies, mientras el homenajeado, henchido de gloria, pues era hombre mortal y, de consecuente, proclive al halago, los bendecía, les imponía las manos en la cabeza y se dejaba besar los pies. Pero fue que la multitud no se conformó con las bendiciones y, como empezó a correr de boca en boca que era hombre santo, quisieron algo de él que llevarse a sus casas, un trozo de la estola, un retal de su hábito, para que les librara de todo mal, y empezaron a arrancarle la túnica; y las bragas le hubieran quitado, pero intervino el conde y la algarabía se terminó. Pues que alzó los brazos pidiendo silencio y, una vez conseguido, anunció que iba a dar de comer a todos para celebrar el éxito del exorcismo y ya dio las órdenes oportunas para que sacaran los tocinos que habían asado en las cocinas y, en efecto, a poco, los guisanderos empezaron a servir bandejas y bandejas de carne, odres de sidra y canastas con pan —todo en abundancia— y las gentes se arremolinaron alrededor de tan opíparas viandas. Por ello no se apercibieron de la caridad que llevó a cabo su señor, que se quitó la preciosa capa que llevaba y, superando en generosidad al mismísimo San Martín de Tours, se la puso al cura sobre los hombros, que estaba en bragas, como dicho va, y hecho este que también les hubiera dado que hablar.

El conde, siempre acompañado de sus caballeros y del preste, comió con el pueblo, contento, muy contento, pues, de tanto en tanto, escuchaba a sus vasallos comentar entre ellos:

—Don Robert es un buen señor.

La fiesta se prolongó hasta sobretarde, pues, a más de mucha comida y sidra, los gaiteros asonaron sus instrumentos y hubo baile.

Desde las ventanas de los aposentos de doña Poppa se pudo ver todo lo que sucedía en el patio de armas del castillo, lo del cura, que lo dejaron en bragas, lo del paseo a hombros; lo del banquete que no produjo envidia pues allí se comió lo mismo y en abundancia también. Y, en otro orden de cosas, lo que no se conoció en el patio: lo de la meada de Lioneta que, aunque se pretendió tapar, fue imposible, en razón de que la condesa, sin recriminar a la niña, pues que bastante había tenido, ordenó al aya, quizá por no tener ningún recuerdo del acto, quemar en la chimenea las ropas que había llevado durante el exorcismo y que estaban mojadas. Y fue que, al ser consumidas por el fuego, echaron olor pestífero que llamó la atención de las camareras y fue menester aromar la habitación. Al saber a qué obedecía la quema, más de una receló sobre si el Demonio se habría ido con las palomas o si se estaba yendo en ese momento por la chimenea, y se santiguó por si acaso; pero lo que pensó:

—Ahora o antes, váyase al Infierno enhorabuena.

A medianoche, doña Poppa, al escuchar voces y canciones por las escaleras de la torre y reconocer la del conde y la del cura, tras mandar a sus damas a la cama, se dijo para sí:

—Los dos van muy borrachos.

Y para todas:

—Váyanse sus mercedes a descansar.

Y durmió de un tirón, como hacía tiempo que no dormía.

Don Robert despidió al exorcista con la excusa de que pronto entraría el invierno aun cuando, a decir verdad, faltaba más de un mes. Le dio carta para el obispo de Nantes en la que encomiaba su labor y dos buenas bolsas de dinero, una para él, otra para don Hugo. Lo cierto era que le cargaba la presencia del preste. Era que, después de haber triunfado contra el diablo y de haber liberado a Lioneta, en reconocimiento a su labor y por cortesía había de atenderlo y llevarlo en su séquito como si fuera un caballero más, entre otras razones, porque el pueblo seguía llamándole «Santo», quería tocarlo y besarle los pies por donde anduviera y, dicho pronto, porque las gentes le prestaban más atención que a él mismo y, de consecuente, le tenía celos. Además, que el hombre no callaba y a toda hora estaba mentando el bendito día del exorcismo, y hablando de lo que hizo en la ceremonia y de lo que no hizo, pues que inventaba, como le hacían saber los mesnaderos a su señor. Y era que, cuando el preste se emborrachaba, pues gustaba del vino, las palomas se convertían en águilas y aun luchaba contra ellas en fiera y desigual batalla hasta conseguir arrojarlas de la iglesia, y otras sandeces, porque, en puridad, no sabía mantener la espada en alto ni menos manejar el venablo como demostraba cuando lo llevaban a cazar jabalíes. Amén de que, harto de vino, alzaba la copa y brindaba diciendo siempre la misma frase en voz muy alta:

—*Consumatum est.*

Las últimas palabras que pronunciara el Señor Jesucristo antes de morir en la cruz. Cierto que quería decir que había terminado con la posesión que padeciera Lioneta, pero lo decía con tal soberbia que molestaba al conde y a sus caballeros, en realidad, a sus compañeros, pues le habían acompañado en mil batallas, y sucedía que los únicos que podían mostrarse engreídos por aquellas latitudes eran ellos. El señor de Conquereuil por serlo, y los demás por ser amigos y leales camaradas del dicho señor.

Por eso el conde despachó al cura. La condesa lo despidió con cortesía, pero no le agradeció nada, siquiera cuando el clérigo pronunció las palabras que, de un tiempo acá, tenía siempre en la boca, lo del *consumatum est,* siquiera le dio limosna, ella que era tan generosa, sencillamente, besó su crucifijo y le dijo:

—Váyase el señor cura enhorabuena y lleve mis respetos al obispo don Hugo.

Y no le permitió que dijera adiós a las niñas, ni menos a Lioneta, que tanto le debía, según él, pues que la dama constató lo que ya decían del preste los domésticos del castillo: que, tras llevar a feliz término el exorcismo, el éxito se le había subido a la cabeza y que, de haber llegado a Conquereuil siendo ejemplo de humildad, se iría, se iba, siendo hombre ensoberbecido hasta el tuétano, pues que, imitando al conde, había cambiado hasta los andares y los modales, amén de que trataba a los criados con desprecio, como si fueran esclavos, lo que no era de sacerdote, siquiera de cristiano.

Tal y como esperaba la condesa, Lioneta no creció el negro de una uña ni en un día —que hubiera sido milagroso— ni en dos —que hubiera sido extraordinario— ni en un mes —que talvez hubiera sido factible—. Por lo que constató lo que siempre había defendido: que su hija nunca había estado endemoniada, por mucho que su marido hubiera deseado que lo estuviere y que egoístamente hubiera solicitado el exorcismo para descargarse de sus culpas. Pero no, que no lo había conseguido, que don Robert, aunque fingía alegría cuando la visitaba en el lecho o cuando se llegaba a sus aposentos a escuchar cómo sus damas tocaban la viola o el laúd o, cuando la llamaba a los suyos para que oyera a unos troveros o a unos gaiteros o a unos pastores que tocaban el caramillo con maestría, aparentaba una satisfacción que no tenía.

E ido el exorcista que, en público, le había servido para que sus vasallos lo miraran mejor y, en privado, de entretenimiento pues el hombre había sido la comidilla en las largas sobremesas que mantenía con sus caballeros donde todos se habían dedicado a sacarle los defectos que tenía y hasta los que no tenía, como, además, empezó a aburrirse, pues era imposible salir del castillo por la mucha lluvia que no dejaba de caer, de nuevo le dio a pensar. Esta vez en que el exorcismo no había sido de utilidad, pues que Lioneta no había crecido lo que mide un grano de trigo.

La condesa, consciente de que su esposo volvía al punto de partida, hacía como que no oía y cambiaba de tema, mismamente como hacen muchas esposas con sus maridos sobre temas baladíes, que otra cosa es en cuestiones mayores, que entonces son capaces de llegar a hacer bondades rayanas en la santidad o realizar maldades asaz crueles. Y mentía piadosamente aduciendo que era pronto para que Lioneta desarrollara que, cuando llegara la primavera y crecieran las plantas y las flores, la niña también lo haría, guardándose muy mucho de mentar tanto a los antecesores de don Robert como a los suyos propios. Y no sólo le instaba a que mantuviera la esperanza, mismamente como ella hacía, sino a acercarse a la niña, no fuera, durante el largo y lluvioso invierno que se avecinaba, a tornarse otra vez iracundo, y le rogaba:

—Inténtalo, hazlo por mí.

Y el marido, que la amaba sobre todas las cosas, como pasaba muchas horas en la cámara de su esposa, pese a que, al principio hubo de sujetar la basca que le venía a la boca, probó, vive Dios, a hacer lo que no había hecho hasta la fecha, a mirar a Lioneta y no un instante ni un momento, sino un ratito y luego hasta más tiempo. Y un día, ante el contento de su esposa, le acarició la cabeza y, otro, se atrevió a hacerle un cariño en la mejilla y, otro, sentó a su *naine* —nótese que la llamaba «su *naine*»— en sus rodillas y, otro, cuando la niña le besó en la cara, se dejó hacer y en los días que siguieron él era quien pedía besos, decenas de besos, a sus hijas sin hacer distinciones entre ellas y sin que la «monstrua», que seguía tan espantosa de faz como el día en que vino al mundo, le produjera repulsión, ni que a veces le dejara alguna baba. Lo cual, Dios de los Cielos, alarmó a su mujer, a sus caballeros y a las damas que asistían a los condes en los aposentos de la señora, pues que los padres en la Europa toda no besaban a sus hijas en la cara, les daban su mano, y amén, pues no era cosa de hombres besar a sus descendientes. A más que, un beso, bien, más cuando no le había hecho un cariño a la enana desde que naciera, pero tantos, por muy castos que fueran, que lo eran, no.

Aquella actitud con Lioneta, aquel paso del negro a lo blanco, del desamor al amor, del golpe y del empujón al cariño y a la zalamería, llamó la atención de doña Poppa, pues la reputó exagerada y, aunque conocía que la mayoría de las personas tienen ánimo tornadizo, observó a su marido e incluso lo interrogó en el lecho:

—Don Robert, mi amado don Robert, ¿te sucede alguna cosa?

—No.

—¿Te aburres?

—No.

—Pronto llegará la Pascua de Navidad y haremos fiesta en el gran comedor...

—Haz lo que gustes.

—¿Bailarás conmigo?

—Claro. —Vaya, que el conde estaba poco hablador.

—Dime qué te pasa. A veces pareces ausente...

—Nada, nada.

—A mí no me engañas, te conozco mejor que tú. Cuéntame tus cuitas...

—Creo que me ha venido melancolía..., quizá tenga mal de mar o alguien me haya echado mal de ojo...

—El mar está muy lejos de aquí.

—Algún mal viento...

—¡Ah, no!

—Entonces es mal de ojo.

—Que no, después del exorcismo, tus vasallos te honran más si cabe, si hubiera flores te las echarían al paso de tu caballo...

—Talvez fuera el exorcista.

—¡Qué va, qué va, era un buen hombre...!

—¡Era un sandio!

—Hizo a satisfacción lo que vino a hacer.

—¡No te creerás tú que el Maligno se fue con las palomas!

—No.

—Entonces me vienes a dar la razón.

—Es que Lioneta no estaba poseída por ningún demonio. Te lo he dicho mil veces.

—Pero yo me empeciné en hacerle exorcismo.

—¿Y qué?, ya está hecho y olvidado.

—Es que cuando acaricio a Lioneta y pienso en el exorcismo, creo que el poseso era yo...

—Por Santa María bendita, no digas necedades. Tú eres hombre virtuoso... Dios nos puso a prueba cuando Lioneta nació malformada, y ya lo hemos aceptado los dos... Desde el exorcismo, que no le hizo ningún mal a nuestra hija, pues no se enteró de nada y te lo digo yo, vivimos más felices en este castillo...

—Yo no, no sé...

—¿Cómo que no sabes? Se te nota en la mirada, ya no descargas animadversión contra la niña, al revés, se ve que la quieres tanto como a Mahaut y también ella se acerca a ti como a su padre que eres y tampoco destila odio contra todo el género humano como antes hacía, ya no echa rayos por los ojos y trata mejor a los criados, y eso que siguen mirándola... Tengo para mí que las gentes, doquiera que se encuentre, nunca dejarán de observarla y que, mientras viva, ésa será su cruz: ser enana, aunque tal deformación nunca le impida manejarse como a persona de mayor talla...

—Seguiremos hablando de esto.

—Ea, sí, ve a entretenerte un poco.

—Salgo un rato, parece que llueve menos.

—Sí.

Y lo que le advirtió doña Poppa al verlo distraído cuando se disponía a abandonar la habitación:

—¡Cuidado con la puerta! —Y lo que se dijo para ella—: A ver si pasa pronto el invierno y el duque Geoffrey lo llama a la hueste.

Fue que, del mismo modo que llegará el fin de los tiempos, la Muerte —la única verdad existente en este mundo— se personó inesperadamente en la fortaleza de Conquereuil y pidió lo suyo. Con su presencia le llegó la hora al conde Robert y se cumplió su destino —ese hecho cierto cuya fecha no está recogida en ninguna parte y contra el que ya se pueden tomar precauciones o andar con los ojos muy abiertos o rogar al Todopoderoso larga vida, que vano es, pues la «Señora» llama a todas las puertas sin distinguir entre castillos o chozas.

No extendió la Señora Muerte un manto negro sobre el caserío de la población que sobrecogiera los corazones de las gentes o presagiara una calamidad, no, al contrario, precisamente aquella mañana había dejado de llover, se habían levantado las nieblas y lucía un cálido sol invernal por la Bretaña. No es que el día del Apóstol San Andrés fuera jornada festiva en la que se conmemorara alguna gloria pasada, no, era día laboral, es decir, un día cualquiera. No es que hubiera cambiado el ánimo del conde ni que hubiera dormido mal o le hubieran vuelto las pesadillas que otrora le había causado la *naine* Lioneta, ni menos que los señores hubieran porfiado y se hubieran recordado mutuamente a sus antepasados, no, que no se habían oído voces en sus habitaciones ni, como sucediera otrora a menudo, el padre, enfurecido, hubiera pegado a la enana y la madre hubiera acudido en socorro de su hija, la hubiera atendido y le hubiera pasado la mano, haciéndole el cura-sana, cura-sana, por el chichón que apuntara en su frente o por el moratón de su brazo, a la par que reprochaba a su marido su mala acción, que no, que no era eso.

Fue que, lo que había de suceder, llegó y no del modo que habían avisado las gentes y seguían machacando los agoreros: aquello de que el día menos pensado a don Robert le vendría la cólera a la boca y, sin poderla reprimir y ciego el raciocinio, mataría al fruto de sus entrañas, a Lioneta, su vergüenza y penitencia, pese a que en las últimas semanas parecía quererla tanto como a Mahaut, que no, que tampoco fue tal.

Ocurrió que, en la antesala de los aposentos de doña Poppa y tras despedirse de su familia, el conde anunció a sus caballeros que irían todos, hombres y mujeres, a dar un paseo para tomar un poco el sol y secarse la humedad. Y los hombres fueron saliendo sin rechistar, pese a que los caminos estarían llenos de barro, y las mujeres corrieron a aviarse. El aya se llevó a Mahaut pero a Lioneta no la encontró, y eso que la buscó con la mirada y la llamó. Con ello el matrimonio y la pequeña quedaron solos en la habitación, ésta escondida entre los vuelos de la saya de su madre. Y fue que don Robert enfilaba hacia la puerta y que la *naine* salió de su escondite, o refugio, lo que fuere, y fue tras él. ¡Qué ir, corrió tras él con los brazos levantados! ¡Qué correr!, inició carrera loca, como si estuviera dirigida por el diablo o como si fuera una rata perseguida por un gato, como ella solía correr, en fin, y que, Dios de los Cielos, Santa María bendita, empujó a su padre por las corvas de las pantorrillas o más arriba, en los muslos, haciéndole caer, con tan mala fortuna que el hombre, que era muy alto y había de agachar la cabeza al pasar bajo cualquier puerta, impelido por el impulso que llevaba su hija, se dio un golpe en la frente contra el dintel de la puerta y, ay, que sonó a huesos rotos. Y no fue que las corvas de las pantorrillas o los muslos del conde fueran el punto débil del susodicho, como lo fuera el talón del bravo Aquiles, no, que don Robert carecía de puntos débiles, al menos que se supiera, o sencillamente tenía los puntos débiles comunes a todos los mortales, ocurrió que Lioneta le fue, le arremetió quizá, por la espalda y que la espalda del señor de Conquereuil era tan débil como la de cualquier mortal, en razón de que el ser humano no tiene ojos en el occipucio y de que él, él, muerto ya, mientras había estado vivo no había sospechado de ningún peligro en el momento de abandonar el aposento de su esposa, con lo cual el juego o el ataque que le causó la muerte le cogió desprevenido, porque muy otra cosa hubiera sido si hubiera intuido que se preparaba contra él alguna maldad.

El caso es que doña Poppa, que había seguido la escena con sus ojos, al oír ruido de huesos rotos, gritó y corrió hacia su marido, pero no llegó a tiempo de amortiguarle la caída, pues que se golpeó en la frente y, pese a que se retorció, al desplomarse, talvez inerte ya, volvió a darse en el cráneo y, en viéndolo muerto, pues que ni una mirada tuvo para ella, puso los labios en sus labios y, eso sí, aspiró y se quedó con su último aliento cumpliendo, sin saberlo, el postrer deseo de su buen esposo. Para entonces y antes de que irrumpieran en el aposento los caballeros y las damas, Lioneta ya se había ocultado, a su izquierda, entre la mucha tela de la saya de su madre y se había meado de nuevo piernas abajo.

Cuando llegaron los mesnaderos y las camareras se encontraron al hombre más alto quizá del reino de la Francia muerto en el suelo, a doña Poppa arrodillada a su lado y besando sus labios y, como no vieron a nadie más por allá, no se acordaron de la *naine* ni sospecharon de ella ni supusieron nada ni luego, pasado el tiempo, fueron capaces de imaginar, que su señor no había muerto accidentalmente, sino, ya lo hiciera queriendo o sin querer, a manos de su propia hija, cuando era quizá la niña de menos talla del reino de la Francia y posiblemente hasta de la Europa toda. Además, contemplando a su señor de cuerpo presente, nadie les tuvo que explicar qué había sucedido, pues a la vista estaba que don Robert, por una vez, por una maldita vez, se había descuidado y no había agachado la cabeza al pasar por la puerta, Dios se apiade de su alma.

Las mujeres lloraron. Los hombres, uno, dos, tres y hasta cuatro, examinaron el cadáver y los cuatro movieron la cabeza y se recogieron en sus corazones, lo único que podían hacer, pues los usos sociales no les permitían llorar. No obstante, la inmensa pena se reflejaba en sus rostros.

Mientras las damas querían alzar a doña Poppa y los caballeros decían de trasladar a don Robert, descanse en paz, a sus habitaciones para lavarlo de los malos humores y vestirlo antes de que alcanzara el *rigor mortis,* para luego depositarlo en un túmulo, acorde con su dignidad, en el gran comedor y que los habitadores de la villa le rindieran su último homenaje, la noticia salía de la torre alta del castillo y se extendía rauda por la población, tan aprisa que, antes de que se presentara don Pol, el párroco de la villa, con los Santos Óleos, las campanas de la iglesia ya tocaban a muerto.

A duras penas consiguieron las camareras levantar del suelo a su señora y sentarla en una cátedra, pues que lloraba a lágrima viva y ni los cariños que le deparaba Mahaut le aliviaban, pues, tan aturdida estaba, que no era capaz de abrazarla para compartir el dolor que ambas llevaban en sus corazones, ni hacer otro tanto con Lioneta que, toda meada, se le había sentado en el halda y también le hacía zalemas queriendo consolarla y lloraba a la par que su madre y su hermana. Es menester dejar patente que la reciente viuda no rechazó a la pequeña homicida, y eso que había visto lo que había visto y que había amado a don Robert con todas sus potencias y sentidos desde que, siendo mozo, naufragara en la isla de Sein.

Mientras los hombres trasladaban el cadáver de su señor a sus aposentos en unas parihuelas y lo dejaban en ellas en vez de acomodarlo en su lecho —ya se ha comentado la complicada, aunque útil, factura de la cama bretona—, en razón de que no hubieran podido operar, en las habitaciones de la señora, al quedar expedito el lugar donde el conde cayó muerto, las camareras observaron unas gotas de sangre y el charco de la meada de Lioneta, y levantaron los ojos al cielo y hasta se santiguaron creyendo que eran lágrimas de su señora, y no se extrañaron de que fueran tantas, pues que bien sabían del gran amor que la dama había profesado a su marido y señor.

Llorando salió la condesa hacia los aposentos de don Robert, de tal guisa anduvo y así llegó, pues que no dejó la llantina en muchas horas. Por eso fue incapaz de hablar o de dar órdenes, por ello lo hicieron todo sus damas, mientras ella le tenía la mano al muerto, sentada en un escabel para no desmayarse, a la vista de los fieles de don Robert, de los caballeros, que le habían seguido en sus guerras, en sus paces y en sus holganzas, cuatro personajes que todavía no tienen nombre en esta historia, pero que ya lo tendrán. Los mismos que, una vez aviado el cadáver y tras besar la mano de doña Poppa y darle sentido pésame, asistieron en primera fila a la administración del sacramento de la extremaunción que llevó a cabo el párroco de la villa, y ya se encargaron de preparar el túmulo del difunto en el gran comedor, de llevar muchos cirios para el velatorio y abundantes imágenes, amén de desplazar el féretro a hombros.

A la viuda no dejaron de atenderla sus camareras, esas mujeres que han estado pululando por estas páginas y que tampoco tienen nombre, aunque también se les dará, pero lo más que hicieron fue acercarle pañuelos limpios y retirarle los mojados, pues doña Poppa era un río de lágrimas y, pese a que, quisieron consolarla y hablarle de lo que se dice en ocasiones semejantes: que don Robert había sido un gran hombre, que sentían su muerte por ellas mismas pues lo habían tenido en grande aprecio, pero sobre todo por ella, por la condesa, pues conocían el grande amor que le había profesado, o que, aunque era día de duelo, presto habría de levantar cabeza, pues que le quedaban dos hijas por las que vivir, o que el tiempo todo lo cura, pese a tan buenos consejos, no conseguían que su señora dejara la llorera un momento ni que bebiera una tisana bien cargada de melisa y valeriana o que se levantara de la cátedra y saliera a la almena a respirar aire puro o que comiera algún alimento, que le llenaría el estómago y le haría bien, o que se acostara y descansara un ratito que fuera, en el lecho vacante para siempre de don Robert o en el suyo propio.

Nada lograban aquellas mujeres de buena voluntad, porque a doña Poppa se le habían juntado dos penas: el fallecimiento de su esposo, al que había amado hasta la locura desde que sus hermanos lo encontraran a punto de morir en una barquichuela a la deriva en la playa grande de la isla de Sein... ¡Ah, qué tiempos felices...! Los cuatro mozos cabalgando por el dicho arenal y siempre ganando la carrera el buen Robert, el mejor de los condes del duque Geoffrey, la mejor espada del reino de la Francia y, en otro orden de cosas, el mejor de los maridos, pues que la consideraba, la dejaba hablar y dar su parecer en tal asunto o tal otro, y sobre todo la amaba... El mejor hombre en la cama talvez —tal se aducía—, aunque no había conocido otro varón en semejante trabajo... El mejor padre —y en este punto de sus pensamientos a la dama se le ensombrecía su blanco rostro y le brotaban incontenibles más y más lágrimas—... porque había sido el mejor padre para Mahaut, pero un mal padre para Lioneta, aunque en los últimos tiempos se había arrepentido de su proceder y hasta se había convertido en un padrazo. Y era aquí, Señor, Señor, al analizar esta cuestión, cuando una segunda pena venía a juntarse con la primera, porque no en vano había sido ella la única espectadora de la muerte de su esposo y no podía dejar de preguntarse por qué Lioneta había salido de entre los pliegues de sus faldas y había corrido como alma en pena —como ella corría pese a tener las piernas combadas— detrás de su padre y le había golpeado con el ímpetu que llevaba en las corvas de las pantorrillas, o más arriba, para que perdiera el equilibrio y se matara. Se demandaba también si la criatura habría querido jugar con él o si, aunque el padre le demostraba ya amor paterno, incluso en demasía, habría querido provocar un accidente que le produjera la muerte —pues que lo había visto mil veces agacharse para evitar el dintel de las puertas— y así descargar el odio que acumulaba contra él en su corazón después de seis años de desprecios continuados y de sólo una veintena de días de cariño.

Y, claro, arreciaba el llanto la dama, sabedora de que lo que había presenciado, lo del crimen de su *naine*, nunca se lo podría contar a nadie, siquiera a un sacerdote en confesión, no fuera a irse de la lengua si era hombre indigno aunque de ello no conociera ningún caso, y muy consciente de que, en adelante y si Dios le daba salud habría de vivir para sus dos hijas y con sus dos inmensas penas: el fallecimiento de su marido y la horrible acción de Lioneta, ya hubiera hecho lo que hizo consciente o inconscientemente, ya fuera el resultado un accidente o un homicidio, ya fuera negocio del destino o que hubiera zurcido el Demonio este desatino, que ahí está siempre haciendo el mal y repartiendo dolor. Todo eso habría de hacer, aunque en el momento en que se encontraba hubiera preferido morir y que la enterraran en la misma tumba que a su esposo.

Capítulo
4

Los sones de las campanas de la villa tocando a muerto recorrieron toda la Bretaña y la noticia del fallecimiento del conde Robert a causa de un malhadado accidente, a un día saliente el mes de noviembre, conmemoración de San Andrés Apóstol, se extendió por las viejas Galias, llegando al castillo del rey de la Francia y a otros muchos de duques y condes de los cuatro puntos cardinales.

Y fue que la mayoría, a no ser que estuvieran enfermos o impedidos por su mucha vejez, tanto los que lo habían querido bien como los que lo habían detestado u envidiado u odiado, que de todo había, se pusieron en marcha con sus mujeres y sus cortejos para asistir a su funeral, acompañar a su viuda, a doña Poppa de Sein, en momentos tan dolorosos y para conocer a las hijas del muerto, a la bella Mahaut y a la enana Lioneta, sobre todo a esta última pues que la mayor parte habían oído hablar de ella.

Evidente, los primeros en llenar el gran comedor fueron los pobladores de la villa, que se llenaron los cabellos de ceniza en señal de duelo y formaron largas colas para arrodillarse ante el cadáver,

90

santiguarse, inclinarse ante la condesa y salir con premura, como quien dice, pues los caballeros del conde no les dejaban estar más tiempo, siquiera rezar un avemaría o sumarse al llanto de las plañideras. A los tres días, empezaron a llegar los señores que vivían cerca: el duque Geoffrey y su mujer, y el obispo don Hugo, porque residían en Nantes y lo hicieron juntos. Al cuarto día, venidos de París, se presentaron los reyes de la Francia, don Robert y doña Berta, y el obispo de dicha ciudad y el abad de San Martín de Tours, cada uno con sus séquitos, por separado y en un intervalo de pocas horas, por aquello quizá de que los señores reyes vivían en contubernio. Al quinto, lo hizo el conde de Anjou, don Fulques el Negro —el que salía derrotado en el tapiz que bordaba doña Poppa con aplicación—, con su mujer, y también don Odilón, el abad de Cluny que, como todos los clérigos que habían ido llegando, rezó un responso por el alma del buen Robert. Al sexto, se personaron el conde de Flandes y el marqués de Provenza, y al séptimo el duque de Aquitania, este último disculpándose por la tardanza y jactándose de que, desde Tolosa, había reventado diez caballos, lo que de poco le valió pues que el conde de Barcelona, don Ramón Borrell, casi le ganó pues llegó dos horas después, y eso que venía de mucho más lejos.

Y, al décimo día, cuando ya no se esperaba a ninguna personalidad y se daban por venidos los representantes de todos los linajes, y estaba a punto de comenzar el funeral *corpore insepulto* de don Robert, aún llegó la tía Adele, la anciana señora de Dinard y única pariente del conde muerto, excusándose también y repitiendo lo que siempre decía: que, aunque se propusiera evitarlo, llegaba tarde a todas partes.

En el entretanto, doña Poppa continuó con sus lágrimas y sentada al lado del túmulo de su esposo sin querer moverse ni casi probar bocado ni tenderse en la cama a descansar, aunque algún rato cabeceaba en la cátedra. Claro que, a momentos, había de detener su llorar, cuando abría los ojos y pedía más velas o más plañideras o cuando uno de los caballeros del conde le preguntaba dónde iban a enterrar a don Robert. Entonces, se secaba los ojos, se sonaba la nariz y hablaba con poca voz:

—En la capilla.

—Sí, mi señora, pero ¿en qué sepultura?

—¡Oh!, ni don Robert ni yo previmos mandar hacer nuestras tumbas...

—Hay una en la iglesia del pueblo. Es de mármol, si quiere su merced sacamos los restos y la utilizamos para don Robert... Es muy buena...

—No, no, mi señor marido en un sarcófago usado nunca jamás... Además, ¿qué pasara con el ocupante? No puedo, no debo, turbar su paz... Me maldecirá desde donde se encuentre...

—¿Entonces?

—Que los canteros del pueblo vacíen un bloque de piedra grande, de a lo menos dos varas y media, y labren una lauda, y si no hay tiempo, porque el entierro será el día décimo, luego ya esculpirán su nombre, que trabajen día y noche, que se lo sabré agradecer.

Por ejemplo. E ítem más, cuando se fueron presentando los señores reyes y tantos duques, condes, obispos, abades y abadesas, a los que, después de recibir sus condolencias, hubo de atender y disponer habitaciones, y hasta ceder las suyas a la reina Berta, a más de mandar ahuecar los plumazos y cambiar las cobijas, no fueran las pulgas a picar a sus huéspedes. O cuando, a poco de llegar, el propio duque Geoffrey le indicó, con la mayor sutileza, la conveniencia de bajar el cadáver de don Robert a las mazmorras para que no se descompusiera más, pues que empezaba a heder, y él mismo cargó a hombros con él cuando las parihuelas no cupieron por la estrecha escalera de caracol que conducía a tan sombrío lugar. Entonces, al enterarse del bello gesto de señor con vasallo, también hubo de agradecérselo, pero, cuando el susodicho le instó a que mandara hacer un ataúd emplomado o a que ordenara que lo embalsamaran para evitar la pestilencia, se negó rotundamente alegando que, mientras pudiera no se separaría de su esposo, que agotaría los diez días, y le rogó que no permitiera a nadie, ni a noble ni a villano, bajar a las celdas. Así las cosas, el duque no insistió, pues comprendió su dolor.

En los días de la mazmorra, doña Poppa pasó mucho tiempo en la oscuridad. Ora de pie, poniendo su mano sobre la helada y yerta mano de su marido, a la par que admiraba las facciones de su rostro que, pese a que se habían afilado, no habían perdido donosura, tal le parecía. Ora sentada en los poyetes que rodeaban el habitáculo —las camas de los presos—, bebiendo a pequeños sorbos de un cuenquillo con caldo de presa o pizcando un dulce que le había llevado alguna de sus camareras para que comiera algo. Ora de rodillas en las duras y frías losas rezando por el alma de su esposo y, a todo momento, excusando su presencia en el gran salón, donde las grandes señoras, tras haberse saludado las que se conocían y presentado entre ellas las que se desconocían, tras cruzar las cortesías pertinentes y preguntarse por la salud y estado de sus hijos y parientes mutuamente, pasaban el día hablando sin parar, mismamente como si fueran comadres.

Al principio, las altas damas se lamentaron de la temprana muerte del conde, tan buena espada que era, tan tontamente además, y en este punto coincidieron en que don Robert debería haber adecuado todas las puertas del castillo a su altura. Luego se dedicaron a preguntar a las sirvientas por el paradero de la condesa y a quejarse de que las dejaba solas en el gran comedor y, aun añadían otras que no había salido a recibirlas siquiera a la puerta del castillo y que el protocolo lo dejaba en manos de mayordomos, pero los criados, al ser interrogados, respondían que la señora no quería separarse de su marido; lo que les proporcionaba un enjundioso tema de conversación, pues que ya tenían oído que los esposos se habían amado como no es común. Algo así o mismamente como don Lanzarote y la reina Ginebra, o como el rey Robert y la reina Berta —tal se permitían comentar algunas de ellas sovoz, poniendo cuidado en que no les oyera la interesada—, y hasta sabían la historia del conde náufrago y de la doncella de alto linaje también, y hacían cábalas sobre lo que habría llegado a hacer en su desesperación la buena Poppa de no tener dos hijas que criar. Pero, en cuanto alguna mentaba a las hijas, se armaba cierta algarabía en el comedor:

—¿Dó son las niñas?

—Queremos conocerlas.

—Que vengan.

—Dicen que la mayor es muy bella...

—Vendría bien para mi segundo hijo.

—Si es bella y virtuosa la querré para mi primogénito.

—Yo quiero ver a la *naine*...

—Se llama Lioneta.

—Dicen que es un monstruo.

—No será para tanto.

—Las malas lenguas aseguran que sí.

—Cuando la veamos, juzgaremos.

—Tengo para mí que doña Poppa no quiere enseñárnosla...

—Se comenta que fue la pesadilla de don Robert y que, por si estaba endemoniada, hizo que le echaran exorcismo...

—Él tan galano, tener una hija enana...

—Y habiendo visitado cientos de lechos.

—Pajares, pajares o burdeles más bien.

—Está visto que doña Poppa no atiende a nuestros mensajeros, pero si doña Berta, la reina de la Francia, la llama habrá de acudir.

—Me muero de gana de conocerla.

—Se dice que doña Poppa lleva a la *naine* siempre escondida debajo de su falda...

—¿Qué dice su merced? ¡Qué guarrada!

—¡Ténganse las damas, no hagan caso a las habladurías!

—¿Y cuando está doña Poppa con la «enfermedad» también?

—Entonces no creo, ¿acaso te tengo que explicar, señora mía, que la pasamos de la silla a la cama, quietas y sin movernos?

—No, no.

—Pues eso.

—Tengo oído que Lioneta es diminuta, como un elfo de los bosques.

—¡Llámela doña Berta, háganos una caridad!

—No tendrá otro remedio que presentarse en este salón...

—Si doña Berta le manda que venga con sus hijas, tal habrá de hacer.

—Hágalo la señora, por favor...

—Mañana es el entierro, y la veremos. Yo también tengo curiosidad por ver a las niñas, y ardo en deseos de consolar a doña Poppa y tener sus manos en mis manos, pero no se deja. Respetémosla, en fin, aceptemos que pase las últimas horas con don Robert de cuerpo presente.

—Ea, pues, si place a las señoras juguemos al ajedrez hasta que llamen a cenar. Hagamos varias mesas...

—Mejor a los dados. Ea, aflójense sus señorías las faltriqueras.

—Vamos, pues.

Al décimo día del fallecimiento del conde Robert de Conquereuil se procedió a su entierro, según costumbre, pues que se dio por venidos a todos los grandes señores. Durante la jornada anterior había quedado preparada la capilla, se había llenado de candeleros con velas buenas, nada menos que de esperma de ballena; se había cavado una fosa al pie del altar e introducido en ella una sepultura de granito color de rosa —la piedra de por allá—, se había dispuesto a su lado una pesada lauda para cerrarla en su momento, con el nombre del muerto y una sencilla cruz, a la espera de ornarla más; se habían colgado magníficos reposteros en los laterales de la iglesia y dispuesto sitiales y reclinatorios para los señores, y también se había trasladado el túmulo de la mazmorra. Y, en otro orden de cosas y a pesar de que los señores eran muchos y el espacio pequeño, como los pobladores, como no podía ser de otra manera, deseaban asistir al funeral, el duque Geoffrey, dado que doña Poppa estaba muy ocupada en el subterráneo despidiéndose de su marido, optó por dejar entrar a diez de ellos, a las primeras diez personas que se presentaran ante él lavadas y vestidas con ropa de domingo, pues que tenía en gran estima la cuestión del aseo y, aunque los que llegaron tarde se enfadaron, no se atrevieron a manifestar su enojo y se conformaron con llenar las escaleras del castillo y el patio de armas.

La viuda había pasado la noche anterior al día del entierro velando el cadáver de su esposo, vestida de negro luto, sentada en el poyete de la mazmorra, con la cabeza de su difunto sobre su halda, pues que los caballeros, al llevarse el túmulo a la iglesia, lo habían tendido allí, y gemiqueando porque llorar ya no lloraba, quizá porque se le habían terminado las lágrimas, dado que diez días de llanto continuado, son demasiados días y excesivas lágrimas. Eso sí, a ratos pidiendo al Señor una muerte súbita para que la sepultaran en la misma tumba que a su marido y señor, aunque hubieren de estar apretados mientras el mundo existiera; a ratos desdiciéndose de sus súplicas, incluso retirándolas con vehemencia y pidiendo perdón a Dios por sus insensatas palabras, pues que tenía dos hijas por las que vivir. Dos hijas que se hacía llevar entre gallos, cuando nobles y plebeyos dormían en la villa, para que nadie las viera, para que nadie rompiera su dolor y, una vez allí medio dormidas, las besaba y les hablaba de la valentía, de la largueza, del señorío y del porte de su padre y hasta las alzaba para que pusieran sus manos en la cruz de su espada. Y ya las despedía, para quedarse sola con él y alisarle los ropones o componerle el cabello y sobre todo para acariciarle el rostro siempre sin hacer ascos a la color que, conforme transcurrían las jornadas, estaba tomando el cuerpo del buen Robert, que de morado se estaba tornando en verdinegro, a más de mostrar grandes ronchas y oler a podrido. Un olor que se expandía ya por el castillo y no se combatía con buenos aromas, y eso que el invierno estaba muy cercano ya.

Llegado el momento, sin que el hedor le echara para atrás, se presentó en las prisiones el duque Geoffrey, seguido de los cuatro caballeros de don Robert y varias camareras de doña Poppa, con unas parihuelas y una tela bordada, muy buena, que resultó ser el estandarte del conde. Las mujeres dieron de beber a la señora y los hombres, tras besarle la mano, retirar la cabeza del muerto de su halda y alzarlo, procedieron. Lo colocaron sobre las angarillas, le recompusieron las ropas, le pusieron la espada recta, lo cubrieron con el paño, con su glorioso estandarte, y lo ataron con cuerdas para que no se desbaratara al subirlo por la estrecha escalera de caracol. Cierto que no se olvidaron de la viuda pues, antes de taparlo para siempre, se volvieron de espaldas para que le diera su último adiós. Según se comentó luego, un largo beso le dio en los labios, en unos labios helados y quizá descompuestos ya por la podredumbre, pues el conde hedía; pero, Dios bendito, qué no conseguirá don Amor, después de todo.

Y ya, cuatro de ellos se echaron a hombros las parihuelas, mientras los otros sostenían sendas antorchas para alumbrar el angosto paso, y las subieron como pudieron, levantándolas, arrastrándolas, como fuere, que doña Poppa, que iba detrás tenida de los brazos por dos de sus damas, cerró los ojos y no quiso ver aquel zarandeo que le revolvía el corazón y le despedazaba el alma, que ya traía partida.

Llegado el féretro al piso bajo, se hizo un silencio sepulcral, pues las plañideras aún no habían empezado su trabajo y las campanas de la población no habían asonado todavía. Un mutismo que no había existido hasta el momento y que debiera haber habido nada más fuera por respeto al muerto, pero que se produjo cuando, acompañadas de su aya, se personaron las niñas para asistir al funeral y su presencia llamó la atención de hombres y mujeres: de reyes, duques, condes, obispos, abades y abadesas, de todos los que tenían curiosidad por conocer a las hijas de los señores de Conquereuil y sobre todo por contemplar a Lioneta. Y, luego, un rumor se extendió por el zaguán del castillo y surgieron cientos de murmullos y comentarios que, por supuesto, finalizaron cuando se formó la comitiva y se inició la marcha hacia la capilla, aunque la mayoría del personal se quedó con la palabra en la boca.

Avanzaron don Hugo, el obispo de Nantes, llevando una cruz procesional, muy buena, cuyas borlas sostenían el obispo de París y el abad de Cluny. Luego, portando las parihuelas, el rey de la Francia, y el duque Geoffrey, delante, ayudados por los cuatro fieles de don Robert y algunos nobles. Seguía doña Poppa, vestida de negro de los pies a la cabeza, velada y con un collar de gruesas perlas de buen Oriente por todo aderezo, caminando, pese al gran dolor que se le adivinaba en el rostro aunque el velo no la dejaba ser vista, con paso seguro y dando una mano a cada una de sus hijas, ambas de luto, y el aya, para atender lo que fuere. Y ya el resto de los nobles y detrás sus esposas por orden de categoría y a cuál más aviada con vestes de luto, como si compitieran entre ellas, y ya la gente de palacio y los diez representantes del pueblo bien lavados y con ropa nueva.

Marchaba la comitiva a paso lento, atravesando el patio de armas en dirección a la capilla, por un pasillo que guardaban soldados con la lanza a la funerala, mientras el pueblo se agolpaba en silencio detrás de la tropa. Las gentes, con ceniza en la cabeza y, las más, vestidas de negro en señal de duelo, se arrodillaban —los que podían, pues que no cabía un alfiler—, se santiguaban, se mesaban los cabellos y las mujeres lloraban en franca competencia con las plañideras mientras los hombres, con el rostro grave, se despojaban de los gorros y también se hincaban de rodillas —los que podían, por lo que va dicho—, demostrando con aquellos gestos el amor que, como buenos vasallos, habían tenido a su buen señor. Lo que holgaba a los señores de buen corazón allí presentes, que no eran todos ni mucho menos, pues que, ante semejantes muestras de dolor, no dejaban de pensar que con ellos harían otro tanto sus buenos vasallos, que ni por asomo eran todos los que vivían en sus señoríos.

Por supuesto que había murmullos entre la multitud, a pesar de que habían visto a los señores atravesando el puente levadizo de la fortaleza y habían oído a sus heraldos anunciar:

—¡Paso a don Geoffrey, duque de Bretaña!

—¡Paso a don Robert, rey de la Francia, y a la reina Berta, su mujer!

Por ejemplo.

Pero como no habían tenido ocasión de volverlos a ver ni habían podido retener sus semblantes, querían saber quién era quién. Quién era el rey de la Francia, el duque Geoffrey, el conde de Tal o el de Cual, o la señora reina quién era de todas aquellas damas, que tan aviadas y enjoyadas iban, que podía ser cada una talmente la Virgen María. Los mismos, o parecidos, cuchicheos que surgieron cuando los villanos contemplaron, o más bien imaginaron en razón de que iba velada, el rostro de doña Poppa, pálido como la misma muerte, que denotaba inmenso dolor, pese a que andaba con paso firme, sin duda, por sus hijas, porque había vivido para don Robert y sus niñas y ahora habría de vivir, bendígala Dios, sólo para las criaturas, eso sí manteniendo el señorío y defendiéndolo de los condes vecinos que, codiciosos, surgirían como setas queriéndoselo quitar y, ante tal posibilidad, los hombres de oficio y menestrales se mostraban dispuestos a ayudarla y a sumarse a su ejército cuando llamara a la hueste contra un conde cercano o contra otro de más allá. Mayores fueron los siseos cuando la multitud pudo observar a las niñas —es menester aclarar que primero vieron a la madre y comentaron tal y cual, y luego a las hijas, porque eran más bajitas y una casi diminuta—, ambas de la mano de su progenitora, recogidas en sí mismas y con la mirada fija en el suelo.

Y aún los nobles no habían entrado el féretro en la capilla, que asonó una trompa en el portón del castillo y todos se asustaron, pues que creyeron que se trataba de las trompetas del Apocalipsis, pero no, no, que era doña Adele de Dinard, que llegaba tarde y pretendía nada menos que entrar con su carroza en el patio de armas, que estaba a rebosar, como dicho es. Y se organizó el jaleo consiguiente porque las gentes no podían apretarse más para dejarle paso ni querían dejarle su sitio porque bastante les había costado conseguirlo y estaban dispuestas a defenderlo a puñadas o a puñaladas —que el pueblo alterado es temible— y a no apartarse, aunque recibieran algún latigazo de los lacayos o las ruedas del carruaje de la recién venida les rompieran algún hueso. Ante semejante alboroto, el duque Geoffrey, que era el señor de don Robert, que haya Gloria, detuvo la comitiva fúnebre, entregó las parihuelas a un caballero y fue a ver. A él, las gentes le hicieron paso naturalmente, se llegó hasta la carroza y se encontró con su tía, la anciana señora de Dinard que, al verlo y sin conocerlo, pues que se decía por toda la Bretaña que estaba ciega y con el seso perturbado, dada su mucha edad, se excusaba, ante una sombra, pues que otra cosa no veía:

—Aunque me lo proponga siempre llego tarde y ya lo siento, señor... Vengo al funeral de mi sobrino el conde Robert de Conquereuil... ¿Ha sido enterrado ya? ¿Dó es doña Poppa, su viuda...? ¿Dó es mi sobrino el duque de la Bretaña...? ¿Dó es mi pariente el rey de la Francia...? Soy doña Adele de Dinard... ¿Dó estoy? ¿Estoy en Conquereuil...?

—Sí, tía, sí. Yo soy Geoffrey, tu sobrino. Dame la mano para que te ayude a bajar.

Y la dama le dio la mano a un desconocido, pidió sus andas y fue llevada por sus domésticos al lado de la reina Berta, que le tomó la mano, la abrazó y le dio la bienvenida, suscitando el enojo de otras damas que no iban a su lado, aunque pertenecían a linajes mucho más antiguos que el de Dinard.

El cuerpo yacente de don Robert fue instalado en el túmulo dispuesto para tal fin. Los nobles principales, acompañados de sus mujeres, presidieron el duelo con doña Poppa y sus hijas ocupando sendas cátedras al lado de la epístola, el resto se distribuyó como pudo, excepto doña Adele que se quedó donde la dejaron sus criados, es decir, en primera fila. Y hubo comentarios, claro, porque la viuda había estado velando al muerto noche y día y despidiéndose del hombre que había amado o rememorando sus buenos ratos con él, cuando, Dios mediante, tendría tiempo más que sobrado, y no se había ocupado del protocolo ni había dispuesto que los sitiales correspondientes a las categorías, méritos y honores de cada cual estuvieran reservados conforme a la etiqueta, lo que resultaba incalificable, pero, en fin, como la reina Berta se lo perdonaba todo, en razón de que quizá era la única de las altas damas que conocía el amor, se le podía dispensar y tampoco era cuestión para quejarse.

Mientras los habitadores de Conquereuil suponían lo que sucedía dentro de la iglesia, bueno, imaginar no, pues que todos habían asistido a decenas de funerales, y hablaban de la llegada de la condesa ciega o de las hijas del conde, los mismos murmullos corrían por el sagrado recinto, e incluso otros. Otros más enjundiosos, porque hombres y mujeres podían, por fin, contemplar a satisfacción a la bella Mahaut, a la que nadie quitaba un ápice de hermosura, y a la monstruosa Lioneta, que era más fea de lo que el más fabulador de los mortales hubiera podido imaginar, que era un auténtico engendro, dicho presto.

Y, claro, se distraían y no atendían a la misa de réquiem con el fervor preciso para que el alma del fallecido disfrutara del Paraíso a la diestra de Dios Padre. Al oficio que concelebraban los dos obispos, el abad de Cluny y un sinnúmero de sacerdotes, pues hubo quien contó, en razón de que sabía hacerlo, hasta treinta prestes, cuatro más de los habientes en el funeral del rey Hugo, el primer Capeto, celebrado cuatro años antes.

El abad predicó la oración fúnebre y loó las virtudes del fallecido con una oratoria propia de Cicerón, según comentaron después los clérigos, los únicos que habían oído hablar de este personaje, pero no removió los corazones de los presentes ni por asomo, pues que estaban ocupados en mirar a Lioneta, tan chiquitica que era, la mitad que su hermana que sólo le llevaba un año, tan feica que era, qué feica, espantosa y, además, porque estaban pendientes de que la niña se levantara para poder contemplarla otra vez en toda su mengua o ver cómo, según sostenían las malas lenguas, se introducía bajo la saya de su madre, lo que más expectación suscitaba. Pero no, no, que no tuvieron esa suerte, pues que la *naine* permaneció sin moverse en su escabel y atenta a la misa, mientras duró la ceremonia.

Además, doña Poppa, a la única que podían haber conmovido las encendidas palabras del predicador, como estaba embargada por el sufrimiento y como ausente, esperando quizá a que su amado resucitara, no se enteró de nada, con ello el orador pudo ahorrarse la alabanza y el obispo de Nantes el sermón, que fue luengo.

Después de la consagración del pan y el vino, dicho el *Ite misa est* y celebrado que se hubo la Sagrada Eucaristía, tras el último responso, se procedió a sepultar a don Robert de Conquereuil, hijo que fuera de don Hubert y de doña Mahaut, esposo que fuera de doña Poppa de Sein, padre que fuera de Mahaut y de Lioneta; vasallo que fuera del duque Geoffrey de la Bretaña, que a su vez era vasallo del rey Robert, el segundo, de la Francia; amigo que fuera de muchos de los presentes y enemigo que fuera de unos cuantos de los presentes y de muchos de los ausentes. Al vencedor de la batalla de Conquereuil, que logró la pacificación de la Bretaña; al nuevo Roland, como lo había llamado el orador, exagerando, por supuesto.

Los portadores alzaron el cadáver del conde, que había sido incensado de continuo por paliar su hedor, y lo depositaron suavemente en el sepulcro. Entonces doña Poppa se acercó, se despojó del collar de perlas —el último regalo valioso que le había hecho su esposo—, se alzó el velo, lloró sobre la joya y la colocó sobre el pecho de su difunto, a la par, que las niñas le dejaban dos ramilletes de violetas, la flor del invierno, y a la par que varias nobles comentaban:

—Qué desperdicio perder semejantes perlas.

—Para mí las hubiera querido.

—Yo se las hubiera comprado muy a gusto.

Los señores principales cubrieron la sepultura con la lauda, pues siquiera dejaron hacer a los villanos tan arduo trabajo.

La reina Berta besó a la viuda y a las niñas en la cara. A Lioneta tuvo que cogerla en brazos, pues que le fue más fácil que agacharse y de tal guisa abandonó la capilla, llevando en un brazo a la *naine* y con el otro sosteniendo a doña Poppa que parecía iba a desmayarse de un momento a otro.

A poco, después de los pésames a la condesa, que los recibió al lado de la reina en la puerta del gran comedor, dio comienzo la comida fúnebre. Los nobles se sentaron en las mesas y los plebeyos permanecieron de pie en el patio de armas, pero todos comieron hasta reventar, mismamente como si se hubieran perdido las cosechas y fuera a llegar el hambre.

La señora Berta, cuya bondad acreciente Dios, no consintió que la condesa viuda se retirara a descansar o a continuar royendo sus penas o lo que pretendiere hacer en soledad, la sentó a su lado en el estrado que tenía preparado para comer sola, lo cual dio que hablar a duquesas y condesas. A su derecha, situó a la duquesa de la Bretaña, la mujer de don Geoffrey, pues no en vano se encontraba en aquel país y, a su izquierda, a Poppa, y enfrente hubo de dar silla a doña Adele de Dinard, que llegó tarde y ya no había un solo lugar vacante en el gran comedor.

El banquete duró más de doce horas, pues doña Poppa, aunque no se había ocupado de nada y todo lo habían hecho el mayordomo y los guisanderos, sirvió decenas de platos y varias bebidas, pues se empezó con cerveza, se siguió con sidra para los pescados, con vino bueno para las carnes y se terminó con aguardiente de manzana después de los postres. De sólido, los invitados comieron saladillos, sopas, verduras, pescados frescos y ahumados; carnes de ave, de caballo y de vaca; quesos; postres elaborados, como flanes, natillas o leche frita; frutas en compota y dulces variados, etcétera, todo en abundancia.

En el patio de armas, durante las mismas horas, los pobladores se atiborraron de pan, asado de cerdo, queso y vino que, aunque no era tan bueno como el que bebieron los señores, les supo a gloria y, entre bocado y bocado y mientras la capilla permaneció abierta, la gran mayoría de ellos se llegó a visitar la tumba del conde y a rezar una oración por su alma.

Los nobles sólo se levantaron de las mesas para ir a la letrina, ya fuera a vomitar, para seguir apreciando las ricas viandas de doña Poppa, o para aliviar las malas aguas.

La reina Berta, como no podía ser de otra manera pues no en vano era quien era, llevó la voz cantante en las varias conversaciones que se entablaron en su mesa, mientras se aplicaba a un guisote de lamprea. A primeras, preguntó a doña Poppa por el mayordomo, de dónde lo había sacado, dónde el joven había aprendido a presentar el aguamanil con tanta delicadeza, a atar las manutergas de lino al cuello con tanta finura y a retirar y reponer las tablas de comer. O a trinchar las aves y a cortar la carne en finas lonchas, a quitar las raspas de los pescados, a escanciar los vinos sin derramar una gota fuera de las copas, etcétera, y parecía admirada de los modales de aquel muchacho, que no tendría más de veinte años.

La condesa le respondió que se llamaba Loiz, que había nacido en Conquereuil en una familia de siervos domésticos y que había entrado a su servicio siendo casi un niño de pinche de cocina y, como viera que la dama tenía interés por él, no elogió una sola de sus cualidades ni menos explicó que era él el que llevaba la casa, el que gobernaba dentro del castillo, pues se ocupaba de las fregonas, doncellas y cocineros, a más de mantener las despensas y las bodegas bien surtidas. Sencillamente, como la reina le estaba manifestando confianza, se permitió cambiar de conversación, no fuera doña Berta a encapricharse con él y ella tuviera que cedérselo, cuestión que en vida de don Robert no le hubiera importado, pues hubiera encontrado sustituto e incluso lo hubiera pulido como hiciera con el buen Loiz, pero hizo como si no se enterara en razón de que, en su situación de viuda, debía tener muy en cuenta de qué personas se rodeaba en el futuro, pues que habían de ser capaces para que le ayudaran en la gobernación de su casa, villa y tierras, por eso habló:

—Mucho agradezco a vuestra señoría que haya tomado en sus brazos a mi hija Lioneta y que no la haya mirado mal ni hecho ascos...

—¿Quién es Lioneta? —intervino la tía Adele que, aunque ciega, oía perfectamente.

—Mi hija, señora.

—¡Ah! ¿Te refieres a la segunda, a la *naine?*

—Sí, señora.

—Yo también la tendré en mis brazos y le daré los regalos que he traído para tus hijas. Una enana es un ser pequeñito, por lo demás igual a los de talla acostumbrada, creo yo...

—Gracias, tía, gracias, además es muy lista... Decía, doña Berta, que...

—Nada tienes que agradecerme, Poppa. Sencillamente, la niña es *naine* por herencia de don Pipino, que esté en los Cielos. La he llevado en brazos muy a gusto y ella me hacía cariños en la cara, claro que se me ha corrido el albayalde y el rojete de las mejillas...

—Oh, lo siento, señora.

—No, no, pedí mi azafate y yo misma me he recompuesto detrás de un cortinón... Una cosa quiero dejarte clara, Poppa, si te sucede algo, Dios no lo quiera, me ocuparé yo de tus hijas, lo digo aquí ante testigos...

La duquesa de Bretaña, que todavía no había intervenido en la charla, tras pasar una fuente de salmón ahumado a las camareras, que permanecían de pie cerca de sus señoras, para que comieran y dar en la boca un trozo de pan a cada uno de los cuatro perros que rondaban en torno a la mesa, lo hizo por vez primera:

—Si es menester, yo también atenderé a tus hijas como si fueran mías, querida Poppa; he hablado con don Geoffrey y hemos convenido en que, si falleces, las cuidaremos nosotros. Don Robert, que en paz descanse, era vasallo nuestro y como sus señores actuaremos, eso sí, si faltamos nosotros deberán tutelarlas los señores reyes, según las leyes del vasallaje que imperan por estos países...

—Aquí estoy yo también, señoras, que soy la pariente más cercana... Claro, que soy muy mayor ya, demasiado... Sabed que he cumplido setenta años...

—Pues los lleva muy bien su merced.

—Hay que ver, Adele, qué aprisa caminas con ayuda del bastón, como si fueras moza.

—Estoy ciega, me he quedado ciega... Pero eso no me ha impedido hacer testamento, todo lo mío se lo dejé a Robert y, a su defecto, a sus hijas, con derecho a acrecer entre ellas...

Doña Berta cambió de tercio:

—Poppa, deberías aprovechar estos días en los que se encuentra en tu casa toda la grandeza de la Francia y ajustar el matrimonio de Mahaut... Yo te aconsejaré bien...

—Es pronto, señora.

—No, no, querida Poppa, desde mañana mismo debes empezar a pensar en todo...

—Sí, señora.

Apuntaba el alba cuando la viuda logró meterse en la cama, que ni fuerza tenía para mantenerse en pie ni para subir los escalones de la *lit-clos,* por eso se quedó al instante dormida, sin rezar sus oraciones, sin acordarse de su esposo, sin reparar en si la vianda que había servido en la comida fúnebre había sido poca, suficiente, mucha, demasiada o excesiva, ni si los nobles habían quedado saciados ni si los vasallos habían quedado hartos, ni si habían venido tantas gentes por acompañarla a ella o por ver a Lioneta; y tampoco fue a visitar a sus hijas. Tan agotado estaba su cuerpo que pidió lo suyo. Y eso, que cayó en un pesado sueño.

Mediodía era cuando la señora de Conquereuil abrió los ojos y no por ella, que talvez hubiera estado durmiendo hasta el fin de sus días, sino porque doña Crespina, el aya de sus hijas y su camarera mayor, preocupada por la tardanza en despertar de su señora, entró a mirar si respiraba y, al ver que sí, dejó pasar a las niñas que se subieron con ella a la cama y la acariciaron y la besaron y, como le vino la llantina, hasta sus lágrimas bebieron, para terminar llorando las tres. Las cuatro, pues que el aya también gemiqueaba:

—*Consumatum est...*

Tal decía una y otra vez repitiendo las palabras del exorcista, las únicas que sabía en lengua latina, salvo las de la misa y algunas oraciones, queriendo decir que había pasado lo peor para animar a su señora, a sabiendas de que le llevaría tiempo recuperarse de la falta de su esposo y, todavía más acostumbrarse al paso del matrimonio a la viudez, tan amarga que es si se había amado al fallecido.

Doña Poppa se lavó la cara y las manos en una jofaina y se dejó vestir por sus hijas. La pequeña subida en la escalerilla de la *lit-clos* le sujetó los cordeles del corpiño y le calzó los zapatos. La mayor le untó albayalde por el rostro, distribuyéndoselo muy bien, pues era presumida y luego, como su madre no quiso rojete, por el luto, embadurnó la cara de su hermana y la suya también, con lo cual la dama, al verlas de tal guisa, sonrió por primera vez en once días.

Y en ésas estaban, en una de las habitaciones de las camareras, pues que doña Poppa hubo de ceder la suya a la reina, como ya se dijo, las niñas hurgando en el azafate de su madre, sacando los pomos de aromas y aplicándoselos la una a la otra, y metiendo los dedos en los ungüentos; la madre desayunándose un cuenco de leche con sal con desgana, cuando se presentó en la cámara la mayordoma mayor de doña Berta, anunciándole que la soberana deseaba hablar con ella y que llevara a las niñas.

Ah, que la condesa se dio prisa y, a poco, se arrodillaba ante la reina, otro tanto que sus hijas, a la par que observaba que las camareras estaban haciendo el equipaje. Por lo que preguntó:

—¿Se prepara para marchar, doña Berta?

—Sí, hija, el rey y yo queremos pasar la Pascua de Nadal en París. Es tiempo de regresar, no vayan a sorprendernos las nieves...

—Sepa la señora que agradezco infinito su presencia aquí, y que nunca la olvidaré.

—Primero nos iremos nosotros, luego se irán los demás... Te quedarás sola, pero yo te tendré en mi corazón y rezaré por ti... La viudez, si ha habido amor en el matrimonio, es muy triste. El mismo dolor que sientes tú, querida Poppa, lo padecería yo si el rey Robert falleciera, porque lo amo tanto o más que tú quisiste a tu Robert... Lo contrario que me ocurrió con don Eudes, mi primer marido, cuya muerte me resultó una liberación...

—Bien dice la señora, que yo he vivido para don Robert desde el día en que lo conocí, lo mismo cuando estaba a mi lado que mientras esperaba su regreso.

—El tiempo pasará, Poppa, y tu dolor se irá diluyendo hasta dejarte una imagen cada vez más borrosa de la faz del que fue tu esposo, un gran soldado, por otra parte. Que talvez, quién lo sabe, con el tiempo ocupe lugar en los cantares, pues que don Odilón, el abad de Cluny, en la oración fúnebre, lo parangonó con don Roland. ¿Lo oíste, hija?

—Pues, a decir verdad, no pude escuchar nada, tanta amargura llevaba dentro de mí...

—Se te pasará el dolor y, cumplido el plazo, te quitarás el luto. Además, como eres muy joven, condes y duques te pretenderán...

—No sé, la mi señora.

—Bueno, si alguna vez te pesa demasiado la soledad, dímelo, te buscaré un buen marido. Y en cuanto a comprometer a Mahaut, en unos meses me dices alguna cosa e intervendré de mil amores en la concertación de su matrimonio.

—Por el momento, no puedo pensar en nada. Además, quizá me vaya en peregrinación, mi marido y yo hablamos de ello muchas veces...

—¿En peregrinación, adónde?

—No decidimos si ir a Roma, a Jerusalén o a Compostela... Verá, su señoría, queríamos ir por nuestras hijas. —Tal dijo la condesa mirando a Lioneta.

—¡Ah, lo entiendo!

—¡Niñas, dejad al perro, le vais a hacer daño y os morderá!

—Déjalas, Poppa. Al bicho le gusta jugar... A Jerusalén no te lo aconsejo. El Santo Sepulcro está, hace varios siglos ya, bajo soberanía musulmana y no sabes cómo tratan esos hombres a sus propias mujeres. Además, las tienen encerradas en sus harenes, como si estuvieran presas, y no les permiten salir a la calle, e incluso viven, comen y duermen, salvo cuando yacen con ellas, separados... No, no, tengo para mí que en la Ciudad Santa no sería bien recibida la visita de una condesa cristiana, máxime porque a los mahometanos, como son muy morenos, casi negros, tal se dice, les gustan mucho las mujeres rubias y de piel clara... No vayas por lo que más quieras, no te vayan a raptar. Fíjate qué botín, después de matar a tu compaña, conseguiría el califa o algún noble de por allá: a Mahaut y a ti, además, ¿qué sería de la pobrecita Lioneta?

—Sí, su señoría tiene mucha razón, no iré.

—Ve a Roma. Dentro de poco, el señor rey, mi marido, va a enviar una embajada a tratar con el papa Gregorio, ya sabes, por ese pleito que mantenemos con él, pues nos quiere excomulgar por habernos casado siendo primos hermanos...

—Algo tengo oído, la mi señora.

—Una pesadilla, hija, que nos hace ir por el mundo arrastrando una pesada cruz, mismamente como la del Señor Jesucristo camino del monte Calvario, pero dejemos este asunto que no quiero amargarme el día... Te he dicho lo de los legados para que te sumes a la expedición con tu gente y así vas acompañada. Saldrá en primavera... Pero, vayas a donde vayas, reza por mí, porque tengo para mí que estoy empreñada y esperando mi sexto hijo, que será el primero de don Robert y el heredero del reino de la Francia...

—Lo haré, señora. En cuanto a mi viaje, no sé. Ya comunicaré mi decisión a su señoría... Cuando vuelva de donde vaya, Dios mediante, fundaré un convento en estas tierras, lo dotaré bien y quizá ingrese en él con Lioneta, cuando Mahaut esté comprometida y viviendo en la Corte de su futuro marido. La próxima primavera sería un buen momento para iniciar mi peregrinaje... Lo haré por mi difunto, por mí y por mis hijas.

—Tenme al tanto, escríbeme y me dices, te ayudaré en lo que pueda.

Aquellas hablas fueron interrumpidas por la mayordoma de la soberana, que le avisó de que su equipaje había sido instalado en los carros y que el señor rey la estaba esperando, dispuesto a iniciar el viaje de regreso, en el patio del castillo.

Se apresuraron ambas mujeres y, como hacía un frío húmedo que calaba hasta los huesos, pidieron sus capas y se presentaron raudas en el zaguán del castillo, donde los reyes iban a recibir homenaje de boca y manos de todos sus vasallos allí presentes. El duque Geoffrey cedió su primacía a doña Poppa, que fue la primera en despedir a sus señores, y las segundas, sus hijas. Doña Berta volvió a coger a Lioneta en brazos, la besó en las mejillas y permitió que la cría le correspondiera y hasta se excediera en el besuqueo, pues que, a decir de dueñas, le dejó abundante baba en la cara.

El real cortejo, con los estandartes desplegados, partió camino de París. Don Robert montando magnífico alazán y doña Berta en soberbio carruaje, ambos embozados en sendas capas de armiño, que cada una valía una ciudad.

Primero al rey, luego al duque de Bretaña, después a los otros señores, obispos, abades y abadesas, en cuatro días doña Poppa despidió a hombres y mujeres agradeciéndoles a todos su presencia.

Y, ay, al duque Geoffrey mucho más. Pues que, al decirle adiós, al arrodillarse ante su señor, él le tomó las manos y la alzó y, al momento, anunció en alta voz que la confirmaba en la tenencia del castillo y tierras de Conquereuil con la misma autoridad que había ostentado el fallecido don Robert, que en Gloria esté. A la par que le ofrecía su amparo y su espada mientras viviere, e instó a la gente de la casa de la dama y a la población de la villa, que también participaba en la despedida, a obedecerla y amarla como si fuera el conde, y volvió a repetir lo de la espada, que era una clara amenaza y, vive Dios, lo que más mella hacía en las seseras de las gentes, ya fueran nobles o plebeyas, a cambio de que doña Poppa le diera hombres para sus guerras y se personara en Nantes, cada un año, el día de San Dionisio para rendirle homenaje. La dama, con lágrimas en los ojos, volvió a arrodillarse y quiso besarle los pies, pero el duque no se lo permitió y le tuvo la mano, mientras la duquesa le daba sendos besos en la cara y le entregaba a Lioneta que, mismamente como había hecho la reina Berta, la había cogido en brazos. Hecho este que holgó a doña Poppa, pues lo que pensaba mientras alzaba la mano para decir adiós a sus señores:

—Si dos damas tan principales han tenido en brazos a Lioneta, será que ya no causa temor ni repugnancia, que ya las gentes no la consideran monstruosa.

A lo que respondió doña Crespina porque la dama había hablado en voz alta:

—Dios oiga a la señora.

En los cuatro días que emplearon los señores en abandonar Conquereuil, doña Poppa recibió tres propuestas de matrimonio para Mahaut, todas buenas y, claro, no las rehusó, sencillamente, dada su situación, pospuso cualquier respuesta. Y, Santo Cristo, lo que nunca hubiera esperado, dos para ella, nada menos que dos, muy buenas también, y éstas, aunque le halagaron, pues que los pretendientes mentaron su donosura y sus muchas prendas, las rechazó de plano, es decir, con decisión, si bien no con altivez o grosería, que de ese modo nunca lo haría.

Se despedían los señores de la condesa y entre ellos, citándose para la próxima primavera en Barcelona, donde, Dios mediante, algunos se manifestaban dispuestos a personarse en la llamada Marca Hispánica, con sus tropas bien pertrechadas y con las espadas bien afiladas para participar en la batalla que tuviere el joven conde Ramón Borrell, pues, según sostenía el dicho, en las Hispanias los nobles y tenentes de fortalezas y ciudades mantenían guerra constante contra los musulmanes, poderosos enemigos de la cruz, que todas las primaveras acometían contra los reinos cristianos quemando campos, envenenando ríos, asolando ciudades, como había sucedido, poco ha, en Barcelona, donde el moro Almanzor, un demonio donde no haya otro, no había dejado piedra sobre piedra y otro tanto había hecho en Compostela de la Galicia, causando gran mortandad entre las gentes y repartiendo hambre por doquiera pisaba su caballo.

Oído lo oído de labios del mozo, doña Poppa, pese a que se sobrecogió al escuchar que Compostela estaba, o podía estar, destruida, que no le quedó clara la situación de la ciudad, le agradeció su presencia de esta guisa:

—Señor don Ramón, nunca olvidaré que hayáis venido al funeral de mi difunto.

—Había oído hablar de don Robert, señora, y he de deciros que siempre admiré su valor en las batallas... Entrará en la leyenda, será el nuevo Roland...

—Si necesitáis dineros para reconstruir Barcelona, decídmelo...

—No, gracias, señora. No obstante, podéis rezar por que muera el maldito Almanzor.

—Lo haré, señor. Dadle parabienes a vuestra esposa de mi parte.

—A vuestros pies, señora, le daré vuestros saludos a doña Ermessenda.

Y así, se fueron despidiendo uno a uno. Las damas, las más, tomando en brazos a Lioneta, las menos, haciéndole un cariño en su espantoso rostro que, pese a que, ya no producía náusea ni asco ni aprensión, al parecer, no había cambiado un ápice y seguía siendo tan feo como otrora, amén de que su cuerpo no había crecido una pizca. Mas si lo hacían era por imitar a la reina Berta y a la duquesa de Bretaña. Y mientras los hombres le tocaban la cabeza.

Doña Poppa aliviaba su ánimo a cada cortejo que partía de su castillo, pues que las risas y las voces de los nobles se le venían clavando como puñales en el corazón desde que, enterrado su marido, se dedicó a atenderlos, y anhelaba paz y sosiego.

La que no pudo salir de Conquereuil, pues que cesó el viento del noroeste, dicho *gwalarn* por allá, y se presentaron las nieves, fue doña Adele de Dinard, seguramente porque se retrasó en mandar hacer su equipaje o por aquello que decía que siempre llegaba tarde a todas partes. El caso es que se quedó a pasar la Navidad con su sobrina, lo que le vino bien a Poppa, y eso que nunca se habían visitado y, en consecuencia, no se habían conocido hasta el día del entierro de don Robert, pero fue que, aunque a momentos, su verborrea le resultaba agotadora, llenó el vacío que habían dejado los nobles en el castillo y, aunque la viuda lloró a lágrima viva en la soledad de su lecho y en las visitas que a diario hacía a la tumba de su buen esposo, algo se distrajo, pues que la anciana, pese a su ceguera, mantenía la cabeza muy bien puesta y pudo aconsejarla en esto o aquesto, a más de contarle multitud de historias.

Capítulo
5

A diario, doña Poppa de Conquereuil, mujer que fuera del buen conde Robert, oía misa y oraba ante la tumba de su esposo, acompañada de sus hijas, de sus damas y de la tía Adele que, al revés que los demás nobles, había hecho caso omiso a las advertencias de los campesinos que preconizaban copiosas nieves en la región, y hubo de pasar la Pascua de Noel con su sobrina pues fue que, al cumplirse los pronósticos que hacían aquellas gentes mirando el cielo y atentos al rumor del viento, los caminos quedaron impracticables. O talvez fuera que la dama, como acostumbraba, llegó tarde y se le anticipó el temporal, dado que hubo fuertes ventiscas, granizo y más de media vara de nieve se acumuló en las praderas y en la villa.

Ante semejante azote del clima, la señora de Dinard solicitó licencia a doña Poppa para que su cortejo desmontara las tiendas, a la sazón instaladas en la llana de acceso al castillo, mismamente como hicieran las otras compañas de los nobles que habían acudido a las exequias del conde. Naturalmente, la viuda se la concedió y permitió que los sirvientes, que llegaron ensopados y con las botas para escurrir, se hospedaran en la casa, se secaran las ropas en el fuego de las habitaciones de los criados y aun mandó repartirles mantas. Lo que nunca esperó es que en el séquito de su tía hubiera un hombre negro y, claro, se sorprendió y no es que no hubiera oído hablar de que en países remotos vivían hombres y mujeres de tal color. Talvez —se adujo— porque por aquellas latitudes luce un sol abrasador que ennegrece la piel, igual que sucede, aunque menos, por otros lugares donde las gentes son morenas de tez o mismamente en la Bretaña, donde en los días buenos, se pone la piel colorada de tomar el sol, o quizá fuera por obra de Dios, que creó criaturas de diferentes tinturas, para dejar manifiesta su infinita grandeza. Fue que no se esperaba que hubiera un hombre negro en Conquereuil y también que no había visto ninguno, que lo más que había contemplado con sus ojos había sido a hombres blancos con la cara tiznada de negro en carnaval. Y, claro, no dejó de mirarlo, de observar si era igual de cuerpo o si le faltaba algún miembro o si se manejaba mismamente como los hombres blancos, otro tanto que damas, caballeros y domésticos del castillo en virtud de que a todos les había causado la misma estupefacción. Hasta que, ay, cayó en la cuenta de que estaba haciendo con el negro lo mismo que hacían los hombres blancos con Lioneta: mirarlo con ojos de sorpresa de arriba abajo, como queriendo, además, adivinar qué sucedía en el fondo de su alma, si la tenía, pues que también le surgieron dudas sobre el particular. Cierto que, no llegó a contemplarlo con desprecio ni menos con lástima, que era lo que solía hacer el personal con su hija, no. Amén de que, al caer en la cuenta de que estaba actuando como detestaba que la gente hiciera con su *naine* y por hacer caridad, desvió sus ojos al momento. Y, por supuesto, nada tuvo que preguntar, pues la anciana que, aunque no veía, había captado perfectamente el silencio que se había producido en el gran comedor en el momento en que entraba el negro con el resto del séquito, ya todos vestidos con los colores de la casa de Dinard, para postrarse a sus pies y saludarla, le expuso todo de grado, porque, conforme discurrían las horas, se mostraba más y más habladora y, de seguir así, iba camino de convertirse en una parlotera impenitente.

Doña Adele explicó a su sobrina, y a los que con ella estaban, todos ansiosos de escuchar, que el negro se llamaba Abdul y procedía de la ignota tierra del África, un inmenso territorio situado al sur de la vieja Hispania, en donde vivían, a más de hombres y mujeres, bajo un sol sofocante, ya fuera en grandes desiertos o en selvas impenetrables, toda suerte de animales salvajes desconocidos en la Europa, cuya enumeración y descripción dejó para otro día, pues que estaba con el negocio del negro. Con Abdul, que tenía oscura la piel como todos los hombres de por allá y que profesaba la religión musulmana, como algunos hombres de por allá y, aunque sus oyentes se santiguaron al escuchar que el sujeto era pagano, también pospuso este asunto, porque iba a lo que iba, a aclarar qué hacía un hombre de tal color entre su servidumbre. Y continuó que Abdul era esclavo y que se lo había regalado su marido, don Martín, que haya Gloria, al volver de una de sus correrías por la mar, pues que había sido osado marino, quizá por tener apego a las costumbres de sus antepasados y por sentirse orgulloso de descender del gran rey Nominoe, a más de haber sido hombre fuerte y capaz de permanecer impávido ante las calamidades y zozobras que pudieran surgirle en sus largas expediciones. Y siguió:

—Al terminar las guerras del duque Alano, el que venció a los normandos y pacificó la Bretaña, mi marido, después de combatir al lado de su señor, partióse de Dinard. —Aquí se permitió hacer una pequeña digresión y habló de la ciudad—: Una población fundada por el citado Nominoe, hombre de grata memoria, que concedió unas tierras a unos monjes benitos para que levantaran un monasterio y custodiaran un hueso de San Malo, y otras tierras, más extensas si cabe, a su pariente, el tatatarabuelo de don Martín, para que alzara una fortaleza, amurallara la urbe y defendiera la desembocadura del río Rance a la par que toda la costa armoricana hasta donde pudiera extender su autoridad... Sería bueno que doña Poppa visitara la ciudad, pues que, a mi muerte, Mahaut será la señora de Dinard...

—Veremos, tía, esperad a que pase el luto...

—Sepan sus mercedes que todos están invitados... Decía que, en una mañana soleada, mi marido levó anclas rumbo al Canal de la Mancha, dispuesto a despojar a todos los buques que navegaren por allá en su regreso a los países del Norte, llevando ocho naves muy bien pertrechadas y una dotación de gente arriscada... Y, en efecto, como los Hombres del Norte volvían a sus localidades de origen con las naves a rebosar de botín, después de haber expoliado los países del mar Mediterráneo, y mi esposo asaltaba tanto a barcos que navegaran en solitario como a flotillas de diez o doce... En una de ésas, tras dar las órdenes oportunas, alcanzar a los enemigos a fuerza de remos, abordarlos, librar batalla con denodado valor, matar a los que oponían resistencia y arrojar por la borda, para que fueran presa de los monstruos de las profundidades, al resto de las tripulaciones, tornó a casa con veinticinco barcos, un inmenso botín de oro y plata, y un esclavo negro. Con Abdul, que era apenas un muchacho y eunuco por más señas...

En este capítulo del relato, la señora de Dinard hubiera tenido que interrumpirse y explicar a sus sorprendidos oyentes qué significaba la palabra «eunuco», pero debió darla por sabida y sintiéndose fatigada, pues que parecía que le faltaba aliento, sin duda, de tanto que hablaba y tan aprisa, pidió per miso a la señora de la casa para retirarse a descansar, y tal hizo. Salió del gran comedor, seguida de sus criados, excepto del negro Abdul, que estuvo un tiempo contestando a la curiosidad de las niñas, que le preguntaban por su color y por los países del África, a más de tocarle rostro, brazos y manos, y admirarse de que tuviera el torso de la mano negro renegro y las palmas grises, hasta que doña Poppa dio por acabado el sobo, que otra cosa no era, e ítem más las preguntas impertinentes y las burlas que empezó a hacerle Lioneta, pues le sacaba la lengua, quizá para resarcirse de las muchas veces que el personal se la había sacado a ella, y lo envió con su señora. Cierto que, los habitadores del castillo tardaron bastante tiempo en tolerar la presencia del negro y mucho más en apreciarlo, pese a que el hombre siempre se mostró discreto, afable y servicial. Don Pol, el cura, se interesó por él y pensó en hablar con la señora de Dinard para que le permitiera enseñarle la doctrina cristiana y, una vez la aprendiera, bautizarlo. Eso sí, la condesa y sus camareras, antes de que dejara de extrañarles la presencia del dicho Abdul, necesitaron saber a la menuda qué era aquello de ser «eunuco» y para qué servía y, Jesús-María, se quedaron espantadas al oír de labios de doña Adele que el esclavo, por orden del primer amo que tuviera en la lejana isla de Sicilia, donde dio a parar tras ser apresado en los países del África, había sido mutilado en sus partes de varón por un cirujano experto en tales menesteres, de tal manera que nunca podría procrear ni yacer con fémina. Que tal hacían los musulmanes con algunos muchachos para destinarlos a ser guardianes de mujeres en los harenes de los ricos o para satisfacer con ellos determinados vicios delezanables en los que por pudor no quiso entrar, aunque los dejó entrever.

El negro siguió siendo la comidilla del castillo durante varios meses y también de la villa, cuando los pobladores se enteraron de su existencia, amén de ser el juguete de Mahaut y Lioneta, que sólo lo dejaban estar cuando había de rezar sus oraciones, cinco diarias, a su Dios Alá. Y era entonces, ido el hombre o el medio hombre, al dormitorio de los criados a cumplir el precepto del profeta Mahoma, cuando las damas aprovechaban para preguntarle a doña Adele por qué no lo había dejado ver antes, pues que, sin duda, hubiera sido objeto de admiración entre los señores que habían asistido al sepelio de don Robert, descanse en paz, y ella respondía siempre lo mismo:

—Todos me lo hubieran querido comprar. Por doquiera que va suscita desmedida curiosidad... Yo no veo ya si es blanco o negro, y el caso es que me sirve bien y es leal.

En la comida de Navidad, la condesa no escatimó y sirvió lo mejor de sus despensas y lo mejor de sus bodegas, amén de que compartió mesa con su tía, sus hijas, los caballeros de su marido y sus damas, y no se olvidó de sus vasallos, pues quiso repartir un abadejo y un costalillo de harina por cada fuego, pero hubo de posponer la entrega de los regalos y, otrosí, que sus vasallos le felicitaran la Pascua, por la mucha nieve que cubría las calles, como se acaba de decir.

Después de la misa de Navidad, con el alba damas y caballeros iniciaron un largo condumio. Fue don Morvan, el más íntimo amigo del conde, el primero que alzó la copa en recuerdo de don Robert, el mejor señor de los señores —tal expresó—, y todos la levantaron con él. Ante el gesto, a la viuda se le escaparon varias lágrimas; no obstante, comió pues que era todavía joven e iba recuperando el apetito, lo que alegraba a sus camareras, no fuera, como habían llegado a temer en sus días de agonía, a morir de consunción.

Pese a la ausencia del conde, aquel día todos lo pasaron bien sobre todo escuchando a la tía Adele que empezaba a contar historias y no paraba. Historias, leyendas, cuentos, contarellas o hablillas o, vive Dios, auténticas invenciones o mentiras increíbles, que producían entre sus oyentes gran interés, pero también risas, dudas, incredulidad, miedo y hasta terror.

Como lo que contó de la princesa Dahut, después de hacer una gracia con el nombre de Mahaut, pues que ambos tenían parecido sonido y terminaban en las mismas letras, que, mira, encandiló a toda la concurrencia. Aquello de un río, al que no quiso o no pudo ponerle nombre, que discurría por el corazón de un espeso bosque de la Bretaña, al que tampoco nombró ni señaló su certera ubicación, cuyas aguas, de tan transparentes que eran, resultaban casi argénteas, pero que anualmente en un día de verano, entre San Juan y San Pedro, se tornaban rojas como si transportaran sangre y, ay, que sangre llevaban verdaderamente. Porque cada año el hada Morgana abandonaba la isla de Avalón, surcaba el río sin nombre, ya bajara manso, ya bajara bravo, con su barca y se presentaba en una cueva en la que vivía la princesa Dahut, la hija del antiguo rey Gradlon, que ella misma había convertido en sirena. Y ambas discutían, airadas, sobre si la sangre que corría por el cauce era la del rey Arturo y los caballeros que murieron por él o fueron heridos con él en la batalla de Camlan, como defendía la dicha Morgana, o no lo era como aseguraba Dahut, que siempre le llevaba la contraria sosteniendo con su horrible canto que pertenecía a los muchos hombres que se habían enamorado de ella. Todos a los que Morgana, que era bruja mala, en vez de hada buena, como siempre le había gustado afirmar al definir su oficio, había asesinado con venenos y pócimas, por celos. Por los malditos celos, porque ella nunca en su vida había tenido pretendientes ni menos enamorados. Y se reía

Dahut de la dicha Morgana, que rabiaba y gritaba hasta que apuntaba el primer rayo de luz, momento en el que terminaba la porfía entre las dos mujeres, para volver a repetirse al año próximo.

Mucho gustó esta historia a los oyentes, tanto que empezaron a preguntar a doña Adele si tal, si cual, pero la anciana no respondió a las demandas quizá por no perder el ritmo, y empezó con otra historia o cuento, lo que fuere, y dijo:

—Nosotros, los bretones, vivimos en una tierra en la que habitan gigantes malvados y crueles, y dragones sanguinarios, donde los demonios, ayudados por los monstruos marinos, levantan puentes y roban niños... En una tierra que está bañada por un mar bravo que engulle ciudades y bosques, por el que surcan barcos fantasmas que aparecen y desaparecen y donde viven sirenas que enamoran a los hombres y suscitan celos enfermizos entre las mujeres; de lugares prohibidos por malditos, como el cementerio de Carnac, situado cerca de la villa de Vannes, donde un fraile de nombre Cornelio, venido del país de los anglos, empezó a evangelizar la Bretaña en tiempos pasados pero, como encontró mucha resistencia, para conseguir su propósito, tuvo que convertir a todo un ejército que lo quiso matar a poco de que su nave echara anclas en una ensenada y el clérigo pisara tierra... Convirtió, repito, a todos los guerreros en piedras y, allí en Carnac continúan las piedras perfectamente alineadas, a más de las almas de los soldados que siguen rondando por allá...

En este punto de la narración, la condesa y el aya cruzaron mirada, la primera dispuesta a interrumpir a su tía, aunque se lo tomara a mal, pues que tenía miedo, pero como sus hijas —cosas que suelen suceder— estaban entusiasmadas con la narración y le pareció que doña Adele iba a cambiar de tema, no lo hizo. Así que la otra continuó:

124

—Hay un personaje llamado *l'Ankou*... que recorre las costas de la Bretaña de norte a sur en una lancha y se dedica a recoger los cadáveres de los difuntos que no están sepultados para que no los devoren las fieras ni las aves carroñeras, haciendo gran servicio a nuestra tierra... Se dice que el barquero es el último muerto del año y que es hombre y no mujer... Así que en ese día, tan próximo ya, que tiemblen los bretones, pues el último en fenecer habrá de sustituir al del año anterior que, por fin, podrá descansar en paz... A partir del día primero, otro barquero tomará los remos de una negra barca...

Oído lo oído, la condesa dio por finalizada la comida, entre otras cosas, porque había caído la noche. Los hombres abandonaron el lugar amedrentados, no le fuera tocar a alguno de ellos ser el barquero de aquella siniestra embarcación; las mujeres aliviadas, pues que, al parecer, lo de la maldición no iba con su sexo; y las niñas muertas de sueño.

Al día siguiente, doña Adele se levantó con un sapillo debajo de la lengua, causado seguramente por haber hablado tanto, y sus camareras hubieron de aplicarle jarabe de genciana con una hila de algodón, para curárselo.

El día de Reyes y para colofón de las solemnidades religiosas, doña Poppa, que había entrado mil veces en los aposentos de su señor marido por ver si había resucitado y, sonriendo como siempre, la estaba esperando en ellos, pues que le parecía mentira que su esposo hubiera muerto —cosas del inmenso amor que le había sido deparado—, llevó a damas y caballeros a aquellas estancias, y les ordenó que abrieran los arcones y que se llevara cada uno un recuerdo de don Robert.

Hombres y mujeres no se hicieron de rogar, no porque les viniera bien un manto o un pellote o unas calzas o una valiosa cadena de oro, no, que el que más, el que menos, de nada carecía, sino por tener un objeto que pudieran lucir en memoria de su señor. Hay que decir que, tras alabar la generosidad de la dama, se aplicaron en abrir arcas y en desparramar trajes y enseres por los bancos, y hasta verdaderos zarrios sacaron, dado que muchas cosas inservibles se suelen guardar en baúles a la espera de darlas o tirarlas, pero es común que el propietario se olvide de hacerlo y allí se queden por tiempo inmemorial.

La primera en elegir fue doña Adele, que era tía carnal del conde y se llevó una cruz de oro que su sobrino había llevado cosida en el jubón en la batalla de Conquereuil. Los caballeros, don Morvan, don Gwende, don Guirec y don Erwan, se llevaron espadas y puñales, algunos de ellos verdaderas joyas, el arco y el venablo de su señor, cosas útiles para un guerrero, después de todo. Las damas, doña Crespina, doña Gerletta y doña Marie Ivonne, cadenas de oro y anillos y, aunque todas echaron el ojo al rico manto de marta cebellina del conde, no se atrevieron a cogerlo, pese a que doña Poppa tenía otro igual. Lo dejaron para cuando las niñas fueran mayores. Para Mahaut, dicho con precisión, porque Lioneta nunca sería mayor, además aunque lo fuera nunca lo parecería y, desde luego, no le sería de utilidad porque, tan chica que era, dentro del manto se perdería.

O sí, o sí, porque doña Poppa ya hablaba sin parar de ir en peregrinación a Roma, a Jerusalén o a Compostela de la Galicia para cumplir el último deseo de don Robert y, de paso, alcanzar el perdón de sus pecados, lo que tampoco vendría mal a los que compusieran la expedición, todos pobres mortales. Pero callaba que lo que deseaba era pedir favor al mismísimo don Jesucristo o a los señores Santos del lugar donde se encaminara para que Lioneta creciera. Y eso, que se entusiasmaban con la propuesta damas y caballeros, y hasta la tía Adele, deseosa de participar en el negocio, le proponía a su sobrina:

—Si me acompañas a Córdoba, adonde quiero ir para que un físico me opere de cataratas, yo voy contigo a la Galicia y me hago cargo de los gastos del viaje...

—Pero, tía, los sarracenos no nos dejarán atravesar la raya de al-Andalus... Recuerde su merced lo que le sucedió a don Roland, nuestro antepasado.

—Tuyo, tuyo, que yo y, de consecuente, tu esposo, procedemos de los Cecereu, familia galo-romana, el más antiguo linaje de la Bretaña, que se unió por matrimonio a la de don Carlos Martel.

—La reina Berta me animó a ir a Roma, me invitó a sumarme a una embajada que en primavera partirá para hablar con el Papa, por lo del pleito que ella y su señor marido mantienen con él.

—De don Robert y doña Berta, mejor no hablar a ese respecto... Pero lo de Jerusalén deséchalo, por lo que más quieras, es tierra musulmana... Sobre Compostela, ojo, que en las Hispanias también hay moros por doquiera... ¡Niñas, dejad a Abdul, por caridad...!

—¡Niñas!

—Venid conmigo, hoy en vez de contaros historias para que hagáis lo propio cuando seáis mayores con vuestros hijos, como acompañaréis a vuestra madre en su peregrinación y, se dirija a donde se dirija, habréis de atravesar el reino de la Francia, vamos a practicar la lengua de ese país. Yo os hablo en bretón y vosotras lo traducís al franco, vamos: *Itron Gwerc'hez...*

—*Dame la Vierge, Donne-moi.*

—Muy bien, Mahaut. Ahora tú, Lioneta: *Aotrou Dove...*

—*Seigneur Dieu.*

—Excelente. Sigamos: *Doh a reot ekavot...*

—*Selons ce que vous ferez, vous recevrez...*

—¡Bravo, Mahaut...! Con tus hijas, no vas a tener problemas, Poppa, al pasar por la Francia. Eso sí, vayas a donde vayas, no te olvides de pedir cartas de recomendación a condes y duques, pues en todas partes les puede la codicia a la hora de cobrar peajes... En cuanto a lo que te he dicho de ir a Córdoba, olvídalo, soy demasiado vieja...

—No digas eso, tía, nos estás alegrando el invierno con tus historias. Las niñas están entusiasmadas contigo, y yo bien que necesito distraerme para no pensar en mi desgracia.

—A mí el cuento que más me gusta es el del tío Martín —interrumpía Mahaut y le preguntaba a su progenitora—: Madre, ¿en este viaje veremos el mar?

—Es posible que lo veamos, sí. No sé, habré de informarme.

—A mí el de la ordalía, cuéntanoslo otra vez, tía Adele —rogaba Lioneta.

—Con tu permiso, sobrina.

—Sí, tía, sí, comience su merced. Todo lo que nos cuenta es muy grato de oír.

—Abran los oídos cuantos esto escucharen —enfatizó la anciana—, sepan que hace años hubo una mujer, de nombre Gunhilda, que casó con un duque... Ay, no recuerdo su nombre, pero uno de los grandes títulos del Imperio Germánico... Un hombre ambicioso, que se dedicó a conquistar los ducados de alrededor y a someter a las gentes, acallando las insurgencias a sangre y fuego... Y debió suceder, digo, que algunos nobles no acataron su autoridad ni se rindieron a la fuerza de sus lanzas, es decir, los rebeldes a su causa, los que habían sido despojados de sus bienes, que es lo que sucede en toda tierra de Dios cuando llega otro y pone a los suyos en los puestos de gobierno y decisión... Los rebeldes o descontentadizos, lo que fueren, derrotados como estaban y sin rumbo que seguir ni esperanza que compartir, optaron por tomar el camino de la venganza, tal me imagino yo... Para ello tramaron una treta, una añagaza que, si bien nunca podría ocasionar gran perjuicio al señor duque, ay, ¿cómo se llamaba...?, sí que causaría un daño irreparable a doña Gunhilda, mujer de probada virtud. Y fue que aquellos hombres malvados la acusaron ante el tribunal de justicia de su marido, estando ella presente, nada menos que de adulterio, del pecado más nefando del que se pueda culpar a una esposa...

»Y fue que la dama se sintió insultada y ofendida y, aunque defendió su inocencia ante sus camareras, pero, como las gentes del pueblo, las mismas que siempre se habían inclinado a su paso, empezaron a llamarle lo que no era a voz en grito y a escupir en señal de desprecio, ofendida hasta el tuétano, también con los miembros de la Corte y con su propio esposo, que no abría la boca ni para defenderla ni para condenarla, en un arranque de coraje, pienso yo, se levantó del sitial que ocupaba, alzó la voz y dijo: "Deseo someterme a la ordalía... Como noble que soy podría jurar mi inocencia, pero no quiero. Que me juzgue Dios... Y si salgo con vida de la prueba... que mis acusadores sean ahorcados y sus cabezas clavadas en picas en las puertas de esta ciudad para que las alimañas les arranquen sus ojos...".

»Y un rumor recorrió el patio de armas del castillo de la población y se extendió por doquiera... El caso es que, al día siguiente, la duquesa corrió descalza sobre leños rusientes y, Dios lo quiso, salió ilesa, sin una quemadura, sin una ampolla en los pies, con lo cual quedó demostrada su inocencia, que la acusación era falsa y que no había sido adúltera, máxime porque no la habían juzgado los hombres, sino el Altísimo.

Muchas explicaciones hubieran necesitado las niñas para entender lo de la ordalía de la duquesa Gunhilda, y eso que la habían oído varias veces, pero como en los días anteriores habían interrumpido en demasía a la tía Adele y su madre y el aya estaban educándolas en que los menores no deben detener las hablas de los mayores, porque feo es, no lo hicieron, a más que la dama de narrar una historia, en esta ocasión ciento por ciento verdadera, pasó a impartir una lección sobre la misma a todas las mujeres allí presentes:

—Si sus mercedes, no lo quiera Dios, se ven en el brete de someterse a una ordalía, pues, con motivo o sin motivo, son acusadas de adulterio, aconsejo a todas que si son nobles juren sobre los Santos Evangelios, tanto si son culpables como si son inocentes. En falso, si es menester, en razón de que la mayoría de las féminas que pasan por esa bárbara prueba, ya sea por voluntad propia u obligadas, no salen ilesas como doña Gunhilda, sino quemadas de los pies a los cabellos y fallecen al momento devoradas por las llamas o a las pocas horas tras padecer terribles dolores... Y es que no hay que ir a semejantes trances tan alegremente como lo hizo la señora duquesa... Entre otras razones, porque se puede dar la desdichada casualidad de que el Señor pueda estar resolviendo algún negocio en el ancho mundo y, de consecuente, mirando hacia otro lado, amén de que la ordalía no es un Juicio de Dios, pues que Dios nos juzgará el Último Día a todos los habitantes de la tierra y a cada uno en particular el día de su muerte. Lo de la prueba ordal es una falacia creada por los hombres para sujetar a la esposa a la autoridad del marido, pues por una mujer adúltera, hay mil hombres adúlteros.

Y aquí terminó la enseñanza de doña Adele, que fue harto comentada cuando se retiró a su habitación, seguramente porque le había salido otra vez el sapillo bajo la lengua y precisaba genciana, pues que comentaron:

—A doña Adele le ha vuelto el sapillo.

—Claro, de tanto hablar.

—Y tan aprisa lo hace que a veces es difícil seguirla.

—Lo que ha dicho de la ordalía, lo de negarse a ella y jurar, sólo pueden hacerlo las viudas...

—Las viudas no pueden ser acusadas de adulterio, no tienen marido, doña Crespina.

—Lo que quiero decir y ya me entiendo yo es que, si un esposo se queda callado, como hizo el duque de la historia, cuando su mujer había sido acusada de adulterio, con su silencio está otorgando que se celebre el Juicio de Dios y que, aunque doña Gunhilda se prestó a correr sobre los leños ardientes de grado, la mayoría de las mujeres que hayan pasado tal prueba lo habrán hecho obligadas, sin remedio, vamos...

—Doña Crespina quiere decir —aclaró la condesa— que las mujeres mientras tenemos marido estamos sometidas a su guarda y custodia.

—Eso, la señora lo ha explicado muy bien... Quería decir que las mujeres sólo podemos actuar por nosotras mismas al enviudar.

—Hay que ver cómo manda y cuánto dispone doña Adele...

—Y sin que nadie se lo impida ni le rechiste.

—Madre —intervino Mahaut—, ¿yo tendré que pasar algún día por el Juicio de Dios?

—Tú nunca jamás, cuando crezcas serás una mujer honesta, amante de tu esposo y de tus hijos.

—Madre, ¿y yo?

—Tú tampoco, Lioneta, por lo mismo. Vuestro padre y ahora yo os estamos educando en las virtudes cristianas.

—Fe, esperanza y caridad.

—Prudencia, justicia, fortaleza y templanza.

—Ésas.

A los pocos días de retirarse la nieve, doña Adele de Dinard, que no había mejorado del sapillo y que no podía hablar, pues que le había crecido el bulto y le llenaba toda la boca, poniéndola nerviosa e impidiéndole incluso respirar bien, entregó un pequeño pergamino escrito de su puño y letra a su sobrina. En él se despedía; le agradecía las atenciones recibidas; se ofrecía para lo que menester fuere; le recordaba que había dejado su testamento en custodia en el monasterio de Dinard y que sus herederas eran Mahaut y a su defecto Lioneta y, dado que ambas eran menores de edad, a su muerte ella habría de ejercer la tutela. Luego le pedía que no se olvidara de abonar a sus camareras y servidores, así como a los hombres de armas que defendían su feudo, sus correspondientes pagas, cada un año, el 12 de octubre, día de su cumpleaños; y le advertía que había dejado en su *lit-clos*, entre la lana de los plumazos, siete saquetes con dinero, para que a su muerte le rezaran mil misas entre todas las iglesias y monasterios de la Bretaña; que le regalaba a ella y sólo a ella, su esclavo negro ya, en aquel momento, por el mucho amor y atenciones que había recibido él, para que le sirviera con dedicación y lealtad, y terminaba diciendo que regresaba a su castillo a prepararse para bien morir. Todo ello mientras su comitiva llevaba rato esperándola en el patio de armas, donde la dama, sin decir una palabra y respirando con ansia, por el maldito sapillo, abrazó y besó en las mejillas a la viuda e hijas de su sobrino, el buen Robert, y dio la mano a besar a las camareras. Y, como aquellas mujeres habían llegado a apreciarse, se emocionaron y juntas vertieron abundantes lágrimas.

Al negro se le pudo contemplar carihoyoso cuando, al despedirla, besó los pies de la dama, porque, obligado, dejaba a una ama que lo había tratado bien y empezaba una nueva vida con otra que, en principio, no parecía apreciarle mucho.

Vaya si se echó a faltar la presencia y hasta la verborrea de la señora de Dinard en el castillo de Conquereuil.

La condesa tornó a su bordado, se sentó en su cátedra, cogió el bastidor y hubo de dejarlo porque le venía el llanto. Cierto que, transcurridos unos días y habiendo asimilado en su sesera lo que había oído decir a varios nobles, aquello de que don Robert entraría en las canciones y que, con el tiempo, violeros y troveros lo equipararían al glorioso don Roland, se animó a volver al bastidor, pero, ante tanta fama que, unos y otros, anunciaban para su esposo, le pareció pequeña la figura que de él había bordado y que estaba a punto de rematar, cuando la desgracia llamó a su puerta. Por eso empezó a descoser.

Las damas la dejaron hacer, para que se distrajera y no se llegara a los aposentos del conde, subiera a la *lit-clos* y se pusiera a aspirar el olor de las cobijas que, dicho sea, no había dejado cambiar hasta la fecha. O para que no rezongara de la presencia del esclavo negro regalo de la tía Adele, que debía tenerlo en aprecio, pues que se lo obsequió cuando bien le pudo dar un fermal o un anillo de gemas o una cruz de oro y esmalte o un buen repostero que adornara el gran comedor. El negro, ay, que estaba todo el día en sus habitaciones jugando con las niñas, que, mira, mientras a la madre maldita la gracia que le hacía tenerlo allí, las criaturas estaban encantadas con él y hasta podía decirse que le habían tomado cariño. Pero lo que comentaban las camareras:

—La señora no quiere al negro en su presencia, porque le recuerda el exorcismo de Lioneta...

—Claro, el negro es el color del Diablo.

—De demonios bastante tuvimos.

—Recuerdo aquel día y aún me tiemblan las piernas.

—Mahaut le unta la cara con albayalde y el esclavo se deja hacer...

—Es obediente, menos mal.

—Más parece un perrillo faldero...

—Sí, fíese su merced de un salvaje.

—Tendremos que andar con cien ojos. Se dice que en el África los negros se comen entre sí.

—Tiene razón doña Crespina... ¡Un hombre blanco sería bocado apetitoso y cuánto más una niña...!

—¡*Par Dieu*, doña Marie Ivonne, callad, por caridad!

Y eso.

Y era que, mientras doña Poppa bordaba en su tapiz la figura de su esposo, grande, grande, del mismo modo que los pintores en los frescos de las iglesias representaban grande al Señor Dios y a los Santos pequeñitos, entre puntada y puntada, le venía a las mientes la escena de la muerte del conde que, tras despedirse de ella, caminaba hacia la puerta, y la de Lioneta que salía de entre los pliegues de sus faldas como una flecha y con los brazos levantados para alcanzar a su padre, atinar a desequilibrarlo mediante un certero empujón dado en las corvas de las pantorrillas o más arriba quizá, y aquél se golpeaba la frente contra el dintel de la puerta para, Dios de los Cielos, oír un sonido de huesos rotos, que escuchaba cada vez que rememoraba tan triste suceso, y ver que lo que más quería, tras retorcerse, se desplomaba en el suelo y, muerto o a punto de morir, caía de espaldas y se desnucaba. Y, claro, estremecida, se preguntaba si su hija le había empujado queriendo o sin querer o jugando, pero no le podía preguntar, no fuera a recordarle el suceso y hablara de él delante de alguna criada y ésta, como los sirvientes suelen tener aguzado el oído y larga la lengua, lo contara, corriera el negocio y se volviera a que Lioneta estaba endemoniada y que por tal causa había matado a su señor padre. Cierto

134

que, la cría actuaba como si nada hubiera hecho o nada hubiera sucedido, incluso cuando ella la sentaba en su halda, le levantaba la barbilla y le miraba a los ojos como queriendo llegar a su corazón, pero nada descubría, siquiera el más mínimo sentimiento de culpa, lo único que veía era los ojos de don Robert y había de bajar la vista para no llorar.

Y eso que, aunque había creído que no podría vivir sin su marido, vivía, y hablaba de él a sus hijas, asegurándoles que habían tenido un buen padre y ella un excelente esposo, que había sido un gran guerrero, el mejor en manejar la espada para matar enemigos, el mejor arrojando el venablo, para cazar lobos o jabalíes, el mejor manejando el arpón para pescar enormes atunes, y que mientras Dios les diera vida deberían estar orgullosas de él. Y era entonces cuando sus hijas le preguntaban:

—Madre, ¿por qué se muere?

—Por ley divina.

—¿Cómo puede querer Dios que la gente muera si es la suprema bondad y ama a los hombres?

—Es que unos mueren y otros nacen. Es así, siempre ha sido así desde que nuestros Primeros Padres fueron arrojados del Paraíso Terrenal.

—Madre —demandaba Lioneta—, ¿de cuántas maneras se puede morir?

—De muchas, de muchas...

Y era aquí, o en situación semeja, cuando la dama escrutaba los ojos de su *naine,* como queriendo penetrar en su corazón, pero no hallaba respuesta a su duda. A aquello que era incapaz de dirimir, si la carrera de su hija, y su funesto resultado, había sido hecho consciente, que bien pudo serlo después de seis años de desprecios paternales, tantos y tan seguidos que, sin duda habrían producido en la criatura intenso dolor y grande odio, o si había sido un hecho casual, provocado quizá por un juego, pues que ya padre e hija andaban amigados. Un juego o una gracia de la niña que desembocó en un fatal accidente con resultado de muerte, cumpliéndose el destino del buen Robert. Y no dejaba de preguntarse el porqué de la disminución de Lioneta, máxime cuando había comido y bebido lo mismo que Mahaut, amén de que eran hijas del mismo padre y de la misma madre, y por qué, *par Dieu,* una había crecido y otra no, a más de traer dos enormes desgracias a la casa de Conquereuil. Una, por nacer enana, y otra por haber contribuido, al menos, al fallecimiento de su padre.

Sus camareras, como la veían triste, la animaban a ir en peregrinación a donde dijere, a elegir destino, dispuestas ya a preparar el equipaje y emprender el camino cuando entrara la primavera. Doña Poppa, aún sin tener decidido dónde encaminaría sus pasos, mandó a los fieles de don Robert a comprar pertrechos a las ciudades de Nantes y Rennes y a reclutar a una tropa capaz de defender a los viajeros de las posibles acometidas de aquel dicho Almanzor que, según decires dignos del mayor crédito, asolaba las Hispanias y era peor que un demonio. Y a algo importante, a que, tras entregarles sendas cartas escritas por su escribano y rubricadas de su propia mano para el duque de Bretaña y el rey de la Francia, en las que les solicitaba salvoconductos para evitarse portazgos, montazgos, castillajes y cualquier otro pago que pudieran exigirle en su largo recorrido, pues que fuere adonde fuere habría de atravesar sus tierras. Y a algo más importante aún, pues que a don Gwende lo envió a llevar limosna a todas las iglesias y monasterios de la zona para que curas y frailes celebraran millares de misas por el alma de don Robert. Y a todos les dio dineros.

Entre que los hombres iban y venían, Poppa decidió peregrinar a Compostela de la Galicia, para postrarse ante el señor Santiago, que era fama hacía muchos milagros, y pedir que, por su intercesión, le fueran perdonados sus pecados y, por Dios bendito, por Santa María Virgen y por toda la Corte Celestial, que Lioneta creciera, y así lo comunicó a don Gwen- de cuando regresó, con voz resuelta como hacía su marido al ordenar cualquier cosa, sin darle opción a que pudiera opinar. Y fue que el caballero no manifestó contento ni descontento sobre la elección de su señora, que, mira, le daba un ardite ir a un sitio o a otro, al parecer, pues que, como leal vasallo que era, la acompañaría a donde quisiere ir, al Fin del Mundo que fuere, y la serviría.

En el entretanto y mientras sus damas comenzaban a lle- nar baúles de aparato, doña Poppa quiso saber cuál sería el mejor día para iniciar el viaje, y fue a consultar a una agorado- ra que vivía en una cabaña en el estanque de Coisma, situado a cinco millas de la población, un lugar placentero donde en verano los villanos solían ir a bañarse en sus transparentes aguas y a comer en familia. Buena sanadora, magnífica agoradora o excelente encantadora la llamaban los que les había ido bien con ella; maldita bruja, los que les había ido mal y embustera los que se habían sentido engañados que, es de decir, eran la mayoría, pues las camareras preguntaron a las gentes de la villa. No obstante y pese a que los informes no eran nada buenos, mandó aparejar unas mulas y fue con sus hijas, sus camareras y un piquete de hombres armados al mando de don Morvan, porque nunca se sabe quién o quiénes pueden aparecer en el camino aunque sea corto.

Conforme la comitiva se acercaba al lugar, con el estan- darte del conde abriendo paso, hombres y mujeres advirtieron ciertas señales que indicaban la existencia de la agoradora, sa- nadora, encantadora o bruja, lo que fuere, tales como retales de tela colgados de los árboles y montoncillos de piedras co- locados aposta en los ribazos de la vereda. Lo que maldita gracia les hizo, pero se abstuvieron de hacer comentarios, pues que la señora y sus hijas iban muy contentas. Mahaut en mula, llevando las riendas como si fuera persona adulta, y Lioneta en brazos de su madre.

Antes de que la expedición avistara la casucha, la Kathlin ya sabía, porque le avisaron los perros, que le llegaba bastante gente y que no eran villanos dispuestos a pasar un día festivo al aire libre. Percibía que eran gentes de armas por el ruido que hacían las espadas al chocar con las lorigas, pues que cató en un caldero y se revolvió mucho el agua, haciendo olas y, claro, tomó precauciones. Envió a un cuervo que tenía a ver cuántos eran y fue que, al volver, el ave graznó diez veces, aunque erró pues que eran once, es que el bicho no se percató de la presencia de Lioneta, confusión que no se le puede achacar al animal, pues que era muy menuda.

—Diez —dijo en voz alta la dicha Kathlin—, si traen malas intenciones, pueden robarme y hasta matarme...

Y, como cualquiera se fiaba de los soldados bretones, se volvió hacia levante y en voz baja recitó su mejor conjuro, aquel que, según sostenía, era capaz de paralizar a un ejército de hombres armados o el puñal de un enamorado despechado al que ella, por unos dineros, hubiera prometido el amor eterno de su amada, o el hacha o la guadaña o el garrote de un airado campesino al que hubiera augurado esto o lo otro, etcétera, y azuzó a las gaviotas y a los cormoranes que habitaban por allí, pese a la lejanía del mar y, asistió complacida a sus movimientos, pues que llegado el peligro, como otras veces habían hecho las aves, apenas escucharan una orden suya, atacarían a los venientes picoteándoles hasta hacerles sangre y, atemorizados, volverían grupas a galope.

Cierto que, a la vista de aquella compaña, procedió como siempre actuaba y salió a recibirla gritando su mercancía:

—Por diez peniques, curo las rojeces de la piel y las pupas de la boca; por una libra, el dolor de lumbago; por dos libras, rehago un virgo; por cuatro, deshago un maleficio y enamoro mozas. —Tal dijo abreviando, porque, en realidad, hacía muchas cosas más.

—¿Eres Kathlin? —demandó la condesa, mientras observaba a la agoradora con los ojos muy abiertos, pues era fea, vieja y llevaba la saya sucia y hecha jirones.

—Sí, la mi señora —respondió con voz zalamera, pues que vio en su interpelante a una dama.

—Soy doña Poppa, quiero hacerte una consulta... Te he traído dos gallinas... ¡Doña Crespina, dáselas...!

—Aquí están, señora. Toma tú, enciérralas en el corral, no se escapen y acaben en las fauces de los zorros...

—Un momento, vuelvo enseguida. —Y salió la dicha Kathlin aprisa, todo lo aprisa que le permitían sus cortas piernas y su mucha vejez, para volver con la cara lavada, peinados los cabellos y con una saya nueva, amén de halagada porque la condesa de Conquereuil la visitara—... Ya estoy aquí, mándeme la señora...

—Verás, voy a emprender un largo viaje... Vengo a que hagas agüero y me indiques el mejor día de partida...

—Eso es pan comido, señora. Antes permíteme que te dé mi sentido pésame por el fallecimiento de don Robert... Él venía mucho por aquí...

—¡Ah, sí! ¿A qué venía? —preguntó la dama harto sorprendida.

—A consultar a Kathlin, la más reputada ensalmera de la Bretaña entera...

—Retírense las damas y los soldados, y llévense a Mahaut, vayan a dar un paseo... Don Morvan y doña Crespina quédense conmigo... Don Morvan, ¿es eso cierto?

—Sí, la mi señora.

—¿Qué consultaba?

—De todo, si el duque de Bretaña le mantendría su favor; si tú le seguirías amando y ambos viviríais muchos años; si Mahaut se casaría bien, y hasta cosas nimias, si nos ganaría a los dados por la tarde o si a la mañana siguiente tendría buena caza, por ejemplo... Lo que cualquier hombre demanda a un agorador, en fin.

—¿Y qué más, qué más preguntaba mi señor marido?

—Si Lioneta crecería, la mi señora —aseveró el hombre bajando la vista.

—Si estaba endemoniada, señora, o si alguien le había echado maleficio —terció la Kathlin—. Yo, tras catar decenas de veces en cosa luciente o en agua clara, le dije otras tantas veces que la niña poseída por un espíritu maligno no estaba, que acaso estaría aojada por alguna persona que lo quisiera mal y le invité a repasar su lista de enemigos, pero nunca quiso escucharme y siguió empecinado con el Demonio. Ya sé que un cura de Nantes le echó exorcismo y que no hubo Diablo, sino unas palomas, que anidaban en el tejado de la iglesia, que se echaron a volar... Y es que no hay más que ver a la criatura, tiene los mismos ojos que don Robert, que en paz descanse, ojos avispados, de aguilucho, a la par que bondadosos...

Doña Poppa, a sabiendas de que aquella mujer podía ser una mala persona en traje de buena persona, se acercó más a ella por ver si en ambos ojos tenía dos pupilas en vez de una, lo que se comentaba que distinguía a las brujas en toda la Bretaña, pero no, no, que sólo tenía una en cada ojo. El caso es que la agoradora continuaba:

—Le aconsejé varias veces a vuestro señor marido que me trajera a la niña, para hacerle conjuro y quitarle el mal de ojo, si lo tenía, y a él le preparé varios brebajes y hasta le di a comer criadillas de toro, fritas en manteca, para que aumentara su virilidad y os dejara empreñada esta vez de un varón... Porque, enervado hasta la sinrazón, me decía que mejor su mujer, es decir, tú, la mi señora, hubiera parido una serpiente en vez de una criatura enana, pues que a la bestia le hubiera cortado la cabeza de un tajo, y con ello hubiera acabado con el desasosiego que le llevaba a maltraer...

—¡Santo Cielo! Don Morvan, ¿es eso cierto?

—Lo es, mi señora. Tu marido estaba obsesionado.

—Le propuse también hacer sacrificio a los antiguos dioses celtas. A los buenos, a los de la verdad y la vida, a los llamados *Sidhi,* por si estaban agraviados con sus antepasados por alguna causa que él desconociera y se resarcían con él, y otro tanto a los *Fomori,* que son los malos, los de la muerte y las tinieblas... Le insté a montar dos altarcillos, pues tengo algunas figuras de ellos en mi alacena, y degollar dos vacas que quedarían para mí, pero no quiso, me dijo que era demasiado caro... Por una piel de oso, me brindé a untar a la pequeña con sangre de palomo, pero tampoco aceptó...

—¡Santo Cristo! —exclamó la dama cada vez más sorprendida, pues que nunca creyó que su marido fuera hombre dado a los agüeros o al menos de tales agüeros, porque una cosa era preguntar por una fecha propicia —lo que ella había venido a hacer— y otra, muy otra, dar crédito a una embaucadora que hablaba hasta de los dioses celtas. Amén que, no le cupo duda de quién había instruido a su esposo en aquello de los estornudos de su parición y otras maldiciones.

—Yo le decía a don Robert que hay cosas que suceden sin saber por qué, y le ponía de ejemplo a las mujeres de Pont L'Abbé que, pese a que en el pueblo no hay cuestas, cojean todas, mientras que los hombres no padecen tal defecto... Me consta, porque muchas han acudido a mí... Si la condesa lo desea, ya que ha venido hasta aquí, puedo hacerle a la pequeña un contraensalmo por si alguien la ha aojado, aunque diría que no, pero ya que está aquí y como mal no ha de hacerle... Claro que por dos gallinas no, por dos gallinas le diré a vuestra merced que empiece su viaje el día de Pascua de Resurrección al amanecer, porque la luna estará decreciente, pero todavía alumbrará el camino, y nada más...

La condesa, ante semejante proposición, miró a sus servidores pidiéndoles ayuda y ambos asintieron, como diciéndose: «Ya que estamos aquí...», con lo cual hubieron de aflojarse las faltriqueras hasta que a la agoradora le pareció suficiente y cerró la mano, pues que la dama no llevaba moneda encima.

Satisfecha, la encantadora procedió, tomó en brazos a Lioneta, la puso de pie sobre una mesa y le hizo escupir treinta y tres veces, una por cada año de vida del Señor Jesucristo, y luego, teniendo la mano de la niña y arrodilladas las dos ante una cruz, cantó con voz melodiosa:

—Espíritu del cielo escúchame, espíritu de la tierra óyeme, y ambos haced crecer a esta criatura...

Y repitió tres veces el contraconjuro u oración, lo que fuere, para que la escuchara la Santa Trinidad, tal dijo.

No regresó muy convencida la condesa a su castillo, ni por la fecha que le indicó la agoradora, Dios mío, el domingo de Pascua, cuando en todas las casas de la Bretaña se celebraba una gran comida, precisamente para resarcir a los estómagos de los ayunos y vigilias cuaresmales, ni menos por el ensalmo o rezo tan breve que fue además, amén de que la bruja había invocado al espíritu del cielo y de la tierra que, a saber, quiénes eran, porque la Santa Trinidad no era, no.

Capítulo
6

β ien entrada la primavera y en un día de incesante lluvia, la condesa, harta de tanta agua y deseosa de alejarse de aquellas umbrosas latitudes, comunicó a sus damas que la fecha de inicio de su peregrinación sería, *Deo volente*, el domingo de Pascua de Pentecostés, es decir, a un mes vista, haciendo caso omiso a la recomendación de la catadora que le había aconsejado la de Resurrección, por lo que ya se dijo y convencida de que, asentado el buen tiempo, harían mejor el camino, a pesar de que no ignoraba que en el verano castiga el sol en las Hispanias. Además que, para aquella fecha, esperaba hubieran regresado todos los caballeros que había enviado por los alrededores y con sus mandas cumplidas a satisfacción.

En la villa, desde que se supo que doña Poppa tenía previsto peregrinar a Compostela, hubo febril actividad, pues que, por encargo de la dama, los artesanos se aplicaron en la confección de útiles y enseres para el viaje y, al conocer la fecha de partida de la señora, aceleraron sus labores.

A una semana de la marcha, el patio de armas del castillo, que se había ido llenando poco a poco de esto o estotro, estaba a rebosar de lo que habían fabricado unos y comprado otros en las poblaciones vecinas: de carros y carretas; de animales de silla: caballos para los hombres y mulas para las mujeres; de animales de albarda: asnos y borricos para transportar el equipaje, y de bueyes de tiro. Del inmenso bagaje que precisa una compaña de doscientas personas para recorrer las casi dos mil millas que tenía por delante entre ir y volver. A saber: los muchos baúles de doña Poppa, uno de ellos con el manto de armiño, en previsión de la traición del tiempo, que del calor pasa al frío sin previo aviso y aun en plena canícula, amén de sus ricos trajes, jubones, corpiños, cofias, tocas, velos, bragas, etcétera; las arcas de las damas con otro tanto; la del preste y las de los caballeros con sus lorigas y garnachas con los colores de la casa de Conquereuil; los talegos de los soldados, de los sirvientes y de los mozos de mulas, llevando cada uno escudilla, cuchara, dos pares de zapatos y un abrigo forrado de piel de conejo; las tiendas de campaña para descansar al final de cada jornada y dormir durante la noche, etcétera; además, todos los participantes provistos de capas aguaderas y sombreros para el sol y la lluvia, que cargaban sobre albardas en los animales. Al igual que costales llenos de arrobas y arrobas de harina para hacer pan; carne y pescado salado; cántaros con manteca de cerdo y mermeladas; cajas con queso; barriles y odres con cerveza, vino, sidra y aguardiente, etcétera. Todo eso y más, aunque la señora tenía previsto ir comprando alimento fresco por el camino conforme lo fueran necesitando... El carro con los fogones, el del horno de pan; el de la jaula, por si había que encerrar a algún ladrón o revoltoso; otro, ah, más pequeño, pero muy ornado con tapices, con la imagen de Santa María y el almario litúrgico de don Pol, que era hombre de oración y penitencia, como se apuntó arriba, con sus cajas para los Santos Óleos y las Hostias consagradas, amén de una cruz de plata, un Evangeliario y su ropa de celebrar; dos más a rebosar de armas: lanzas, flechas con sus carcajes, mazas, espadas y puñales; y otro: el carro condal. Ah, y otro, otro, Dios de los Cielos, con la *lit-clos* de don Robert, pues que la dama había decidido llevársela también y sin haber consentido que le cambiaran las cobijas, pues que sostuvo —y razón no le faltaba— que, sin una cama propia, estaría condenada a dormir en paja o en plumazos mal oreados y llenos de pulgas. Y de nada valió que los caballeros la quisieran hacer desistir ni que le preguntaran adónde iba con semejante mamotreto que pesaba arrobas mil; o le dijeran que les dificultaría el viaje y le aconsejaran que mejor dejarlo en casa, pues que ya habían aparejado catres de campaña. Otros no alegaron nada aun pensando que por mucho que hubiera amado doña Poppa a su marido, éste nunca jamás realizaría aquel viaje. Pero de nada sirvió, pues que la dama se mostraba cada día más mandona, amén de que no aceptaba réplica, y, lo que se decían entre ellos que presto tampoco admitiría sugerencias. Y ella les acallaba la boca con algo que nada tenía que ver con la dichosa cama:

—Don Gotescalco, obispo de Le Puy, viajó a Compostela con trescientos mesnaderos... Yo, nosotros, no vamos a ser menos. Mi difunto marido hubiera llevado gran compaña... Además existe otra razón: en las Hispanias, los musulmanes, al mando del maldito Almanzor, hacen sangrienta guerra a los cristianos... ¿Acaso sus mercedes quieren morir bajo una lanza mora...?

Y no, claro que no querían morir y menos bajo un arma sarracena, pero trasladando la *lit-clos* tampoco. Tal era el asunto que le comentaban los caballeros, sin el menor éxito porque les hacía callar, entre otras cosas, porque lo que todos querían era ir y tornar sanos y salvos y, a ser posible, con Lioneta crecida, un palmo que fuere, para terminar con la pesadilla que, iba para siete años, pesaba como una losa sobre los moradores del castillo y villa de Conquereuil, ya fuera porque vieran a diario a la «monstrua», ya fuera porque la quisieran ver y no pudieran verla.

En el entretanto, la dama tuvo tiempo de instruirse sobre los Santos del día elegido para iniciar la peregrinación. Por saber a cuál de ellos encomendarse y, la verdad, se holgó sobremanera. Pues que la Santa principal era una mujer, nada menos que Santa Clotilde, esposa que fuera del antiguo rey Clodoveo y que nada menos consiguió que su regio esposo abandonara a los dioses paganos y se convirtiera al cristianismo y, con él, todos los habitadores del reino de los Francos. A más, que había enviudado como ella y ambas habían tenido problemas con sus hijos... La Santa con Clotario y Childeberto que, muerto su señor padre en la cama, tiempo les faltó para declararse la guerra con enorme disgusto de su madre que, tras conocer que sus dos descendientes presto habían de enfrentarse en el campo de batalla, pues que ambos querían ser reyes en solitario, pasó una noche entera arrodillada ante una imagen de Santa María, rezando —del mismo modo que los nobles velan las armas la noche antes de ser armados caballeros— para que hicieran las paces y, al Señor y a la Señora sean dadas muchas gracias, lo había conseguido. En razón de que Dios había desencadenado en el momento preciso sobre los ejércitos que se preparaban para la contienda una gran tormenta que embarró los campos, de tal manera que los dos hermanos, espantados de la fuerza del agua y por el fragor de los rayos y truenos, consideraron la tronada como una señal divina y, al cabo, se avinieron y firmaron la paz. Y fueron, juntos y amigados, a contárselo a su madre, a la sazón retirada del siglo en el convento de San Martín de Tours, que, como no podía ser otra manera, los recibió alborozada. Cierto que, murió un mes después, eso sí, muy albriciada por la amistad de sus hijos y reconfortada con los auxilios espirituales.

Al conocer la hagiografía de Santa Clotilde, doña Poppa advirtió que su vida tenía semejanzas con la de ella, en virtud de que ambas habían tenido problemas con sus hijos. Cierto que la Santa con dos de ellos y por asuntos achacables a la ambición de los mismos, y ella sólo con una de sus hijas y por negocio no atribuible a la criatura, con lo cual doña Clotilde le llevaba ventaja en cuanto al número de problemas, pero desventaja en cuanto a su tenor, pues que los herederos de don Clodoveo hablando entre ellos se entendieron y, sin embargo, ella ya podía rezar y pedir que lo de su *naine* no tenía arreglo. O sí, o sí, porque con el corazón lleno de esperanza presto se encaminaría a Compostela, muy dispuesta a superar la trabas que encontrara en el camino. Y, claro, se alegró de que la fecha que había elegido para su partida fuera el día de Santa Clotilde, creída de que, una vez que se encomendara a ella, una viuda nunca abandonaría a otra viuda en tan luengo recorrido.

No obstante, un mar de dudas la asaltaba mientras decidía si se llevaba de viaje a sus dos hijas, o si dejaba a Mahaut en casa o en Nantes, bajo la custodia del duque Geoffrey, para que, si les sucedía alguna desgracia a los expedicionarios y no volvían —no lo permita el Señor—, no se perdiera el linaje de los condes de Conquereuil ni el de los señores de Sein. Además tenía que dirimir a quién dejaba de administrador en la villa, si a don Morvan o a don Gwende, cuando ambos eran hombres íntegros y excelentes espadas de las que le costaba prescindir. Otrosí que, pese a haber anunciado su viaje a Compostela, todavía vacilaba sobre si sería mejor reconsiderar el itinerario del peregrinaje y encaminarse a los Tres Reyes de Colonia, o a San Pedro de Roma o, mucho más cerca, a San Martín de Tours, pues que el Santo había hecho muchos milagros e incluso arrojado demonios de gentes poseídas por el Maligno. Pero, aunque ella tenía una reliquia suya y la apreciaba mucho, desechaba esta última posibilidad en razón de que Lioneta nunca había tenido demonios, como demostrado había quedado, y un tantico se aliviaba al decirse que fuere a donde fuere, que acabara donde acabara, sólo iba a pedir que su *naine* creciera un palmo, no más, pues que más sería demasiado pedir, incluso anteponiendo tal cuestión al perdón de sus propios pecados y eso que, como todo hijo de vecino, los tenía. Pese a tanta duda y mientras revisaba el trabajo de los menestrales en el patio de armas felicitando a éste o aquéste por su excelente labor, pues que todos estaban arrimando el hombro y esmerándose, aún le quedaba tiempo para atender a sus hijas y, si les manifestaba sus vacilaciones sobre el recorrido a realizar, luego las niñas le decían lo que le habían oído:

—Si vamos a Roma seremos romeras.

—Si vamos a Compostela seremos peregrinas.

—Si vamos a Jerusalén, seremos palmeras...

—A Jerusalén no iremos, no. Cada vez tengo más decidido que haremos la *strata de Beati Jacobi*... Además, quiero deciros que la palabra «romero» se ha extendido a cualquiera que vaya en peregrinación a cualquier sitio.

—¿Por qué vamos a Compostela, madre?

—Vuestro padre, descanse en paz, pensó en ir allí muchas veces. A mí también me llama más en virtud de que este viaje lo realizó don Carlomagno en un afán de librar a las Hispanias de los paganos y recuperarlas para la cristiandad... Además, como os he contado muchas veces, don Roland, el duque de la Bretaña, mi antepasado y vuestro, fue el sobrino más amado del emperador y lo acompañó en aquella expedición mandando la retaguardia de su grande ejército.

Dos días antes de iniciar el camino, doña Poppa, por lo que pudiera suceder, dictó testamento delante de toda su Corte y el escribano tomó buena nota y dio fe:

Sepan todos los que esto oyeren y entendieren que yo, Poppa, condesa de Conquereuil, mujer que fui del buen conde Robert e hija que fui de don Guiges, señor de la isla de Sein, en el nombre de la Santa e Indivisible Trinidad, Padre, Hijo y Espíritu Santo, como voy a iniciar peregrinación a la tumba del beato Jacobo por la salud de mi alma y por la de mi fallecido cónyuge, en plenas facultades mentales e íntegra mi voluntad, *humilis et serva servorum Dei,* por esta carta dicto testamento por si me sorprendiera la muerte durante mi viaje y no regresara, y dejo: a mi hija Mahaut, mi primogénita, el condado de Conquereuil y el señorío de Sein para que disponga a su voluntad de sus castillos, casas, vasallos, siervos, bosques, campos, prados, yermos, molinos y aguas de río y de la mar. Ítem más, mis joyas, telas buenas, alfombras, reposteros, mobiliario y ajuar de cama y mesa. Todo ello bajo la tutela de mi señor don Geoffrey, duque de la Bretaña, mientras sea menor de edad, y con la única manda de que se ocupe de por vida de su hermana, mi hija Lioneta, y que, al cumplir ésta los doce años, la ingrese en la abadía de la Trinidad de Fécamp, situada en la Normandía, la encomiende a la señora abadesa, reparta con ella mis joyas y la dote grandiosamente, como merecerá tan alta dama. A mis camareras y caballeros dejo cien libras a cada uno, a mis criados veinte libras a cada uno, y dejo también mil libras para vestir a cincuenta pobres y celebrar misas, *pro anima mea* y la de mis acompañantes, en todas las iglesias y monasterios de la Bretaña en caso de que no torne de mi peregrinación o no vuelva en dos años. Ítem, ordeno a mi hija Mahaut que celebre misas por la salvación de mi alma y por la de mi esposo, cada un año el día de nuestros aniversarios. Elijo como sepultura la capilla del castillo de Conquereuil y una tumba que se situará al lado derecho de la de mi esposo, del mismo tamaño y labrada igual que la suya. El que no cumpliere este testamento sea maldito por siempre jamás, provoque la ira de Dios Omnipotente y sufra el Infierno Eterno al lado de Judas Iscariote.

Notum sit omnibus tam presentibus quam futuris. Facta carta in Conquereuil in mense iunius, primo dies, anno IIII *rex Robertus, regnante in omni regno suo, propia manu roboro et confirmo. Ego* Poppa *(signum). Sunt testes:* Morvan *(signum),* Gwende *(signum),* Pol, *sacerdos, (signum),* Crespina *(signum) et* Gerletta *(signum).* Corentin, *scripsit (signum).*

Una vez elegidas las reliquias que doña Poppa había de llevarse, entre ellas un retal del tamaño de un palmo del hábito de San Martín de Tours, del que estaba muy orgullosa, y un huesecillo de la mano de San Malo —uno de los Siete Santos Fundadores, tan amados que son en la Bretaña—, que ella misma se había cosido en el jubón; adquiridas doscientas piedras de ágata, de las llamadas del «águila» por las que pagó una buena suma a un judío de Orleans, y repartidas entre los doscientos expedicionarios pues que, acompañadas de oraciones, resultan muy buenas para el dolor de cabeza, las fiebres y la peste; instalada la imagen de Nuestra Señora en el carro dispuesto para Ella; revisada la impedimenta y cuidados los últimos detalles, tanto lo que le habían hecho como lo que había tenido que hacer, tras felicitar a todos, la víspera de la partida, a la condesa sólo le quedaba decir a don Gwende que no formaría parte de la expedición, pues que había optado por dejarlo de gobernador en Conquereuil.

Tal hizo en el gran comedor y, delante de los otros caballeros y de sus damas, le otorgó poderes, *viva voce,* instándole a que defendiera el feudo de don Robert como si fuera suyo, hecho que, aunque era de agradecer en virtud de que demostraba la mucha confianza que la dama le tenía, maldita la gracia que le hizo al buen hombre, porque lo de permanecer en la villa no había entrado en sus planes, al parecer y, aunque aceptó la manda —a ver qué remedio le quedaba—, no fue capaz de retener el mohín de desagrado que se dibujó en sus labios y que todos advirtieron. Y ni que la señora le encomendara a Mahaut a continuación, en virtud de que había decidido no llevarla consigo por los muchos riesgos que encerraría el largo recorrido... Peligros, avatares, vicisitudes, inseguridades, desventuras, desgracias y hasta la muerte quizá —que palabras no le faltaron—, el disgusto del hombre no remitió, al revés, su rostro se ensombreció más, si cabe, aunque guardó el respeto y la compostura requerida en tal ocasión. Nada parecido a lo que hizo doña Marie Ivonne, una de las damas de la condesa, que rompió a lagrimear cuando supo que también se quedaba en Conquereuil a cuidar de la niña, pues que, como don Gwende, había echado sus cuentas, pero la que más lloró fue la pequeña Mahaut, que no entendió lo del linaje o fue que le dio un ardite, pues que no quería separarse de su madre y deseaba hacer el viaje con todo su corazón.

Para colofón, la señora dio a sus vasallos un banquete de despedida en el que, como en ocasiones anteriores, todos comieron a boca llena y disfrutaron lo suyo, pero en sus aposentos se pasó una noche asaz triste. A ver, que Mahaut se enrabietó como nunca había hecho y vomitó la cena, aquellos extraordinarios manjares que, de despedida, les había preparado el cocinero: entrantes fríos, compuestos de almejas, navajas y ostras, tan fresco todo que, tras verter en ellas la vinagreta de cebolla que se acostumbra por allá, se revolvían en su conchas, y varios platos calientes, tales como una cazuela de langosta cortada en finas rodajas y cocida el tiempo que se tarda en rezar seis credos, es decir, en su punto, y adornada con lechuga muy picada, a más de carne de ciervo guisada en vino y asado de jabalí, y postres, un auténtico festín.

Una opípara cena que nadie disfrutó, pues Mahaut, amén de devolver sobre la mesa, se negó a irse a la cama y a quedarse en el castillo. Y de nada valió que su madre le asegurara que volvería pronto, a lo sumo en seis meses, ni que ese tiempo presto pasaría. Ni que, como era la heredera del condado de Conquereuil, tenía deberes que debía empezar a aceptar: el más importante de todos el de trasmitir a sus futuros hijos —Dios la bendiga con muchos— la sangre de su señor padre y de otros gloriosos antepasados, ni que le adujera que era la única persona del mundo que podía continuar la estirpe condal ni que, cuando llegara a Nantes le buscaría, con ayuda de la duquesa, un marido. Ni que ser condesa y ser futura condesa, tenía obligaciones tales como ocuparse del bienestar de sus vasallos y defenderlos de los vecinos ambiciosos, asunto en el que habría de ayudar a don Gwende, máxime porque nadie le garantizaba que, al regresar ella, Poppa, de su peregrinación, seguiría siendo condesa de Conquereuil, dado que la villa y heredades, de siempre, habían constituido apetitoso bocado y podrían haber sido ocupadas, qué ocupadas, conquistadas, por algún conde ansioso de tierras e insaciable de tributos. O mismamente por capricho del duque Geoffrey, nada más algún envidioso mal-

quistara contra ella o, ítem más, por un antojo del rey de la
Francia, cuando si ella, Mahaut, su querida Mahaut, permanecía
en la villa, nunca sucedería tal en virtud de que, en su testamento, la había dejado bajo la protección del señor duque... De
nada valió que, en otro orden de cosas, le regalara un cestillo
de algas secas de las que usaba para bañarse ni que le cediera su
propia tina, o que le dejara ver y tocar el contenido de dos
arquetas llenas de monedas de oro, de besantes bizantinos y
dinares de Córdoba, amén de libras de plata carolingias —los
dineros que iba a gastar en el viaje—, ni que le encargara llenarle la limosnera que habría de llevar colgada del cinturón,
para repartir entre los pobres que hallara en el camino. Ni que
saliera con ella a la almena del castillo y, en un arranque de
imaginación o de desesperación, le hiciera mirar el cielo y contemplar las estrellas y, tras elegir cuatro de las más brillantes, le
asegurara que ella, Mahaut, sería una, su difunto padre otra, su
hermana otra y ella, doña Poppa, otra, y que las cuatro pere-
grinarían juntas hasta Compostela, y le insistiera en que ella,
aunque se quedara en casa vigilando lo que era suyo, siempre
la acompañaría, pues que su estrella sería, al igual que las de
sus padres y hermana, una estrella peregrina. No valió nada.

Así las cosas, con doña Marie Ivonne gemiqueando, con
Mahaut llorando a lágrima viva, gritando y pataleando en el
suelo del aposento, en el dormitorio de la dama se pasó mala
noche. Ella sobre todo, entre otras causas porque, al ver a su
primogénita iracunda como nunca la había visto, pues que las
damas no podían dominarla ni con buenas palabras ni tenían
fuerza para levantarla del suelo y llevársela a la cama a la brava,
a más de encomendarse al Espíritu Santo, pensó en si aquella
súbita insania le vendría a Mahaut de una antepasada de don
Robert, de la que gritaba, cuyo nombre de pila no recordaba
en aquel momento. Y se estremeció con motivo pues que de la

herencia de los ascendientes, a más de sufrirla en carne propia, como quien dice, sabía harto por el desdichado perfil de Lioneta, amén de que no podía entender que la criatura, como hacen las buenas hijas, no aceptara su decisión, su determinación que, ante semejante rabieta, hubo de convertir en orden y con buena cara además. Y, claro, no atinaba a descoser los dobladillos de sus sayas para guardar moneda dentro de ellos en previsión de los ladrones que pudiera haber en el camino, y menos acertaba cuando pretendía volverlos a coser. Amén de que se pinchó con la aguja, es que también se le llenaban los ojos de lágrimas.

A tres días entrante el mes de junio o tercero de las calendas de junio del año vulgar de 1000, domingo de Pascua de Pentecostés y efeméride de Santa Clotilde, una comitiva de doscientos hombres y mujeres, tras oír misa, postrarse ante la tumba de don Robert, formar en el patio de armas y atender a las oraciones de don Pol:

—*In nomine Dei et Salvatoris Nostri Jesu Christi... Deus, dirige viam famulorum tuorum. Exaudi Domine, preces nostras et per intercesionem Beatae Mariae et Beati Jacobi...*

Y de responder todos:

—Amén...

Una comitiva, decíamos, precedida por el estandarte de don Robert, abandonó el castillo de Conquereuil y recorrió en loor de multitud la gran rúa de la villa, tan llena que, para que pasaran los carros, era menester que las gentes se apretaran, se introdujeran en los portales y ocuparan las ventanas que daban a la calle.

Así las cosas, la expedición atravesó el puente levadizo, cruzó el foso y el viejo puente, contempló por última vez los molinos que se alzaban sobre el cauce del río Villaine y tomó la vía romana que llevaba a Burdeos, y de ésta a las Hispanias y a una ciudad llamada León, que era la capital de un reino del mismo nombre, y un poco más allá, hasta Astorga y mucho más allá hasta Compostela. Todo ello entre aclamaciones y al son de gaitas, pues que la población, que había comido a boca llena a expensas de la condesa, la bendecía y, como habían hecho los antiguos celtas en tiempos remotos por aquellas latitudes, hasta sacaba a las calles arcos trenzados con ramas de pino para honrarle y desearle suerte que, vive Dios, falta le haría, a más de encomendarla al Señor, a Santa María y a Santa Clotilde. Así hasta que se perdió de vista el estandarte de don Robert y la inmensa retahíla de carros y carretas de doña Poppa.

La condesa de Conquereuil abandonó la villa con doscientos hombres, uno de ellos negro de piel, y emprendió el llamado camino de las estrellas, porque, según tenía entendido, discurría bajo la llamada Vía Láctea —un sinnúmero de estrellas imposible de cuantificar y tantas que daban al cielo un aspecto lechoso, de las que le hubiera hablado a su hija Mahaut a la menuda si ésta la hubiera escuchado— pero, aunque levantaba la mano y saludaba a sus vasallos, no atendía a los vítores de sus gentes ni a sus exclamaciones, y eso que le deseaban lo mejor:

—¡*Adjubante Deo!*
—¡Dios te ayude!

Ni a los que comentaban, pues que hablas le llegaban, que ella parecía la Virgen María y Lioneta el Niño Jesús, dado que la llevaba en brazos e iba en una mula ricamente enjaezada y engualdrapada, teniéndole el ronzal don Morvan, los tres casualmente representando la tierna estampa de la huida a Egipto de la Sagrada Familia. Ni a los que en vez de encomendarla a Dios o al Santo de su devoción lo hacían al viejo dios celta Cernunnos, que aún había quien creía en su existencia, al parecer. Ni menos escuchó a los que, deseando que volviera sana y salva, maldecían a *L'Ankou,* la antigua representación de la muerte, personaje del que se ya se ha hablado en esta historia. Ni a los que, por insultar y sin motivo, increpaban al esclavo negro, a Abdul, que vestía los colores de la casa, como si fuera uno más y, como todos, llevaba una calabaza llena de vino o de agua colgada del cinturón, pero es que un sirviente más no era, no, pues que se adornaba la cabeza con un extraño gorro —dicho turbante— de color blanco, el color de la albenda de la anciana señora de Dinard, su antigua ama. Ni a los rezagados que daban dineros al mozo que los villanos habían comisionado sovoz y pagado para que hiciera el *Iter Sancti Jacobi* por el perdón de los pecados de todos, a un dicho Willelm, que había sido contratado en calidad de soldado. Si tal hacían era porque no querían que se enterara la condesa, en razón de que ella misma se había ofrecido a hacer la peregrinación en nombre de toda la población y a postrarse ante el Apóstol y hacer lo que hubiere de hacer por ellos, por la salvación de sus almas, pero no debían fiarse o talvez querían asegurarse la indulgencia por partida doble, el caso es que entre la tropa, entre los lanceros, marchaba el tal Willelm muy erguido en su caballo y con una bolsa colgada del cinturón repleta de monedas de buena ley.

Pero más parecía que doña Poppa ni escuchaba ni oía, porque, ay, su amadísima hija Mahaut no había querido despedirse de ella ni darle un beso, siquiera decirle adiós de palabra o hacerle un gesto, y es que a la alborada seguía tan enfurruñada como la noche anterior. Es más, se había escondido detrás de un cortinón y no había querido salir y, cuando su madre había ido a besarla, la había rechazado de mala manera.

Y fue que, por no demorar la salida, la señora se echó al camino con tamaño pesar en el corazón, y otro más que ya llevaba: el recuerdo de su esposo, al que olvidar nunca podría.

Los caballeros, cuando, andado un trecho, la señora se apeó de la mula y se entró en su carruaje, todos, excepto don Erwan que iniciaba la marcha enarbolando el estandarte de la casa condal de Conquereuil, flanquearon el vehículo e intervinieron en la conversación que llevaba con sus damas sobre la multitudinaria despedida que le habían deparado sus vasallos, tratando de animarla pues que la miraban a la cara y la encontraban triste. Y uno y otro le aseguraban que a Mahaut le pasaría presto la rabieta y le rogaban que no penara por ella, que se había quedado en buenas manos.

Pero eran interrumpidos. A ver, que la comitiva no había recorrido dos millas atravesando ora los inmensos prados, ora las espesas arboledas de la región y aún no se había incorporado a la vieja vía romana —que, tiempo ha y según decires, reparara la reina Brunequilda y que habría de llevar los nombres de Senda Galiana o Camino Francés incluso al cruzar la raya de las Hispanias—, y era que no había forma de avanzar. En virtud de que se presentaban muchos campesinos en pequeños grupos deseando acercarse al carro de doña Poppa, y no llevándole precisamente cestillos de frutas o panes recién cocidos o cantaricos con manteca o dulce de manzana como habían hecho en cientos de ocasiones, sino que se atrevían a porfiar con los caballeros que lo querían impedir en razón —tal sostenía don Morvan— de que tenían por delante un largo camino y no habían hecho que salir y dejar de ver la torre alta del castillo, cuya estampa se perdía presto en cuanto se echaba a andar pues no estaba situada en una altura, sino en una planicie, lo que había por allá.

Doña Poppa, deteniendo la compaña, atendió a los primeros hombres y a los segundos también, y oyó de sus labios que con tanta lluvia que había caído se habían podrido los trigos ya encañados y a punto de amarillear. La dama lo lamentó y los remitió a don Gwende que, como sabido es, había quedado en la fortaleza en calidad de gobernador, para que una vez cuantificadas las pérdidas, le solicitaran ayuda, asegurándoles que se la procuraría mismamente como había hecho don Robert en años malos. Pero al tercer grupo ya no lo escuchó, no, pues comprendió que a aquel paso y parándose tanto no iba a ninguna parte.

Cierto que, hubo de prestar atención a un cura limosnero con reliquia que recorría la Bretaña, al parecer, y que no sólo le pidió dineros sino también vianda, y fue que la dama compartió mesa con él, pues que llegada la expedición al cruce de caminos, a la vía romana, donde el viajero ha de elegir entre dirigirse al norte, es decir, a Rennes, o al sur, es decir, a Nantes, se detuvo la compaña para que el personal almorzara, y fue allí donde se le juntó el preste que, amén de agradecerle el condumio, al que se aplicó con hambre de siete días, la bendijo, otro tanto que a Lioneta y lo mismo hizo con todo el que se le acercaba y le echaba una moneda en un cuenquillo. Es más, aún pretendió venderle la reliquia que llevaba asegurando que era un hueso del cráneo de San Brioc, uno de los Santos Fundadores, pero la dama no se fió de la autenticidad de la misma, pues que sabía que andaban por caminos y villas auténticos engañabobos. Quizá, si se la hubiera dado más barata, hubiera aceptado el trato: el hueso del Santo a cambio de una mula, pero no llegó al trueque, aunque, eso sí, bendiciones no le faltaron, lo que a nadie viene mal.

Y andando, andando, al cansino paso de los bueyes, mediada la tarde, don Morvan, el capitán de la expedición, se adelantó en busca de un lugar para pasar la noche y regresó presto anunciando que había encontrado un calvero en el bosque muy apto para ello, incluso con un riachuelo de agua clara, donde extender las tiendas y pasar la noche.

La condesa lo felicitó, e ido el hombre a vigilar la buena marcha de la comitiva, encomió la previsión y el buen hacer del caballero, pues que, durante el recorrido, le había escuchado dar órdenes: que si tal soldado se incorpore en la cabalgadura y no se duerma; que si ha de caerse ese fardo o ese tonel de cerveza, que lo aseguren; que si ese caballo parece mal herrado, que lo revisen; que pasen la bota de vino y que beba un trago cada uno, que la retiren ya; que cuidado con los carros que hay un bache y más allá un socavón; que aquél o aquélla tarda mucho en mear, que se incorpore a la marcha; que, ojo, una culebra o que no es hora de matar conejos, etcétera, y muy satisfecha de la diligente actitud de don Morvan, que estaba en todo, comentó con sus damas que para primer día de viaje era suficiente el camino recorrido y hora de montar el campamento, más porque con el agua corriente podrían lavarse y quien lo precisara hacer sus necesidades con comodidad. Y es que Lioneta se había meado piernas abajo, de la emoción talvez, y llevaba tiempo advirtiendo que quería defecar, por esa inoportunidad que los niños tienen, pues ¿no le había insistido antes de salir doña Crespina que se sentara en la bacinilla y desaguara?

—Ay, qué cría, *par Dieu*...

Tal se lamentaba la dama para sí misma, entre otras razones, porque la *naine* se le había orinado encima y le había puesto perdido un traje de seda negra, muy bueno, que tendría que tirar, pues había quedado un cerco quizá irrecuperable, a más que estaba siempre moviéndose, subiendo y bajando como un torbellino, a ratos sentada en su halda, eso sí, orgullosa de que no quisiera ir con las damas, y sólo a momentos dormitando en sus brazos. Y era que ninguna de las dos se había podido cambiar porque la ropa estaba en los baúles, y la niña, ay, iba mojada, para coger un pasmo pese al buen tiempo con que la bendecía el Señor.

Así que, cuando llegaron al lugar elegido por don Morvan, las damas se apearon del vehículo, aliviadas, la mar de aliviadas y dejaron corretear a la criatura. Llevó un buen rato, qué un buen rato, una eternidad, que los soldados montaran la tienda de la señora, máxime cuando ésta, desoyendo los consejos del capitán que quiso dejar el negocio para otro día y para cuando los expedicionarios hubieran adquirido práctica en el montaje y desmontaje del campamento, se obstinó en que la instalaran encima de la *lit-clos,* es decir, que desuncieran las mulas, se las llevaran con el resto de los animales para que los mozos les dieran de comer y beber y, sobre carro y mueble, desplegaran los ricos paños que tan buen servicio habían hecho al conde Robert en sus campañas de guerra o cuando iba a cazar a lejanas tierras. Tampoco valió que las camareras se adujeran cada una por su cuenta que peor hubiera sido que la señora se hubiera empeñado en que los hombres bajaran la cama del carro, ni que pensaran que extender las alfombras que llevaban y colocar el vehículo sobre ellas era deteriorar mucha riqueza, ni que, por la parte que a ellas les tocaba, dormir al pie de la carroza cuyas ruedas habían pisado hierba, pues que en la Bretaña crecía la hierba por bendición de Dios, y tierra limpia, pero también negros charcos y hasta abundante boñiga de vaca o de caballo, y que podía resultar poco saludable y aun malsano, no valió nada porque la dama no cejó, dado que se había traído la cama para dormir en ella, y tal hizo con su hija, bien tapada con las cobijas que usara su difunto marido, mientras las damas lo hacían en catres al pie del mamotreto que, dicho sea, casi ocupaba todo el espacio cubierto de la tienda.

Así las cosas, en la tienda tampoco cupo la tina que llevaban para el baño, y doña Crespina hubo de lavar a Lioneta fuera, a la vista de los que pasaban por allí o se presentaban expresamente para ver a la «monstrua» desnuda, y la condesa, que no podía salir fuera para realizar el mismo menester, hubo de conformarse con frotar su cuerpo con paños húmedos y luego aromarse para quitarse el olor de los meados de la *naine*. Y menos entró la mesa de comer, por lo cual doña Poppa hubo de cenar fuera, al relente, a la luz de las velas, pero menos mal que ninguna de las mujeres cogió un resfriado. Y eso, que en la primera noche no se pudieron ni cantear.

Claro que, al día siguiente, cuando la expedición volvió a acampar para descansar de las fatigas del día, don Morvan, que era hombre avisado para actuar en lo grande y en lo menudo, como harto demostrado quedará, ya había pensado en cómo resolver el problema de la *lit-clos* y, al detenerse la comitiva, dispuso que la tienda de don Robert cubriera solamente la enorme cama y que pareja a su lado se levantara otra para que ambas se comunicaran por las puertas, con lo cual cupo todo el ajuar y el menaje necesarios para pasar la noche. Y más que, a la amanecida, al levantar el campamento y partir, siquiera mandó retirar del techo del carro condal la tela y el armazón de palos de la tienda; los dejó arriba bien sujetos con cuerdas, diciendo que mientras no amenazara lluvia, tal haría y, en este aspecto, se tornó todo más sencillo porque la señora nada tuvo que oponer y a la noche siguiente se mostró incluso contenta viendo que los hombres le organizaban su alojamiento en un decir Jesús.

161

Es de mentar que la tristeza que venía embargando, tres días ya, el corazón de doña Poppa que, vive Dios, ella tan animosa siempre, cuando Lioneta dormitaba no levantaba la mirada del halda, siquiera para ver los verdes y bellos paisajes que lentamente recorría la expedición, o si la alzaba era para acariciar a la niña ya despierta y si movía los brazos era para sujetarla y que no se cayera del asiento y se lastimara, pues que más parecía el movimiento continuo, aquello que hombres sabios de Constantinopla a París sostenían con vehemencia que, salvo en el mar, no existía y añadían que ojalá se produjera pues que sería bueno y evitaría infinitos esfuerzos a la Humanidad —tal había oído a su difunto en una de las muchas veces que regresó de la capital del reino de la Francia—, su tristeza, decíamos, iba disminuyendo con lo cual sus damas se holgaban. Máxime porque en aquel día tercero y por primera vez en tres jornadas, no había mencionado a su hija Mahaut durante el viaje ni en la cena ni al ir a acostarse... Mahaut, Mahaut, ay, que no se quitaba a la pequeña de la boca ni, de consecuente, del pensamiento ni que por la noche mirara el cielo y la ubicara en la estrella que le había adjudicado. Que le había dolido en lo más hondo del corazón el desprecio que le había hecho su descendiente en la despedida. Que, como madre que era y buena madre, ya le había producido grande sufrimiento tener que dejarla en el castillo, aunque lo había hecho por razones muy poderosas. Por el negocio del linaje, ya que el viaje, según voz común, encerraba infinitos peligros, por los ambiciosos señores que vivían en la Francia y en las Hispanias, por los salteadores de caminos, por la lluvia, la sed, el sol, la calor, el frío, la peste, etcétera, pues que a saber cuánto tiempo duraría el recorrido, ya que, aunque se había propuesto ir y tornar en cinco meses, para celebrar primer el aniversario de don Robert en su tierra, era consciente de que el hombre propone y Dios dispone, y de que existían otros muchos imposibles de imaginar. Y si hizo lo que hizo, es decir, dejar a la niña bien atendida en Conquereuil, fue porque debía hacerlo, aunque la criatura no lo comprendiera. No le cupo en la cabeza que Mahaut no aceptara su orden con buena cara, como hacen las buenas hijas en toda la cristiandad, lo que le causó grande pesar también.

A escasas millas de la ciudad de Nantes, a la noche del tercer día de camino, se oyó el nombre de Mahaut, no sólo en la tienda de la condesa, sino en todo el campamento. Porque, ay, Señor, la dama y su espléndido séquito habían recorrido cuarenta millas, pero fue que a las cuarenta y dos más o menos, cuando se detuvieron a cenar y descansar, doña Gerletta, a punto de meterse en la cama, escuchó voces, se echó un manto por los hombros y fue a ver qué sucedía, sin despertar a doña Poppa que dormía ya.

Para cuando regresó la camarera con noticias frescas y una sorpresa, en el calvero, elegido para dormir, había sucedido algo extraordinario. No bueno, pues no se había presentado Santa Clotilde a bendecir a los peregrinos; algo, que tardó cierto tiempo en saberse hasta qué punto era malo... Aunque no se había hundido la tierra ni había habido muertes que lamentar.

Fue que un soldado tuvo gana de orinar —tal se conoció luego—, y que, para realizar tal menester, se alejó unos pasos del campamento para que nadie lo viera, aunque, es de señalar, que era noche oscura y el personal dormía ya. Y fue casualidad que eligiera unas hierbas en vez de otras para aliviarse y que, al desaguar, escuchara un quejido que le llevó a sobresaltarse y, ay, *bon sang*, que entre las plantas observó movimiento y el hombre, que gran susto se llevó entre otras razones porque no llevaba armas encima, se arrojó sobre lo que se movía, cuando bien pudo haber sido una serpiente y morderle o un puercoespín y llenarle el cuerpo de espinas o un lobo solitario que se le echara al cuello, pero no, no, que era una persona que no opuso resistencia. Y, mira, que un adulto no era, tal se adujo mientras, tendido sobre él y sujetándolo con sus fuertes brazos, trataba de descubrir palpándolo si era hombre —algún ladrón— o mujer —alguna prostituta de las que se acercaban a los campamentos militares a prestar sus servicios—, pero coligió enseguida, en el momento en el que su mano llegó a las partes pudendas de su prisionero, que varón no era porque carecía de lo que los hombres tienen en esos lugares, y que mujer tampoco era, pues que no tenía lo que las féminas tienen más arriba, a más el tal ser vivo era de pequeño tamaño, por lo cual se preguntó si sería un gnomo o un elfo de los bosques y se lamentó, ah, de no haber traído una luz. Cierto que, a poco, descubrió que era una niña y, sin detenerse a pensar, decidió no hacerle ascos y soltar el instinto animal que todo hombre lleva dentro de sí —esa disposición que las buenas gentes detienen con la razón—. Para entonces, para cuando se desanudó las calzas, la niña ya gritaba con toda su alma y, claro, a los gritos, acudieron varios hombres en virtud de que los buenos soldados duermen con un ojo abierto y otro cerrado. Entre ellos don Guirec, el capitán de los lanceros, que hacía la primera guardia, llevando una tea encendida corrió presuroso y se encontró con uno de sus hombres enseñando el culo, boca abajo en la tierra y tapando un bulto que gemiqueaba y, claro, acercó la luz y, arrodillándose, contempló a una criatura angelical y, vive Dios, que no se ofuscó ante aquella presencia inesperada y hasta le puso nombre: ¡Mahaut de Conquereuil!

El buen don Guirec, ante semejante visión, se santiguó, se incorporó, se limpió el sudor de la frente con la manga, le propinó una buena patada al soldado y le ordenó con recia voz que soltara a la criatura, y a los del piquete de guardia que prendieran a aquel violador de mujeres o agresor, lo que fuere, ¡Dios de los Cielos!, y con tanto jaleo en el campamento se despertó todo el mundo.

A poco, llegó don Morvan, seguido de un montón de soldados y criados, y tomó de los brazos de don Guirec a la pequeña que, habiéndolo reconocido, estaba abrazada a él, otro tanto que, sin dejar de llorar, haría con el recién venido cuando la cogió. Y fue que el personal, sin saber qué había sucedido, pero imaginándolo, empezó a insultar al delincuente. A aquel hombre que, aunque había estado dispuesto a hacer mal a la criatura, desconociendo con quién trataba, por supuesto, sólo había tenido tiempo de orinar sobre ella poniéndola perdida, eso sí; y acaso de manosearla, pero nada más, aunque, es preciso decirlo, malas intenciones no le faltaron. Le increparon y le zarandearon, hasta que el capitán de la expedición mandó a su segundo que lo atara, lo metiera en la jaula para presos que llevaban y lo custodiara hasta el amanecer. Y fuese con Mahaut en brazos camino de la tienda de doña Poppa a darle la noticia, a entregarle a su hija, no sabía si todavía doncella o desflorada, y en esto se topó con doña Gerletta que, puesta al corriente del suceso, puso el grito en el cielo y pretendió quitársela de los brazos, por eso de que los hombres no entienden de niños, pero el capitán no lo consintió y, en la puerta de la condesa, pidió permiso para entrar y, Jesús-María, sin recibir licencia, penetró y casi se cae pues tropezó con Lioneta, que rondaba por allí y no la vio.

En aquel momento, doña Poppa, que se había despertado sobresaltada, asomaba la cabeza por la cortinas de la *lit-clos* y doña Crespina se disponía a encender un candil, pero no hizo falta porque doña Gerletta portaba una antorcha, y fue que las habitadoras de la tienda contemplaron a Mahaut y se quedaron pasmadas ante semejante aparición. No obstante, reaccionaron pronto. La *naine,* la primera, pues que tiraba del vestido de su hermana y ponía boquita de piñón para darle besos; la segunda, la mayordoma pues, en viendo las caras que traían don Morvan y la niña, alisó las cobijas de su catre para que el capitán la depositara en él y, cuando se presentó la condesa a toda prisa y tapada con un jubón por todo avío, la niña ya estaba tendida, eso sí, llorando y temblando y, en otro orden de cosas, mojada, sucia, con el cabello enmarañado, las manos ensangrentadas y con la ropa hecha jirones, a más de tener sed, mucha sed, tanta que con un hilo de voz pidió agua, pero nadie la oyó, porque ya la gente de la expedición se había instalado en la puerta de la tienda y voceaba.

Doña Poppa, que casi se desmaya al verla, se acercó a Mahaut como una tromba, airada, la mar de airada, como si le fuera a propinar dos sonoras bofetadas, tal creyeron don Morvan y doña Crespina, pero no, no, que, tras tropezar en algo, puede que con Lioneta pues no se la veía por allí, se acercó al catre, se arrodilló y comenzó a besar a su hija, uniendo sus lágrimas a las de la niña y, en contemplándola, se mesó los cabellos, levantó los brazos al cielo, como pidiendo clemencia, y le preguntó:

—¿Qué te ha pasado, hija mía?

Respondió por ella don Morvan y le dijo lo poco que sabía:

—Don Guirec la ha encontrado fuera del campamento, con un lancero con el culo al aire encima de ella, en ademán de violentarla, a los gritos ha llegado a tiempo y ha podido salvar a la niña de las garras de ese miserable...

—¡Dios de los Cielos!

—Mahaut, ¿qué te ha hecho el hombre?

—Aya, quiero agua, dame agua...

—Ten, mi niña...

—Mahaut, hija, dime, ¿qué te ha hecho el hombre?

—Ah, más agua, agua, aya...

—Bebe despacio.

—Estaba durmiendo cerca del campamento, escondida en unas matas, y un hombre se orinó encima de mí...

—No te entiendo, hija, deja de llorar...

—Dice, la mi señora, que estaba durmiendo en la dura tierra y que un hombre le orinó encima...

—¡Oh! ¿Y qué más...? Estás destrozada, hija, ¿qué has hecho?

—Si me permite la señora, mejor será que la niña descanse... Le voy a quitar el vestido, va toda mojada...

—Sí, sí, Crespina, que duerma y al amanecer nos dirá... ¡Lioneta, para quieta...! ¡Gerletta llévatela...!

Y es que la *naine* se había subido al catre donde descansaba Mahaut y daba saltos en la colchoneta. Obedeció la dama y salió con la cría en brazos, pateando y, dormida Mahaut, hubo calma dentro de la tienda de la condesa, que afuera no, pues que una multitud con don Pol, el sacerdote, don Erwan, el abanderado y Loiz, el mayordomo, en primera fila, querían saber qué había pasado, qué desgracia había sucedido, qué disparate, qué tropelía, qué delito había cometido con la niña aquel maldito lancero llamado Willelm, que no era precisamente un desconocido, sino el comisionado por los pobladores de la villa para que hiciera la peregrinación por ellos, el que llevaba una bolsa repleta de dineros para envidia de la mayoría de la tropa, pues que se jactaba de ello a los cuatro vientos.

Pero era que los expedicionarios armaban tanta bulla fuera de la tienda, que hombres y mujeres no se entendían dentro de la misma y que doña Poppa preguntaba a su mayordoma:

—¿Mahaut ha sufrido violencia?

—Yo diría que no, señora. Sangre no lleva y heridas tampoco.

—A ver, déjame ver... Parece que no. —Tal afirmaba la condesa alzando las cobijas, examinando a la niña entre las piernas y sin haberse vestido todavía.

—Asegúrense las damas, que mando ahorcar al agresor de inmediato —sostenía, colérico, don Morvan.

—Esperaremos a que Mahaut nos diga... Envíe el capitán a toda esa gente a dormir, saldremos al amanecer —mandó doña Poppa.

Al oír la orden del capitán, el personal despejó la entrada de la tienda de la condesa, pero se formaron corrillos y no cesaron los murmullos en lo que restaba de noche ni menos los insultos al posible agresor, qué posible agresor, al violador, pues ¿no lo había encontrado don Erwan con el trasero al aire encima de la niña? Con el culo al aire y lo que viene parejo: con el miembro tieso, ¿o no?

Capítulo
7

E l séquito de la condesa de Conquereuil no volvió al camino al amanecer ni después del almuerzo ni a la jornada siguiente, pues la pequeña Mahaut se despertó, rayando el mediodía, afiebrada, muy afiebrada, y fue que no quiso o no pudo hablar ni, de consecuente, responder a las preguntas de su madre, que perdía la paciencia cuando la interrogaba:

—¿Qué te hizo el hombre? Ya sé que se te orinó encima..., pero qué más te hizo, ¿te levantó el vestido?

Y lo más que conseguía la dama era que la hija de sus entrañas respondiera, como si se hubiera quedado muda, sí o no con la cabeza. No, a que el hombre le hubiera levantado la falda; no, a que la hubiera besado; no, a que le hubiera derramado un líquido entre las piernas; sí, a que se le había orinado encima, por azar quizá, por mala suerte talvez; ídem, a que había salido en pos de la comitiva la noche de la partida, antes de que cantaran los primeros gallos y cuando doña Marie Ivonne dormía profundamente; ítem, a que se había puesto un manto encima del traje; ítem, a que se había llevado un trozo de pan que le había sobrado de la cena y se lo había echado al bolsillo, ¿por qué?, porque sí, pues ya tenía previsto seguir a la expedi-

169

ción a la primera ocasión que se le presentara; ítem más, a que había bebido agua de los arroyos y corrido monte a través, siempre alejada del camino, aunque sin perderlo de vista; sí también, a que la hubiera podido matar un lobo o un perro vagabundo o cualquiera otra alimaña; no, no, no se había acercado al camino, no la fuera a descubrir un campesino o un caminante y, claro, por eso se había roto manto y vestido con los espinos de la floresta del bosque; sí, que había visto gente, pero la había evitado escondiéndose detrás de un árbol o de una roca, a gente pero no a don Gwende, pues que debía haber tomado un camino equivocado; ¿comer?, sí, había comido el mendrugo de pan y altramuces...

—Y de esa guisa, ¿llevas tres días siguiéndonos?

—Sí.

—Pues me tienes enojada, Mahaut, me has desobedecido —hablaba la condesa mientras volvía el rostro hacia sus camareras y sonreía—. ¿Don Gwende te buscó? ¿Lo despistaste...?

—Sí, sí.

La niña asentía o negaba con la cabeza, eso sí, cada vez con menos vigor a causa de que, por el mal trago que había pasado y por el interrogatorio, le subía la calentura.

—¿El soldado te ha hecho daño?

—Permita la señora que intervenga —solicitó doña Crespina—, la niña ha de descansar, tiene mucha fiebre... Debe beberse este brebaje de corteza de sauce... Ea, Mahaut, poco a poco, te hará bien y enseguida te pondrás buena...

—Obedece al aya, Mahaut.

—Ha andado tres días sin comer por los bosques y ha padecido un gran susto, pero no ha sufrido violación...

—A Dios gracias, no. Tal parece —aseveró doña Poppa—. Ya nos contará todo a la menuda cuando se reponga... Ea, niña mía, cierra los ojos y a dormir.

—Madre, ¿qué pasa...? —demandaba Lioneta—. ¿Mahaut se ha quedado muda?

—¡No lo permita el Señor! —respondía con voz alterada doña Crespina, pues que tenía oído que algunas mujeres después de haber sido violadas enmudecían de por vida.

—¡Una muda y una enana, Dios de los Cielos! —se decía doña Gerletta para sí misma y se santiguaba, pese a que mucho quería a las niñas.

—No, Lioneta, ayer hablaba, pero ahora tiene mucha fiebre. Creo que hemos tenido suerte y que don Guirec llegó a tiempo, si se hubiera demorado estaríamos lamentando una gran desgracia.

—¿Qué desgracia, madre? ¿Has dicho...?

—*¡Par Dieu*, cállate! ¡Silencio, Mahaut duerme! Gerletta, llévatela a dar un paseo...

—La verán todos, señora, nunca ha querido esconderse entre los vuelos de mi saya...

—La coges en brazos... Lioneta, doña Gerletta te va a llevar a ver a un hombre que tenemos preso en la jaula, ¿te acuerdas de la jaula...? Vais, volvéis con don Morvan y nos contáis qué pasa. Señora, ¿te parece bien?

—Sí, aya, gracias. Estás en todo... Te ordeno, mejor te ruego, que en este viaje llegues donde no pueda hacerlo yo... No sé, tengo para mí que empieza con mal pie...

—Señora, tú me mandas, pero no temas que todo ha comenzado muy bien, ya lo hemos dicho, podríamos estar llorando...

—Entre las ropas de Mahaut no había restos de sangre, ¿verdad?

—No, no, señora, que casada estuve y bien lo sé.

—Ah, me quitas un peso de encima... No sé cómo Mahaut pudo despistar a don Gwende, supongo que saldría en su busca con perros y es un gran cazador...

—No le des vueltas, señora, estaba de Dios que la niña hiciera el viaje con nosotras... ¿Tú hubieras querido quedarte en Conquereuil? No, ¿verdad...?, pues ella tampoco.

—Cúmplase la voluntad del Señor... Crespina, ¿qué te parecería que no nos detuviésemos en Nantes y pasáramos de largo?

—Lo que su merced ordene, iré donde la señora mande y cuando mande. Como soy vieja ya, este viaje será lo último que haga en mi vida...

—Acércame el manto, voy a ver al preso, tú te quedas aquí cuidando de Mahaut.

—Sí, no tema la señora que me ocuparé de ella y le pondré paños fríos en la frente.

Anduvo la señora por el campamento en busca del carro-prisión, recorriendo las hileras de los vehículos, que se le hacían un laberinto, pues eran muchos y, por orden de don Morvan, permanecían alineados en varias filas, pero, conforme avanzaba, la reconocían los expedicionarios y se le iban acercando gentes tratando de hablar con ella e informarle de tal o de cual o contarle esto o estotro o encaminarla hacia el carro-jaula adonde suponían que iba, pero ella, erguida la cabeza, alta la mirada y el paso vivo, no se detenía a escuchar ni menos a platicar, cierto que, cuando le señalaban con el dedo hacia aquí o hacia allí hacía caso y, a momentos, le parecía estar perdida entre carretas, bestias y hombres desconocidos, tanto séquito llevaba. Demasiado quizá, tal se aducía. No obstante, el mismo o menos que hubiera llevado su difunto don Robert que gustaba del aparato, la pompa e incluso del boato, tan necesarios que resultan por otra parte, para dejar claro quién es quién en cualquier lugar.

Y fue que, entre dos carros surgieron don Morvan y don Guirec que, avisados de su presencia, acudían a su encuentro

172

seguidos de un tropel de gentes, entre ellos doña Gerletta y el negro Abdul con Lioneta en brazos y ambos, tras inclinarse, le pusieron al tanto de la situación y la llevaron al carro-cárcel.

El captor del preso le narró a la menuda lo que ya había oído de boca de Mahaut o mejor dicho lo que la niña había afirmado con sus gestos cuando la fiebre ya no le permitía hablar, y luego bajando la testa y avergonzado por tener que hablar de semejante tema ante una dama, se extendió con lo del culo al aire y las alevosas intenciones del agresor, porque al levantarlo a la fuerza se le cayeron las calzas a los pies y, Dios bendito, que llevaba el miembro enhiesto, aunque, ante su presencia, se le replegó enseguida quedando en nada, y menos mal que llegó a tiempo para evitar una desgracia.

—¿Llegué a tiempo o no, la mi señora? —preguntó anhelante.

—Sí, don Guirec, y te lo agradezco, tanto o más que don Robert desde la Morada Celestial.

Oído lo oído y respondido lo respondido, la condesa se santiguó y, llegada a la jaula, lanzó una mirada asesina a aquel dicho Willelm, que era lancero, como dicho va. Y fue que el preso no se arredró ante la presencia de su señora, sino que la emprendió contra ella y empezó otra vez a gritar en su defensa, lo que no hacía ya en varias horas, pese a que los expedicionarios no habían dejado un instante de increparle, quizá porque se le había roto la garganta, pero, mira, sacó voz:

—¡Yo no sabía que era tu hija! ¿Qué hacía una madre dejando a una niña sola por los bosques?

—¡Calla, maldito! —intervino don Morvan desenvainando la espada, cuando ya los hombres y mujeres de la expedición pedían horca.

—¡Horca!

—¡Muerte en la horca!

Y lo que se oía también:

—No lamentaremos su ausencia, es un engreído, un vanidoso...

—Además, una boca menos.

—Que se pudra en el Infierno.

—Es un peligro para las mujeres que vamos en la expedición.

—Un peligro no es, el señor capitán le ha puesto grilletes y encerrado en una jaula.

—Es igual, puede escaparse... ¡Muerte!

—¡Horca!

—Procede, don Morvan —ordenó la condesa ante el aplauso de todos.

—Permítanme sus mercedes, le impartiré sacramento —terció don Pol acercándose.

—Ni confesión ni nada, que se vaya con Satanás. Aquí no se admiten homicidas ni ladrones ni menos violadores de doncellas —cortó don Morvan imponiendo su autoridad.

Cierto que, a más de gritos, había comentarios por doquiera:

—¿No se asegura que no violentó a la pequeña?

—Eso dicen, pero talvez mientan para evitarse tamaña vergüenza.

—Se dice que la niña está enferma, con mucha calentura...

—¡Poppa, mátalo y que su pecado caiga sobre sus descendientes!

—¿Está casado?

—No.

—¿Quién es? —preguntó una lavandera llamada Maud a una criada.

—Es el hijo del zapatero.

—¿Tiene hijos?

—No se le conocen.

—Mejor.

—Este hombre, tenido por buena persona, fue comisionado para hacer la peregrinación por varios vecinos y le dieron dineros...

Y fue que, ante tal frase, ante la palabra «dinero», a la dicha Maud le vino la codicia al corazón y pensó: «Ah, si pudiera quedarme con su bolsa, con el dinero que contenga, que ha de ser mucho, podría instalarme en París, pues dicen que iremos a esa ciudad, y abrir una tienda... Lo podría desenterrar esta noche y quitársela, aunque no sé, yo sola no sé... Quizá le pudiera pedir ayuda a ésta y decirle: "Si me ayudas, te daré la mitad y si entras conmigo en este negocio, lo podemos llevar a cabo cuando anochezca, y ya hacemos nosotras la peregrinación en nombre de los vecinos...". Pero, pero no, no me atrevo, pues seguro que me responde: "¡Anda ya, Maud, no creerás que lo van a sepultar con la bolsa...!", y hasta es capaz de denunciarme al capitán, no la conozco apenas...». No obstante, siguió preguntándole:

—¿Lo sabe mucha gente?

—¿El qué?

—¿Lo de la bolsa?

—Yo sí y como yo habrá otros.

Y la Maud continuó con sus malos pensamientos: «Si lo hiciera y consiguiera quedarme con los dineros, en Nantes podría permitirme algunos lujos... Comprarme un capillo, una saya de brocado, un manto de seda, rojete para las mejillas, palos de nogal para pintarme los labios... Don Morvan dijo que nos detendríamos unos días en esa ciudad, que debe ser tan grande o más que París... Yo, que me he acercado a la jaula y he contemplado al violador en primera fila, no le he visto la bolsa, quizá la lleve escondida entre la ropa y, si me espabilo, quizá me sea fácil arrebatársela...».

Tal hablaban un par mujeres, una de las cuales pensaba en cometer una tropelía, pero ambas se apresuraron a guardar silencio cuando don Morvan procedió al ahorcamiento del violador. Fue que él mismo anudó el extremo de una gruesa cuerda, la colgó en una rama, la tensó y, siempre con el aplauso de la multitud, ordenó a don Guirec que abriera la jaula y le llevara al preso, sin hacer caso a las súplicas de don Pol, que insistía en que el reo no se fuera de este mundo sin sacramentos. Como el Willelm se resistía como una sierpe acudieron otros soldados y, reduciéndolo, ayudaron a ponerle la soga al cuello, montarlo en un caballo y enderezarlo en la cabalgadura. Fue don Morvan el que propinó un fustazo a la bestia que salió disparada dejando al lancero sin apoyo y tambaleándose como todos los ahorcados.

De tal modo murió el dicho Willelm, el hijo del zapatero de la villa de Conquereuil, por orden de la condesa doña Poppa, por mano del capitán don Morvan, ayudado por varios soldados y bajo la mirada, insultos, procacidades y maldiciones de los peregrinos, del pueblo, después de todo, que con sus voces lo había sentenciado. Por tener aviesas intenciones como se había sobradamente demostrado, hecho más que suficiente para condenarle a muerte, aunque no hubiera llegado a perpetrar su maldad.

Y es que el pueblo desatado es de temer, como se manifestó después de la ejecución, pues el gentío azuzado por una lavandera, llamada Maud, lanzó piedras contra el cadáver, luego se acercó a escupirle, otro tanto que había hecho mientras el hombre permanecía en la jaula, después profanó el cuerpo sin vida y procedió a desnudarlo y a despojarle de las botas y ropas, para terminar lacerándolo con puñales, dejándolo como un cristo, en fin. Y la dicha lavandera, pese a no tener los dedos finos, consiguió, ya fuera por suerte o habilidad, arrebatarle al muerto la bolsa de dineros que llevaba colgada del cuello, entre la piel y el jubón, y se la metió en el corpiño sin que la viera nadie.

Así las cosas, los peregrinos, que habían salido doscientos entre hombres y mujeres y con la llegada de Mahaut sumaron doscientos uno, volvieron a ser doscientos.

Aún no había terminado el bullicio; aún la lavandera no había tenido tiempo de revisar el contenido de la bolsa que había sustraído a un cadáver creyendo que no la había visto nadie; aún doña Poppa no había regresado a su tienda a atender a Mahaut, y fue que, en el lugar sin nombre donde los expedicionarios habían instalado el campamento, se escuchó netamente un sonido de trompetas que dejó suspensos a casi todos, pues, la verdad, la mayoría no esperaba a nadie, aunque la condesa y su capitán, sí. Ambos aguardaban, anhelantes y deseosos de pedirle explicaciones y ajustarle las cuentas, a don Gwende, el caballero que se había quedado de gobernador en Conquereuil, pues que suponían, y creían bien que, enterado de la desaparición de la niña, pese al disgusto que llevara por no participar en la peregrinación, habría salido en pos de la pequeña a galope tendido, pues era hombre ciento por ciento leal, y que en su búsqueda llegaba al campamento, pero no era él, no.

Eran los duques de Bretaña que tenían la desacostumbrada cortesía de salir a recibir a la condesa y, claro, todo fue un correr en el real. Porque, por protocolo, el estandarte de Conquereuil debería estar formado en el camino, frente por frente al de don Geoffrey, bien alto en manos de don Erwan, y la condesa en su carro o en mula, rodeada de un piquete de soldados vestidos de gala con los colores de la casa, y ella trajeada con su mejor manto y su mejor traje, vestida de negro de la cabeza a los pies y velada, por supuesto, pero aderezada con sus mejores joyas, para rendir pleitesía a tan altos señores que tenían la deferencia de salir al encuentro de su vasalla, de una desdichada viuda, convertida en humilde peregrina.

Y era, vive Dios, que los guardias que don Morvan había puesto alrededor del lugar de acampada, en el momento más importante de todos hasta la fecha, no habían vigilado e incluso habían abandonado sus puestos para presenciar el ahorcamiento de aquel Willelm, que se pudra en el Infierno por el delito que había intentado perpetrar, y seguramente habían estado entre los que más gritaban y, mira, que los señores duques tenían que esperar con gran enojo de doña Poppa, que nunca hubiera querido hacerles semejante desaire, ya que, en toda tierra de Dios, el pequeño espera al grande, pero fue que, hasta que no se oyeron las trompas, no fue enterada de nada.

Así las cosas, la condesa corrió hacia su tienda y entró como una exhalación. Para entonces, doña Crespina, ay, qué haría sin ella, ya había sacado de un arcón un corpiño y una saya de seda negra, que valía un valer —no la que le había meado Lioneta, que aún estaba por limpiar, otra mejor incluso, la que se había hecho coser para las galas—, un velo de fino encaje y unos chapines de excelente cuero; dos sortijas para los dedos de las manos y una cruz de oro para el cuello. Con tan buena ayuda, la dama se desvistió y vistió en un santiamén, y, al salir, ya tenía aparejada una mula, muy bien enjaezada, que le había dispuesto el capitán, que le dio estribo para que montara en la caballería, tomó las riendas y, ambos seguidos de un piquete de lanceros, se dirigieron al encuentro de los señores duques.

De los señores duques resultó que no, pues que sólo venía la señora duquesa doña Adalais —nombre que la autora de esta novela escribe con cierto reparo y ya lo evitó páginas atrás, si lo hace ahora es porque de algún modo se ha de llamar y va para dos veces que interviene en esta historia—, que la esperaba, sentada bajo un toldo, pues apretaba la calor, y con un vaso de sidra fresca a la mano. Al ver a la condesa, la dama la saludó de lejos y, llegada aquélla a su presencia, le dio su mano a besar, y no sólo eso, sino silla y refrigerio. Doña Poppa, tras rendirle los honores, se sentó a su lado, bebió un sorbo de una copa de plata y le preguntó por su familia. Por el duque, que estaba en París, por su única hija —a la que la autora tampoco va a ponerle nombre—, que estaba preparando sus bodas, muy buenas bodas —a cuyo prometido la autora menos aún va a mentar—, con el conde Tal, con el duque Cual y, naturalmente, la invitó a asistir a la ceremonia que tendría lugar en Nantes, en el próximo verano. Cierto que, la de Conquereuil, dada su viudez, rehusó asistir a la fiesta alegando lo que pudo: que echaría tanto a faltar a su marido, que el acto resultaría un suplicio para su corazón, pues que latiría y latiría, desbocado, como le venía sucediendo cada vez que pensaba en su difunto, por causa, ay, de que había amado a su esposo, Dios lo tenga con Él, hasta la locura. A más que iba en peregrinación a Compostela de la lejana Galicia y habría de volver, si el Señor tenía a bien que regresara, cansada, muy cansada, y que entonces, después de reposar unos meses durante los cuales ajustaría el matrimonio de Mahaut, para lo cual le consultaría a la señora duquesa si tenía a bien hacerle tal merced, y una vez convenido y enviada la niña a casa del novio, ella se entraría con Lioneta en un convento, seguramente en el de Fécamp en la Normandía, por no alejarse de los verdes colores de la Bretaña o, si no, en el San Martín de Tours en la Turena, para lo cual le pediría permiso a don Geoffrey, su señor natural. Y decía:

—Ya veré, doña Adalais, primero es ir a Compostela y luego volver sana y salva con mi compaña.

—Un ejército llevas, Poppa.

—Se dice que en la ruta hay bandidos por doquiera.

—Reza por tus señores, por don Geoffrey y por mí, cuando te arrodilles ante la tumba del Apóstol.

—Lo haré, la mi señora.

—Si puedes, si las hubiere, cómpranos alguna indulgencia.

—Sí, señora.

—Te voy a decir una cosa, Poppa, si pudiera me iría contigo... Se dice que en las Hispanias hace mucho sol.

—Véngase la señora, será un inmenso honor...

—No, no puedo, tengo un marido que atender y que preparar las bodas de mi hija... Si tuviera un varón concertaría su matrimonio con Mahaut, la criatura me causó muy buena impresión... Por cierto, ¿dónde están las niñas...?

—Mahaut está en la cama con grande calentura y Lioneta está aquí, a mi derecha, entre los vuelos de mis faldas...

—Ay, Poppa, hija, no sé cómo le consientes eso... Te lo digo en confianza, lo de que la pequeña se esconde debajo de tu saya fue la comidilla de la Francia toda durante el entierro de don Robert...

—No se mete debajo de mis faldas, no, se esconde, se arrebuja, digamos, entre la tela... Nos hemos acostumbrado a andar así, mientras la niña da ocho o diez pasos, que no sé, el aya y yo damos uno o dos... Se agarra a nuestras sayas por la diestra, por la siniestra, por detrás incluso, quizá para no ver el mundo; por delante nunca, para no hacernos caer y, cuando llega gente, se envuelve con la tela y se puede decir que desaparece, pero debajo no se mete...

—Curioso, Poppa.

—Ya sé que se habla de esto, pero es calumnia que ande entre mis piernas... Así, consintiéndole que se tape y se esconda le doy cobijo, entienda su señoría que el mundo está plagado de peligros y que para ella, dada su escasa talla, cualquier nimiedad resulta inconmensurable... Ya sé que es irrisorio, inusual, poco natural y hasta antinatural, pues que los niños no andan así con sus madres, aunque se agarran de sus sayas, pero no te puedes imaginar, señora, el dolor que producen las miradas de las gentes... se clavan como espadas en el corazón... También, me consta que utilizo vestidos asaz antiguos, de los que ya no se llevan, que hoy día no hay más que las estrechas túnicas que lucís las altas damas y sobre ellas un brial...

—No sé, hija, cuando la reina Berta y yo la tomamos en brazos y le hicimos carantoñas, la situación cambió de medio a medio, duquesas y condesas la querían tener y hasta se la disputaban, y ninguna de ellas le tocó la joroba para que le diera suerte... ¡Lioneta, ven conmigo...!

Y fue que la *naine* emergió de entre las faldas de su madre, que a saber cómo había llegado, y se echó a los brazos de doña Adalais que, vive Dios, se dejó besar por la enana y, ante el asombro de sus camareras, llenar de babas.

Doña Poppa, que había declinado la invitación de su señora natural para asistir a las bodas de su hija con muy buenas razones, no pudo rehusar detenerse unos días en Nantes ni menos hospedarse en el castillo de los duques, pues que la alta dama lo había dispuesto todo. E hizo notar a su vasalla que llevaba ya más de cuarenta millas felizmente recorridas y que era tiempo de hacer un alto en el camino, máxime porque una de sus hijas estaba enferma de calentura, y le ofreció a su físico privado para que la curara pues era un gran sanador, pero también porque en Nantes se detendría cualquier viajero, dado que merecía la pena conocer la populosa ciudad que, según los recaudadores de gabelas de don Geoffrey, tenía cerca de cinco mil fuegos; un castillo de ladrillo color pardo, como todos los de por allá, con cuatro torres de hermosa alzada y decenas de habitaciones, donde ella, doña Adalais, la atendería como a una hermana, y desde el cual se observaba un maravilloso paisaje sobre el río Loira, que corría, manso, hacia su desembocadura en la mar Océana, que ella, Poppa, conocía bien. Una inigualable vista, pues que en el río había dos islas que formaban canales y en ambas riberas un grandioso puerto con sus muelles y muchos tinglados donde los pescadores acumulaban y distribuían sus capturas por toda la comarca, y otros comerciantes trigo sarracín, madera de los bosques y otros géneros; a más de una catedral dedicada a San Pedro y San Pablo y una iglesia mucho más antigua, la de San Similiano. Y aún se permitió entrar en la Historia y hablar de que Nantes había sido población celta y romana, liberada del paganismo por el beatísimo San Clair, eso sí, después de haber contribuido a la nómina de la cristiandad con varios mártires, entre ellos los llamados niños natenses: Donaciano y Brogaciano, y su tercer obispo, de nombre Sinistiano, Santo también; de que la ciudad había sido saqueada y asolada por los hombres del Norte, por los vikingos, en tiempos pasados; del duque Conan el Tuerto —del que ya se sabe en esta narración—, el vencedor de la famosa batalla de Conquereuil —de la que también se ha hablado—, y terminó mentándole al conde don Roland, el antepasado de doña Poppa, que había vivido en el castillo mientras fuera prefecto de la Bretaña, al menos parte de su vida, pues que también había residido en Rennes, antes de partir con su ejército hacia las Hispanias, donde murió en la rota de Roncesvalles, para trastornar el corazón del emperador don Carlomagno, pues que era la flor y nata de los pares de Francia.

Y, pese a que la condesa no tenía pensado detenerse en Nantes, sino seguir camino, pues que tenía muchas millas por recorrer, como la duquesa había dispuesto todo y, a más, había hablado con esa voz que saben emitir las señoras que sin ordenar, mandan, aceptó mostrando bastante entusiasmo, también por el ofrecimiento del físico para sanar a Mahaut y porque la mención de la batalla en la que tanto se distinguió su esposo y sobre la que ella llevaba años bordando un tapiz, le removió el corazón, otro tanto o más que la de don Roland, su egregio antepasado.

Así que, uncidas las mulas a su carruaje, siguió al de doña Adalais, con las niñas, la enferma en un asiento bien tapada con mantas, y ella con Lioneta en brazos y doña Crespina a su lado, en el otro, llevando las dos arcas de los dineros y su azafate, camino de Nantes, en bretón Naonet. Después de haber ordenado a don Morvan que fuera detrás con la impedimenta y que acampara donde le dijeran los hombres del señor duque, seguramente, extramuros, y a doña Gerletta que se ocupara de los baúles y que, una vez instalada, mandara lavar las sábanas de don Robert. Tomó tal determinación por imperiosa necesidad, pues que tanto tiempo en uso estaban sucias, resucias, ya no mantenían el olor de su esposo y, dicho pronto, apestaban.

Al iniciar la marcha, Poppa no pudo evitar sacar la cabeza por la ventanilla, mirar atrás y contemplar al ahorcado, que continuaba pendiendo de un árbol. A la par rezó una oración en voz baja, agradecida, porque la duquesa no había reparado en el asunto, cuando, de haberlo visto, bien podía haberse enojado y dicho con razón que en su ducado sólo ella dictaba justicia y, de consecuente, sólo a ella correspondía dar orden de ejecución.

Los días de Nantes, fueron jornadas de buen comer para todos los jacobitas, pues que la señora duquesa abrió sus arcas y demostró largueza y generosidad inigualables.

La condesa viuda durmió con sus hijas en un aposento muy amplio que, según decires, había sido el que ocupara don Roland, en una *lit-clos* semejante a la suya, pero con mejores plumazos, más mullidos, eso sí, echó a faltar las cobijas de su marido. Comió y cenó, siempre en la mesa de doña Adalais, incluso más abundante que en su casa y más frescos los pescados, pues que en Conquereuil no hay mar ni puerto, como ha quedado patente, lo que le indujo a recordar el castillo de la isla de Sein, a sus padres, a sus hermanos y también su plácida infancia.

En cuanto se recuperó Mahaut, recorrió la ciudad, siempre al lado de la duquesa que era aplaudida por los habitadores por doquiera se desplazara y, ambas acompañadas del señor obispo oraron en la catedral y en las iglesias, ante las tumbas de los Santos Mártires. Poppa, admirándose de las hermosas fachadas de los templos y de sus interiores, adornados con pinturas e imágenes, que no tenían parangón con las de su feudo. Y era entonces cuando le decía a su primogénita que cuando fuera mayor, y condesa, levantara en la villa una catedral como la de San Pedro y San Pablo, y la niña contestaba que sí, que sí.

Disfrutó sobremanera contemplando los libros iluminados que después de cenar le enseñaba la duquesa, sobre todo con un Evangeliario que, según sostenía la alta dama, era obra de un fraile del monasterio de Lorsch, situado en la lejana Germania, y un regalo de boda que un noble de aquellas tierras hizo a don Geoffrey, y le pidió a Mahaut que, cuando hubiera heredado, comprara libros para llegar a tener una biblioteca en el castillo. Así mismo y aunque ella sabía leer, se admiró de que la duquesa no empleara su tiempo bordando o cosiendo, sino leyendo y remirando mil veces las estampas de los libros en busca de detalles, por otra parte, ricamente encuadernados con oro y piedras preciosas.

Y al cuarto día, después del yantar, fue que doña Poppa mostró su asombro a la duquesa y encomió que gustara de los libros, y mira que ésta le solicitó un favor.

—Poppa, querida Poppa, te voy a pedir un favor, otro... Ya te he pedido que reces por mí y por don Geoffrey ante la tumba del señor Santiago, pero ahora, como vas a las Hispanias, te voy a encargar otra cosa...

—Dime, la mi señora...

—Verás, deseo que me compres un libro...

—¿Un libro?

—Sí, un libro titulado *Comentarios al Apocalipsis de San Juan,* escrito por don Beato, monje que fue de un monasterio situado en la Liébana... Vulgarmente se conoce por *Beato,* un *Beato,* tú pides un *Beato,* y te entenderán...

—Señora, lo haré con mucho gusto, ¿pero en las Hispanias hay lugares donde se vendan libros...? En Nantes, que es una gran ciudad, no he visto ninguno...

—No, Poppa, no... Habrás de comprarlo en algún monasterio...

—¿En el de Liébana? No sé si pasaré por allí, ¿podría su merced enterarse...?

—No necesariamente en Liébana, entiende que el libro se copia y se vuelve a copiar en otros conventos, en ellos hay frailes que se dedican a escribir y a pintar, a iluminar... El obispo don Gotescalco —otra vez el obispo— compró uno en Tábara, un cenobio del reino de León. Por la ciudad de León pasarás obligatoriamente... Antes de llegar enviarás un emisario al obispo diciéndole que, por orden mía, que por orden de la duquesa de la Bretaña, deseas adquirir un *Beato*... Yo te daré dineros para el obispo, que está obrando en la catedral, y bien le vendrá, y para que pagues el libro...

—No, no, la mi señora, que llevo mucha moneda... Lo compraré y te lo regalaré...

—No, no, te daré dinero de oro musulmán, no vayas a hacer corto con lo tuyo.

—De ninguna manera, doña Adalais... Permita su merced que se lo regale...

—No seas necia, Poppa, te llevas mi dinero y si te sobra del tuyo, al volver me lo devuelves y me regalas el libro. Además, no sé si lo podrás pagar ni con lo que yo te dé ni con lo que tú llevas...

—¿Tan caro es?

—Como todos los monasterios de la Francia y la Germania quieren tener uno en sus bibliotecas, el precio del libro se encarece...

—Ya perdonará la señora, pero no entiendo cómo por un libro, por muy bello que sea, se puede pagar una fortuna.

—No lo comprendes porque no has entrado en ese mundo y porque la mayoría de las mujeres nobles coleccionan joyas.

—Yo no.

—Ya sé que tú bordas y que lo haces muy bien... Ahora, vamos al baño, pues hace calor... Creo que hoy vendrá mi hija y podrás conocerla... Si no te ha saludado antes es porque ha estado con la «enfermedad», creo que ya te lo dije, para que no te lo tomaras a desaire...

—Sí, señora.

El baño de la duquesa, oh, oh, que la de Conquereuil nunca había visto otro tal. Una bañera con suelo y laterales de pequeñas teselas de cerámica —en vez de la tina que ella tenía en su castillo—, de a lo menos tres varas de largo por otras tantas de ancho y media de fondo, llena de agua templada y aromada con esencias que la dama hacía traer del Oriente a mercaderes judíos, abonándoles grandes sumas. Y era que las camareras las vertían de jarras de plata, en pequeñas cantidades, porque eran muy caras, quizá hasta más que los libros iluminados, vaya su merced a saber.

En el baño se deleitaba doña Poppa mucho más que yendo de merienda campestre u oyendo las burlas y gracias de los bufones de la señora o viendo actuar a los titiriteros que hacían mil cabriolas o escuchando a los tañedores de vihuela, que casi a diario amenizaban las sobremesas de después de cenar, y de las niñas no hablemos. Eran las que más se divertían chapoteando y dando saltos en aquella agua que las sirvientas de doña Adalais no dejaban enfriar pues, siempre atentas, llevaban calderos y calderos de agua hirviendo y los vertían mientras duraba el solaz de sus señoras.

Y aquel día, según había anunciado la duquesa, a poco de estar la de Conquereuil y la señora gozando del placer del agua tibia, se presentó la heredera del ducado de Bretaña —a la que, páginas atrás, decidimos no darle nombre—, una jovencita de catorce o quince años, bella y distinguida como su madre. Se dejó desprender del lienzo de baño que traía por una de sus camareras y, desnuda igual que todas, se entró en el agua y llegóse a doña Poppa para saludarla con dos besos en la cara, otro tanto que hizo con Mahaut a la par que se admiraba del hermoso rostro de la niña y de los ojos tan parleros que le había dado Dios y posiblemente, como ambas se sonrieron con franqueza hasta hubieran hecho buenas migas y hasta hubieran jugado a las muñecas juntas, pues la nantesa estaba justo en esa edad en que las niñas jugaban a las muñecas y a la par preparando sus ajuares de novias en razón de que ya habían sido ajustados sus matrimonios. Pero fue que acudió Lioneta a recibir los besos que le correspondían, pues que la recién venida saludaba a las huéspedes, y que se le echó al cuello a la duquesita y que ésta, Jesús-María, dio un grito, un gran grito, tan grande que acudió la multitud de sirvientas que rondaban por allá a ver qué sucedía, y bañistas y espectadoras observaron con sus ojos cómo la adolescente, espantada y sin dejar de gritar, se desembarazaba a golpes de la *naine* mismamente como si se tratara de una sierpe u otra alimaña que se le hubiera enroscado en el cuello y la quisiera estrangular, tantos aspavientos hizo, pese a que había oído comentar abundantemente que Lioneta era una enana monstruosa. Y menos mal que, incluso antes de que llegaran las adultas en ayuda de la cría, ésta se escurrió, como hacen las anguilas de las manos de los pescadores, en este caso de las manos de la adolescente que en su terror o insania, lo que fuere, la había pretendido ahogar o tal parecía. El caso es que Lioneta nadó y terminó sujetándose con una de sus manitas en el agarradero de la piscina, tosiendo y echando el agua que había tragado hasta que llegó su madre y la tomó en sus brazos, y la duquesita, lo que faltaba, arrojando por la boca todo lo que llevaba en el estómago, es decir, vomitando, tosiendo, moqueando espeso y llorando a lágrima viva además, como si la víctima de aquel triste suceso hubiera sido ella en vez de Lioneta, todo ello mientras su señora madre le palmeaba la espalda para que expulsara lo que llevara en su cuerpo, ya fuera restos de alimentos o, sencillamente, el terror que le produjo la vista de la *naine*, pues que, adolescente como era, no había sido capaz de dominarlo.

Y fue que Lioneta le lanzó una de aquellas miradas, entre el odio y el desprecio, que sólo ella sabía arrojar con los ojos encendidos y que en viéndola, las criadas murmuraron, al momento, que la «monstrua» le había echado mal de ojo a la doncella, y algunas se santiguaron hasta tres veces, tres, para solicitar ayuda a Dios Padre, a Dios Hijo y a Dios Espíritu Santo, y así tratar de contrarrestar el aojamiento y, las muy groseras, no se recataron en sus gestos ni en musitar que la enana estaba endemoniada.

El caso es que la situación, a más de penosa, fue tensa. Por un lado, las tres de Conquereuil de pie en la piscina, la madre con la *naine* en brazos y con Mahaut un paso adelante, como queriendo defenderlas; por otro, la duquesita jadeando del esfuerzo de vomitar, la duquesa limpiándole con agua la mucosidad y la baba, y ambas rodeadas de detritus flotantes, y las camareras instando a unas y otras a que salieran del líquido, a la par que les ofrecían lienzos de baño para que se taparan pues, pese a la calor del día, iban a coger un pasmo y, unas varas alejadas, las criadas hablando sovoz del mal de ojo, de demonios y de seres infernales.

Y menos mal que doña Adalais no era mujer espantadiza ni melindrosa ni de esas madres ciegas que no ven o no quieren ver los defectos ni las malas actuaciones de sus hijos y son capaces de ofuscar su entendimiento por desmedida pasión de amor materno-filial, menos mal que era mujer justa y que sabía distinguir el bien del mal, pues que de otro modo hubieran podido acabar muy mal las cosas entre señora y vasalla. Y, como siempre, la vasalla perdidosa, sin feudo, sin bienes, sin un mendrugo de pan que llevarse a la boca, sin un lugar donde vivir, sin un lugar donde morir, pero no, no. Que la señora Adalais, apenas su hija se recompuso, le propinó un cachete bien dado, delante de todas las mujeres, de las agraviadas y de la mironas, que a lo menos eran una docena, y es más, ya todas fuera de la piscina y arrebujadas en los lienzos de baño, le ordenó con voz que no admitía réplica que pidiera perdón a doña Poppa. La moza se acercó a la condesa, le tomó la mano y se la besó, eso sí, con la mirada baja para evitar los ojos de las huéspedes y más los de Lioneta que observaba la escena en los brazos de su madre. Cumplida la orden, las damas se retiraron a sus habitaciones, la duquesa enojada, la condesa dolida.

Y lo que habló doña Adalais con su descendiente:

—Te has portado mal, hija, como nunca lo ha hecho la heredera de ningún duque de la Bretaña... Estoy muy disgustada...

—Te pido perdón, madre. Si me lo ordenas, volveré a pedir disculpas a doña Poppa, pero no lo he podido remediar, al ver a la monstrua me ha venido el vómito y eso, su merced lo sabe, no se puede contener...

—Una futura duquesa de la Bretaña debe saber guardar la compostura...

—Lo siento, madre y señora, lo siento, pero me voy a casar y de pensar que puedo parir un monstruo semejante...

—Ven a mis brazos, niña mía, ven.

Y lo que platicó doña Poppa con doña Crespina:

—Aya, con Lioneta ha pasado lo mismo que en todas partes, pero en esta ocasión mucho más.

—No se apene la señora, que con las doncellas ya se sabe... Tienen el ánimo cambiante, la duquesita tanto hubiera tomado a Lioneta por una muñeca y le hubiera tocado la joroba y hecho arrumacos, como por un monstruo... No obstante, pienso que talvez le haya sentado mal el almuerzo o que ha cometido la insensatez de bañarse antes de que se le haya retirado por completo la «enfermedad», y se le haya cortado la digestión y hasta el seso, pues ha demostrado bien poco.

—Aunque la duquesa ha respondido como la gran señora que es, tengo mucho disgusto...

—Lo comprendo, señora. Ya he mandado que nos traigan un cocimiento para los nervios; yo también me beberé un cuenquillo.

—Nos vamos, aya. Durante la cena se lo comunicaré a doña Adalais.

—Ea, sí, vayámonos cuanto antes.

—Mañana mismo, Crespina. Avisa a don Morvan y a doña Gerletta. Y atiende bien: al capitán, le dices que vamos a tomar el camino de Saintes, es decir, que iremos cerca de la costa para evitar las grandes ciudades, pues no quiero otro suceso como el de ayer. Que, a la vuelta, Dios mediante, nos detendremos en Tolosa, Poitiers, París y Tours, entre otras, y que allí la tropa y la servidumbre podrá holgar... Como pondrá inconvenientes que si es peor camino, que no es la ruta de la reina Brunequilda y otras ocurrencias, le cuentas lo de la duquesita y quizá lo entienda. De no ser así, si no lo comprende, le dices que le ordeno que mañana, al albor, me esté esperando con la tropa y la impedimenta pasado el puente del Loira. ¿Te ha quedado claro, aya?

—Muy claro... Enseguida voy, pero antes bebe, bebe para tranquilizarte, la mi señora.

—¡Ah, a doña Gerletta, le dices que no olvide nada, que guarde todo en los baúles...!

La orden de volver al camino sorprendió a los peregrinos de Conquereuil estando en muy diferentes menesteres. A don Morvan, que se enteró de ella por boca de doña Crespina, en el patio de armas del castillo ducal, descabalgando, pues que, invitado por varios caballeros de don Geoffrey, regresaba de una fructífera cacería, de la cual traía dos excelentes piezas, dos ciervos de grande cornamenta que había conseguido con sus venablos y su pericia, en razón de que los espesos bosques que rodeaban la ciudad dificultaban la persecución de las presas. Y, al conocer la noticia, se le demudó la color, pero no hizo comentario alguno y se aprestó a obedecer, pese a que había prometido a los mercenarios contratados para la peregrinación que visitarían grandes ciudades. A doña Gerletta, en el campamento, alisando una vez más las sábanas de don Robert y a punto de guardarlas en un baúl y ya para disponerse a cenar, pero hubo de dejar el refrigerio y apresurarse a recoger y guardar ropa y menaje para que los hombres desmontaran las tiendas antes del amanecer. A buena parte de los soldados, lanceros y arqueros, a más de buena parte de los domésticos de la expedición, en las tabernas de la ciudad, a muchos borrachos, tanto es así que los que permanecían lúcidos hubieron de ayudar a los beodos a regresar al campamento, lo que venían haciendo de cuatro días atrás —los que llevaba la condesa con la duquesa— y hasta hubieron de llegarse a los burdeles de extramuros, situados en la otra ribera del Loira y en torno al puente, de donde sacaron a lo menos una veintena de hombres, a algunos subiéndose las calzas. A una dicha Maud, la lavandera que, por orden de doña Gerletta, había hecho colada con las cobijas de don Robert, rezongando, pues se le habían quedado las manos en carne viva de tanto frotar por lo sucias que estaban, pintándose la raya de los ojos con azul de antimonio ante un espejo, uno de los enseres y uno de los varios ungüentos para la fermosura que había adquirido en los tenderetes del mercado de la ciudad con los dineros que le había robado a un cadáver, sin el menor remordimiento pues, lo que se decía una y mil veces, que el muerto para qué los quería. A la duquesa, aviada ya para la cena y sentada en una cátedra, teniéndole las manos a su hija que, aún con los ojos llorosos y el estómago revuelto, estaba a sus pies en un escabel, y lo que se dijo al enterarse —la primera seguramente—, pues en aquel castillo también las paredes tenían oídos: que le facilitaría la labor a la buena Poppa.

Así que, instaladas las dos damas en la mesa, ya sirviendo los espléndidos entrantes los mayordomos, y ambas desganadas, tanto es así que doña Adalais pasaba bandejas y bandejas de ricas viandas a sus camareras y daba a los perros que rondaban por allí, volvió a excusarse ante la de Conquereuil, lo que nunca había hecho con vasallo alguno, lo que no hacía ningún noble con otro inferior en toda la tierra de Dios, pero es que era mujer humilde, virtuosa y temerosa de Dios, como se dijo ya, y habló de esta guisa:

—Poppa, hija, siento lo ocurrido...

—Son cosas de niñas, señora. Si me da licencia la señora, continuaré mi viaje...

—¿Ya quieres marcharte? Lo he de sentir... ¡Quédate para las fiestas de julio, a las niñas les gustarán!

—Imposible, tengo mucho camino y quisiera regresar para el día de Difuntos o a lo menos para el primer aniversario de mi marido...

—Acuérdate de rezar por don Geoffrey y por mí cuando estés arrodillada ante el señor Santiago, y de comprarme una indulgencia...

—Lo haré, y también me ocuparé del libro... Hablaré con obispos y abades y les pediré un *Beato*... Con el permiso de la señora, me iré mañana.

—¿Mañana?

—Todo está preparado, mis hombres están acampados, sólo he de montar en mi carruaje y ordenar a los cocheros que inicien la marcha.

—Bien, mañana te daré dineros para que compres el *Beato*, también te digo que si necesitas moneda los utilices como si fueran tuyos... Les dices a los vendedores que a tu regreso saldarás cuentas con ellos y, si es preciso, lo juras...

—No tema la señora, que no me voy al Fin del Mundo y que el camino a Compostela cada vez está más transitado.

Tras oír misa, en la despedida, con música de gaitas y al son de atambores, en el patio de armas del castillo, doña Adalais le entregó a doña Poppa una acémila que portaba en la albarda dos magníficas arcas llenas de monedas de oro y que a lo menos pesaban treinta libras cada una, una fortuna, en fin. A una señal de la duquesa, don Morvan tomó el ronzal del bicho, y ya la dama besó a sus huéspedes, a la madre y a las hijas, a Lioneta incluida, sin que le dolieran prendas, delante la multitud que se había congregado para ver partir a la condesa y que, dicho sea, respiró aliviada cuando vio montar en el vehículo a la *naine,* pues lo que pensaron la mayoría de los asistentes: que los demonios y los endemoniados cuanto más lejos mejor, en razón de que ya se había corrido por toda la ciudad la voz de lo sucedido en el baño de la fortaleza.

Al unirse el carro de doña Poppa con el resto de los peregrinos, que la esperaban en formación, los soldados con sus lorigas de sortijuelas de acero, sus cascos de bacinete, sus armas bien dispuestas y muy marciales todos, apenas pasado el puente del Loira, la dama se lamentó ante doña Crespina:

—¡Qué necia he sido, Crespina, no me he despedido del señor obispo...!

—Por las prisas. Al volver se disculpa la señora, y como es hombre de Dios, lo entenderá.

Los bretones echaron a andar y no habían recorrido tres millas que hubieron de parar, pues apareció don Gwende a galope tendido, y fue que, sudoroso, sucio y desesperado, frenó su caballo ante la puertecilla del carro condal. Los cocheros detuvieron el vehículo, y el caballero, jadeando y trabucándose, explicó a su señora que, aprovechando la oscuridad de la noche, iba para siete días que había desaparecido Mahaut, que se había marchado del castillo sin avisar a nadie, con las manos vacías y sin llevar un simple talego, según había sostenido doña Marie Ivonne; que él, al enterarse, había salido como alma que lleva el diablo con un piquete de soldados y con ocho podencos, los mejores de don Robert, descanse en paz, en busca de la niña; que había preguntado a las gentes de las granjas y a las que había encontrado en el camino de Nantes, que era donde, suponía, se habría dirigido la niña, sin duda para unirse a la comitiva de su señora madre, pues que bien había demostrado su enojo al tener que quedarse en la villa; que saliendo de la vía, sus hombres, siempre detrás de los canes, habían visto pequeñas pisadas en humedales y barrizales, ramas rotas e incluso un jirón de tela en uso, nueva, quería decir, pero que, en llegando a la vía romana, los perros habían decidido volver sobre sus pasos y tornar hacia el norte, dejar Conquereuil y tomar el camino de Rennes. Pero que, ya fuera porque hubieran comido alguna mala hierba o frotado sus hocicos en alguna planta ponzoñosa, los animales habían perdido el olfato y equivocado el rastro, lo que era de lamentar, pues que lo encaminaron al norte en vez de al sur. Tal coligió mientras galopaban y galopaban sin encontrar huellas y deshaciendo lo andado. Y allí estaba:

—Aquí estoy, señora, postrado a tus pies, haz conmigo lo que quieras, manda que me corten la cabeza...

—¡Álcese, don Gwende, Mahaut, a Dios gracias, lleva varios días conmigo...!

—¡Válame Santa María!

—Te esperábamos, don Gwende —intervino el capitán mirando al recién venido con mala cara.

—Ea, regrese don Gwende a Conquereuil, y no se hable más. ¡Avante, don Morvan...!

Y así, sin empezar, terminó lo que pudo acabar mal entre los dos caballeros.

—A buenas horas este don Guirec... Podía estar mi hija muerta o violada, Crespina.

—Sí, pero no lo está, a Dios gracias...

—Recemos, aya.

—*Ave Maria, gratia plena...*

Capítulo
8

Mucho hablaron las damas en el carro condal de las explicaciones que dio don Gwende:

—Es extraño que los perros equivocaran el rastro...

—Más raro es que el caballero se dejara engañar, es un gran cazador.

—Unos podencos yendo al norte en vez de al sur, cuando Mahaut caminaba a nuestro encuentro...

—Será cierto, comerían alguna mala hierba.

—Don Gwende se está haciendo viejo y, de consecuente, perdiendo facultades, es el de mayor edad de los compañeros de don Robert.

—Dejen sus mercedes este asunto, el hombre llevaba enorme disgusto, me ofreció su cabeza... Mahaut, ¿qué hiciste para evitar al gobernador? Entiendo que imaginaste que saldría en tu busca.

—Sí, madre, primero fui al sur y anduve dejando pistas, luego dando un rodeo me encaminé al norte y ya otra vez volví hacia el sur... Me huelgo de haber despistado a don Gwende de otro modo no estaría contigo y con las damas...

—¿Y cómo te libraste de los perros?

—Me metí en un río y no pudieron seguir mi rastro...

—Es aguda la niña, señora.

—Ha salido a su señor padre, señora.

—De tal palo, tal astilla.

—Si fuera hombre sería un gran guerrero, talmente como él...

—Está de Dios que Mahaut peregrine a Compostela con nosotras. —Tal aseveró la condesa tomando la mano de su hija mayor, y la de la pequeña que, celosilla de las atenciones que recibía su hermana, quiso la otra.

Y hubiera continuado la niña con su aventura y hasta quizá Lioneta hubiera contado su desventura: el miedo que padeciera en la bañera de la duquesa, pero fue que los hombres de la tropa, puestos de acuerdo, ya fueran todos o parte de ellos, empezaron a emitir un sonido inconfundible: a golpear los escudos con sus lanzas, y era tanto el ruido, que posiblemente los guisanderos también la hubieran emprendido contra las cazuelas con las cucharas de madera y los domésticos con lo que aporrearen lo que tuvieren a la mano, que es la forma que tienen los soldados de quejarse o de pedir tal o cual.

Doña Poppa no tuvo que esperar mucho, pues, al momento, se presentaron ante ella don Morvan y don Pol, el sacerdote, y tomando la palabra el capitán expresó:

—Los expedicionarios están descontentos...

—¿Te refieres a los peregrinos?

—Sí, señora.

—¿Qué pasa, qué quieren?

—Sostienen que, al ser ajustados, fueron advertidos de la ruta a seguir y aducen que no la estamos llevando...

—¿Qué ruta? —demandó la condesa, aunque bien la sabía.

—Angers, Tours, París...

—Señora, ¿cómo vamos a dejar atrás y no visitar —intervino don Pol— el monasterio de San Martín de Tours y no orar ante el cuerpo de dicho Santo en Blois, o ante el de San Evurcio en Orleáns, donde se guarda, además, el cuchillo con el que don Jesucristo cortó el pan en la Santa Cena o ante la tumba de San Denis en París o ante otras muchas maravillas que glorían al Creador?

—¿Acaso vamos de holganza? Advierto a sus mercedes que nos dirigimos en peregrinación a Compostela de la Galicia...

—¿O de visitar el monasterio de Cluny, para recibir la bendición del santo abad Odilón, amén de que allí se custodia el Santo Cáliz?

—¿No se quemó todo hace un par de años?

—Los frailes salvarían lo bueno, señora...

—Todo eso y más lo veremos al regreso... ¿Es que quieren sus mercedes recorrer el mundo entero?

—Son los hombres, señora, que quieren ver París...

—A ver, Morvan, dímelo en leguas.

—Señora, de Nantes a Angers, 18 leguas; de Angers a Tours, 26; de Tours a Blois, 13; de Blois a Orleáns, 12; de Orleans a París, 27...

—¿Cuánto suma?

—220 leguas aproximadamente.

—¿Y de Nantes a Saintes?

—50 más o menos.

—¿Y de París a Saintes?

—Unas 100...

—¿Y a Cluny?

—Muchas más.

—No se hable más, señores. Iremos derechos a Saintes.

—Serán peores los caminos.

—No importa.

—¿Entonces a Poitiers tampoco vamos? Allí se encuentra el cuerpo incorrupto de San Hilario —insistió el preste.

—Pues no.

—También cerca de Poitiers, dejaremos de rezar ante la cabeza del Bautista...

—Todo lo veremos al regresar... En cuanto a los hombres, Morvan, que detengan de inmediato la escandalera. Dales algo más con el almuerzo, más sidra o cerveza de la habitual o doble ración de carne... Si la protesta continúa, los reúnes y les hablas muy claro: los que no quieran seguirme que se vayan, les pagas los días y adiós muy buenas, no sin antes recordarles que se han sumado a esta expedición voluntariamente y con la obligación de servir a la condesa de Conquereuil que, por suerte o por desgracia, soy yo y voy en peregrinación a Compostela. Luego me rendirás cuentas de esta encomienda, porque me temo que, en vez de una tropa disciplinada, has contratado a mercenarios de toda laya...

—No, mi señora...

—En cuanto a ti, don Pol, ¿qué más quieres? Dios mediante te postrarás ante la tumba del Apóstol Santiago y todos tus pecados te serán perdonados...

—Lo sé, señora, pero yo lo decía por aprovechar el viaje y conseguir más indulgencias y talvez presenciar algún milagro...

—Santiago hace muchos milagros... ¡Ea, cada uno a lo suyo, y en marcha! ¡Ya estamos en la Aquitania camino de las Hispanias!

—No sé adónde vamos, señoras. No sé si de este modo iremos a alguna parte... ¿Cómo, por poner un ejemplo, me voy a presentar en la ciudad de Poitiers, ante el duque Bernardo Guillermo y su mujer, y exponerme a sufrir otro disgusto como el de Nantes por la reacción de las gentes que, aunque puedo prever que sucederá, no puedo imaginar en qué va a consistir? ¿Para que otra vez me torne la desazón y me duela el alma...? ¿Es que nadie entiende que soporto una desgracia de años ha y que me llueven las contrariedades por la falta de caridad de las gentes...?

—Madre, ¿qué pasa, por qué estás triste? —preguntó Lioneta.

—No llores, madre, yo sé que desobedecí tus órdenes, pero fue porque quería estar a tu lado, perdóname...

—No, no, hijas, es que me acuerdo de vuestro padre... Fue una gran pérdida para mí...

—Alégrese la señora, estamos cumpliendo uno de sus anhelos, peregrinar a Compostela —intervino el aya.

—Llevamos muchas millas... Echo a faltar mis macizos de hortensias, el paisaje está cambiando —apuntó doña Gerletta.

—Déjate de paisajes, Gerletta, la señora está dolida.

—Lo sé, Crespina, estoy tratando de distraerla.

—Y, por si fuera poco, me da que esta tropa que llevamos no ha de servirnos bien.

—Don Morvan tiene el brazo de hierro...

—Y, fallecido don Robert, es la mejor espada del condado todo. No tema la señora, que sabrá poner orden en cualquier insubordinación...

—¿Llevamos más hombres de Conquereuil o más extranjeros? —demandó la condesa.

—Creo que mitad a mitad, pero todo el servicio es nacido en la villa, lo que es importante.

—¡Si hace falta, madre, yo te defenderé! —sostuvo Lioneta.

—Y yo, madre, y yo —enfatizó Mahaut.

—Lo sé, hijas, pero no es menester. —Tal respondió la dama y se sonrió por el ofrecimiento de las niñas.

Y en estas hablas estaban las damas del carruaje, cuando se presentó el capitán comunicando que todo estaba solucionado, que había detenido la marcha sin que ellas se enteraran, pues que iban platicando de sus cosas, y juntado a hombres y mujeres y, tras echarles una bronca y amenazarles con cárcel, látigo y horca, había instado a que abandonaran la expedición los que tuvieren alguna queja, diciéndoles que, por orden de la señora condesa, el itinerario había cambiado y que lo iban a realizar por el camino de la costa, para luego prometer, por la memoria de don Robert, que se detendrían en las grandes ciudades de la Francia, Dios mediante, al regreso. Y fue que, pese a la oferta del capitán, diez extranjeros pidieron la escasa paga que se habían ganado hasta la fecha, devolvieron los caballos, las armas y las lorigas y se largaron. Con ello los caminantes quedaron reducidos a ciento noventa bocas.

—Vayan con viento fresco —dijo doña Poppa al enterarse.

De Nantes a Niort, los peregrinos, que unos días recorrían dos leguas y otros tres, acamparon en varias aldeas. En todas ellas, los habitadores, avisados por los vecinos de otros lugares, horas antes de avistar el estandarte de don Robert ya se habían instalado en el camino con sus mercancías, pues que bien sabían que la condesa compraba alimento fresco y que siquiera regateaba. Y, en efecto, la dama, seguida de Mahaut y de doña Gerletta, acompañaba a Loiz, su fiel mayordomo, el hombre que venía organizando la intendencia en el castillo de Conquereuil de tiempo ha y a satisfacción de los señores y que, durante el viaje, coordinaba la casa, digamos «casa ambulante» de la dama, compuesta del carro condal y sus tiendas, que le proporcionaban cobijo tanto bajo la luz del sol o de la luna como en la oscuridad del novilunio.

Y era que, como las provisiones menguaban a pasos agigantados por la mucha gente que llevaba, adquiría costales de harina, sacos de garbanzos, talegas de sal; carne salada para diario y fresca para los domingos; abadejo para los viernes, por la vigilia, fruta recién cogida de los árboles, y cantaricos de aguardiente, amén de esto y estotro, pues que si las aldeanas habían preparado rosquillas compraba doscientas o todas las que hubieren frito. Y era que, al ver la pobreza de las gentes y pese a las recomendaciones del buen Loiz, que se escandalizaba con los precios que pedían los campesinos, no regateaba, como dicho va, con lo cual, conforme discurría el camino, la fama de su magnanimidad comenzó a precederla y se extendió por el Poitou. Y lo que doña Poppa aducía en su defensa cuando el buen mayordomo le instaba a que, por el bien de sus arcas, le dejara actuar a él que compraría más barato:

—Por aquí quizá sólo pase una vez en mi vida y quiero dejar buen recuerdo.

Y, vaya, lo conseguía, pues que también entregaba buena limosna en las parroquias, y las gentes, sabedoras de que vendían a precios excesivos, le agradecían su generosidad postrándose a sus pies y besándole las manos y hasta sus cuitas le hubieran contado si los capitanes de la dama se lo hubieran permitido, pero no, no, que en los villorrios se detenían lo justo. El tiempo justo de comprar y echar a andar, pues que doña Poppa no dejaba bajar de la carroza a la *naine*, para que nadie la viera, para que nadie dijera, para que nadie se enterara de su presencia en el mundo en razón de que luego pasaba lo que pasaba: que todo hijo de vecino, que la mayoría de los hijos de vecinos de castillos, ciudades, villas, aldeas o aldehuelas, lugares o lugarejos y hasta los habitantes de caseríos aislados, empezaban a hablar de monstruos, de demonios y de endemoniados. Y, la verdad que, desde que había impedido que Lioneta se apeara del carruaje en razón de que no había manera de que se mantuviera escondida entre los vuelos de la saya, pues que salía, alocada, para ver puestos y tenderetes y manosear esto o aquesto —ni que hubieran estado en el mercado de Nantes—, ella se encontraba con la mente más despejada y más alegre el corazón, pero era poco, digamos, su tiempo libre. El que doña Crespina, ayudada por el negro Abdul, conseguía dominar a la pequeña, ni media hora, tal calculaba la camarera, a veces utilizando la fuerza, pues que la criatura se rebelaba contra aquella injusticia, y razón llevaba. Aunque, es de señalar, que lejos de las poblaciones y apartado el carro condal de la tropa —que la dejaban atrás aposta— se detenían para almorzar en algún prado o al borde de un bosque, y entonces doña Poppa permitía corretear a las niñas y jugar con el dicho Abdul que, la verdad sea dicha, le estaba sirviendo muy bien como niñera. También, las más de las veces, como comenzaba a reñir con Mahaut, le llevaba un dulce a su *naine* y ya dejaba de llorar y se le olvidaba el agravio que tuviere, máxime cuando, al tornar al camino, su madre la sentaba en su halda y se dormía en sus brazos.

Tanta era la fama de la condesa de Conquereuil e iban tantas gentes a saludarla a los caminos que, antes de que los peregrinos avistaran la población de Niort, salió a recibirla una diputación. Tal creyeron los bretones, pero fue que los venidos, que no traían precisamente parabienes ni buena cara, pues dejaron atrás el estandarte de don Robert y se acercaron al vehículo principal, por tal tomaron el carro de la dama y no se equivocaron y, tras inclinarse con ceremonia ante la señora, uno de ellos, un plebeyo, osó pedirle, lo que nadie le había solicitado hasta la fecha: el salvoconducto para andar por el Poitou. Y, claro, la señora, que todavía no se había apeado del carro para dar su mano a besar a aquella gente, se quedó suspensa y sus acompañantes más, mucho más, tanto que don Morvan echó mano a la empuñadura de la espada y gritó:

—¡Paso franco a la señora condesa de Conquereuil!

Mientras otro tanto hacían los demás caballeros y hasta los soldados aprestaban arcos y lanzas.

Por supuesto, que aquellos cinco hombres hubieran podido dejar de alentar a un gesto de doña Poppa, por supuesto. Pero era que la dicha no deseaba enemistarse con el duque Bernardo Guillermo, el amo y señor de aquella tierra que atravesaba con casi doscientos hombres, más o menos cien de ellos armados, y con un sinnúmero de carros y carretas, no porque el citado noble fuera hombre arriscado o soberbio o imperioso, etcétera, que no, que no. Que, aunque había asistido a las exequias de su esposo, sólo había recibido su pésame y no había hablado con él ni con su mujer y, de consecuente, no sabía nada de él, salvo que gobernaba en un amplísimo territorio, mayor incluso que el del rey Robert. Era que había de ser prudente estando en heredad ajena, no fuera que por no entregar el salvoconducto que llevaba —el que le había otorgado el rey de la Francia por escrito y le servía en todos los feudos de las viejas Galias—, se molestara con ella el tal duque de Aquitania, porque nunca se sabe cómo pueden reaccionar las personas. Así que, ordenó a doña Crespina que buscara el documento, que llevaba a buen recaudo en el fondo de su azafate como cosa importante que era, y le entregó un cuidado pergamino a don Morvan para que, a su vez, lo diera a los diputados de la villa de Niort.

Que no sabían leer, que ni el principal ni los otros cuatro sabían leer, que los expedicionarios se dieron cuenta enseguida, pues que lo miraban al revés.

Visto lo visto, el capitán actuó del modo que un caballero procede contra villanos que osan incomodar a los nobles: descabalgó y la emprendió a golpes de fusta contra los cinco que, al ser rodeados por don Erwan y don Guirec, no pudieron escapar y recibieron una somanta de palos, de fustazos, dicho con precisión, y todos acabaron sangrando, unos por la cabeza, otros por la oreja, otros por la cara, y muertos hubieran quedado los cinco, a no ser porque la señora acabó con la paliza e hizo que les dieran agua y un trago de aguardiente a aquellos plebeyos. Luego, cuando se recompusieron un poco, bajó del carro y los interrogó:

—¿Qué es esto? ¿Quién es vuestro señor? Tú, el que manda, el que ha hablado, ¿qué me tienes que decir...?

—¡Habla, bellaco, contesta a la señora condesa!

Los nobles estuvieron un rato esperando la respuesta mientras los villanos se daban agua en las heridas —que una fusta es un excelente látigo—, hasta que el que encabezaba aquella extraña diputación, que no portaba armas ni enseñas, tras apurar el cantarico de aguardiente, se arrodilló ante la dama y suplicó con voz entrecortada:

—Discúlpenos la señora... Somos vecinos de Niort... Al ver de lejos la caravana de la condesa, nos hemos asustado...

—¿Por qué? —preguntó, atónita, doña Poppa.

—Verá la señora... A una milla de aquí, para continuar hacia el sur hay que cruzar un puente...

—El río Sévre —informó el abanderado.

—¿Y qué?

—Verá la señora, se trata de un puente de tablas...

—Como casi todos...

—Pero es muy viejo, se tambalea y está para caerse...

—¿Hay algún vado? Antes de haber puente, habría vado, ¿o no?

—No hay vado, el río baja crecido, ha llovido mucho en abril y mayo...

—¿Hay otro puente por acá?

—No, señora, no.

—¡Termina presto, bellaco! —ordenó don Morvan.

—Los vecinos de Niort suplicamos por lo que más quiera y rogamos a su señoría que no pase por ese puente con semejante impedimenta... Se caerá y nos quedaremos sin él, lo que nos causará grave daño...

—¿Por querer eso, me has pedido el salvoconducto?

—Lo que se nos ha ocurrido, señora. No sabíamos quién erais, pensamos en una caravana de mercaderes...

—¿No habéis visto la enseña?

—Sí, pero como no es la del duque Bernardo Guillermo, hemos creído que seríais mercaderes engañándonos para no pagar el pontazgo... Nosotros lo recaudamos para nuestro señor...

—¡Serán necios!

—Aún les has pegado poco, don Morvan.

—¡Silencio todo el mundo! —mandó la condesa y dirigiéndose al villano continuó—: Atravesaremos el puente y, si se rompe, mis hombres lo arreglarán...

—Lo que ordene la señora, a los pies de la señora, perdone la señora condesa...

—Ve, id todos con Dios.

El paso del viejo puente del río Sévre en Niort no fue tarea fácil, pues que los villanos no habían exagerado. El maderamen oscilaba, se bamboleaba, no mucho, pero sí lo suficiente para dar miedo y pasarlo apriesa, pero, vive Dios, que los carros no podían atravesarlo corriendo ni que los hombres desbocaran a las mulas y a los bueyes, acercándoles una tea encendida a los cuartos traseros o a las patas, para que iniciaran loca carrera por los peligros que tal acción suponía, pues que, en su pavor, los animales podían precipitarse en el río, que venía crecido como había asegurado el villano hablador. Pero el carro que menos pasaba era el de la *lit-clos,* que pesaba arrobas mil, tal sopesó don Morvan a la vista del obstáculo, que otra cosa no era, como pronto se demostró.

El capitán llamó a don Guirec y a don Erwan a conciliábulo, y entre los tres diseñaron una estrategia que, a poco, expusieron a doña Poppa. Le explicaron que el puente se movía peligrosamente, que tenía la madera podrida por la humedad y por los años, y que, si decía —el puente—: «He llegado aquí y no doy más de sí», podría romperse al paso de un ligero caballo y hasta de una persona, y abundaron en que lo habían recorrido de punta a cabo por arriba, donde había tablones desprendidos y, por abajo, donde los maderos estaban todavía más carcomidos.

—¿Y qué hacemos, pues?

—Retrocedemos, tomamos el camino de Parthenay que está aquí cerca, y vamos a Poitiers y de allí a Angulema y ya a Burdeos.

—Tal dicen los lugareños que es menester hacer.

—¡Ah, no, el ánimo de don Robert nunca hubiera flaqueado ante un inconveniente!

—¿Qué dispone la señora?

—Pasaremos. Primero, mujeres y hombres en grupos de diez, luego los carros de uno en uno, con la carga y llevando un solo cochero en el pescante... Ea, dispongan la operación los capitanes...

—¿Y si se rompe el puente y se pierde todo?

—Recuperaremos lo que podamos. ¡Adelante!

—¡Dios nos ayude! —pidió el preste y empezó a repartir bendiciones.

—Oremos, las mis damas —pidió la condesa.

Don Morvan obedeció de mala gana, pero dictó las órdenes oportunas: que hombres y mujeres desalojaran los carros, luego que las mujeres en grupos de diez atravesaran el puente y, después, los hombres; que los cocheros permanecieran en el pescante con los vehículos enfilados, como iban ya, y eso sí, mandó retirar del camino el de la *lit-clos*, dejándolo el último.

Pasaron don Erwan con el estandarte y su piquete de soldados, y varios de los domésticos de diez en diez, sin problemas, pero con miedo, porque sintieron la inestabilidad del entablado. No obstante, los primeros llegaron a la otra orilla y, aliviados, llamaron con las manos a los que estaban por pasar. Los carros, a Dios gracias, fueron atravesando el puente sin dificultades, el de la condesa lo hizo vacío, pues que las damas, no fuera a zurcir el demonio, habían bajado los cofres de los dineros y los tenían con ellas.

El paso del puente duró varias horas, tantas que se echó la noche y los peregrinos hubieron de acampar, unos en una orilla, otros en la otra, y dormir al raso todos, excepto la señora que lo hizo en su cama y con sus hijas.

A la mañana siguiente, cuando negras nubes cubrían el ancho cielo, aunque no llovía, sólo quedaba por atravesar el puente el carro de la *lit-clos*, y hubo que proceder. Desayunado el personal, los bretones se disputaron con los villanos un lugar en la ribera del río, para ver mejor, y estuvieron codo a codo con ellos. Eso sí, sin responder a los que les preguntaban qué llevaban allí, si una torre de guerra, si un Crucificado, si una imagen gigantesca de Nuestra Señora o algún regalo para el señor Santiago, pues en la localidad, aunque no estaba situada en el camino habitual que seguían los peregrinos, tenían noticia del Santo Apóstol, más que por los que se detenían allá, porque, de generación en generación, se había contado que en Niort había descansado el emperador Carlomagno a su vuelta de las Hispanias, derrotado y lloroso, por la pérdida de buena parte de sus pares, entre ellos su sobrino don Roland. Y era que domésticos y soldados, aparte de no entenderlos bien, dado que hablaban otra lengua, más melodiosa que la bretona, aunque con algunas semejanzas entre ellas, no querían contestar a los nativos ni trabar conversaciones, por lo del salvoconducto, que habían tomado por afrenta. A más que estaban muy atentos, pues que los expedicionarios de Conquereuil, siempre sovoz para que no les oyera ningún capitán, habían mantenido que con la *lit-clos* no se iba a ninguna parte; y los agoreros, que eran muchos, que sería un estorbo durante el viaje, y algunos hasta se habían permitido criticar la decisión de la señora. Y sí, sí, que venía siendo una carga por lo mucho que pesaba; y eso que, desde que salieran, el Señor los venía bendiciendo con excelente tiempo, otro tanto que aquel día, pues las nubes se estaban retirando. No querían ni pensar qué hubiera sido la marcha, con el mamotreto, por caminos embarrados; hubiera sido mucho más penoso de lo que estaba siendo en aquel preciso momento. Se trataba de cruzar el puente, y las mulas, por ese ojo que tienen los animales ante un peligro que todavía no atisba el ser humano, barruntaban que algo malo había de suceder y no querían entrar en el dicho. «Algo» no, que estaba muy claro lo que temían las bestias: que el puente estaba a punto de desmoronarse en razón de que, conforme pasaba un carro y otro, el armazón crujía más y más y se tambaleaba ya más de media vara, hasta que perdiera el equilibrio y cayera al río como un peso muerto.

Tal empezó a temer el personal, so pena sucediera un milagro, cuando el carro de la *lit-clos,* tirado por cuatro mulas y con don Morvan a las riendas, dado que, como excelente capitán que era, no había querido poner en peligro la vida de ninguno de sus soldados y, por extensión, la de ningún sirviente, entró en el puente, pero, mira, que los bichos no querían atravesarlo, al parecer, pese a que el caballero los azuzaba con el látigo, y hasta pretendían recular, con lo cual hombre y bestias se enzarzaron en una pelea titánica, digamos, propia de Hércules, tal pensaba don Pol, el sacerdote, que era hombre docto, a sabiendas de que don Morvan no era el legendario héroe griego precisamente, mientras contemplaba el paso de carro y pedía favor a Dios. Del maldito carro, tal se decían para sí doña Crespina y doña Gerletta, mientras observaban al capitán de pie en el pescante y luchando contra las mulas que no querían avanzar pese a la furia que empleaba contra ellas que, dicho sea, no tenían culpa de nada. Y lo que hablaban entre ellos los habitadores de Niort:

—Cuatro excelentes mulas, condenadas a morir.

—Con lo bien que nos vendrían para la labranza.

—Podíamos quedárnoslas a cambio del pontazgo...

—¿No sabes que los nobles no pagan peaje?

—Y si se rompe el puente, ¿qué?

—La condesa lo arreglará, se ha comprometido a ello...

—Y tú, compadre, ¿crees que lo cumplirá?

—Por supuesto. Es mujer de palabra.

—¿Y qué llevan ahí?

—No lo sé, pero algo muy bueno.

Don Erwan en la otra orilla hacía señales al cochero y gritaba:

—¡Avante, avante!

Don Pol y el cura de Niort, que se le había juntado, rezaban:

—*Pater Noster, qui es Caelis sanctificetur Nomem...*

Y, entre paternóster y avemaría, el cura de Niort miraba de reojo a una mujer bretona, una dueña de buen color y con el rostro pintado, que no pudo evitar comparar con la suya, que era un espantajo, Dios le perdone, a más de preguntarse si sería alguna prostituta de esas que, bajo otro oficio, acompañan a los ejércitos doquiera que vayan. Y era una dicha Maud, que luego supo ser lavandera. Despiste muy masculino, por otra parte, que le impidió ver lo que ocurría en el puente, y allá él porque fue digno de contar: que don Morvan, que más parecía el gigante Ferragut, aquel que fuera vencido por don Roland, según cantaban violeros y troveros por la Francia toda, azotó a las mulas con mayor furia, con exasperación, si cabe, o fue que Dios aprieta, pero no ahoga, el caso es que las mulas emprendieron galope y en un tris se presentaron en la otra orilla, eso sí, arramblando con todo lo que hallaron a su paso: con hombres y mujeres y hasta con algunos árboles, mientras el puente, detrás de ellas, se partía por la mitad y tablas y vigas caían al río y la corriente se las llevaba.

Entre la multitud, se escucharon gritos de dolor y de espanto, a la par que se oía la palabra «milagro»:

—¡Milagro, milagro!

Y fuera milagro o no lo fuera, don Morvan fue aclamado por su pericia cuando se apeó del carro que, fuere por obra del Señor o por casualidad, se detuvo delante de la iglesia del pueblo, con una ovación que duró un buen rato, y que el hombre empleó en darse agua a la cara, en desprenderse de la loriga, y en echarse al coleto un jarro de agua fresca y un trago de aguardiente.

La condesa, con sus hijas, sus damas y los dineros, pasaron el río en barca, lo que holgó a las niñas. Luego, ya en la puerta de la iglesia, felicitó al capitán por su hazaña —que tal había sido— y, una vez instalado el campamento en la orilla izquierda del Sévre, lo llamó a su tienda, lo sentó a su mesa, le aumentó la paga y le manifestó —lo que mejor recibió el caballero— su intención de dejar la *lit-clos* en aquel pueblo, para recogerla a la vuelta, pues que le reconoció, sin que le dolieran prendas, que con semejante armatoste no se iba a ninguna parte, y dijo que dormiría en un catre como sus camareras, resolución esta que contentó al capitán.

En efecto, doña Poppa dejó en Niort la enorme cama, bajo la custodia del señor cura. Los bretones la guardaron en un casal que tenía la iglesia, y fue que toda la población pasó a verla, no una vez, sino muchas veces en los días que siguieron a la marcha de la señora, pues que las gentes se admiraban de lo extraño del mueble y de su excelente labor de carpintería.

Y, lo que son las cosas, la condesa viuda, tras entregar dos bolsas de libras de plata a los hombres de la bailía para que repararan el estropicio que había causado, y buena limosna al sacerdote, partióse a los dos días de la aventura del puente felizmente concluida.

De Niort a Burdeos, al Señor sean dadas muchas gracias y loores, los romeros anduvieron por unos paisajes en los que se había perdido el verde de bosques y arboledas. Por unas tierras áridas y pedregosas, de hierba baja en las que pastaban abundantes rebaños de ovejas, y en las que no les ocurrió nada, nada malo, nada que sortear, nada con lo que bregar.

La condesa hubo alegrías, pues que se detenía la caravana a descansar y, después de cenar, hacía sobremesa con las damas y sus hijas, y unas echaban a faltar las lluvias de la Bretaña, otras se quejaban de la mucha calor o mentaban tal o cual anécdota o suceso del viaje o doña Poppa recordaba a don Robert, descanse en paz. Y las niñas le preguntaban cuándo terminaría el bordado de la batalla de Conquereuil o cuál era el plato preferido de su padre o si era la mejor espada del reino o quiénes eran sus amigos en la Francia, qué condes, qué duques, y quiénes sus enemigos —Mahaut para saber a qué atenerse y con qué gentes habría de tratar cuando heredara el feudo—. O entraban en cuestiones más íntimas sobre cómo se conocieron sus padres, por ejemplo, y entonces escuchaban encandiladas cómo don Robert fue rescatado por sus señores tíos de una barquichuela a la deriva y a punto de zozobrar en la playa grande de la isla de Sein y cómo se enamoraron con sólo cruzar mirada, y entonces demandaban qué era aquello del amor —que los críos, ya se sabe, empiezan a preguntar y se vuelven pesquisidores—, y era que, como Doña Poppa todavía no estaba preparada para hablar de amor, pues que no le había desaparecido el hondón que el fallecimiento de su esposo le había dejado en su órgano rector, suspiraba y a veces hasta rompía en lágrimas. Y era entonces cuando las damas querían cambiar de conversación, pero las criaturas insistían y llegaban a preguntar el porqué de la muerte y ella, entre sollozos, les respondía que su señor padre había dejado la vida en la tierra, pero que vivía la Vida Eterna y que ellas, conforme se fueran muriendo y si eran buenas personas, es decir, si daban limosna a los pobres, si eran justas con sus siervos y criados, si hacían obras pías y sobre todo si no reñían entre las hermanas, se juntarían con él en el Cielo. Y señalaba el cielo, un cielo estrellado como pocas veces, máxime porque no había luna y había disminuido la vegetación, y todas miraban el firmamento, más las niñas porque doña Poppa volvió a aquella distracción que, la víspera de salir de viaje, había pretendido iniciar con Mahaut para que se le pasara la rabieta, y decía:

—Vuestro padre os está viendo desde una estrella... Yo ya he elegido la mía, decidme cuál va a ser la vuestra.

Y señalaba una, la que fuere, y las niñas la veían o veían otra en razón de que había tantas que era imposible acertar con la que su madre pretendía. Y fue que Mahaut, como estaba de buenas, escogió una y Lioneta otra, con lo cual madre e hijas iniciaron un juego que habría de durarles todo el camino que les quedaba por recorrer:

—Madre, yo elijo una estrella al lado de la de mi padre, aquélla, ¿la ves?

—Muy bien, Mahaut. Tú esa grande que está al lado de la de tu padre.

—Y yo, madre, esa tan brillante que está al lado de la tuya.

Y con sus deditos indicaron una, dos, tres y cuatro estrellas. Y doña Poppa, gozosa, expresó:

—Nuestras tres estrellas y la de vuestro padre harán la peregrinación con nosotras...

Y muy albriciadas las tres se fueron a la cama, y ya se había dormido Mahaut cuando la *naine* le preguntó a su madre:

—¿Yo seré una estrella peregrina?

—Tú, hija mía, la más brillante de todas.

Don Pol, el sacerdote, también hubo contento, qué contento, júbilo en un primer momento, pues, sabido es, que tenía empeño y días atrás se había atrevido a indicar a la señora otra ruta en la que se encontraba la villa de Saint Jean d'Angely, donde se guardaba la cabeza de San Juan Bautista y, claro, se sorprendió gratamente cuando la comitiva condal arribó a aquel lugar, precisamente la mañana de San Juan, el día de la efeméride del Santo, causando grande expectación entre los pobladores.

Y es que los peregrinos, por fin, arribaron a una vía concurrida, pues que allí se juntaba el camino proveniente de París y Tours con el que se había emperrado en tomar la condesa, y había allí una famosa abadía fundada por el antiguo duque Pepino de Aquitania, a cuya puerta los romeros, seguidos de los niños y perros del lugar, que armaban grande alharaca, llamaron. No con intención de hospedarse, sino de orar ante la cabeza del Bautista, el primo de Nuestro Señor, y dejar también, al paso, unos dineros como ofrenda piadosa.

Don Pol, con la aquiescencia de la condesa, llamó a la aldaba del convento con los ojos enrojecidos de emoción contenida, en virtud de que, por fin, iba a rezar ante una buena reliquia, pero —lo que son las cosas— se llevó un chasco, cierto que, mayor que el de los demás. Y es que, mientras abrían el portón —quizá los frailes estaban rezando vísperas, pues era hora—, se dedicó a narrar a los peregrinos la vida del Precursor que bautizó a Jesucristo en el río Jordán y estaba glosando aquella frase del Santo: «Otro vendrá del que no soy digno de desatar la correa de su calzado», cuando don Morvan le fue con un asunto desgraciado, con lo que sostenían los nativos del lugar:

—Los frailes no están. La abadía está deshabitada de tiempo ha, desde que los vikingos la atacaron destruyéndola y los monjes huyeron... No han regresado por aquí... Aseveran los vecinos que, al huir, se llevaron la santa reliquia...

—¡Vaya, por Dios!

Un contratiempo que pudieron remediar unas millas adelante, con el cuerpo de San Eutropio, que se veneraba en Saintes.

En Saintes, ah, qué gran urbe. Una población de fundación romana, levantada sobre siete colinas mismamente como la ciudad de Roma y que conservaba abundantes restos de aquella civilización: la muralla, el anfiteatro, las termas, el acueducto y, lo más llamativo para unos bretones, un arco triunfal de doble arcada, situado sobre el puente del río Charente, que alzara el general Germánico al terminar sus guerras contra los galos, siempre levantiscos, pese a haber sido vencidos por el gran Julio César, años atrás.

Todo esto y más conocieron las damas, y los que fueron con ellas a la iglesia a postrarse y pedir favor a San Eutropio, que fuera el primer obispo y el primer mártir cristiano de aquel lugar, de boca de los prestes que las atendieron. Y una lágrima se le escapó a doña Poppa cuando supo que el Santo había sido muerto en la persecución del emperador Decio Augusto por haber convertido y bautizado a muchos gentiles. Entre ellos a la hija del gobernador romano, a una virtuosa doncella de nombre Eustela, mártir también por no haber querido sacrificar un cordero a los ídolos, en concreto a la estatua del citado emperador, y dos lágrimas cuando escuchó que, muerto el obispo a golpes de hacha y la joven de una puñalada en el corazón, sucedió que, al precipitarse el cuerpo de esta última en la tierra, brotó una fuente, en la que ellas mismas pudieron beber en el anfiteatro y en cuya poza, según la tradición, cualquier doncella echaba dos alfileres y si, al caer, formaban una cruz, maridaba al año siguiente.

Por supuesto, que las peregrinas arrojaron cuatro alfileres para que la Santa se manifestara. Dos Mahaut y dos Lioneta, que también quiso participar y, en efecto, Eustela habló muy claro: Mahaut contraería matrimonio al año próximo, pero Lioneta no, lo que ya sabía la condesa. Y respondió a su *naine* cuando le preguntó:

—Madre, ¿por qué yo no me casaré?

—Tú y yo, Lioneta, nos casaremos con Dios cuando volvamos a Conquereuil.

Y, mira, que la cría se quedó conforme.

Siguiendo camino, los bretones se presentaron en la localidad de Pons y fue que damas y caballeros llevaron la contraria a su señora en razón de que quiso pasar de largo de un hospital, el primero que encontraban en su ya largo caminar. Un hospital con iglesia y alberguería, que atendían siete frailes y proporcionaban, gratuitamente, dos noches de asilo a todos los peregrinos que pasaran por allí, a más de yantar: dos panes, una libra de queso y un cuartillo de vino por persona y estancia, a más de paja para dormir. Y lo que se oyó la condesa:

—Señora, si nos dan algo, tomémoslo.

—Los panes están recién hechos y huelen que alimentan.

—Es la primera vez que alguien nos da algo.

—Lo agradecemos, y amén.

—El Señor nos ha puesto a estos frailes en el camino.

—Señora, permita la señora, el dinero que llevamos mengua y mengua...

—Si no aceptamos caridad, no ha de llegarnos hasta Compostela.

—Ah, no, ¿acaso no han visto sus mercedes qué cara han puesto los frailes al ver llegar semejante compaña? No tienen para todos nosotros, si aceptamos que nos den lo que tengan, los abocaremos a la ruina... Al revés, dejaremos limosna... En todo caso, acepte don Morvan un pan para las niñas, que parecen tener hambre.

Y así, enfurruñados todos, excepto la condesa que llevaba mucho gozo en su corazón pues, no en vano, en la siguiente localidad se veneraba el cuerpo de don Roland, su egregio antepasado, entraron en Blaye causando la consabida expectación.

Y era que las gentes los encaminaban al puerto para cruzar el río Garona que desemboca en la mar Océana, formando el estuario de la Gironda junto con el río Dordoña, un lugar hermoso donde no haya otro. Y es que se ponía el sol y, aunque doña Poppa había visto atardeceres que ensalzaban las maravillas de Dios en la isla de Sein, los que eran de tierra adentro nunca habían visto otro tal, y se quedaban deslumbrados de tanta belleza y ante la grandeza de su Creador. Y, Jesús-María, que, al llegar al puerto, contemplaron grandes, enormes barcazas en las que habrían de pasar a la otra orilla para encaminarse a Burdeos, y a bordo de las cuales, los lugareños, a más de trasladar viajeros, con caballerías y carros incluidos, transportaban toda suerte de mercancías, entre ellas, toneles y toneles del buen vino que por allá se produce y que los bretones se apresuraron a probar. Lo primero que hicieron soldados y domésticos con las pagas que semanalmente habían ido acumulando en sus faltriqueras, fue beber de los odres que les presentaban los aguadores, que no llevaban agua precisamente, sino excelente vino, y hasta algunos se achisparon.

En fila, ocupaba la comitiva cerca de una milla, los trajineros se asustaron al verla y los barqueros, puestos en hablas con don Morvan, le comunicaron que pasar la compaña a la otra orilla les llevaría al menos tres días y, fastidiados —que no había más que verles la cara—, le anunciaron que, por orden del duque Bernardo Guillermo, no les iban a cobrar barcaje.

Enterada, la condesa se mostró contenta pues que, además de descansar como el resto de la tropa, tenía grande empeño en ver el enterramiento de don Roland. Eso sí, por evitar ruidos y tanto trajín, ordenó que le buscaran posada. Y, a poco, mientras, las niñas jugaban, se revolcaban en la arena y se mojaban los pies en el mar —decían, aunque era en el río— poniéndose perdidas, en una pequeña playa donde terminaba el embarcadero y vigiladas por Abdul, que cada día era mejor niñera, y a la vista de decenas de personas, pues que la presencia del negro causaba mayor sensación en las gentes, que laboraban por allí, que la de Lioneta, dio a pensar a doña Poppa, aunque el hecho de que el personal mirara al esclavo no era nuevo. Y, lo que se dijo, que mejor miraran al esclavo que a su hija; no obstante, comentó con su mayordoma:

—No sé cómo este hombre puede vivir con tantas miradas, cuando las gentes observan a Lioneta me pongo enferma. Habré de preguntarle cómo ha podido llevarlo...

—Es que es esclavo, señora, y los esclavos han de acostumbrarse a todo, al igual que los criados...

—Eso será, doña Crespina, eso será.

Las damas se alojaron en la posada de Saint Jacques, situada en la calle principal y en la única que había en la localidad, pues se trataba de una villa larga y estrecha, desarrollada a lo largo de la calzada romana y que vivía del puerto.

La posadera las recibió con mucha alharaca, se echó a los pies de la condesa, le tomó la mano y se la besó dejándole abundante baba. Le ofreció su mejor habitación, y anduvo azuzando a las sirvientas, que si vino para la señora, sus damas, su hija, los caballeros y el señor Negro, pues que, aduladora, también trataba a Abdul de señor; que si las copas, la de plata para la condesa; que si unos pescados fritos, que si unas ostras para abrir boca, que si luego cordero y para postre dulce de leche. Y gritaba más que decía:

—Aparejen las mesas las criadas, y limpien la habitación de arriba, la grande, que todos los días no llega una condesa a esta casa... ¿Y esta niña? ¡Qué bella es!, de tal madre, tal hija... ¿Cómo te llamas, reina?

—Mahaut.

—No es nombre de por aquí... ¿De dónde vienen las señoras?

—De la Bretaña.

—¿Dó está eso?

—En el norte.

—Muy lejos de aquí.

—Van sus mercedes a Saint Jacques en peregrinación, ya veo.

—¿Dó está la iglesia de San Romano, posadera? —demandó doña Crespina.

—Aquí mismo, un poco adelante. Las señoras pueden ir caminando.

—¿Y esa habitación, posadera?

—Enseguida está lista, la mi señora. La he mandado fregar con agua, luego yo misma echaré paja para que descanses.

—¿Hay camas?

—¿Camas, qué es eso?

—Explícaselo, Crespina.

—Verás, dueña, se trata de unas maderas atravesadas con patas sobre las que se pone un plumazo cuanto más mullido mejor...

—Ah, no, no, señora, no tengo, pero echaré heno fresco en el suelo y todas dormiréis como reinas...

—¿Qué pasa, Crespina, esta mujer no nos entiende o no quiere entender?

—Mezcla el latín con el *poitevin*, pero bien que comprende... ¿Querrá la señora su plumazo? ¿Lo mando traer?

—De momento no.

—¿Se sientan las damas a cenar?

—Primero, subiremos a la habitación, nos lavaremos y nos cambiaremos de ropa. Por cierto, haz subir jarras de agua y unas jofainas...

—Sí, señora.

—¿Se puede saber por qué tardas tanto en darnos la habitación?

—Enseguida estará, coman mientras las damas...

—*Mon Dieu!*

—Comamos, señora, comamos. Y tú, posadera, trae un aguamanil para lavarnos las manos.

—Ea, que no, doña Crespina, hay que bañar a las niñas, están llenas de arena.

—Esperaremos, sube una tina para bañar a las criaturas —ordenó la mayordoma.

—Perdone la señora, yo no veo más que una, ¿dónde está la segunda? ¿Su señoría tiene dos hijas?

—¡Vamos, apriesa!

La posadera no se daba prisa, no. Miraba y remiraba a las damas por ver dónde estaba la otra niña y, claro, no la veía porque estaba escondida entre los pliegues de las faldas de su madre. Y, a poco, alzó los ojos y respiró aliviada al ver descender del piso alto a un hombre, seguido de una mujer con el cabello enmarañado. Las damas contemplaron la escena a la par y se quedaron con la palabra en la boca, pues que, al momento, coligieron que no sólo estaban en un albergue, sino en una casa de mujeres del común a muchos, en una casa de lenocinio, dicho pronto y, por un momento, se quedaron pasmadas, pues nunca jamás habían estado en lugar semejante; pero reaccionaron enseguida, que la condesa se levantó del banco donde se había sentado y, alta la mirada, abandonó el prostíbulo con sus hijas y sus camareras, con Mahaut preguntando qué pasaba. Don Erwan, que las esperaba fuera guardando las mulas, puesto al corriente del suceso, les ayudó a montar y rezongando, regresaron al puerto, ellas dispuestas a dormir en la tienda condal, y ya a cubierto e ido don Morvan a atender otros menesteres, comentaron:

—¡Cómo está el mundo!

—¿Adónde iremos a parar con tanta depravación?

—¡Vamos, consentir burdeles en el centro de la villa...!

—Silencio, que las niñas se enteran de todo.

La visita de doña Poppa a la iglesia de San Romano, donde descansaban los restos de don Roland, su ilustre antepasado, figuró entre sus recuerdos mientras el Señor le dio vida en razón de que, ante la tumba del mejor de los pares de Francia, oyó de boca de uno de los presbíteros del templo cómo don Carlomagno llegó, lloroso por la pérdida de su sobrino y derrotado por la morisma de las Hispanias, a la aldea de Blaye. Tenía, entonces, apenas media docena de casas cuyos habitadores ayudaban a los viajeros a pasar el vado que, en marea baja y en día de buena mar, permitía cruzar a la otra orilla, y que tal hicieron con el ejército del emperador. Pero fue que, en poco tiempo, se presentó galerna y que, aunque don Carlos marchaba ya camino adelante, cuando sus senescales le enteraron de que el tránsito por el estuario iba a quedar interrumpido durante tiempo y tiempo —mientras duraba el temporal—, como hacer un puente le pareció obra temeraria por las dimensiones que habría de tener y porque los vientos azotaban la zona, dejó a unos hombres en Blaye para que construyeran barcazas y con ellas facilitar el paso por allí, barcazas que todavía utilizaban muchas gentes.

—Y aquí, la mi señora, bajo este altar enterró a don Roland, que haya Gloria.

—No me cabe duda de que goza de descanso eterno, pues que se cuenta que los ángeles del Cielo recogieron su alma para presentarla al arcángel Miguel...

—Mucho sabe la señora de don Roland...

—Es mi antepasado... No directo, pero un tatarabuelo mío fue su hermano menor... Y de él desciende mi linaje...

—¡Cuánto honor, señora!

—He venido a rendirle homenaje... ¿Y el enterramiento de doña Alda, su prometida, dónde está?

—Aquí no. Se dice que está aquí, pero no es cierto. Sin embargo, en Burdeos se guarda el olifante de don Roland y continuando hacia el sur hay otros enseres de los grandes hombres que fueron muertos en la rota de Roncesvalles.

—¿Cómo está el cadáver, está incorrupto?

—No, no, la mi señora, han pasado más de doscientos años...

—Permitidme que ore ante su tumba. —Tal rogó la condesa a aquel siervo de Dios, mientras apartaba levemente a su *naine* con la mano, pues que no paraba quieta, y el clérigo iba a extrañarse del movimiento que la criatura hacía en torno a su saya, y vaya su merced a saber qué pensó el religioso, pues que la dama no se arrodilló —se inclinó—, no fuera a lastimar a la niña.

Tras las oraciones, llenó la mano del cura de monedas de plata y, muy alegre, salió de la iglesia.

Capítulo
9

La alegría de rezar ante la tumba de don Roland y ante la
de San Romano —un virtuoso clérigo de misa que por
sus caridades había subido a los altares y al que no olvidó por ser
el titular del templo— a doña Poppa le duró poco tiempo. El
que le llevó tornar a los muelles y, de pie en el embarcadero,
admirarse de cómo varias reatas de mulas halaban las barcazas
tirando de gruesas maromas desde la otra orilla y cómo éstas,
hábilmente dirigidas por marineros —que llevaban, en vez de
los remos convencionales, unas largas varas, dichas bateles, que
clavaban en la arena del fondo del cauce y conseguían guiar-
las—, surcaban las aguas entre dulces y saladas que corrían por
el estuario, y era que pasaban cuatro barcas con cuatro carros
de los suyos, con sus caballerías y sus arrieros, cuando, de repente, salió Lioneta de su escondite —siempre el mismo—, de
entre los pliegues de sus faldas y, ya fuera porque resbaló en el
barrillo que había, ya fuera porque no calculó bien la distancia
o porque salía de la oscuridad y no había acostumbrado la vista a la luz, el caso fue que la criatura dio de pechos en el agua,
y que la viuda gritó:

—¡Ah!

Y, al instante, las damas pidieron auxilio:

—¡Socorro!

Y don Erwan que las oyó, sin pensárselo dos veces, se arrojó de cabeza detrás de la niña, sin temer a la corriente y, la verdad, poco tuvo que hacer, pues encontró a la *naine* agarrada a uno de los tablones del embarcadero y, eso sí, aterrada. Pero no tuvo más que sujetarla con una mano y extender la otra para que sus compañeros le ayudaran a salir. Si no hubieran gritado las mujeres, ninguno de los estibadores que andaban por allá ni los vendedores de mil cosas ni los aguadores se hubieran enterado de nada, y el abanderado hubiera hecho lo mismo que tan felizmente hizo: salvar a la criatura de las aguas, pero no sucedió así. Fue que el personal es curioso de natura y que allí, aparte de embarcar carros y carretas con sus caballerías o ganados o sacos de trigo o toneles de vino en las barcazas, es decir, de cargar y descargar mercancías con gran pericia, las más de las veces no había otra cosa que hacer que observar la gran comitiva de la condesa peregrina. Y admirarse de su buen aire y de su gran devoción —pues había corrido la voz de que se había postrado ante la tumba de San Romano, el patrón de la villa— y de sus ricas vestes; y de su hija, de aquella criatura hermosa como un ángel del Señor; de sus camareras, elegantes dueñas como no habían visto otras; de sus capitanes y la tropa, muy mandones los primeros y muy marciales los segundos; de los criados y domésticos todos uniformados; y de un gato o un perrillo que rondaba entre los pies de las señoras.

Los trabajadores se animaron cuando el minino o el canecillo, lo que fuere, se cayó al agua, y las señoras gritaron socorro, pues que se acercaron a ver de qué se trataba, si de un gato aduciéndose cada uno para sí que, de serlo, nunca se hubiera caído, pues tales bichos huyen del agua y, de consecuente, asombrados de que un soldado se tirara al agua en busca de un perro cuando los canes saben nadar por su natura, pero cuando vieron con sus ojos a un ser diminuto de pie en el pantanal, chorreando y llorando, unos se sonrieron, otros se rieron y otros se carcajearon ante aquel espantajo, que debía ser el bufón de la condesa, tal pensó la mayoría y fue que comenzaron a vocear:

—Que dé saltos el enano.

—Que haga cabriolas.

—¡Que hable!

—¡Que nos haga reír!

Y más.

A la vista de lo que había, la condesa decidió pasar a la otra orilla cuanto antes, para no escuchar las malas palabras de las gentes ni ver sus estúpidas risas ni sus agrias miradas, y pidió a sus doncellas un manto para tapar a la cría. Fue luego, atravesando la mar o el río, el estuario, vaya, cuando, disgustada como iba, le encomendó al negro Abdul a la pequeña. Cuando —en lengua bretona, para que no se enterasen los barqueros— lo nombró, oficialmente, niñera de Lioneta, y el hombre, como no era hombre sino medio-hombre, recibió el empleo encantado y, desde entonces la llevó en sus brazos, contento además, pues que entró al servicio directo de la señora y comió mejor que el resto de la tropa —lo mismo que ella y las camareras—, amén de que no tuvo que tratar con soldados y criados que lo despreciaban abiertamente; y hasta se holgó al escuchar a la condesa decir que, si desempeñaba bien su trabajo, al volver a casa, le concedería la libertad, pues que con lograr la libertad soñó a lo largo del camino a Compostela, en virtud de que nunca la había tenido e ignoraba lo que era.

En la otra orilla y en la desembocadura del río Garona, el baile de la ciudad de Burdeos —la Burdigala romana— esperaba a la condesa viuda y, tras saludarla según protocolo, quiso ayudarla a que montara en su mula pero doña Poppa le hizo esperar porque no quiso ir en el animal, para que no la vieran las gentes, para que no vieran las gentes, que ya formaban un nutrido grupo en torno a ella, a su *naine* ni al negro y, mientras llegaba su carruaje, le entregó una bolsa de dineros para que la repartiera entre los estibadores y barqueros, sabedora de que por el barcaje hubiera tenido que abonar abundante plata. Si tal hizo, aunque ella no pagaba peaje por ser noble y llevar salvoconducto del rey de la Francia, fue porque apreció el trabajo de aquellos hombres que, aunque habían sido rudos y guasones, habían sudado y sufrido mucho con su enorme bagaje. Lo que no vio, porque ya se encaminaba hacia el centro de la urbe, fue que una de las barcazas se hundía al cruzar el estuario, perdiéndose enhoramala uno de sus carros cargado de costales de harina y salvándose enhorabuena el cochero. Lo supo luego, al instalarse extramuros, pues que rechazó las cómodas habitaciones que el baile, por orden del duque Bernardo Guillermo, había preparado para ella y su séquito en la fortaleza.

En la populosa ciudad de Burdeos durmió una noche en su tienda y permaneció sólo una mañana. La que empleó en visitar la catedral de San Severín y su magnífica cripta que guardaba los cuerpos del citado Santo y los de San Fuerte y San Amando, a más del olifante de don Roland, en el altar del primero. Un bellísimo cuerno de caza de fina labor de marfil, que el héroe había asonado para avisar a su tío, el emperador Carlomagno, del ataque enemigo y de que, si no llegaba presto en su auxilio, estaba condenado a morir. El obispo lo puso en sus manos para que observara con detalle los hendidos que tenía a causa de que —tal aseguraba— el prefecto de la Bretaña lo había rajado con la fuerza de sus pulmones al solicitar ayuda a su señor, y ya le enseñó el cementerio anejo al templo, donde sostuvo que estaban enterrados otros muertos de renombre en la rota de Roncesvalles, y le señaló las tumbas de Oliveros y Gondevaldo que, lo que son las cosas, volvió a encontrarse con ellas, camino adelante, en concreto en Belin, pues que las villas de por allá, al parecer, se disputaban cuerpos y despojos de los muertos en la citada batalla.

Después del almuerzo, doña Poppa volvió al camino, pese a las advertencias del baile de la ciudad que le había avisado para que se proveyera de abundante comida y bebida en razón de que no había de encontrar villa ni hospital ni posadas ni fuentes ni ríos hasta Belin, pero la dama no hizo caso porque consultó a su mayordomo y éste le dijo que llevaban bastante. Además que deseaba dejar atrás aquella tierra que le resultó poco acogedora, pues que, aparte del naufragio de un carro, según don Guirec faltaba otro que, en el jaleo de cargar y descargar, algún malnacido les había robado; y a mayor abundamiento la mayoría de los hombres estaban borrachos y los que no lo estaban sufrían grande malestar a causa del mucho vino ingerido. Tanto que si la comitiva hubiera sido atacada en aquel momento por los moros o por los vascones, los que fueren, como le había sucedido a don Roland muchos años atrás, la derrota de las tropas de la condesa de Conquereuil hubiera resultado asaz merecida.

Recorridas cuatro leguas, la comitiva avistó un paisaje poblado de raquíticos pinos que crecían en la arena junto a algunos matojos de hierba. Y presto se encontró recorriendo una región o comarca o tierra o término o zona, lo que fuere, de nombre Las Landas. Los peregrinos acamparon en ella una, dos, tres y cuatro noches, pues que, al ser camino llano, llevaron buena marcha. Siempre al borde de la estrada pública, qué al borde, en la propia vía y ocupándola toda, pues que si sacaban un palmo que fuera las ruedas de los carros de las losas romanas, se hundían una vara en la arena y no había quien los rescatara de allí.

Falso, falso, porque habían de levantarlos los hombres a fuerza de brazos y, vive Dios, que lo hacían, bajo la dirección de don Morvan, rezongando, cuando no jurando y, lo peor, que en aquella tierra arenosa había plaga de enormes moscas, de tábanos, dicho con exactitud, que se ensañaban no sólo con los animales, sino también con las personas, pues que a las cinco millas de recorrer aquellos predios los peregrinos iban llenos de habones que les picaban a rabiar y, aunque intentaban remediarlo frotándose con barro mojado, no había forma ni manera, pues que formaban auténticas nubes, y ya podían taparse los rostros con velos o capuchas, cada uno con lo que tenía, que a la noche daba pena verlos.

Las que más sufrieron la acometida de los tábanos fueron las niñas, las de piel más suave, las más tiernas, tanto que las dos rabiaban y se rascaban sin hacer caso a las prohibiciones de su madre y camareras, que a toda costa querían impedírselo, no fueran a quedarles marcas en la cara, pues que el bello rostro de Mahaut podía quedar con cicatrices y afearse, y el de Lioneta estropearse todavía más. Para evitarlo, la señora, sus damas y el negro Abdul, aparte de no dejar salir a las criaturas de la tienda cuando montaban el campamento, mataron cientos de aquellos malditos insectos, tantos que más parecía que pisaban en una alfombra propia de alguna de las estancias del Infierno, y se resguardaron con velos y hasta guantes, pese a que la calor apretaba. Y los demás se taparon como pudieron y se frotaron con agua y luego con vino.

Cuando la caravana se presentó en Belin, después de haber dejado atrás varios cadáveres que encontraron al borde del camino y sin haber hecho la caridad de enterrarlos —no pertenecientes a la expedición, sino a gentes, a quienes fueren, que habían fallecido de hambre y sed en aquellos inhóspitos parajes—, los villanos, que habían instalado puestos de frutas y otras viandas en la entrada del pueblo, los recibían con regocijo y, en viéndoles, cómo llegaban llenos de picaduras pretendían venderles una untura muy buena contra los habones que la condesa se apresuró a comprar y a ordenar a don Guirec que la distribuyera entre la tropa. Y lo que comentaba con sus camareras mientras embadurnaba a las pequeñas con el ungüento, que dicho sea, estaban comidas por los tábanos y tenían calentura:

—No sé, las mis damas, si hemos acertado haciendo este viaje...

—Pronto todo pasará...

—Hemos sufrido una plaga...

—Pese a todo y pase lo que pase, no voy a perder la esperanza de llegar sana y salva a Compostela...

—No, no, qué va —decía doña Crespina—, asome la señora la cabeza por la ventana del carro y verá cómo el Señor la bendice con las florestas que rodean esta villa, apéese su merced y respire hondo...

—¡Oh, qué bosques! —exclamó doña Gerletta.

—Parecen los nuestros de la Bretaña...

—¡Un vergel en medio de la nada!

—Vamos, hijas, bajad...

—¿Queréis que juguemos, niñas? —preguntó Abdul.

—Madre, me encuentro mal...

—Yo también, madre.

—Que vaya don Morvan a pedir hospedaje en ese monasterio que se ve allá... Necesitamos un techo para las niñas... Descansaremos y nos curaremos de las picaduras... Que venga Loiz, el mayordomo, para que compre vianda fresca y, mientras permanezcamos aquí, para que las niñas se restablezcan, que don Morvan doble la ración a todos.

Y sí, sí, que vino bien aquel descanso a los peregrinos, a grandes y menudos. Además, que, como no había taberna, los hombres no pudieron emborracharse y, aunque intentaron comprar vino a los monjes, éstos no se lo vendieron, y hubieron de conformarse con unos pocos odres que adquirieron a los campesinos, y con pasear bajo las espesas arboledas que rodeaban la villa o con bañarse en el río.

En el río también se bañó una mujer, una dicha Maud que era la lavandera personal de la condesa, y que, de un tiempo acá, vestía ropa buena y, como si fuera una dama, se embadurnaba el rostro de albayalde y se coloreaba las mejillas con rojete, llamando, cómo no, la atención de todos. Tanto que, en el trabajoso paso del puente de Niort, hombres y mujeres ya empezaron a murmurar de ella y a interrogarse unos a otros sobre su honradez. Los más pacatos preguntaban si era mujer del común a muchos, si era ligera de cascos los más osados, aunque les llevó tiempo llegar a una conclusión. Pero ocurrió que, en contemplándola un soldado cuando se bañaba en el río, dio la voz de aviso para que la viera el resto de la tropa, y entonces, como no se tapó ni se echó a correr —lo que haría cualquier mujer virtuosa—, no les cupo duda de que era puta sabida. Y se le acercaron algunos hombres y le ofrecieron dinero a cambio de servicio carnal, pues que les apretaba la necesidad, al parecer, y llevaban las faltriqueras llenas de monedas que no habían tenido ocasión de gastar.

Lo del baño de la Maud fue la comidilla de la expedición, pues que no llegó a saberse si la moza aceptó entrarse con algún hombre en la huerta de los frailes para dejarse besuquear o alejarse más para hacer lo que no hace dueña honrada y, claro, las mujeres, cuando se enteraron de que se había bañado en el río desnuda, como había venido al mundo, amén de escandalizarse, comenzaron a observarla. Tanto es así que, a poco, no daba un paso sin que guisandera, fregona, panadera, lavandera,

232

vaquera o porquera o criada la vigilara y, por las noches y después de cenar, comentara con las demás lo que había visto, en el momento en que los peregrinos se sentaban en torno a las hogueras del campamento y disfrutaban, tras dura jornada, de un par de horas de relajo antes de retirarse a descansar.

Y era que, salvo lo del baño, la dicha Maud no había vuelto a hacer nada reprochable, pues pasaba los días lavando las cobijas de las camas o la ropa interior de la señora y de sus hijas, es decir, dando vueltas a la pasta que, previamente, había preparado con desperdicios y ceniza en un puchero, echando agua y pasta en su justa medida en un lebrillo, removiéndola, remojando las camisas, dejándolas reposar un buen rato en aquel líquido, para luego frotar y frotar, ayudándose de la tabla de lavar, y ya aclarar abundantemente en el río, escurrir la ropa y luego solearla en algún prado cercano y, una vez seca, estirarla bien, plegarla y presentársela a doña Gerletta sobre una bandeja de mimbre, a la par que ponía la palma de la mano por si la dama le daba algún lamín o unos peniques.

—Lo de poner la mano, lo hacemos todas después de hacer un trabajo para la señora.

—A mí, una vez me dio Mahaut un puñado de almendras.

—¿Y qué hiciste con ellas?

—Comérmelas aprisa para que nadie me viera.

—Y que no te pidiera nadie...

—¡Qué astuta!

—A mí, la enana me tiró una piedra...

—La enana echa fuego por los ojos.

—Para mí que el exorcismo no le sirvió de nada.

—Se meó durante la ceremonia, eso se dijo.

—Se mea a menudo.

—¡Silencio, que nos pueden escuchar e ir con el cuento a don Morvan!

—¿Entonces de la Maud no habéis visto nada?

—Nada... Se bañaría en el río porque es lavandera y está acostumbrada al agua...

—El agua para los peces.

—¿Y ahora dónde está la Maud?

—En aquella hoguera con los hombres.

Mientras tal hablaban las mujeres al amor del fuego, que no estorbaba en las noches de Las Landas, doña Poppa conversaba en la sala capitular del monasterio con el abad, don Pol y don Morvan sobre las tumbas de los mártires de la batalla de Roncesvalles —mártires decía el clérigo, pues no en vano habían recorrido las Hispanias, hasta más allá de Compostela de la Galicia, hasta la mar Océana en concreto, para arrojar a los musulmanes de aquellos países—. Y es que la dama deseaba saber quién era quién, y cómo Oliveros, fiel amigo de don Roland y hermano de doña Alda, la prometida del prefecto de la Bretaña, y Gondevaldo, rey de la Frisia, según indicaban las laudas, estaban dos veces enterrados y también quiénes eran aquellos Ogiero, Arestiano y Garín, ante cuyas sepulturas había orado por la mañana por el eterno descanso de sus almas.

Pero lo más que conseguía era que el abad le respondiera que él custodiaba en su convento los cuerpos verdaderos de los dos primeros, y que Ogiero y Arestiano habían sido reyes de la Dacia y la Bretaña, respectivamente, y el tal Garín duque de la Lorena, según había asegurado el obispo Gotescalco al hospedarse en la santa casa.

Y entonces doña Poppa quería saber dónde paraban la Frisia —de la que había oído hablar—, y la Lorena y la Dacia —que no había oído mentar—, y el abad le respondía que la Frisia muy al norte, y las otras dos regiones o reinos, lo que fueren, al este y mucho más al este, respectivamente, y le invitaba a consultar el mapa trazado por un monje llamado Beato

234

que obraba en el libro escrito por él mismo y titulado: *Comentarios del Apocalipsis de San Juan,* que obraba en las bibliotecas de algunos monasterios y que era motivo de codicia de otros muchos, asegurándole que en el largo camino que le quedaba hasta la ciudad del Apóstol Santiago, alguno encontraría y le nombró el de San Pedro de Cardeña, o algo así, cerca de Burgos, y el de San Salvador de León, situado en la dicha ciudad, como grandes cenobios, y la catedral de Pamplona donde, según tenía entendido, había incluso una escuela, bajo el patrocinio del señor obispo, añadiendo que en alguno de ellos, porque eran casas ricas, los monjes tendrían un *Beato* y se lo enseñarían y, en viéndolo, sabría adónde se encaminaba y de dónde venía, amén de ver representado el mundo todo.

Fue que de no saber dónde estaban los países nombrados, se holgó de conocer el nombre de los grandes monasterios donde, posiblemente, le venderían el *Beato* y, además, se dijo que cuando tuviere uno de aquellos libros en sus manos, no sólo cumpliría la manda de la duquesa de la Bretaña, sino que también se enteraría de cómo era el mundo en toda su extensión. No obstante, a punto de meterse en la cama —en los catres que llevaban los romeros, que habían sido instalados en una de las habitaciones del cenobio— y vigilada la fiebre de sus hijas que, merced al cocimiento de corteza de sauce molida que les había procurado el fraile enfermero, menguaba a Dios gracias, les dijo a sus damas que la Historia contaba abundantes mentiras, pues que no podía entender, al parecer, cómo dos de los héroes de Roncesvalles podían estar dos veces enterrados, pero no insistió en la cuestión, pues era tarde y habían de madrugar.

En la localidad de Lesperon, los peregrinos se encontraron con dos caminos que iban hacia las Hispanias. Uno, el de la derecha, se dirigía a Bayona, pero los lugareños lo desaconsejaban, pues que era malo y en la villa llovía mucho, y que luego discurría por la costa, una tierra despoblada y sujeta al azote del mar, que era bravo por allí, a más de estar plagado de bandoleros. Otro, el de la izquierda, llevaba a Dax y de allí a Pamplona atravesando los alpes Pirineos. Los habitadores de la villa les recomendaron este último, pues era de mejor firme, señalando, además, que en aquella ciudad había aguas calientes donde hombres y mujeres podrían quitarse los sudores acumulados a lo largo del viaje y continuar por vías más pobladas, pues en Ostabat se juntaba la calzada que ellos habrían seguido con la proveniente de la Germania, en verano siempre bastante animada por las voces de los peregrinos alemanes que, por doquiera iban, se atiborraban de cerveza.

A la condesa no le cupo duda, no porque le dieran miedo los bandoleros, que no, que llevaba tropa suficiente para enfrentarse a un ejército, pero lo que se dijo, que no podía detenerse cada dos o tres millas y ahorcar a uno, a dos o a diez, porque llevaba prisa y no era cuestión de que los habitadores de las tierras que había de recorrer tomaran a su séquito por las plagas de Egipto, tal pensó exagerando, por supuesto. Y siguió la propuesta de encaminarse hacia Dax, máxime porque quería continuar la ruta del emperador Carlomagno y ver el lugar exacto donde murió su antepasado, así que la comitiva se echó al camino. Pero, antes, don Morvan hubo de porfiar con los aldeanos, pues no eran tal, eran peajeros nada menos que del rey de Pamplona, porque aquella villa le pertenecía, al parecer y, como el monarca García Sánchez, cuyo nombre escuchaban por primera vez, no era vasallo del rey de la Francia, no valía el salvoconducto que llevaban. Cierto que, el capitán arregló el negocio enseguida, llenándoles la mano de monedas de plata y diciéndoles que eran para ellos, para que pasaran unos días holgando en Dax y los dos aceptaron el soborno, en razón de que Pamplona quedaba muy lejos.

Cuando la condesa felicitó al capitán por lo bien que había llevado el asunto del portazgo, éste le explicó que aquellos peajeros eran mala gente que, según había oído, a los pobres les registraban hasta los calzones para cobrarles y que engañaban, de continuo, al rey de Pamplona.

La condesa, a la vista de que se encontraba en tierras que tenían otro amo, debería haber adelantado a un aposentador para que anunciara su visita a peajeros de todas las especies, a señores, condes y reyes, y que éstos no le cobraran el paso por villas, ciudades, puentes o castillos, pues que era desagradable tener que discutir o tener que sobornar. Entre otras razones porque sus dineros mermaban a pasos agigantados y, Señor Jesús, una de las arcas estaba a punto de terminar. A don Guirec, por ejemplo, podía haberle nombrado su legado y enviarle con un piquete de soldados, dándole dineros e instrucciones más o menos de esta guisa:

—Atiende bien, don Guirec, saldrás delante nuestro y tomarás ventaja de, al menos, una jornada. Doquiera que llegues pedirás paso franco para la condesa viuda de Conquereuil a la autoridad que competa, diciendo que fue mujer del conde Robert y que se encamina a Compostela de la Galicia en peregrinación... Mentarás siempre a mi marido por si es conocido por aquí, pues, ya sabes, que en su funeral, en la oración fúnebre, fue equiparado a don Roland y vas a recorrer el camino que pisó don Carlomagno... Tengo para mí que pasarás por tierras que son del rey de Pamplona, quizá hasta encuentres soldados suyos... Llévate contigo unos hombres y mi enseña, y cada dos días que retroceda un soldado para traerme noticias... Nosotros aceleraremos la marcha y, *Deo disponente,* nos encontraremos en Pamplona. Parte cuanto antes...

Pero no lo hizo, y acertó sin saberlo, pues todos los brazos fueron pocos para superar la subida de los montes Pirineos.

La comitiva apresuró la marcha, mientras fue posible, mientras anduvo por camino llano. Los bretones no se detuvieron en Dax —donde no se deleitaron con las aguas termales de la zona—, ni en Sorde —quizá porque la condesa no se enteró de que allí reposaba el cuerpo del arzobispo Turpín—, o fue que, al contemplar en toda su magnitud los alpes Pirineos en la lontananza, se preguntó cómo sería capaz, cómo conseguiría ascender semejantes alturas con la impedimenta que llevaba y se apresuró, con todos los demás, a recibir la bendición de un anacoreta que vivía en un eremitorio dedicado a San Juan Bautista que, avisado por los ladridos de sus perros de la llegada de gente, salió a la calzada precedido de los animales, asaz alborotadores todos, con una cruz en una mano y con la otra extendida para pedir limosna. Le hicieron caridad naturalmente y le dieron rancho, una escudilla, dos, tres y cuatro, y hubo quien contó seis, todas, en fin, las que pudo ingerir de un potaje de garbanzos con col y tocino entreverado que habían preparado las guisanderas; y sus canes devoraron un puchero a rebosar, aunque hubieran comido más, porque los perros ya se sabe. Y el hombre, que iba desnudo de cintura para arriba y de cintura para abajo aviado con dos pieles de cordero, sujetas por una cuerda, a más de agradecerles el condumio, se achispó con el vino que le dieron. Y, entre eructo y eructo, amén de bendecirlos decenas de veces, les habló en buen latín y les mostró unas piedras cercanas a su morada y contó que allí, precisamente allí, había acampado don Carlomagno, en su regreso al reino de los Francos, llevando los cadáveres de los doce pares y, aún añadió que, algo más adelante, el emperador había llorado sobre una roca que, pese al paso del tiempo, permanecía húmeda. Y más hubiera platicado, pero la condesa le interrumpió cuando empezó a hablar de lo agotador que les había de resultar ascender el puerto de Cisa con tamaña impedimenta, pues que no quiso que su gente oyera hablar de la dificultad que les esperaba a escasas millas, y lo que le dijo al hombre:

—Si su reverencia lo desea puede venirse conmigo a Compostela, le daré mesa y cama...

Y, como el eremita no quiso moverse ni menos emprender una nueva vida, pues que alegó que llevaba allí treinta años rezando por los pecados de los hombres, que falta hacía, la condesa viuda no insistió, y eso, que le había producido inmensa pena aquel hombre semidesnudo, pero, ante la negativa, lo dejó estar e hizo que le dieran dos cantaricos de cerdo, del conservado en manteca, y tornó a la ruta apriesa, pues que su hija Mahaut hacía rato que le tiraba de la saya y le miraba con ojos implorantes, como queriendo salir de allí, y es que la criatura parecía aterrada y temblaba de miedo. Tal explicó después y, ya en el carruaje, las damas convinieron en que, en efecto, la estampa del anacoreta más parecía la de un alma en pena que la de un ser humano, por sus enmarañados cabellos, luengas barbas que le llegaban a la rodilla, por los afilados rasgos de su rostro y por la piel encuerada que tenía, más propios de un muerto que de un vivo por viejo que fuera. Cierto que, para quitar el miedo a su primogénita, la señora comentó que muerto no estaba, no, pues no había más que ver el apetito que tenía, y Mahaut se rió e hizo como que llevaba una cuchara en la mano y comía como un tragaldabas. Lioneta la imitó, pero no mostró un ápice de temor, quizá porque, como era fea y desproporcionada, no le llamó la atención la facha de aquel hombre.

En el valle de Carlos —nombre que todavía recuerda al emperador—, donde se inicia la subida de los Pirineos por el puerto de Cisa, dicho también la puerta de las Hispanias, los viajeros anduvieron rodeados de bosques, de robledales y hayedos, confortados por la frescura del lugar, pues que la espesura no dejaba pasar los rayos del sol, bebiendo agua fresca aquí y acullá. E iban alegres, con las bolsas repletas de las semanadas que no habían podido gastar, contentos, porque don Morvan aseguraba que habían recorrido ya medio camino, pese a que, como habían de ir a Compostela y tornar a Conquereuil, en realidad, fuera un cuarto, pero no echaban cuentas, y bebían un trago, dos, tres, los más aprovechados, de los odres de aguardiente que hacía pasar Loiz, el mayordomo, siguiendo las instrucciones del capitán, que deseaba preparar a la tropa para la ascensión, que habría de resultar harto dura, en razón de que no había más que alzar la vista y, cuando lo permitía la espesura, mirar hacia las altas montañas.

—Ocho millas de subida y ocho de bajada.

Tal les dijeron unos monjes que encontraron en el piedemonte.

—Además, hay grande desnivel.

—Y todo son curvas y contracurvas, muy estrechas y cerradas.

—Es mejor que sus mercedes acampen aquí y que inicien el ascenso a la mañana.

—Con esta caravana lo han de pasar mal sus señorías.

—Lo mejor será que aligeren los carros y vacíen los toneles de agua, pues encontrarán toda la que quieran y más en el camino.

—Muchas fuentes de agua clara y hasta saltos de agua y pozas que forman los arroyos...

—En las pozas podrán bañarse sus mercedes.

—Hay mucha humedad, han de sudar sus señorías.

—Perdone la señora, ¿quién ha dicho que es?

—Soy doña Poppa, condesa de Conquereuil...

—¡Ah!, eso no está por aquí...

—No, está al norte, muy al norte... ¿Y sus reverencias quiénes son?

—Somos frailes, dependientes del monasterio de Leire, situado en la linde de reino de Pamplona con el condado de la Aragonia; nuestro abad nos envió a fundar un hospital que sirva de refugio a los peregrinos... Hubo un tiempo en el que dábamos pan, vino y carne, pero en este momento no tenemos nada, al revés, pedirle a su merced que nos dé lo que pueda, pues vinimos veinte hombres, levantamos esta iglesia y una pequeña casa conventual y sólo quedamos dos... Los demás murieron y la iglesia, que dedicamos a San Juan, está sin terminar.

—Vea su señoría, el templo tiene el techo de césped, unos pastores lo cortaron y lo colocaron porque, como llueve mucho por acá, se mojaba la imagen del Santo, tanto que llegó a decolorarse, pero ya no sucede.

—Un techo de césped, no lo había oído...

—Ya lo verá la condesa de cerca, es de cuatro dedos de espesor.

—No podemos pagar piedra de pizarra...

—Estamos a la espera de que nuestro abad nos mande más frailes.

—Acampen aquí sus señorías, pues que cogerán fuerza para llegar a la cima del puerto, y coman, coman abundante...

—Y dennos a nosotros, por caridad.

A la hora de la comida, a la condesa se le puso carne de gallina, pues que sentada a la mesa con los dos frailes, que devoraron dos salmones ahumados, una cumplida cazuela de alubias blancas con embotido, una fuente de cecina de vaca, un pucherico de compota de manzana y pan y vino, todo lo que sirvió Loiz, mientras ella apenas probó bocado, en razón de que se le ponían los cabellos de punta al escuchar a aquellos monjes parlanchines, que mucho tiempo lejos de su abad, no observaban el voto de silencio al que les obligaba la regla de San Benito, aunque, al ser dos y por un día, se les pudiera perdonar dado que vivían en tanta soledad como el eremita que habían dejado atrás. Y es que no dejaban de platicar, y con la boca llena:

—Los lobos son peste por acá...

—En invierno, doña Poppa, parece que vivimos en alguna de las estancias del Infierno, pues se acercan tanto que tememos nos coman las entrañas.

—*Mon Dieu!*

—Ponemos trampas para cazarlos y también para conejos... En otoño pasan palomas torcaces, las matamos con flechas, luego las guardamos en escabeche.

—¿Tienen armas sus reverencias?

—Ya lo creo y siempre prestas, las juntamos a las de los alcabaleros del rey de Pamplona. Por cierto, doña Poppa ha tenido suerte de que se hallen ausentes, pues le hubieran querido cobrar portazgo.

—¿Dónde paran, pues?

—En la guerra que el rey don García Sánchez ha hecho, hace o hará a los moros en alianza con otros señores reyes...

—Llamó a todas las gentes para que acudieran a la hueste.

—Nos dejaron solos, pero lo cierto es que todavía no han aparecido salteadores ni desvalijadores.

—Por aquí vienen más ladrones que peregrinos... Suelen ser vascos y navarros, malos vascos y malos navarros, por supuesto.

—El puerto de Cisa está plagado de ellos en verano.

—Deberán andar con ojo sus mercedes.

—Antes, como le he dicho a su señoría, a los peregrinos les dábamos carne, vino y pan, pero, ahora, no tenemos nada...

—Es como si nuestro señor abad se hubiera olvidado de nosotros...

—En realidad, como han pasado treinta años, siquiera sabemos su nombre.

—Si tuviéramos una mula, podríamos llegarnos a Leire y preguntarle al abad si hemos de continuar aquí, y si tuviéramos dos mulas iríamos más desahogados.

—Os daré dos mulas, señores frailes.

—Ah, la mi señora, la visita de la señora va a resultarnos provechosa...

—Va a ser, condesa, como si se nos hubiera aparecido la Virgen María.

—No exageren sus reverencias, nos dan su bendición y nos tienen en sus oraciones.

—Si doña Poppa nos regala dos mulas se lo agradeceremos mientras vivamos y en el otro mundo también.

—Ea, mozo, escancia más vino.

—Y a mí, llena la copa hasta el borde.

—El *Iter Sancti Jacobi*, no sólo por aquí, está lleno de homicidas, de gente impías y descreídas que asaltan al caminante; de vendedores que cobran diez por lo que vale uno, y que, además, engañan en el peso, quiero decir, señora, que si compras dos libras de tasajo, por ejemplo, te darán una...

—De posaderos que te desvalijan el morral cuando estás durmiendo.

—Ojo, también, con el propio camino, pues discurre, en verano, bajo un sol abrasador y, en invierno, entre nieves o lluvia intensa. A más, es menester subir y bajar montañas, vadear ríos y atravesar puentes en mal estado de conservación, y hay tramos por los que no pasa un carro...

—Ni un perro...

Tal anunciaban los frailes pero, en viendo el rostro apesarado de la viuda, uno de ellos expresó:

—No obstante, sepa su señoría que, por las noticias que tenemos, ha elegido la mejor ruta para peregrinar, pues, aunque pobres y malos, en él hay varios hospitales. Sin embargo, de haber tomado el de la costa, hasta se hubiera podido perder por los montes, como le sucedió a un viajero que fue a Compostela por allá y regresó por aquí pasados tres años, según nos contó...

—No hay camino, todo es senda, al parecer.

—Y está poblado de gentes salvajes, a más que se habla un idioma extraño para los viajeros, aunque nosotros lo parlamos sin dificultad.

—No será más extraño que el nuestro: el bretón —terció doña Crespina.

—Señores frailes, ¿hay por aquí algún resto de la batalla de Roncesvalles? —preguntó la dama.

—Ya lo creo, señora. En este lugar, antes de que existiera esta iglesia, el emperador Carlos escuchó por última vez el sonido del olifante de don Roland y el arzobispo Turpín celebró misa de réquiem por los muertos en la batalla...

—Durante la consagración, se oyó cantar a los ángeles que recogían el alma de don Roland y se la llevaban al...

—¡Al Infierno, señora! El emperador, ambicioso por demás, había invadido las Hispanias, había saqueado la ciudad de Pamplona; se había nombrado rey de por aquí, de por allá, en un desmedido afán de querer gobernar la tierra toda; se había presentado ante las murallas de Sarakusta, una grande urbe situada muchas leguas al sur a la orilla del río Ebro y, ojalá, le hubieran infligido mayor derrota los moros y los vascones, pues que tal no se hace, que las tierras tienen siempre amo... Los pares de Francia, una canalla, señora mía...

—¿Cómo? —preguntó la condesa asombrada, pues aquel fraile estaba trabucando la Historia.

—Lo dicho, señora.

Así las cosas, doña Poppa, algo confusa, en virtud de que había estado a punto de decir que don Roland era su antepasado, observó que el otro monje le propinaba una patada a su compañero y que éste, pese al vino que llevaba en el cuerpo, entendía la advertencia y guardaba silencio. Y fue que el otro afirmó:

—En estas latitudes, después de la batalla, sucedieron grandes prodigios: el del alma de don Roland que fue llevada al Cielo por ángeles cantores, y el de las doncellas...

—¿Qué doncellas?

—Escuche la señora, lloraba el emperador sobre una piedra, que aún permanece húmeda, y un río de lágrimas vertía y un mar de oraciones rezaba, cuando se le apareció un ángel para consolarle. Un ángel del Señor que le instó a que enviara mensajeros por todos los sus reinos para que, dejadas las mujeres casadas en sus casas, reclutaran a todas las doncellas que hubiere, pues era grato al Señor que fueran ellas, las muchachas del imperio, las que recuperaran la gloria que el ejército de don Carlomagno y, de consecuente, él mismo, había perdido al haber sido derrotado en el campo de batalla...

—Y tal hizo el rey de reyes: enviar mensajeros a los confines de su imperio y, a poco, mucho más pronto de lo que pudo prever, regresaron los heraldos con más de cincuenta y tres mil doncellas...

—¿Tantas?

—Sí, señora, sí. Y sucedió que el victorioso rey musulmán supo enseguida, al ser avisado por sus espías, que habían llegado refuerzos al campo enemigo, millares y millares de soldados jóvenes. Por jóvenes guerreros tomó a las muchachas en virtud de que tenían el paso airoso y llevaban sus rubias guedejas al viento, y fue que el moro, cansado como estaba su ejército después de la victoria, no se atrevió a atacar a aquella inmensa tropa que, llegada al lugar, se asentó en la pradera y, para descansar, clavó sus lanzas en la tierra y se puso de brazos en cruz para dar gracias a Dios, otro tanto que hacía don Carlomagno.

—Y fue, señora, que, al llegar la noche, las lanzas se cubrieron de flores, hecho que se tuvo por milagro, máxime cuando el señor rey moro, enterado del prodigio, se presentó ante el emperador, le llevó ricos presentes, se hincó de hinojos y pidió al arzobispo Turpín que le bautizara...

—¡Oh, *mon Dieu, belle histoire!*

La señora se complugo con el prodigio, maravilla, leyenda o milagro, lo que fuere, de las doncellas y las lanzas floridas, otro tanto que las damas y las niñas, a quienes les gustó más incluso que los cuentos que narraba la tía Adele de Dinard. Una historia, la de la rota de Roncesvalles que, vive Dios, conforme avanzaban camino, cada vez se complicaba más, en el último episodio con un rey moro bautizado.

Doña Poppa se llevó un buen sabor de boca de aquellos frailes a los que regaló dos mulas, y hasta perdonó de corazón al impertinente, al que había llamado canallas a los pares de Francia, pues se adujo que cada uno habla de la feria según le va en ella, aunque, eso sí, confusa por los cambios que observaba en la historia del prefecto don Roland, tanto que se preguntó si habría otras verdades en el mundo además de la existencia de Dios.

Y entre contemplar el ancho cielo y señalar madre e hijas cada una su estrella peregrina; dormir, manducar, realizar las tareas anejas al hecho de comer; oír misa; platicar con los frailes; pasear, ir a visitar el lugar donde las lanzas de las doncellas guerreras de don Carlomagno se llenaron de flores y donde don Roland subió al Cielo, a más que Mahaut, entusiasmada por el cuento, creyó oír el olifante del prefecto de la Bretaña pidiendo auxilio, pues que tenía imaginación acalorada, las nobles pasaron tres buenos días. Y la compaña, ajena a que le esperaba la dura ascensión del puerto de Cisa, mejores todavía, pues que los hombres cazaron pájaros con sus arcos y varios ciervos con sus venablos, y algunos se bañaron en los remansos de los arroyos que había por doquiera, con una dicha Maud que, por su oficio, debía gustar del agua, mientras el resto de las mujeres recogían setas y las asaban en una hoguerilla, y flores con las que se adornaron los cabellos para estar más hermosas en los bailes que se organizaban a la luz de las hogueras, amén de murmurar de la lavandera y de llamarla lo que era, según unas, y lo que no era, según otras, pues nadie, hasta la fecha, la había sorprendido en situación comprometida.

Capítulo
10

La ascensión del Summum Pyrenaeum, por el puerto de Cisa, empezó mal para los bretones porque un hombre se salió del camino, posiblemente para hacer sus necesidades, y tropezó con una trampa lobera que le destrozó una pierna y fue menester atenderlo, sacarlo del cepo, quemarle con aguardiente las heridas —no se le fueran a inficcionar— y entablillársela, pues que el hierro le había partido los huesos. Tal advertía don Morvan mientras procedía —que el buen capitán había de hacer de todo— en esta ocasión de físico en razón de que en Conquereuil no había. Hubieran podido ajustar a la Kathlin, la sanadora, que tanto consultaba el conde Robert, que era curandera y que también les hubiera hecho agüeros, pero doña Poppa no quiso.

Pese al desdichado percance, la comitiva no se detuvo. El capitán transfirió el mando de la vanguardia a don Guirec y él se quedó en la retaguardia y, operando al accidentado en un carro que, previamente, había mandado desalojar de barriles de cerveza. Lo hizo con ayuda de una moza que iba en el pescante al lado del cochero, de una tal Maud que, al ser interrogada, dijo ser la lavandera personal de la condesa. Y, mira, que al capitán le vino bien el oficio de la susodicha pues que pensó sería capaz de frotar con hilas de algodón, empapadas en aceite de linaza, las heridas del hombre, y le encomendó la tarea que la joven realizó a la perfección, como si lavara ropa delicada. Y, detenida la sangría, él mismo procedió a enderezar los huesos de la pierna del hombre dando un tirón, a entablillarla y a sujetarla fuertemente con vendas, haciendo oídos sordos a los gritos de dolor del accidentado, al cual le dio a beber aguardiente en abundancia. Acabada la operación, el capitán agradeció el servicio que le había prestado la Maud y, vive Cristo que, al contemplar su rostro, observó que iba muy pintarrajeada y se adujo: «Más que lavandera parece otra cosa...», pero alejó el tema de su pensamiento, y le dio las gracias con un movimiento de cabeza, a la par que le expresaba que entre ambos habían hecho todo lo que se podía hacer con el lesionado, lo mismo que, a falta de físicos, él había tenido que hacer en los campos de batalla con los heridos de hierro. Y, después de encomendarlo al Señor, lo dejó bajo la custodia de la moza.

—Madre, ¿cuánto falta para llegar?

—¿Ya llegamos, madre?

—¡Oh, qué cuestas, la mi señora!

—Las mulas se las ven y se las desean...

—Quizá sería bueno bajar de los carros y caminar...

—Dijo don Morvan que la pendiente se encuentra en esta ladera del monte, que, una vez coronemos la cima, la cuesta abajo será más suave...

—El caso es que este carro es muy pesado y que, al doblar las curvas, da miedo...

—Recemos, la mi señora, pidamos misericordia...

—Recemos, sí. ¡Tú, Abdul, trata de dormir a Lioneta, mécela!

—Sí, la mi señora.

—¡Mahaut, no mires, no mires por la ventanilla!

—Madre, nos vamos a caer por el barranco...

—No lo consentirá tu padre, que en el Cielo está. Recemos...

—Dios te salve, María...

—Oremos todas juntas. Padre nuestro...

—Abdul, dame a Lioneta, baja del carro y pide a Loiz que te dé un pan y un jarro de vino. Les daremos pan mojado a las niñas para que se duerman y no vean estos abismos...

—Parece que vayamos a caer en cualquier revuelta...

—Todo son vueltas y contravueltas... Señor, ten piedad de nosotros...

—Cristo, ten piedad...

—Señor, sálvanos...

—Válanos Santa María.

—Señor Santiago, ayúdanos.

—Madre, yo me quiero bajar...

—Tú quieta conmigo, Mahaut.

—¡Ya estoy aquí, señora!

—Trae el jarro, dame el pan. Córtalo, doña Gerletta, moja los trozos y dale a las niñas. Tú, Abdul, ve a ver cómo marchan los carros que nos siguen...

—A las órdenes de mi señora, pero puedo decir a la mi señora que las mulas van ya echando el bofe...

—Ve a don Morvan y que te diga cuánto nos queda para llegar a la cima.

—Solamente falta, señora, que de estas arboledas salga una tropa de bandidos... O una manada de lobos, ¿oye su merced los aullidos?

—No seas *maladroite*, aya, *par Dieu*... ¿No pasó por aquí el ejército de don Carlomagno?, pues nuestra compaña también lo hará. Nos encontramos en un paso natural de los Pirineos y, desde la creación del mundo, lo ha cruzado mucha gente...

—¡A lo menos tres días de subida, señora! —interrumpió don Morvan, que venía acalorado.

—¿De esta guisa?

—Talmente, señora. El camino es tan estrecho, que no hay sitio para acampar...

—¡Alá se apiade de nosotros...! —intervino Abdul, mentando a su Dios delante de las damas por vez primera.

—¡Calla, negro, no blasfemes o te haré azotar!

—¡Téngase el capitán!

—¡Dios es quien nos tiene que ayudar, no su Alá de las narices, que, entre otras cosas, no existe! ¿Te enteras, maldito negro?

—¡Téngase el caballero, *par Dieu!* No es momento de hablar de teologías...

Y no, no, que no era momento de hablar de teologías, ni de blancos ni de negros, siquiera de que hablaran blancos con blancos ni de que blanco amenazara a negro ni de que negro se atemorizara ni de que una mujer blanca y de piel rosada, noble y viuda por más señas, lo salvara del látigo.

Era momento, ay, de socorrer a los hombres, y de recuperar la mercancía de un carro que, por lo que fuere, se había precipitado al vacío, que tal comunicó el capitán a la condesa con angustiada voz, tras ver caer el vehículo con sus propios ojos. Y salió corriendo.

Tres días de ascenso, sudando a mares por la húmeda calor; tres noches de dormir en los carros o al borde de la vereda, después de piar las ruedas con piedras y troncos; tres muertos del carro que se precipitó al vacío que, tras rezarles funeral, fue menester enterrar, más un herido grave y muy afriebrado, el desdichado que había pisado un cepo lobero; más doce mulas muertas, dos de caída y diez de agotamiento, y un caballo que fue menester sacrificar de una lanzada porque se rompió una pata; más dos culebras y tres víboras que tuvieron que matar; más ciento ochenta y siete personas fatigadas hasta el extremo, pues que a mitad de camino habían tenido que empezar a subir a pie para no agotar a las bestias y, entre ellas dos personillas, Mahaut y Lioneta, que no hacían más que preguntar cuándo llegarían y cuándo se terminaba la costana, poniendo a su señora madre de los nervios; más dieciséis barriles de cerveza perdidos, catorce costales de harina, diez cajas de abadejo y cinco de sardinas arenques, mientras los peregrinos, extenuados, rezaban, recibían las bendiciones del preste y palabras de ánimo de la señora que, al dejar su carruaje, anduvo entre sus gentes repartiendo sonrisas, moneda y vino.

Llegados los jacobitas a la cima del puerto, se santiguaron ante la cruz de don Carlos, oraron, como hiciera el señor emperador; bebieron en una generosa fuente que allí había y se refrescaron. Y, después, sin admirar el bello paisaje, se sentaron a almorzar y la mayoría sesteó un par de horas en la hierba, a la sombra de los espesos bosques o la vera del arroyo que corría por allá. Algunos, entre ellos la condesa, sus camareras y sus capitanes, cantaron un *Te Deum* de acción de gracias que, ante la cruz, dirigió don Pol, el preste. Y ya volvieron a los carros y a los caballos, y emprendieron el camino cuesta abajo que discurría entre el alto de Ibañeta y el monasterio de San Salvador que, Dios sea loado, disponía de iglesia y hospedería, contentos además porque, en los últimos tramos del puerto, ya no habían tenido que lamentar más víctimas ni pérdidas materiales.

Antes de llegar al cenobio, salió al encuentro de los peregrinos un fraile recitador al que no hicieron el menor caso pues que ni fuerza tenían, en razón de que, pese al cómodo trayecto, los hombres se dormían en las cabalgaduras, en los pescantes de las carretas, en los carros, otro tanto las mujeres y, en sus asientos, las damas, entre abundantes cojines muy mullidos. A los saludos del clérigo, algunos levantaron la mano, pero volvieron a cerrar los ojos hasta que el caballo de don Erwan, el abanderado, se detuvo ante el portalón del convento, donde hubieron de despertar y aun espabilarse, pues que, como eran muchos, hubieron de montar las tiendas, y doña Poppa agradecer el recibimiento que le deparó el abad, que le dio cama y posada, al igual que a sus damas.

A la mañana siguiente y en un día muy claro, todos pudieron contemplar los inmensos prados y el grande horizonte que se divisaba y algunos hubo que hasta se emocionaron de ver la Francia a un lado y, al otro, las Hispanias. La condesa la primera, pues que le quedaba todavía mucho camino que recorrer, el mismo que siguiera el emperador, acompañado de don Roland, su glorioso antepasado, y otros muchos duques que le siguieron en su intención de arrebatar la inmensa tierra que se extendía ante sus ojos del dominio sarraceno.

Y mucho disfrutó la dama aunque, la verdad, ya no supo a qué atenerse, cuando el prior, después de celebrar misa, en el ábside de la iglesia le mostró el olifante de don Roland, «el auténtico», el que el héroe había asonado para llamar a su señor tío y con tanta fuerza que le reventaron los pulmones y, según se contaba, murió del esfuerzo, arrojando sangre a borbotones por nariz y boca, y la maza y la roca que su antepasado había cortado en dos con su famosa espada llamada *Durandal* —todo ello colgado de la pared— y, en el suelo, un osario con los restos de los doce pares de Francia que, bendito sea el Señor, sus cadáveres y armas parecían estar en todas partes. Y una lágrima le vino a los ojos, cuando el santo hombre se agachó y entregó un huesecillo, que bien podía ser de don Roland, a cada una de sus hijas, para que lo llevaran como reliquia, tal les propuso. Pero más lágrimas lloró cuando el dicho abad, el día de partida, hizo con ella y su compaña, lo mismo que hacía con cualquier romero que se hubiera detenido en el monasterio o alojado en el llamado Burgo de Roncesvalles, donde, a más de peregrinos, se presentaban mercaderes, vagabundos, tullidos y hasta judíos, y a todos les daba agua para que se lavaran, comida y paja y mantas para que durmieran, amén de atender a los que llegaban enfermos y rezar por su curación o proceder a su entierro, si no había estado de Dios que sanaran.

Fue que el día de la partida, al primer albor, el abad rezó misa, cantó varios salmos y, después del *Ite misa est,* procedió a bendecir y luego a imponer a cada peregrino de Conquereuil una escarcela y un bordón, diciéndole a cada uno:

—En el nombre de Nuestro Señor Jesucristo, recibe esta escarcela y este bordón. Llega a Santiago y vuelve con salud.

—Amén.

Así doña Poppa, la primera, recibió la bendición, la escarcela, conocida también como esportilla —un saco de piel de ciervo— y el bordón —un bastón de considerable grosor, muy apto para defenderse de lobos y perros salvajes—, luego pasaron sus hijas, sus damas, sus capitanes y el resto de la tropa, tantos que resultó una ceremonia larga. Tan larga que, antes de iniciar la marcha, ya fue menester almorzar. Tan larga que, antes de almorzar, Mahaut, que no podía manejar el bordón con soltura, pues llegaba al hombro de un adulto, ya había golpeado con él a las damas en la cabeza, en el pecho y en la espalda, y decenas de veces Lioneta en el vientre y las piernas, pues que, dada su escasa talla y el peso del bastón, todavía lo manejaba peor. Y el caso era que, en cualquier momento, podían sacar un ojo a cualquiera de ellas, y que el negro Abdul no podía hacerse con las niñas ni que las invitara a hacer carreras o a dar volteretas por las verdes campas y, es que, lo que comentaban las damas mientras comían: que había cuidado de la anciana señora de Dinard, pero que con criaturas no había tratado y, ni que decir tiene, que era él el que más golpes se había llevado, amén de gritos y amonestaciones de doña Crespina. Pero doña Poppa no abría la boca, es más, disfrutaba al ver a sus descendientes tan contentas con la esportilla y el bordón, y decía:

—Ya somos verdaderas peregrinas...

—Y que lo diga la señora.

—No sé, la mi señora, si llegaremos vivas a Compostela, las niñas nos están aporreando...

—Crespina, *par Dieu*, no seas exagerada, ten paciencia. Las criaturas se están divirtiendo mucho... No sé si debería comprar tela de estameña en el burgo y hacerme coser un hábito, llevo ropas demasiado lujosas... Una tela burda sería señal de humildad...

—No, no, la mi señora, tu prestancia, la riqueza de tus trajes, y la mucha tropa que llevamos impone a los hombres buenos y aleja a los malos... Acuérdate de los vecinos de Niort que, al verte, se arrodillaron a tus pies.

—Claro, señora, doña Crespina tiene razón, nos tomarían por gente del común...

—Bueno, ya veré... Al regresar a casa, ofreceré el bordón a la iglesia de la villa y lo dejaré allí.

A los postres, acabada la ceremonia, se presentó el abad ante la condesa. Ésta le entregó dos saquetes de dineros para sus limosnas y, en pago, de las esportillas y bordones y, además, le dejó otras tantas bolsas para que se las guardara, temerosa de que los ladrones la asaltaran por el camino, diciéndole que si las necesitaba mandaría por ellas, y aun le rogó que aceptara y atendiera a un hombre que llevaba herido, pues que había caído en un cepo lobero, con la manda de que una vez curado le diera dineros y lo enviara a su casa, al castillo de Conquereuil.

Y, pasado el mediodía, los peregrinos, todos a una dieron el grito matutino de salida, el que, a partir del burgo de Roncesvalles, daría a diario todo hijo de vecino que se encaminara a Compostela:

—*Deus, adiuva, Sancte Jacobe!*

Y fueron tantos a gritar que, seguro, aquella petición de ayuda llegó a los interesados. Cierto que, todos los expedicionarios no estaban, no, que hubo acaso una treintena de hombres que se sumaron al cortejo al atravesar el poblado, pues que andaban bebiendo en las tabernas y, naturalmente, se quedaron sin esportilla y sin bordón. Allá ellos.

A Pamplona, 6 leguas, indicaba un cartel a la salida del burgo.

—Don Morvan, ¿ya es el camino llano hasta Pamplona? —preguntó a la condesa.

—Todo no, la mi señora, habremos de pasar dos puertos, pero nunca como el de Cisa. Además son de bajada.

—No sé cómo pudimos hacerlo...

—Lo hizo don Carlomagno, quizá don Julio César también, y hubo un general, llamado don Aníbal, que atravesó los lejanos alpes de la Provenza con diecinueve elefantes y mucha impedimenta...

Y fue que la dama, en vez de interesarse por la proeza de aquel Aníbal, quizá porque no entendió el nombre o porque no lo había oído mencionar o porque le importaba más la derrota de don Roland, comentó:

—Se dice que fue en estos parajes donde tuvo lugar la batalla de Roncesvalles. Ahora, habiendo subido el puerto de Cisa, comprendo cómo Roland murió solo, pues era imposible que las tropas del emperador llegaran a tiempo para salvarle.

—En efecto, me han dicho que fue por aquí, que en estas umbrías tuvo lugar la batalla, y que luego hubo otras... Otras derrotas: la del emperador Ludovico Pío y la de los condes francos Eblo y Áznar...

—Pleguemos al Señor para que los habitadores de esta tierra no nos tomen por gentes de guerra, deben ser muy bravos.

—Dios mediante, en tres jornadas avistaremos Pamplona.

—Hemos pasado por tantas villas, villorrios y lugares, hemos visto tantas iglesias y tantas reliquias de los pares de Francia, que ya no sé dónde está qué...

—A todos nos sucede lo mismo.

—Hemos visto mucho mundo.

—Y más que veremos.

—A partir de ahora, debemos ir más apriesa, don Morvan, pues deseo regresar a casa para el día de Difuntos.

—Haremos lo que podamos, la mi señora.

Eso, eso, ir más aprisa, porque también la autora de esta novela desea ir más aprisa.

El puerto de Erro no ofreció grandes dificultades. Cierto es que las bestias disminuyeron el paso, pero los peregrinos acamparon y se detuvieron a almorzar donde consideraron oportuno y, como había previsto don Morvan, se presentaron en Pamplona en tres jornadas.

Lo único digno de mentar fue que, al entrar en el burgo de Zubiri, que era una calle larga con una docena de casas a ambos lados del camino, salieron los habitadores a ver a los que llegaban, y un hombre rodeado de chiquillos a ofrecerles vino, y los peregrinos no hicieron ascos a los odres, al revés, bebieron y, en cuanto el capitán les dio tiempo libre, se entraron en la taberna que había y, la mar de a gusto, se aflojaron las bolsas y pidieron jarras y jarras.

Fue que los hombres habían llenado el tugurio, que otra no era, en busca del mismo vino que les había ofrecido el tabernero, un caldo muy bueno, mucho mejor incluso que el que habían catado en Burdeos, que era la tierra del vino y, lo que son las cosas, resultó que el muy bellaco les sirvió vino aguado en vez de bueno. Y, unos, los contentadizos, rezongaron, otros, los disconformes, se quejaron en voz alta y, otros, los irascibles, los que se airaban con razón, es decir, por motivos importantes, pero a veces sin razón, es decir, por nimiedades, comenzaron a armar bulla, y los que se encolerizaban por todo, dos o tres hombres, que se habían amigado —porque Dios los cría y ellos se juntan—, sacaron al tabernero de detrás del mostrador agarrándolo por el jubón y comenzaron a darle puñadas, mientras los demás los jaleaban.

Menos mal que entró don Pol a beber un poco de bon vino e intervino en el asunto, pues que, de otro modo, aquellos hombres hubieran podido hacer una muerte. Llegó, los separó y pidió una jofaina y un paño limpio, y él mismo le mojó con agua en el ojo magullado que llevaba y, enterado del altercado, reconvino al tabernero. Y, llegado don Morvan, castigó a los peleones a dar tres vueltas, tres, en torno a la basa de piedra del puente del río Arga, que era de tablas, pues que, los habitadores le habían comentado que bajo la piedra —un resto romano quizá— estaba enterrada Santa Quiteria, y que era harto conocido en aquella localidad que si un vecino tenía un perro rabioso y le hacía dar tres vueltas en torno al dicho pilar, el can sanaba de la enfermedad. Así que, aprovechando tal circunstancia, les hizo dar tres vueltas, tres, a los rabiosos pendencieros, pese a que llevaran razón y el tabernero fuera un sacacuartos, pero lo hizo para mantener la disciplina y gritó para que le oyeran todos, que él único que imponía castigos era él y, por supuesto, nadie replicó.

Fue jocoso de ver cómo los camorristas bajaban a la orilla, se quedaban en calzones, pues que el río bajaba crecido por las lluvias de la primavera y, con más miedo que otra cosa, se entraban en el cauce y chapoteaban contra corriente o para que no se los llevara la misma, y tragaban agua y tanto echaban juramentos como se encomendaban al Creador, mientras sus compañeros, desde el puente, hacían chiflas, se burlaban de ellos y se carcajeaban.

—Ah, bien hecho, don Morvan —felicitaba la condesa al interesado, a la par que le advertía—: Pon cuidado en que los capitanes eviten toda pelea, ya sea justa o injusta, ya que, además de estar en tierra ajena, hemos de andar listos y avisados por si nos atacan los moros... Por otra parte, que se adelante a Pamplona don Guirec con unos cuantos, que me busque albergue y que avise al rey de mi llegada. Que diga quién soy, quién fue mi marido y adónde voy, y que lleve mi estandarte.

—Sí, la mi señora.

Atravesado el puente de la «rabia», como lo llamaban los lugareños, y siguiendo ruta por la ribera del Arga, la condesa preguntó a sus camareras:

—¿Saben sus mercedes quién fue Santa Quiteria?

—Pues sí, la mi señora, los chiquillos cantaban una coplilla que decía: «Santa Quiteria, virgen pura, líbranos de calentura», de consecuente, será la patrona de la fiebre —informó doña Crespina.

—Y algo tendrá que ver con los perros, digo yo —sentenció doña Gerletta.

—Es lástima, pero de su vida nada sé —y tal era, porque su historia es conmovedora—, talvez don Pol tenga noticia de ella.

—Se lo preguntaremos.

—Tengo para mí, las mis damas que, al cambiar de mundo, al dejar atrás los Pirineos, hasta hemos cambiado de Santos. Quiero decir que las iglesias se levantan bajo otras advocaciones que nos van a resultar desconocidas.

—Con tal de que nos hagan favor...

—¿Tienes alguna duda, Crespina?

—No, no, vamos con buen pie...

Pero de lo que le había rondado en cabeza, al ver a los soldados cuando daban la vuelta al pilar del puente: que Lioneta diera las tres vueltas y pisara o pasara sobre la tumba de Santa Quiteria, por si le hacía favor y crecía un palmo o cuatro dedos que fuere, nada les dijo, pese a que tentada había estado de pedirle a don Morvan que la cogiera en brazos y diera las vueltas con ella. Y es que, ay, la medía a menudo con la cinta que para tal menester llevaba en su azafate y no había aumentado miaja.

Así, subiendo y bajando montes, recorriendo llanos y cruzando de una a otra ribera del río Arga, los romeros atravesaron un puente y se encontraron en Pamplona. Presto, entre una multitud que se encaminaba hacia ellos, que se echaba a los lados del camino para dejarlos pasar y era que, ante el carro de la condesa, los hombres se quitaban los gorros, y que varones, mujeres y chiquillería los aclamaban.

Los bretones se sonreían desde los pescantes de los carros y sobre sus caballerías, la condesa levantaba un poquico la mano, como queriendo saludar, suspensa, pues no esperaba semejante recibimiento y, por el contrario, sus hijas sacaban ambos brazos por las ventanillas del carruaje, entusiasmadas. Pero menos aguardaba que la señora reina saliera en persona a recibirla, tal y como le comunicó don Guirec tras saludarla y situarse al lado de su carro y, muy sonriente, señalarle con la mano la albenda del reino. Y fue, Dios de los Cielos, que no venía sólo la reina Jimena, la mujer del rey García Sánchez, sino también su señora madre, la reina Urraca y, claro, el ánimo de doña Poppa se alteró, pues que no iba vestida para la ocasión. No obstante, cuando las enseñas estuvieron situadas frente por frente, suspiró e hizo lo que había de hacer: aceptar su situación, componerse un poco el cabello, acomodarse el corpiño, sacudirse la saya con la mano, cubrirse con el velo, apearse, caminar diez o doce pasos al encuentro de las reinas, que la estaban esperando al pie de su carruaje, inclinar la cabeza, arrodillarse y besar las manos de tan altas damas. Primero la de la anciana y luego la de la joven, aunque muy joven no era, que era de edad madura.

Tal hizo y pasó luego a saludar a un muchacho de unos diez años que se llamaba Sancho y que estaba a la derecha de su madre, la reina Jimena. Dos nombres que, una vez sabidos, no le costó pronunciar, pero el de doña Urraca, la reina madre, le llevó a maltraer en los pocos días que permaneció en Pamplona, pues lo más que consiguió decir fue «Ugaca, Ugaca», lo que le condujo a enfadarse consigo misma, en fin. Que, mira, le sonaron raros, otro tanto que en aquella corte causaron extrañeza los nombres bretones: Poppa, Mahaut, Lioneta, Crespina, Gerletta, Morvan, Guirec, Erwan, Pol, etcétera, y no digamos la lengua que hablaban unos y otros, tan dispar, pero, a Dios gracias, se entendieron en el idioma universal, en latín.

Tras los saludos, la condesa de Conquereuil presentó a su hija Mahaut a las reinas y al adolescente, y no le quedó más remedio que hacer lo mismo con Lioneta, que se escapó de los brazos de Abdul y emprendió carrera hacia las damas. La reina Jimena y su hijo, por un momento, no supieron si se trataba de una alimaña o de un perrillo y, claro, se sorprendieron al contemplar a una niña muy chica que, Jesús-María, corría cuando no parecía tener más de un mes —tal creyeron—, y pasmados se quedaron cuando le vieron su fea cara. No obstante, ambos, impertérritos, se dejaron besar cuando la pequeña les tiró de la túnica para que se agacharan y los saludó, lo mismo que hubiera hecho con el resto de la comitiva pamplonesa, a no ser porque doña Urraca, que estaba muy vieja por su mucha edad, empezó a tentar con el bastón en su derredor, como si de algún peligro se defendiera.

Y ya montaron en los carruajes. Doña Poppa con las reinas en el de estas últimas, y las niñas de Conquereuil, en el suyo, con el pequeño Sancho, las camareras bretonas y el negro Abdul.

En el carro principal, las damas, hasta que llegaron al castillo, hablaron sin parar. Es más, las pamplonesas quitándose la palabra una a otra preguntaban a la condesa de dónde venía y adónde iba, aunque esto último bien lo suponían, pues que habían visto que sus gentes llevaban bordón y por tanto irían a Compostela a postrarse ante el señor Santiago, y no erraron.

—Soy doña Poppa de Conquereuil, viuda del conde don Robert. Voy a Compostela de la Galicia en peregrinación, llevo recorridas, qué sé yo, ochocientas, mil millas...

—Pues te faltan otras tantas.

—Lo sé, la mi señora.

—Es mi deseo que te alojes en el castillo con tus hijas y un pequeño séquito. En cuanto a tu compaña, que más parece un ejército, he dado orden de que acampen fuera, a unas millas de la población, en el mismo lugar donde estableció su real el emperador Carlomagno antes de destruir Pamplona...

—¿Un ejército, he oído algo de un ejército? Bien nos vendría para combatir al musulmán —interrumpió la reina madre y ya no paró de hacerlo.

—Comprende que llevas mucha gente y que en el hospital de peregrinos sólo hay doce camas.

—Lo entiendo, doña Jimena, no ha de darme su señoría explicaciones. Honor y favor me hace acogiéndome en su casa.

—¿Eres viuda, Poppa?

—Sí, doña Jimena, don Robert, mi marido, murió el pasado día de San Andrés...

—No hace un año.

—No, hace ocho meses y cinco días.

—Ya lo siento, hija...

—¿Ha muerto alguien, quién, Jimena, quién?

—Nadie, madre.

—¿Y qué tal sus señorías por aquí?

—Por aquí en lucha siempre contra el moro... Esperando que, en cualquier momento, aparezca Almanzor y nos corte la cabeza a todos los moradores de Pamplona... El año pasado ya arrasó buena parte de la ciudad...

—¡Qué horror, la mi señora!

—No has elegido buen momento para peregrinar, Poppa, no hace tres años que Almanzor también destruyó Compostela... Nosotros, los pamploneses, le abonamos fuerte tributo para que no nos ataque y asole otra vez la ciudad y corte la cabeza a todos los vecinos...

—¿Y quién es ese Almanzor?

—¡Un demonio!

—Es el *hachib* del califa Hixam.

—¡Es el amante de la sultana Subh! Algo así se llama la sultana y, atienda la señora Poppa, Poppa, ¿no?, que la dicha soldana le puso a don Alhakam, su marido, más cuernos que un ciervo tiene...

Y fue que, al oír lo de los cuernos, la bretona se sonrojó, y que su rubor no pasó desapercibido a la reina Jimena. Pero, como ya los carruajes entraban en el patio de armas del castillo, se dio término a la conversación, pues que ya la continuarían a la hora de la cena.

En el otro carro, muy por el contrario, los niños no intercambiaron palabra. El infante, el pequeño Sancho, que era el heredero del reino de Pamplona, no quitó ojo a la pequeña Mahaut, pues que debía parecerle una diosa —tal comentaron luego las damas con su señora—, pero la niña permaneció con la mirada fija en el suelo, humilde y sin abrir la boca. Con monosílabos respondió el pamplonés al interrogatorio a que lo sometieron las dueñas. Por eso, una vez instaladas en sus habitaciones e ida la reina Jimena, le dijeron a doña Poppa:

—Señora, no podemos contarte nada.

—Los niños no han cruzado palabra.

—¿Cuántos bretones estamos en el castillo?

—Nosotras, don Morvan, Abdul y dos doncellas, señora.

—A don Morvan lo han llevado a la habitación de los caballeros.

—A don Guirec, a don Erwan y a don Pol los han enviado lejos, con los soldados y domésticos.

—Sí, donde acampó don Carlomagno antes de quemar Pamplona. No sé, me parece que no nos quieren mucho por aquí...

—¿Cómo puedes decir tal, señora...? Las reinas, que no te conocen de nada y que no saben dónde está la Bretaña, te han hospedado en su casa...

—Cierto es, pero no sé...

—A mí una sirvienta me ha hablado de los moros, del Almanzor de los demonios, y dicho que, pese a que recibe grande tributo del reino, ronda por estos parajes.

—Después de tanto viaje, sólo faltaría que nos sorprendiera una guerra... Espero que Dios nos proteja...

—Ah, señora, que vamos a Compostela a postrarnos ante el señor Apóstol, y él también nos hará favor.

—Me han dicho que el demonio ese hace cuatro años destruyó Compostela y que de la catedral sólo quedó en pie el altar del Santo...

—¡Dios nos asista!

—Llevamos un grande ejército y, además, el rey de Pamplona nos ayudará.

—Por cierto, ¿sabe alguna de vosotras el nombre del rey?

—García Sánchez, señora.

—Una criada, que subía el equipaje, me ha dicho que en el castillo estaremos muy bien... Mucho mejor que en el hospital de San Miguel, donde compartiríamos un plato de garbanzos con tocino y un cuartillo de vino con rufianes y bellacos, lo que el obispo ofrece a cualquier peregrino.

—¿Y cómo te ha dicho tal la criada, Gerletta?

—Porque se ha extrañado de que la reina nos hubiera dado posada en el castillo y me ha preguntado quién eras, señora.

—Las reinas nos han deparado grata acogida —afirmó la condesa, saliendo de una tina de agua tibia y dejándose envolver en un lienzo de baño—. A ver, Gerletta, dame camisa y bragas nuevas, mi mejor corpiño, mejor saya, mis chapines nuevos... Mis joyas, Crespina... ¡Ah, buscad en mi azafate dos joyas o dos pomos de perfume para que las regale a las señoras...!

—¿Dos joyas?

—¿Qué les regalo si no?

—Los pomos están todos empezados.

—¿Qué te parece, la mi señora, este collar de ámbar?

—Es recuerdo de mi madre, pero qué le voy a hacer. Se lo daré a doña Jimena. A ver, déjame, no encuentro nada para la reina madre... A ver, trae mi pañito de reliquias... Recorta, Crespina, un trocico de la estameña de San Martín...

—¿Está segura, la señora?, es una reliquia muy buena.

—¡Qué le voy hacer! No tengo nada, no he venido con regalos y he de salir de este aprieto.

A la hora de la cena, tres reinas se sentaron a la mesa en el gran comedor del castillo de Pamplona. La reina madre, la reina-reina y otra que no lo era, pero lo parecía por sus ricos ropones, y fueron servidas por sus camareras.

Tras las cortesías oportunas, la de Conquereuil, preguntó por el señor rey don García Sánchez y, una vez enterada de que andaba por los campos de Dios haciendo la guerra a los musulmanes e intentando aliar a reyes y condes cristianos para unirles en la batalla, entregó los regalos que traía a las pamplonesas, que, vive Dios, los apreciaron sobremanera. La que más entusiasmo demostró fue doña Urraca, pues que, habiendo oído hablar de San Martín de Tours y después de palpar, besar y acercarse al corazón el trocito de tela, rogó a su nuera que la enterrara con él.

—Tal haré.

—Le quedan a su merced muchos años por vivir —intervino doña Poppa.

Y, entre bocado y bocado y aun con la boca llena, las soberanas interrogaron a la condesa queriendo saber de la Bretaña, de la Francia, de la Aquitania; de los reyes y duques; de cómo se vestía en París, pues que a doña Jimena le llamó la atención la tela de la falda de doña Poppa, una seda muy fina, tejida en Flandes, de color negro ornada con hilos de plata en horizontal, que la hacía más esbelta; de cómo era la vida en las antiguas Galias; si había guerras entre señores, si los éstos obedecían a ojosciegas al rey Robert o se hacían de rogar o se rebelaban y habían de ser castigados; de cómo había fallecido el marido de la dueña, si en el campo de batalla o, de enfermedad, en la cama; de por qué hacía la peregrinación e iba con tanta compaña; de Mahaut y a quién había salido, tan hermosa que era y, seguido, de Lioneta:

—¿Qué le sucede a la niña?

—Es enana, las mis señoras —respondió la dama, después de haber contestado a todo lo anterior del modo que sabe el lector, pues ya se ha hablado en este relato de todo ello y más.

—¡Oh, pardiez!

—¿Sufriste en el parto, Poppa?

—Lo justo, lo propio de la parición. La deformación le viene de don Pipino el Breve, que fuera antepasado de mi marido y señor.

—¿Quién es don Pipino? No he oído hablar de él.

—El padre de don Carlomagno, doña Ugaca, en la lengua franca «breve» quiere decir «pequeño», aunque no lo parezca.

—Ah, mala la hubo don Carlomagno en la rota de Roncesvalles.

—En mi recorrido, me he postrado ante los sepulcros de los pares de Francia y he rezado por el eterno descanso de sus almas...

—No lo merecen, Poppa, con la excusa de rescatar el sepulcro de Santiago de los sarracenos, pretendieron conquistarnos, otro tanto que hicieron los musulmanes sin excusas y con mejor fortuna, eso sí, pues derrotaron a don Rodrigo, ocuparon el solar de los godos e impusieron sus leyes, pero los francos no lo lograron...

—Dejemos este tema, señoras —atajó doña Jimena—. Doña Poppa, el Apóstol hará milagro y tu hija crecerá si se lo pides de corazón.

—Aparte de cumplir un deseo de mi difunto esposo y de ir en busca del perdón de mis pecados, también voy a pedirle ese favor a Santiago.

—Se junta el nombre, se dice Santiago, pero por aquí es San Yago.

—En la Francia es Saint Jacques.

De lo antedicho y más platicaron las damas durante los cuatro días que la condesa permaneció en Pamplona, en las comidas y en las cenas, y cuando, en la carroza real, se encaminaban a la iglesia mayor, a Santa María, y asistían a la misa que celebraba don Sisebuto, el obispo, que las atendía al finalizar el oficio y, aparte de bendecirlas, les enseñaba el oro y la plata y las reliquias buenas que guardaba, e ítem más, la tumba de la antigua soberana de Pamplona, la de la reina Toda, cuya historia encandiló a la bretona.

A ver, que no era para menos. Era que, hacía cincuenta años más o menos, aquella Toda, hija de Áznar, nieta del rey Fortuño el Tuerto y mujer que fuera del rey Sancho Garcés, el primero, cuyas almas gocen en el Paraíso por siempre jamás, había realizado un viaje de Pamplona a Córdoba, con una compaña igual o mayor a la de doña Poppa, con el propósito de sanar a su nieto el rey Sancho el Craso de León de su inmensa gordura... En vida del califa Abderramán, el tercero, que era sobrino suyo en virtud de que era hijo de una noble vasca... Que la soberana, que era la reina madre, mismamente como doña Urraca, previamente había enviado una embajada al señor califa, solicitándole un físico para que lo adelgazara... Y, en efecto, a poco se presentó en Pamplona un sabio judío llamado Hasday, hombre sesudo y capaz de curar la enfermedad del rey como se demostró después, pero llegó con la manda de que el tratamiento se efectuara en la ciudad del Guadalquivir... La animosa reina, cuyas hijas habían maridado con reyes y emperadores de las Hispanias todas, no dudó en emprender tamaño viaje, pues que deseaba, sobre todas las cosas, que su nieto, que había sido desposeído de su trono, dado que, por su gordura, no podía alzar la espada para hacer guerra a los moros ni menos aún montar a caballo, lo que es menester haga todo rey en las Hispanias, pudiera, adelgazando, recuperar lo suyo. Y organizó, a sus ochenta años cumplidos, una expedición, en la que participó además, por deseo expreso del califa, el hijo de Toda, el rey García Sánchez, el primero de tal nombre que, dicho sea, fue de mala gana, para que éste y el gordo, los únicos reyes de las Hispanias, le rindieran homenaje y lo aceptaran como señor...

¡Ah, qué historia, qué historia! Que, oído lo oído, a la bretona le venía a las mientes su tía la señora de Dinard y no le extrañaba que le hubiera propuesto viajar a Córdoba para que físicos de allí le operaran de cataratas. Y, ante tales palabras, acariciaba con su mano la lauda de mármol de la sepultura de la reina y, ya fuera de la iglesia o, luego en el castillo, mientras se desayunaban, solicitaba mayor información a sus anfitrionas, pese a que se perdía con los nombres. Con tanto García, Ramiro, Sancho, Íñigo, Jimeno, Ordoño, Alfonso, con tanta Urraca, Adosinda, Sancha, Velasca, Boneta, Jimena —mismamente como les hubiera sucedido a las pamplonesas si ella hubiera mentado a los Meroveos, a los Clodoveos, a los Pipinos o a los Carlovingios—, etcétera. Pero con el de la reina Toda no se confundía, no, y tampoco con el de una dicha doña Andregoto de don Galán, conocida como la Mujer de los Vientos, de la que, ya estuvieran en el yantar o merendando en algún prado o cenando o en la sobremesa escuchando las canciones de los juglares o a un tañedor de viola que solía amenizar las veladas, quería saber más y más, y hasta tal punto se emocionaba con las historias de ambas mujeres que durante el día no se acordaba de don Robert, aunque, al acostarse, no dejaba de rezar por el eterno descanso de su alma.

Y, recogida en sus habitaciones, ya fuera para sestear, ya fuera para dormir, lo contaba a sus hijas y a sus camareras:

—Me han asegurado las reinas que en una ciudad llamada Nájera, que hemos de encontrar en el camino y que es una fortaleza erigida para defender del moro las fronteras del reino, vive una mujer de nombre doña Andregoto que es la gobernadora de la plaza, la tenente la llaman, y la defiende de los musulmanes que están en esta tierras por todas partes, hijas, y varias veces han atacado Pamplona, el pasado año sin ir más lejos... De la citada señora, han sostenido que monta a caballo, ya sea alazán o rocín, como si fuera varón y que, al hacerlo, remueve el viento y levanta polvo en derredor, mucho polvo, de tal manera que sus enemigos huyen aterrados... Y dicen que es mayor, que a lo menos tiene ochenta años, lo que no le impide llevar a cabo tal prodigio y que, si un rey tras otro la han mantenido en el cargo, en la honor de Nájera, que de antiguo viene siendo ambicionada por muchos nobles, es porque no se han de ocupar de la protección de la ciudad, pues que la defiende ella de tiempo ha y con extraordinaria eficacia, tanta que en los ataques que los moros vienen haciendo de cinco o seis años acá, capitaneados por el maldito Almanzor, que al Infierno vaya, siquiera se han atrevido a asomar por la fortaleza, tanta es su buena fama...

—¿La conoceremos, madre?

—Por supuesto, Mahaut, ardo en deseos de verla... Me han dicho las reinas que tiene el cabello bermejo...

—A los ochenta años, blanco lo tendrá, señora.

—No, no, dicen que no.

—Hará tiempo que no la ven.

—Pues no sé.

—Se teñirá, señora.

—Si la vemos, lo sabremos.

—Sí, Lioneta. La dama tiene buena fama, pero también mala fama.

—¿Cómo es eso, madre?

—Algunos dicen que es diablesa...

—No haga caso la señora, ya sabe por qué lo digo.

—¿Por qué lo dices, aya?

—No seas preguntona, niña.

Y la condesa cambiaba de conversación, pues que no ignoraba a qué se refería su mayordoma: a que a Lioneta las gentes también la habían llamado diablesa. Y si era temprano seguía con las historias y si no se metían todas en la cama.

Decenas de advertencias le hicieron las reinas a la condesa antes de que volviera al camino: que aún estaba a tiempo de tomar la ruta del castillo de Gasteiz y continuar por los montes Cántabros hasta Oviedo —lo contrario que le habían aconsejado otras gentes—, pues que por allí no había moros, aunque sí bandidos. Que mucho cuidado, que anduviera siempre vigilante y sus soldados con las armas prestas, pues, en el recorrido que había de seguir, se toparía con criminales, con ladrones disfrazados de personas honradas, con falaces posaderos (donde hubiere posadas, pues eran escasas) y hasta con prostitutas. A más de moros que hacían cabalgadas, *razzias* decían, para hacer esclavos —mujeres sobre todo— que luego vendían en el mercado de Córdoba; cuando no iban ejércitos enteros contra los reinos cristianos. Como en el momento en que vivían, en el que era sabido que el Almanzor de los mil diablos y su hijo, un tal Abdelmalik —otro veneno como su padre, pues de tal palo, tal astilla—, asolaban las tierras desde La Rioja hasta Tudela, mientras reyes y condes cristianos trataban de aliarse para presentarles guerra, vencerlos y enviarlos al Infierno de una santa vez. Por eso no se encontraba en Pamplona el rey don García, por eso.

La noche anterior a la partida de los bretones, la condesa entregó a la reina Jimena dineros para que ofreciera al altar mayor de la iglesia de Santa María cincuenta cirios de una libra de peso cada uno, a la par que le dio a guardar dos bolsas de las que llevaba, rogándole que si enviaba por ellas se las entregara al mensajero y si no volvía que hiciera caridad con ellas.

Aceptado el ruego, las reinas hicieron un regalo a doña Poppa, que agradeció: dos ligeras túnicas de algodón de color negro, quita y pon, con las que llevaría —tal dijeron— mejor la mucha calor de la tierra castellana y leonesa, e iría más fresca que con aquellos trajes de amplios vuelos que vestía, muy bellos ciertamente, pero muy poco prácticos para viajar. Y se extendieron con que la calor de Pamplona no era comparable a la de la meseta, donde el sol parecía arrojar fuego. Y ya le dieron parabienes para el abad del monasterio de Irache, que había de encontrar en el camino, y para doña Andregoto de don Galán y, además, la encomendaron al señor Santiago, al arcángel San Miguel, patrono del reino, y a Santa María de Pamplona, y ambas la besaron en la cara. Doña

272

Poppa intentó besarles los pies, pero las altas damas se lo impidieron.

En la exida de Pamplona, doña Poppa de Conquereuil tuvo cornejas a la siniestra, pero siquiera se enteró, y eso, que iba mirando por la ventanilla de su carruaje. Pero es que, Santo Dios, Santo Cielo, miraba y miraba y, otro tanto que sus camareras, no se creía lo que tenía ante sus ojos: a un nutrido grupo de gentes, hombres y mujeres, vestidos de blanco, con un cíngulo de cuerda a la cintura que, amén de mesarse los cabellos, se azotaban las espaldas con un verduguillo, y no dándose un zurriagazo ni dos, sino muchos y fuertes, pues que sangraban mismamente como don Jesucristo atado a la columna, y era que, sólo de verlos, dolía. Las niñas abrieron unos ojos como platos y las adultas también, máxime cuando aquella tropa empezó a vocear al unísono:

—¡Se aproxima el Fin del Mundo!

—¡Perdón, Señor, perdón!

—¡Arrepentíos, pecadores!

—¡Mil años y no más!

—¡Año mil, mil y no más!

—¡Sonarán las trompetas!

—¡Los cuatro jinetes del Apocalipsis destruirán la tierra!

—¡Preparaos a sufrir, mujeres empreñadas!

—¡El Fin del Mundo está próximo!

Ante semejante espectáculo, y sin que hubiera en la expedición, a Dios gracias, mujer alguna encinta, los peregrinos se sobrecogieron y, en un silencio, pues que aquella gente gritaba y callaba, don Morvan, siempre al tanto y avisado, se acercó al carro de la señora y le explicó:

—Esta gente se dirige al Finisterre de la Galicia...

—El Finisterre está en la Bretaña.

—Debe de haber otro, señora.

—¿Y qué han de hacer allí?

—Esperar el Fin del Mundo... Dicen que ha de tener lugar el último día de diciembre del año 1000, el día de fin de año, de este año, vamos.

—Lo he entendido, don Morvan.

—Se azotan las espaldas por hacer penitencia y así llegar a la fecha con el alma limpia y a más desean entrar los primeros en la Morada Celestial.

—¿Y cómo saben que estamos en el año 1000? Nosotros datamos por el año de reinado del rey Robert.

—Espera, doña Poppa, que voy a preguntarle al que ha hablado conmigo, al que precede la procesión llevando una cruz.

—Ve, ve.

Regresó el capitán y explicó:

—El portador de la cruz me acaba de decir que es fraile del monasterio de Ripoll, situado en el condado de Gerona, que es heredad de la condesa Ermessenda... Si haces memoria, recordarás que su marido, el conde Ramón Borrell, asistió al entierro de tu esposo y mi señor, y que le enviaste saludos...

—¡Ah, sí! ¿Y qué?

—Que allí datan también por el año del rey Robert, pues todos los condes son vasallos suyos.

—Los de la Marca Hispánica, sí. ¿Entonces?

—Ha añadido que un monje llamado Dionisio el Exiguo enunció, años ha, una data universal que empieza el año uno en el año del nacimiento del Señor...

—Y el mil se cumple precisamente este año...

—Eso es.

—¡Dios bendito! —exclamó doña Gerletta—. ¡Señora, Crespina, niñas, preparémonos para bien morir!

—¡No sé, no sé, las reinas de Pamplona me advirtieron de mil peligros, pero de los flagelantes nada me dijeron, y eran muy sabidas!

—Madre, ¿vamos a morir?

—Yo no quiero morir, madre.

—No vamos a morir, hijas... Don Morvan, que los cocheros arreen a las mulas y adelantemos a esta procesión, que produce pavor. Que los hombres, donde estén, vayan levantando el campamento, pues saldremos rápidamente, ea. Y a éstos dales moneda para que compren pan...

—No hay nada por aquí.

—Allí, a mitad de monte veo una casa... Dales y ya se las arreglarán.

—Lo que mande su señoría.

Y, mira, que ésta fue la primera procesión de flagelantes que doña Poppa de Conquereuil halló en el *Iter Sancti Jacobi*, y quedóse aterrada, otro tanto que los que con ella iban, que tiempo tardaron en contarlo a sus compañeros, a los acampados, cuando se juntaron todos.

—*Laus Deo.*

Tal se oyó y mucho más, pues la mayoría de los componentes de la expedición alabó a Dios, pero la minoría juró contraviniendo el segundo mandamiento y unos pocos hasta blasfemaron. Y es que, ay, estaban enojados, qué enojados, encolerizados y algunos como fuera de sí. Tanto que don Guirec, en ausencia de don Morvan, se las había visto y deseado para mantener la disciplina en el campamento, pues que soldados y domésticos habían planeado qué harían cuando estuvieran en Pamplona, cómo holgarían, cuánto vino beberían, con cuántas meretrices se irían a la cama o, en otro orden de cosas, qué comprarían en el mercado y, ya ves, que la decisión de alejarlos de la ciudad había trocado sus propósitos y hasta se habían permitido comisionar a una diputación que presentara sus quejas al capitán en funciones que, por desgracia, nada podía hacer salvo cumplir las órdenes recibidas. Y, a las buenas, razonar con ellos y, a las malas, amenazarlos con el látigo o con encerrarlos en el carro-jaula.

Así que pasaron los cuatro días de Pamplona rezongando y murmurando en voz baja, pero cuando conocieron lo de los flagelantes y, lo que peor era, lo del Fin del Mundo que, vive Dios, les podía afectar en virtud de que iban camino del Finisterre de la Galicia, aunque estuviera situado más al oeste de Compostela, el miedo, el pavor, dicho con exactitud, se unió al descontento que ya tenían, y un clamor se extendió por el campamento. Y no valieron las hablas ni las razones de don Morvan que, por cierto, fueron las mismas que las de don Guirec, pues que a la afrenta sufrida —por tal tomaron que no les hubieran dado suelta en la ciudad— se juntó la de que no habían pasado por las grandes urbes de la Francia, cuando habían sido contratados para ir a Compostela y volver, previo paso por Orleáns, Tours, París, Poitiers, Tolosa, etcétera y, sin embargo, habían recorrido caminos solitarios, cruzado puentes peligrosos y salvado puertos de montaña imposibles, con la misma paga.

Así las cosas, una cincuentena de soldados, que no eran peregrinos ni de lejos, sino mercenarios, que mejor se hubieran alistado en algún ejército para hacer la guerra, rodeó el carruaje de la condesa y a los capitanes, y comenzaron a golpear los escudos con palos y algunos, muy pocos, con sus espadas, de tal manera que el miedo que traían las damas, por lo de los flagelantes, se acrecentó.

Doña Poppa, pese a que don Pol había levantado la cruz, los caballeros desenvainado sus espadas y a que los soldados que le eran fieles flanqueaban su carro, consciente de que lo que estaba ocurriendo no le hubiera sucedido a su difunto don Robert, procedió a actuar como si fuera él y, airada, encomendó a las niñas a sus camareras, se santiguó, se apeó y lanzó una mirada más que furiosa a los disidentes que paso a paso, que muy lentamente, pues que no debían tenerlas todas consigo, avanzaban hacia los nobles, mientras ella volvía al vehículo y, ayudada por doña Gerletta, bajaba una de las arcas de dinero, la abría y alzaba la voz para decir:

—¡El que no esté conforme conmigo, se vaya enhorabuena y dé un paso aquí que yo misma le abonaré la soldada...!

Y lo que unos ojos enfurecidos pueden lograr o lo que una acción decidida puede hacer en un momento dado o lo que el oro y la plata pueden resolver en un acontecimiento inesperado, el caso es que, uno a uno, recibieron la paga veintidós hombres, que le eran desconocidos y una mujer, que le era conocida porque era su lavandera personal y, extrañada de su marcha, la condesa no pudo evitar preguntarle:

—¿Tú también te vas, Maud?

Y la Maud asintió con la cabeza, siquiera se dignó a responder «sí, señora» ni a explicar el porqué de su abandono. Ante semejante desfachatez, azotarla con sus propias manos le hubiera gustado a la noble viuda, pero lo dejó por no armar más jaleo.

Mediodía era cuando ciento sesenta y cuatro peregrinos, venidos de Conquereuil, tomaron el camino de Lizarra, todos disgustados por lo sucedido, y atemorizados por lo del Fin del Mundo y, Jesús-María, sin almorzar. ¿Castigados sin comer?

—Sí, sí, para evitar más sediciones —se dijeron las comadres.

Pero sin hablar no se quedaron, no, en razón de que pudieron poner a caldo a la Maud y hasta aseverar, qué aseverar, imaginar, que se había marchado para regresar a la Francia, bien guardada por tantos hombres, y con miras a abrir un burdel en París, en virtud de que todo el descontento, que se venía arrastrando a lo largo del viaje en la compaña, se debía a que no habían pisado la ciudad de París, ¿o no?

Capítulo
11

Los romeros anduvieron bastante rápido por buen camino, pues no en vano recorrían la vía principal del reino de Pamplona, entre la capital y Nájera. Eso sí, adelantando espías y dejando otros atrás, a más de ojear por todos lados no fueran a surgir los moros de una arboleda o los esperasen agazapados en la maleza y los atacaran por sorpresa, y siempre con las armas a la mano y deteniéndose lo justo para dormir y continuar el viaje. Con tanto correr, con tanto alargar las horas de marcha, a doña Poppa y a sus hijas no les quedaba tiempo para mirar el cielo y contemplar la estrella de don Robert y las suyas propias.

Pero también habían de parar por causas ajenas a la voluntad de la señora. A ver que, por ejemplo, en el momento en que se disponían a cruzar el Arga —que varias veces habían pasado y repasado— a la vista de un puente de tablas, en una pequeña aldea cuyo nombre era Gares, de media docena de casas no más, salió un tropel de personas, acaso treinta o cuarenta, que no hubo manera de detener, so pena de hacer una carnicería. Tal aseveró don Morvan cuando informó a doña Poppa de que unos hombres deseaban hablar con ella, añadiendo

279

que no eran moros ni bandoleros, sino peregrinos mismamente como los bretones. La condesa los recibió de mala gana, pues que no quería añadir gente a su compaña, ni menos a tan grande número, porque seguro que, creídos de que una dama de su prosapia nunca podría negar una hogaza de pan y un trago de vino a un hambriento, le pedirían caridad y habría de darles, máxime porque vendrían dispuestos a trocar la buena fama que traía en mala fama, cuando ya venía dando y dando a despecho de sus camareras y capitanes que le advertían de que sus arcas mermaban a ojos vista y le aconsejaban que ahorrara o pronto tendría que pedir prestado y a quién pediría prestado si recorría una tierra despoblada. A más, que le dirían de ir con ella, de sumarse a la expedición y no, que no, que las apariencias engañan y la buena gente, se convierte en mala gente, en gentuza, y hasta es muy capaz de escupir en la mano que le da de comer.

Pese a sus razonamientos, los recibió y, en efecto, todo lo que había previsto que los hombres le solicitaran, se lo pidieron y en muchos idiomas además, pues que había borgoñones, francos, flamencos, gascones, provenzales, germanos, lombardos, aragoneses, etcétera, de tal manera que, como todos hablaban a la vez, organizaron una babel, que la dama aprovechó para hacer como que no comprendía, y eso que sí entendía y muy bien a los francos y a los occitanos. Que había acertado plenamente con las peticiones que le estaban haciendo, pero decía a todo que no, negando con la cabeza para que no hubiera duda, no obstante, hizo que Loiz les diera alguna cosa y el mayordomo repartió un huevo y medio pan a cada uno de los que habían aparecido en aquel pueblo sin nombre. Y, sin más, aunque admirada de que hubiera allí tanto personal, la condesa montó en su carruaje.

Luego fue enterada del porqué del gentío. Porque allí, en el paso del Arga, se juntaban dos caminos: el que había hecho ella por Roncesvalles y el que venía de la Aragonia por el Summus Portus, pero lo que dijo:

—¡Avante, avante!

Siguiendo la ruta, tras varias horas de camino, ladraron los perros de una mujer asaz vieja, que cuidaba de un hospitalillo con cuatro camas, pero tan mugrientos estaban los plumazos que la señora no quiso pasar una noche bajo techo, y eso, que venía acalorada, que apretaba la calor por aquellos parajes, tanto que lo único que hizo en aquella casucha fue cambiarse de ropa y vestirse con una de las túnicas que le habían regalado las reinas de Pamplona y, la verdad, que se sintió aliviada, aunque, es de decir que, al momento, como quien dice, Lioneta echó a faltar su refugio, la amplia falda de su madre, y se amoscó y empezó a refunfuñar.

—¡Ay, qué cría! —se quejó la condesa.

Y fue que la dueña del hospitalillo o venta, lo que fuera aquello, en viendo a la pequeña en toda su disminución y consciente de que la dama no iba a hospedarse en su casa, por sacarse algún dinero le propuso:

—Si lo desea la señora, puedo echarles las habas a sus mercedes... No hay peregrino que circule por aquí que no se detenga en esta pobre casa, pues adivino el futuro...

Doña Poppa dudó, pues no era dada a los agüeros, como sabido es, pero como su *naine* había empezado a llorar por llorar, pues motivos no tenía, para que se callara y no le dolieran los oídos con aquel sonido estridente, que no es que fuera continuado y, de consecuente, insoportable, que no, que había comenzado cuando ella se cambió de ropa, pero es que venía nerviosa por el asunto reciente de los peregrinos y por los muchos trances que había tenido que sufrir desde que saliera de Conquereuil, y nada más fuera por entretener a la pequeña y que cesara el llanto, dijo:

—Atiende, Lioneta, vas a jugar con esta mujer.

—Con la mejor sortera de estos lugares, señora. Me viene mucha gente de Lizarra y aun de Pamplona.

—Procede con la niña, sortera, pues.

—Si quiere la señora, también le echo las habas a este negro, por ver si en el futuro se torna blanco.

—No, no. A la niña.

Y fue que la dueña extendió un paño bermejo en el suelo, a manera de alfombra, y mandó:

—Negro, trae a la niña y siéntala enfrente mío...

Y comenzó. Buscó un saquete en un arca, sopló sobre él para quitarle el polvo y, mientras se acomodaba, explicó:

—Me gano la vida con las habas. Gracias a ellas tengo una docena de gallinas, un gallo y un puerco que lo sacrificaré para San Martín y haré mondongo; para esas fechas vienen por aquí unos matarifes de Lizarra y, a cambio de que les eche las suertes, me hacen la faena. Cierto que, también les doy de comer, que mato tres capones y los guiso en vino. Ellos son dos y conmigo hacemos tres y nos damos un festín... De Pamplona me vienen personas muy principales, no voy a decir sus nombres porque debo guardar secreto, pero si los oyeras te quedarías pasmada, la mi señora...

—¿Cómo te llamas, mujer?

—Urraca, la mi señora.

—Escucha, Ugaca —otra Urraca, Dios mío—, ¿cuánto pides?

—Ah, la mi señora, dame ese vestido que te has quitado. Lo luciré en Lizarra el día de San Andrés, que allí se celebra tanto como San Juan, y hay bailes y músicas.

Al oír la primera fecha, el rostro de la condesa se ensombreció, pues era el día del fallecimiento de su buen esposo.

—¿No me digas —interrumpió doña Crespina—, que a tu edad vas de fiesta?

—No, voy a echar las suertes y vuelvo con la faltriquera llena.

—Venga, Ugaca, empieza, te daré el vestido.

—¡Señora!

—¿Qué, Crespina?

—Nada, nada.

—A ver, niña...

—Se llama Lioneta.

—Madre, yo también quiero jugar.

—Tú, Mahaut, de momento te callas. Luego hablaremos.

—Con este jaleo no voy a poder concentrarme... Déjenme sus señorías sola con la pequeña...

—¡Ni hablar! —objetó la condesa, no fuera la sortera a hacerle un ensalmo.

—¡Quédese su merced, pues! Le diré si ha de crecer, ¿es eso lo que desea su señoría, no?

—Sí. —Tal respondió doña Poppa, pues aquella mujer le había adivinado el pensamiento, y ordenó—: Ea, salid todos...

—A ver, bonita, estate quieta y, cuando yo eche al aire las habas que llevo en este saquillo, no las toques, después te dejaré jugar con ellas, ¿has entendido?

La niña asintió con la cabeza, y la echadora levantó el saquete, lo agitó, lo desanudó, tomó las habas en sus manos, las tiró al aire y, una vez caídas sobre la alfombra bermeja, observó atentamente la colocación de las mismas y explicó con voz melosa:

—Entre cuarenta y cincuenta años vivirás, Lioneta.

—¿Cómo lo sabes? —demandó la condesa.

—Señora, tengo mi arte. No obstante, véalo su merced, cinco habas han caído boca arriba y cuatro boca abajo, al cuatro le sumo medio y al cinco le quito medio y me da entre cuarenta y cincuenta, lo de quitar o poner lo hago por pruden-

cia. Así que, mediando, vivirás cuarenta y cinco años, Lioneta...
Y crecerás, uno, dos, hasta doce dedos...

—A ver, ¿dónde lo dice?

—Mi arte es secreto, señora, no te diré más...

—¿Doce dedos?

—Sí, doce... Por los doce Apóstoles. Toma, niña, te regalo las habas para que juegues con tu hermanita, guárdalas en el saquete.

—Para ti el vestido, Ugaca, y queda con Dios.

—Parabienes para la señora, que si mi arte no falla, llegará sana y salva a Compostela... Dame también, señora, los desperdicios del almuerzo de tus gentes, se los daré a comer al cerdo.

—¡Loiz, dáselos! ¡En marcha, don Erwan! —gritó doña Poppa, antes de subir al carro.

Y, a poco, las camareras preguntaron a la señora qué le había dicho la sortera, otro tanto que los caballeros y el preste. Y ella que, por primera vez en muchos días estaba contenta como unas pascuas, les contó a la menuda lo que le había pronosticado la echadora de suertes: lo de los doce dedos que había de crecer Lioneta y lo de los cuarenta y cinco años que habría de vivir, pero fue, Jesús bendito, que la pequeña, pese a que hacía bastante tiempo que no lo hacía, se le orinó en el regazo. Y fue que el contento que doña Poppa traía, no se tornó en ira o en furia o en exasperación, sino en sorda rabia, en desespero, digamos, pues que entregó a la criatura a Abdul y mandó a los caballeros a sus tareas. Y ella se recogió en sí misma para rumiar su desventura que, mira, se la comió sola pues no aceptó el consuelo que sus camareras y su hija mayor intentaron depararle, mientras Lioneta, toda meada y empapando al negro, jugaba a las habas con él, las tiraba al techo y las recogía buscando entre los pies de todos y organizando el jaleo consiguiente, pues iban apretados. Así las cosas, no se apeó del vehículo hasta que su tienda estuvo montada, y lo hizo apriesa, apriesa, para que nadie viera la señal que le había quedado en la túnica.

—Señora, vea la señora, qué lugar tan placentero...

—¿Qué dices, doña Crespina?

—Madre, no se habla a gritos.

—Razón llevas, Mahaut. Vamos, hija, que nos bañaremos en ese río, que falta nos hace, qué calor hace en las Hispanias... La calor es negocio del sol y de que el hombre viva más al norte, es decir, hacia las tierras heladas, que al sur donde están las tierras cálidas, cuanto más al sur más calor...

—¿Cómo se sabe?

—El sol sale por el este, te pones en brazos en cruz, con la mano derecha apuntando a... Espera, voy a ver qué pasa, otra vez oigo jaleo. Mientras te vas desnudando y dejas toda la ropa que llevas puesta para lavar... ¡Don Morvan...!

—La mi señora, este hombre asegura que el río está envenenado.

—¿Cómo, *par Dieu*? ¿Es que no hay milla en la que no tengamos que superar algún obstáculo?

—Sostiene que si hombres y bestias bebemos de esa agua, moriremos al momento, pues es salada, y que no en vano el río se llama Salado...

—¿Y por qué no ha avisado antes?

—Dice que se ha dormido y su perro, que es viejo, no nos ha oído.

—Debería procurarse otro perro, podríamos haber sido moros y hacerlo prisionero. Que los hombres corran la voz, que nadie se bañe ni beba en el río, las caballerías tampoco...

—¿Qué beberemos, pues?

—Cerveza y sidra, y los animales el agua de los toneles, la que llevamos de repuesto...

—Las bestias no saben beber en ellos, habré de aviar las artesas para que sirvan de abrevadero...

—Arréglatelas, don Morvan.

—El hombre me ha pedido dineros por avisarnos, señora.

—Dale unos cuantos azotes por su tardanza, varios hombres ya han bebido y se han metido en el río, velos...

—¡Van a morir!

—¡Que salgan apriesa y que don Pol les dé confesión y comunión!

Pero, a Dios gracias, no murió nadie, no. Tres o cuatro domésticos de los que bebieron en el río Salado padecieron colerines, que son muy molestos, sí, pero el que peor suerte llevó fue el avisador, el engañador, el engañamundos, el engañabobos que, aparte de recibir una buena tunda de azotes, fue metido en el carro-jaula, para ser entregado a la justicia de Lizarra, dado que doña Poppa, como se viene diciendo, no quería hacer la suya en tierra ajena, aunque, antes de recorrer una milla, lo pensó mejor y optó por darle suelta, por liberarlo, para no llevar un problema consigo, y tal hizo.

Los peregrinos dejaron atrás Lizarra y arribaron al monasterio de Santa María de Irache, donde fueron recibidos por el abad, que salió a su encuentro con una cruz procesional, muy buena, y dio alojamiento y vianda a las damas, que disfrutaron de buena comida y de la frescura del lugar, pues se quitaron los calores.

Los hombres de la tropa y los domésticos, en cuanto se desprendieron de las lorigas y dejaron las armas, después de montar las tiendas y dar de comer y de beber a las caballerías, de hacer cada uno la labor que le correspondía, algunos incluso se lavaron, sin pedir permiso, en una de las albercas del cenobio y luego, como la condesa les había dado asueto, regresaron andando a Lizarra —una villa con castillo en la que empezaba a crecer un burgo— y llenaron las tabernas. Allí oyeron decir a los vecinos: «Arga, Ega y Aragón hacen al Ebro varón», lo que les costó entender, porque, vive Dios, eran bretones y, de consecuente, venidos de muy lejos. A más que les dio un ardite, pues que en aquel lugar había buen pan, buen vino, buena carne y mejor pescado, y un burdel extramuros. Con todo y con ello, algunos se dejaron hasta el último penique, incluidos los capitanes que, acuciados por las necesidades que el varón tiene por su natura, turnándose don Morvan y don Guirec, por no dejar a la compaña suelta y que los hombres, cargados de vino, cometieran alguna tropelía, acompañados del castellano, es decir, del merino del rey de Pamplona, ajustaron con la «abadesa» de la casa de lenocinio —que era una viuda— una moza y, por casualidades de la vida, la misma los tres. Y fue que la muchacha les satisfizo, pues que luego lo comentaron entre ellos, amén de que no hubieron de pagar, pues al ir con el gobernador, la dueña se la cedió de balde.

Doña Poppa, que no ignoraba qué estarían haciendo sus hombres en la villa de Lizarra, los dejó estar. Después de la cena, sentada a la fresca, con sus damas y con el abad Fortuño, que había hecho llevar unas cátedras al claustro del convento para tal fin, no pudo reprimir un mohín cuando el susodicho la informó de que sus servidores le habían inutilizado un aljibe, pues que se habían bañado en él, pero respondió que le pagaría el estropicio. Cuando el clérigo empezó a despotricar contra los vicios de la carne y la recriminó por dar suelta a sus hombres, a más de sonrojarse, pues mujer era y no hablaba de tales temas con varones, torció el gesto, pero, como el otro insistía, tuvo que decirle que no podía gobernar en determinadas partes de los cuerpos de sus vasallos, que demasiado hacía con tratar de mandar en sus cabezas y aún añadió que favor habían hecho al marcharse a la villa pues, si su tropa hubiera estado dos días de ocio en aquella casa de Dios, los frailes se hubieran distraído al rezar maitines, pues hubieran estado hasta muy tarde bebiendo y jugando a los dados. Y cambió de conversación en virtud de que, mientras respondía al abad, ora con la cabeza gacha, ora alzándola para mirarle a los ojos, porque una condesa siempre ha de mantener la distancia con prestes y monjes —que tal había aprendido de don Robert—, o levantándola más para mirar el cielo, fue que, como no había luna, al contemplar la obra de Dios en toda su magnitud, quedóse prendada una vez más, y exclamó:

—El Señor nos ha regalado maravillas... ¡Cuántas estrellas...!

—Miles, millares de estrellas, la mi señora —entró al trapo el abad que, además, se mostró un maestro en aquella cuestión—... La nube lechosa que contiene miles y miles de estrellas es la llamada Vía Láctea... Ella os guiará hasta Compostela.

—¿Cómo es eso, don Fortuño?

Y el abad le fue señalando más y más estrellas: el Can Mayor, dicho también Sirio, que aparecía a primeros de junio, la más brillante del cielo, y muy cerca el planeta Venus, llamado Lucero; Orión, Casiopea, Cisne, Vega, Altair, en el Águila, Sagitario, etcétera, para detenerse en la llamada Osa Menor y explicarle que entre las siete estrellas que forman la constelación figura la Polar, precisamente la que señala el norte y sirve de guía a caminantes y a navegantes en la tierra toda:

—Ved, condesa, allá a la siniestra, las siete, cuatro formando un rectángulo y tres tirando de él, como un carro tirado por tres caballos...

—¿Dónde?

—¡Allí, allí!

—¡Ah, sí!

—Observad, la mi señora, el primer caballo es la estrella Polar... Ella te conducirá hasta Compostela y evitará que te pierdas.

—¡Oh, *mon Dieu!* Ya sé que vengo recorriendo el camino de las estrellas... pero es la primera vez que me aprendo los nombres de los astros, o al menos me cogen de nuevas, que hasta hoy sólo conocía los de la estrella Polar y el Lucero...

—Yo, mi señora, puedo poner nombre a trescientas...

—Yo, sin embargo, como en la Bretaña llueve mucho y las casas apenas tienen ventanas, y he estado ocupada en otros menesteres y, además, sufriendo lo que me manda el Señor, apenas he mirado el cielo... Sepa su merced que soy viuda, que mi marido falleció pronto hará un año y que voy a Compostela porque juntos planeamos ir...

—¿La niña es enana?

—Sí, paternidad, sí.

—La tendré en mis oraciones.

—Gracias, señor. ¿Qué camino tengo hasta Nájera?

—Unas cincuenta millas... Hubieras ido mejor por el norte...

—Es que quiero ir a Nájera y conocer a doña Andregoto de don Galán, la castellana...

—Habrás de pasar un puente de tablas en Varia para cruzar el Ebro, andar por caminos despoblados y, antes de llegar a Nájera, saldrá a tu encuentro y surgirá de una nube de polvo una mujer asaz alunada, esa dicha doña Andregoto, pero no te asustes. Ahora bien, ten en cuenta que, según le dé, te dejará entrar en la población o te ordenará que sigas camino sin dejarte comprar una hogaza de pan. Quiero advertirte para que te aprovisiones bien en Lizarra y, también, que tengas cuidado, pues el castillo se levanta sobre una inmensa roca de la que se desprende piedra...

—No es eso lo que me contaron de ella las reinas de Pamplona.

—Las reinas no saben de la misa la mitad. Perdona, hija, te dejo que llaman a completas.

¡Hora de completas y doña Poppa de hablas con el abad! ¡Ah, que mañana había de despertarse rota! Y, en efecto, más que rota se levantó, deshecha, pues no pudo cerrar los ojos pensando en si a alguno de sus hombres le habría caído un pedrusco del castillo y, no lo quiera Dios, tuvieran que lamentar una desgracia, y en doña Andregoto, a la que el clérigo no parecía querer mucho.

Al día siguiente, el abad la invitó a adelantar un día el viaje y acompañarle al monasterio de San Esteban de Deyo, donde estaba enterrado el rey Sancho Garcés, el primero, hombre de grata memoria y fundador del cenobio, que se hallaba a pocas millas de allá, pero rehusó:

—Hoy descansaré, disculpe su paternidad.

—Dice bien la señora, además, mañana ha de pasar por allá.

Y atinada anduvo, en razón de que, tanto tiempo sin llover, a sobretarde descargó una tormenta de agua y granizo que, Cristo Jesús, le cayó encima a Loiz, el mayordomo, y la gente que llevaba, que llegaron ensopados y lamentando que se habían echado a perder buena parte de las frutas y verduras que, para comer fresco y llevar surtido, había adquirido en Lizarra por orden de su señora.

Los peregrinos, tras desandar el camino hasta Lizarra, rezaron en el monasterio de San Esteban de Deyo ante la tumba del rey

Sancho Garcés que, mira, para sorpresa de la señora condesa había sido marido de la reina Toda, se despidieron de los prelados y continuaron ruta. Atravesaron el Ebro —el río más caudaloso de las Hispanias, según les dijeron los lugareños— en la aldea de Varia. Acamparon en el ribera y bebieron muy buena agua, a más los hombres pescaron muchos barbos a lanzadas y los que se entraron en el cauce cogieron buen número de anguilas con las manos —negocio más que dificultoso—, de tal manera que aquella noche, los cocineros guisaron anguilas de vara y media de largas y clavaron peces, del tamaño de un codo, en espetones, y tantos había que, saciada la tropa, lo que sobró lo repartieron entre los aldeanos.

De regreso al camino tornaron a las tierras yermas pues, hasta que se presentó ante ellos la castellana de Nájera, sólo se cruzaron con un hombre que iba montado en un jumento y que, sin detenerse, los saludó con la mano alzada. Pero que doña Andregoto de don Galán había salido a su encuentro montada a caballo y que, posiblemente, se acercaba a galope tendido, lo supieron los capitanes y las damas que conocían de su existencia en el mismo momento en que el abanderado dio la voz de alarma anunciando que, al frente, avanzaba una nube de polvo y, aunque todavía estaba muy lejos, no les cupo duda de que era ella.

Sucedió que una polvareda, como no habían visto otra tal, se alzaba delante de sus cabezas varas y más varas hacia el cielo, acaso ciento y, naturalmente, como mortales que eran, pese a tener noticia de la portentosa Mujer de los Vientos, sintieron escalofríos. Y la compaña, que nada sabía de ella, se echó a temblar y, por si acaso, los arrieros detuvieron los carros y caballerías y se refugiaron debajo; los domésticos, los que cupieron, hicieron otro tanto y los demás se tendieron en la dura tierra boca abajo con los bordones a su vera para defenderse de lo que viniere y comenzaron a rezar; de los soldados, los que eran valientes, abandonaron la formación y se agazaparon a ambos lados del camino con las armas dispuestas, pero otros, los medrosos, arrojaron las armas y, pies para qué os quiero, consiguieron alcanzar una arboleda y se refugiaron en ella como si les persiguiera el diablo, y gritando, además, que venían los moros. Y de nada valió que los capitanes, uno por cada lado de la vía, aclararan que no se trataba de los musulmanes, ni de una tormenta de tierra y que les ordenaran volver a sus puestos, que no obedecieron ni menos creyeron a don Morvan ni a don Guirec, pese a que escucharon de sus labios que se trataba de una mujer que, al cabalgar, ya fuera en alazán o rocín, levantaba polvo en derredor. De una mujer muy principal, nada menos que la señora de Nájera y que salía a recibirlos.

Y era que la única persona que se sonreía a la vista de la tolvanera, en toda la expedición, era doña Poppa, la única también que consideraba que la castellana levantaba la justa cantidad de polvo, la necesaria para espantar a un ejército pues, precisamente, su función era defender la fortaleza contra el empuje de los moros. Y era que había pensado tanto en ella y que, en sus sueños o en su duermevela, le hubiera gustado ser la Mujer de los Vientos, que siquiera se había planteado que el polvo lo levantara una partida de moros en algara que se aproximara, con lo cual no tomó precaución alguna, cuando bien advertida que estaba por las reinas de Pamplona de que Almanzor rondaba por aquellos lugares y de que, sin remontarse más atrás, el pasado año había destruido la capital del reino.

Una hora más o menos, el tiempo que a don Pol le llevó rezar sesenta avemarías tardó en aproximarse la ventolera. Una hora que a todos se les hizo muy larga y sólo a la condesa muy corta, pues que, emocionada, esperaba la llegada de la extraordinaria señora de Nájera y la imaginaba vestida de armadura, calado el yelmo, la espada en alto y fiera la mirada, como si de San Miguel matando al dragón se tratara, a la par que pensaba qué palabras le diría. Y tal comentaba con sus hijas que, mira, tampoco entendían aquello de una mujer guerrera que cabalgaba removiendo el aire, con motivo pues, asomando la cabeza por la ventanilla, sólo veían una nube de polvo que venía a su encuentro de tiempo ha, y temblequeando y apretando los puños con desesperación, ponían cara de espanto, a la par que aceptaban los paños que les proporcionaba doña Crespina para que se taparan nariz y boca en el momento en que el torbellino llegara y cesara su loca carrera. Cesara o pasara de largo para aterrar a otras gentes, pues que bien podía tratarse de algún fenómeno de la madre naturaleza, que tan pronto es madre como madrastra, en virtud de que, salvo la tormenta que descargó mientras estaban a resguardo en el monasterio de Irache, llevaba muchos días sin llover.

Pero fue que aumentó el polvo y arreció el fragor del viento, y que las niñas, a más de echarse a llorar, se orinaron piernas abajo. Lioneta en el regazo de Abdul, que le acariciaba el rostro y Mahaut en el de doña Gerletta que, de apretarla contra su pecho para resguardarla de la vorágine, la depositó en el suelo, fastidiada y extrañada, la mar de extrañada porque, de años ha, la heredera hacía sus necesidades donde es menester hacerlas, en la bacinilla o en la letrina.

En acercándose la polvareda y detenida la expedición, doña Poppa, haciendo caso omiso a los orines de sus hijas, se apeó del carro y luchando contra el viento, que se la llevaba, anduvo hasta don Erwan, que había tenido que enroscar el estandarte de don Robert para evitar que volara, y le pidió un caballo. Y uno, dos, tres y más le hubiera proporcionado el joven, porque todos los del piquete habían descabalgado en razón de que las bestias estaban tan aterradas o más que los jinetes, qué tan aterradas, mucho más que los hombres, pues por su natura ignoraban qué sucedía y que todo lo que ocurría era causa de aquella doña Andregoto que movía el viento lo mismo montara alazán o rocín y, temerosas, con miedo a no sabían qué, se encabritaban y querían salir huyendo, y los hombres demasiado hacían tratando de calmarlas, eso sí, poniendo buen cuidado en no recibir una coz. Por ello doña Poppa esperó a la señora de Nájera a pie en el centro del camino, con sus hombres detrás sujetando a los caballos.

Y sí, sí, que era ella. Tal se dijeron los peregrinos cuando cesó el viento, desapareció el polvo, dejaron de toser y se encontraron ante sus ojos un esbelto jinete montando, como no podía ser de otro modo, magnífico alazán, que les interpeló:

—¿Quiénes sois, dó vais?

—Yo soy doña Poppa, condesa de Conquereuil.

—Yo soy doña Andregoto, la señora de Nájera.

—Nos encaminamos a Compostela de la Galicia, somos peregrinos que vamos a postrarnos ante el señor Santiago.

—Sé bienvenida, condesa.

Y fue que la castellana envainó su espada, se apeó del caballo, se desprendió del casco, se acercó a doña Poppa y le besó en ambas mejillas, como los nobles hacen entre ellos. Los de Conquereuil no supieron qué hacer si aplaudir o no aplaudir, por eso permanecieron en silencio, todavía sin haberse quitado el miedo del cuerpo, observando la actuación de las damas: cómo la najerense, que vestía magnífica armadura, montaba en su caballo de un salto y se asentaba a horcajadas como los hombres; cómo la bretona hacía otro tanto, con ayuda de don Erwan que le daba estribo, a las mujeriegas; cómo ambas iniciaban la marcha muy lentamente, a paso de burra, gracias al cual, la castellana, aunque levantaba el polvo a lo menos media vara —por aquel don o maldición que disfrutaba o sufría y que no podía evitar, al parecer—, no molestaba a la de Conquereuil. O era que la condesa era incapaz de sentir molestias, pues que iba emocionada en razón de que la llegada de doña Andregoto se había desarrollado tal y como había pensado: el mucho polvo, el fin de la polvareda y la aparición de un jinete, que más parecía el arcángel San Miguel, por su brío, por su decisión, por su apostura, por sus bermejos cabellos, por sus ojos que, de incisivos en un primer momento se habían tornado en bondadosos y, ah, por sus cariñosas palabras a la recepción: «Sé bienvenida, condesa», y las muchas que siguieron, pues ambas mujeres, perdidas de polvo, cabalgaban parejas en buena plática:

—¿Doña Poppa? ¿Poppa, he entendido bien?

—Sí, señora, es nombre bretón. Vengo de la Bretaña, del norte de la Francia.

—Mi nombre también te habrá sonado extraño...

—No, porque me hablaron de ti las reinas de Pamplona.

—Dios bendiga a mis señoras. ¿Cómo se encuentran de salud?

—Bien, muy bien. Te envían saludos.

—Me huelgo, porque doña Urraca, la reina madre, no levanta cabeza desde que una de sus hijas fue llevada a Córdoba por su propio padre, para maridar con Almanzor...

—No sé, hablamos mucho, pero de eso, no...

—Ya te lo contaré, la decisión del rey don Sancho fue oprobiosa para el reino todo... Cierto que, el moro acuciaba por aquí, pero yo nunca entregaría a una hija para firmar la paz...

—No sé, la mi señora, en la Francia no tenemos que luchar contra los musulmanes, don Carlos Martel los venció hace muchos años y no han vuelto por allá.

—Una suerte, desde que soy castellana he oído de las aceifas —«aceifas», decía— de los califas Abderramán y Alhakam y ahora de las de Almanzor... A Nájera ninguno de los tres se ha atrevido a venir y, de consecuente, no las he sufrido, pero todos ellos hicieron estrago.

—Tenía gana de conocerte y de ver tu prodigio del viento.

—Esto de mover el viento me va bien, incluso es bueno para el reino, pero no creas que tiene inconveniente pues, ya ves, aun yendo al paso, lo levanto. ¿Te molesta?

—No, no, la mi señora.

—Te he puesto perdida... En Nájera te hospedarás en mi castillo y podrás lavarte en mi sala de baño... ¿Así que vas a Compostela?

—Sí, soy viuda. Mi marido, en vida, decía de peregrinar a Santiago... Ahora, cumplo yo su deseo...

—Llevas un ejército, condesa.

—Mi esposo hubiera llevado tanta compaña o más. Como tú, era la mejor espada del reino.

—Tan joven y viuda. ¿Tienes hijos?

—Dos hijas, señora. Van en mi carruaje. ¿Y tú cómo andas sola?

—Mis hombres vienen detrás... Y siempre les adelanto, de otro modo, los ahogaría en polvo. Allá los veo, en la lejanía...

La condesa, que no veía nada en el camino, continuó la conversación:

—Por doquiera he pasado, las gentes me han dicho que había equivocado el camino, que debería haber cogido otro en vez del elegido, pero no me arrepiento de haber hecho el viaje por Pamplona pues te he conocido, aunque llevo tantas millas sobre mis espaldas que no sé si llegaré con vida a Compostela...

—No me ensalces en demasía, doña Poppa, que yo soy una pobre mujer que hace el prodigio del viento, que es de utilidad, sí, pero nada más... Cuando lleguemos a Nájera, tus hombres acamparán fuera del burgo... Nosotras seguiremos hacia el castillo... Presto el camino mejorará. Lo he empedrado yo utilizando las rentas de la villa...

—Observo que esta tierra es muy rica, pues veo mucho trigo y mucho viñedo...

—Sí, por eso muchos nobles me disputan la honor, el feudo, la castellanía, para que me entiendas... Don Sancho Garcés, el primero, conquistó esta tierra y levantó una fortaleza, otro tanto que hizo cerca de Lizarra, en San Esteban de Deyo, donde está enterrado...

—Me detuve allí.

—Alzaba don Sancho castillos para agrandar el reino, llevar más lejos sus límites y defender mejor Pamplona. De hecho Nájera es una ciudad de frontera, que se abastece por sí misma... De un tiempo acá vienen muchos peregrinos, pero este año menos, por los moros que están por todas partes...

—Señora, señoras —interrumpió don Morvan—, habrá que almorzar...

—Doña Andregoto, éste es don Morvan, mi capitán.

—¡Salud, don Morvan!

—A los pies de la señora.

—Bien, pararemos en aquella arboleda.

—Lo que mande la señora.

«¿La señora?», se fue cavilando don Morvan, pues que si hubiera tenido que definir a la castellana, dada su complexión varonil y cómo montaba a caballo, la hubiera considerado un marimacho, perdónele Dios.

A resguardo del sol, las nobles descabalgaron. Doña Andregoto se desprendió de su cota de mallas y del bacinete y, cuando llegaron sus soldados, lo dio a guardar a doña Ramírez, su mayordoma, quedándose en calzas y jubón, como si fuera un hombre, pero no se quitó su espada, no. Y, mirando el hierro con cariño, con la misma devoción que todo guerrero contempla su espada, le explicó a doña Poppa:

—La reina Toda, mi señora, me la legó en su testamento.

Y luego se recompuso el cabello agitándolo al viento y anduvo unos pasos por allí, como si fuera un león enjaulado. Tal pensó don Morvan que la observaba de lejos, aunque, en realidad, desentumecía sus huesos, a ver, tanto tiempo a caballo, y doña Poppa hacía lo mismo.

A poco, se detuvo el carruaje de la condesa y de él salieron dos niñas, seguidas de un hombre negro, que corría tras ellas, y una voz, la de doña Crespina que advertía:

—Despacio, despacio, las niñas no corren.

Pero, vive Dios, corrían hacia su madre que las esperaba sonriendo. Cierto que, se detuvieron en seco al toparse con una mujer de cabellos rojos, que les sonreía también y extendía sus manos hacia ellas.

—Éstas son mis hijas, la mayor es Mahaut y Lioneta es la pequeña...

—¡Oh!

—¿Tú eres la Mujer del Viento? —demandó Mahaut, a la par que besaba la mano de la dama.

—Sí, soy yo.

—¡Enséñame a mover el viento! —rogó Lioneta.

—¿Para qué quieres tú mover el viento?

—Para... no sé, para volar como los pájaros...

—¡Ven, dame un beso!

Y muchos besos le dio Lioneta a la castellana antes, durante la comida y a los postres, sin que le importara que le dejara baba, quizá porque hacía caridad, pues que para entonces doña Poppa ya le había susurrado al oído que Lioneta había nacido enana.

Enterada la de Nájera de la desgracia de Lioneta por la condesa que, a manteles puestos y entre plato y plato, se remontaba a tiempos lejanos y le explicaba sovoz lo de la escasa talla de don Pipino el Breve, egregio antepasado de su esposo y padre de don Carlomagno que, cosas de la vida o disparates de la misma, había tenido la altura de un gigante, sosteniendo que aquel hecho indubitable, del que daba noticia el arzobispo Turpín en su crónica, se había repetido con su marido y la pequeña, si bien, en su caso, no había sido el padre enano y giganta la hija, sino al revés, pues que don Robert había medido más de dos varas y la niña, cumplidos seis años para siete, todavía no alcanzaba dos palmos, y continuaba:

—Una desgracia, la mi señora, que nos hizo sufrir harto, a mi marido y a mí, a él más mucho más, pues nunca aceptó a la criatura...

—Me lo imagino, condesa. Por doquiera se conociera la malformación de su hija, como los maledicentes son peste, se pondría en duda la calidad de su semilla, ¿o no?

—Ya lo creo, y eso le llevaba a maltraer, a no sosegar... Tanto que se empeñó en que se le practicara exorcismo a la pequeña...

—¿Y qué?

—Nada, pues endemoniada no estaba... Mil veces se lo dije, pero no quiso escucharme.

—¡Ah, los hombres...! ¡Ea, doña Poppa, pongámonos en marcha, para llegar al castillo antes del anochecer!

Muy grata resultó la entrada en la ciudad fortaleza pues que las altas damas atravesaron a pie —por lo del polvo que producía la castellana— el puente del Najerilla, y fueron ovacionadas por los habitadores del burgo, desde que descabalgaron hasta que llegaron a la puerta del castillo.

Este hecho holgó a la bretona que confirmó lo que ya venía pensando: que doña Andregoto, a más de ser una gran señora, era amada por sus gentes, como no podía ser de otra manera, pues que las defendía de los ataques musulmanes. Y más se complugo cuando, apenas instalada en el castillo con sus hijas y camareras en una grande habitación, provista de buenas camas y plumazos muy mullidos, llamó a la puerta doña Ramírez, la mayordoma y, por orden de su ama, la invitó a quitarse los calores en la sala de baños, en una piscina que nada tenía que envidiar a la de la duquesa de la Bretaña, donde las huéspedes, la condesa viuda y su heredera, que Lioneta no quiso mojarse el dedo gordo del pie, se deleitaron en el agua templada, y sobre todo con la conversación de la castellana que hablaba y no paraba. Que más parecía que, como si no tuviera con quien platicar en su vida diaria, había soltado la lengua con las bretonas, o era que la enorme bañera le traía buenos recuerdos y los quería compartir.

Y ya estuvieran aquellas féminas disfrutando en la bañera, o comiendo a la vera del río, donde permitían que las niñas, acompañadas de Abdul que, dicho sea, no le había producido a la anfitriona la menor curiosidad como si en sus feudos hubiera tantos hombres negros que ya no llamaran la atención; o estuvieran sentadas a la mesa del gran comedor, con las manutergas puestas, ante fuentes de carnero o puerco asado, o tuvieran en la tabla media gallina encebollada o una perdiz escabechada o hubiera un ganso en el centro de la mesa, no comía apenas por hablar del viaje que, años atrás hiciera, acompañando a su señora tía, la reina Toda —de la que tenía noticia la condesa de boca de las reinas de Pamplona—, sirviendo a aquella gran mujer, que haya Gloria por siempre jamás. Que deseaba, qué desear que, antes de morir, anhelaba, qué anhelaba, que ambicionaba con todo su corazón, fuera repuesto en el trono de León su nieto don Sancho...

—Mi primo —añadía, sin explicar el parentesco, quizá porque lo daba por sabido—, de cuyo trono había sido desposeído por don Ordoño el Malo, su primo y mi primo —explicaba—, por ser obeso; tanto que no podía caminar ni defender a sus súbditos de las aceifas musulmanas... Un viaje, doña Poppa, que no olvidaré mientras Dios me dé vida... Imagínate una comitiva mayor que la tuya, compuesta de una tropa pamplonesa de a lo menos trescientas personas, entre reyes, damas, capitanes, soldados y gente de servicio, a la que seguía la embajada califal, con el médico Hasday al frente... A la cual comitiva, en Lizarra, se unió mi prima Elvira con sus monjas y, a poco, me junté yo, más o menos donde te he encontrado a ti, montando soberbio caballo y causando ese remolino de polvo que provoco y que pone a todos perdidos, como has tenido ocasión de comprobar en tus propias carnes...

—Ah, doña Andregoto, pasaríais muchas dificultades...

—Muchas, y eso que, al entrar en la tierra de al-Andalus, los moros nos tomaron la delantera con sus albendas y nos abrieron camino hasta llegar a Córdoba, la mayor ciudad del mundo todo... Mi señora, la reina, llevaba el cinturón mágico de la legendaria reina Amaya, que era muy bueno contra venenos, y la reliquia de Santa Emebunda que, es pena, la perdimos en el puente del río Henares...

—Creo que era muy anciana...

—Sí, pero iba y venía como si fuera moza y hasta, en una ocasión, hubo de desenvainar la espada, ésta que llevo al cinto, y lo hizo sin que le dolieran los años ni le temblara la mano... Yo también me vuelvo vieja —el tono de voz de la castellana cambió—, mis cabellos han blanqueado, pero mi ánimo no ha flaqueado ni he perdido fuerza, aunque, para no perder fama, pues me llaman la Mujer del Cabello Bermejo, me lo tiño de rojo con jabón de las Galias, para que mi leyenda no desmerezca y así mantener a la morisma lejos de Nájera.

Y continuaba la dama que si las mil mezquitas de Córdoba; si las novecientas casas de baños; si el palacio de la Noria, donde se habían hospedado los pamploneses; si el homenaje que los reyes rindieron al todopoderoso don Abderramán, el tercero, en la ciudad de Medina Azahara, que levantara en loor de su esposa favorita, pero, en cuanto nombró al califa, suspiró y cambió de tema, como si su mención le trajera algún recuerdo y quisiera guardarlo para sí. La condesa, por cortesía, evitó preguntarle por aquel hombre todopoderoso, pero ya se ocuparon sus hijas de interrogarla sobre el particular:

—¿Cómo era?

—Era alto y garrido. Cierto que, en la era de 996, era viejo ya. De hecho murió al año siguiente de regresar de nuestro viaje.

—¿Cómo? ¿En el 996, estamos en el 1000, sólo hace cuatro años? —intervenía Lioneta que sabía de cuentas.

—Fue en el año vulgar de 958, hace la friolera de cuarenta y dos años...

—¿La era, qué es la era?

—Corresponde al año 38 antes del nacimiento de Nuestro Señor... Es la era hispánica, la impuso César...

—¿Qué César, hay muchos?

—No sé, quizá César Octaviano.

—Perdone su merced, si en estos reinos se data por la era, ¿cómo se puede saber que estamos en el año 1000...? Al salir de Pamplona nos topamos con una procesión de flagelantes que iban al Finisterre... ¿Tan sabida es la gente del común...? En la Francia no, además allí vivimos con el año de la subida al trono del rey...

—Madre, disculpe la mi señora, hablábamos del califa...

—¡No interrumpas a tu madre, Mahaut!

—¡Oh, el califa...! Tenía el cabello rubio y los ojos azules, cuando los moros son muy morenos de piel, casi negros, aunque menos que vuestro negro. Por cierto, ¿de dónde lo habéis sacado?

—Es esclavo y eunuco por más señas. Me lo regaló una tía mía...

—Había muchos en Córdoba cuidando los harenes.

—¿Qué es eso, señora?

—Nada, nada.

—Verás, señora, mi tía...

303

—¡Madre, por favor!

—Don Abderramán era hijo de una noble vasca, una dama de nombre Muzna, que maridó con el emir Muhammat o que fue su concubina, así creo que se llamaba...

—¿Qué es concubina, señora?

—Nada, nada, Lioneta.

—Por eso era rubio, pero se diferenciaba tanto de los suyos que se hacía teñir el cabello de negro...

—¡Qué cosas, la mi señora!

Como las niñas se reían y la escuchaban entusiasmadas, la de Nájera continuó:

—Esto de que nobles cristianas casen con emires o califas viene de largo, que yo sepa la reina Íñiga, que fuera nuera del rey Fortuño, muerto su marido, lo hizo con el emir Abdallá, y a su suegro, que estuvo veinte años cautivo en Córdoba, se lo hizo pagar, tal se cuenta...

—En la Francia esto no sucede.

—¿Cómo ha de suceder, si no hay moros haciendo la guerra todas las primaveras y hasta en el invierno? El Almanzor de los demonios, el pasado año se retiró a descansar de sus guerras para la Pascua de Nadal...

—Cierto, cierto.

—A la infanta Urraca, la hija de mi señor don Sancho Garcés, el segundo, le sucedió otro tanto pues el rey, después de ser derrotado varias veces y de enviar reiterados paciarios para firmar un tratado de no agresión, hubo de ir él mismo a Córdoba para conseguirlo y, entre los muchos regalos que llevó, estaba su hija, que casó con Almanzor o vaya su merced a saber.

—¡Qué desatino!

—Dices bien, doña Poppa, pero no es cosa del reino de Pamplona únicamente, en el de León ocurre también. Noticia

304

tengo de una infanta llamada Teresa pero, a decir verdad, ignoro si maridó con el antedicho o con alguna otra autoridad... Son negocios de la *respublica*, que no comparto, aunque, es de decir, los reyes igualmente dejan a sus hijos varones en rehenes, cuando no los cogen prisioneros los moros...

—Ha de ser terrible la vida en las Hispanias.

—Nunca te lo podrás imaginar, señora mía.

—Si te dejaran hacer a ti, doña Andregoto, otro gallo cantaría —intervino Mahaut.

—Dejemos esta cuestión. ¿Qué os parece, niñas, que mañana nos acerquemos al monasterio de San Millán, recemos ante su tumba y ante las de los siete infantes de Lara, y estemos por allí unos días...? Os contaré una historia muy hermosa.

—Sí, sí.

—Sí, señora.

—¡Oh no, gracias, señora, más viaje, no!

Así de expeditiva se mostró la condesa de Conquereuil, y fue que no había terminado de decir «no, gracias», que se acabó la conversación y que ya no se inició otra, pues que se presentó un capitán anunciando a doña Andregoto que un mensajero del rey de Pamplona pedía audiencia y, naturalmente, ella se la concedió.

—Señora, la mi señora, el rey me envía a decirte que acudas a las juntas que se celebran en Haro, donde ya han llegado reyes y condes de las Hispanias todas. Don García Sánchez ha llamado al apellido —apellido decía— y requiere tu espada para enfrentarse al moro.

—Dile que allí iré, que saldré mañana al albor —expresó la castellana con voz solemne—. A ti que te den de comer y beber, y una cama para dormir...

—A la orden de su señoría.

Al salir el mensajero, la de Nájera miró a los ojos a la condesa y le dijo:

—Lo siento, he de marcharme, el rey, mi señor, ha llamado al apellido y debo ir. Saldré mañana a primera hora, tú, doña Poppa, puedes permanecer en mi castillo el tiempo que quieras, mis criados te servirán como si me atendieran a mí...

—¿Vas a la guerra, doña Andregoto? —preguntó Lioneta.

—Sí, hija mía. Acudiré con mis hombres y pan para tres días, como es costumbre por aquí. Iré en carro hasta Haro y a la hora de entrar en batalla montaré en mi caballo, plego a Dios que una vez más pueda hacer el prodigio del polvo...

—El Señor guarde a la señora.

—Si ha llegado mi hora, moriré...

—No morirás, porque rezaremos por ti.

—¿Eso harás, Lioneta?

—Sí, sí.

—Rezaremos el paternóster y el avemaría.

—Gracias, Mahaut. ¡Doña Ramírez, prepara mi equipaje! ¡Capitán, que se armen los hombres y llenen sus talegos!

—Sí, la mi señora.

—Ea, ahora me voy a la iglesia de San Miguel para encomendarme a él y orar ante las tumbas de mis padres, ¿quieren sus mercedes acompañarme?

Fueron todas. Las bretonas la encomendaron al arcángel San Miguel y a Santiago Apóstol y, otra vez en casa, las nobles cenaron juntas, pero, como la castellana hablaba poco, doña Poppa respetó su silencio y ambas, sin mantener sobremesa, se fueron a dormir.

A la amanecida y después de misa, las damas se despidieron en el portal llamado de Castilla, con sendos besos en la cara, apretándose las manos con calor y recomendándose una a otra que tuviera cuidado, mientras las dos recibían la bendición del preste de Nájera.

Doña Andregoto tomó el camino de Castilla, cuya calzada había empedrado con sus dineros.

Doña Poppa hizo otro tanto pasadas tres horas, después de que Loiz, el mayordomo, comprara a los villanos alimento fresco y, mira, que no abusaron en cuestión de precios, sin duda porque no se atrevieron, pues no ignoraban que la condesa había sido muy regalada por su señora.

Con tanta premura y con abandonar la villa —a ver, qué iba a hacer allí en ausencia de la castellana—, a la condesa se le quedaron muchas palabras en la boca, en razón de que todavía hubiera hablado largo rato con la munífica castellana de la ciudad-frontera. Que, sin haber recibido ningún obsequio, la había honrado; le había dado vianda y buen vino hasta el hartazgo; le había narrado bellas historias que hicieron sus delicias y las de sus descendientes al descubrirles mundos desconocidos; le había contado otras sobre infantas pamplonesas y leonesas, que producían espanto y hubieran resultado inimaginables en la Francia del rey Robert, y todo ello con sencillez digna del mayor encomio y sin que una pizca de orgullo asomara en su mirada, cuando, a decir de dueñas, se airaba por nada y era una fiera o, peor aún, una diablesa, porque, ¿qué era aquello de que una mujer agitara el viento cuando montaba a caballo ya fuera alazán o rocín? ¿Dó se había visto otro tal?

Pero adentrándose el carro condal otra vez en parajes despoblados, que así habían de continuar, según don Morvan, hasta el monasterio de Cirueña, sus camareras ya le contaban, quitándose la palabra de la boca, lo que no había podido saber y mucho más, en razón de que habían hablado con doña Ramírez y varias criadas. Del origen de la castellana, le decían:

—Señora, se dice que doña Andregoto no fue hija de doña Mayor ni de don Galán...

—¿Cómo es eso?

—Nos ha asegurado doña Ramírez que...

—Es que le llenábamos la copa muchas veces para que soltara la lengua.

—¡Gerletta, no interrumpas...! Que no nació de tales padres, que doña Mayor no tuvo hijos y don Galán tampoco, al menos que se sepa, pues que anduvo de guerra en guerra.

—Y ni tiempo tuvo de empreñar a su mujer, así lo dijo la dueña.

—¡Gerletta, *par Dieu!* Verá la señora, se corre por el reino todo que a doña Andregoto la trajo el viento al portón del castillo de Nájera y la abandonó dentro de una capacha de mimbre. De ahí, el prodigio que hace, de ahí que la llamen la Mujer de los Vientos...

—Se dice también que no es de este mundo... ¡Chiss, Crespina, ahora me toca a mí...! Que doña Mayor, al escuchar gemidos bajó en plena noche a ver de dónde procedían y, al descubrir un bulto y ver que se trataba de una niña, se la quedó porque quería un hijo y no tenía, y no fue menester que engañara a don Galán, porque éste volvió de la guerra muy herido de hierros y falleció al siguiente día...

—Entonces la reina Toda la confirmó en la tenencia, y otro tanto hizo con la pequeña cuando murió su madre.

—Su madre, que no era la madre verdadera.

—Así que es hija de padres desconocidos.

—De diablo y diablesa.

—De mujer y diablo.

—De hombre y diabla.

—Os prohíbo hablar de diablos —atajó la condesa.

Al día siguiente y otra vez el carro en marcha, las camareras hablaron del parentesco de la castellana con los reyes de Pamplona, y doña Crespina dijo:

—No tuvo parentesco de sangre con la reina Toda porque fue adoptada, aunque doña Mayor fue prima hermana de la señora.

—En la iglesia de San Miguel yacen doña Mayor y don Galán...

—Así que no nos enseñó las tumbas de sus padres verdaderos.

—No, pero no importa, fue como si lo fueran, además a ningún alma por muy alta que esté en el Cielo le viene mal una oración.

—Y no digamos si está en el Purgatorio.

—Y esa doña Elvira que se sumó al viaje de la reina en Lizarra, ¿quién es?

—La hermana de don Sancho el Craso, la hija de doña Urraca, a su vez hija de la reina Toda, la que casó con don Ramiro, el emperador, fue abadesa del monasterio de San Salvador y regente del reino de León durante la minoría de su sobrino Ramiro, el tercero.

—Don Sancho, al regresar de Córdoba, maridó con doña Blanca...

—Con doña Teresa, Crespina.

—Con doña Teresa y, a poco, lo envenenaron unos condes con una manzana emponzoñada.

—¡Oh!

—Crea la señora, que don Sancho no valía una higa, que era orgulloso y de poca ciencia.

—Ya sabe doña Poppa que el orgullo ciega.

—La reina Toda tuvo cuatro hijas y un hijo...

—Dejen sus mercedes las genealogías para otro rato... ¿Del califa os dijo algo la mayordoma?

—Sí, que doña Andregoto se había enamorado y había querido casar con él...

—Pero que doña Toda se lo prohibió...

—Afortunadamente, pues me imagino un harén y me vienen arcadas a la boca del estómago.

—Don Abderramán debía tener cuarenta o cincuenta mujeres.

—Los celos que habría en el alcázar de Córdoba...

—¡Por Dios bendito...! ¿Cómo repartirse un hombre entre cincuenta mujeres?

—No me entra en la cabeza que doña Andregoto, tan brava ella, se mostrara dispuesta a ser una más en el harén del califa.

—Nos aseguró doña Ramírez que las mujeres no son iguales en los harenes, que hay princesas y esclavas favoritas, y otras, tanto princesas como esclavas, que han perdido el favor del califa...

—¿Y cómo sabe doña Ramírez tanta cosa? ¿Acaso estuvo allí?

—No, no estuvo, pero lo tiene oído.

—Claro, estas cosas se oyen en las Hispanias.

—Ay, no sé, qué espanto... Yo me enamoré de don Robert, pero a buen seguro que no me hubiera casado con él de ser musulmán, por no compartirlo con otras... Antes hubiera entrado en un convento. Cierto que, cuando me puso cuernos, hube de callar, pero creo que no es lo mismo.

—Y que lo diga la señora.

—Tengo para mí que las mujeres árabes han de ser desgraciadas...

—También, me hubiera gustado preguntarle a doña Andregoto cómo ha podido sobrellevar la vida si todos la miran como a bicho raro, pero lo fui posponiendo y se me quedó en la boca.

—No hablamos de ello con doña Ramírez. No obstante, ha de saber su señoría que hay gentes que gustan de ser miradas, pues que el que mira, admira...

—O desprecia, Crespina, o insulta o vilipendia...

—No es el caso de doña Andregoto, que es admirada por su belleza, y eso que tiene la nariz un poco luenga, y por su cabello bermejo, aunque se lo tiña y, en otro orden de cosas, por su brazo de hierro y porque viene defendiendo la fortaleza de Nájera durante más de medio siglo y todavía los enemigos de Dios no osan acercarse a ella.

—Además, las gentes trabucan las cosas e inventan otras...

—Si no hubiera visto con mis propios ojos el prodigio del viento, nunca me lo hubiera creído.

—Nos informó doña Ramírez de que su señora, a la que servía más de treinta años ya, no envejecía con la rapidez del resto de los mortales...

—¡Imposible!

—Tal aseguró la dueña, ¿no es cierto, Gerletta? Dijo que había cumplido ochenta...

—Algo sucede, madre —anunció Mahaut y se terminó de hablar de la castellana de Nájera.

—¡Silencio! ¿Qué pasa, cochero? —preguntó la condesa.

—¡Viene gente, señora! ¡So, so, mulas...!

—¿Serán moros?

—¡Válanos Santa María!

—¡Señor, ten piedad!

—¡Erwan!

—¡Son gentes de a caballo!

—¿Moros o cristianos?

—No lo sé, señora. Están lejos.

—Será doña Andregoto que ha olvidado alguna cosa.

—¿Dónde está don Morvan?

—Ahí viene, señora.

Y, en efecto, llegado el capitán, hizo avanzar a don Erwan y situó una línea de arqueros y detrás otra de lanceros entre el estandarte y el carro condal, mientras otros soldados con sus armas flanqueaban el resto de la comitiva.

—No parecen ser muchos.

—¿Son sarracenos?

—No creo, no suenan atambores.

—Quizá sean peregrinos, como nosotros.

—Los peregrinos no corren tanto, éstos galopan...

Y, alabado sea el Señor, que los venientes frenaron sus cabalgaduras a unas varas de la enseña de Conquereuil y no eran moros, no. Al revés, eran cristianos y muy piadosos, nada más y nada menos que unos frailes del cercano monasterio de San Andrés de Cirueña, pero, eso sí, venían descompuestos, como pronto se demostró, en razón de que el que mandaba en un piquete de cuatro hombres, cinco con él, siquiera saludó ni menos se fijó en la albenda condal ni en los hombres armados que lo rodearon en un santiamén, sino que preguntó con voz entrecortada por la fatiga:

—¿Se han cruzado sus mercedes con una tropa de facinerosos?

—No —respondió don Morvan.

—No hemos visto alma viviente —afirmó don Erwan.

—Somos frailes de San Andrés... Unos ladrones nos han robado la imagen de Santa María. A completas, estaba en el altar y, a maitines, había desaparecido y ningún monje sabía de ella; quienes sean han forzado un ventanuco y se la han llevado en el mayor de los silencios, sin que sus caballos piafaran ni nuestros perros se dieran cuenta y avisaran.

—Tendrían el viento a favor.

—Beba, su reverencia —dijo la condesa, que se presentó llevando una jarra de agua.

—Dios te lo pagará, hija.

—¿Entonces el señor capitán no ha visto pasar unos jinetes?

—No, habrán tomado otro camino.

—Las huellas señalaban el de Nájera.

—Habrán ido campo a través y se habrán refugiado en alguna cueva.

—Sí, en algún lugar estarán celebrando su sacrilegio... Roban imágenes sagradas y luego las venden a otras iglesias... ¡Tú, moza, trae más agua!

—¡No es una moza, es la señora condesa de Conquereuil!

—¡Ah, pardiez, dispense su señoría! Yo soy don Lope, el abad de San Andrés, perdone la condesa, pero es que llevo mucho disgusto. —Tal expresó el hombre, tras descabalgar y besar la mano de doña Poppa, y siguió—: Verá su merced, estos caminos están llenos de ladrones... Hay bandas de salteadores a puñados... Los reyes de Pamplona y León y los condes deberían juramentarse e ir contra ellos y no dejar uno vivo... Don Sancho, mi antecesor en el cargo, pagó por la imagen de la Virgen nada menos que veinte mulas, y a mí me la acaban de robar en una noche sin luna...

—Calmaos, señor abad, ha sido la voluntad de Dios.

—Los voy a perseguir hasta el Fin del Mundo, aunque en tal empeño me deje la vida... Me merezco una buena tanda de azotes...

313

—Nosotros, desde que dejamos Nájera, no hemos encontrado a nadie, pero como cualquiera que anda por estos caminos nos parece un enemigo, hemos recibido a su reverencia con las armas prestas... Pero si podemos ayudar... —manifestó la condesa.

—Me haría favor la señora si enviara un mensajero a Nájera que avisara de lo sucedido a doña Andregoto de don Galán, la tenente de la plaza.

—No está, dejó la ciudad poco antes que yo. Fui su huésped unos días.

—Es lástima pues, de encontrar a los sacrílegos, los hubiera ahorcado sin preguntar a nadie. Sin embargo yo habré de llevarlos ante el rey para que haga justicia. ¿Adónde ha ido?

—El señor rey la llamó al apellido...

—¿A la hueste? ¿Y a mí por qué no me ha llamado?

—Pues no sé, yo soy extranjera y voy a Compostela.

—En San Andrés tenemos albergue... Detente allí esta noche, que el prior te atenderá como si fuera yo. Ten en cuenta que no hay nada más hasta San Miguel de Pedroso, un monasterio de monjas, y luego otra vez nada hasta San Pedro de Cardeña... Cuando llegues, saluda a la abadesa y al abad de mi parte. Yo sigo en busca de los ladrones, quizá se hayan refugiado en alguna cueva de por aquí... Que Dios te bendiga, señora.

—Salud y venturas para ti, don Lope, te tendré en mis oraciones para que puedas recuperar la imagen de Santa María.

E ido el abad, los bretones anduvieron con mucho ojo, pues, aunque todavía no se habían enfrentado a una cuadrilla de salteadores de caminos, cada vez eran más conscientes de que constituían un peligro que venía a sumarse a la omnipresencia musulmana.

Sorpresa se llevaron las nobles bretonas cuando, al pie de los montes de Oca y antes de iniciar la subida a San Miguel de Pedroso, se toparon con tres mujeres que, al paso de la enseña condal, salieron de una casa armando alboroto, pues que chillaban llamando a los hombres a la par que con las manos levantaban ramos de romero. Tres mujeres, tres, a medio vestir dado que enseñaban los pechos y se remangaban las sayas con procacidad. Vive Dios, vive Dios, tres prostitutas y moras por más señas.

—¡Avante, cochero! —ordenó la condesa.

Las meretrices, que habían sido requebradas por algunos hombres, al ver que la expedición pasaba de largo, la despidieron airadas, la mar de airadas, con insultos y palabras soeces, que no era menester entender, sino escuchar el tono que empleaban.

Y fue, vive Dios, que subido el repecho hacia el convento, a duras penas cupo la comitiva en aquel lugar, en razón de que a un lado había monte en talud y, al otro, quedaban las dependencias abaciales: los corrales, rediles, porquerizas, pastizales, el molino, etcétera, y en el entremedio la santa casa. Los hombres, bajo la dirección de los capitanes que más parecían ingenieros del ejército romano, se las vieron y se las desearon para aparcar los carros, que estuvieron más apretados que nunca.

Así las cosas, la abadesa, en viendo que aquellas gentes le habían ocupado lo que debían y lo que no debían, en un primer momento se asustó pero, como era mujer varonil —tal decían de ella sus siervos y sus propias monjas—, tras inclinar la cabeza, que más no hizo, ante una dama que parecía ser muy principal, por sus muchos avíos, pese a que podría tratarse de la reina de Pamplona o la condesa de Castilla, como siquiera la miró a la cara ni anduvo con cortesías ni remilgos, le indicó, mejor dicho, le mandó con recia voz que enviara la tropa al llano de abajo, pues que no cabía y los hombres no se podían ni cantear. Y aún añadió que semejante gentío iba a alborotar, a incomodar la vida conventual, a revolucionar a sus monjas, y hablaba la abadesa con tanto énfasis, que la condesa, que sabía hacer de condesa con grandes y menudos cuando era menester, la interrumpió y dijo:

—Veo que no soy bien recibida. Me voy, quede con Dios su merced.

—¡Que no, que no, que no es eso...! Su señoría y unos cuantos serán muy bien recibidos, pero todos no, no caben y pueden acampar en el llano abajo.

—A las buenas tardes... ¡Don Morvan, nos vamos!

—¡No, no! ¡Quédese su merced por el amor de Dios!

Pero doña Poppa no se quedó, no. Se acomodó en su carruaje, enojada, muy enojada, y volvió por donde había venido, seguida de su enorme reata de carros y carretas, para acampar en la ribera del camino, desdichadamente muy cerca del prostíbulo de las tres moricas, pero es que no había otro sitio. Y lo que dijo a doña Crespina:

—No sé dónde está el demonio, si en esa casa de hembras fornicarias o en la de Dios.

—Señora, la mi señora, comprendo que estés enojada, pero esa comparación, no ha lugar, y menos en tu boca...

—Tienes razón, aya, que el Señor me perdone.

Los hombres, aunque tuvieron doble trabajo, se alegraron del cambio de planes. A ver que, entre rezar completas u holgar con las moras, preferían esto último en virtud de que se encaminaban a Compostela, donde, una vez seguido el rito oportuno, habrían de obtener indulgencia plenaria, es decir, el perdón de todos los pecados que hubieran cometido hasta aquel mismo momento, con lo cual, salvo que por mala estrella les sorprendiera la muerte —que puede llamar a cualquier puerta en cualquier lugar y a cualquier hora—, poco les importaba cometer otro pecado. Cierto que, muy otra cosa hubieran pensado si en vez de ir, volvieran, pero los hombres, ya se sabe, máxime llevando tantos días lejos de sus mujeres, los que las tuvieren.

Y estaba doña Poppa, bajo el toldo de su tienda, cenando con sus hijas, con poca gana ella, con apetito las niñas, servida por sus camareras, comentando lo sucedido con don Pol y con sus damas, porque, ay, le había calado hondo el desaire de la abadesa:

—Este mundo de las Hispanias no es el mío, no lo conozco... Don Pol, ¿crees que andamos en tierra cristiana?

—Sí, por supuesto.

—Así, al pronto, yo diría que estas tierras están dejadas de la mano de Dios.

—¡Señora! —la reconvino doña Crespina con un gesto.

—No tema su merced, que el Señor está en todas partes.

—La casa de las tres moras está abarrotada, señora.

—Nuestros hombres beben y yacen con ellas, oiga su merced qué voces, qué risas...

—¿Qué pasa, qué es yacer, madre? —preguntó Mahaut.

—Nada, hija mía, nada.

—Algo será, madre —intervino Lioneta.

—Dios hace llover sobre justos e injustos, señora.

—En verdad te digo, don Pol, que no comprendo, como tampoco entiendo otros muchos pasajes del Evangelio...

—No es menester entender, los Santos Padres tampoco entendieron... Las cosas de Dios no se pueden comprender, pues no las alcanza la humana razón. Esa falta, esa carencia de intelecto, se suple con la fe.

—¿Cómo toda una señora abadesa ha podido arrojarnos de sus heredades?

—Esa monja se pudrirá en el Infierno...

—¡Qué diferencia la acogida que nos deparó doña Andregoto, y eso que no nos conocía de nada!

—La monja no fue avisada de nuestra llegada —apuntó la mayordoma.

—Sí, eso sí, a ésta la ha cogido de nuevas.

—No sólo eso, señora, las ruedas de los carros le han destruido sembrados y hortales, a más de vallados... Y aún te ha dicho que te quedaras. A mí, cuando salía en pos tuyo, me ha cogido de la manga y me ha pedido que no te fueras, a la par que me ha asegurado que nos daría una escudilla con una tajada de puerco, verdura y garbanzos, y un cuartillo de vino, lo que da a todos los peregrinos que se presentan en su casa —aseveró doña Crespina.

—Estos lugares, los montes de Oca, son paso peligroso. Alguien me lo advirtió, pero no esperaba que lo peor fuere una abadesa alunada —siguió insistiendo la condesa, y eso, que antes parecía arrepentida de haberse enfadado tanto.

Y en ésas estaban, a la luz de las velas y bajo la noche oscura, don Pol y doña Crespina quitando yerro al asunto de la religiosa, doña Gerletta, al revés, encizañando; las niñas sin entender nada y pidiendo explicaciones, cuando en la lejanía y por el camino que venía de la derecha, Mahaut avisó de que se aproximaban unas luces:

—Madre, mira cuántas luces...

—¡Dios nos asista!

—¡Jesús-María!

—¡Por todos los Santos!

—¡Niñas, entrad en la tienda!

—No, madre. Yo quiero ver —se rebeló Mahaut.

—Ni por la Virgen Santísima —apoyó Lioneta.

—Ve, don Pol, a ver de qué se trata. ¿Cómo os atrevéis, niñas, a desobedecer mis órdenes?

—Madre, nunca nos permites ver lo mejor...

—Eso, madre, siempre nos tenemos que ir a la cama o recogernos en nuestra habitación...

La condesa, un tantico confusa, dejó de reprender a sus hijas, que tal merecían, para más adelante, porque observando las luces que se acercaban lentamente, le vino un pálpito y pensó que talvez se tratara del Ángel Exterminador, el mismo que, enhorabuena, redujera a cenizas las ciudades de Sodoma y Gomorra que, en esta ocasión, no venía solo, sino con grande ejército, sin duda a arrasar la casa de las tres moras, aunque, es de decir, que le pareció mucho aparato para tan poca cosa. Pero, como estaban sus hombres dentro y podían ser muertos en un tris si los ángeles comenzaban a blandir sus espadas de fuego, pidió un manto y, decidida, se encaminó a la puerta del burdel, donde se juntó con la tropa y con las moras que le hicieron hueco. Y se encontró en primera fila, a la luz de antorchas, con don Morvan a su lado que, rojo como la grana, se acomodaba las calzas a la cintura a toda prisa, todos esperando a los que venían, ya fuera con hachones encendidos, ya fuera con espadas de fuego.

Pero no, no, que no eran ángeles, aunque bien pudieran ser demonios. Eran los flagelantes, los mismos que habían adelantado a la salida de Pamplona que, mira, como los bretones se habían detenido acá y acullá y, aunque hacían el camino andando, les habían dado alcance. Y fue que llegaron alborotando, rezando las mismas letanías, gritando las mismas advertencias, llamando a los hombres al arrepentimiento y, vive Dios, dispuestos a llegar al Finisterre antes del 31 de diciembre, sin que les detuviera el día ni la noche ni la calor ni el frío. Aunque, eso sí, llegaban con la espaldas en perdición, algunos laceradas hasta dejar ver las costillas.

La condesa, llevada por la compasión y admirada de la tenacidad de aquellas gentes, procuró ayuda al fraile guiador, que llegaba exhausto, y ella misma lo condujo a su tienda, le lavó las espaldas, le curó con agua alcanforada sus heridas y le cedió su propio catre para que durmiera. Sin tener en cuenta que era hombre y que, aunque fuera clérigo, podía suponer un peligro para las cinco mujeres que descansaban bajo el mismo techo, pero no, que no, que el fraile, amén de que era viejo, estaba más muerto que vivo. Tanto que, al amanecer y antes de partir, doña Poppa quiso hacer lo que hiciera el buen samaritano en los Santos Evangelios: dejarlo en custodia a un posadero y darle dineros para que lo cuidara, pero, como no había hospedería y no le pareció medio bien encomendarlo a las moras, por su condición de religioso, optó por enviarlo a la abadesa de San Miguel para que se hiciera cargo de él. Y mandó a don Morvan que trajera una mula, cargara al herido, lo tapara con una manta, y que unos hombres lo llevaran a la puerta del convento, llamaran a la aldaba y lo dejaran allí. Y, cumplidas sus órdenes, rezó una plegaria por la curación o por el eterno descanso del alma de su beneficiado.

Ya en la estrada pública, doña Poppa, apoyada por doña Gerletta y amonestada por el silencio de doña Crespina, volvió a sacar las cosas de quicio y continuó insistiendo en el desaire de la abadesa, rumiando que otra cosa no era, pues que le daba vueltas y vueltas sin poder olvidar la afrenta sufrida, al parecer, mentando a aquella hija de Satanás —que otra vez soltando la ira, tal la llamaba— y preguntándose si habría atendido al fraile herido o, vive Dios, vive Dios, lo habría dado a comer a los cerdos. Pero, después de muchas horas de traqueteo, de subir y bajar montes, bajo una calor inmisericorde, conforme se le pasaba el enojo, para contento de doña Crespina, comenzó a disculparla. Entre otras razones porque, Señor Jesús, el hecho de tener una casa de putas a la vera, como quien dice, de su convento, bien podía haberla alunado y llevarla a perder el seso, pues que no era para menos sufrir la vecindad de una casa de mujeres públicas, regentada por moras para mayor disparate, junto a una casa de Dios, como si otros espacios no hubiera en aquella tierra deshabitada e inculta. Y, arrepentida de su incomprensión y de su falta de caridad, pidió confesión a don Pol, cumplió la penitencia que le impuso y, por su cuenta, ayunó durante tres días, lo que complugo al aya, en virtud de que su señora volvió a ser su señora.

Capítulo
13

E l desvío que los bretones hubieron de tomar para llegar a San Pedro de Cardeña, no supuso esfuerzo, pues que lo peor, el paso de los montes de Oca, había quedado atrás felizmente. Amén de que, se habían encontrado con iglesias y otras construcciones derruidas, como la casa episcopal, y con un río que daba nombre a aquellos parajes cuyo puente atravesaron encomendándose a toda la Corte Celestial, pero ni con hombre o mujer, ni que fuera a Compostela o regresara ni menos que viviera o laborara por allá, ausencia que achacaron a la constante amenaza musulmana, todo lo contrario que les sucedió en el monasterio pues, además de hallar refugiados de otros lugares, se aliviaron los sudores en las vegas del río Arlanzón.

En unas tierras planas, planas, al Señor sean dadas muchas gracias, que pertenecían al conde de Castilla, desde no se sabía el punto exacto hasta la villa de Carrión, situada muy pasado Burgos, al parecer; a este conde llamado Sancho García, cuya vida guarde Dios que, al igual que el rey de Pamplona, había llamado a la hueste a sus vasallos para presentar batalla al Almanzor de los demonios. Tal conocieron los de Conquereuil al descender de los carros en la explanada del monasterio benedictino, donde la condesa fue recibida por el prior en razón de que el abad había acudido a la convocatoria de su señor con cincuenta frailes bien armados, pues tiempo era de vencer al sarraceno.

Y fue que doña Poppa, tras los parabienes correspondientes, hubo de responder a las preguntas que siempre le hacían. Quién era, de dónde venía y adónde iba, y asistir una vez más al estupor, en este caso del prior, que producía en cualquier persona la contemplación de Lioneta, a más de escuchar los halagos que recibía Mahaut por su belleza —lo uno por lo otro, después de todo— y fue que, al echar un rápido vistazo a aquella heredad, se dijo que, por fin, había llegado a una gran casa, donde talvez pudiera comprar un *Beato,* abonarlo y dejar de pensar en la manda de la condesa de la Bretaña.

Y, sí, sí, que fue instalada en el albergue, nada más y nada menos que en las habitaciones que tenían reservadas el conde de Castilla y su mujer, y habiendo descansado en plumazo mullido, oída misa y una vez desayunada, envió a la mayoría de sus hombres a la ciudad de Burgos, situada a dos leguas de allí, y a sus hijas con don Morvan y doña Crespina, y ella se dejó enseñar por el prior las amplias dependencias del cenobio. Puertas adentro, visitó la sala capitular, la iglesia abacial y se arrodilló ante las tumbas de los Santos Mártires, todos frailes del convento —muertos por los moros, años ha—, las del conde García Fernández y su mujer, padres del actual conde de Castilla, y la del juez Laín Calvo, pues que en Castilla hubo jueces antes que condes, tal expresó el religioso a la par que anunciaba que tenían la intención de levantar un claustro. Por fuera, tuvo ocasión de contemplar los vastos prados donde pacían vacas, caballos, mulas, asnos, ovejas y puercos, separados por cercas además, y la huerta donde crecían hortalizas y frutales, pomares sobre todo, mismamente como en la Bretaña, y, en la lejanía campos de cereal, viñedos y espesos bosques, pues que por allí corría el río Arlanzón y en él la casa abacial disponía de molino y de derecho de pesca en un grande tramo. El fraile, después de enseñarle las corralizas, pretendió llevarla a una poza de sal que también tenían, pero a la condesa, acostumbrada a no dar un paso desde que dejara Conquereuil, le dolían los pies y dijo: «No, gracias».

El clérigo y los tres bretones se sentaron en un lugar muy placentero, a la vera de una fuente, donde bebieron y se dieron agua a la cara para refrescarse. La señora estuvo respondiendo a las curiosidades del prior sobre el camino que llevaba recorrido, y sobre las dos preguntas inevitables: si era viuda y si Lioneta era enana. Por supuesto, que la dama contestó «sí» a la primera y a la segunda también, después de mencionar a don Pipino el Breve y aclarar la falacia que encerraba la palabra «breve», y continuó con que su desgracia no desaparecía en la tierra castellana, tan lejos que estaba de su casa, y no siguió hablando, pues no era cuestión de enterar al prior de los trapos sucios que había habido en el castillo de Conquereuil.

Aquella pausa la aprovechó el fraile para recomendarle consultar al boticario, un hombre de mucha ciencia, y al físico del convento, hombre de tanta ciencia o más, por si le podían hacer favor a la pequeña y encontrar algún remedio para que creciera. La dama hizo un pequeño gesto de asentimiento, pero no dijo sí ni no, entre otras razones porque, consciente de que la estatura de su hija no tenía remedio y de que el culpable de ella era don Pipino, amén de que no deseaba que la criatura anduviera de mano en mano, cambió de tercio y le preguntó:

—En la Francia me informaron de que sus mercedes disponen en el monasterio de un famoso escritorio.

—Así es, señora, y estamos muy orgullosos de él.

—Verás, reverencia, mi señora la duquesa de la Bretaña, que posee muchos libros y muy buenos, sabedora de que me dirigía a Compostela de la Galicia en peregrinación, me encargó que me detuviera en esta santa casa y comprara un libro para ella.

—¿Qué libro desea la señora de la señora?

—Un *Beato.*

—No hemos copiado ni iluminado ninguno de ellos todavía. Es un negocio que tiene pendiente el señor abad.

—Vaya, es pena.

—Aquí tenemos para vender los *Morales* y los *Diálogos* de San Gregorio, que fue papa, y una Biblia, muy buena... Además y lo siento, no te los puedo enseñar pues que la morisma anda cerca y los hemos escondido... Acaso cuando regreses, suponiendo que el peligro se haya alejado, puedas verlos... Ten en cuenta que, hace más de setenta años, los sarracenos asesinaron a doscientos de los nuestros, cuyas sepulturas has visto en la iglesia y que el abad quiere trasladar al claustro que tiene intención de construir...

—Vaya, vaya por Dios. ¿Sabes dónde podré comprar uno?

—Quizá en la propia ciudad de León o en San Miguel de la Escalada o en San Salvador de Tábara, que quedan por allá o, más lejos y en camino contrario, en Santa María de Ripoll.

—¿Y en Burgos?

—En Burgos no, aunque podrás adquirir ricas telas traídas de Persia, de Constantinopla y de al-Andalus... Tenemos allí dos tiendas una enfrente de otra, en la rúa que cruza la ciudad, en la vieja calzada que discurre de Astorga a la Aquitania...

—Iré a ver.

—¡Ea, que la campana llama a comer...!

A sol puesto, tanto que la condesa ya estaba preocupada por la tardanza, se detuvo el carro condal a la puerta de la albergería y de él bajaron sus hijas en loca carrera, se le acercaron para darle mil besos y contarle lo mucho que habían disfrutado en Burgos:

—Madre, hemos visto a unos encantadores que lanzaban al aire cinco bolas cada uno y no se les caían de las manos...

—Y a unos juglares que asonaban músicas y la gente bailaba.

—Nosotras también hemos danzado con don Erwan y doña Crespina.

—Crespina, ¿tú has bailado?

—No me ha quedado más remedio, he recordado mi juventud.

—Y a un ciego que cantaba romancillos.

—Y hemos ido al río y tirado unos peniques a unos niños que se metían bajo el agua y los cogían con la boca...

—Eso decían, pero los cogían con la mano.

—¿Y se los quedaban?

—Claro.

—También hemos comido en una taberna.

—¿En una taberna, cómo es eso, Crespina?

—Señora, don Guirec nos ha invitado. Yo no quería pero las niñas se han empeñado, y me he dicho: «Por una vez...».

—¿Qué habéis comido?

—Cordero asado.

—¿Estaba rico?

—Muy rico, madre, el mejor que he comido en mi vida —informó Mahaut.

—¿Habéis estado rezando en alguna iglesia?

—No.

—No.

—Lo hemos pasado muy bien.

—Además, hemos comido almendras garrapiñadas...

—Y dulces de miel.

—Había mucha gente, madre.

—Y muchos tenderetes...

—Habrá que ir a Burgos. Mañana iremos todas... Me ha dicho el prior que el monasterio tiene dos boticas en la ciudad...

—¡Qué bien, señora! —exclamó doña Gerletta que se había quedado a acompañarla.

—Verás, madre, ya pueden decir que París es la ciudad más grande de la Francia, pero Burgos seguro que no le tiene nada que envidiar.

—¿Eso crees, Mahaut? —preguntó doña Poppa mientras le hacía un cariño en la cara y al momento acudió Lioneta.

—Madre, dame besos.

—Besos, muchos besos para mi *naine*.

Y con su *naine* en el halda, la condesa, de repente, se dio cuenta de que la pequeña, de tiempo ha, no había echado a faltar los amplios vuelos de sus faldas y que no se había refugiado o, digamos escondido, en ninguna parte, que no se guarecía ya, desde que, dicho a bulto, ella se cambiara las sayas bretonas por las túnicas pamplonesas y, como no podía ser de otro modo, se holgó, pues salvo que la cría retomara aquella mala costumbre, no lo quiera Dios, había puesto punto final a uno de los principales motivos de murmuración, aunque el otro: su escasa talla quedara para siempre, ¿o no? Y mucho más se congratuló cuando buscó en su azafate la cinta de medir, subió a la niña en un arcón y procedió a su cotejo y, vive Dios, vive Dios, por Santa María Virgen, que la criatura había crecido un dedo. Tal coligió después de repetir varias veces la operación, y no pudo hacer otra cosa que proclamarlo a los vientos, comunicar a sus damas la buena nueva e invitarlas a que probaran ellas pero, para cuando las camareras procedieron ya estaba Lioneta tan nerviosa que más parecía tener el baile de San Vito, y fue menester dejar el negocio para otro día. Pero sí, sí.

Fueron las damas las que más disfrutaron en las horas que los bretones permanecieron en Burgos. La condesa, que ya llevaba mucha alegría en su corazón porque, loores al señor Santiago, Lioneta había crecido un dedo, mandó al cochero dar una vuelta por la ciudad, e hizo bien pues ya no tuvo tiempo para nada más. En el recorrido admiró la alzada del castillo y el caserío que, al pie del mismo, formaba el llamado barrio de San Juan, pero más aún le gustó la rúa Mayor por donde transitaban carros y caballeros con dificultad pues estaba a rebosar de naturales y de peregrinos, cada uno con su esportilla y su bordón y, de la dicha calle, las dos tiendas que los monjes de Cardeña tenían arrendadas a unos menestrales, y de entrambas, una, la pañería en la que se vendían tejidos del Oriente. A más que tuvo suerte, o así lo consideró, pues que en el momento en que su carruaje se detenía ante la puerta, unos mercaderes judíos estaban descargando sus mercancías. No le cupo duda de que eran judíos por las luengas narices que lucían en sus rostros, bueno, más bien que deslucían, que afeaban los sus rostros, como constataron todas las bretonas mientras los veían descargar piezas y piezas de telas.

En el establecimiento fue atendida por el arrendatario y su mujer que extendieron en el mostrador lo nuevo que habían recibido: brocados, sedas de Alejandría y de Damasco, draps de Carcassonne, etcétera, a la par que le rogaban:

—Toque, la señora, el paño.

—Vea, vea qué telas, la señora.

Y, mira, que doña Poppa no había visto que las altas damas de la Francia, que habían asistido al entierro de don Robert, llevaran nada semejante. Amén de que la pañera le proponía que desterrara la saya y el corpiño y se mandara coser un brial —lo que llevaban las damas en la Francia— ajustado al talle con cordones a ambos costados y una sobreveste de mangas perdidas, y que todo ello lo sujetara con alguno de los cinturones que tuviera, a ser posible aderezado con perlas para que le hicieran juego con el negro de la tela o con ámbar para que le fuera al oro —que la dueña, que parecía vistiera a todas las reinas de las Hispanias, no vendía cinturones, al parecer—, y para el velo le sugería fino cendal. Ah, en cuanto al brocado, le recomendaba el negro con hilos de oro muy menudos y, claro, la viuda, que era precavida, pensó en la boda de Mahaut, a celebrar cuando Dios quisiere, y vaya su merced a saber el tiempo que tardaría pues siquiera había compromiso y la criatura tenía siete años, para ocho. Pero le advino, digamos, como una fiebre por comprar, quizá porque nunca se había visto en situación semejante ni había tenido tanto género para elegir. El caso es que para ella, para cuando se quitara el luto y para el medio luto, se compró cinco largos del brocado negro bordado de hilos de oro en zigzag de casi un dedo de grosor, que le hacía muy bien a la cara. A Mahaut, para su boda, otras tantas varas de damasco de color rojo púrpura con dibujos arábigos bordados de plata muy menudos, que le hubiera gustado fueran las armas de Conquereuil pero, pese a que la pañera prometía tenérselo tejido para cuando regresara de su viaje, no quiso esperar, entre otras razones porque la pequeña estaba emocionada. Y, ya puesta, le compró también otras tantas varas de un tafetán color turquesa y otras de un brocado verde manzana, y el doble de sarzil para coserle dos túnicas para el invierno, y varias piezas completas de ranzal para jubones y bragas, y otras tantas de fustán para hacer refajos. Que, mira, debía haber empezado a prepararle el ajuar y, era que las damas en viéndola, tan arrebolada y con la faltriquera rota, creyeron que iba a ser capaz de comprar hasta vendas crurales para los soldados, aquellas tan hermosas que había con tiras longitudinales, pero no, no, que erraron de medio a medio. Porque, ajustado lo suyo y lo de Mahaut, les dijo que cada una eligiera una tela y ellas, aparte de encomiar la largueza de su señora, no se hicieron de rogar y optaron por unas de algodón para, siguiendo las instrucciones de la tendera, coserse una gona y un sobregonel, es decir, una túnica y una sobretúnica, para llevar mejor los rigores del verano. Y aún dudaba la señora qué tela comprar para hacerle un manto a su primogénita, cuando su segundogénita le preguntó:

—¿Y a mí qué?

—¿Qué quiere mi *naine*?

—Lo mismo que mi hermana pues, aunque me case con Dios también habré de ir con buenos vestidos a mis bodas, ¿o no, madre?

—Por supuesto, hija, tu serás la novia más hermosa... ¡Pañera, lo mismo de la mayor para la pequeña, pero sólo dos varas!

—Lo que mande la señora —respondió la tendera, todavía sin dar crédito a la venta que estaba haciendo. Sin duda la mejor del año.

Y fue que se presentó el pañero con una bandeja, unos vasos de vino dulce y unas tortas —a ver, que no era para menos— y las bretonas hicieron aprecio. Y a la hora de pagar, don Morvan abrió el cofre de los dineros y abonó un dinar de oro tras otro, pues que en Burgos preferían moneda musulmana a la carolingia, hasta mil y doscientos, con lo cual el arca se resintió, y eso que, sin consultar con su señora, consiguió que el comerciante le rebajara un décimo del montante total.

Los pañeros despidieron a la munífica condesa de donde fuere, arrodillados en el suelo, en lengua franca, quizá porque debía haber ya muchas gentes de aquellas latitudes poblando la ciudad, diciéndole:

—*Adieu.*

—*Heureux voyage, madame la comtesse et compagnie.*

Luego las damas y don Morvan comieron en una taberna, llena a rebosar por la gente de Conquereuil, y la condesa, que aquel día compraba todo y lo daba todo, abonó las cuentas de toda la concurrencia, incluida la de un burgalés, el único desconocido del lugar.

Y ya las nobles volvieron a San Pedro de Cardeña con el estómago lleno, alabando la finura del cordero y el buen vino que se habían echado al coleto, y contentas, la mar de contentas por las compras realizadas y por los regalos recibidos. Mientras doña Crespina vaciaba un baúl para meter las telas y que fueran a resguardo para que no se las comieran las polillas, las demás se echaban por los hombros un paño y otro y se preguntaban entre ellas qué tal les sentaba a la cara y se miraban en un espejuelo bruñido.

Al día siguiente, doña Poppa, sin consultar a los sabios del convento sobre la enfermedad o tara de Lioneta, le dijo adiós al prior a la par que le entregaba una bolsa de dineros que se la agradeció y le deseó venturas.

Don Pol dio el grito de: «¡Dios, ayúdanos, Santiago, ayúdanos!», y la comitiva de Conquereuil partióse enhorabuena.

Doña Poppa llamó al preste y, como apenas había visto la ciudad de Burgos —pues que se había pasado la mañana en una tienda— y había caminado por ella cuatro pasos, creída de

331

que él se habría enterado de todo, le pidió que le dijera algo de ella. El hombre no se hizo rogar:

—Señora, sepa la mi señora que el conde Diego Porcelos, por orden del rey Alfonso, el tercero, levantó un castillo hace más de cien años y que trajo gentes francas para la población... Los habitadores nos toman a todos por francos, pues no saben distinguir entre provenzales, gascones o bretones, por poner unos ejemplos... Es la cabeza del condado de Castilla... Muchas gentes que regresan de Compostela quieren quedarse a vivir en esta ciudad, pero la mayoría no puede hacerlo porque tiene obligaciones en sus países, aunque no sé, señora, pues me han asegurado que hace un frío que pela, y yo sostengo que también una calor de misericordia... Como hemos de volver a atravesarla, se fija su merced y verá la imponente fábrica de la fortaleza y, antes de llegar, a mitad de la rúa Mayor, en la torre de una iglesia dedicada a Santa Gadea que, confieso, no sé quién es, pero tengo para mí que debe tratarse de Santa Águeda, que fue mártir...

—Santa Águeda, a la que los romanos le cortaron los pechos...

—¡Ama, por Dios, las niñas!

—Me dijo el preste que a Compostela van hasta moros a curarse de sus enfermedades...

—¡*Bon sang*, qué cosas!

—En las Hispanias se va de sorpresa en sorpresa.

—Una gran ciudad, don Pol, en efecto, y una hermosa iglesia...

—Y el castillo, mirad el castillo...

—¿Si vienen los moros se refugiarán los pobladores en él?

—Por supuesto, Mahaut.

—Don Pol, ¿sabes que he crecido un dedo? —informó Lioneta.

—¿Es cierto eso, señora?

—Sí, pero no quiero que corra el asunto. Dé su merced gracias al Señor, alégrese con nosotras y rece para que crezca más.

Y ya habían recorrido la rúa Mayor, rodeados de chiquillos que alargaban la mano para pedir, ya habían atravesado el puente del Arlanzón y ya el carro condal había tomado la calzada hacia Astorga y avanzaba apriesa por la llanada y a la sombra de enormes árboles, cuando en la ribera vieron unos carros parados y, al adelantarlos, a unas gentes que apaleaban a un muchacho. Don Erwan continuó camino como si nada ocurriera, pero la condesa ordenó a su cochero que detuviera el vehículo y la expedición interrumpió la marcha. Ella, antes de apearse y de tomar cartas en el asunto, observó qué sucedía y vio que unos hombres, nada más y nada menos que los mercaderes judíos del día anterior, pues los reconoció al momento, ayudados por media docena de peregrinos, estaban apaleando a un muchacho que, caído en la dura tierra, ora recibía un varazo —que nadie olvide que los hebreos utilizaban varas de medir pues comerciaban con telas— de los judíos, ora un bastonazo de los peregrinos que, puestos de acuerdo, querían matarlo al parecer. Y, claro, obligada por la autoridad que le confería su título nobiliario y por la bondad que derrochaba su corazón, pretendió salvar al chico de la muerte y, consciente de que a poco que se demorara, estaba condenado a morir, se dio prisa. Bajó del carro, seguida del preste, y corriendo se personó en el lugar y preguntó con enérgica voz:

—¿Qué sucede aquí?

Los hombres, al ver sus enseñas y la mucha gente que llevaba, detuvieron la azotaina. Los judíos pusieron pies en polvorosa y arrearon a sus bestias, largándose pues que no querían problemas, al parecer, y allí quedaron media docena de peregrinos que respondieron a la demanda de la dama voceando, pues que debían estar asustados o enojados o arrebatados o alunados, lo que estuvieren, en fin:

—¡Señora, este chico está maldito!

—¡Sufre un encantamiento!

—Viene de hacer la ruta de las almas...

—¡Es un alma en pena!

—Regresa de la Galicia con mal de mar.

—O alguien le habrá echado mal de ojo y sufre *meigallo*.

—A ver, muchacho, ¿qué te pasa? —intervino don Pol.

—¡Agua, Crespina! —pidió la condesa.

—Nosotros vamos a Compostela y nos hemos topado con él...

—Señor cura, iba andando de espaldas...

—Hacia atrás, iba caminando hacia atrás, como si tuviera ojos en la espalda...

—¡Don Morvan, agua!

—¿Qué ocurre?

—¡El chico está sin sentido...!

—O muerto, voy por los Santos Óleos.

—¡Alienta, alienta todavía! Pero ¿qué habéis hecho con este pobre muchacho, malditos?

—Señora, es un demonio.

—Un hijo de Satanás.

—¿Ha visto su merced un hombre que camine hacia atrás con la misma soltura que si anduviera hacia delante?

—¿Y por eso hay que pegarle?

—Hay que matarlo, señora.

—Don Morvan, manda buscar al merino de Burgos, para que aprese a estos hombres...

—No, perdone la señora, por lo que más quiera.

—Nosotros nos vamos, nos hemos juramentado para ayudarnos y defendernos, y de este chiquillo no queremos saber nada.

—Adiós, señora.

—¿Has visto, don Morvan, apalean a un hombre y no quieren saber nada?

—No hay caridad en el camino de Santiago, señora. ¡Eh, chico...! —llamaba el capitán palmeando la cara del muchacho.

—Aquí está el agua, por fin.

—Traiga, la señora.

Y fue que el capitán arrojó un jarro de agua al rostro del muchacho y que éste reaccionó lo suficiente para demostrar que estaba vivo.

Así las cosas, los bretones depositaron al joven en el llamado carro de los enfermos y volvieron a la calzada.

Al alba del mismo día en el que el séquito de la condesa de Conquereuil tomaba la vía pública de Burgos a Astorga continuando por el camino de la Galicia, un grupo de frailes del convento de Armilat, situado a poco más de media parasanga de la ciudad de Córdoba, en las serranías de por allá, recibían la bendición de su abad, se despedían de él y daban las manos a los claustrales, sus compañeros, que les deseaban buen viaje.

Eran cuatro los monjes que, en este momento, se suman a la narración de esta historia, con sus talegos, llevando, además, cuatro caballos de hermosa estampa, de los llamados andalusíes, y doce mulas candongas para transportar el equipaje. Por más señas, eran mozárabes, es decir, cristianos que vivían en tierra musulmana y practicaban la religión que habían heredado de sus antepasados con mayor o menor libertad, desde antiguo. Desde que los árabes, venidos del África, derrotaran al último de los reyes godos, a don Rodrigo, y conquistaran, en no más de dos años, su reino todo. O casi todo, pues que unos centenares de cristianos habían conseguido huir de aquella miasma, que se adornaba la cabeza con un turbante, y refugiarse en los montes astures y cántabros, para oponer resistencia a los invasores, a veces con fortuna, a veces sin fortuna. A los conquistadores que habían impuesto sus leyes y sus modos de vida, aunque no su religión, pues que consentían la presencia de cristianos y judíos siempre y cuando pagaran tributo, moraran en sus propios barrios, y permanecieran callados y hasta encerrados en sus casas, pues que los cristianos de al-Andalus habían vivido siempre a merced de los caprichos y del buen o mal talante de emires y califas, como demostraba sobradamente una grande nómina de Santos Mártires.

Se encaminaban los cuatro hombres del convento de Armillat al monasterio de San Salvador de Tábara, situado en la tierra de Zamora. No iban a quedarse en él o a fundar un nuevo convento en el reino de León, como habían hecho con anterioridad otros frailes, sobre todo cuando arreciaban las persecuciones contra los mozárabes, no. Llevaban por misión comprar un libro de los llamados *Beatos,* pagarlo, tornar con él a Armilat y entregarlo al abad. Para que a su vez lo pusiera en manos del bibliotecario, y éste lo diera a contemplar, mejor dicho a admirar, a todos los frailes, del guisandero al clavero y, una vez visto, lo depositara en un anaquel para que aquella joya acreciera la fama del cenobio que, dicho sea, no era poca, pues que por allí habían pasado o vivido el abad Spirandeo, San Eulogio y don Recemundo, entre otros santos varones. Para, incluso, si venían mal dadas, que todo era posible en los tiempos que corrían, regalárselo al maldito Almanzor, para que perdonara la vida a los frailes y los dejara estar. No, porque el dicho gustara de los libros, que no, para que se lo regalara a la sultana Subh, esposa que fuera del califa Alhakam y amante que era del Almanzor de los mil diablos que, lo que son las cosas, aun siendo mujer, amaba los libros y mucho, además.

Para escapar de las garras del maldito de Dios para los cristianos, del bendito de Alá para los musulmanes, tal rumiaba para sus adentros don Walid, el prior del monasterio y jefe de la expedición, porque, bien sabía que aquel hijo de Satán estaba causando estrago en toda la tierra cristiana. Y era que, en cualquier momento, los de Armilat podían toparse con él, o con su hijo Abdelmalik, que era tan bárbaro como su padre, o con alguno de sus capitanes y que los detuvieran, y les preguntaran quiénes eran y adónde iban y que, al no llevar salvoconducto, los apresaran y luego los vendieran como esclavos en alguna población de la vía de la Plata... Y adiós *Beato,* a más que ellos habrían de dejar de servir a Dios y de orar por los pecados del mundo, para pasar lo que les quedara de vida obedeciendo a un amo que lo mismo los podía poner a labrar los campos que a recoger la aceituna. Tal se decía el clérigo mientras, alzado en las estriberas del caballo, no dejaba de vigilar los cuatro puntos cardinales, a la par que azuzaba al bicho para llegar cuanto antes a las tierras deshabitadas que, tenía oído, se extendían entre los ríos Tajo y Duero y conformaban una frontera natural por su despoblación de grande utilidad, entre moros y cristianos.

Cierto que de seis o siete años acá —cavilaba don Walid—, a causa del Almanzor no había servido de nada que más al norte de la populosa ciudad de Toledo, no se pudiera comprar un pan en un horno o que no hubiera pueblos ni menos almunias o alquerías, y que todo fuera yermo. Lo que venía bien a los cristianos ciertamente, pues los musulmanes habían de llevar más pertrechos, incluso vianda, con lo cual avanzaban más lentamente y les daba tiempo a los antedichos a sorprenderlos en un paso estrecho o cruzando el vado de un río o entre los espesos bosques que se extendían por la meseta superior, y aun de matar o cautivar al enemigo, cuyo ejército andaba por allá, a veces tan numeroso que más parecía una plaga de langosta. Para encaminarse a León o a Gormaz o a Pamplona y destruir ciudades y castillos, quemar campos de labor, emponzoñar aguas estancadas o fluyentes, y sacrificar ganado para comer o matarlo por matar y que, de ese modo, los nativos pasaran hambre durante el largo invierno. Que si batallaba por allá casi todas las primaveras era para regresar entrado el otoño con inmenso botín de oro, plata, paños buenos, hombres de todas la edades y bellas mujeres, que los mercaderes judíos vendían luego en los mercados de esclavos de Córdoba o de Sevilla a muy alto precio para que sirvieran de barraganas en los harenes de los ricos, lejos de sus gentes y lejos de su Dios.

No había valido de nada en los últimos años —continuaba el clérigo— que al norte del río Tajo la tierra permaneciera inculta, porque el Anticristo, encarnado en Almanzor, había destruido las grandes ciudades del solar que fue de los godos, llegando incluso a la ciudad del señor Santiago de la Galicia, donde no había quedado alma viviente en la urbe, salvo un hombre en la catedral y rezando ante el altar del Apóstol, un anciano monje, un hombre santo, cuya presencia sorprendió al moro y, a Dios gracias, se detuvo en el preciso instante en el que, alfanje en mano, se disponía a abrir el sarcófago del Apóstol Santiago, aunque no se hubiera podido llevar nada ya que los canónigos, ayudados por gentes piadosas, habían escondido todo lo bueno, hasta los restos del Santo... Porque el Anticristo, no lo quiera Dios, parecía haber tomado el cuerpo del *hachib* y el mundo todo estaba llamado a ser destruido, según predecía el libro del Apocalipsis escrito por San Juan, el Evangelista... Libro que casualmente guardaba relación, y mucha, con el que él había de comprar en el monasterio de San Salvador de Tábara, pues que allí había un famoso escritorio en el que frailes y monjas copiaban y copiaban el libro original. O si no el original, si no el que escribiera de su mano un monje llamado don Beato, el que tuvieren, y no sólo reproducían el texto en preciosa letra visigoda, sino que lo ornaban con pinturas hermosísimas, con las cuales no era menester saber leer, pues, a poco se supiera del contenido del Apocalipsis, se comprendía todo, talmente como sucedía en los muros de las iglesias cristianas donde los maestros representaban escenas de la vida de Nuestro Señor con grande acierto y maestría. Y en el libro tanto se podía contemplar la Crucifixión del Señor, flanqueado por los dos ladrones, como a la prostituta de Babilonia con la copa de los placeres, mejor dicho, de los vicios mundanales en la mano.

Pero el señor abad había elegido mala época para ir de compras —se aducía el buen Walid—, por lo de los ejércitos del califa, por las algaras que llevaban a cabo partidas de moros, por los ladrones, que no faltaban en toda al-Andalus y porque él, el prior de Armilat, se estaba haciendo viejo y ya no soportaba las grandes cabalgadas ni era capaz de manejar la espada como otrora, y a más que le dolía el estómago y a veces, pocas veces, al Señor sean dadas muchas gracias, hasta evacuaba negro, heces negras a causa de la sangre que arrojaban sus entrañas. Y era que la enfermedad que sufría: estómago ulcerado, según le había diagnosticado el físico del convento, se le venía agudizando de un tiempo acá, le producía grande dolor, le empalidecía el rostro y le agriaba el carácter, tanto que en aquella mañana, además de presentar mala cara, llevaba muy mal genio. Lo cual ciertamente no le impedía galopar, pues que parecía gustar del viento que le cortaba la cara o era talvez que quería cumplir la manda y regresar cuanto antes, para morir en el convento rodeado de sus hermanos.

Claro que, a media legua, ya se hubo de escuchar:

—A esta marcha, señor prior, presto van a reventar los caballos...

—Reverencia, los bichos echan el bofe y nosotros el alma.

—Las mulas desfallecen, señor.

—¡Ah, los jóvenes, parecéis mujeres...!

—Galopando vamos a llamar la atención de los campesinos.

—Los cascos de los caballos levantan mucho polvo...

—Sí, reverencia, y nos delatan.

—En bajando la cuesta, mi caballo se desbocaba.

—Lo que debes hacer es sujetar al animal con las riendas, como lo haría un buen jinete... Y vosotros vigilad las alforjas de los dineros no vayamos a perderlas... Hemos de alejarnos cuanto antes del convento, no vaya a sorprendernos un piquete de soldados... El *hachib* tiene ojos por todas partes...

—Señor, con el permiso del señor, dijimos que nos íbamos a hacer pasar por mercaderes y para tal fin compramos pieles de oso. Los mercantes no corren tanto, de otro modo nunca llegarían a su destino.

—Al trote, hermanos, pues. Pero, os recuerdo a todos que convinimos en hablar siempre en árabe, incluso entre nosotros y, mira, las primeras palabras que me dirigís son en latín.

—Sí, señor, es la costumbre.

—A ver, todos en árabe. ¿Adónde nos encaminamos?

—A Mérida.

—¿A qué vamos?

—A vender pieles.

—¿Qué somos?

—Mercaderes.

—¿Quién soy?

—Walid ben Galid.

—¿Quiénes sois vosotros?

—Vuestros hijos. Yo soy Hissam.

—Yo Yusef.

—Yo Isa.

—Eso es, cada uno con su nombre verdadero para evitar confusiones. Y ahora más mentiras: vuestra madre, mi primera mujer, ¿se llama?

—Hamida.

—¿Y mi segunda mujer?

—Marian.

—¿Vivimos en...?

—En Córdoba, en la plaza de la Paja.

—¿Somos buenos musulmanes?

—Sí, rezamos a diario las cinco oraciones y vamos a la mezquita los viernes.

—Muy bien. Acordaos de que cada dos frases hemos de mentar a Alá, y que, al nombrarlo, hemos de añadir: el Clemente, el Misericordioso, el Único, y parecido al mencionar al Profeta: bendito sea, que ascendió al Cielo, que vive en el Paraíso, etcétera.

—Sí, señor, y siempre en árabe.

—No sé si seré capaz de hacerlo.

—Déjate de sandeces, Isa... Y todos poned mucha atención pues en las poblaciones hay peste de alcahuetes y hombres ociosos, que a la menor sospecha nos delatarán.

—Tampoco hacemos nada prohibido.

—¿Cómo que no, acaso llevamos salvoconducto?

—No.

—Pues eso. Recordad también que, cuando el muecín llame a la oración habremos de sacar las alfombrillas, postrarnos y rezar...

—Y hacer como que rezamos.

—Nosotros, *adprime catholicus.*

—Eso es.

—Será como blasfemar, señor prior.

—Es simplemente un engaño, Isa.

—En árabe, Yusef.

—Perdón.

—¿Cree su merced que nos condenaremos por blasfemar?

—¿Y por mentir?

—Espero que no, hermanos, plego a Dios que no nos lo tenga en cuenta.

Y así, siempre camino adelante, ora yendo al paso, ora troteando, los cuatro de Armilat, ya en la vía romana de Córdoba a Mérida, pasaron la primera noche al borde del camino, cenaron de lo que llevaban en sus zurrones y extendieron las mantas, ay, Señor Alá, lo hicieron en un lugar de paso de ganado y, de consecuente, apestado de garrapatas.

La condesa de Conquereuil, de tanto en tanto, preguntaba a sus capitanes por la salud del muchacho que había recogido en la calzada, el primer peregrino —por tal quiso considerarlo— que sumaba a su expedición después de cuarenta o más jornadas de viaje, pues que ya no sabía en qué día de la semana se encontraba ni qué Santo se conmemoraba, y la respuesta era:

—Le hemos dado agua a beber y no ha reaccionado.

—Ha llevado muchos golpes, necesita descansar.

—Le hemos dado vino y no lo quiere.

—Le van a salir muchos moretones, va a parecer un cristo.

Hasta que, pasadas tres horas, don Guirec, le informó:

—Le hemos dado aguardiente y ha revivido.

—¿Qué ha hecho?

—Se ha incorporado y se ha vuelto a postrar.

—Bueno, va mejorando, a Dios gracias. Téngame al tanto el capitán. ¿Ha hablado?

—No, señora.

En el carro condal, desde el suceso, las damas venían platicando de ello:

—Madre, ¿se ha muerto el chico?

—No, Mahaut.

—Si le pegaban, habrá hecho algo malo —apuntaba doña Crespina.

—Los que le apaleaban eran judíos, mala gente, en consecuencia.

—Y peregrinos también, llevaban el bordón, ¿no lo has visto, madre?

—Sí, Lioneta, pero un ladrón no es, no tenía zurrón y llevaba las manos vacías.

—¿Qué delito ha cometido?

—No sé, los hombres hablaban de que caminaba hacia atrás, mismamente como si tuviera ojos en la espalda, y merced a ello, o acaso por alguna maldición o ensalmo, sostenían que no se trompicaba.

—¡Ah, señora, extraña cosa!

—Eso no es de este mundo, señora...

—Decían los hombres que venía de hacer la ruta de las almas y que era un alma en pena...

—¡Por todos los Santos, señora!

—Si venía y nosotros vamos, va a repetir el camino, con lo que habrá andado en balde.

—¿Qué iba a hacer, dejar que lo mataran? Está malherido... ¿Tú, Abdul, oíste algo semejante en al-Andalus?

—Yo, la mi señora, estuve en la isla de Sicilia, allí me apresó don Martín, vuestro pariente, pero ni vi ni oí nada igual en la ciudad donde viví ni en los mares que recorrí ni en los puertos en que me detuve ni en los caminos que anduve ni, por supuesto, en el país de los negros donde nací...

—¿Es esto nuevo pues?

—No se alteren las damas que hay cosas raras por el mundo, nada más sea porque es muy grande.

—Se dice que hay hombres que tienen dos cabezas...

—¿Éste, madre, tiene dos ojos, una nariz y una boca?

—Sí, sí.

—Mahaut, lo que tiene son ojos en la espalda también, por eso ve por ellos —explicó la *naine*.

—No le veo utilidad a ver por delante y por detrás.

—Cómo que no, Mahaut —apuntó Lioneta—, así no te sorprende nadie por la espalda.

—¡Qué mema eres, hermana, todavía no te has enterado de que, viendo por delante y por detrás, le han dado una paliza...!

—¿Se morirá, madre?

—No lo permita Dios.

—Eso, porque, cuando se reponga, habrá de contarnos de dónde le viene tal prodigio.

—Alguien le habrá hecho conjuro...

—Por las Hispanias hay gentes muy extrañas... Doña Andregoto y ahora este muchacho...

—Lo de la castellana de Nájera tiene más explicación por lo de los moros, bien está que espante a los enemigos, pero lo del chico...

—Bueno, él nos dirá.

De tanto en tanto, don Guirec se acercaba al carruaje de la condesa, y le decía:

—Al chiquillo le hemos dado otro vaso de aguardiente, con éste son cuatro.

—Por cierto, ¿tiene ojos en la espalda?

—No, le hemos mirado y no tiene nada detrás de la testa, salvo cabello... Se va reponiendo, señora, aunque don Pol quiere darle sacramento.

—¿Ha dicho algo?

—No, no. No ha hablado todavía. Está inconsciente...

—Habrá recibido un mal golpe en la cabeza.

—Sí, tiene un buen chichón. Don Morvan le ha vendado y las mujeres le han puesto paños mojados en agua fría para curarle las magulladuras.

—¿Vivirá?

—No sé. Con el aguardiente parece reaccionar pero, presto, vuelve a caer en la postración.

—Sólo falta que se muera antes de hablar —pronosticaba doña Crespina.

—A mí, después de lo oído, me pica la curiosidad —confesaba doña Gerletta.

A todas, a todas, no sólo les picaba la curiosidad, sino que se las comía. A ver, que lo primero que hicieron, al detenerse la comitiva para almorzar y antes de sentarse a la mesa, fue llegarse al carro de los heridos y, al contemplar al yacente, por así decirlo, y abrir mucho los ojos, como no podía ser de otro modo, en razón de que llevaba un ojo magullado y se le empezaba a amoratar. Y las cinco mujeres fueron a comentar la desgracia del muchacho y hasta quizá a encomendar su alma al Señor, pero no pudieron porque don Erwan anunció que llegaba gente. Don Morvan dispuso las tropas para la defensa, y ellas cambiaron una preocupación por otra, pues que a ver quiénes eran, si amigos o enemigos.

Amigos, amigos eran. Era el conde García Gómez de Saldaña que se dirigía a la guerra con sus soldados, unos cincuenta de a caballo, para juntarse con otros señores e ir contra el moro que acampaba en una villa o aldea o al pie de un cerro o monte de nombre Cervera, del que los peregrinos no habían oído hablar.

Descabalgó el noble y besó la mano de doña Poppa que le invitó a comer y le dio mesa, deferencia que agradeció el recién venido mientras se aplicaba a una, dos y tres escudillas de garbanzos con abundante morcilla, un embotido de color negro que el mayordomo había adquirido en Burgos en grandes cantidades, pues la condesa, aunque iba menguada de dineros, no había reducido las raciones, si bien había decidido sumarse al rancho. Y el conde comía con gana, bebía con más gana todavía y hablaba de negocios tan tristes que removió el corazón de la dama:

—Condesa, me dirijo al lugar de Cervera, a juntarme con mi señor el conde de Castilla y con el rey de Pamplona... Ambos han llamado a la hueste y allá vamos nobles, obispos, abades y caballeros a vencer a Almanzor o a morir, y que sea lo que Dios quiera... Los cristianos nos encontramos en una encrucijada... Sepa la señora que el rey de León tiene cinco años y que no acude a la cita, siquiera la reina regente ha enviado tropas, por eso pido a la señora que rece por nuestra victoria y, si somos derrotados, por nuestras almas...

—¡No lo permita el Señor!

—Si somos muertos en batalla, el moro nos cortará la cabeza y hará montones con ellas. Es la manera que tiene de señalar sus victorias.

—Tengo oído que el Anticristo vive por acá.

—Sí, y tiene nombre, se llama Almanzor. O nos coaligamos todos los reyes y condes de las Hispanias y vamos contra él, o incierto futuro nos espera...

—Ya han llegado a una alianza, ¿no?

—Además del rey menor, faltan el conde de Barcelona, el de Urgell y otros de por allá...

—¿Y por qué no vienen?

—Dicen, alegan, y sobre todo se excusan con que están rehaciendo lo que les destruyó Almanzor. Tenga en cuenta la señora que en Gerona y en Barcelona, por nombrar dos ciudades de la Marca Hispánica, no dejó muralla ni casa sin derruir ni títere con cabeza.

—Es pena... Si yo pudiera cooperar en esta guerra... Colaborar de algún modo...

—¿De qué modo?

—Con dineros, aunque voy muy justa ya...

—Dame unos hombres que sepan luchar...

—¿Cuántos quieres, conde?

—Como llevas muchos, dame cuarenta con sus caballos, que sumados a mis cincuenta harán noventa, y algo haremos en el campo de batalla... Yo daré de comer a hombres y bestias. Dame también un capitán que hable latín para que se entienda conmigo y hable en vuestra lengua con los soldados...

—Don Morvan, ¿has oído...? Elige cuarenta hombres con sus monturas y sus armas...

—¡Señora, si me permite la señora...!

—¡Hazlo, Morvan!

—Sí, señora.

—Mi marido, el conde Robert de Conquereuil, descanse en paz, seguro que se hubiera sumado a vuestra guerra contra los moros... Conde, te cedo a cuarenta de mis hombres con la obligación de que los alimentes...

—Gracias, la mi señora. Si ganamos la batalla, también les daré su parte de botín, podrás recogerlos, a tu regreso, en Saldaña, ¿o prefieres que te los remita a Compostela?

—Don Erwan, que será el capitán y el que lleve mi pendón, verá lo que ha de hacer llegado el momento.

—Doña Poppa, salud te dé Dios... Parto ya, que tus hombres me den alcance... Beso tus pies.

—Que Dios te acompañe, conde.

E ido el noble, el capitán se acercó a la señora y le expresó su malestar sin que le dolieran prendas:

—Don Robert, tu marido y mi señor, nunca se hubiera desprendido de cuarenta de sus mejores hombres en una tierra que encierra tantos peligros... Si nos atacan los musulmanes, ¿qué haremos, quién defenderá a tus hijas...?

—¡No mientes a mis hijas, Morvan, obedece!

—Somos peregrinos, las guerras no van con nosotros... No ajusté a los hombres para presentar batalla al moro.

—Promételes que, después de la batalla, recibirán otra paga, la misma que hayan ganado hasta el día del combate...

—¿Después de muertos?

—¡Morvan, me juraste lealtad...! Si no lo haces tú, lo haré yo.

El caso es que como señora y vasallo alzaban la voz, los bretones se estaban enterando de toda la discusión. Así las cosas, mal las cosas, doña Poppa llamó aparte a los capitanes y les expuso:

—En esta tierra, en este año, hay una guerra sin tregua contra el enemigo... Estoy segura de que mi marido, que haya Gloria, no hubiera desatendido a esta buena gente que lucha por mantener lejos de sus predios al demonio musulmán... Voy a colaborar, le voy a entregar cuarenta hombres, al mando de don Erwan, a este conde... Unos buenos cristianos no pueden andar por aquí y mantenerse al margen de lo que sucede, entre otras razones y muy buenas, porque no es de bautizados desamparar a sus hermanos en la fe... Además, tengo para mí que doña Andregoto de don Galán ganará la batalla ella sola... ¿Lo habéis oído los tres...? Bien, don Erwan se llevará dinero, mandará la tropa y cuando encuentre al conde se pondrá a sus órdenes y, finalizada la batalla, abonará a los soldados una paga completa hasta ese momento. Al que quiera volver a casa le dará licencia y allí don Gwende les abonará los jornales de los días que hayan empleado en el viaje... Al que desee continuar la peregrinación se lo permitirá y todos, los que sean, se juntarán con nosotros en Compostela y, como hasta ahora, seguirán recibiendo las semanadas. Don Morvan pedirá voluntarios y entre ellos elegirá cuarenta hombres de a caballo y les dará armas, y don Pol los bendecirá... Don Guirec portará el estandarte a partir de ahora... He dicho.

Tal ordenó la señora de Conquereuil y tal trasladó el capitán de los bretones a los soldados, incluyendo lo de las generosas pagas y lo de la promesa de licencia, y pidió voluntarios, pero fue que no se presentó ninguno, con lo cual don Morvan mandó reunir a la tropa y eligió a éste o a aquéste hasta treinta y nueve ni uno más ni uno menos, ante la mirada de la viuda que, vive Dios, los vio cómo partían de mala gana como si la ofensiva de los castellanos y navarros no fuera con ellos cuando, Señor Dios, era cuestión de vida o muerte, cuando, Señora Santa María, tenían el honor de representar a todos los francos en una contienda que había comenzado casi trescientos años atrás y que más parecía no tener fin.

Así las cosas, ciento veinticuatro personas continuaron su lenta marcha camino del oeste y cuarenta regresaron sobre sus pasos para unirse a los caballeros del conde de Saldaña y hacer guerra a los moros.

A cinco días saliente el mes de julio y precisamente el día en que Mahaut cumplía ocho —es de decir, que no recibió ningún regalo, aunque, eso sí, promesa de ellos, amén de muchos besos de su madre, de su hermana, de las camareras y de los caballeros—, los peregrinos descabalgaron en la plaza mayor de la villa de Castrogeriz y preguntaron a los escasos residentes si tenían noticia de que las tropas cristianas hubieran entablado batalla con las moras, pero no, no, que nada sabían ni de las cristianas ni, a Dios gracias, de las musulmanas ni menos, al Señor sean dadas infinitas gracias y loores, del maldito Almanzor.

No obstante y pese a que la carencia de noticias ha de tomarse por buen augurio, los bretones, después de descansar, dejaron de buena mañana aquella villa que, a decir de los moradores, tan pronto era cristiana como musulmana, y tornaron a la calzada con miedo en sus corazones.

Capítulo
14

Los cuatro frailes del convento de Armilat iban mucho más apriesa que los bretones. A ver que, en siete días, tras haber recorrido alrededor de doce parasangas, habían dejado atrás las sierras y las fortalezas de Asuaga, Ellerina y Safra, y se habían plantado en Mérida —la vieja Emérita Augusta, capital de la Lusitania romana—, sin problemas además pues, aunque los peajeros de los señores alcaides los habían detenido varias veces a las puertas de las alcazabas, ellos se habían limitado a abonar el impuesto sin tener que enseñar sus mercancías ni menos mostrar el salvoconducto, pues ninguna autoridad se lo había solicitado, con lo cual iban muy animados. El que más el prior que se había olvidado de sus molestias de estómago e, ítem más, por la buena marcha que llevaban, pues que cabalgaban entre dos y tres parasangas diarias. Cierto que, habían de pasar las noches al raso, pues no habían encontrado ningún mesón o mansión —como se llamaba en al-Andalus a los albergues—, eso sí, cuidando muy mucho dónde extendían las mantas, no fuera a ser sitio de cabañera y volvieran a coger garrapatas, que buena fiesta les hicieron, y también poniendo mucha atención en saludar a los viajeros como haría cualquier buen musulmán:

—Que Alá, el Más Grande, te proteja.

—Que el Señor, el Único, guíe tu camino.

—Que el Profeta, el Amado de Alá, te ayude.

Es de decir, que la vista de las altísimas murallas de Mérida impresionó a los frailes, más y más conforme dejaban la calzada de tierra apelmazada que venían recorriendo y tomaban un camino enlosado que dejaba a la derecha el viejo anfiteatro y entraban en la ciudad por un magnífico arco, romano sin duda, pues que no era de herradura, y continuaban por estrechas callejuelas en busca de una posada.

Don Walid iba dudando de si había hecho bien en acceder a las peticiones de sus tres hijos de ficción, en realidad de sus compañeros que insistieron hasta el aburrimiento, hasta que dijo sí, alegando que querían dormir en cama y comer caliente por un día que fuera y hasta que habían de dar a lavar las aljubas que vestían que en vez de blancas se habían tornado negras por el mucho polvo acumulado en la ya larga cabalgada.

Y sí, sí, que presto hallaron posada. El mismo hospedero les atendió, ajustó el precio, tanto por las cuatro personas, tanto por los caballos y las mulas, mucho más por los cuadrúpedos —lo que son las cosas— que por los hombres, con comida para todos. El prior de Armilat pagó la mitad y por adelantado, y los monjes, por indicación del posadero, se encaminaron a una casa de baños que estaba a dos pasos de allí, donde se quitaron los olores y los sudores, pues que caía un sol de plano desde que dejaran el convento y disfrutaron con las aguas gélidas y tibias, perdóneles Dios —perdón, Alá—, porque los frailes no deben deleitarse con los placeres carnales. Y, luego, tras darse un paseo por la ciudad con ropa limpia, en el que se llegaron al río Guadiana y se admiraron de la grandiosidad del puente, hasta sesenta arcos contaron, regresaron a la posada a cenar y, es de decir, que comieron con gula, no se lo tenga en cuenta don Alá, pero es que no se pudieron resistir a las ricas viandas que les sirvió el posadero, mucho más de lo que cada día les daba el abad. De entrada: boquerones en salmuera, finas lonchas de trucha ahumada y un cuenquillo de *harisa* —de farinetas, para entendernos— con menudillos de pollo; de plato fuerte: cordero estofado con abundantes cominos y, para terminar almojábanas, pistachos, almendras y uvas pasas, todo ello bien regado con vino de dátiles y, aunque echaron a faltar el vino de uva —el que bebían en el convento y que iban a comprar a Córdoba, a un tabernero del rabal de Secunda, situado al otro lado del Guadalquivir, que era mozárabe— quedaron saciados y contentos, y eso que no durmieron en cama, sino en colchonetas en el suelo de la habitación, porque no había otra cosa. Pero es que vieron gente, después de siete días de soledad, de no tener con quién hablar, salvo con Dios, con las aves del cielo y entre ellos, y pudieron platicar con el posadero y su clientela, y decir quiénes eran, de dónde provenían y adónde iban, y aun porfiar con un mercader venido de Sarakusta sobre si las pieles curtidas en aquella ciudad eran mejores que las de Córdoba, pero todo quedó allí, pues el sarakustano invitó a un vasico de arrope de saúco y don Walid a un sorbete de toronja. Y, dicho que se encaminaban a Plasencia a vender su mercancía, recibieron múltiples recomendaciones: que si no bebieran en tal arroyo porque sus aguas producían cólico; que en tal parte había muchos ciervos y podrían cazar alguno; que, ojo, con las vacas y toros bravos que campaban sueltos por los extensos encinares; que no dejaran de hospedarse en el mesón —«la mansión», decían también— de Galisteo, que no había mejor en el mundo; y, en otro orden de cosas, les informaron de las victorias del famoso Almanzor que asolaba las tierras cristianas a mayor gloria de Alá, el Clemente, el Misericordioso, etcétera.

A don Walid y a los suyos, como eran quienes eran, se les demudó la color al oír del Almanzor, pero, como todos estaban achispados del vino de dátil, que consumido en grandes cantidades también nubla el entendimiento, nadie se dio cuenta de su arrobamiento, máxime porque la conversación derivó a hablar de mujeres, de lo que hablan los hombres, después de todo. Y, como el prior observara que a sus hijos, que a sus compañeros, se les abrían los ojos, alegó cansancio, dio por terminada la grata sobremesa y se los llevó a la cama.

Al día siguiente, pese a que al prior le había sentado mal la cena y no había dormido apenas, a ver, tanta vianda..., los de Armilat recorrieron la ciudad y vieron el teatro, el arco de Trajano, el acueducto, restos romanos todos y mal conservados; anduvieron por el mercado y compraron fruta y fritos de pescado y carne que vendían los hombres y que asaban en figones portátiles, e higos chumbos también, lo que les sirvió de comida. Después, entraron a orar en la mezquita del emir Abderramán, el primero de los Omeyas, aunque no rezaron, lo hicieron para disimular y pasar un rato a la fresca, eso sí, con espanto en sus corazones. En la alcazaba no les dejaron pasar los guardias, no obstante vieron al alcaide salir de ella con una tropa, seguramente para ir de caza, pues que los hombres llevaban halcones. Luego, agotados de tanto caminar bajo un sol de plomo, se detuvieron en una plaza y se sentaron en unos poyetes a contemplar un gran edificio que don Walid dijo ser la casa del arzobispo, aunque no tenía signos externos que tal corroboraran, mismamente como sucedía con las iglesias en todo el Islam. Y, mira, vieron salir unas gentes y el prior dijo que entre ellas estaría don Daniel, el arzobispo pero, por prudencia, no se acercaron, aunque no les hubiera venido mal que el prelado les echara una bendición. Por lo mismo, por no atreverse, no entraron en el afamado hospital de enfermos y transeúntes que hacía más de trescientos años había fundado el obispo Masona, y eso que a don Walid no le hubiera venido mal que lo examinara un físico y le recetara tal o cual, pues que se resentía de la cena del día anterior, a más que en él hubieran estado hospedados de balde, y les hubieran dado comida, ropa limpia y cama. Por evitarse problemas tampoco visitaron la basílica de Santa Eulalia, la niña mártir de Mérida, entre otras cosas porque el sacristán no les hubiera dejado pasar, a no ser que se hubieran identificado y, de consecuente, descubierto quiénes eran, negocio al que no estaban dispuestos. Lo lamentaron, pues que les hubiera ido bien para sus almas celebrar misa o al menos oírla e, ítem más, confesarse, los cuatro, de que habían cometido pecado de gula y cada uno, además, de sus faltas particulares, aunque hubiera sido vano pues no se resistieron a las ricas viandas que para cenar les volvió a servir el hospedero.

Al alba del siguiente día, los frailes, tras pasar el arroyo del Albarregal, dejaron Mérida por la puerta de Salamanca, los cuatro con las espaldas ensangrentadas, pues que se habían fustigado con el mismo verduguillo.

En Qasrisch, después de una jornada y media de cabalgada, no se detuvieron, lo hicieron al día siguiente en la llamada mansión de Galisteo, que, dicho sea, no les defraudó.

A las pocas horas de abandonar Castrogeriz, los bretones supieron de los soldados que habían ido a hacer la guerra al moro, al mando de don Erwan, por lo dicho por el hombre que habían recogido a la salida de Burgos. Por el hombre, el muchacho, el crío, dicho con exactitud, pues que parecía ser impúber que, merced a los cuidados de las buenas mujeres de la expedición, había dejado de respirar con dificultad, se había recuperado y, pese a continuar lleno de morados y muy dolorido, había hablado, seguramente, por no oír más a aquel tropel de alcahuetas deseosas de saber por qué, *bon sang,* le habían pegado cristianos y judíos al mismo tiempo, cuando es sabido que ambos colectivos no se juntaban nunca, salvo en algún negocio que tratara de dineros. Pero fue que, después de darle tragos y más tragos de aguardiente —lo único que parecía resucitarle— y, tras mucho insistir, habían conseguido que abriera la boca y dijera su nombre

—Me llamo Mínimo...

Y, a la sobretarde del cuarto día de haberlo recogido, cuando ya los bretones llevaban muchas millas recorriendo tierra yerma, añadiera:

—No tengo padre ni madre ni hermanos. No sé sus nombres, ni el del lugar donde he nacido... No recuerdo por dónde he andado ni si tengo algún oficio...

Y, claro, las mujeres se quedaron pasmadas ante aquellas cinco frases, y dos de ellas, comisionadas por el resto y una vez dispuesto el campamento para pasar la noche, se presentaron ante doña Poppa y le contaron lo del chico. Más asombrada que ellas quedóse la condesa, por no mentar a sus camareras, y todas empezaron a hablar de él:

—¿Cómo puede decir semejantes necedades? Me da gana de mandar que le den una tunda de palos mayor de la que le salvamos para terminar con estas tonterías.

—Madre, la paliza le habrá perturbado el seso —apuntó Mahaut muy interesada en el asunto.

—Te recuerdo, madre, que lleva un chichón en la cabeza —apostilló Lioneta.

—Sí, quizá desbarre...

—¿De dónde viene?

—Dice no saberlo.

—Acaso haya bajado del Cielo y sea un ángel del Señor.

—No, no tiene alas.

—Talvez se las rompieran los que le atacaron.

—Por Santa María Virgen, dejad de decir bobadas.

Pero las niñas, las damas y las criadas continuaron:

—Será un alma en pena, ya lo apuntaron los peregrinos.

—¡Líbrenos Dios!

—No, los fantasmas viven de noche, por el día se esconden, nunca se hubiera dejado ver a la luz del día.

—Madre, tengo miedo.

—Nada temas, Mahaut. ¿Puede andar?

—Sí.

—Entonces, traedlo a mi presencia, y tú, Gerletta, llévate a las niñas, coge una antorcha y llégate con ellas a ese riachuelo para que se mojen los pies.

—No, no, madre, yo me quiero quedar.

—Y yo, madre.

—Luego tendréis malos sueños.

—No importa, madre.

—Sí que importa, que nos despertáis.

—No lo haremos, madre.

Pasmadas se quedaron las nobles al ver al muchacho, pues que traía vendada la cabeza, un ojo magullado que no podía abrir y un grande morado entrambas sienes, y pena daba, aunque, es de decir, que las criadas le habían vestido con ropa nueva y parecía otro hombre. Cuando lo tuvo de pie ante ella, doña Poppa lo hizo sentar a su lado porque le dio lástima y le preguntó con dulce voz, pues que ya tendría tiempo de regañarle:

—¿Has cenado?

—Sí, señora.

—¿Cómo te llamas?

—Soy Mínimo.

—¿De dónde vienes?

—No lo sé.

—¿Por qué te pegaban aquellos hombres?

—¿Quiénes, señora?

—Los de Burgos... Algo malo harías... ¿Acaso les robaste?

—No sé.

—¿Cómo puedes no saberlo?

—No lo sé, olvido las cosas.

—Que discurra, señora, que piense, que se estruje el seso si es menester...

—Calla, Crespina. ¿Ibas a Compostela o volvías ya?

—No sé.

—Los hombres de Burgos dijeron que regresaba.

—Que volvía de hacer la ruta de las almas.

En aquel momento intervino don Pol, el preste, que se habían sumado a las interrogadoras:

—Mozo, ¿te encontraste con la Santa Compaña?

—No sé.

—¿Qué es eso, don Pol?

—Son almas de gentes que han quedado sin enterrar, que se unen y salen de noche asonando una campana, y de tal modo recorren toda la Galicia asustando a los habitadores, hasta que consiguen meterse en el cuerpo de un hombre vivo...

—¡Jesús-María!

—¿Estantiguas?

—Sí, la mi señora.

—Chico, ¿has andado con la Santa Compaña?

—No lo sé, señora, olvido los sucesos, los nombres de las gentes y los lugares por donde he pasado... Soy un vagamundos que ignora de dónde procede, aunque sé que me llamo Mínimo y que en el Finisterre, en un castillo que hay allá y que gobierna una dama, existe una sepultura en cuya lauda está mi nombre: «Aquí yace Mínimo...», y hacia allí me dirijo...

—Pues en Burgos, llevabas el camino equivocado.

—Me despisto. Desconozco mi pasado, pero conozco mi futuro...

—Si nuestro viaje es muy largo, el tuyo te va a resultar interminable...

—¿Conoces el futuro?

—Sí, señora, sé que un día llegaré a Finisterre.

—¿Sabes si nosotras llegaremos a Compostela?

—¿Y si conseguiremos evitar a los moros?

—Sus mercedes llegarán salvas a esa ciudad.

—Bendito sea Dios.

—Nos encaminamos hacia allá, vendrás con nosotros, te daremos de comer. Serás uno más... Eso sí, procura no asustar al personal... ¿Me has entendido, Mínimo?

—Sí, señora.

—Retírate. Y vosotras —ordenó la condesa a las criadas— guardaos muy mucho de contar lo que habéis oído u os mandaré azotar, ¿está claro?

Y, como muy claro estaba, demasiado incluso, las criadas obedecieron a la señora y nada dijeron sobre el extraño muchacho. Eso sí, al igual que a las damas, les dio a pensar, a no pensar en otra cosa desde que dejaran Castrogeriz, cruzaran el puente del Pisuerga, y se instalaran para cenar y descansar al pie las murallas de la villa de Carrión, cuyas puertas encontraron cerradas y, aunque llamaron, nadie se las franqueó.

Hasta muy entrada la noche damas y caballeros estuvieron de plática. Don Morvan, que debía haber venido instruido, contaba que por allí había pasado el emperador Carlomagno en su camino a la Galicia; don Guirec dedujo que la villa era una ciudad de frontera, talmente como la de Nájera y sosteniendo que, al estar desierta, los cristianos la habrían abandonado ante la amenaza musulmana; doña Poppa preguntando si estaban ya en el reino de León o todavía pisando tierra castellana y los capitanes no supieron responderle; don Pol, como llevaba tiempo sin oficiar en una iglesia y había visto una torre campanario de hermosa alzada, lamentándose porque, de haber habido gente, bien hubiera podido celebrar en ella misa por la salud de los cuarenta bretones, Dios los ampare, que la condesa había cedido al conde García Gómez; doña Gerletta mientras llenando y rellenando las copas de vino; las niñas jugando con el negro Abdul con una bola de trapo que se tiraban entre los tres, lo que ofrecía sus peligros, pues que era noche oscura y podían dar un mal paso, trompicarse y aun torcerse un pie; doña Crespina, a la luz de una antorcha, cosiéndose el gonel cuya tela le había regalado la señora en Burgos, para ir más fresca por las parameras que llevaban unas cuantas recorridas, y fue que, de súbito, se presentaron las dos domésticas que vigilaban, digamos, a Mínimo, trayéndolo y ambas llorosas, pues que eran portadoras de malísimas noticias. Y, trabucándose y quitándose entre ellas la palabra, explicaron:

—Señora, dice el chico que los soldados que enviaste a hacer la guerra contra el moro han muerto...

—Asegura que los cristianos han sido derrotados por la morisma...

—Sostiene que les han cortado la cabeza y que han hecho un montón con ellas...

—¡Por todos los Santos...! —exclamó doña Poppa.

—¿Cómo lo sabes, bellaco? —intervino don Morvan y zarandeó al muchacho.

—¿Es que también conoces el futuro de todos? —demandó doña Crespina.

—Me vienen imágenes a la cabeza... He visto una batalla en la que la cruz era derrotada por unos hombres con turbante que, a más de luchar como leones, asonaban atambores... Lo demás, lo de los cuarenta muertos de vuestra compaña y lo de las cabezas, lo dicen éstas, yo no...

—Una batalla, señora, ¿cuál ha de ser si no...? Los cristianos se iban a juntar para ir contra el enemigo...

—¿En qué fecha estamos?

—A dos días saliente el mes de julio...

—¿Y qué importa que estemos en un día u otro?

—No sé, señora, quizá con el paso del tiempo esta batalla quede reseñada en los cronicones.

—De ser cierto lo que sostiene el muchacho alguno de los nuestros habrá sobrevivido y vendrá en nuestra busca...

—De estar abierta esta villa, quizá nos dieran noticias...

—Pero está cerrada, Gerletta, ¿no lo ves?

—Lo veo, Crespina, lo veo.

—Hace poco que hemos dejado un camino que procede del norte...

—¿Y qué, Morvan, y qué?

—Que de venir alguno de los nuestros, lo hará por allí... ¿Quiere la señora que envíe a algunos hombres?

—Ni por todos los Santos, don Morvan, los moros pueden andar pisándonos los talones —atajó don Guirec.

—Es cierto, don Guirec. Señora, aunque es de noche, te propongo salir cuanto antes y seguir hasta León. Si azuzamos a las bestias en tres jornadas podemos estar allí.

—Y refugiarnos en la ciudad.

—Si me lo permite la señora, adelantaré y retrocederé espías.

—Muy bien, don Morvan... Ea, en marcha pues —ordenó doña Poppa y dirigiéndose a Mínimo le dijo—: Sube tú a mi carruaje.

La condesa iba dispuesta a interrogar al extraño muchacho, pero no lo hizo por el chico pues que, apenas el vehículo echó a andar, cerró el ojo que tenía bueno y se adormeció. Si lo dejó estar, también fue porque pospuso el asunto, en razón de que le dolía en lo más profundo de su corazón la desdichada decisión que, deseando ayudar, había tomado de entregar cuarenta hombres al conde García Gómez, creída de que los mandaba a la gloria, a vencer al moro, pero nunca a la muerte, y porque le reconcomía pensar en cuántos de sus muertos habrían alcanzado la Gloria Eterna —que es mucho más importante que la gloria terrenal—, pues que algunos de sus hombres, aunque guardaban las formas y obedecían las órdenes, no eran devotos peregrinos sino mercenarios que no iban a Compostela a que se les perdonaran sus pecados sino a ganarse una paga pues no había más que ver cómo dejaban correr sus instintos varoniles en los burdeles del camino, en el cual, sea dicho, habían hallado más casas de lenocinio que albergues para peregrinos. Por eso, por el dolor y la tristeza que le producían sus muertos, no preguntó a Mínimo lo que llevaba pensado demandarle de tiempo ha, en virtud de que, si había sido capaz de vaticinar la derrota cristiana, no le cabía duda de que era conocedor del futuro y quería saber si Lioneta crecería otro dedo más o hasta un palmo.

Al albor y antes de partir, don Pol, pese a que algunos sostenían que lo que había afirmado Mínimo era falso y producto de su alunamiento, celebró funeral por las almas de los cuarenta de Conquereuil, entre ellas la del joven Erwan, del que no dudó habría dejado muy alto el pendón del conde Robert, y por las de los cientos o miles de castellanos, navarros y otros que hubieren perecido en la batalla.

Tan mal las cosas, los peregrinos dejaron la villa de Carrión constatando que había sido abandonada por sus vecinos puesto que, durante el día no habían oído voces ni el cacarear de las gallinas ni los ladridos de los perros ni el canto de los gallos durante la noche ni otras señales de vida y tornaron a la estrada con luto en sus corazones, pues no en vano iban dejando muertos en el camino.

Viajaban apesarados y muy tristes, pues que las extravagancias que Mínimo contaba a las damas en el carro condal, aquellas fabulaciones de que era capaz de mantener una conversación conexa, pero que si dejaba de hablar, le volvía la desmemoria o que caminaba hacia atrás siempre en busca de su pasado y que veía lo que sucedía a sus espaldas como si tuviera ojos en el occipucio aunque no los tenía, ya fuera por alguna maldición o por alguna bendición o por algún conjuro o por algún contraconjuro, el caso es que no tropezaba, a las damas siquiera les hacía sonreír ni gana tenían de preguntarle esto o aquesto a aquel extraño personaje ni de contradecirle ni de llamarle embustero ni, en otro orden de cosas, gana de comer tuvieron, mientras la comitiva, ya casi reducida a la mitad, atravesaba inmensas estepas sin cruzarse con alma viviente y, muy de tanto en tanto, dejando atrás alguna aldea siempre deshabitada.

Camino adelante, los cuatro de Armilat arribaron a la mansión de Galisteo, descabalgaron y fueron recibidos por el propietario con mucha reverencia, y varios mozos de mulas les llevaron las caballerías a los establos.

Apenas entraron en la casa, el hospedero los acomodó en unos divanes y les obsequió con una copa vino de uva de un jarro de plata que sirvió una esclava y, después otra y otra, y fue que los frailes, aunque estaban acostumbrados al jugo de

Noé, como iban en ayunas cuando subieron a sus aposentos ya estaban un tantico achispados, pero en la casa de baños, aneja a la edificación, se les despejó la cabeza con la impresión que les causó el agua gélida de la sala frigidaria, que luego atenuaron en la caldaria.

—¡Qué lujos, padre! —exclamó Isa.

—Nunca he visto otro tal —sostuvo Yusef.

—Esto, don Walid, no es lo que juramos al ingresar en el convento... Nada tiene que ver con el pacto que hicimos... «Si alguien quiere venir detrás de mí, niéguese a sí mismo, tome su cruz y sígame...» —aseveró Hissam.

—Ni con lo de «Quien no aborrece su vida por mi causa, no es digno de mí...».

—El señor califa no vivirá con tanta riqueza...

—¡Callad, necios, nos oirá el bañero!

—Don Walid, si nos viera el abad nos castigaría...

—Yo me he encontrado con esto, no sabía que aquí había tanto lujo... ¿No queríais en Mérida dormir en cama?, aquí lo vais a hacer cada uno en un lecho principesco. ¡Aprovechadlo y dad gracias a Dios...! ¡Silencio, el bañero...!

—¡Eh, bañero, más agua caliente!

—Sí, mi señor.

—Mozo, vives en un vergel...

—Hay varios lugares como éste por los alrededores... Son balnearios, viene la gente a tomar nueve baños, aquí brotan aguas benéficas que mantienen la tersura de la piel y curan algunas enfermedades... ¿De dónde son sus señorías?

—De Córdoba, venimos de Córdoba...

—¡Ah, qué gran ciudad!

—¿La conoces?

—No, señor. Yo soy un esclavo y voy donde mi amo me manda.

—¿Tu amo es el que nos ha recibido?

—Sí, señor.

—No eres moro, ¿verdad? No tienes rasgos árabes y tu piel es muy blanca.

—No, soy esclavón y venido de muy lejos.

—¿Cristiano?

—No...

—¿No?

—¿De dónde vienes, pues?

—De cruzar el mar...

—Eso no me dice nada.

—De los países de los hielos...

—Será un vikingo...

—Eso será.

—Mi amo me trata bien y me da bien de comer...

—Nada, pues sigue así, muchacho. Ten estos dineros para ti.

—Gracias, mi señor. Ahora, salgan los señores de uno en uno que les acercaré los lienzos y podrán subir a sus habitaciones para taparse bien y sudar, con ello se les abrirán los poros de la piel.

Bañados, descansados, vestidos y echada su ropa a lavar, los frailes disfrutaron del vergel de Galisteo, que fuera una mansión o un mesón o una venta, con balneario de la época romana, un lugar placentero donde iban a hacer la novena de baños muchas gentes principales de Córdoba, de Málaga, de Elvira y de otras grandes ciudades.

Por fuera, era una gran casa sin adornos ni ventanas a la calle, digamos que tan austera como cualquier fortaleza pero, por dentro, encerraba dos pisos de galerías corridas por las que trepaba la yedra y a las que daban las habitaciones, todas muy aireadas con grandes ventanales de cristal y con amplias terrazas y, en el centro, un grande terreno ajardinado por donde fluían fuentes rumorosas y crecían enormes árboles que suministraban una sombra envidiable y una apetitosa frescura que constituía un deleite para los sentidos. Eso sí, todo el recinto estaba dividido en dos: una parte para las mujeres y otra para los hombres, al igual que la casa, y separadas entre sí por apretados setos de cipreses alineados y grueso muro de ladrillo.

Los frailes anduvieron por los jardines, por parterres y bosquetes, recreándose en las florestas, con las rosaledas y los macizos de otras flores, hasta llegar a un cenador donde había una mesa baja y en torno a ella un montón de almohadones sobre los cuales se acomodaron y, presto, un criado les sirvió limonada y, a la caída del sol, la cena. Una comida asaz copiosa que duró a lo menos dos horas y estuvo amenizada por una esclava que tañía el laúd a la perfección, mientras varios camareros sacaban cuenquillos de mermelada de melón y leche salada de almendras, y fuentes y fuentes de almoríes rellenos de atún y carne, y otros de albondiguillas, a más de buñuelos dulces y salados, carne de cordero guisada con abundantes especias y, para terminar, manzanas horneadas, granadas, sandías y mucho más. Cierto que, los monjes hubieran podido echar a faltar el vino, el que bebían en el convento, pero no, no, que el hospedero, haciendo caso omiso al precepto del Profeta, bendito sea su nombre —como otra mucha gente en al-Andalus—, al igual que durante la recepción les sirvió vino de uva y muy bueno, con lo cual aquella comida se pudo llamar banquete y, muy aplicados los comensales, no sobró nada, salvo unas migajas de pan que echaron al suelo para que al día siguiente se las comieran los pájaros.

Claro que, cosas que pasan, para el joven Isa sobró todo pues, pese a que sus compañeros le insistían en que comiera y le preguntaban si se encontraba mal o estaba enfermo o si le dolía el estómago o la cabeza del mucho sol del camino, y eso que para el viaje llevaban turbante con bandas que caían para proteger el cuello y las orejas, él respondía que no, que no y no probaba bocado, y permanecía callado mientras los otros tres comentaban:

—Padre, si nuestro abad se enterara de este banquete nos impondría cincuenta azotes de penitencia.

—Lo mejor la leche de almendras.

—Para mí, el cordero.

—Tú eres un tragaldabas, Hissam.

—Las manzanas asadas exquisitas.

—Hay que ver, qué abundancia.

—Padre, ¿ya podrás pagar la cuenta?

—Sí, sí, no temáis, hijos míos. Además, al contrario que me sucedió en Mérida, el ventero no me ha pedido anticipo, todo un detalle que es de agradecer.

—Se ve que aquí viene gente rica y lo tendrían por grosero.

—¡Cenar con música, don Walid, cuando se lo contemos a nuestros hermanos se van a morir de envidia...!

—¿No crees, Yusef, que comer y cenar con la lectura de un salmo o de un evangelio es la mejor música?

—Con música de instrumento, me refiero.

—¡Come, Isa!

—¿Y tú por qué no comes, muchacho?

—¿Acaso haces sacrificio?

—¿Ayunas, talvez?

Pero no, no, que el joven fraile que recién, recién, había leído el pacto que redactara San Fructuoso y que se utilizaba para profesar de por vida en los conventos de las Hispanias, no hacía mortificación ni ayunaba. Sencillamente tenía a la esclava tañedora frente por frente y si alzaba la cabeza veía una silueta de mujer y, vive Dios, el brillo de unos ojos, que otra cosa no, pues iba tan tapada como todas las mujeres de al-Andalus... Veía, decíamos, el brillo de unos ojos que centelleaban a la luz de las antorchas, y si bajaba la cabeza para coger de un platillo o para meter la cuchara en la sopa de almendras, la sentía y, siempre la oía, pues que no perdía acorde. Pero, pero, Señor Isa —Isa es el nombre de Jesús en árabe—, Señor Isa, sin quererlo, sin comerlo ni beberlo —nunca mejor dicho—, y nada más que la moza apareciera en el cenador y saludara con un pequeño movimiento de cabeza a los presentes, se le había revuelto el corazón y, a la vista de tanto manjar, también el estómago produciéndole un cierto malestar, acompañado de un sudor frío, digamos, a la par que mucha tontera de cabeza, y más, pues que el demoñejo que, como todo varón, llevaba entre sus piernas, se le había empinado, digamos, encabritado, para mayor exactitud, y era que el mozo, sudoroso y rojo como la grana, no lo podía dominar. Y era que el desganado joven, a más de sentir lo que nunca había sentido, un fuego en su corazón, que latía apresurado, y otro tanto en sus partes viriles, se consideraba un pecador y no sabía qué hacer, si salir corriendo de aquel lugar de tentación y en la habitación azotarse con el verduguillo hasta que el dolor acallara el hervor de sus partes bajas o contar lo que le sucedía al prior, llamarlo a un aparte y pedirle confesión. Pero no tuvo que hacer nada, pues que, a los postres, se presentó el hospedero, se sentó con ellos a la mesa, despachó a la esclava, que esclava había de ser, pues de tener otro oficio nunca se hubiera presentado delante de hombres extraños, y entró en hablas con sus clientes:

—Me llamo Omar y soy muladí.

Es de decir, que el recién venido no tuvo que explicar a sus hospedados que ser muladí significaba que había sido cristiano y que había renunciado a aquella religión para abrazar el islamismo, por alguna razón, seguramente económica, que no llegó a exponer, o sin motivo alguno, pues sabido es que hay gente para todo. Es de señalar, que el hombre se apercibió de que su confesión, digamos, o confidencia o revelación o simple desahogo, lo que fuere, alteró un tantico los rostros de sus oyentes, pues que ser muladí no estaba bien visto en el Califato, lo justo para que los cuatro fruncieran el ceño y lo necesario para que el joven Isa desterrara sus malos pensamientos y atendiera a la conversación del renegado, eso sí, algo amoscado, mismamente como sus compañeros, porque aquella declaración no venía a cuento y era negocio que no se iba echando a los vientos, con lo cual los frailes dedujeron a la par que aquel Omar algo querría.

Por supuesto, que algo quería y, para conseguirlo les sirvió vino, mucho vino, más comida a la que ya no pudieron hacer aprecio, y llevó a seis mujeres, muy bien aviadas todas, cuatro de ellas danzarinas y dos músicas, una que tañía el laúd y que podía ser la misma que había puesto nervioso al joven Isa, y otra que asonaba el albogue.

Y fue que tocó palmas y que las féminas empezaron a trabajar, unas con sus músicas y otras, a medio vestir, con sus danzas de perdición, tal título les dio don Walid, que inclinándose para disimular hizo correr la voz entre los suyos:

—Hijos, bajad la cabeza, no miréis, son bailes impúdicos... Estas mujeres son *mumisas*... Id a la letrina, poneos enfermos, emborrachaos, marchaos a dormir, haced lo que podáis, pero no os dejéis llevar por los bajos instintos y manteneos firmes ante la tentación...

Pero los jóvenes no se movían, al revés, quietos en sus asientos miraban embelesados a las prostitutas que hacían movimientos obscenos y se quitaban velos que arrojaban al suelo. De sus frailes pensaba don Walid que tan cautivados estaban sus sentidos por el espectáculo que hasta retenían el orín, pues que él tenía mucha necesidad de ir a la letrina y ellos ninguna, al parecer, pues que no se canteaban, y añadía para sus adentros que, aunque fuera sólo con la vista estaban cometiendo pecado contra el sexto mandamiento y, decidido a terminar con aquella impudicia, que no sólo instaba a sus monjes a pecar, sino a él mismamente, pues que notaba lo que notaba y eso que era viejo y padecía mal de estómago, quiso cortar por lo sano, agradecer la distracción, despedirse y llevarse a sus hijos de ficción a la cama, pero no pudo. Porque otros huéspedes, que cenaban en otros quioscos próximos, pretendieron sumarse a ellos, aunque fueron alejados por el tal Omar que no se cortó miaja al decirles que se trataba de una fiesta privada y no estaban invitados.

Tras la interrupción, el hospedero musitó al oído de don Walid:

—Os voy a dar una de estas mujeres a cada uno, elige tú primero y luego tus hijos...

Entonces el prior de Armilat ya no pudo callar y estalló, pues no podía consentir que sus frailes yacieran con mujer. Bueno, lo que se dice estallar no estalló, al revés, contuvo su ira como pudo, respiró hondo, carraspeó y, apaciguándose, dijo:

—¿Por qué haces esto por nosotros? ¿Las *mumisas* están incluidas en el precio de la habitación?

—No, pero soy hombre generoso y os las doy de balde.

—No quieras engañarme, posadero, ¿qué quieres de mí?

Y el dicho Omar no se hizo rogar:

—Verás, don Walid, sé que vas al norte, a los reinos cristianos.

—No, estás confundido. Yo me quedo en Plasencia, vendo mis pieles y me vuelvo a Córdoba —mintió el prior.

—En Plasencia no venderás una piel, es una fortaleza y nada más. Además, ¿qué haces aquí? ¿Por qué has llegado hasta aquí?

—Porque me recomendaron esta mansión en Mérida y quería que holgaran mis hijos con las buenas aguas... Lo que no sabía, don Omar, que esto es una casa de *mumisas*...

—No tienes que mentirme... Mira, yo me dedico a ciertos negocios...

—¿Qué negocios?

—Atiende, me dedico al tráfico de reliquias, a la compra y venta de reliquias, para que me entiendas...

—¡Por Alá!, ¿de Santos cristianos?

—Sí.

—¿Y qué pinto en ese asunto?

—Verás, como vas al norte, podrías vender en León o en Oviedo o en donde vayas los restos de un Santo muy principal que tengo en un arca... Te daré la mitad de la ganancia...

—¿Por qué yo?

—Eres mercader y sabes vender... En León, por ejemplo, te presentas al obispo y le ofreces el arca... Mira, yo soy un gran traficante... Intervine en la compra que hizo la abadesa doña Elvira, la que fue regente del reino de León durante la minoría de don Ramiro, el tercero, el hijo de don Sancho el Craso... Te daré la mitad de la ganancia... Además, debes saber que mi mercancía es extraordinaria, que no doy gato por huesos de Santo, vamos...

—Espera, he de ir a la letrina... Si quieres que hablemos cuando vuelva has de terminar con las danzas y enviar a bailarinas, a las músicas y a mis hijos a dormir, no a la cama, a dormir, ¿me entiendes? ¿Me he explicado bien...?

—Perfectamente, ve y ahora mismo termino con todo esto.

Cuando, satisfecha su necesidad, regresó Walid, Omar le dio asiento y le sirvió vino. El prior se sonrió porque el traficante había cumplido su palabra y oyó atentamente lo que le dijo:

—Verás, don Walid, te voy a decir algo que nunca he dicho a nadie, te he elegido a ti porque creo que eres hombre honrado y busco un hombre que vaya a León... Por lo que vas a oír, me podrías hacer coerción y sacarme mucho dinero, incluso me podrías denunciar y, sin duda, me empalarían y me dejarían sin enterrar para que las rapaces se comieran mis ojos y mi alma no encontrara descanso eterno...

—¡Por Alá, suelta pronto lo que hayas de decirme, me tienes en vilo...!

—Yo soy muladí...

—Lo sé.

—El caso es que voy cumpliendo años y que empiezo a arrepentirme de haber renegado de mi religión... A más, que sé que, por el hecho de ser muladí, no soy querido en estas tierras... Mis mujeres y mis hijos siempre se han avergonzado de mi procedencia y no me han amado, sólo han querido mi dinero, ellas que les comprara joyas y telas ricas, y ellos que los casara bien... Les he dado todo lo que he ganado con este negocio que fue y es muy próspero, pero estoy endeudado hasta las cejas, debo todo esto y más en razón de que he casado a mis siete hijos, mis mujeres sólo alumbraron varones, en siete años consecutivos y para pagar las siete dotes tan seguido, hube de empeñar esta propiedad y aun pedir prestado a los judíos de Mérida, que se presentan a cobrar la deuda y sus intereses un mes sí y otro también... El caso es que necesito urgentemente dinero y que he pensado en vender una reliquia muy buena que sé dónde está a algún obispo... Al de Braga, al de León, al de Oviedo, al de Iria o a algún convento... La abadesa doña Elvira me pagó muy bien los restos del Santo Niño Pelayo...

—¿Y aquí es donde entro yo?

—Sí, y te daré la mitad. Cuando vuelvas con los dineros, los partiremos entre los dos.

—Venga, pues. Dame el arca y dime de qué Santo se trata...

—El arca no la tengo todavía, te entregaré un diente del Santo en una cajita de marfil... Te presentas en Braga, en León, en Astorga, en Compostela o te llegas a Iria si no has concluido la operación, alabas la labor del eborario, abres la arqueta, enseñas el diente y dices de quién es...

—¿De quién es el diente, pardiez?

—Sé que me juego mucho, pero voy a confiar en ti... Es de San Isidoro de Sevilla...

—¡Por Cristo vivo...! —exclamó en voz alta don Walid a la par que apuraba la copa de vino y se secaba el sudor que le corría por la frente con la bocamanga.

—Te acabas de delatar, amigo Walid —expresó Omar y se sonrío.

—¿Por qué? —preguntó el prior muy confuso y con motivo.

—Desde que tú y tus acompañantes entrasteis en esta mansión, supe que erais frailes, que las pieles las lleváis de tapadera y que vais a los reinos cristianos con alguna manda.

—Bueno, pues sí, razón tienes... Estoy, estamos, en tus manos, pero, si es verdad lo que me has dicho, tú también estás en las mías...

—¡Es cierto, te lo juro por Dios y por Alá!

—Te confesaré que voy a comprar un libro...

—¿Uno sólo?

—Uno, el que me ha pedido mi abad, un *Beato*.

—¡Ah, un *Beato,* es un buen libro...!

—Me consta. Mira, soy el prior del convento de Armilat...

—¿El de don Recemundo? He oído hablar de él...

—Sí, a mi señor, el abad, se le ha antojado... Ha dicho que, como es muy viejo, será lo último que haga y que, si consigo comprarlo y entregárselo, habré contribuido a dejar muy alta su memoria... Pero no sé, y te lo digo también por la reliquia de San Isidoro, si podré lograrlo, porque soy tan viejo como él y, además, tengo el estómago ulcerado y me puedo morir en cualquier vereda, amén de que está el Almanzor de los mil diablos...

—No, llegarás a León sano y salvo, el *hachib* anda muy al este. Claro que, ignoro qué te encontrarás en la vía de la Plata más arriba del Tajo, pues que, hace tres años, subió por Coimbra y Braga y se presentó en Compostela y, como si mandara un ejército de fieras, arrambló con todo lo que se movía y con lo que no se movía, pues quemó iglesias, segó miles de cabezas y hasta se llevó a Córdoba las campanas de la iglesia del señor Santiago...

—Bueno, dame la arquilla que está a punto de amanecer.

—Acompáñame, te la doy y descansas, que mañana no has de madrugar.

—Me la das y me marcho, tengo mucho camino hasta León. ¡Ah!, oye, ¿y el cuerpo, qué pasa con el cuerpo? ¿Dónde está?

—No lo tengo, lo he de robar todavía.

—¿Cómo que no lo tienes?

—Que no, que lo tengo que robar... Mientras tú vas y vuelves con los encargos cumplidos, yo lo robo... Sé cómo hacerlo, lo quiero llevar yo en persona y quedarme en León mientras Dios me dé vida... Pediré el bautismo o lo que sea menester pedir...

—¿Entonces lo llevarás tú?

—Por supuesto, tú tendrás que volver a Armilat, ¿no?

—Sí, yo sí, pero, dime, ¿qué vas a hacer con tus mujeres...?

—Saldaré mis deudas, les daré todo lo que me quede y las dejaré aquí, ellas son musulmanas... Les diré que me voy de peregrinación a La Meca y, como no regresaré, al cabo de dos años serán viudas y alguna de ellas, que todavía tiene buen aire, podrá volver a casarse... Te aseguro que ninguna me echará a faltar... A un muladí no se le quiere en al-Andalus... Quizá me entre en un convento en las Asturias de Oviedo...

—En Armilat serás bienvenido.

—No, no, estoy decidido a dejar la morería. Quiero volver con los míos, con los cristianos. Pasa a mi despacho y siéntate.

El renegado levantó una baldosa del suelo, metió la mano, cogió un pequeño bulto envuelto en un saquillo, lo destapó y se lo entregó al prior.

—Pues es chica la caja.

—¡Ábrela!

—¡Pardiez, el diente! ¿Cómo puedo demostrar que perteneció a San Isidoro?

—Lo dice en la caja: *Isidorus, episcopus...*

—No veo bien. Bueno, prepárame la cuenta...

—No debes nada, cumple tu palabra, y amén. En un mes, tendré un arca grande con los restos del Santo.

—¿Qué vale, qué pido?

—60.000 dinares de oro...

—¿Tanto?

—La abadesa doña Elvira me pagó 30.000 por el Niño Pelayo... Ya sabes que la mitad de la ganancia será para ti.

—Bueno, con ese dinero haré algunas obras en Armilat, repararé las cubiertas, pues se están cayendo los techos... Debes saber que lo hubiera hecho de balde, que me hubiera considerado pagado con rescatar un cuerpo santo del yugo pagano, con llevarlo a tierra cristiana y enterrarlo allí...

—Que te paguen la mitad por adelantado, le dices a quien sea que la segunda mitad me la abonará a mí, a Omar ben Sancho, que soy yo...

—¿Tú crees que aceptará?

—Por supuesto, obispos y abades están deseosos de comprar reliquias... La abadesa lo hizo y muy contenta. Por cierto, entérate si vive y si es caso vas derecho a ella.

—A doña Elvira...

—A doña Elvira Ramírez, abadesa de San Salvador de León, la hija del emperador Ramiro, el segundo, hermana de don Sancho el que llaman el Gordo y regente...

—Bien, bien. Ea, subo a buscar a mis frailes, que tus hombres vayan aparejando mis caballos...

—A mis brazos, don Walid...

—Me hubiera gustado hablar más contigo, Omar. Por cierto, ¿cómo te llamabas cuando eras cristiano?

—Ordoño, Walid, Ordoño.

—¡Salud, Ordoño, que el Señor colme tus anhelos!

—Buen viaje y suerte. Quedo esperándote.

Hechas las despedidas, el prior de Armilat sin haber dormido, pero sin notar cansancio subió apriesa al primer piso, y se encontró a las *mumisas* asonando sus músicas y danzando en la galería, precisamente delante de la habitación de sus frailes, entró en la suya como una flecha, cogió su fusta, abrió de una patada la de sus hijos de ficción y se los encontró cada uno en su cama, haciendo como que dormían, los muy necios. Y exclamó:

—¡Por los clavos de Cristo!

Y, sin pensarlo dos veces, la emprendió, uno, dos y tres contra los tres monjes y la compañía, organizando el alboroto consiguiente, pues que las bailarinas echaron a correr gritando y los jóvenes, tras sufrir el castigo en sus carnes, dudaron qué hacer si echarse a correr con las mujeres o dejarse pegar. Y tal hicieron dejarse apalear, pues que don Walid les propinó diez fustazos que les dejaron las espaldas en perdición y, después, les ordenó preparar los talegos y presentarse en la puerta urgentemente.

Los cuatro frailes, uno de ellos indignado hasta más no poder por la conducta de sus subordinados y tres de ellos sangrando en abundancia y humillados, pues que su superior los había tratado como el Señor Jesús cuando arrojó a los mercaderes del templo de Jerusalén, montaron sus caballos, tomaron el ronzal de las mulas, e iniciaron el camino de Béjar en el mayor de los silencios.

A la vista de un monasterio derruido y después de millas y más millas sin tropezarse con persona o animal cuadrúpedo, pese a que numerosas aves rapaces surcaban el cielo, cuando el dicho Mínimo avisó: «Viene alguien», los de Conquereuil, tanto los que iban en el carro condal y lo escucharon como los que no lo oyeron, se sorprendieron al observar que unas gentes desarrapadas, sin duda salidas de entre las ruinas, inundaban la calzada, corrían hacia ellos, rodeaban carros y jinetes, y extendían la mano pidiendo pan por el amor de Dios y diciendo que hacían la estrada de Santiago, pero que, sin alimento alguno y sólo comiendo hierbajos y bebiendo agua del río Cea, no podían continuarla a causa de su extrema debilidad.

Y aquellos sujetos, que más parecían esqueletos vivientes, una vez que se comieron el pan que la condesa hizo repartirles, le solicitaron vino y embotido o conserva o carne fresca o abadejo en salazón, lo que tuviere a bien darles, mientras le explicaban que los musulmanes habían destruido el monasterio de los Santos Facundo y Primitivo iba para tres años, quemándolo, otro tanto que habían hecho con los campos, huertos, frutales y viñedos de la heredad; que se habían llevado grande botín y asesinado a todos los frailes, excepto a uno que había sobrevivido y que, tras narrarles la desgracia sufrida a los primeros que llegaron, a dos de ellos, pues que el resto, hasta los nueve que eran, se habían ido presentando después, iba para un mes que había muerto de hambre, lo que pronto les sucedería a los nueve que eran —tal aclaraba— y que el monje se había ido de este mundo con la pena de no haber podido dar pitanza a los peregrinos, pues que había sostenido con orgullo que el año antes de la quema habían servido en el hospital del convento trescientas y pico raciones. Y lo último que dijo fue una maldición, señora:

—¡Peste de moros, que se pudran en el Infierno!

—Lo que decimos todos, buen hombre... —afirmó la condesa y buscando con la vista a Loiz, el mayordomo del castillo de Conquereuil y, de tiempo ha, el despensero de la expedición, lo llamó y le ordenó—: Da a estos hombres más de comer... —Y volviéndose a don Morvan le mandó—: Vaya su merced a ver qué hay en esas ruinas.

Mientras el hombre, que llevaba la voz cantante en aquel grupo de menesterosos, comía con voracidad morcilla de Burgos, los capitanes se llegaron a los restos del monasterio que, a la vista estaba, había sido un gran dominio. Constataron que no quedaba piedra sobre piedra, pero sucedió que, conforme avanzaban, se sobrecogían, pues entre las piedras y el mucho polvo, iban descubriendo huesos humanos y hasta esqueletos enteros, acá uno, allá otro y hasta cincuenta o sesenta en lo que fuera iglesia, todos descabezados y, vive Dios, al pie del altar, se encontraron con un cuerpo pudriéndose, sin duda el del último monje, eso sí, con cabeza.

Don Morvan y don Guirec, que habían luchado en cien batallas, se santiguaron ante semejante espectáculo, pues que, ¿cómo, *par tous les Saints,* estaban los frailes sin enterrar después de tres años? ¿Cómo, *Dame la Vierge,* permanecía a la vista el último monje? Cuando, *per le sang de Christ,* llevaba muerto un mes y de allí habían salido nueve hombres que, aunque esqueléticos y hambrientos, bien hubieran podido darle cristiana sepultura en vez de dejarlo al aire a merced de las aves rapaces, las que sin duda le habían arrancado los ojos y destrozado el rostro con sus picadas. ¿Cómo los nueve peregrinos podían vivir, dormir, orinar y defecar en aquel osario?, porque, Jesús-María, por los restos que encontraron no les cupo duda de que moraban y realizaban allí las funciones propias de los seres vivos.

El caso es que, visto lo visto, salieron descompuestos y, además, dudando entre si comentárselo a la condesa o guardar silencio. Porque la conocían bien y estaban seguros de que querría enterrar a los muertos con lo cual demorarían la marcha y, temiendo el ataque de los moros, que más parecía estuvieran en todas partes aunque no se dejaran ver, según demostraban los pueblos y castillos deshabitados que habían dejado atrás y, como era menester hallar cobijo cuanto antes en la ciudad de León, por si acaso, decidieron de común acuerdo no decirle palabra y continuar camino y, antes de marcharse, afear la conducta de aquellos hombres y mandarlos a sepultar cadáveres.

Pero sus propósitos se vieron truncados, ya que, comidos y bebidos, los jacobitas surgidos de las ruinas del convento habían comenzado a platicar con la señora y ésta escuchaba interesada la hagiografía de los Santos que daban nombre al monasterio. De Facundo y Primitivo, mártires, hijos de San Marcelo y Santa Nona, que padecieron, bajo la sangrienta persecución del emperador Diocleciano Augusto, terrible tormento, pues los paganos los dieron al fuego, les arrancaron los ojos y, para colofón, arrojaron sus despojos al río Cea, junto a los de sus ocho hermanos, todos varones. Por supuesto que aquella historia de una familia cristiana asaz ejemplar, cuyos componentes alcanzaron la santidad del mayor al menor, como no podía ser de otra manera, removió los corazones de los oidores y el de doña Poppa también, que, mira, se acercó al río con sus hijas y las tres echaron al agua flores de las que crecían en la ribera, momento que aprovechó el hombre que parecía mandar en los peregrinos para rogarle que los llevara con ella, que por la memoria de la familia de mártires no los abandonara en aquel lugar donde no tenían nada que comer, salvo alguna ave o liebre que cazaran y las hierbas que arrancaban, cada día en menor cantidad las primeras y las segundas cada vez más secas a causa de la canícula que caía a plomo en los páramos leoneses y, de consecuente, eran menos alimenticias.

—A más que, no hay más que vernos, señora, estamos en los huesos y al borde de la muerte. Haga su merced una caridad con estos siervos de Dios...

Y, como verlos daba pena, la condesa asintió con la cabeza, movimiento que echó por tierra toda la política que venía ejerciendo desde la Bretaña, lo de no acoger a nadie y, sin embargo, darle limosna para que hiciera el camino por su cuenta.

Por supuesto, que ambos capitanes reaccionaron al momento y, en un aparte, le contaron lo de los cadáveres dispersos que habían encontrado en el cenobio y, sin evitar el espanto que les había producido semejante descubrimiento, le aconsejaron que no sumara a aquellos hombres a la caravana, porque no eran buena gente ni eran buenos cristianos, porque, no lo quiera Dios, talvez fueran demonios pero, como era de prever, la señora no hizo caso de las advertencias de sus capitanes y mandó instalar a los peregrinos en el carro de los enfermos.

Los cocheros arrearon. Los romeros anduvieron por una calzada muy buena y empedrada, la misma que recorrían desde Carrión. Luego, cuando cruzaron el río Esla, conocieron que había sido mandada construir por el emperador Trajano, uno de los pocos césares que dejó grata memoria. Quizá porque había nacido en las Hispanias, tal oyeron de boca de los peajeros que allí había que, dicho sea, no les pretendieron cobrar el pontazgo ni les pidieron el salvoconducto, aunque, eso sí, cuando doña Poppa los invitó a cenar, se sumaron de grado a la pitanza y, ante don Guirec y varios soldados, soltaron la lengua.

Se enteraron los bretones de lo de la calzada Trajana; de que, desde Carrión, habían cruzado los ríos Valderaduey y Cea, por los peajeros que, al advertir que eran francos, les contaron también que, en las riberas de este último río, había tenido lugar una singular batalla. Que no se habían enfrentado dos ejércitos: el de don Carlomagno, que se encaminaba a Compostela a rescatar el cuerpo del Santo Apóstol Santiago del yugo pagano, y el musulmán, que llenaba toda la tierra hispana, sino caballeros francos contra caballeros moros, en duelo; luchando treinta o cuarenta contra treinta o cuarenta, los que fueren, con tan mala fortuna que habían perecido todos de ambos bandos, con lo cual, fue menester continuar el combate al día siguiente, ya ejército contra ejército, dándose la triste circunstancia que murieron cuarenta mil cristianos...

—¿Tantos? —interrumpió don Guirec.

—Sí, señor, eso nos cuentan algunos francos de los que pasan por aquí...

—¿Cuántos eran los moros, pues?

—Cien mil o más hombres...

—¿Y ahora cuántos son?

—Los mismos o más, señor, el ejército de Almanzor es más numeroso que las estrellas del cielo...

—Y hace más daño que cien plagas de langosta juntas... Vayan con ojo los señores.

—Sí, nuestros espías nos preceden y también nos siguen —intervino un soldado.

—No han pasado por aquí.

—¡Chitón! —atajó don Guirec, pues que no era cuestión de mostrar las estrategias de los de Conquereuil a unos extraños, y cambió de tercio—: ¿Pasó por aquí un hombre que caminaba hacia atrás con tanta soltura como si anduviera hacia delante?

—Sí, señor capitán, compartimos dos liebres, unas truchas, una bota de vino y unos mendrugos de pan con él, traía más hambre que vergüenza...

—¿Os contó que buscaba su pasado?

—Sí, y que por eso andaba de espaldas... Es difícil caminar así, nosotros, para entretener nuestras soledades, lo probamos.

—Yo me caí y éste también.

—¿Qué hicisteis con ese hombre?

—Nada, lo dejamos pasar, compartimos con él nuestro pan, pues somos buenos cristianos y lo dejamos que se largara enhorabuena, no fuera a estar embrujado.

—Por aquí pasa gente rara...

—¿Sus mercedes se han cruzado con él?

—Sí.

—¿Y qué?

—Nada, sencillamente nos extrañó el sujeto.

—Por aquí, no ha mucho tiempo, pasó una familia de moros ricos con grande compaña, aunque más pequeña que la vuestra. Iban a Compostela a curar a un hijo que estaba leproso...

—¿Y qué hicisteis?

—Escondernos...

—Alejarnos, a ver, ¿qué podíamos hacer? Yendo tantos era imposible negarles el paso y menos emprenderla a pedradas contra el leproso...

—¿Santiago también cura la lepra?

—No sé, que yo sepa el patrón de los leprosos es San Lázaro.

—¿Cómo puede ser lo de los moros, acaso no odian a los cristianos? —preguntó otro soldado.

—No sabes tú, franco, hasta qué punto...

—Yo no soy franco, soy bretón y a mucha honra.

—Para nosotros todos sois francos.

—¿Y lo de don Carlomagno cómo terminó? —interrumpió don Guirec.

—Los francos dicen que venció el emperador, pero nosotros no nos lo creemos, es más, para nosotros nunca ha habido francos por aquí, salvo peregrinos y en estos años, en los que Almanzor anda de campaña, muy pocos...

—Sin embargo, este año y desde que empezó la primavera han pasado varias procesiones de flagelantes, unas gentes, hombres y mujeres, que se azotan las espaldas y dicen ir al Finisterre de la Galicia...

—Aseguran que llega el Fin de los Tiempos.

Mientras esta conversación entre leoneses y bretones tenía lugar bajo la espesa arboleda que crecía a la orilla del Esla, en un prado, bajo el toldo de la tienda de la condesa tenía lugar otra. A ver, que doña Poppa y don Morvan interrogaban al dicho Mínimo sobre cómo había sido capaz de predecir que se acercaban los hambrientos de San Facundo:

—Mínimo, veo que conoces el futuro, pues avisaste de la presencia de aquella pobre gente...

—¿De qué gente?

—De la del monasterio...

—Lo siento, señora, olvido todo, conste que me gustaría recordar...

—Este chico es un alunado, señora.

—Déjame, don Morvan. ¿Por qué buscas el pasado si ya ha transcurrido? ¿Te duele no tener recuerdos?

—Para saber quién soy, señora.

—¿Y lo buscas caminando hacia atrás?

—Claro, si ha quedado atrás, debo andar de espaldas por si me lo encuentro...

—¿Aprendiste a andar así?

—No sé, yo camino y camino, a veces creo que doy vueltas o que voy y vengo por el mismo sitio.

—Éste, señora, sufre alguna maldición... Si quieres cuando lleguemos a León buscamos una bruja y que le haga ensalmo...

—Lo que padezco es una desgracia, señor mío.

—Seguro que pecaron tus padres.

—No sé quiénes fueron ni si tengo hermanos ni, en otro orden de cosas, qué hago en este mundo.

—¿Cómo que no?, tienes muy claro que buscas tu pasado y que en el Finisterre de la Galicia existe una sepultura que lleva tu nombre, al menos eso dijiste...

—Sí, señora, eso es lo único que tengo seguro.

—Veamos, ¿acaso paralizas a los hombres con la mirada o con la voz? ¿Sabes manejar la espada?

—No, no.

—Esa facultad que tienes, lo de ver de espaldas, ¿la tienes por suerte o por desgracia?

—Señora, debió nacer ya maldito o algún enemigo de sus padres le echó mal de ojo para vengarse de alguna afrenta.

—Yo tendría por suerte, por fortuna, conocer el futuro...

—Yo no.

—Con este laconismo que demuestras es imposible hablar contigo, Mínimo. A ver, cuéntame de la batalla, de la derrota de los cristianos.

—Ah, ya no sé nada... Entienda la señora que lo olvido todo...

—¡*Par Dieu*, Mínimo, haces difícil la conversación!

—Pregúnteme su merced otra cosa, algo que esté por suceder y talvez le pueda servir y corresponder a sus muchas atenciones.

—Mi hija Lioneta, la enana, ¿crecerá?

—Sí, crecerá un palmo, acaso dos, pero no más.

—¡Ah, me has quitado un peso de encima!

—¿La ves más alta o te lo inventas, muchacho?

Y fue que se levantó el chico y, volviéndose a Occidente, aseveró que la pequeña crecería un palmo y, poniéndose de espaldas hacia el noroeste, que aumentaría dos palmos.

La condesa, muy albriciada por el vaticinio, llamó a Lioneta para hacerle cariños, pero la niña no la oyó, pues que estaba jugando con Abdul y su hermana, a caminar hacia atrás. Con la venia de la dama, Mínimo que había hecho migas con los susodichos, se unió a ellos, mientras don Morvan murmuraba:

—Un engendro se junta con otro engendro.

Y doña Crespina advertía a su señora:

—No te hagas ilusiones, doña Poppa, este hombre puede ser un embustero y hasta un perdulario, un vicioso que goza engañando al personal...

—O un alunado —intervino doña Gerletta.

—O la reencarnación de Satanás —sentenció don Morvan.

—O un pobre chico tenido por algún mal espíritu —apuntó doña Crespina.

Así las cosas, la señora que no quería hablar de demonios, aunque le pagaran, dio por acabada la conversación y hasta se permitió rechazar a don Pol que se acercó a hablarle del muchacho, a mentarle el llamado río del Olvido, en el que posiblemente el andariego hubiera perdido la memoria, cuestión que sin duda hubiera dado mucho de sí, pero le dijo:

—Don Pol, dejemos ese interesante tema para otra ocasión. Ahora disfrutemos viendo jugar a estas criaturas de Dios.

A dos jornadas de cabalgada, los tres jóvenes frailes de Armillat habían conseguido aliviarse las heridas con el agua de las fuentes cuando se detenían a beber y a llenar sus calabazas, pero todavía no lavarse sus aljubas. Porque don Walid no los dejaba ni cantearse y sólo les permitía desmontar, colocar la manta en la dura tierra, echarse a dormir y volver a montar, que en ayunas los tenía. Y si le hablaban, no respondía, aunque si le pedían perdón los llamaba «pecadores» y, si lloraban, «mujerzuelas».

Cierto que, al ocaso del tercer día de dejar el balneario de Galisteo y sus industrias anejas y habiendo quedado muy atrás la fortaleza de Plasencia, en viéndolos arrodillados a sus pies y contritos además, la cólera del prior remitió y, uno, dos y tres, los recibió en confesión y les absolvió de sus pecados, aunque, es de notar, que les impuso desmesurada penitencia. Tal les pareció a los arrepentidos: más ayuno, abstinencia y cientos de oraciones, que venían sumarse al castigo que ya llevaban, aunque también, es de decir, que no volvió a mirarles con desprecio ni a llamarles pecadores. Con ello, los disolutos jóvenes ganaron, ya que se quitaron el remordimiento que arrastraban por haber mirado, con la libido ardiendo, a mujeres del común a muchos, amén de que don Walid les dio a comer unos mendrugos.

Además, tras subir unos montes y bajarlos, tras pasar sin detenerse por alguna población, fue en Béjar, en el caserío que había crecido en torno al castillo, donde, por fin, se quitaron el hambre. Pues que entraron en un mesón y pidieron, lo que les recomendaron: un calderillo de cordero guisado con laurel y mucha cebolla, y eso, que todo, al Señor sean dadas muchas gracias, tornó a la normalidad entre los frailes. Entre otras cosas porque, sin cansar a las bestias, en dos jornadas, podían estar en Salamanca y, en tres más, en Tábara. Y, albriciados, hablaban como otrora:

—Señor, prior, parece que hay menos gente por estos caminos, que hay menos viajeros.

—Sí, eso parece.

—Será por Almanzor.

—¿Qué han de temer los moros a su caudillo? No obstante, recemos, hijos, para que Dios nos libre de todo mal.

—Los tejedores seguían en sus labores, otros menestrales estaban a lo suyo, no parecía que esperasen a nadie...

—¡Qué paños los de Béjar!

—Al regreso le podemos comprar unas varas al abad, para que se mande coser una capa de pontifical...

—Ya veremos. El libro, el *Beato,* es muy caro, talvez hayamos de regresar poniendo a prueba la hospitalidad musulmana, es decir, pidiendo de puerta en puerta.

—La verdad es que lo estamos haciendo muy bien, que en todas partes hemos pasado por mahometanos.

—Vosotros, hijos míos, la mar de bien... Siquiera hicisteis ascos a las danzaderas...

—Don Walid, deja ese asunto, por caridad. Nos arrepentimos, nos confesamos y aún estamos cumpliendo la penitencia.

—Se excedió su merced... ¡Mil credos...!

—Mil credos son cien veces diez.

—¿Qué es eso...? Mi madre, que en paz descanse, rezaba tres para cocer un huevo.

—En San Salvador de Tábara podremos hacer vida monacal, nos vendrá bien la disciplina.

—Sí, volver a los maitines...

—Ardo en deseos de tratar con los cristianos...

—A ver, Isa, cristianos somos todos.

—Quiero decir con la gente de León o de la Galicia, como se llame esta tierra.

—Zamora, la ciudad de las siete murallas, es la capital de la Galicia, tal tengo oído.

—A mí me gustaría probar la carne de cerdo.

—¡Cerdo, qué asco!

—¿Por qué?, los mozárabes estamos cada vez más arabizados... Pronto no seremos nada.

—Yo quiero ver cómo viven, qué costumbres tienen... Tengo entendido que las mujeres andan por las calles sueltas como si fueran hombres...

—Claro, lo natural. Lo antinatural es que los moros las tengan encerradas en sus casas y que, salvo a las esclavas, sólo las dejen salir de ellas una vez al año para la fiesta de *Ansara*...

—Don Walid, ¿qué hemos de hacer cuando nos crucemos en la calle con una mujer, acaso bajar la vista...?

—Decirle adiós, Dios contigo, buenos días, algo así, ¿no?, señor prior.

—Saludarla, sí... Pero nada más, con las mujeres hay que andar con cuidado... Tened en cuenta, hijos, que Eva tentó a Adán con el fruto prohibido y que Dios, muy enojado, arrojó a nuestros Primeros Padres del Paraíso Terrenal, y con ellos a todos sus descendientes, incluidos nosotros.

—Con lo bien que estaría el género humano gozando del Paraíso, las gentes amigadas, sin tener que trabajar para ganarse la vida y sin rezar por los pecados del mundo...

—Sin pecado...

—Sin moros ni cristianos...

—¡Ah, qué delicia!

—El jardín de las delicias.

—Y en vez, el hombre ganándose el pan con el sudor de su frente.

—Hissam, en el reparto de tareas que hizo el Señor, las mujeres salieron más perdidosas...

—¿Por qué, Yusef?

—Por lo de parir con dolor... Yo oí a mi madre gritar cuando nació mi hermana y se me revolvieron las tripas, vomité y sufrí un sudor frío que...

—¡Atención!

—¿Qué sucede, Isa?

—Gente, creo que son jinetes...

—Sí, y ojo que vienen a galope...

—Hijos, atad las mulas en esos árboles y esconded las alforjas de los dinares. Luego encomendaos al Señor, venid conmigo y aprestad las armas. Si son bandoleros, cargaremos contra ellos, pero esperad mis órdenes.

A poco de que los jóvenes cumplieran la manda de su superior, seis jinetes frenaron sus caballos a veinte o treinta codos de los frailes entre una gran polvareda, pero ya éstos los esperaban con los alfanjes a la mano, no fuera que llevaran malas intenciones. Y sí, sí, que no sólo traían malas intenciones, sino que las traían aviesas, a ver, que eran ladrones, salteadores de caminos, para ser más exactos.

Los mozárabes se apercibieron enseguida, pues que el cabecilla, a más de asesinarlos con la mirada y de llevar en alto su espada, gritó unas palabras que no entendieron, quizá porque hablaba demasiado deprisa, quizá por miedo, aunque las supusieron pues sonaron claramente a amenaza. Y fue que, a la orden del prior, sin mediar palabra y antes de que los venidos hicieran ademán de atacar, arremetieron contra los vinientes que, como no se esperaban semejante embate, recularon y, bendito sea el Señor, para entonces, Isa ya había segado la cabeza de uno de ellos, Yusef había clavado su hierro en el corazón de otro y Hissam cruzaba golpes con un tercero y de un pinchazo le atravesaba el vientre, otro tanto que don Walid que conseguía derribar al cuarto, se apeaba del bicho rápido, como si fuera mozo, y le ponía la espada en el cuello, mientras los otros dos ladrones que no habían entrado aún en batalla huían a uña de caballo.

Y es que, vive Dios, vive Dios, los cuatro de Armilat habían luchado como si fueran las Furias del Infierno y hasta habían hecho un prisionero, que no osaba moverse porque la espada del prior le atenazaba la garganta. Un preso que entregarían al alcaide de la próxima población que hallaren en el camino, ¿o no? ¿O lo mataban ya?

—Lo matamos y amén.

—Uno menos.

—Eso que bien merecido lo tiene.

—Es el cabecilla además.

—No, no lo es. Vinieron en dos filas, éste iba en la de atrás.

—Despídete de este mundo, ¡perro moro!

—¿Cómo quieres morir a espada o ahorcado?

—¡Elige, cerdo!

—¡Ténganse mis hijos, por el amor de Dios!

—¿Qué pasa, padre, no lo quiere hacer su merced?

—Su reverencia no tiene más que hincarle la espada...

—Lo dejaremos sin enterrar, para que sea pasto de los buitres...

—Así su espíritu no sosegará hasta el día del Juicio Final.

—Día en que tampoco descansará pues lo enviarán derecho al Infierno y sufrirá eterno tormento.

—San Miguel, Isa, San Miguel pesará su alma y lo mandará al Infierno de los Condenados.

—Déjame, padre, lo haré yo —rogó Hissam y, sin pensarlo dos veces, tomó el alfanje y le rebanó el cuello al prisionero.

—¡Bravo, Hissam, se está desangrando como un cerdo...!

—Y sin alentar.

—Hijos, os habéis portado como leones... Felicidades a todos... Estoy muy orgulloso de vosotros, hemos sido como los obispos y frailes de las Hispanias que van a la batalla, habéis demostrado tanto valor como ellos... Dadme las manos...

Los monjes se dieron las manos con calor, albriciados, muy albriciados, por el coraje que habían demostrado los cuatro y, porque, en matando al cuarto salteador, se habían quitado un problema de encima, pues no podían llevar prisioneros ni exponerse a entregarlo al alcaide del primer pueblo por el que pasaran, entre otras razones porque les pediría explicaciones y habrían de dárselas y podía zurcir el demonio y el gran servicio que habían hecho al común hasta podría volverse contra ellos, porque nunca se sabe.

Así las cosas, los de Armilat retiraron del camino los cadáveres de los bandoleros y, prudentes, los cubrieron con piedras para que los buitres, en un previsible festín, no llamaran la atención de los caminantes, no sin antes revisarles a todos las alforjas y los bolsillos de la aljuba donde encontraron monedas y algunas ropas, que se quedaron; uvas pasas, almendras y nueces, que se repartieron; moqueros, que tiraron y nada más. Por cierto, que les resultó extraño que tratándose de bandidos llevaran tan poca cosa y, también, les quitaron los saquillos que, como todos los musulmanes, llevaban colgados del cuello con la primera azora del Alcorán grabada en oro o en plata. Y, mira, se las pusieron ellos, pues no habían caído en aquel detalle, y no se habían quitado las cruces, con lo cual a partir de aquel momento, anduvieron con cruz y azora, como los buenos cristianos, como los buenos musulmanes, eso sí, muy poco convencidos de que la junta de aquellos símbolos religiosos tan dispares y tan enemigos entre sí les fuera a traer algún beneficio. Después, se bañaron en un riachuelo, comieron con buen apetito y sestearon.

Pasadas dos horas, recogieron las alforjas de los dinares, aparejaron las bestias, cargaron y echaron a andar bajo un sol con uñas y ciento por ciento sofocante, que quizá derivara en tormenta.

Del desconocido paraje donde lucharan y vencieran a los ladrones y hasta refugiarse en Salamanca, los mozárabes, durante jornada y media, sufrieron fuertes tormentas de agua y granizo, que más parecía se hubiera desatado la ira de Dios. Tal aseveraba el joven Isa, que iba tan ensopado como los demás:

—Desde que nos colgamos los amuletos musulmanes, no ha dejado de llover...

—Sí, los deberíamos tirar, señor prior —rogaba Yusef.

—No sabemos si aquel castillo es de moros...

—¿Qué castillo, su merced ve algo bajo esta cortina de agua?

—No, pero lo preveo... Si es de moros mostraremos el saquillo, si es cristianos enseñaremos la cruz y pediremos cobijo.

—Tiene razón don Walid —apoyaba Hissam—, pediremos albergue por amor de Alá o por amor de Dios, por uno u otro nos lo darán.

—Hijos, es que no sé si estamos en tierra mora o en tierra cristiana, y es que, de tiempo ha, no hay un alma...

—¿Sabe su señoría si llevamos el camino bueno?

—Seguro que sí. Siempre al norte.

—Esta agua vendrá bien para los campos.

—¿Qué campos? Señor, esto son eriales.

—No es cierto, Isa, son dehesas donde pastan vacas y toros.

—Si encontramos alguna, nos la llevamos y, cuando pare de llover, la matamos, así comeremos carne fresca.

—Eso sería robar, muchacho, las vacas tendrán amo...

—Sería satisfacer una necesidad, señor, ¿no está cansado, su reverencia, de comer tasajo?

—Suerte habemos de tenerlo, de otra forma comeríamos bellotas que, en la cristiandad, se las dan a los cerdos.

—Podemos matar algún ciervo o jabalí.

—Eso, que vamos de cacería...

—No te burles de mí, Hissam.

—Pues no digas sandeces, hermano Isa.

—Debimos buscar la cueva de los ladrones, nos hubiéramos resguardado y hasta nos habíamos quedado el tesoro que tuvieren.

—Sigue, sigue, diciendo necedades.

—En esta llanada no está ni Dios —terció Yusef.

—¡Callad esas lenguas, malditos...! ¡Dios está en todas partes...! ¿Quién crees que hace la lluvia, quién hace crecer el trigo, quién mantiene viva la flora y la fauna, quién hace el día y la noche...?

—¡No nos maldiga su merced a los tres, maldiga al hermano Yusef, él es el blasfemo...!

—¡Jesús-María, ahora granizo!

—Si no nos mata un rayo ni bien ni mal.

—Las bestias tienen miedo.

—Rezad, hijos, y resguardaos la cabeza.

—Parece que caen huevos de gallina.

—Todo desde que nos colgamos al cuello la azoras...

—Claro, Dios y Alá no se llevan bien.

—Ea, muchachos, deteneos y quitáoslas. Tú, Isa, entiérralas en el barro.

Y, mira, que los frailes de Armilat atinaron con desprenderse de los amuletos árabes pues, pese a que hubieron lluvia hasta casi Salamanca, presto, como si el hecho hubiera resultado grato al Señor Dios, remitió el granizo y, poco después, menguó el fragor de los truenos y el fulgor de los relámpagos y, claro, aunque hombres y bestias iban calados hasta el tuétano, y con las alforjas que se podían escurrir, se sintieron aliviados. Pero la mejoría del tiempo duró poco, dado que, de súbito y en plena canícula, se presentó un viento fuerte y frío, cada vez más gélido, que se fue llevando la lluvia. No obstante, los monjes llegaron a Salamanca ateridos, moqueando, estornudando y tiritando, a más de calados hasta los huesos.

—Vamos a coger un pasmo.

Tal se decían unos a otros mientras cruzaban el puente romano del río Tormes, que bajaba muy crecido, sin detenerse a admirar el aire de sus veintisiete arcos, sin dolerse de que las aguas hubieran inundado los magníficos sotos ribereños dando al traste con los huertos, eso sí, mirando por doquiera en busca de alma viviente que les indicara algún mesón o mansión, como se dijere por allí.

—Venga, hijos, que ya llegamos —animó don Walid.

—¡Quiéralo Dios! —exclamó Isa.

—Parece que no hay nadie. Buena parte de la muralla está derruida —informó Yusef.

—Será por el Almanzor del demonio.

—¡Hombres de poca fe, adelante...! —ordenó el prior.

—Los animales no pueden con la cuesta. Van a reventar.

—Cierto, la mula no me obedece. Se para.

—No hay nadie en las casas, padre, las puertas están abiertas...

E iban desfallecientes hombres y bichos, cuando, lo quiso Dios, una mujer asomó por una ventana y, al verlos, se escondió rápidamente y, al momento, apareció un hombre e hizo lo mismo. Pero tal comportamiento, tan poco caritativo, no desanimó a los monjes, al revés, descabalgaron muy albriciados y llamaron a la aldaba de la casa, en razón de que el hombre no llevaba turbante y la mujer se había asomado a la ventana, lo que venía a decir que Salamanca, loores al Señor, pese a las *razzias* de Almanzor, continuaba en manos cristianas.

Llamaron a la albaba y, mientras les abrían, los de Armilat se dieron las manos, se felicitaron unos a otros y, gozosos, levantaron los brazos al cielo, porque al fin estaban en las Hispanias. Volvieron a llamar, pero era que los de dentro no respondían, por eso gritaron:

—¡Abrid!

—¡Buscamos una posada!

—¡Somos cristianos de Córdoba!

—¡Monjes mozárabes!

—¡Indicadnos el camino!

—¡Haced caridad con nosotros, venimos enfermos...!

—¡Fuera de aquí, malditos moros! —oyeron decir al hombre.

—¡Te juramos por Dios y Santa María que somos frailes...!

—¡Asómate y ve esta cruz!

—Lleváis ropas moras...

—Si fuéramos moros ya habríamos entrado en tu casa, ¿no lo entiendes?

—Y te hubiéramos matado y violentado a tu mujer y a tus hijas...

—Y saqueado y quemado tu casa...

—¿Eres necio o qué?

—¿Qué queréis? —preguntó la mujer asomándose.

—¡Por los clavos de Cristo, que nos digas dónde está la posada...!

—No hay, la ciudad está deshabitada... Almanzor entró a sangre y fuego... Nosotros hemos vuelto a buscar nuestras cosas... —intervino el hombre.

—¿Vosotros nos podéis alojar? Os pagaremos bien.

—Si sois cristianos idos con Dios, si sois moros con Alá.

—¿Por qué no, decidnos?

—Nos vamos, abandonamos la ciudad.

—¿Con este tiempo?

—¿Por qué os vais?

—Tenemos miedo...

Los frailes oyeron que hombre y mujer discutían, y permanecieron atentos.

—Oye, don fraile —habló la mujer dirigiéndose a don Walid—, te dejamos la casa si nos das dos mulas, sólo nos falta cargar el carro y nos marchamos, pero es que dejamos la puerta abierta y se nos escaparon las nuestras... Como tú llevas muchas... ¿Qué dices?

El prior miró a sus hermanos y aceptó:

—Conforme. Abre la puerta.

—Pasen sus mercedes.

—Padre, denos la bendición.

—Yo os bendigo en el nombre del Padre, del Hijo y del Espíritu Santo.

—Amén.

—Amén.

—Ea, beban sus reverencias este vaso de aguardiente.

—Ea, trae aquí buena mujer. Bebed, hermanos. ¿Tienes ropa seca? Te la pagaré.

—Algunos jubones de mi marido tengo en el arca y calzas remendadas...

—Búscalas. ¿Tienes mantas?

—Prepáranos algún remedio para el destemple, estamos moqueando.

Mientras el marido empezaba a recoger bultos y apilarlos en el zaguán, la mujer se mostraba muy industriosa e iba del fogón, donde había puesto a hervir un puñado de corteza de sauce y otro de ortiga blanca a partes iguales, muy pasados por el tamiz, en una cazuelica, al arca, y removía el cocimiento, les daba mantas a los frailes y no miraba cuando se quitaban las aljubas, y a más hablaba y hablaba:

—Salimos corriendo hace doce años cuando llegó el moro, con lo puesto y volvimos al empezar el verano en una carreta, tirada por dos mulas, con una jaula de gallinas y unos conejos, que han criado... Nos encontramos con que nuestra casa estaba en pie y sin saquear... Dimos gracias a Dios y entramos con la llave pero, como no hay nadie en la ciudad, tanta soledad nos angustia, a más que el moro amenaza... Se diz que anda por la Castilla... Antes de que empezaran las lluvias, decidimos volver a Lugo donde nos refugiamos y donde se casaron nuestras dos hijas, pero las mulas se perdieron en un descuido. Mi marido me echó la culpa a mí, pero la tuvo él porque yo estaba lavando en el río y él dejó la puerta de la corraliza abierta... Ahora, con las dos mulas que nos va a dar su merced, recogeremos todo, llenaremos la carreta que tenemos, unciremos los animales y nos iremos si puede ser mañana, mejor que pasado... Ea, ya podéis beber este remedio, os aliviará.

—Mujer, si nos preparas algo para cenar, te lo pagaré.

—Bueno, sacaré un par conejos de los que he preparado en escabeche para llevármelos, no los iba a dejar aquí.

—Algo caliente.

—Calentaré vino, otra cosa no tengo.

—Vale, trae la frasca de aguardiente.

—Supongo que el trueque de las dos mulas incluye que esta noche podamos dormir en esta casa...

—Sí, reverencia, sí. Su merced puede hacerlo en nuestra cama, los jóvenes aquí en la cocina y mi marido y yo nos subiremos al pajar. Mañana esta propiedad dejará de ser nuestra... Tanto que trabajamos para tener casa con corral y, ya veis, hemos de cambiarla por dos mulas. ¡Qué fatigas me ha mandado el Señor...! ¡Qué mala vida he llevado...!

—¿Por qué, buena mujer?

—Mi marido siempre mandándome, Urraca, tal, Urraca, cual, ven, dame, hazme, vamos, más apriesa, ese niño que se calle... Mis hijos, se me murieron tres y me quedaron dos hijas, con gran fastidio de mi esposo... Los campos, la recogida de las cosechas, la helada que aquí acaba con ellas, y cuando medramos un poco llegan los moros y hemos de salir con lo puesto y dar en Lugo, como podíamos haber dado en Orense o en León, para volver a empezar...

Los frailes cenaron y durmieron y, mediado el día, don Walid entregó tres dinares de oro a la dueña por los servicios recibidos, pues que hasta les había lavado las aljubas, mientras los jóvenes ayudaban al hombre a uncir las mulas y ya todos despidieron a los propietarios de la casa y, muy mejorados por el remedio que les había proporcionado la mujer. A sobretarde recorrieron la ciudad, contemplaron la desolación con el corazón encogido y no pudieron evitar preguntarse:

—¿Qué mala vida es ésta?

Porque ellos, en Córdoba, como estaban sujetos al yugo de los califas y lo tenían por enorme desgracia, pensaban que la vida en la Hispania cristiana era otra cosa.

Capítulo
16

Del puente del río Esla al del Curueño, los jacobitas de la Bretaña anduvieron apriesa y mucho más desde que avistaron el Torío, pues que corría muy cerca de las murallas de León y las bestias, como si tuvieran prisa también, llevaron un paso largo, sentado y conveniente, sin duda deseosas de dormir en establo, otro tanto que los hombres que, albriciados y vestidos con ropa limpia y con los colores de Conquereuil, ansiaban descansar en cama blanda, en la capital del reino que, ya a lo lejos, prometía mil felicidades.

Los vigías de la puerta del Oriente se alborotaron al ver llegar semejante cortejo y, aunque quienes fueren no venían en disposición de presentar batalla y pudiera tratarse del séquito de algún personaje muy principal, asonaron las trompas por si acaso y, a poco, todas la campanas de la ciudad llamaron a rebato, con lo cual multitud de gentes abandonaron sus quehaceres y algunas, en su precipitación, hasta dejaron abiertas las puertas de sus tiendas, y con las armas a la mano: lanzas, espadas, hachas, garrotes, cada uno con lo que tenía, a más de miedo en el corazón, subieron a las almenas a ver lo que venía. Pero, al constatar con sus ojos que se acercaba una cruz y un estandarte, seguidos de hombres a caballo y de decenas de carros y carretas, respiraron aliviados, porque el moro no era y una procesión de flagelantes camino del Finisterre tampoco era.

Así que, libres de todo temor, los habitadores de León se agolparon en torno a la puerta y llenaron la rúa que desembocaba en la explanada existente entre los palacios reales y la catedral de Santa María de Regla y, como siempre hacían, a no ser que fueran los dichosos flagelantes que les metían pavor en el cuerpo con sus advertencias sobre la inminente llegada del Fin del Mundo, tras santiguarse al paso de la cruz y pese a que desconocían la albenda, aplaudieron y vitorearon a quienes fueren. Y los taberneros y tenderos se frotaron las manos, en virtud de que tan numerosa comitiva dejaría muy buenos dineros en la ciudad, pues que los componentes traerían las faltriqueras llenas.

Las miradas de los vecinos se fijaron en un carro muy ornado, sin duda el del personaje, un rey, un conde, un obispo, un abad, alguien muy poderoso, después de todo. No, no, un obispo o un abad no era, en razón de que asomaba por la ventanilla una niña bella como las estrellas del cielo y un perrillo, sin duda el juguete de la criatura, amén de que había más gente: varias mujeres muy aviadas, nobles sin duda, y hasta un hombre negro con turbante creyeron ver algunos pero, cuando corrió que los vinientes eran francos y que iban en peregrinación a Compostela, se adujeron que habían visto visiones, porque en la Francia los hombres son de piel blanca, que bien lo sabían, pues que muchos pasaban por allí y algunos hasta se quedaban a vivir y abrían sus comercios en la ciudad regia.

Pero sí, sí, que no erraban, que había un hombre negro como tizón, que bajaba el primero del carruaje y daba las manos a una, dos y tres damas, las tres de luto, a la pequeña beldad y cogía en brazos al canecillo que, mira, lo llevaban vestido como niña, todo después de que la tropa se alineara en dos filas para rendir los honores a la, al parecer, condesa de no se sabía qué, pues no entendieron el nombre, mientas ella, la más alta de las damas, precedida por el hombre de la cruz y el del estandarte y seguida de los del carro, entraba en la catedral a dar gracias a Dios por haber llegado a la capital del reino de León después de un larguísimo camino.

Lo que veían los vecinos de la ciudad de León en la calle, lo observaba atentamente la reina Elvira desde las ventanas de sus aposentos, también vestida de negro luto, pues que su marido el rey Bermudo, el segundo, había muerto, goce el Paraíso, de perniciosa enfermedad, de gota, iba para cuatro meses, y eso, que estaba avisada de la llegada de la condesa de Conquereuil, como se dijera. Estaba con el pequeño Alfonso, el rey menor, que aplaudía a los venidos, y con sus dos hijas, tan chicas que no habían dejado la teta, lo que no les impedía tocar palmas y, asombrada del despliegue, comentaba con sus camareras que la rodeaban y pululaban por allí:

—¡Vaya cortejo, parece el del rey de la Francia!

—¡Fíjate, la mi señora, qué buen aire tiene la condesa!

—¡Y la niña, vea su merced, qué hermosa es!

—¿Y ese negro va entrar en la catedral?

—Señora, que alguien detenga al negro.

—Creo que lleva un perro en brazos, véalo su señoría.

—Dejen las damas, que los negros y los perros también son criaturas de Dios.

—Disculpe la mi señora, yo no apostaría... Algunos clérigos defienden que las mujeres no tenemos alma y, de ser así, los negros menos, digo yo...

—No es momento de filosofías, doña Urraca. Prepárense las damas que saldremos a recibir a la condesa a la puerta... Y tú, María, ve a ver si sus habitaciones están preparadas; que no falte nada...

—Madre...

—Dime, Alfonso.

—Esta condesa va a Compostela después de recorrer muchas leguas, ¿por qué no vamos con ella? Yo jugaría con su hija y tú podrías hablar mucho con ella...

—¡Ah, perillán, tú igual que tu padre, ya pensando en las faldas...!

—¿Qué quieres decir, madre?

—Que no podemos, que si nos vamos de León, cuando volvamos te han podido arrebatar la corona, como hizo tu señor padre con don Ramiro, su antecesor pues, desde hace tiempo, se alían unos nobles con otros y nombran y derrocan reyes a su antojo... Cuando seas mayor, sabrás que son peores los nobles que la gente del pueblo... Atiende, en la recepción yo estaré a tu derecha, después de que la condesa se incline ante mí, avanzas un paso y le besas la mano y luego haces lo mismo con la niña... Besar la mano no es besuquearla y llenarla de babas, siquiera besarla, es tomarla y acercarla a los labios, te habrás de inclinar, como caballero que eres, ante unas damas principales, no porque sean más principales que tú, lo harás por cortesía... ¿Entiendes?

—Sí, madre. A ver, déjame ensayar contigo, voy a hacerlo por primera vez... Avanzo, hago una reverencia, tomo tu mano y la beso sin besarla...

—Muy bien.

—¿Y qué digo?

—«Bienvenida, señora».

—¿Cómo se llama la condesa?

—Uy, no sé, tiene un nombre muy raro... Ya nos enteraremos. Ea, vamos, dame la mano.

—Vamos. Oye, madre, he escuchado que el conde Menendo quiere que me vaya a vivir con él, a su castillo de la

Galicia, que quiere ser mi ayo y educarme para que sea un gran capitán, y yo no quiero. Yo quiero vivir contigo...

—¿Dónde has oído tal?

—Aquí en palacio.

—No hagas caso. Ya hablaremos de ello, pero no temas que mientras seas un niño vivirás a mi lado, y ahora calla o te escucharán las camareras que tienen fino oído. A ver, que ya vienen las extrajeras, ¡ponte derecho, levanta la cabeza...!

—Soy doña Poppa, condesa de Conquereuil, beso los pies de su señoría...

—¡Álzate, condesa! Éste es mi hijo, el rey Alfonso, el quinto...

—Bienvenida, condesa, beso las manos de la señora.

—Mahaut, mi hija y heredera.

—¡Oh, Mahaut, qué bella eres!

—A los pies de su señoría.

Y fue que se oyó la voz de Lioneta:

—Madre, estoy aquí.

—Ven, Lioneta.

Y fue que se acercó el criado negro de la condesa franca y, mira, que lo que llevaba en brazos no era un perrillo, sino una niña muy chica y fea como un demonio que, por todos los Santos, causó en reina y rey la misma impresión que producía en todas las partes del ancho mundo —que los bretones ya llevaban recorrida buena parte de él— y, a más a más, se escuchó un rumor entre la servidumbre del palacio, que se acrecentó entre las filas del pueblo. Pero, madre e hijo se dejaron besar las manos por aquel pequeño espantajo incluso antes de que la dama recién venida explicara sin rubor, pues que ya venía haciéndolo a lo menos durante mil y quinientas millas:

—Es Lioneta, mi segunda hija. Es enana.

—Pasad, condesa, estáis en vuestra casa. Me huelgo en alojar a dama tan principal. ¿Cómo habéis hecho el viaje?

—He tenido de todo, señora, sobre todo calor... Procedo de la Bretaña y allí el verano es muy benigno...

—La Bretaña es tierra del norte de la Francia... Dicen los campesinos que va a cambiar el tiempo, que viene frío... En esta ciudad y las comarcanas, padecemos una calor extrema y un frío extremo, otra cosa es subiendo a las Asturias de Oviedo o yendo a la Galicia... Condesa, saca la capa de tus arcones, los labriegos no suelen equivocarse... En cuanto a tus hombres, acamparán en la ribera del río, pero he dado orden de que entren y salgan de la ciudad a su antojo...

—Gracias, la mi señora, ya tengo dicho a mis capitanes que no les permitan armar bulla.

Tales palabras cruzaron ambas damas sin verse la cara pues, viudas las dos, iban veladas.

—¡Ah, la reina Elvira, qué gran señora, no se ha turbado al ver a Lioneta, no ha hecho mueca ni mal gesto...! Y el niño se ha comportado como un caballero, se ha inclinado como si fuera persona mayor.

—Se ve que está bien educado.

—Por fin, estamos en una gran ciudad...

—¿Ha visto la señora qué muros tan altos...?

—Los he visto y me he fijado que en la muralla del este están de reparaciones, al igual que en la catedral.

—Será la huella de Almanzor.

—Almanzor debe ser como las plagas de Egipto en una sola...

—Y que lo digas, Crespina. Sácame un vestido bueno, voy a almorzar con la reina... Me ha dicho que es castellana...

—Fue la segunda esposa del rey Bermudo, el segundo, es la madre del pequeño Alfonso y tiene dos niñas más, de teta las dos... Fue hija del conde de Castilla y es hermana del actual Sancho García...

—¡De cuántas cosas te has enterado ya, Gerletta!

—Más me hubieran contado las camareras de la reina, están deseando hablar.

—Por cierto, no he visto a Mínimo en mi cortejo, ¿dónde está?

—No sé.

—Busca a don Morvan y pregúntale. Dile también que despache a los peregrinos que traemos desde San Facundo y que les dé unas monedas.

—Hace bien la señora en largarlos, ¿sabe que se dedicaban a decir groserías a las criadas?

—¡Ah, no!

—Han demostrado que son ingratos.

—Han mejorado, ya no están consumidos, algunos tienen hasta buen color.

—Que los despache don Morvan enhorabuena. ¿Sabéis si hay sala de baños en esta casa?

—No hay. La mayordoma de la reina me ha prometido enviar una tina de agua... ¡Ah, aquí viene, mozas, dejadla aquí...!

—Señora, ¿has visto a las niñas?

—Cuando yo salga de la tina, las bañas, luego que coman en la habitación y que duerman una siesta. Luego, Gerletta, las vistes y sales con ellas a dar un paseo y que te acompañe alguno de los capitanes. Crespina vendrá conmigo. Por cierto, busca en mi azafate algo para regalar a la reina... Fui necia al no prever que habría de hacer regalos...

—Poco te queda, señora. No quisiste traerte todas las joyas... No sé, acaso esta cruz...

—¿Cuál?

—La del pequeño Cristo de marfil.

—Era de mi abuela. Bueno, envuélvela en un pañuelo que lleve mis armas. ¡Dame el lienzo de baño...!

—Sí, señora.

—¡Qué bien, por fin limpia y aseada! Me ha informado la reina de que viene frío...

—¿Frío en pleno agosto?

—Ha dicho que aquí el tiempo es así. Te lo advierto para que busques las capas en los baúles. Estrenaré jubón y bragas...

A manteles puestos, la reina regente de León dio mesa a la de Conquereuil, la sentó a su lado y las camareras les sirvieron abundantes viandas. De entrada: cecina, embotido rojo picante, un revoltillo de morcilla y ancas de rana fritas; de segundos platos: berza con garbanzos, pastel de trucha y lengua de vaca y, de postre, leche frita.

Y fue que la reina, tras bendecir los alimentos, se alzó el velo y que doña Poppa hizo otro tanto y, como no tuvieron que decirse que eran viudas, platicaron de mil cosas. La condesa, antes de que las camareras llenaran las copas y antes de que la reina de León, que resultó ser castellana y ser nacida en Burgos, le preguntara por su *naine* le explicó lo de don Pipino, lo del fallecimiento de su buen esposo y que iba en peregrinación a Compostela para pedir el perdón de sus pecados y los de su marido, y otrosí para que Lioneta creciera.

Y, mira, que aquel día, ante aquella dama que le era desconocida, en un comedor con muchos servidores en derredor, y mucho más cerca de Compostela que de su casa y pese a que hacía tiempo que no lloraba, no pudo evitar que unas lágrimas brotaran de sus ojos. Se las secó naturalmente pero, para entonces, doña Elvira ya lagrimeaba también y hablaba, entre sollozos, de su buen marido el rey Bermudo, el segundo. Pues fallecido hacía unos meses, en público lo loaba siempre, aunque era voz común que había tenido que soportar sus infidelidades. Y se extendía luego con otras desgracias que había tenido que sufrir, como la mala muerte que tuvo su buen padre el conde García Fernández de Castilla, el de las blancas manos. Mientras los platos que eran de comer calientes se enfriaban. Y las camareras les acercaban aguamaniles y pañuelos para que se secaran los ojos y las manos y, a la par que les ponían las manutergas al cuello, les palmeaban cariñosamente la espalda.

—Ea, ea, las mis señoras, que se enfría la morcilla...

—Ay, perdóneme la reina, me han venido las lágrimas...

—Igual me ha sucedido a mí, doña Poppa. Poppa..., ¿no? Hacía tiempo que no lloraba a deshora.

—Será porque estamos juntas dos viudas...

—Recientes las dos. A ver, pruebe su merced esta cecina...

—Si me lo permite la señora, empezaré por las ancas de rana... ¿Decía su señoría que su señor padre tuvo unas manos muy blancas...?

—Sí, mismamente como la leche. Como las mías, fíjate...

—¡Oh, sí, parecen de ángel!

—Las de mi padre llamaban la atención y las gentes, así como a mi esposo, descanse en paz, lo llamaron «el gotoso», pues que sufría gota, a mi padre lo llamaron «el de las blancas manos», mismamente como al rey de Pamplona lo llaman «el temblón»...

—Ah, no lo sabía. ¿Qué le sucede a este rey? Estuve en aquella ciudad y las reinas me honraron como su señoría, pero no me dijeron nada de eso.

—Sus enemigos aseguran que tiembla sólo de pensar en los moros, pero los físicos dicen que es enfermedad...

—¡Ah, qué pobre! No estaba en Pamplona, andaba en busca de aliados para enfrentarse a Almanzor.

—Sí, iba en busca de mi hermano... Has de saber que mi hermano y otros condes fueron derrotados en Cervera poco ha, y que Almanzor, que se pudra en el Infierno, ha tomado Burgos...

—¿Burgos? Acabo de pasar por allá.

—Creo que en la batalla ha muerto el conde García Gómez de Saldaña, mi cuñado, el marido de mi hermana Toda.

—Me lo crucé en el camino y le di cuarenta de mis hombres, tengo para mí que han muerto también...

—Vamos, cambiemos de tema, doña Poppa, o volveremos a llorar.

—Sí, la mi señora, sí. Don Alfonso, vuestro hijo, es muy galano, apunta a que será un excelente caballero...

—Tu hija mayor es muy bella, condesa. Si no hubiera moros por estas latitudes, te la pediría en matrimonio para mi hijo, pero sería darle mala vida, mejor la llevará en la Francia. Aquí las hijas de los reyes, las infantas, y las hijas de los condes estamos acostumbradas a las aceifas musulmanas y lo mismo nos da soportarlas en el reino de León, que en la Castilla o en Pamplona o en la Aragonia o en la Marca Hispánica... Lo de la Marca Hispánica es un decir, pues los condes casan a sus hijas con condes y marqueses de allende los Pirineos...

—Sí, ya sé que esos territorios son feudatarios del rey de la Francia...

—¿No has comido nada, doña Poppa?

—¡Oh, sí, la leche frita está muy rica...! Permita la señora que le haga una pregunta.

—Dime.

—Verás, señora, mi señora la duquesa de la Bretaña me encomendó que le comprara un libro...

—¿Qué libro?

—Un *Beato*. Si su señoría me pudiera indicar adónde o a quién dirigirme, favor me haría...

—Sin inconveniente. Consultaré con el obispo Sampiro... Salió huyendo del monasterio de San Facundo, cuando lo derruyó Almanzor y, llevándose todos los libros y cosas buenas, se refugió en Zamora, hasta que tuvo que echarse a correr por lo mismo. Al llegar a León trajo muchos libros de San Salvador de Tábara, de San Miguel de la Escalada y de otros conventos, hoy todos en ruinas... Acaba de ser nombrado obispo de Astorga, pero aún no ha tomado posesión de la sede, vive en León, aquí cerca, en la casa obispal... Entiendo que quieres comprar un *Beato* para tu señora, ¿es así?

—Sí.

—Pues lo hago llamar y que venga mañana.

—Mil gracias, doña Elvira.

Los frailes de Armilat cerraron la casa que habían trocado por dos acémilas, echaron la llave por la tapia de la corraliza, montaron en sus cabalgaduras, cogieron el ronzal de los bichos y cruzaron la ciudad de Salamanca orando. Fueron rezando por los muertos y por los vivos, por los que habían tenido que huir de las últimas *razzias* musulmanas y, además, por limpiar el cielo de fantasmas, eso sí, también fueron bendiciendo los esqueletos que encontraron por las calles, hasta que retomaron la vía de la Plata en dirección a Zamora, que allí apretaron el paso.

Ya en el campo, el fuerte viento, que soplaba frío, pudo despejarles la cabeza y aun llevarse la pena que les había producido la vista de tantos despojos humanos, pero no, no, fue al revés, pues que una duda más que razonable comenzó a asentarse en sus corazones. A ver, deducía cada uno para sí: «Si Salamanca está arrasada y no queda alma viviente, en la ciudad de Zamora sucederá otro tanto y, seguramente, en el monasterio de San Salvador de Tábara, con lo cual, Dios no lo quiera, habremos hecho el viaje en balde y tendremos que volver a Armilat con las manos vacías y sin el *Beato*... suposición, posibilidad, que enojará sobremanera al abad que, desconocedor de la realidad existente en el reino de León, será incapaz de entender cómo puede haber en las Hispanias tantas ciudades, villas, castillos y conventos devastados y cómo consiguen sobrevivir los cristianos con tan mal pasar». Y, cada uno por su cuenta imaginaba al prelado, iracundo y preguntándoles en el refectorio delante de toda la comunidad:

—Señores, freires, ¿queda algún cristiano en la cristiandad?

O:

—¿Han ido sus mercedes de holganza o qué?

O:

—Quiero la cuenta de los gastos al por menor.

O:

—Faltan dos mulas, ¿dó están?

Y a ellos respondiendo:

—En Salamanca había dos cristianos, y se iban a Lugo...

—De holgar nada, señor abad, hemos ido y vuelto en un tiempo mínimo, haciendo frente a grandes peligros y a las inclemencias del tiempo.

—Las cuentas las dará don Walid, pero sepa su reverencia que raramente hemos comido en un mesón.

—Las mulas las cambiamos a los dos cristianos de Salamanca, para dormir a cubierto...

Y al resto de los reglares entrando al trapo:

—¿Dos mulas por dormir?

—Salió muy caro el hospedaje, freires.

—¿Qué eran los cristianos hombres o mujeres?

—Que confiesen sus pecados a toda la comunidad en la iglesia.

—Que hagan penitencia, ayunen y se mortifiquen.

—Don Walid, al fracasar en la encomienda, ha perdido toda esperanza de ser elegido sucesor del señor abad.

—¿De qué hablan estos hombres...? En al-Andalus fueron considerados moros y en la cristiandad no había más que moros, ¿qué problemas pudieron tener...?

—¡A pan y agua!

—¡Eso, a pan y agua, y recluidos en sus celdas!

Y más o menos con estas lucubraciones, en jornada y media se plantaron en Zamora, la bien cercada, la de las siete murallas, de las cuales no quedaba ninguna, pues todo era ruina, lo que llevó a don Walid a comentar:

—Si continúa pasando el río Duero por esta ciudad es porque los ejércitos califales no han podido con él.

—Razón lleva su merced, del alcázar, las iglesias, el burgo y de estos muros de leyenda, nada queda en pie.

—La desolación afea la vista de la tajadura que forma el río...

—Nada es inexpugnable...

—Tan orgullosos que estarían los zamoranos de sus murallas y ya ven sus mercedes...

—Todo tiene su fin.

—*Vita est vanitas...*

—*Pulvis eris et in pulverem reverteris.*

—*¡Merda!*

—¿Será que Dios nos ha abandonado?

—¡Silencio! Ea, busquemos cobijo para dormir.

—Dice bien el prior, busquemos una casa donde no haya huesos; y presto que cae la noche...

—Recuerdo a sus reverencias que los animales no han comido...

—Ya lo están haciendo, aquí en las ruinas del alcázar hay mucha hierba.

—Quedémonos, no busquemos más... Nosotros dormiremos bajo aquel alpende...

—Isa, suelta a las bestias. Yusef, prepara la cena, y tú, Hissam, espanta a esos canes... Yo voy a rezar para que el Señor nos facilite el camino...

—¡Eh, fuera perros!

—¡Cómo que se han de ir, están hambrientos!

—¿Qué tenemos para cenar, Yusef?

—Poca cosa, hermano, dos panes de pita y un puñado de almendras para todos...

—Pues a ver si eres capaz de repetir el milagro de los panes y los peces, hermano.

—¡*Merda,* Isa!

Así las cosas, los frailes se repartieron lo que llevaban y aún dieron a los perros que, desesperados, las manos se les hubieran comido pero, como Yusef no pudo repetir el milagro de los panes y los peces, todos se quedaron con hambre.

Al alba cuatro hombres, cuatro caballos y diez mulas, que habían dado mucho de sí, seguidos de dos canes, emprendieron ruta a San Salvador de Tábara.

E iban troteando por una tierra llana poblada de encinares. Recorriendo los paisajes que tan acertadamente les habían descrito los clientes de la posada de Mérida, advertidos de que por allá había toros y vacas bravos, mirando por doquiera, tratando de descubrir una vaca o un toro, de los que criaban los ganaderos para que compitieran con perros de presa en las grandes ciudades andalusíes, dispuestos a matar a vaca o toro, a lo que fuere, para tener comida, cuando Isa, que era el que mejor vista tenía, descubrió un rebaño en la lontananza y advirtió a sus compañeros:

—¡Un rebaño, hermanos!

Y, saliendo de la calzada y al paso el caballo, avanzó campo a través con cautela no fuera a espantar a los bichos. Conforme se acercaba y mientras sus compañeros bebían agua de las calabazas, veía que toros no eran, al Señor sean dadas muchas gracias, aunque estaba dispuesto a enfrentarse a uno de ellos, nada más fuera por quitarse el hambre, y se decía que ovejas tampoco eran y que debían ser jabalíes. Pero tampoco y mejor, mucho mejor, pues que sólo con su alfanje, poco hubiera podido hacer contra ellos si le atacaban, pues eran animales fieros y con poderosos colmillos y, más cerca se preguntó qué bichos eran aquéllos, que había uno grande, seguramente la madre, y un montón de pequeñajos, y fue que, aunque no había visto ninguno, por residir en donde residía, les puso nombre:

—¡Son cerdos negros!

Tal gritó y, sin pensarlo dos veces, echó a correr el caballo y arremetió contra el que estaba más lejos de la madre con tan buen tino, con tan buena fortuna, que lo atravesó con la espada y lo levantó como un trofeo, un par de codos, lo que pudo, pues que pesaba a lo menos media arroba y, en viendo que la cerda daba unas vueltas en torno a su piara, descabalgó, lo subió a su montura y más contento que unas pascuas, se unió a sus hermanos que, vive Dios, lo recibieron muy albriciados. Y, al momento y al borde de la calzada, uno recogió leña, otro limpió con su puñal unos palos para hacer un espetón, otro abrió en canal al bicho y otro le sacó los menudillos y entre estos dos lo llevaron a una acequia que vieron cerca y cuando regresaron con el bicho lavado, la hoguera ya crepitaba, y empezaron a asarlo, sin poder evitar hacer agüilla en la boca. Y en ésas estaban dando vueltas a la carne esperando a que se asara, cuando se presentaron los dos perros de Zamora, que se habían quedado atrás y, mira, que sin pedir permiso devoraron los menudos y luego, insaciables, pidieron más. Los frailes les dieron las sobras cuando estuvieron saciados. Y fue entonces, cuando Isa exclamó:

—¡El cerdo es lo mejor que creó Dios en este mundo después de la mujer...!

A lo que respondió don Walid, después de eructar:

—Hijo, habrás de volver a confesarte.

Y con el estómago lleno, hombres y bestias, a escasas millas del lugar del banquete encontraron una casa abandonada, y durmieron todos juntos para darse calor, pues hacía un frío pelón.

Doña Elvira y doña Poppa recibieron al obispo don Sampiro en la antesala de los reales aposentos. El hombre, que ya venía advertido de lo que querían, se inclinó ante damas tan principales, les dio a besar su anillo y, sin perder tiempo, ordenó a su secretario que dejara una enorme caja que traía en la pequeña mesa donde solía comer la reina cuando lo hacía en privado y, tras despedir al preste, hizo una venia a la regente y preguntó a la de Conquereuil:

—¿Así que la señora condesa quiere comprar un *Beato*?

—Así es, señor obispo. Mi señora, la duquesa de la Bretaña, me lo encargó...

—Bien, pues tengo uno... Procede del monasterio de San Salvador de Tábara... Allí existió un famoso escritorio en el que frailes y monjas copiaban libros y los embellecían con preciosas estampas... Ahora, para desdicha de toda la cristiandad sólo quedan piedras... Algunos monjes, igual que me sucedió a mí en San Facundo, consiguieron huir cuando se presentó Almanzor, Dios lo confunda, al frente de sus ejércitos y salvaron, aparte de reliquias y oro y plata, algunos libros que me dieron a guardar... Entre ellos este *Beato*, esta joya... Vean sus señorías.

Y fue que si la caja era buena, lo de dentro más, pues era un códice de dos palmos de longitud, grueso como medio palmo, cuya cubierta estaba encuadernada en piel y ornada de valiosas gemas engastadas, tales como rubíes y zafiros y, dentro, ay, decenas de folios de finísimo pergamino, bonitas letras con adornos de mucha filigrana y lleno, plagado, de estampas a cuál más hermosa, representando la genealogía de Jesucristo desde Adán hasta José, y un mapa del mundo, por nombrar algunas.

Las damas se deleitaron, tocaron las hojas y hasta pasaron los dedos con mucho cuidado por los perfiles de las figuras, sobre todo por la del Calvario, donde estaba Cristo clavado en la cruz y rodeado de los dos ladrones que, mira, ambas hicieron lo mismo y en la misma imagen. Y la condesa demandó:

—¿Está a la venta, señor obispo?

—Sí, la mi señora.

—Ponga precio su reverencia.

—Por este libro en Montecassino o en Bobbio o en Reichenau o en Gandersheim o en Cluny o en cualquier convento de al-Andalus pagarían una fortuna...

—Mi señora, la duquesa, me dijo que pagara un precio justo.

—Vea su reverencia de abaratar el monto, pues que reyes, duques y condes vamos siempre menguados de dinero —intervino la reina.

—La señora duquesa se holgará mucho con este libro. Vean las señoras qué pergamino, qué dibujos... Las pinturas son del fraile Emeterio y de la monja Ende, descansen en paz... Este códice lo copiaron ambos a petición de un canonje de la catedral de Gerona, pero fue imposible remitírselo, pues que comenzaron las *razzias* de Almanzor... Además, hay un error, si la señora ama tanto los libros, podrá, además, hacer pesquisa y dar con él...

—¿Un error de bulto?

416

—No, no, una nimiedad difícil de encontrar.

—Diga su merced.

—Es que no sé, ¿20.000 dinares de oro?

—¡Qué monstruosidad, don Sampiro! —exclamó la reina.

—Teniendo en cuenta que una esclava del califa Abderramán, el tercero, pagó 10.000 por pasar una noche de placer con él, no me parece excesivo, las mis señoras.

—Os recuerdo que mi difunto marido hizo mucho para que su reverencia fuera elevado a la sede episcopal de Astorga —recordó doña Elvira.

—Lo sé, señora, y lo agradezco. El rey don Bermudo es muy loado en mi crónica, por otra parte, como merece.

—Condesa, don Sampiro fue notario de mi difunto y, por su cuenta, escribe Historia, por eso conoce lo de la esclava de don Abderramán y mil sucedidos y acontecimientos más... Con lo que sabe llenaría decenas de libros...

—¡Ah!

—Pongan sus señorías el precio, no puedo decir más. Eso sí, tengan en cuenta que un día llegará en el que Almanzor morirá y que entonces los obispos del reino habremos de restaurar los monasterios, que él mismo ha destruido, para mayor gloria de Dios, y que todo el dinero será poco. Es de mentar que don Fróila, el obispo, está empleando mucho ya en las obras de la catedral de esta ciudad, pues ha tenido que traer decenas de canteros...

—Le ayudamos los reyes y las gentes piadosas —informó doña Elvira.

—Me consta, la mi señora.

—Yo también contribuiré —intervino doña Poppa.

—No me cabe duda, condesa.

—¿Pues qué, don Sampiro?

—Lo dicho, las mis señoras.

—10.000 dinares, y ni uno más —ofreció la reina.

—Conforme —asintió el clérigo.

—¿Te parece bien, condesa? —preguntó doña Elvira.

—Sí, señora, muchas gracias.

Tal aceptó la bretona sin tener idea de lo que suponía semejante cantidad, ni si disponía de ella en sus arcas, que iban harto menguadas, como sabido es, amén de que estaba acostumbrada a manejar libras y peniques y de dinares no entendía, pero como la regente había conseguido rebajar el precio a la mitad, tuvo la cifra por buena y se albrició. A ver que, después de miles de millas de recorrido, por fin, cumplía la manda de su señora.

—¿Quiere su merced que le guardemos en el obispado el códice hasta que regrese?

—Estará a buen recaudo. Sepa la condesa que don Fróila, a instancias de don Sampiro, hizo construir en su casa una habitación de hierro que se cierra con siete llaves y cada una la lleva un canónigo colgada del cuello...

—Lo pensaré...

—Me despido, a los pies de las señoras.

—Ve con Dios, señor obispo.

—Antes de irme os pagaré, don Sampiro. Adiós.

—Queden con Dios las damas.

E ido el clérigo las dos nobles platicaron largo:

—Seguro, doña Poppa, que no sabes si has pagado poco o mucho.

—Cierto, señora. Los dinares no son mi moneda...

—Ni la nuestra, son de los moros... Cuando mi hijo, el rey, sea mayor le diré que haga acuñar moneda propia en el reino de León...

—Dime, señora, ¿qué es eso de una habitación de hierro...?

—Ah, ya te he comentado que don Sampiro escribe una crónica de los reyes de Asturias y León... En los últimos años, muchas gentes de nuestros reinos han ido a Córdoba, unos a pedir favor a los califas, otros a traicionar a sus señores naturales, e incluso ha habido condes que se han aliado con el maldito Almanzor...

—Y uno a adelgazar...

—¡Ah, conoces la historia de don Sancho el Craso...! Ése fue el primero en ir... Volvió flaco y recuperó su reino, pero a cambio hubo de entregar diez castillos en la línea del río Duero, que habían costado mucha sangre conquistar o mucho esfuerzo levantar... Con ello facilitó el asentamiento de los musulmanes en lugares claves, desde los cuales Almanzor nos ataca va para trece o catorce años, que me parecen ciento...

—Las reinas de Pamplona me la contaron, y en aquella ciudad visité la tumba de su egregia abuela, la reina Toda...

—¡Ah, qué gran señora! Oye, Poppa...

—Dime, señora.

—Tengo oído que en la frontera del reino de Pamplona vive una mujer que es la tenente de una plaza, y que levanta el viento...

—¡Oh, sí...! Se llama doña Andregoto. La conocí también, me honró mucho y pude ver el prodigio del viento...

—¿Y qué hace?

—Cuando monta a caballo, levanta polvo y más polvo. Es como un torbellino que lo llena todo de la tierra al cielo, y pone perdida a la gente... Me hospedó en su castillo, en Nájera, pero hubo de irse porque su señor le llamaba a la hueste...

—¿Participó en la batalla de Cervera?

—Pues no lo sé, ella salió antes que yo de la ciudad...

—Talvez, no lo quiera el Señor, haya muerto... Yo no quise enviar a mis tropas, no me fuera a quedar sin soldados y algún traidor, que los hay a puñados, aprovechara la circunstancia para quitarle el reino a mi hijo...

—Yo envié a cuarenta de mis hombres con el conde de Saldaña, que me lo crucé en el camino y no ha regresado ninguno... Dios se apiade de sus almas.

—Murió el conde, ya os lo dije, fue mi cuñado, descanse en paz... Ah, dejemos a los muertos...

—Es muy interesante lo del obispo Sampiro... Me refiero a que escriba Historia...

—¿En la Francia no se hace?

—Seguramente sí, y ahí está la crónica del arzobispo Turpín... A mí me gustaría encontrar un clérigo que escribiera sobre mi difunto esposo... Fue la mejor espada del reino... Yo estoy bordando un paño en el que ensalzo su valor en una batalla que ganó, pero tengo para mí, que es poca loa...

—A mí no me gusta mucho que don Sampiro escriba Historia. Bueno, que lo haga de acontecimientos pasados me da un ardite, pero que lo haga de los más cercanos, o del conde Fernán González, mi señor abuelo, o de don García Fernández, mi padre, y que pueda hacerlo mal me encorajina, a más que a saber qué dirá de mi esposo el rey Bermudo, pues mantuvo porfías con él... La más enconada de todas cuando entregó a Almanzor a su hija, a la infanta Teresa, para sellar una paz que duró nada...

—¡Ah, ya tengo noticia de que los reyes cristianos vienen casando a sus hijas con los califas...!

—Es un horror y un error, que no comparto ni, como mujer que soy, entiendo... Lo de doña Teresa fue muy sonado... A ver, que estaba la curia reunida en esta ciudad, en la sala del trono de este palacio; los condes venidos de las Asturias, de la Galicia y de la Castilla, ocupando sus asientos... Don Bermudo en su trono, a su lado la reina Velasquita, la primera esposa de mi marido, y detrás las infantas, sus hijas... Y fue que, abierta la sesión, expresó el rey: «Para lograr la paz y que termine la sangría que padece nuestro reino, voy a entregar a mi hija doña Teresa a don Almanzor, para que matrimonie con él... He dicho». Y fue, condesa, que la aludida cortó el silencio que hubo, pues que nadie levantó la voz contra tamaño dislate y, en un gesto de osadía sin precedentes, gritó para que la oyeran todos: «Mejor harían los hombres de este reino luchando en fiera lid contra el moro en vez de entregarles el coño de sus mujeres...». O algo así dijo y, dejando pasmados a todos los presentes, se retiró seguida de sus hermanas, las infantas Uzea y Cristina que, conscientes de que cualquiera de ellas hubiera podido ser la elegida para casar con el demonio, se rebelaron contra su padre... Uzea se retiró a Finisterre, al Fin del Mundo, y doña Cristina se entró en el convento de Cornellana en Asturias, y cada una en el lugar que eligieron pasan sus vidas, pues que allá se fueron sin atender a las súplicas de doña Velasquita, que era mujer de poco seso, en razón de que aceptó lo que yo nunca consentiría... Ni al rey, su padre, que les advirtió de que, como no tenía hijo varón ni otras hijas, con sus acciones dejaban al reino sin heredero, sin heredera, con los peligros subsiguientes, pero ni a una ni a otra consiguió hacerlas desistir y eso que se enojó y las amenazó con desheredarlas, darles azotes y hasta con encerrarlas en la mazmorra más oscura de este palacio... Cristina se marchó con su aya al convento y Uzea con unos pocos criados al Finisterre, y allí permanecen, una sirviendo a Dios y la otra mirando el mar, tal se dice... A Teresa la enviaron a Córdoba, pese a que repitió varias veces la frase de los coños y, perdóneme Dios, pero mejor no saber qué es de su vida... Es inhumano este proceder con las infantas y las nobles, bien está casarlas con un cristiano desconocido, pero con un moro y con un demonio además, eso no...

—Yo tuve la inmensa fortuna de casarme con el hombre que amaba...

—Suerte tuviste, doña Poppa, de ser una entre mil... Lo que te decía, que no sé qué dirá de don Bermudo el obispo Sampiro, pues fue de los que se opusieron a tan oprobioso trueque... En cuanto al libro, ¿estás contenta?

—Sí, la mi señora.

—Ea, pues salgamos a tomar el aire, te voy a enseñar León. Iremos a la catedral, a San Juan y al mercado. Que las camareras vistan a los niños y vamos todos... Al negro si te parece lo dejas, para que no llame la atención... Nos abrigamos bien y en marcha...

—Me honra la señora.

A poco, bueno, lo que se dice pronto no, que las damas tardaron una hora larga en aviarse, pues que una y otra eligieron un vestido y, una vez puesto, se lo quitaron y así varias veces, otro tanto hicieron con los zapatos y con las tocas, y eso que habían de ir de veladas y que no tenían grande ropero. A estos hechos propios de mujeres se sumaron los propios de los infantes, que quisieron ir a la letrina y las pequeñas de la reina, la mar de oportunas, mancharon sus pañales y fue menester cambiarlas y aguardar a que estuvieran compuestas. Durante la espera, el rey y las hermanas bretonas subieron al primer piso y se dejaron caer decenas de veces por la barandilla de la escalera entre risas y bullas, lo que hacen los niños que son felices después de todo, e hicieron carreras por el patio interior o entraron en el salón de la Curia y corrieron entre los escaños y, claro, las camareras iban detrás de ellos y todavía se armaba más alboroto. Pero sus madres y las gentes de la casa se sonreían al verles.

Cierto que, al dejar el palacio, las criaturas, sudadas para coger un pasmo, aunque bien embozadas en sus capas, hubieron de guardar compostura. Y más en el catedral, donde salió a recibir a las damas el obispo don Fróila con varios canónigos y, tras arrodillarse todos ante la imagen de Santa María, él mismo les enseñó todo lo bueno que guardaba en la cámara de hierro que había mandado forjar y cerrar y que, en efecto, se abría con siete llaves. Mucho oro y mucha plata, así como excelentes reliquias entre ellas los cráneos de San Vicente y San Ramiro, que murieron a manos de los suevos —un pueblo desconocido para la bretona— por negarse a abrazar la herejía arriana, y los de los Santos Claudio, Lupercio y Vitorico, que fueron mártires de los romanos. Y se lamentó de no poderles mostrar el cuerpo de San Fróila, su homónimo y también obispo de la diócesis porque lo habían llevado a un monasterio, al que evitó ponerle nombre, para salvarlo de la morisma.

Los niños tornaron al holgorio, pues que, ya en la sacristía, los capitulares les sirvieron vino dulce y unas torticas de almendras amargas que no en vano se llamaban «amarguillos», aunque eran muy agradables de tomar, a más de unas roscas de sartén, que los críos devoraron, y fue menester desalojarlos para que continuaran sus juegos en la puerta grande de la iglesia, a la vista de los llagados y tullidos que allí había pidiendo limosna. Los mayores, Mahaut y Alfonso, trotando detrás de Lioneta sin poder alcanzarla, pues ya se explicó que corría como una rata, y las pequeñas infantas, la mar de alegres, señalaban con sus deditos a aquella cosa, a aquel ser moviente, que más parecía un duende corredor que un ser humano, a decir de las nodrizas y de las ayas leonesas, que tal murmuraban sovoz para que no las oyeran las extranjeras.

Y, como presto llegaron a la sacristía los gritos de sus hijos y los de otros niños que se habían acercado a ver qué sucedía y jaleaban a los pequeños nobles, las damas se despidieron de los canonjes y salieron a la plaza. La condesa platicando con don Fróila que le había ofrecido guardar su *Beato* en el arca de hierro, diciéndole:

—Aquí llegó, de aquí salió y aquí quedará en custodia si su merced lo estima conveniente hasta que regrese de su peregrinación.

—Mejor lugar no encontraré, ilustrísima, ya le diré a su reverencia. Ahora quiero verlo y admirarlo con tranquilidad.

Es decir que, por alguna razón que la autora de esta novela todavía no acierta a entender, ha quedado claro que doña Poppa no quiere dejar el libro en León, pues que ya ha rehusado tal ofrecimiento dos veces. Bueno, pues bueno, ella sabrá.

Las damas se vieron rodeadas de su propia chiquillería y de otra ajena. A una señal de la reina, su mayordoma abrió la faltriquera y repartió avellanas, con lo cual el alboroto fue mayor y se acercaron muchos vecinos que se inclinaron ante ellas y hasta pretendieron besarles los pies y, sin descuidarse un momento, extendieron la mano para pedir, y eso que no estaban tullidos, sino que eran menestrales, y lo que comentó la regente con la condesa:

—En cuanto me ven, me vienen a pedir, como si mis arcas fueran un pozo sin fondo, cuando escasa voy de dineros, pues que con los moros arrasando villas y ciudades no me pagan los tributos y aún he de remediar lo que puedo...

—Igual me pasa a mí —sostuvo la condesa.

—¡Veamos, niños...! Como es tarde ya vamos a dejar la iglesia de San Juan para otro día y vamos a ir a la plaza del Mercado...

—¡Viva! —gritó Alfonso y fue contando a sus huéspedes que allí le daban bollos y bizcoletas siempre que iba y, en carnaval, orejas y, en Pascua, pastas, todas las que quería.

Con cada vez más gente en derredor, la real comitiva se presentó en la plaza del Mercado y se organizó enorme revuelo, pues que vendedores y artesanos, a más de saludar a las damas y querer llegarse a ellas para rendirles pleitesía, quisieron regalarles tal dulce o tal otro o un vaso de vino y, claro, se acercaban y las rodeaban sin dejarlas dar un paso. Y allí estaban los que deseaban agasajarlas con alimentos tangibles, pero también los que se prestaban a festejar su presencia con material intangible, como los que les cantaban canciones o tañían la viola o el laúd e, ítem más, los que querían vender: que si una piel de oso para manto, aprovechando el intempestivo día, que si una pieza de tafetán para mandarse coser una veste, que si un saquete de aljófar de diez onzas de peso, muy apto para ornar cualquier brial, que si un hueso de San Vitorico, que si una tela de ranzal para hacer jubones pasada por la imagen de Santa María, etcétera.

Y era que la condesa, al igual que le había sucedido en la tienda de Burgos, hubiera comprado esto o aquesto, pues que le vino una calor a la cara, una fiebre, digamos, de ver tanta cosa, pero no, no, que esta vez hubo de contenerse en razón de que había de pagar el *Beato,* y siquiera adquirió el regalo que le debía a Mahaut por su reciente cumpleaños, por lo dicho y porque la criatura, tan albriciada estaba con la compañía que llevaba, que no se acordó de recordárselo.

El caso es que las nobles con tanta cosa a la vista y con tanta gente hablándoles, no escuchaban a las camareras que reprendían a los críos: que no comieran más dulces, que no iban tener gana de almorzar, que tanto dulce les iba a sentar mal, pues que parecía que no hubieran comido en siete días, y eso, que estaban en lo suyo mirando, tocando, palpando los ricos paños, aunque no los fueran a comprar, y viendo más y más géneros, tantos que no los podían abarcar con los ojos.

Pero, como después de un atracón viene el empacho, al llegar a palacio Mahaut y Lioneta ya sentían malestar, y Alfonso también, aunque lo disimulaba, el caso es que, ya en sus aposentos, vomitaron los tres y, a más de guardar cama, hubieron de tomar un cocimiento de hinojo y salvia, que sabía a rayos. Las damas pasaron la tarde yendo de una habitación a otra, tocándoles la frente a los enfermos por ver si tenían fiebre, pero no, que tenían sudor frío, el propio de la indigestión y hubieron de darles unas friegas en el pecho con aceite de trementina, y contándoles historias para distraerlos.

Así la reina Elvira, por llenar el tiempo y aprovechando que las bretonas iban en peregrinación al Apóstol de la Galicia, anunció a las niñas que les iba a narrar la verdadera historia de la llegada del señor Santiago a las Hispanias, y ellas se acomodaron en sus respectivas camas pero, presto, se adormilaron y las que prestaron atención fueron las adultas. Dijo la reina:

—Sabed, niñas, que muerto San Salvador en la cruz, los doce Apóstoles, siguiendo su mandado, fueron por todas las tierras de la Judea a llevar la palabra de Dios a todas las gentes... Santiago anduvo predicando por allá y curando a ciegos y leprosos y hasta expulsando a los demonios... Pero fue preso de los romanos, que mandaban en la Judea, y condenado a ser degollado, no se amilanó, se despojó de sus vestes, rezó, se arrodilló en el tajo, puso los brazos en cruz, los alzó hacia el cielo y miró al verdugo... Entonces éste levantó el hacha y, tras asestarle dos golpes, consiguió cortarle la cabeza, pero ésta no cayó al suelo, sino que la recogió Santiago en sus propias manos y el verdugo y sus sayones tardaron horas en poder quitársela... Sus discípulos llevaron sus restos a un campo para enterrarlo, pero no pudieron hacerlo porque un ejército de ángeles, llevando un arca de mármol, se presentó en el lugar, introdujo el santo cuerpo y se echó a volar con ella camino de la Galicia, de Compostela en concreto... Donde muchos años después, la encontró el obispo Teodomiro, hombre de grata memoria, que levantó un altar y dio a conocer al mundo entero tan feliz hallazgo... ¡Oh, las niñas se han dormido...!

—Continúe su señoría tan bella historia... ¿O desea su señoría que vayamos al cuarto de don Alfonso y le hablemos de don Carlomagno para que sea tan buen rey como él?

—No, no, dejémosle descansar.

«Casi mejor», se adujo la condesa pues que venía observando que navarros, castellanos y los leoneses también, no tenían buen concepto del emperador y negaban que hubiera estado en Compostela y que él mismo hubiera levantado el altar del Santo, amén de que la misma reina siquiera lo había mentado en su narración, en fin. Así se escribe la Historia.

Capítulo
17

Los frailes de Armilat, que se habían quitado el hambre comiendo cerdo hasta quedar ahítos, avistaron una torre cuadrada en la lejanía y, como sabían adónde iban y habían hecho sus cálculos, le pusieron nombre: la torre del monasterio de San Salvador de Tábara, pero como no habían sido capaces de borrar el dolor que albergaban en sus sensibles corazones, entre otras razones porque habían encontrado las ciudades de Salamanca y Zamora devastadas y no se habían cruzado con persona alguna por el camino que les informara de tal o de cual, frenaron la marcha y anduvieron al paso, a más recogidos en sí mismos y temerosos de que sus más negros presentimientos se cumplieran.

Así fue, pues que antes de descabalgar, ya advirtieron que en el cenobio, al igual que en las poblaciones antes mencionadas, todo era ruina y que no había un atisbo de vida. Erraron sí, porque una jauría de perros sueltos salió a recibirles pero, en cuanto a lo que ellos pensaban, a que no había persona viva, no se confundieron, no y, enojados, qué enojados, rabiosos, porque habían hecho el viaje en balde como ya se venían temiendo, desenvainaron los alfanjes y la emprendieron contra

428

los canes que les ladraban como si estuvieran posesos y les enseñaban los dientes incluso antes de que los bichos les atacaran e hicieron una carnicería, no para descargar la ira que llevaban en sus corazones, no, para salvarse de un peligro, de otro, de los varios que llevaban superados en su largo recorrido. Y ya descabalgaron y, sudorosos, pues que apretaba otra vez la calor, anduvieron por allí para, como les había sucedido en ocasiones anteriores, encontrar cráneos y huesos y, en la iglesia, lápidas, entre ellas la de don Arancisclo, el primer abad, pero ningún resto del santo hombre, pues que su tumba, como otras muchas, vive Dios, vive Dios, había sido profanada por los sarracenos. Y, en aquel disparate, despropósito, dislate, error y grande horror, quisieron subir a la torre, lo único que quedaba en pie, al parecer, donde suponían habría estado el afamado escritorio del convento, pero no pudieron pues que la escalera estaba derruida también... Isa se ofreció a subir si le ayudaban y, naturalmente, los demás se dispusieron a ello, entonces el joven se encaramó a los hombros de Hissam y consiguió agarrarse al suelo del piso, a un travesaño, dicho con exactitud, que se tambaleaba, dicho sea también, y con pericia, como si lo hubiera hecho siempre o como si fuera un gato, trepó por él y ya encontró losa y respiró hondo. Luego fue informando a los de abajo de lo que veía:

—Sí, esto era el escritorio, pero en los anaqueles no hay nada, salvo polvo, están vacíos... Se ve que los moros se llevaron todo... Hay mesas y atriles, botecillos con restos de pintura y saquetes con pigmentos para hacer colores. También hay tinteros, todos secos... Ah, aquí he encontrado un tarro, tiene un cálamo y un pincel...

—Échalos, Isa.

—Y baja pronto...

—Rápido que cruje el suelo.

—Ahí van, cogedlos...

—Ya está.

—¡Baja, por Dios!

—¿Qué hago, salto?

—¡Salta, Yusef y yo te pararemos el golpe...!

—¡Allá voy, y que Dios perdone mis pecados!

Y, ay, que saltó Isa y se torció un pie. Y hubo más, pues cayó sobre la espalda de Hissam y éste dio de pechos en el suelo y se golpeó con un cascote que le hizo una brecha en la frente, ay. Y, tras quejarse uno y otro, ambos convinieron en que iban de desgracia en desgracia y en que, desde que dejaran la mansión de Galisteo, no les había sucedido nada bueno, salvo lo de comerse el cerdo. Y en aquella situación tan dolorosa para Isa e Hissam y tan triste para Yusef, don Walid, inmisericorde como buen prior, aún azuzaba:

—¡Parecéis mujeres, niñas lloronas...!

Y otras lindezas les dijo, pero luego, ya fuera de la iglesia, les curó y a uno le lavó la herida de la frente que, para lo que podía haber sido, no era nada, salvo aparatosa, y se la vendó haciendo tiras un jubón, lo mismo que hizo con el pie del otro que se lo fajó muy prieto.

Hecho lo hecho, el superior les dio aguardiente a beber y los dejó descansar. Y él volvió a la iglesia y anduvo leyendo los nombres de las laudas de las tumbas todas profanadas y, mira, fue que, a un lado, encontró nombres de varones: Arancisclo, Oduario, Sisebuto, Magio, Emeterio, Senior, etcétera y al otro de mujeres: Ende, Adosinda, Alvita, Elvira, Urraca, etcétera, descansen todos en la paz de Dios, y dedujo que el monasterio debía haber sido dúplice, es decir, de hombres y de mujeres, cada comunidad al mando de su abad y de su abadesa, respectivamente, y con casas separadas y, pese a que aquel asunto no le resultaba desconocido en virtud de que había oído hablar de ello, no le cupo en la cabeza cómo hombres y mujeres podían vivir juntos la vida contemplativa y le dio por pensar qué sucedería en Armilat si tal cosa ocurriera, pero presto se adujo que nunca se daría, pues que en toda al-Andalus las musulmanas no hacían vida en común con los hombres, salvo un día al año, el de la fiesta de *Ansara,* y monjas cristianas no había.

Y contemplando la ruina, pisando piedras y cascotes, a más de huesos de tanto en tanto y mirando al suelo para no trompicarse, abandonó lo que quedaba de la iglesia, se sentó en una piedra, alzó los ojos al cielo y preguntó:

—¿Y ahora qué, Dios mío, qué? ¿Qué debe hacer tu desdichado siervo, el último de todos...?

Y sin obtener respuesta, se dirigió donde estaban los suyos, se bebió un trago de aguardiente y se dispuso a hacer lo que hacían los demás: sestear un rato.

A los monjes los despertaron los canes que les venían siguiendo desde Salamanca a lengüetadas que, a la vista estaba, todos salían juntos, pero los bichos se quedaban atrás cuando los hombres iniciaban la cabalgada y luego los encontraban, como venía sucediendo varias veces ya. Más de uno buen susto se llevó, pues que los animales llevaban las fauces llenas de sangre sin duda por haber comido perro y, aunque eran podencos, les parecieron lobos, que ya se sabe las bestias no saben distinguir pero, la verdad, aquellas muestras de cariño les vinieron bien. Pues que los tres jóvenes no pusieron inconveniente a la propuesta del prior, qué propuesta, orden, orden, que decía:

—No puedo volver fracasado al convento. He decidido continuar hasta León, que es sede episcopal, y tratar de comprar allí el *Beato...* Si no lo consigo pondré mi cabeza a disposición de nuestro abad...

Y los muchachos, que eran hombres sin rencor, le respondieron:

—Exageras, don Walid, si no se ha podido comprar el libro, no se ha podido comprar...

—No pasa nada, no rodarán cabezas.

—Le contaremos al abad lo de las tierras despobladas, lo de las ciudades y monasterios arrasados...

—Le entregaremos el cálamo y el pincel, y le diremos que es lo único que había en San Salvador de Tábara.

—Por cierto, ¿dó están?

—Los llevo yo en mi talego —aclaró Yusef.

—De paso y si don Walid lo tiene a bien, podemos llegarnos a Compostela para alcanzar la indulgencia...

—Ya puestos. Ya que estamos aquí...

—De Zamora a León, cuatro días, como nos hemos desviado, en día y medio estamos en la capital.

—¡Ea, avante, pues!

Así las cosas y conformes todos, hombres, caballerías y perros, tornaron a la estrada pública y, tras almorzar, en un lugar donde confluían tres ríos, unas truchas que Yusef consiguió arrancar de las aguas con sus propias manos, tan abundantes eran, tras admirar la feracidad de aquellas tierras, que sembradas de hortalizas o de trigo, podrían dar cinco por uno y bien atendidas hasta diez por uno, siguieron un letrero que indicaba: a Legio, anduvieron unas millas más e hicieron noche a la vista de la ciudad de León y a la vera de una ermita que se llamaba Nuestra Señora del Camino.

Al día siguiente, don Walid, de acuerdo con el santero que la guardaba, celebró misa en la dicha y los otros la oyeron y comulgaron, lo que les vino bien, pues que llevaban muchos días sin poder hacerlo, ya que no se atrevieron a salir de Armilat con un hostiario en sus talegos no se los fueran a revisar los soldados del califa. Así que, muy reconfortados por el sacramento, entraron en la ciudad regia por la puerta del poniente y abonaron el portazgo.

En la calle de la Rúa encontraron un hueco entre las muchas gentes que se habían reunido para despedir a quien fuere y se detuvieron a ver pasar una compaña muy grande, de a lo menos 200 hombres o si no 150 que, precedida de un estandarte, abandonaba la urbe y, admirados de tanta pompa y boato, de tantos soldados y de tantos carros, preguntaron a los vecinos dónde estaba el hospital de Santa María de Regla y allá se encaminaron a pedir asilo.

Doña Poppa, con su innumerable séquito, salió de la ciudad regia la víspera de la Virgen de Agosto, después de dejar limosna en Santa María y en San Juan Bautista para que rezaran misas por su difunto marido, y en el monasterio de San Salvador, donde visitó la sepultura de la abadesa doña Elvira, que fuera nieta de la reina Toda de Pamplona y que, junto a doña Andregoto de don Galán, la había acompañado en su viaje a Córdoba. Y allí las monjas le insistieron en que Lioneta tocara las reliquias del Santo Niño Pelayo, honra y gloria de la casa, pues que era muy milagroso, y ofrecimiento que la dama aceptó agradecida, por si el Santo Niño le hacía favor y crecía medio dedo que fuera.

Después de abonar el *Beato* al obispo Sampiro, mejor dicho, de llegar a un acuerdo con el susodicho, de hacer un troque con él, vamos. En razón de que en la antevíspera del viaje había llamado a don Morvan que, a más de mil otras cosas, venía siendo el ecónomo de la expedición, y le pidió le llevara a su aposento las arcas de los dineros. Y, Jesús bendito, de las dos suyas, una estaba vacía y en la otra quedaban tres libras de plata, aunque las de la duquesa de la Bretaña permanecían aherrojadas y enteras. Las abrieron, por supuesto, separaron el oro de la plata y contaron las monedas haciendo montones pero, a ojo y antes de terminar, ya se apercibieron de que el contenido no sumaba la cifra de 10.000 dinares ni por asomo, y se disgustaron todos. La que más la condesa, dado que, salvo aquel gasto extraordinario que había hecho en Burgos con vistas al futuro matrimonio de Mahaut y un tantico más que se excedió, que todo hay que decirlo, para ella no se había comprado un dulce ni un puñado de almendras y, es más, hasta se había ido desprendiendo de sus joyas, pues que no había previsto llevar regalos para las altas damas que encontrare en el camino.

Doña Poppa, llevándose las manos a la cabeza y pidiendo auxilio con la mirada a sus caballeros y a sus camareras, expresó:

—Habrá que encontrar una solución...

Y fue que uno a uno, hombres y mujeres, le entregaron sus bolsas y se las dejaron a sus pies. Don Morvan volvió a hacer montones con ellas, y dijo:

—Lo que tenemos equivaldrá a unos 4.000 o 5.000 dinares... Advierto a la señora que hemos de llegar a Compostela y regresar a Conquereuil...

—He sido demasiado dadivosa, pródiga incluso... ¿Qué podemos hacer?, decidme, por caridad...

—Lo primero, la mi señora, no comprar el libro —aconsejó don Morvan.

—¡Ah, no, no puedo desatender la manda de mi señora...!

—Señora —apuntó doña Crespina—, la duquesa no tiene por qué saber que has tenido el libro en tus manos y que lo has apalabrado.

—Eso, señora, le dices que no había, que no lo encontraste y amén... Además, le hablas de las guerras de Almanzor

434

y del terror que siembra por doquiera, y se quedará conforme —intervino doña Gerletta.

—No, no, además cómo voy a quedar con el obispo y qué dirá la reina Elvira... ¡Ah, qué sofoco, mis sales, alcánzame el pomo, Crespina...!

—¡Téngase la señora, cálmese!

—Podemos pedir prestado a los judíos o a don Fróila, el obispo.

—El obispo no tiene un penique, está obrando en la catedral.

—Se lo dejamos a deber a don Sampiro...

—Le dices, señora, que has hecho corto con los dineros y le juras que se los remitirás cuando regreses a Conquereuil.

—No aceptará, querrá guardarme el libro en el arca de hierro...

—¡Pues lo dejamos y lo recogemos al regresar, iremos más despreocupados!

—No, no. ¿Quién le asegura al obispo que volveré? ¡Ay, qué tristeza...!

—Si la señora jura es suficiente.

—Y si me muero, ¿qué?

—Madre, no digas eso... —intervino Mahaut.

—Quién sabe, madre, quizá encontremos un tesoro en el camino —aventuró Lioneta.

—Señora...

—Dime, don Guirec.

—¿Qué te parecería reducir el cortejo? Somos 124, dejarlo en 50, les pagamos la soldada a 74 y que vuelvan a casa... Así no habrá que darles de comer...

—Nosotros ya somos 8, ¿adónde va una condesa con 66 sirvientes?

—Entre criados y soldados...

—¿Quién nos defenderá de Almanzor?

—Además, no puedo portarme mal con mi gente.

—Algunos no son tú gente, son mercenarios, y la necesidad obliga.

—Yo apunto otra posibilidad...

—¿Cuál, don Morvan?

—Vender el carro condal...

—¿Mi carro?

—Sí, la reina lo mira mucho y el obispo más... Imagínate a don Sampiro entrando en Astorga en ese carruaje, será la envidia de los obispos de Iria, de Oviedo, de León y aun de los de Mérida y Córdoba... Si me das licencia le planteo el negocio: el carro a cambio del *Beato*, y lo acepta o se queda con el libro. ¿Qué me respondes, señora?

—Me encuentro en una situación muy apurada... Ve, don Morvan, dile la verdad que he hecho corto con los dineros y proponle el cambio... Yo se lo contaré a la reina para que se entere por mí... ¡Ah, qué trabajos me manda el Señor...!

Pese a que, al día siguiente, el obispo don Sampiro aceptó el trueque la mar de contento, pues que, según el capitán, llamó al carro condal, «carro triunfal» y, al momento, dijo de quitarle las ruedas e instalarlo en su iglesia para guardar las buenas reliquias que tenía, la condesa anduvo muy contrariada, y eso que le dio un ardite que el clérigo regateara y consiguiera sumar al negocio el tiro de cuatro mulas que arrastraban el vehículo, con sus arneses además.

A ver que, al yantar, le tuvo que comentar a la reina que iba muy justa de dineros y pasó un mal trago, aunque, es de señalar que, doña Elvira no le dio la menor importancia al asunto. Es más, le comentó que a todos los peregrinos les sucedía lo mismo cuando arribaban a León, que se habían gastado todo lo que llevaban o que se lo habían robado los ladrones, y que llegaban sin un mendrugo que llevarse a la boca, pero añadió, seguido, que se saciaban en el hospital de Santa María, donde les daban un cuartillo de vino, una hogaza de pan y una escudilla con berza y garbanzos por persona y día, a más de lecho, a expensas del obispo y de ella, a mitades. Y aún continuó que con los flagelantes, que acaso habían pasado por la ciudad tres mil hombres ya, también venían haciendo otro tanto...

—Los flagelantes, esos que van a Finisterre para redimir sus culpas en busca de la postrimera salvación...

—Se azotan y se destrozan las espaldas, ¿por qué?

—No sé, no ha mucho comentando este asunto con don Sampiro me dijo que se trata de una fiebre que ha movido las conciencias, de un furor que ha entrado a los cristianos y que vienen mil gentes de todas las naciones para estar presentes en el Finisterre el último día de este año... Dicen que ese día se acabará el mundo y aparecerá don Jesucristo sobre una nube rodeado de legiones de ángeles y que, después de muchos terrores, tendrá lugar el Juicio Final y los justos entrarán en el Valle de Josafat y los malos en el Infierno para siempre jamás...

—Ya he visto que gritan: «¡Mil y no más...!».

—Van a casa de doña Uzea, al castillo-faro... ¡Pobre Uzea...!

—Ah, vuestra pariente...

—Mi hijastra, sí... Por aquí la llaman la señora del Fin del Mundo... Vive en un castillo, una de cuyas torres es el faro que levantaron los antiguos romanos... Me voy a retirar, condesa, tengo media jaqueca... Mañana desayunaré contigo y te despediré.

—Que descanse la señora, yo también me voy a preparar los baúles...

—Si necesitas dineros, algunos puedo darte...

—No, tengo, habiendo hecho el trueque, tengo. Gracias, no obstante, señora.

A la caída de la tarde, llenos los baúles y cargados algunos en los carros para aligerar, doña Poppa buscó en su azafate la cinta que llevaba y midió a su *naine*, comprobando que no había crecido un ápice. Y fue que, aunque no esperaba un rápido milagro del Niño Pelayo, en virtud de que los Santos suelen hacerse de rogar, una nueva contrariedad vino a sumarse al sofoco que le había producido carecer de dineros y verse obligada a desprenderse del carro condal para comprar un libro, un solo libro, eso sí, bello como ninguno, por cumplir el encargo de su señora natural; o talvez fue que, como estaba muy regalada en León y en la grata compañía de la reina Elvira, le dio pereza tornar al camino, el caso es que aquella noche, la última que dormía en la ciudad regia, tuvo un mal sueño.

Soñó que estaba en un jardín desconocido, que no destacaba precisamente por sus verduras ni por sus céspedes ni porque estuviera bien cuidado, y sentada en un poyete, cátedra o escabel, que tampoco llegó a saberlo y que, a su derecha, había una casa de tres alturas con ventanas y, en el alféizar de la más lejana, una mujer que, Señor Jesús, se arrojó por ella y, lo que los sueños son, no se mató al caer, sino que se levantó, se quitó el polvo y se entró en la escuálida vegetación del lugar hasta que ella, doña Poppa, que no había acudido en su auxilio ni se había sobresaltado por tan inusitado proceder, la perdió de vista posiblemente porque dejó de mirarla y, es que, al momento y por la misma ventana, se tiró al vacío un hombre, que tampoco se descalabró e hizo lo mismo que la dueña: limpiarse el polvo de la túnica y componerse el cabello, aunque, es de decir, que éste, antes de seguir a la mujer, se le acercó, inclinó la cabeza y la miró con los ojos muy abiertos y torciendo el cuello, como algunos pobres engendros miran a las gentes y algo le dijo, algo le preguntó o le planteó o quizá la invitó a irse con él, pero ella, le dijera lo que le dijera o le propusiera lo que le propusiera, rehusó. Algo, no recordaba qué, aunque seguramente lo mismo que una venerable anciana, de cabello cano y ralo y ojos inexpresivos, que se le presentó por la derecha, que todo en aquel jardín venía de la derecha, al parecer, que le acercó su huesuda mano para que se fuera con ella y el personaje que estaba sentado, que era ella, aceptó y, por suerte o por desgracia, el sueño terminó... Por suerte, porque aquella vieja bien podía haber sido la Muerte y, de haber continuado el sueño, habérsela llevado de este mundo, cuando ella, Poppa, no podía permitirse el lujo de morirse mientras sus hijas fueran tan chicas. O, por desgracia, pues se despertó en el momento en que sus camareras abrían las ventanas del aposento y empezaban a trastear para continuar viaje a Compostela, que más parecía ser un viaje al infinito. Por ello, por el jaleo que sus damas y sus hijas organizaron no pudo detenerse a pensar quiénes eran la mujer, el hombre y la vieja, ni si serían hombres o ángeles, aunque no trajeran alas, ni por qué, *par Dieu*, dos de ellos se habían tirado por la ventana ni de dónde había venido la vieja, ni tampoco pudo consultar con el agorador de la reina regente, que posiblemente tendría uno, para que le interpretara el sueño, un sueño que no había sido bueno ni malo aunque sí ciento por ciento desconcertante. No pudo, pues hubo de desayunarse y tuvo que revisar los baúles.

Además, a última hora, hubo de prestar atención a don Morvan que se presentó en sus aposentos para anunciarle que la tropa estaba formada y que le había dispuesto un carruaje, el mejor de los que llevaban. El viejo carro de la madre de don Robert, descansen los dos en paz, que había permanecido durante mucho tiempo en las cuadras del castillo de Conquereuil sin utilizar y lo había mandado limpiar para sumarlo a la expedición y, aunque estaba la pintura muy decolorada, aún se distinguía el escudo condal en las puertecillas, y que iría cómoda, pues que había trasladado los cojines del bueno al malo, del carro bueno al no tan malo, pues que había quedado muy digno.

E ido don Morvan, hubo de atender a la mayordoma de la reina que, carihoyosa, le comunicaba que su señora padecía grande jaqueca, la misma que se le presentaba una vez al mes más o menos, sin duda a causa de los muchos problemas que había en el reino, y que le enviaba parabienes, pues no podía despedirla, dado que habría de permanecer al menos tres días, tres, en su habitación, tendida en el lecho, sufriendo terribles dolores y con los postigos de la ventanas cerrados para que no entrara un rayo de luz y le dañara al seso o la vista, lo que fuere, mientras ellas le ponían paños mojados en la frente, y le daba a beber un cocimiento, en frío, de diente de león y corteza de sauce a pequeños sorbos, y el barbero le aplicaba sanguijuelas en las sienes para quitarle la sangre gorda y combatir su mucho dolor. La condesa se mostró apenada y, a través de la camarera, le deseó a la reina una pronta recuperación a la par que le agradeció lo mucho que la había honrado y le prometió encomendarla al señor Santiago. La mayordoma se inclinó y se despidió enhorabuena, porque Lioneta ya le estaba tirando de la saya e indicándole que don Guirec quería hablar con ella, y era que el capitán le venía a comunicar que Mínimo, el tipo que caminaba hacia atrás, había desaparecido y le preguntaba qué hacía si mandaba unos hombres para que lo buscaran por toda la ciudad o si se despreocupaba de él.

—Déjalo ir —le respondió la condesa.

Y fue que escuchó aquellas hablas una de las criadas leonesas, una de las fregonas, una de las que habían de limpiar los aposentos cuando estuvieren desalojados y que, insensata, pues que en una conversación de nobles no interviene una sirvienta, dijo:

—No se preocupen sus mercedes por este Mínimo, que es un alunado que va y viene... De aquí se llega al monte Cebrero, donde termina el reino de León y empieza el de la Galicia, y torna a Burgos. Va y vuelve en un viaje interminable...

—¡Ah! —se extrañó la condesa y, aunque le hubiera gustado escuchar más, no quiso demorarse. Repartió unas monedas entre la servidumbre del palacio y, precedida de sus hijas y seguida de sus damas, se encaminó a la puerta principal del palacio donde la esperaba el rey Alfonso para despedirla.

Doña Poppa se arrodilló y otro tanto hicieron las niñas. El pequeño correspondió, se comportó como si fuera adulto, las alzó y les dio las manos con calor, a la que más a Mahaut, pero se dejó besar por Lioneta que le llenó de babas, y aceptó de grado trasmitir a su augusta madre los buenos deseos de la dama para su pronta recuperación.

—Este niño será un gran rey, tal promete —expresó la condesa apenas se acomodó en el carruaje y sus camareras asintieron, mientras trataban de encontrar sitio para acomodar la caja del *Beato.*

—No he visto niña tan bella como Mahaut —comentó, por su parte, el pequeño a su aya cuando la comitiva de Conquereuil se perdía de vista.

Y ésta le respondió:

—¡Ah, picaruelo, tan chico y ya fijándote en las mujeres...! Vamos, que te espera el dómine para enseñarte a leer, y a ver en qué piensas, si en las letras o en la niña.

La compaña de doña Poppa, como va dicho, dejó León el día de la Virgen de Agosto más o menos a la hora nona y, ella, aunque no llevaba muy buena gana, hizo esfuerzo y alzó la mano para saludar a los vecinos que parecían guardarle la carrera y, por supuesto, no se fijó en cuatro hombres que, venidos de la lejana ciudad de Córdoba, contemplaban con la boca abierta el paso de su inmenso cortejo.

Como era jornada festiva, la expedición se detuvo en la pequeña iglesia de Santa María del Camino, donde don Pol ofició misa y, tras gritar lo de «Adjuve, Deo, adjuve, Sancti Jacobe», los bretones tornaron a la calzada pública.

Los hombres iban albriciados, pues que habían andado por la ciudad regia lo que habían querido y, vaciando sus bolsas, habían ocupado las tabernas y paseado por la plaza del Mercado comprando tal o cual y muchos hasta se habían desahogado en un burdel que había extramuros, en la vía que lleva a Oviedo. Había cesado el viento y, pronto, volvería a hacer calor, con lo que se quitarían el frío y algunos hasta curarían el resfriado que llevaban, pero doña Poppa no iba contenta, no, iba triste.

A ver, que había tenido que desprenderse de su magnífico carruaje, el que le había regalado su buen marido para que ella, después de la ceremonia de bodas, recorriera la población montada en él, al son de gaitas y siempre aclamada por la vecindad que se apiñaba en las calles, y todo por un encargo, ciento por ciento imprevisible, que le había hecho su señora, la duquesa de la Bretaña, a la que no podía desairar no fuera a enfadarse y a enzurizar a su marido y éste le quitara el feudo, no a ella, que tenía cada vez más asumido que, a su regreso, entraría en un convento con Lioneta, crecida o como estaba, eso sí, ya con un dedo más de altura de los que medía en casa, pero sí a Mahaut, que presto sería condesa de Conquereuil y señora de Dinard, dos señoríos que, de siempre, habían suscitado la envidia de los condes vecinos, como conocido es.

A ver, que por no tener suficientes dineros y, pese a que había salido perdidosa, había pasado vergüenza al verse obligada a proponer un trueque al obispo Sampiro, que, mira, como era cronista, podría escribir sobre el hecho y que su nombre quedara para siempre mancillado y hasta que la llamara «la condesa pobre» o «la peregrina pobre» o «la pobre bretona», lo que se le ocurriere, después de todo.

A ver, que había desaparecido aquel Mínimo, hombre extraño donde no haya otro que, mira, le había suscitado compasión y por eso lo había salvado de una muerte certera, pues que lo había librado de la ira de judíos y peregrinos, ya casi moribundo, y había conseguido que se restableciera y hasta le predijo que llegaría sana y salva a Compostela. Esto, aunque simpleza, la había aliviado sobremanera e incluso había empezado a tomar cariño a aquel ser tan desvalido, seguramente porque Lioneta también lo era. Y, a ver si, cuando llegara al Cebrero, no se le olvidaba preguntar a los habitadores por aquel Mínimo que, de ser cierto lo dicho por la criada, podrían darle noticias de él.

Y quizá Mínimo tuviera arte en interpretar sueños y ella había tenido uno que, por el pronto, no sabía si era bueno o malo ni si, pasado un tiempo, el que fuere, le traería ventura o desventura... Un sueño del que había sido protagonista junto a unos desconocidos que, contra cualquier razón, se arrojaban por una ventana, daban de cabeza en la tierra, se levantaban como si nada y se iban a donde se fueren, y que no eran seres infernales pues no causaban espanto, pero angelicales tampoco eran pues no apetecía marcharse con ellos, y tampoco con la vieja a la que le había preguntado, como muy bien recordaba: «¿Ahora me toca a mí?» y, recibiendo respuesta afirmativa, aunque hizo ademán de seguirla, no sabía si se había ido con ella o no se había ido, por lo que se dijo arriba, porque irrumpieron sus damas en la habitación y su sueño se terminó.

A ver, que iban demasiado apretadas en aquel carro y que no había dónde colocar el *Beato*, aquella joya que siquiera había tenido tiempo de mirar, pero que era menester guardar como oro en paño pues, a más de pagar su valor intrínseco, había abonado por él un alto precio sentimental, nada más y nada menos que un precioso carruaje: el regalo de bodas de su bienamado don Robert, que Gloria haya.

Hubiera pensado en todo lo antedicho y más si sus hijas y sus camareras se lo hubieran permitido y en alguno de los puntos, en el sueño sobre todo, rememorando, hasta hubiera podido alcanzar alguna luz pero, mira, que les había dado más parlera que otras veces y no la dejaban estar. Y las niñas hablaban de cuánto habían jugado con Alfonso, que si a las prendas y a los dados, y con un caballo de madera que tenía y con una espada de madera también con la que había matado centenares, millares de moros, y decía Mahaut:

—Madre, me quiero casar con don Alfonso.

—Yo también —declaraba Lioneta, muy seria ella—, además, quiero vivir en esta tierra donde hace tanto sol.

Y, cuando sus hijas terminaban con aquella matraca, las damas empezaban a hablar de Mínimo y a dolerse de lo que sería de él, yendo solo por las veredas, dependiendo de la bondad o de la maldad de los caminantes para echarse un bocado al estómago y, además, andando al revés. O seguían con el asunto del libro, molestas, pues que ocupaba mucho espacio y no se podían ni cantear, y decían que era menester buscarle acomodo y discutían si meterlo en un baúl o hacer un suelo o un techo o una pared excusada en el nuevo carro condal.

Así con tantas cosas en la mollera, doña Poppa no halló tranquilidad hasta que se hizo el silencio en el campamento que los bretones habían levantado a orillas del río Órbigo para pasar la noche y, acompañada de sus hijas, caminó hasta el puente de tablas, y allí, las tres contemplaron las estrellas y, como en otras ocasiones, cada una encontró la suya y la de su padre o marido, las señaló con el dedo y, contentas, porque los astros seguían peregrinando con ellas, se fueron a acostar.

Los cordobeses solicitaron albergue en el hospital de la catedral de León y, como era temprano, lo consiguieron sin dificultades porque los que habían pasado allí la noche anterior ya se habían ido y los que dormirían en la siguiente aún no habían llegado.

Los que regentaban el lugar no sólo les dieron cama, sino también una escudilla de garbanzos con berza, un buen trozo de abadejo y un cuartillo de vino a cada uno que, es de decir, agradecieron sobremanera, pues, desde que se hartaron de cerdo, habían pasado muchas horas y venían con los estómagos vacíos, como si ayunaran, vaya.

Apenas sentados en unas mesas corridas y con la cuchara a la mano, ya hablaban con los hombres que les atendían y les informaban de que eran monjes mozárabes, procedentes del convento de Armilat, situado en las serranías de Córdoba, la capital de al-Andalus y, al primer vaso de vino, ya les decían a los hospitaleros, fueran canónigos o simples empleados, que habían viajado hasta León para comprar un libro, un *Beato* en concreto, y solicitaban información a los dos hombres que se habían sentado con ellos y también empinaban el vaso.

—Nosotros no sabemos, tendréis que consultar con don Fróila, el obispo.

—Vive enfrente, saliendo enfrente, en la casa obispal.

—Ah, ea, escancien más vino sus mercedes, que dejaremos buena limosna.

—Venga que, como no hay nadie y el obispo no se ha de enterar, invitamos a otra ronda.

—Gracias, hermanos.

—¡Qué bien se está aquí!

—Se respira libertad... Sepan sus mercedes que en Armilat no podemos salir del convento y que para hacerlo hemos de pedir salvoconducto...

—Íbamos a San Salvador de Tábara y sólo encontramos ruina...

—Por esas tierras todo es muerte...

—Frailes de la Escalada, de Tábara y de otros monasterios se refugiaron en León.

—¿Después de comprar el *Beato*, van sus reverencias a Compostela?

—No, de momento no, hemos de regresar cuanto antes, nuestro señor abad es viejo y le corre prisa tener el libro en sus manos.

—Quizá volvamos, como ya conocemos el camino...

—¿Pueden creerse sus mercedes que las gentes nos han tomado por moros durante todo el recorrido?

—¿Llevaban sus señorías turbante?

—Claro, e íbamos vestidos de blanco, los musulmanes visten de tal color en verano. Además, todos los cristianos de al-Andalus hablamos muy bien el árabe.

—Las gentes de las mozarabías cada vez lo hablan peor, don Walid, tal se dice...

—¿Y allí los moros os dejan ir a misa y recibir los sacramentos?

—Sí, aunque a veces nos persiguen... Tenemos muchos mártires.

—¿Dónde podremos comprar ropa hecha? Con lo que llevamos no nos podemos presentar al obispo...

—En la plaza del Mercado. Volviendo por donde habéis venido, y a la siniestra. Ya veréis gente...

—¿Hay baños en la ciudad?

—De paso, encontraréis la casa de baños...

—Ah, pues entraremos.

—También necesitamos una cuadra para guardar los caballos...

—De paso, también hay una, y es de un hombre honrado que les dará avena y no os engañará en la medida.

—¿Cómo se llama el rey de estos reinos?

—Alfonso. Es un niño de cinco años, doña Elvira, su madre, es la regente, el pequeño es el quinto de tal nombre.

—¿Por dónde anda Almanzor?

—Por la parte de Burgos, poco ha que derrotó a los cristianos.

—Hemos visto una gran compaña, ¿de quién era?

—De una condesa de la Francia... Va a Compostela.

—Lleva una niña enana que da grima verla, pues parece una rata.

—¿Cuántos días podemos estar en este hospital?

—Dos noches.

—Ea, pues, que tenemos que hacer muchas cosas.

—Con Dios, señores.

—Con Dios.

De camino hacia la plaza del Mercado y sin echar un rezo en la catedral, los mozárabes dejaron caballos y mulas en un establo y pagaron para que les dieran de comer. Encontraron la casa de baños, pero no entraron pues que mejor antes comprar ropa para tirar la que llevaban, y tal hicieron, adquirir unas túnicas de color pardo, que eran casualmente las que llevaban los peregrinos, y hasta repusieron los zurrones, pues que los llevaban perdidos de polvo y agujereados. Luego anduvieron entre los tenderetes y, Dios los perdone, como nunca habían visto tanta cosa junta y tan variada, se les fueron los ojos detrás de unas espadas de filo recto, que debían ser las propias de por

447

allí, pero acostumbrados al alfanje, después de tocarlas, las dejaron, y continuaron hasta toparse con unos puestos de dulces, donde no se resistieron y compraron unas roscas fritas, que les supieron a gloria y siquiera se enteraron de que por lo que pagaron por una docena, la muy ladrona de la rosquillera, les hubiera tenido que dar media gruesa, y más allá bebieron aloja y zarzaparrilla, que se les juntó con el vino que habían ingerido en el hospital y, muy alegres, anduvieron por los puestos, eso sí, causando expectación, dado que de los pocos peregrinos que pasaban aquel año por la ciudad regia, los yentes ya se habían echado al camino y los vinientes no habían llegado todavía pues que lo harían por la tarde —el tiempo que, saliendo al amanecer, tardaban en recorrer una etapa—. Y eso, que los miraban hombres y mujeres, diciéndose que peregrinos no eran ni flagelantes tampoco, aunque por lo sucios que iban podían ser cualquier cosa, y preguntándose qué oficio tendrían aquellos hombres.

Tal se hablaba por el mercado cuando los de Armilat se detuvieron a escuchar a un ciego que cantaba una canción sobre un franco, sobre un don Carlomagno que había sido emperador y que, llamado por el señor Santiago había entrado en las Hispanias para liberar el sepulcro del susodicho de manos paganas y había recorrido con su poderoso ejército el camino que con el tiempo se llamaría el *Iter Sancti Jacobi*, que precisamente pasaba por León, aunque por aquel entonces siquiera existía la ciudad, para encontrar el sepulcro del Apóstol en Compostela y, con el botín conseguido en sus campañas, levantarle un altar muy ornado de oro y plata, y hasta se llegó al mar de la Galicia para tomar posesión de toda la tierra. Y, mira que, sin hacer caso a los ojos de las gentes, les resultó entretenida la historia de aquel Carlomagno del que no habían oído hablar y, claro, para saber más y como era muy interesante, se pararon un poco más allá con una juglara que, acompañada de un tañedor de viola, cantaba del mismo otro negocio bien distinto, pues que con armoniosa voz sostenía que muchos años atrás un dicho Sulayman, gobernador de Sarakusta, descontento con el emir de al-Andalus, se encaminó a la Francia y se alió con don Carlos y le instó a que interviniera en las Hispanias prometiéndole que le entregaría la ciudad del Ebro; que tentado el emperador por tan fabulosa presa, atravesó los alpes Pirineos con un poderosísimo ejército, recibió homenaje de los caudillos vascos y se presentó en la ciudad de Pamplona, para luego seguir a Osca y ya bajar a Sarakusta, donde halló las puertas cerradas y, dentro, al traidor del Sulayman que no las quería abrir. Entonces puso sitio a la ciudad, pero, llamado por otros negocios de la Germania, hubo de levantarlo y volver a los sus reinos, hecho que aprovecharon moros y vascones para seguir al ejército imperial con sus tropas respectivas y sorprender a la retaguardia en el paso de Roncesvalles, infligiéndole una gran derrota en la que murieron los doce pares de la Francia, entre ellos el gran Roland, duque de la Bretaña.

Y lo que la autora dice en este momento: mejor que, cuando doña Poppa anduvo por el mercado de León, no escuchara las canciones del ciego y de la juglara, pues que su mente todavía se hubiera confundido más con estas dos nuevas versiones de la historia del emperador que corrían por la ciudad regia y, sin más, sigue con la narración:

Bañados, vestidos con ropa nueva y recortadas sus barbas, los frailes se encaminaron a la casa obispal. Don Walid, nombrándose, pidió audiencia a don Fróila y, cuando éste se la concedió, dejó a sus hermanos en la calle y entró solo.

—Parabienes, señor prior —lo recibió el obispo dándole su anillo a besar.

—El señor abad de Armilat te saluda, don Fróila, y yo don Walid, el prior, te pido me bendigas...

—*In nomine Patri et Filii et Spiritu Sancti, ego benedico te...*

—*Amen.*

—¿Qué te trae por aquí?

—Verás, ilustrísima, mi señor, el abad, me envía a comprar un *Beato*.

—¿Un *Beato*? ¿Es que todo el mundo quiere comprar un *Beato*?

—No entiendo, ilustrísima.

—Hace nada, dos o tres días, la condesa franca compró uno...

—¿La peregrina? ¿La que iba con mucha gente? Me crucé con ella...

—Ésa, sí.

—¿Y qué, señor?

—Que se lo compró al obispo Sampiro. Yo no tengo libros... Los libros se vendían en los monasterios, en San Miguel de la Escalada, en San Salvador de Tábara, pero ya no, Almanzor los ha arruinado... Los que tiene el cabildo de esta catedral no están en venta, son para el culto. Además, *Beatos* no tenemos...

—Vengo de Córdoba, del convento de Armilat...

—Sé de la existencia del cenobio y tengo noticia del obispo don Recemundo, que residió allí...

—Por orden de mi abad, Dios le dé muchos años de vida, he recorrido la vía de la Plata, sufrido calor y frío, sobre todo calor, el ataque de unos salteadores de caminos y la tristeza de ver el monasterio de San Salvador de Tábara destruido y abandonado, ¿puedes indicarme adónde o a quién dirigirme?

—Trata de hablar con don Sampiro. Es el obispo de Astorga pero todavía no ha tomado posesión de su sede y reside en la casa de los canónigos, que está pareja y se comunica con este edificio... En cuanto a lo que dices de Tábara, el que más lo siente soy yo pues, aparte de tantas muertes, tanto miedo y tanta desgracia que producen las *razzias* de Almanzor, mi homónimo, el primer obispo de León, fundó el cenobio junto al abad Arancisclo...

—Encontré su tumba profanada.

—Diríase que la ira de Dios ha caído sobre nosotros... —expresó el prelado llevándose las manos a la cabeza.

—Eso parece, sí. Con la venia, voy a ver si puedo hablar con el señor Sampiro.

—Mi secretario te acompañará, aunque te recuerdo que acaba de vender uno a la condesa peregrina y que, además, hay muy pocos...

—Queda con Dios, don Fróila.

—Adiós, prior.

Don Walid salió del despacho del obispo tentándose la cajita de marfil que llevaba colgada del cuello, la que le diera el traficante de reliquias de la mansión de Galisteo, aquel muladí llamado Omar, de la que, dicho sea, tampoco había hablado a sus frailes y, ante don Sampiro, que lo recibió amablemente, volvió a empezar con lo del convento de Armilat, la manda de su superior, el viaje, los peligros, la desolación de ciudades enteras, etcétera, y terminó también con que quería comprar un *Beato*.

El clérigo levantó las manos en un gesto de impotencia y le dijo:

—Prior, si hubieras llegado una semana antes, te hubiera podido vender uno copiado e ilustrado en San Salvador de Tábara y nada menos que por el fraile Emeterio y por la monja Ende... Una joya donde no haya otra, pero se lo acaba de

llevar una condesa franca... Si quieres una Biblia o un Evangeliario tengo y muy buenos...

—No, no, mi superior desea un *Beato*.

—Lo siento, hermano.

—¿Adónde, a quién me puedo dirigir?

—Por estas tierras a ninguna parte, todo es ruina.

—Lo he visto con mis propios ojos, he estado en San
Salvador. ¿Acaso a las Asturias de Oviedo o a Compostela?

—Las reliquias, el oro, la plata, las joyas y los libros
preciosos que se han salvado del azote de Almanzor, los han
guardado clérigos y legos, y hasta que no terminen las guerras
no los sacarán de sus escondites... Has llegado tarde y en momento muy inoportuno... En estas tierras, mantener la vida es
un logro... Vuélvete a Córdoba, da razón a tu abad y llévale mi
invitación para trasladar a toda la comunidad para acá, cuando
muera Almanzor vamos a necesitar muchos brazos para rehacer
lo deshecho.

—Quede con Dios el señor Sampiro.

—Vaya con Dios el señor prior.

Ya en la calle, don Walid expresó a sus frailes:

—No hay. En esta ciudad no hay *Beatos,* hay dos obispos
pero ninguno tiene, el único que había lo acaba de comprar una
condesa franca...

—¿La del cortejo?

—La misma.

—Quizá lo quiera vender.

—No creo, ha de ser muy rica.

—Sí, con tanta gente que lleva...

—Ya le dijimos al abad que no era el momento, que todo
era guerra por aquí.

—¿Entonces hemos de volver a casa con las manos vacías?

—Por el momento, hijos, consultaremos con la almohada —respondió el prior.

A la mañana siguiente, los frailes, tras recibir la bazofia y comérsela con deleite, volvieron a platicar con los legos que servían en el albergue de la catedral. Don Walid se lamentó:

—No hay ningún *Beato* en la ciudad. Había uno, pero lo compró la condesa franca...

—Prior, la condesa quizá desee venderlo...

—¿Por qué? ¿No lo acaba de adquirir?

—No lo ha comprado con dinero contante y sonante, ha hecho un trueque con don Sampiro...

—¿Cómo?

—Ha cambiado un carruaje muy bueno que llevaba, por el libro. Anda escasa de dineros.

—Asómate a la puerta y verás qué vehículo...

—Ya lo vi ayer y me llamó la atención.

—El obispo va a mandar que le pinten sus armas.

—Que quiten el escudo de la franca y pongan el suyo.

—Con ese carro triunfal, que no lo tiene el rey de León, Sampiro entrará en Astorga. Eso se diz...

—La franca compró vituallas, pero a buen seguro que, como lleva tanta gente, se le acabarán presto...

—Lleva más de cien hombres...

—Necesitará dinero para comprar más, máxime porque los campesinos abusan con los precios por todo el camino...

—En el Cebrero ya no tendrá qué comer...

—Allí será un buen lugar para que se presente su merced a la dueña y le ofrezca oro a cambio del libro...

—O quizá antes, en la Pons Ferrata...

—Salió de aquí con varios carros cargados de sacos de harina y de legumbres, pero tanta gente come mucho.

—¿Qué dices, don Walid? —preguntó Isa.

—No sé, lo pensaremos. Hoy, hermanos, hemos de vender las pieles que traemos... Señores, decidnos de algún pellejero.

—Pregunta por un tal Osmundo, en las tenerías que hay en el río. Saliendo de aquí tomas hacia la diestra.

—¿Habéis oído, hijos?: la condesa franca no tiene un dirham —afirmó el prior al abandonar el hospital.

—¿Y qué, señor?

—Que talvez podamos hacer negocio con ella.

—No sé, padre Walid, comida no le podemos llevar...

—Las pieles las vamos a vender.

—¿Va a querer las mulas?

—Si vamos a vender las pieles, deberíamos vender las mulas, iríamos más deprisa.

—Talvez podría el prior insistir con el obispo.

—Veremos, veremos, los mis hijos.

Capítulo
18

La condesa de Conquereuil acampó a la vista de las murallas de Astorga pero siquiera se apercibió de los destrozos que había en ellas debido a los ejércitos musulmanes sin duda, porque rodeó la cerca. Mientras, los sorprendidos pobladores contemplaban su inmenso cortejo desde las almenas y algunos hasta la llamaban desde la puerta y la invitaban a entrar y a hospedarse en el hospital de San Feliz. Pero no quiso y prefirió dormir a cielo abierto.

El único bretón que entró en la ciudad fue Loiz, el mayordomo, que fue con unas cuantas criadas a comprar fruta y verdura fresca. A ver, que la compaña estaba cansada de comer legumbre y así los soldados —los más quejicosos siempre— lo hacían saber a don Morvan, que no se lo decía a la señora pues la veía desmejorada, pálida de rostro y excitada, tanto que hacía un mundo por cualquier nimiedad mismamente, por ejemplo, cuando escondió el *Beato.* Que no deberían haberlo llevado con ellos, sino haberlo dejado en León bien encerrado en la caja de hierro de la catedral y recogerlo al volver, pero doña Poppa, veleidosa como cualquier mujer, no quiso y se dedicó a buscar escondites, un difícil asunto pues que una comitiva en marcha dispone de muy pocos lugares donde guardar un libro además tan grande. No obstante, pensó en hacer un falso suelo o un falso techo en el nuevo carro condal, que no era nuevo, como dicho va y, en las paradas, se llegaba a los carros de vituallas y decía de meterlo en un saco de harina o en uno de alubias, pero ella misma desechaba la ocurrencia previendo que se estropearía por la humedad, hasta que dio con el lugar. O tal creyó, porque colocó el estuche debajo de la imagen de Santa María, en el almario litúrgico de don Pol, como si fuera una peana, y no le importó que quedara la caja al aire cada vez que el preste lo abría para oficiar la misa, o para sacar la estola y confesar a los pecadores de la expedición o para administrar la extremaunción a dos cadáveres que encontraron cerca de una balsa donde bebieron y dieron agua a las bestias —con bastante reparo, dicho sea, pues que quizá estuviera emponzoñada y hubiera sido la causa de la muerte de aquellos peregrinos que enterraron cristianamente, pero no, no, que nadie padeció colerines.

No se detenían en ninguna parte y aceleraban la marcha, porque a la señora, otro tanto que a los demás, le corría prisa llegar a Compostela, postrarse ante el Apóstol, recibir la indulgencia y regresar a casa y era que no había modo, que cada poco había un río que pasar o una cuesta que subir. Talmente aquel día, en el que recorrían la tierra del Bierzo y enfrente tenían el monte Irago, y una empinada costana, otra, y otra vez las bestias, que andaban cada vez más cansinas, reducirían el ritmo durante la ascensión porque bien sabían si no por método racional, por su instinto natural, que después de una cuesta habría otra y otra, pese a que demasiado bien habían respondido desde que dejaran Conquereuil habiendo recorrido 800 o 900 millas, que hasta a don Morvan le resultaba imposible ajustar más la cuenta.

Y menos mal que los bretones, antes de llegar a la cima, observaron nítidamente un campanario, que pertenecía al monasterio de San Salvador de Monte Irago, donde hacían vida monacal y atendían un hospitalillo media docena de freires, y donde, al Señor sean dadas muchas gracias, comieron caliente. Pues sucedió que, al Señor sean dadas infinitas gracias, los monjes habían guisado un plato llamado «botillo», consistente en una morcilla de color rojo rellena con tripas gordas de cerdo, muy picadas y puestas muchas horas a cocer —para un banquete de bodas, pues que era propio de fiesta— y fue que la condesa, después de legua y media de cuesta arriba, decidió comprar todo el guisote que tuvieren y repartirlo entre su gente. Los monjes, tras darle la bienvenida y en viendo que les ofrecía una bolsa con dineros, consultaron con una mujer que se había unido al recibimiento y resultó ser la cocinera —que ellos no guisaban— y, como la recién venida dijo que lo vendieran, que ya cocinaría más botillo, que le daba tiempo pues era miércoles y la boda era el domingo, tal hicieron los conventuales y la mujer sirvió a los venidos que, después de aparcar los carros y soltar a las caballerías para que pastaran por allá, formaron fila con sus escudillas: una morcilla roja a cada uno con todo su ajo y su moje, que estaba para chuparse los dedos.

Tal le fueron a decir los bretones a la guisandera, incluso la condesa se acercó a ella con sus hijas y, claro, la dueña se quedó pasmada al ver a Lioneta y no pudo disimular un mal gesto. Pero, lo que son las cosas, lo que se diría después doña Poppa cuando, puesta en hablas con la mujer ésta le contó su vida, su mala vida, y aun la llevó a una casucha con techo de paja a ver a una niña que tenía, que era tonta, tontica de nacimiento y no sólo eso, deforme además y baldada, pues andaba torcida, tenía un brazo con paralís y, por si fuera poco babeaba de continuo y, en viéndola en toda su disminución, doña Poppa se adujo que la dicha mujer era la persona menos apropiada para extrañarse de la mala hechura de su *naine*. No obstante y por humanidad la escuchó atentamente decir:

—Los frailes, demostrando gran caridad, nos dieron cobijo a mi hija y a mí. A cambio yo les lavo la ropa y guiso para ellos y para los peregrinos, que este año son pocos, aunque empiezan a pasar unas gentes medio desnudas que se azotan las espaldas y van al Finisterre a esperar el Fin del Mundo...

—Lo sé, me los vengo encontrando.

—Verás, señora, yo soy una gran pecadora...

—¿Cómo es eso?

—Por eso me castigó Dios y parí una hija boba... No habla, gruñe como los perros, y eso que siempre tiene la boca abierta... Además y aunque ha cumplido veinte años no le crecen los pechos...

—No creo yo que el Señor castigue a los padres en los hijos. Lo de los hijos lo llevan los padres en su respectivas semillas... —Tal sostuvo doña Poppa y a punto estuvo de mentarle a don Pipino el Breve, pero lo dejó.

—Yo soy una arrepentida...

—Lo mejor que puedes ser, si hiciste acto de contrición, confesaste y cumpliste la penitencia, ya no tienes nada que purgar.

—Verá, la mi señora, es que una noche maté a mi marido con el hacha de cortar leña, mientras dormía...

—¡Qué horror!

—Entiende, señora...

—¡No, un homicidio nunca lo podré entender!

—Escúchame, por caridad...

—Dime.

—Mi marido y yo teníamos una taberna en Astorga... Él atendía el mostrador, yo guisaba y teníamos una moza que servía las mesas...

—No me digas más, me imagino el resto...

—Pues eso, señora, pues eso, y fue que una noche, estando yo empreñada, y mi marido y la moza yaciendo en la bodega donde guardaba el vino, bajé con sigilo y maté a hachazos a los dos.

—¿A los dos?

—Sí, señora, no iba a dejar una testigo. Y luego cavé una fosa y los enterré allí...

—¡*Par Dieu...!*, ¿cómo te llamas, mujer?

—Osoria, señora.

—¡*Par Dieu*, Osoria!

—Una furia me comía las entrañas, señora, y no la pude reprimir...

—Si yo te contara... Ea, que no quiero saber más... Confórmate con lo que te manda el Señor, como tratamos de hacer los demás.

—Luego anuncié al vecindario que mi marido se había largado con la criada y, presto, me vinieron remordimientos y no pude vivir en mi casa y le prendí fuego, y no me quemé con ella por la criatura que llevaba en mi vientre... Y ya ves, señora, traje al mundo este monstruo... Anduve como una arrastrada hasta que por estos montes encontré a un fraile que cuidada a un enfermo en una cueva y le pedí su bendición, y no sólo me la dio sino que rezó por mí mientras paría y luego me remitió a este monasterio donde sus compañeros me acogieron con mucha caridad...

—Bueno, pues ya han terminado tus penas...

—Sí, a los frailes les hago las faenas de limpieza y les friego los vajillos, pero muchos días oigo de día y de noche el aullido del lobo, que hay muchos entre las hayas y los pinos, y me entra miedo pues cometí un pecado muy grande y tengo para mí que es el espíritu de mi marido, el de la moza no, y que me ronda... Además, tanto tiempo por acá y todavía no he ido a Compostela...

—Ah, me voy, toma estas monedas... —se despidió la condesa anticipándose a lo que la Osoria le iba a solicitar: que la llevara con ella en la expedición.

—Adiós, señora, pasado el poblado, debes dejar una piedra en la cruz de hierro que encontrarás... No lo olvides...

Tal advirtió la Osoria, pero la condesa no la oyó. Aunque no fue necesario, pues a la mañana siguiente, se lo dijeron los frailes al despedirla y agradecerle los dineros que les había dado, y aún le recomendaron que anduviera con cuidado porque se decía que a partir de la Pons Ferrata había peste y, aterrada como no podía ser de otra manera ante semejante amenaza, no se olvidó de la piedra, no, e instó a toda su gente a que dejara otra en la cruz de hierro, por si aquella costumbre les traía algún beneficio.

No hubiera entrado la señora en la Pons Ferrata, un lugarejo de cuatro casas, por lo que le habían anunciado los frailes sobre la peste. Si lo hizo fue porque no le quedó otro remedio en razón de que hubo de pasar dos ríos, uno, como se llamare y, otro, el Sil, éste por un puente de madera muy bien reforzado con travesaños de hierro, y fue que, salvo una pareja de leprosos que salieron a su encuentro con la mano extendida y que sus hombres se apresuraron a alejar arrojándoles piedras, lo que se hace con los leprosos en toda la tierra de Dios, halló las casas vacías y, mira, respiró aliviada, mientras sus camareras le servían el almuerzo en una amena arboleda.

Y siempre hacia el poniente, instalando el campamento para dormir y levantándolo para continuar la marcha, sin tener tiempo para admirar las estrellas; sin toparse con partidas de ladrones ni con estafadores ni con falsos confesores ni con tropas de juglares, pues que demostrado estaba que no había comercio, aunque, eso sí, siempre subiendo cuestas, a la vista de los montes del Cebrero —el último de los pasos difíciles, según don Morvan y donde comenzaba la tierra de la *gens gallica*, de los gallegos, dicho en lenguaje vulgar—, los peregrinos divisaron dos castillos muy juntos, muy cercanos entre ellos, cierto que, uno estaba a la diestra del camino y otro a la siniestra, lo que les llamó la atención. Mahaut asomando la cabeza por la ventanilla del carro condal, decía:

—Los castillos pertenecerán al mismo dueño.

—¿Cómo va tener un hombre una casa dividida en dos? —preguntaba Lioneta muy sesuda.

Y doña Poppa, todavía impresionada por la niña boba del monte Irago y dando gracias al Señor porque su *naine* no fuera como ella, no respondía, pues que ya se encontrarían con lo que hubiera.

Y sí, sí, que, por prima y por la diestra, salió, a su paso, una partida de hombres armados y uniformados y, a poco, otra, por la siniestra, gritando lo mismo y todos a la par:

—¡*Amicus, amicus...*!

Don Morvan que ya había aprestado a los hombres para combatir, en un principio, creyó que ambos piquetes querrían cobrarles el castillaje pero, en viendo que decían ser amigos, envainó la espada y fuese a platicar con ellos. Y lo que entendió, vaya su merced a saber si lo comprendió bien, se lo comunicó a doña Poppa, que a saber si también lo comprendió bien:

—Señora, los hombres del castillo de la diestra, por mandato de su señor el conde de Autares, te invitan a descansar en su casa, y los hombres del castillo de la siniestra a holgar en la suya por orden de su señor el conde Sarracín...

—Ea, no, agradéceselo a los dos y diles que llevamos prisa. No puedo aceptar la invitación del uno y desairar al otro. Ve, y sé muy cortés.

—Sí, señora.

Y mientras el capitán iba y volvía, las damas comentaban:

—Se ve que los dos condes se llevan a matar.

—Será que se disputan estas tierras.

—Tengo para mí, señora —dijo doña Crespina— que estas gentes no son soldados de tales condes, que son ladrones que nos quieren llevar a los castillos para desvalijarnos...

—Pues no sé, de cualquier manera no van a conseguirlo.

—Vea la señora, los castillos están dañados...

—Y se pelean por la posesión del puente... —intervino Lioneta.

Y sí, sí, porque regresó don Morvan y expuso:

—Los hombres de una vereda y otra mantienen la invitación, pero advierten que si no la aceptamos habremos de pagar dos pontazgos, y si nos detenemos en uno u otro castillo sólo uno...

—¿Cuántos son?

—Son diez.

—Carga contra ellos y espántalos. Advierte a nuestros hombres que no quiero muertes. Mientras cruzamos el río que nuestros soldados nos cubran, ¿entiendes?

—Sí, señora.

—Procede, pues.

Y mientras los soldados de caballería cargaban y desbarataban a los piquetes de ambos castillos manteniéndose vigilantes, los de infantería, empuñando sus lanzas, flanqueaban los carros que atravesaban el puente a paso vivo, pues que mejor alejarse de allí. Mejor dejar a aquellos condes con sus pendencias o a los presuntos ladrones sin un penique y seguir hacia la raya de la Galicia. O no, o no, talvez deberían haberse detenido primero en el uno y luego en el otro a comprar vituallas porque, a partir de aquel momento y hasta la cumbre del Cebrero, los peregrinos sólo encontraron monasterios abandonados, en los que lo único que pudieron hacer fue beber agua del pozo y, si era hora de descansar, detenerse a pasar la noche y cenar cada vez menos ración, pues que, a la vista estaba, las provisiones se acababan.

Mucho antes de que la expedición de Conquereuil coronara el puerto del Cebrero, los freires de Armilat, ligeros de equipaje, pues habían malvendido las mulas en León a un aprovechado tratante de ganado, llevaban tiempo pisándoles los talones, pero sin dejarse ver y sin que les siguieran los canes de Salamanca, quizá porque se habían quedado en la ciudad regia en razón de que allí había más comida, nada más fueran los desperdicios de la plaza del Mercado. Y es que habían hecho un plan y tenían previsto presentarse a la condesa franca cuando, agotados y hambrientos hombres y mulas, el gran cortejo se detuviera en la cima del monte, si es que llegaban antes del Fin del Mundo, pues llevaban un paso asaz lento.

Hablando del Fin del Mundo, en la ciudad de Astorga, en la alberguería de la casa obispal en concreto, donde se hospedaron y recibieron colación gratis, se enteraron los cordobeses de la proximidad del Fin de los Tiempos y de que, si Dios no ponía remedio, el 31 de diciembre habían de cumplirse las Sagradas Escrituras. Por boca de dos monjes que allí estaban procedentes de San Martín de Tours, afamado monasterio de la lejana Francia, con los que platicaron largo, pues el negocio les interesó sobremanera. Y fue que los francos les hablaron del monje Dionisio:

463

—Dionisio, deseando hacer un bien universal, quiso conciliar todas las datas para que en la Francia no se contaran los años por el año de reinado del rey que sea ni en los países al sur de los Pirineos por la Era Hispánica, por poner unos ejemplos que nos atañen, y estableció, como inicio de la Era Cristiana, el año del nacimiento de Nuestro Señor Jesucristo, pretendiendo que todas las naciones fecharan sus diplomas a partir del Año Uno...

—No lo consiguió, es evidente.

—En al-Andalus se computa por la Hégira... Estamos en el año 378, fíjense sus mercedes.

—Con permiso de sus reverencias... La proposición de Dionisio no tuvo ningún éxito en su momento, pero en este año está teniendo grande repercusión y anda en boca de las gentes, tanto de las que han hecho el bien como de las que han hecho el mal...

—Corre la creencia de que en el Año Mil se acabará el mundo...

—Miles de penitentes se encaminan a Finisterre...

—Van con las espaldas al aire, azotándose como alunados y gritando...

—Perdonad, reverencias, ¿cómo regresáis a la Francia en vez de ir a Finisterre?

—Ah, don Walid ha dado con el meollo de la cuestión.

—¿Qué cuestión, hermano?

—Atended, señores, Dionisio se equivocó al hacer la cuenta. El año uno es el que nació el Señor, pero el año menos uno, no es el anterior, tal dijo, porque le faltó el año cero.

—¿Qué año cero?

—¿No venís, reverencias, de al-Andalus?

—El cero lo divulgaron los árabes, deberíais conocerlo.

—Y ellos utilizan lo que llaman «cifras», que son los números romanos, pero escritos de otra manera y sirven para lo mismo.

—Ah, nosotros en el convento continuamos con los números romanos.

—¿Entendéis lo que queremos decir?

—Pues no muy bien, la verdad.

—¿Unos frailes mozárabes no entienden esto del cero?

—Don Oliva, un monje de Ripoll, se cartea con nuestro abad y le pregunta sobre el asunto...

—Sepan sus mercedes que en Armilat vivimos aislados, que los libros que tenemos son antiguos y que no nos enteramos de lo que pasa en el exterior...

—Bueno, prior, no te enojes. Lo que queremos decirte es que, al faltar el año cero, el Fin del Mundo será el año que viene, no éste...

—Y que por eso volvemos a Tours en vez de ir a Finisterre.

—Vale, comprendido, y mucho mejor porque así tendremos más tiempo para prepararnos y limpiar nuestras almas —terminó don Walid.

Los francos y los cordobeses se despidieron en la puerta de la ciudad de Astorga y unos tiraron hacia León y otros hacia Compostela, éstos en pos de una condesa, cuyo nombre ignoraban, que había comprado un *Beato*.

Los bretones alcanzaron la cima del Cebrero sin aliento, entre otras cosas porque, al iniciar el ascenso del puerto, comenzó a llover a jarros y, a poco, las bestias empezaron a resbalar y las ruedas de los carros a hundirse en el barro y las mulas, que son tercas por su natura, a negarse a avanzar, y todos los hombres eran pocos para liberar una carreta que pesaba arrobas mil; a más que las capas aguaderas eran insuficientes y calaban; a más que se iban a mojar los pocos alimentos que les quedaban y que, Dios de los Cielos, hasta el carruaje de la condesa tenía goteras.

Así las cosas, tan calamitosas las cosas de la naturaleza en aquellos parajes, fue menester tomar determinaciones. Fue necesario desalojar a los viajeros de los carros y que echaran a andar pendiente arriba; trasportar sacos de un carro a otro para compensar las cargas; arreglar o cambiar una rueda acá y otra allá; arrear a las mulas, castigarlas y hasta hacerles cariños en el testuz para que dieran un paso; a más de matar al caballo de don Guirec que, mala suerte, se había roto una pata en un socavón y que, dada la circunstancia, no lo pudieron desollar ni trocear para comerlo; a más de perder dos carros, que hubieron de abandonar, pues que en aquella tarea de subir el Cebrero, los bretones emplearon una tarde entera y casi una noche y, claro, llegaron a la cima sin fuerza para tenerse en pie y mojados hasta los huesos.

La condesa y sus damas también lo pasaron muy mal. A ver, que doña Poppa se había apeado muy animosa del carruaje y había echado a andar la segunda, porque Lioneta se la adelantó corriendo además, al principio como ella solía correr, pero presto notó el repecho y, a poco, ya pedía a su madre que la llevara en brazos. Otro tanto que Mahaut, por no ser menos. Por no ser menos, no, que llevaban casi una hora cuesta arriba, las adultas sin resuello, pues cuánto más cansada iría la pobre criatura, y todas iban diciéndose: «Si lo sé no vengo» o «quién me mandaría a mí hacer este viaje», lo que se suele decir en las adversidades, o que doña Poppa hubiera podido elegir otro destino y las camareras haber puesto una excusa y no ir —como que les dolían las muelas, por ejemplo— y haberse quedado la mar de tranquilas en la villa de Conquereuil.

El caso es que caía la noche y que las damas, a las que se habían juntado varias criadas, seguían pendiente arriba. La condesa con su *naine* en brazos, que lo que son los niños o lo que es estar en los brazos de una madre, se le había dormido en el hombro y no podía cambiársela de un lado a otro; las otras turnándose a Mahaut, que lloraba porque también quería ir en brazos de su madre, y eso que Abdul y las criadas se la disputaban; doña Crespina, que era mujer entrada en años, agarrándose a doña Gerletta y trastabillándose las dos, al igual que las otras, pues caía tanta agua y tan recia que no se veía más allá de tres pies. Y era que no se trataba de un chaparrón ni de una tormenta, sino de lluvia que ni rezando amainaba.

—Parece la lluvia gorda de Bretaña.

—Esto no termina, señora.

—Mirad a los lados del monte por si veis alguna oquedad que nos pueda servir de refugio.

—No se ve nada, señora.

—Abdul, sube lo que puedas monte arriba, por si encuentras algo...

Y, en esto, oyeron el ladrido de un perro y, vive Dios, les pareció que se les aparecía la Virgen María. Aunque no, no, que era un bicho grande, un enorme mastín de los que suelen llevar los pastores para que los libren de los lobos, que se plantó en medio de la calzada y dejó de atronar el paraje para enseñarles los dientes, del modo que los canes los muestran antes de echarse al cuello de una fiera o a la pierna de un ser humano y, claro, los trece que iban, las mujeres en la calzada y el negro cuatro pies más arriba, se quedaron petrificados.

Perdonen los lectores, que no eran trece, eran catorce. Es que, como doña Poppa y su *naine* iban tan abrazadas que parecían una misma persona y, a más no se veía nada, la autora se ha confundido.

Decíamos que se quedaron petrificadas trece personas, pero la decimocuarta, la pequeña Lioneta no, y fue precisamente la que amansó a la fiera. Pues se había despertado y, con aquella rapidez con que ella hacía cualquier cosa, se desprendió de los brazos de su señora madre y, ya en el suelo, corrió hacia el monstruo con los brazos extendidos y, mira, que el bicho al verla venir, abrió los ojos y torció la cabeza muy interesado por lo que se le acercaba y, vive Dios, que permitió que aquella cosa se abrazara a sus patas delanteras y, a poco, miró con dulzura a la cosa y empezó a lamerla, ante el espanto de las mujeres y del esclavo negro que presenciaban la escena. Aunque, lo que se dice ver no vieron nada, por el manto de agua que seguía cayendo del cielo, pero lo imaginaron, lo que en algunos momentos o en algunas situaciones, lo mismo es.

El caso es que, amigos Lioneta y el bicho, se acercó Mahaut y se hizo amiga de ambos y ya se aproximaron todos, y eso que no se habían quitado el susto y algunas criadas hasta se atrevieron a hacerle fiestas al animal y una, insensata donde no haya otra, se sacó de la faltriquera unas uvas pasas y se las entregó a las niñas para que se las dieran, provocando en las demás otro susto y grande, porque el can tenía unas fauces que parecían la boca del Infierno. Pero no, no, que no había de qué asustarse, que habían dado con un buen perro, con un excelente perro, sabio y conocedor del terreno por donde andaban, tres horas ya y sin noticia de los hombres que se habían quedado atrás luchando contra las mulas y los carros, y fue que la condesa dijo:

—¡Vamos!

Y el can inició la marcha con la mano de Mahaut en su lomo izquierdo y con la de Lioneta en su pata derecha y que, presto, se metió por un caminillo y doña Gerletta quiso ver una luz, pese a que la noche empezaba a señorearse del paisaje, y sí, sí, que la camarera atinó y vio el resplandor de una hoguera en una cueva y Mahaut a un hombre en la puerta. A un hombre que, al ver llegar tanta gente, se asustó y se entró en la covacha, que siquiera era una cueva que mereciera tal nombre, sino un cubicular de ganado, de ovejas en concreto que, como si sintieran la presencia del lobo o de la raposa, se sobresaltaron también y empezaron a balar con desespero.

Para cuando el hombre salió a la puerta con un cuchillo cabritero en una mano y una antorcha en la otra, las mujeres ya gritaban:

—¡Somos gente de paz!

—¡Paso franco a la señora condesa de Conquereuil!

—¡Sólo queremos cobijarnos en la cueva, llueve a cántaros!

—¡Déjanos entrar por el Señor Jesucristo!

—¡Por la Virgen María!

—¡Por Santiago Apóstol!

—Haz caridad, buen hombre...

El hombre cuando vio a tantas mujeres y a una niña, las dejó entrar, pues era viejo y ni con el cuchillo en la mano podía con todas ellas ni menos con una de ellas que era de piel negra y muy fornida, amén de que entraron con ímpetu, como si la cueva fuera suya y una de ellas mandando además:

—Salud, buen hombre, ¿tienes mantas? ¡Dánoslas!

—¡Oh, señora, venimos caladas hasta los huesos, las capas aguaderas y los sombreros están mal embreados!

—Crespina, está cayendo el diluvio universal. ¡Buen hombre, esas mantas...!

—Señora —enseguida la llamó señora—, tengo dos mantas, aquí están...

—Gerletta, desnuda a las niñas y pónselas...

—Señora, están muy pringosas y tendrán garrapatas.

—No es momento de gazmoñerías. Pónselas, van a coger un pasmo. Buen hombre, ¿qué les pasa a esas ovejas?

—Señora, están espantadas, si no callan sus mercedes se van a morir de miedo, creen que ha entrado el lobo... ¿Las ve su merced cómo tiemblan y se aprietan unas contra otras?

—¡Silencio todas, hablad bajo...! Y tú, buen hombre, no temas que si se muere alguna te la pagaré con creces...

—La señora condesa de Conquereuil te pagará todo el rebaño si es menester...

—¿Cuánto falta para llegar a la cima?

—Andando como van sus mercedes una hora...

—¿Eres el amo de este rebaño?

—No, soy el pastor, la dueña es la Lupa.

—¿Quién es la Lupa?

—La posadera que vive arriba...

—¿Hay una posada arriba?

—Sí, señora.

—Mi gente, mi mucha gente, viene detrás... Nos vendrá bien una posada... ¡Echa leña al fuego, venimos muy mojadas! Ay, que no debo gritar... Crespina, ¿dónde está mi *naine*, no la veo?

—Con el perro, señora, se han acomodado los dos en aquel rincón.

—Di a todas que pasaremos la noche aquí... Y a Abdul que se siente al lado de Lioneta y que no la pierda de vista, y al hombre pregúntale si tiene algo para comer...

—Dice que tiene un queso y un pan.

—Que te lo dé y repártelo...

Las peregrinas pasaron la noche en una majada, muy prietas con las ovejas pero, mira, recibiendo su calor. Al día siguiente, sin haberse secado las ropas, sin desayunar y pese a que seguía diluviando, se despidieron del pastor y le dieron unos dineros, y del perro también se despidieron haciéndole mil carantoñas y Lioneta le dio decenas de besos.

En la calzada, los hombres de Conquereuil se albriciaron mucho cuando respondieron a sus voces, pues que, una vez superado el puerto y dejados los carros en la cima del Cebrero, tras ímprobos esfuerzos, habían vuelto a caballo en busca de las mujeres, pero era que la lluvia seguía cayendo pertinaz y borraba cualquier huella, y que no las encontraban, hasta que, loores a Dios, aparecieron sanas y salvas por un caminillo. Al verlas, los capitanes se holgaron los que más y se acercaron a socorrerlas, a la condesa y a sus hijas las primeras, y les cedieron sus caballos. Unos desconocidos, cuatro hombres para ser exactos, que iban chorreando pues siquiera llevaban capas aguaderas, también dieron muestra de grande alegría cuando don Morvan se los presentó a doña Poppa:

—Señora, tengo el honor de presentarte a don Walid, el prior del monasterio de Armilat y a sus tres frailes.

—Bien hallados, señores frailes.

—Debe saber la condesa que nos han ayudado en la subida del puerto y que han sido los primeros en arrimar el hombro.

—Gracias, señores. Don Morvan, tengo entendido que arriba hay una casa...

—Sí, la mi señora, la casa de doña Lupa.

—Andando pues.

—¡Avante! —gritó don Morvan.

—Disculpe el señor prior, luego platicaremos —se excusó la condesa mientras don Walid le daba estribo, le entregaba a Lioneta y sentaba a la grupa a Mahaut.

—Tiempo tendremos, condesa.

Si estaba la señora Lupa entre las mujeres que sostuvieron a sus hijas mientras ella se apeaba del caballo, doña Poppa nunca lo supo, pues que llegaba extenuada, pidiendo cama, otro tanto que sus hijas que se dormían en los brazos de unas mujeres muy bien aviadas, que más parecían damas, aunque no lo eran, tal se adujo la condesa sin saber por qué. Y es que le vino justo para admirarse del recargado lujo de la habitación que le dieron, que más parecía la de un rey, y para decirse que elegante no era, al menos para su gusto, mientras se desnudaba y doña Crespina hacía otro tanto con las niñas, les obligaba a orinar en la bacinilla y les deseaba buenas noches, que ya eran buenos días, avisándoles de que dormiría con doña Gerletta en la habitación contigua. Y de nada más tuvo tiempo, pues que apagó la candela y se durmió al momento en un enorme lecho, para despertarse pasado el mediodía cuando rebulleron sus hijas y entró su mayordoma a abrir las ventanas. Cierto que, hubo de despabilar enseguida, pues que apareció una dueña, que más parecía una reina, llevándole el desayuno, que era ya la merienda, en una bandeja con patas, sin duda doña Lupa —de la que le había hablado don Morvan—, de la Lupa —que le había mentado el pastor— y, como le sonreía, hubo de corresponderle, a la par que le pedía a doña Crespina un jubón para cubrirse los pechos, pues que, como todo hijo de vecino, había dormido desnuda y, ya tapada, se incorporó y se dejó mimar por aquella dueña, que depositó la bandeja sobre un arcón, le ahuecó las almohadas y colocó la bandeja sobre la cama. Mimar, que aquello era mimar, que ni en Conquereuil tomaba semejantes desayunos, pues que había un buen cuenco de vino caliente, otro de leche de cabra, huevos revueltos, rebanadas de pan tostado, miel y mermeladas de varios sabores.

—Soy Lupa, señora condesa.

—Lo sé, me hablaron de ti mi capitán y tu pastor. ¿Sigue lloviendo?

—Es un diluvio, señora... La condesa me honra con su presencia...

—Esta casa no parece una peregrinería, ¿es una posada?

—Sí, señora.

—Se sale de lo que he visto. Tienes mucho lujo...

—Tengo aposentos para nobles y habitaciones comunes para peregrinos.

—Ayer hube de guarecerme en un aprisco... Comparar esta habitación con él es como haber pasado de la época de las cavernas al año en que vivimos... ¿Cómo puede ser?

—Me casé con un hombre de Compostela muy rico y enviudé...

—Ah, yo también soy viuda y madre de dos hijas, la pequeña es enana... Voy al Apóstol a pedirle favor y a redimir mis pecados... Vengo de muy lejos en un viaje que parece no tener fin...

—Ya falta menos, de aquí a Sarria diez leguas...

—Cuando llegue a Compostela no me lo voy a creer... ¿Tienes hijos?

—No, la mi señora... Quiero decirte, condesa, que aquí, en este yermo, no estamos solas mis criadas y yo, que viven dos ermitaños muy santos, un hombre y una mujer que ya estaban cuando yo vine y me instalé...

—¿Lo dices por mi *naine*? ¿Dónde están?

—Sales, señora, por la puerta de la casa y, al otro lado de la calzada, hay una cruz, un *cruceiro,* como se dice por aquí, y andando unos pasos...

—Iré, te lo agradezco, Lupa. Ea, Crespina que me voy a vestir...

—Espere la señora que he mandado calentar agua para que se bañe. Voy a ver.

—Ve, Lupa, ve.

—Señora.

—Dime, Crespina.

—Doña Poppa, tengo para mí que esta casa no es una posada...

—¿Por qué lo dices?

—Los hospitales suelen estar en los monasterios o regentados por una beata... La Lupa no es una beata...

—Me ha dicho que es viuda, que se casó con un hombre muy rico... ¿Qué piensas, pues?

—Creo que estamos en un burdel, que la Lupa es la «abadesa» y que sus criadas son hembras fornicarias...

—¡Jesús bendito!

—¿No ha visto la señora qué lujos?

—¿Cómo lo puedes saber si no has salido de esta habitación?

—Lo sé, señora, antes de despertarte he ido a la letrina... Y he visto a los hombres tomando refrigerio con ellas en torno a unas mesas... Como hace frío hasta habían encendido la chimenea del comedor...

—¿Y qué has hecho?

—Irme, para no ver.

—¿Estás segura, Crespina?

—Si miento que me muera ahora mismo...

—Vuelve a ver. Me arreglaré yo sola...

—He enviado a doña Gerletta, no puede tardar. Lo que se demora es el agua para tu baño, señora.

—Oye, ese prior, el de Córdoba, ¿quién es?

—No sé, también nos lo dirá doña Gerletta.

Entró Lupa con una tina de agua caliente y dijo:

—La condesa tiene el baño preparado... Entre su merced, el agua está tibia...

—¡Oh, qué placer...! Te pagaré bien, Lupa...

—Gracias, señora.

—Oye, una pregunta quiero hacerte.

—Diga la señora.

—En Burgos me topé con un muchacho llamado Mínimo que tenía la peculiaridad de caminar hacia atrás y ver lo que tenía a la espalda... Decía que iba en busca de su pasado y que por eso andaba contra natura... Me dijo una mujer en León que va del Cebrero a Burgos y vuelve en un viaje interminable... ¿Lo conoces?

—Sí, señora. Cuando se presenta aquí, llama a mi aldaba, me saluda, le doy refresco en cuanto llega y luego vianda y, en invierno, lo meto en la cama conmigo, no para hacer nada, sencillamente para darle calor...

—¿Dónde estoy, Lupa?

—En una casa de contentamiento, condesa.

—Ya me parecía, tanto lujo...

—Si la señora no gusta de la casa ni de la cama ni del baño, puede largarse enhorabuena...

—¡Calla, descarada, cómo te atreves a hablar así a la condesa de Conquereuil...!

—Perdone la señora, perdóneme...

—No me iré porque llueve mucho... Tú y tus chicas, al menos a mi vista, os comportaréis como si fuerais monjas... ¿Lo has entendido?

—Sí, señora.

—Pues, eso. Supongo que todo lo que me has contado del marido rico es mentira.

—Sí, condesa, esta casa la he levantado yo con mi esfuerzo...

—Con tu esfuerzo y algo más.

—Debió haber aquí un convento o un gran edificio. Cuando yo llegué estaba en ruinas y sólo quedaban las paredes, entonces salí a la estrada con un ramo de romero en la mano y me ofrecí a los peregrinos y, poco a poco, ya ve la señora... Ahora me viene gente de Lugo, pero no crea la condesa que me llevó su tiempo crearme fama, además estuve años yendo de acá para allá con una carreta, yo llevando las riendas y con mis chicas dentro, deteniéndome donde tenía clientes fijos... Pero, llegó un momento en el que me sentí vieja, cumpliré cincuenta en enero, y decidí instalarme aquí porque es lugar de mucho paso.

—¡Qué cosas, Lupa!

—La vida, condesa, hay que ganarse la vida... De todas formas, señora, hago todo el bien que puedo: recojo a mozas descarriadas, doy de comer a los eremitas, pese a que son los peores enemigos que tengo, le doy vianda y calor a ese Mínimo, y, mantengo a mis chicas, que viven vida regalada y, de lo que gano, envío limosna a la iglesia de Santiago...

—¿Y Almanzor ha pasado por aquí?

—Él personalmente no, pero sus tropas sí. No nos han hecho mal, y a nosotras lo mismo nos da moros que cristianos.

—Te condenarás, Lupa. Te recomiendo que ahora que eres vieja, dejes la mala vida, vayas a Compostela a buscar la indulgencia y te retires.

—Soy una pecadora, sí, pero doy mucho consuelo a los peregrinos que suben el Cebrero... Llegan siendo unos y salen otros tras practicar el gracioso contentamiento...

—Nunca entenderé a los hombres ni a las mujeres del común a muchos.

—Los hombres descargan sus humores en razón de que fueron creados por Dios así. Las mujeres nos ganamos el sustento, pero no crea su señoría que nuestra vida es fácil... Aparte de que los clientes llegan sucios y malolientes, muchos se presentan sin una moneda y sin nada que trocar por el servicio y, pese a ello, nos exigen lo que no pagan y arman bulla y hasta nos pegan y nos matan. Además, muchos de ellos traen el mal gálico y nos lo contagian, y a nosotras nos salen bubas, que nos producen mucha calentura y la muerte...

—¿Y de Mínimo, qué sabes?

—Nada, lo mismo que la condesa, que va y viene, pero nunca me ha contado nada porque lo olvida todo al momento... ¿No lo observó la señora?

—Sí, pero me hubiera gustado hacer algo por él.

—A los alunados es mejor dejarlos.

—¿Sigue lloviendo?

—A mares.

—Lo digo porque quiero ir a los eremitas, para que nos bendigan a mis hijas y a mí.

—Tienen mucha parroquia, a veces más que yo... Cuando yo vine ya estaban establecidos, el hombre vive en una cueva con un crucifijo por toda compañía y la mujer en una casa de ladrillo sin puerta y con un ventanillo... Algunos dicen que fueron matrimonio y otros que fueron fraile y monja, respectivamente, y que primero vino él y luego ella a vivir retirados del mundo... Y, cuando me establecí, sin haberles hecho nada, me consideraron su enemiga, la reencarnación de Satanás o la Eva tentadora, pero en lo más duro del invierno bien que aceptan mi comida... No crea su merced que me dan mucho trabajo, pues he de ocuparme de ellos y, cuando hay una vara de nieve y no se puede transitar, llamarles y si no me contestan ir a ver si viven y llevarles un cuenco de sopa y un braserillo a la monja, que el fraile se las apaña mejor, pues busca leña y enciende una hoguera en la cueva, además, sale al camino a pedir limosna... Hay quien asegura que a la enladrillada le llevan alimento los cuervos, pero yo no lo he visto y eso que llevo quince años aquí, creo que la alimenta el santón con lo que le sobra...

—En cuanto amaine el temporal, iré. En el entretanto permaneceré en esta habitación, sin saber qué sucede fuera y, cuando me vaya, te pagaré... Sé que debería marcharme desafiando la tempestad y que no debería hablar contigo, pero estoy en tierra ajena y, además, no puedo cambiar el mundo... No obstante, te ruego, fíjate doña Poppa rogando a una perdida, que tus meretrices guarden compostura y que lo que hagan sea de tapado y con discreción.

—Así lo hacemos, señora... Tú misma, antes de saber mi oficio, me has tomado por una dama y a mis rameras por criadas.

—¿Quién podía imaginar que en estas soledades hubiera una casa de lenocinio y tan próspera además?

La borrasca fue remitiendo en el Cebrero y, al tercer día de estancia en casa de la Lupa, se hizo un claro en el cielo. Doña Poppa no salió de su habitación y empleó el tiempo durmiendo o, al amor del fuego de la chimenea, jugando con sus hijas y el esclavo negro y hasta a las escondecucas jugó, pues no quiso que las criaturas anduvieran por la casa y vieran lo que no era de ver. Cierto también que, de tanto en tanto enviaba a sus camareras para que le informaran de qué hacían sus hombres y, presto, sabía los nombres de las chicas de la Lupa, o al menos de algunas de ellas, pues que le decían que la Minga, la Oria y la Nana habían salido del comedor de la mano con el Tal o el Cual y que, antes, se habían estado besuqueando a la vista de todos; que los capitanes, como si no fueran capitanes, estaban entre la tropa chanceando y riendo y, a veces y por la mojadina, tosiendo con ellos.

Capítulo
19

De don Pol, el preste, doña Crespina, volviendo de espiar, le dijo a la señora que permanecía en el comedor sentado en una mesa de espaldas al jaleo y frente a una ventana por la que no se veía nada, dado que estaba cerrada y el paño encerado que la cubría no dejaba ver el paisaje. Que los frailes de Córdoba se juntaban con él a ratos y le invitaban a beber un vaso tras otro, de aguardiente por más señas, de orujo como lo llamaban las mozas, y una vez y sin darle importancia, le comentó que el sacerdote había salido de la casa con los otros clérigos a enseñarles la imagen de Santa María que guardaba en su almario litúrgico y darles eucaristía, que tal había supuesto, pues los mozárabes, al volver a la casa, habían alabado la hechura de la figura, luego se habían recogido en sí mismos un tiempo para dar gracias a Dios por haber recibido sacramento y ya se habían acercado a la chimenea para secarse la ropa. Naturalmente, hubo de explicarle qué era un mozárabe.

¿Doña Crespina hubiera tenido que dar importancia a que don Pol saliera con los clérigos cordobeses a enseñarles la imagen de Nuestra Señora? No, pese a que caía incesante lluvia, la mayordoma no hubiera tenido que darle la menor importancia porque, de primas, el hecho carecía de trascendencia, por eso no se la dio, entre otras razones porque la imaginación de cada persona alcanza hasta donde alcanza y no más allá, y en algunas no llega a lo mínimo exigible. Otra cosa hubiere sido si la mayordoma hubiera oído a los monjes quejarse de que no podían hablar con la condesa, o de que apenas la habían saludado y todavía no le habían podido presentar sus respetos, o si les hubiera oído preguntar dónde estaba o si estaba indispuesta a don Pol, a don Morvan o a la Lupa, que entonces talvez se hubiera puesto en alerta y se hubiera interesado en conocer por qué tenían los freires tanto interés en platicar con su señora, pero no, que no escuchó nada parecido. Y fue pena, porque quizá una grande desgracia hubiera podido evitarse.

Y es que, los cuatro de Armilat, como no tenían modo ni manera de hablar con la condesa y andaban muy bebidos, pues que las mozas les servían un cantarico de orujo detrás de otro, como, además, tenían planeado comprarle el *Beato* en el Cebrero y llevaban tres días allí sin haber iniciado el negocio, y no tenían intención de sumarse a su cortejo ni de llegarse a Compostela, porque las órdenes de su señor el abad estaban más que claras, don Walid empezó a darle vueltas en su mollera a una posibilidad que, en otros tiempos, le hubiera avergonzado y sólo pensarla le hubiera llevado a empuñar el verduguillo y a fustigarse con ardor. Y andaba cavilando, diciéndose que había de actuar que, pese a lo mucho que estaba bebiendo tenía muy clara la mente, no por casualidad ni porque aguantara muy bien el vino, no, porque comía mucho también, como un tragaldabas: platos de abadejo en salsa de harina, cordero y vaca asada, unos dulces que se llamaban filloas y que estaban rellenos de crema, a ver, que la Lupa tenía en su casa una gran cocinera. Tentándose la cajita de marfil que llevaba colgada en el cuello desde que se la entregara el traficante de reliquias de Galisteo, aquel muladí, de cuyo encargo no se había ocupado pues no había hablado con los obispos de la posible venta, adquisición y traslación del cuerpo de San Isidoro de Sevilla a León, ni con ningún abad o abadesa, y eso que bien pudiera haberlo hecho para llevarse a Armilat la comisión que le había ofrecido el tal Omar y entregársela a su superior para que, los claustrales que le eran afectos, pudieran echar a la cara a sus enemigos, que los tenía, que don Walid se había ido con mucho dinero y volvía con mucho más, con el duplo o el cuádruplo, vaya su merced a saber porque todo dependía de cómo llevara la negociación. Y eso, que ya fuera porque el orujo le embotaba la mente o, como él quería creer, se la aclaraba, el caso es que, teniendo la condesa bretona el libro que él quería comprar y él una reliquia muy buena, nada menos que un diente del mencionado Santo, el más ilustre quizá de la iglesia goda, se dijo, tras mucho sopesar la cuestión, que bien podría trocar el diente por el libro, pues era cambiar oro por oro. Y, resuelto y para no tomar él solo la decisión, les contó sovoz su propósito a sus frailes que, bebidos también, se sumaron al plan del prior entusiasmados, pese a que oían hablar de la reliquia por vez primera. Al cambio, al trueque, decía don Walid en vez de hablar de sustracción, y les daba un sinfín de razones para llevarlo a cabo, las que tenía pensadas y otras que se le fueron ocurriendo a lo largo de la exposición, y los tres se incorporaron al proyecto, la mar de alegres, decíamos, como si fueran de fiesta, como si fuera Pascua de Resurrección y fueran a representar en su convento el auto de los Reyes Magos y luego ir de banquete.

De inmediato, sin poner inconvenientes, aceptando que era permutar oro por oro y sin mentar nunca la palabra «robo» ni «latrocinio» ni otra que quisiera decir lo mismo, entraron en acción y, entre todos, diseñaron una estrategia. Planificaron ir a la mesa del preste y ponerlo al tanto de las costumbres de Córdoba: de la separación de hombres y mujeres, y contarle que si los primeros iban a la mezquita los viernes por la mañana, las otras iban por la tarde con sus hijos pequeños, que si ellos campaban libres por las calles, ellas sólo salían de casa los viernes a la mezquita y viceversa, sin detenerse en una tienda, sin comer un dulce de los que vendían en los tenderetes de la plaza de la Paja, tan ricos que estaban, y que hasta la compra diaria la hacían los varones, o las esclavas, si las tenían; de que los niños iban a aprender a leer el Alcorán a la *madrassa* y las niñas, no. De la vida conventual, que era infinitamente más dura que la de los clérigos seculares, pues que, desde que leían la promesa de San Fructuoso y hasta que se morían, pasaban la vida entre cuatro paredes, como quien dice, aunque Armilat era un monasterio, aparte de afamado, rico, próspero incluso y ellos, los cuatro, no se podían quejar, pues el abad no escatimaba en las raciones, pero ni pensar de hacer la guerra al moro como sucedía en la Hispania cristiana.

Discurrieron pues, señalarle al sacerdote las enormes diferencias que había entre los cristianos y los mahometanos, lo que más le chocara para atraer su atención y, entre frase y frase, llenarle el vaso para que al menos, se atontara o mejor todavía si se emborrachaba. Para decirle entonces que habían emprendido viaje para comprar un *Beato* y que él entrara al trapo y largara dónde lo tenía guardado la condesa, y tal hicieron. Y fue que don Pol no hizo ascos al primer vaso ni al segundo y que, al tercero, ya se hacía cruces de las diferencias existentes entre las sociedades cristiana y musulmana, y preguntaba mil cosas o hablaba de que la duquesa de la Bretaña y doña Poppa también eran muy honradas por hombres y mujeres e iban donde les venía en gana sin que sus maridos les pusieran impedimento alguno, aunque, al cuarto vaso, es de decir, que se mostró partidario de atar corto a las féminas y empezó a echar pestes contra los bretones que allí estaban perdiendo el seso, el culo, decía, por ellas, porfiando unos con otros y haciendo cola para yacer con ellas. Al quinto, don Walid se hacía cruces de lo bien que el cura llevaba el vino y se maliciaba que seguramente se bebía a escondidas el vino de misa, como hacían todos los monescillos en las sacristías y, al sexto, cuando le informaba de que se había trasladado a las Hispanias para adquirir un *Beato,* don Pol cayó en la trampa y habló de que doña Poppa había comprado uno al obispo de Astorga y que lo llevaba en una caja muy buena, precisamente en su almario litúrgico haciendo de peana de una imagen muy buena de Nuestra Señora, y se ufanaba de que se lo hubiera dado a custodiar a él y añadía que la Virgen, el hostiario, las cajitas de los Santos Óleos, el cáliz y su ropa de celebrar, viajaban a Compostela en la excelente compañía de un precioso libro vulgarmente llamado *Beato,* copiado e iluminado en el monasterio de San Salvador de Tábara.

Conocido el lugar donde habrían de actuar, los reglares de Armilat rogaron al cura de Conquereuil tuviera a bien recibirlos en confesión y darles comunión y, es más, le manifestaron su deseo de rezar una oración ante la imagen de Nuestra Señora y, como en el comedor de la Lupa había mucho jaleo y en las habitaciones que la dicha les había asignado suponían que mucho más, le dijeron de salir afuera y de hacerlo en el carro donde llevara su almario litúrgico.

Don Pol, a pesar que de seguía lloviendo a mares, aceptó pensando que le vendría bien que le diera el agua en la cara, se caló el sombrero, que lo había dejado en un extremo de la mesa, los otros se pusieron las capuchas y allá fueron por un camino de guijos muy bien hecho y fue que, al llegar al carro, no cupieron pues era asaz chico. Entonces los freires propusieron al sacerdote llevar el almario a la entrada de la cuadra y proceder allí y, ante la cara que puso don Pol, le recordaron que don Jesucristo había ido a nacer en un pesebre, en la morada de un buey y una mula, que le dieron calor y, claro, ante tan buenos argumentos aceptó que fray Hissam, el más fornido de los mozárabes, entrara en el carro y cogiera en brazos el almario, y ya se encaminaron todos a las cuadras. El sacerdote lo abrió con la llave que llevaba en la bolsa, les enseñó, aunque bien poco se veía, la imagen de Nuestra Señora y, deseoso de terminar pronto, se colocó la estola en el cuello y se dispuso a confesarlos, pero fue menester encontrar un lugar donde no hubiera goteras y hubieron de andar entre las bestias que estaban allí a cobijo. Instalados en un oscuro rincón, el sacerdote, dejando el almarico abierto procedió a confesarlos, y fray Isa actuó. Aprovechó que don Pol confesaba a fray Hissam, que era un tiarrón y que sus inmensas espaldas impedían que el sacerdote viera nada, y se llegó al almario, abrió la caja del *Beato,* que no estaba cerrada, sacó el libro apriesa, dejó dentro el estuche de San Isidoro, la tapó, se metió la presa entre la carne y el jubón, se apretó mucho el cinturón y corrió en busca de su caballo, escondió el libro en una alforja, y volvió rápido a confesarse, pero no declaró todos sus pecados, no. Los otros tampoco, pues que, aunque no fueron autores materiales de un robo, fueron cómplices, que tanto es. Para cuando el sacerdote bretón se dispuso a impartir la Sagrada Comunión, Isa ya había cruzado una mirada triunfante con sus compañeros y estaba arrodillado a su lado, entre barro y bosta, que tal había en aquel establo y, cuando llegó su turno, comulgó como todos. Luego los religiosos tornaron el almario litúrgico a su sitio con la peana dentro y lo colocaron con mucho cuidado en el carruaje, y ya, todos menos uno, volvieron a la casa de la Lupa a secarse la ropa delante de la chimenea. El que faltaba cogió una capa aguadera de algún descuidado que la había puesto a secar en una valla —que por robar no quedara—, sacó el libro de la alforja, lo envolvió con ella, y ya embridó a su caballo y, con sigilo, se echó al camino y, a poco, inició galope.

Doña Crespina, que había abierto la ventana por ver si continuaba lloviendo, dijo:

—Doña Poppa, se va uno de los frailes.

—¿Y qué, aya, qué?

—Nada, que se va a mojar, siquiera lleva capa aguadera.

Y, después del almuerzo, doña Gerletta, que había abierto la misma ventana por ver si continuaba lloviendo, informó:

—Los otros frailes se van también.

—No he podido atenderles como se merecen... —respondió la condesa.

—No es eso, la mi señora, ellos no han hecho nada por verte, no te han pedido audiencia...

—Que vayan a la paz de Dios.

Cuando, a sobretarde, se presentó don Morvan a darle el parte a su señora lo hizo con la cabeza baja y sin atreverse a mirarle a los ojos. Con motivo, porque, Dios de los Cielos, de las 124 personas que iban de peregrinación la mayoría estaban borrachas, algunas incluso vomitando, otras tosiendo por la mojadina, pero del gracioso contentamiento nada dijo. Doña Poppa tampoco, se limitó a mover la cabeza.

Amainó el temporal, dijimos antes, porque después de llover siempre escampa y, advertida por sus camareras, a la condesa le faltó tiempo para ordenar la marcha. Cierto que, mientras sus damas recogían las habitaciones que habían ocupado, ella se echó un manto por los hombros y, acompañada de sus hijas y del esclavo negro, salió de la casa, cruzó la calzada y fuese a pedir bendición a los eremitas, y no había llegado, no había avistado la cueva del santo hombre que ya éste la recibía con insultos y, creído de que sería la Lupa o alguna de sus chicas, le gritaba:

—¡Puta, vete al Infierno!

—Santo ermitaño, soy doña Poppa, vengo en busca de tu bendición.

Pero el hombre, que debía estar alunado, respondía:

—¡No vengas a tentarme, ramera, hija de Satanás!

Y, vive Dios, que la condesa nunca se había oído nada semejante, a más que estaban las niñas escuchando lo mismo, y eso que le había llamado «santo». Se alejó apriesa no fuera a salir con un garrote o una espada y la emprendiera contra ellas, buscó con la mirada una caseta de ladrillo, la de la santa mujer que vivía emparedada, la encontró enseguida y se encaminó hacia el lugar, se acercó a un ventanillo, miró adentro y no vio nada, no obstante, rogó:

—¡Santa mujer que vives enladrillada, dame tu bendición a mí y a mis hijas! —Al negro Abdul no lo mentó pues que, como sabido es, era musulmán.

Y fue que, a poco, una voz abroncada habló por el ventanillo:

—¿Quién vive?

—Soy la condesa de Conquereuil...

—¿Qué quieres, mujer?

—Que me bendigas...

—Acércate, quiero verte...

—¿Me ves?

—Sí.

—Yo también te veo a ti, mejor así viéndonos las caras...

—¿Para qué quieres mi bendición?

—Soy peregrina, vengo de muy lejos. Voy en busca de los grandes perdones, pero si me bendices a mí y a mis hijas mejor que mejor, me iré del Cebrero muy confortada de corazón.

—Mira, hija, yo me retiré del mundo para alejarme de las tentaciones...

—Te daré lo que me pidas, si quieres moneda, comida, ropa o mantas y hasta un catre con su plumazo, para que descanses mejor...

—Vivo aquí pobremente, en invierno con mi caseta cubierta de nieve y oyendo el aullido de los lobos y, en verano, escuchando el canto de los pajarillos, el único deleite que me permito y, de tanto en tanto, soporto a la Santa Compaña cuando anda por aquí... Por lo demás, siempre ayuno hasta en las grandes fiestas, así que no quiero nada... Pero tú ten cuidado porque la Compaña sigue a los hombres y tú llevas muchos, más de ciento, si oyes asonar una campanilla y ves a cinco espectros vestidos de blanco, no vuelvas la cabeza y no los mires... No permitas que tus gentes lo hagan, pues si cruzas mirada con alguno de los cinco miembros que la componen, te entrarán en el cuerpo y te convertirás en un alma en pena... Si lo haces pasarás a formar parte de la Compaña, que son almas del Purgatorio, y te tocará llevar la cruz o el estandarte o el farol o el caldero de agua bendita o asonar la campanilla de noche por toda la Galicia hasta que otro te mire y te puedas meter en su cuerpo, que entonces ya dejarás el Purgatorio y pasarás a gozar de la gloria de Dios...

—Agradezco tu aviso, señora mía, y espero no cruzarme con ella... Como te he dicho vengo a que me bendigas, si no quieres nada a cambio, hazlo de balde...

—¿Y este niño que llevas en brazos?

—Es niña, es mi hija, se llama Lioneta, es enana. ¡Bendícela, por caridad!

—Yo soy monja y las monjas no bendicen, acaso le puedo dar a besar mi crucifijo sobre el que he derramado abundantes lágrimas... Dejé mi convento con varias compañeras, que murieron sin auxilios espirituales, hace más de quince años porque llegaba la morisma que no respeta a las mujeres ni que sean religiosas y hayan consagrado a Dios su vida... Cuando me instalé en estos parajes ya estaba el monje, que me recibió mal y, como tiene la lengua suelta me llamó lo que no era, pero luego se presentó la Lupa y nuestra relaciones mejoraron, pues que nos unimos contra la meretriz. A ver, que nos habíamos retirado del mundo para no tener ocasión de pecar y el pecado se instalaba a unas varas de nosotros... El santón te bendecirá, pese a lo que parece, es buen hombre, después de insultarme durante mucho tiempo, comparte su comida conmigo, lo que le dan los peregrinos, lo que le da la Lupa...

—Señora monja, déjanos besar tu crucifijo.

—Ten, buena mujer. Que lo bese primero la pequeña, seguro que le hará crecer, a mí me ha hecho muchos favores. De cualquier forma, lo que deberías hacer es colgarla en una viga de los brazos, el peso de su propio cuerpo la estirará...

—Ea, Lioneta, ea, Mahaut y ahora yo. Señora monja, ¿no quieres nada?

—No, no, ve con Dios y que Él guíe tu camino.

—Muchas gracias, que Él te acompañe.

Ofuscada por lo que había visto y oído de labios de la monja y ofendida por lo que había escuchado al eremita, doña Poppa y sus acompañantes se instalaron en el carruaje sin despedirse de las chicas del burdel que se habían acercado y les hacían reverencias. Eso sí, la condesa cruzó mirada con la Lupa que observaba la escena desde una ventana del piso alto, pero ni un gesto le hizo y la otra tampoco, y eso que, de haber hablado, la dama talvez le hubiera repetido las palabras que le dijo Jesucristo a la mujer adúltera: «Ve y no peques más», y la otra talvez hubiera seguido el consejo.

De los eremitas y de la Lupa hablaron largo las damas de Conquereuil.

La comitiva, dejando atrás las tierras del Bierzo y teniendo enfrente las de Lugo, arreó y anduvo ora cuesta abajo, ora cuesta arriba sin hacer un alto, pues doña Poppa parecía rehuir a los seres humanos y sólo aceptar la compañía de las estrellas. Ya fuera por aquel juego tonto que se llevaba con sus hijas, que si ella era una, Mahaut otra, Lioneta aquella otra y el difunto don Robert la de más allá, ya fuera porque castigaba a sus hombres, pues en cuanto se detenía en cualquier pueblo o ciudad o casa aislada como había sucedido con la mansión de la Lupa, se desmandaban, sin tener en cuenta que, de rondón, mortificaba también a sus criadas que, dicho sea, no tenían las mismas necesidades que los varones, ya fuera porque quería estar de regreso en Conquereuil para el día de Difuntos y tener tiempo de preparar la misa de aniversario de su esposo como venía diciendo de tiempo ha, o ya fuera porque, como todos, estaba agotada de tanto viajar. De tanto hacer lo mismo a diario: levantar el campamento, cargar los carros, oír misa, desayunar, montar, azuzar a los bichos, pararse a almorzar, seguir la marcha, descabalgar con el trasero cuadrado y con las piernas entumecidas, descargar los carros, volver a montar el campamento, cenar y, cuando lo permitía el tiempo, pasar un rato de plática en derredor de una hoguera, lo mejor del día, y ya irse a dormir sobre una manta en una tienda o al raso, que de todo había habido. O a no acostarse como les había sucedido en los puertos de Cisa y en el que acababan de dejar o cuando atravesaron el puente de Niort, el que se derrumbó cuando pasó el último carro bretón. Cierto que, habían tenido ratos buenos en el burdel de las moras, en Burgos, en León y sobre todo en casa de la Lupa, por poner un ejemplo cercano y que, seguramente doña Poppa les daría suelta en Compostela. E ítem más, habían visto mundo y cómo cambiaban los paisajes, mismamente como les estaba sucediendo pues, pese a haber campos incultos, que hubieran podido dedicarse al cereal, todo eran verdes prados y fuentes claras en las que apetecía refrescar, que contrastaban con las parameras leonesas, donde atisbar un poblado o un monasterio en la lejanía era como ver a Dios.

Pero la condesa siguió adelante en Tricastela, donde, sin discurrir mucho, debió haber tres castillos aunque ya no quedaba ninguno, y aceptó refresco en lo que había, en el monasterio de San Pedro y San Pablo, y otro tanto hizo en el de Samos, desaprovechando que los monjes daban de comer de balde durante tres días a los peregrinos, pero es que llevaba tanta prisa que ni los bellos paisajes ni las frondas ni los desfiladeros que atravesaban ni los ríos que cruzaban ni las muchas flores que crecían por doquiera para gloria del Creador, la llamaban a detenerse.

Claro que, en Sarria, agotadas las provisiones, hizo que Loiz, el despensero, recorriera con unos cuantos las pallozas donde vivían las gentes para comprar vianda y, en el lugar donde pasaron el río Miño, hizo otro tanto y la tropa recibió doble ración pero, de detenerse para tomar aliento nada, siquiera a contemplar aquellas despensas tan curiosas que construían los gallegos fuera de sus casas y que llamaban hórreos, pues ni que la persiguiera la Santa Compaña hubiera hecho un alto en el camino.

Siempre adelante, avante, avante, que no salía otra palabra de la boca de don Morvan. Pasaron por Mellid, donde se juntaban dos caminos que iban a Compostela, el que ellos venían siguiendo y el que bajaba de Oviedo, que tal supieron cuando unos peregrinos salieron a su encuentro, les cerraron el paso y les anunciaron, la mar de albriciados, que se encontraban a media legua de Santiago y fue que, ante tan buena nueva, doña Poppa detuvo su comitiva y, tan contenta como todos, se apeó del carro.

Bueno, las primeras que bajaron fueron sus hijas y corrieron a beber agua de una fuente que había y, sin guardar fila, se colaron entre los peregrinos que, vestidos a la usanza, es decir, con botas hasta la canilla, sayal pardo de lana burda, que preservaba del calor y del frío, y sombrero redondo de ala ancha, admirados de tan grande cortejo, las dejaron pasar. Por supuesto que Lioneta les llamó la atención por su fealdad y pequeñez y Mahaut por su beldad, pero lo que querían era saber quién era aquella mujer, que tenía aires de reina, y que paseaba para desentumecer los huesos con pasos cortos como hacen las grandes damas, sin estirar los brazos y sin bostezar, lo primero que hicieron ellos a la vista del hermoso panorama en el que destacaba, loores al bendito Santiago, el monte Sacro, el que se levantaba sobre la ciudad del Apóstol, enfrente suyo.

Se acercaron los romeros, por supuesto, pero fueron alejados por don Guirec que había descabalgado y había entregado el estandarte a un subalterno pero, mira, lo contrario que otras veces, la condesa quiso hablar con aquellas gentes, entre las cuales había francos sobre todo. Así que les dio su mano a besar e hizo que les dieran vino y tan bien tratados se sintieron que todos se quedaron a cenar. Por supuesto, que no los invitó a su mesa, pero sí a su sobremesa y oyó atenta que venían juntos desde el primer puente del Arga, que se habían hospedado en tal o en cual hospital, lo que les habían dado a comer y había uno que aseguraba que en un cenobio, al que no ponía nombre, le habían regalado con vino, dos panes, una escudilla de carne, queso, manteca y vestido, y los demás, que no se lo creían, le preguntaban dónde era, para detenerse en él a la vuelta.

La condesa no llegó a saber de qué monasterio se trataba, porque hablando de vestidos, como la ciudad estaba a un tiro de piedra, como quien dice, aunque era más trecho, se bañó en su tienda en una tina y, estando en el agua, mandó a Abdul, que se había convertido en una excelente niñera, que hiciera otro tanto con sus hijas y a sus damas que prepararan mudas y ropa limpia para las tres. El caso es que se asearon todas las nobles y el negro también, éste en el riachuelo que pasaba por allí y, es de decir, que el pobre hombre regresó cabizbajo, pues que los de la tropa, pese a que, muy previsor, no se había quitado los calzones, le habían insultado y llamado maricón, tal consiguió sacarle doña Crespina, que le había tomado cariño, después de mucho insistir. La condesa se limitó a palmearle la espalda, a decirle que no le diera importancia, en razón de que no era día de abroncar a nadie. Era día de júbilo, porque, al fin y después de mil trabajos, estaban a las puertas de Compostela.

Al día siguiente, desmontado el campamento y todos aviados, idos los peregrinos francos que habían platicado con ella, y espantados por los capitanes unos hombres que con tenacidad les nombraban tal hospital o tal otro para que se alojara en él y que iban de parte de hospederos particulares, la condesa ordenó a don Morvan que mandara unos hombres de confianza a que le buscaran alojamiento en Compostela en algún convento y luego le hizo saber que haría el último tramo del camino a pie e invitó a los que quisieran seguirla. El buen hombre se preguntó adónde iba con chapines, pero guardó silencio, y se ocupó de que la acompañaran unos cuantos soldados y domésticos, los que no necesitaba para manejar los carros.

Don Pol emitió el grito de los peregrinos y los bretones echaron a andar, precedidos por don Guirec que, a caballo, enarbolaba el estandarte de Conquereuil, y siguiendo la señora con Lioneta en brazos, sus damas y Mahaut, el negro Abdul y otros, todos con los bordones y esportillas que habían recibido aquende los alpes Pirineos, los que no los habían perdido, claro, que siempre hay gente descuidada. E iban por un lugar de pinares, subiendo una pequeña costana hacia el monte del Gozo, donde hallaron un crucero y mucha gente que, jubilosa —a ver, que el nombre del monte no era vano—, y arrodillada ante la cruz, cantaba salmos y, Santiago bendito, Jesucristo bendito, Santa María bendita, puesta en pie podía ver las torres de la iglesia del Apóstol, mismamente como los de Conquereuil que, por fin, por fin, al Señor sean dadas muchas gracias, tenían a la vista la ciudad de Compostela. Y fue que las mujeres se abrazaron, ya fueran nobles o plebeyas y que los hombres también se abrazaron y hombres y mujeres se dieron las manos, y Lioneta repartió besos, que sabido es que gustaba de darlos, pero tan albriciados estaban todos que a nadie le importó que le dejara baba. Y fue que se juntaron con las muchas gentes que allí había y que doña Poppa entregó su bolsa a Mahaut para que diera unas monedas a los tullidos y a los que asonaban la gaita, como en la Bretaña, o la flauta o la vihuela, que se tocan en todas partes. Y fue que la niña regresó con la faltriquera vacía, pues también dio a los que lloraban de alegría y, al ver lo que había, una lágrima se escapó a nobles y peones, máxime cuando observaron a una mujer que iba con grilletes en los pies, y a un hombre, fornido él que, emulando a Jesucristo Salvador, llevaba una pesada cruz sobre los hombros. Y fue que, tras persignarse en el crucero y echarse a andar costanilla abajo, la actitud de los jacobitas cambió de medio a medio, mientras los de Conquereuil los observaban perplejos. Y fue, vive Dios, que toda aquella partida de hombres y mujeres, muchos más varones que féminas, echaron a correr, sin que les importaran los guijos del camino, como si quisieran llegar los primeros a venerar al Santo Apóstol, y fue, Santa María Virgen, que se sujetaban unos a otros de las mangas para adelantarse y que hasta se abrían paso amenazándose con el bordón y aun se pegaban entre ellos, evitando en su carrera a los mercaderes que les presentaban frutas frescas, vino, pan recién hecho o ropa confeccionada o escarcelas u hospedaje o cambio de moneda, pues que hasta les ofrecían dinares musulmanes por libras carolingias.

Así las cosas, los bretones, que seguían a los que iban delante, siquiera se fijaban en que habían atravesado una puerta y que andaban ya en un burgo de casas de madera y calles estrechas hasta que desembocaron en una plaza que tenía una fuente en medio. De los de Conquereuil, la condesa, que iba vestida con una de las túnicas que le habían regalado las reinas de Pamplona, es decir, más o menos como una peregrina más, fue la primera en darse agua a la cara y en lavarse los pies que, vive Dios, los traía destrozados, y ya la imitaron los demás.

Para cuando los bretones se arrodillaban ante el crucero que daba entrada al monte del Gozo, se descalzaban, como hacía el personal que estaba allí, a lo menos una cincuentena entre hombres y mujeres, cantaban un *Te Deum* y, finalizado, iniciaban la marcha para recorrer los últimos pasos que les faltaban para personarse en la catedral de Santiago Apóstol, el dicho Santiago el Mayor, el hermano de Juan, el hijo de Zebedeo y también el Hijo del Trueno, vaya su merced a saber el porqué, el *Miles Christi,* como gritaban los romeros de otros grupos, para entonces don Walid, el prior de Armilat, contrito, hasta donde un hombre de bien pueda arrepentirse por haber robado, y con las espaldas en carne viva, ya había dicho a sus frailes tres veces, tres, que siguieran camino, que le llevaran el *Beato* al abad, que tomaran su caballo también, su zurrón y su sayo, que él se quedaba allí a morir como ermitaño.

Lo había dicho en Zamora, repetido en Salamanca y lo había vuelto a repetir al pie de unos montes muy pedregosos que se levantaban antes de entrar en la morería, más o menos por donde se comieron el cerdo negro cuando hacían el camino de ida, pero esta vez, a la tercera vez, se apeó del bicho, lo acarició entre los ojos y le entregó las riendas al joven Isa. Luego le dio su zurrón y la alforja de los dinares a Yusef, se quitó el sayo y se lo dio a Hissam y, en bragas, les apretó las manos con calor, los abrazó con lágrimas en los ojos, los bendijo y les dio recuerdos para toda la comunidad. Y de nada valió que sus subordinados le dijeran lo que ya le habían dicho en las dos ocasiones anteriores: que no había robado, que había cambiado oro por oro ni que le razonaran que era imposible vivir en aquellos roquedales, ni que le aseguraran que moriría y que un cristiano no podía buscar su propia muerte, ni que los tres, uno, dos y tres, lo habían recibido en confesión y dado la absolución, por lo cual nada tenía que expiar. De nada valió ya que, decidido y firme el paso, echó a andar campo a través y lo último que le oyeron decir fue que se iba a purgar sus pecados hasta que Dios le llamara.

Los jóvenes frailes pasaron cuatro días con sus noches en aquellos parajes por si volvía su prior, buscándolo de día, trepando por los montes, pues que no había borreguiles ni menos sendas, por si encontraban al hombre o su cadáver, y pensando en él de noche y malcomiendo, pues no avistaron cerdos ni conejos que matar, e imaginando a don Walid trocha arriba, trocha abajo y tratando de encontrar un cobijo en aquella serranía, en bragas, con las espaldas sangrantes y con las manos vacías... Pensamientos que les llevaron, porque una reflexión induce a otra, a preguntarse cada uno para sí, si lo del cambio de la reliquia por el libro había sido trueque o robo. Y era que conforme cavilaban y rememoraban lo que habían hecho cada uno, pues que cada uno había sido pieza clave para la perpetración del robo, que trueque no era, en virtud de que no habían llegado a un pacto con la condesa y, de consecuente, habían actuado de tapado, por su cuenta y a espaldas de la dama, con lo cual y aunque le habían dejado una reliquia muy buena, ladrones eran y sin paliativos. Extraños ladrones, sí, pues los tales no dejan nada a cambio de lo sustraído, pero ladrones, después de todo. Y, como antes le había ocurrido a don Walid, empezó a remorderles la conciencia, máxime cuando se miraban a los ojos y, sin cruzar palabra, cada uno sabía que el otro pensaba lo mismo que él y que, vive Dios, a los tres lo mismo les sucedía y, al igual que al prior, pronto no les valió confesarse y absolverse entre ellos, no les valió de nada.

Así las cosas, sin encontrar rastro de don Walid, subiendo por trochas y quebradas, llegándose cada día un poco más lejos, salvando riachuelos, con las botas destrozadas y sin tener repuesto, y sin haber encontrado alma viviente, a la cuarta noche, tras reconocer taxativamente que habían robado, que estaban arrepentidos y que habían cumplido las penitencias que ellos mismos se habían impuesto, hubieron de plantearse su situación: si continuar el camino del sur y, Dios mediante, llegar sanos y salvos a Armilat y entregarle el libro al abad, que se holgaría sobremanera, aunque lamentara la decisión de don Walid. Pues más de una vez en sus sermones había echado pestes contra los eremitas que llevaban vida en solitario en razón de que, según prédica de San Benito, los clérigos deben residir en comunidad, para no caer en el nefando pecado del orgullo, y ellos serían felicitados por sus compañeros y con el tiempo hasta llegarían a desempañar cargos de responsabilidad en la santa casa. O desandar lo andado y volver al norte, llegarse a Compostela, alcanzar la indulgencia, que no les vendría mal otro perdón, devolverle el *Beato* a la condesa peregrina, pedirle la reliquia, exponiéndose a que los abroncara y hasta que los denunciara al merino de la ciudad y éste los metiera en la cárcel, y a que se quedara con el libro y con el diente de San Isidoro. O, volviendo al norte, hacer lo anterior, pero no entrar en tratos con la noble franca, olvidarse de ella y de la reliquia, y seguir más al norte, hacia las Asturias de Oviedo, llamar a la aldaba de algún monasterio, cuanto más pobre y pequeño mejor, decir que eran monjes mozárabes provenientes de Córdoba, pedir asilo al abad y, si se lo daba de grado y de por vida, entregarle el libro, decirle que lo traían de al-Andalus para que semejante joya residiera en tierra cristiana, y si no probar en otro cenobio. Pero, como con esta última posibilidad mentían y, seguro, les remordería la conciencia otra vez, optaron por echar suertes entre las dos primeras, así que sacaron una moneda, un dinar de oro, que no era para menos el negocio, y dijo fray Isa:

—Si sale cara, vamos al norte, si sale cruz al sur.

Y fue que salió cruz y que los monjes, sin mediar palabra, sin quejarse ni alegrarse, cogieron sus alforjas, echaron una última mirada al lugar por donde se había ido don Walid, montaron en sus magníficos caballos e iniciaron galope en dirección al convento de Armilat.

La autora de este relato deja en las estribaciones de la sierra de Gredos, a los tres jóvenes frailes galopando hacia su casa, y a don Walid, refugiado en una cueva, vivo y con hambre de cinco días, alimentándose de lagartijas o saltamontes o hierbas, o quién sabe, si muerto ya en alguna quebrada.

La fuente, en la que se aliviaron los pies y los sudores los de Conquereuil, estaba situada fuera de un recinto murado, situado en el centro de las murallas de la ciudad de Compostela. Pronto supieron los bretones que en el interior había cuatro iglesias: la del señor Santiago, el baptisterio de San Juan, San Pedro de Antealtares y una dedicada a Santa María. Conocieron también, pues que hubieron de pasar muchas horas que la fortificación había sido alzada por el obispo Teodomiro, el descubridor del sepulcro de Santiago que, con el apoyo del rey Alfonso, el segundo, había desenterrado al Santo y le había levantado el primer altar, pero que el templo que verían y pisarían, el que cobijaba los restos del Apóstol era otro mucho más grande que el primero, éste reedificado por el obispo Sisnando y por el rey Alfonso, el tercero, y era que les iban gentes a hablar con ellos y a venderles toda suerte de cosas.

De los que se les acercaban a platicar, la condesa, que iba vestida como una más y, de consecuente, era una peregrina más, escuchó, aunque no comprendió palabra, a un hombre que, por encomienda de los vecinos de su pueblo y para que el Apóstol tuviera a bien alejar la sequía de aquel lugar —como se llamare, que era un nombre imposible de retener—, pues que no había llovido en cinco años, al parecer, había salido de la lejana Germania, dejando casa, mujer e hijos, y que, durante el viaje, había tenido que gastar sus haberes y aún había hecho corto con los dineros, lo que no le extrañó miaja pues a ella le había sucedido lo mismo, si logró enterarse de lo que le contaba el peregrino fue porque se presentó un linguajero, un hombre que conocía varias lenguas, y le tradujo las palabras del alemán. Luego a tres hermanos borgoñones, que por manda testamentaria de su señor padre y para que volvieran hombres de provecho, pues que debían ser de poco juicio y asiento, habían hecho casi el mismo recorrido que ella y, lo que son las cosas, tanta gente que había en torno a la fuente y ella no se había cruzado con casi nadie en su recorrido. Luego a un criado que procedía de la Provenza que pretendió contarle su itinerario a la menuda, pero ella no quiso, pues que Lioneta dormía en sus brazos, bien tapada con una toquilla no se fuera a resfriar, así que le señaló a la niña y lo despidió y sólo se quedó con que el hombre había sido alquilado por un comerciante, que estaba muy enfermo, al parecer, y que por cada día de camino había hecho una muesca en su bordón, pero que no sabía contar y, cuando le pidió que sumara, ella, a voleo, le dijo que treinta y dos porque se despertó Lioneta y tuvo gana de orinar, ocasión que aprovechó —lo que son las madres, que están en todo— para, acompañada de doña Crespina, llevar a Mahaut también y, de paso, ir ella, pues que le apremiaba y tal hicieron todas en una casa cercana, una de las muchas derruidas por Almanzor, que estaba llena de detritus, pero la necesidad apremia, y regresó con los pies otra vez sangrando, en carne viva.

Así las cosas, se dedicó a mirar en derredor por si aparecían sus capitanes, que ¿dó estaban?, ¿dó paraban?, ¿qué hacían tanto rato?, pero no aparecían no, y no podía enviar a las criadas en su busca no se fueran a perder por la ciudad, máxime porque no sabía dónde sus hombres le habrían encontrado albergue, ni a los soldados tampoco por no quedarse sin custodia, no fueran aquellas gentes que tan mansas parecían a tornarse en bravas por alguna nimiedad.

E hizo bien, porque, Jesús-María, de repente, se presentó en la fuente un sujeto que iba desnudo, a saber si por gusto o por mandado, gritando para hacerse notar:

—Voy desnudo, para mi vergüenza y de tal guisa cumplo mi penitencia...

Y todos los que esperaban para entrar en la iglesia de Santiago se quedaron atónitos, y eso que, al menos los bretones, habían visto a muchas gentes extrañas en el camino, y, claro, los guardias de doña Poppa intervinieron y se lo llevaron lejos, con lo cual la dama que iba de incógnito, pues que deseaba ser una peregrina más, dejó de ser desconocida. Bueno, dicho con precisión, no dejó de ser desconocida porque nadie había oído hablar del condado de Conquereuil, pasó a ser condesa, y todos se arremolinaron en torno suyo, y sucedió que uno de aquellos sujetos que se acercaba demasiado, quizá queriendo ver más de cerca a Lioneta, fue detenido por Abdul, y que el tipo la emprendió contra el esclavo y sin que mediara palabra, le increpó:

—¡Negro!

Que debe ser la primera palabra que le viene a la boca a un blanco cuando quiere insultar a un hombre negro, y a las manos hubiera llegado el blanco a no ser porque los soldados bretones se lo llevaron gritando:

—¡Fuera de aquí, mastuerzo, no incomodes a la condesa de Conquereuil!

Y entonces, en aquella Babel, todos supieron, porque el linguajero tradujo, que doña Poppa era noble e hicieron fila para presentarle sus respetos y unos le fueron a besar la mano y otros a pedir limosna y otros, los que vendían, que eran peste, acudieron con más artículos: vieiras de bronce, diciendo que eran la enseña del señor Santiago; reliquias tales como un retalico de tela pasado por la tumba de San Pedro de Roma; alojamientos en la ciudad, con comida o sin comida, con cama o sin cama, y cuadras para las caballerías, y hasta un alberguero se ofreció a echar a los huéspedes que tenía para alojarla a ella y a su séquito, creído de que podría cobrarle más dinero, y menos mal que los vendedores desaparecieron al caer la noche, porque eran asaz cargantes. Cierto que, a los charlatanes, pues que por tal tomó a uno que fue a decirle que había visto el cuerpo del señor Santiago por un agujero que había en la lauda, y a otro que se jactó ante ella de que, por hacer mortificación, había besado a un leproso en la Pons Ferrata, seguramente a alguno de los que habían sido alejados por sus hombres cuando pasaron por allá, los despidió haciendo un gesto con la mano, y a otro que fue a comentarle que tanta roca, tanta montaña, tan malos caminos y tanto despoblado eran para escupir también, e ítem más, a otro que fue a pedirle, como si ella fuera una autoridad, que hiciera alguna cosa para que los ladrones que rondaban por el camino fueran excomulgados y la ruta de *Saint Jacques* se convirtiera en una vía de paz, pero era que las niñas se cansaban de estar en aquel lugar donde, dicho sea, no se podían mover, a más que no tenían qué comer y se quejaban de hambre.

Era que, como los bretones habían seguido el camino de los peregrinos y se habían ido enterando de lo que era menester hacer conforme pasaban las horas y se encontraban con que no sabían adónde ir y con que, después de estar tanto tiempo en la plaza de la fuente, no era oportuno perder el turno para entrar en la iglesia y ganar la indulgencia, tras hacer que las damas se aflojaran las faltriqueras, pues que a ella, siempre tan dadora y tan espléndida, no le quedaba un penique, envió a unos soldados a comprar para las niñas lo que encontraren en las tabernas; para las niñas, pues los demás habían de ayunar para comulgar cuando abrieran las puertas del recinto fortificado y pudieran entrar en la iglesia al amanecer, vive Dios, todavía al amanecer. Y, cuando regresaron los mandados con media hogaza de pan, a todos se les hizo la boca agua, pero sólo comieron las criaturas, además como si no hubieran comido nunca. Y, en viendo el hambre en hombres y mujeres, en sus servidores y en los extraños, entendió que lo mejor sería que don Pol fuera confesando a los de Conquereuil y, una vez cumplida la penitencia y, para pasar el rato, escuchar historias y tal hizo ser recibida en confesión y luego oír a los que querían hablarle, eso sí, cuando logró que sus dos hijas se durmieran a cielo raso.

E ilustrativas historias le contaron. A ver que, cuando se presentaron don Morvan y don Guirec, los hizo callar, en razón de que el narrador hablaba de que Santiago había sido uno de los tres Apóstoles preferidos de don Jesucristo, en virtud que, junto a Pedro y a Juan, había estado presente en la Transfiguración del Señor en el monte Tabor y en la agonía del monte de los Olivos y, amén de que, Jesús había dado poder a todos los Apóstoles para curar enfermedades y para expulsar a los demonios, y seguía con que era fama que Santiago gozaba de gran poder curativo, pues daba la vista a los ciegos, oído a los sordos, voz a los mudos y resucitaba a los muertos, a más de curar otras enfermedades, y continuaba el hombre:

—Sepa la señora que no utiliza purgantes ni jarabes ni emplastos o pociones, sino que lo hace por gracia de Dios, pues está sentado a la derecha del Padre, tal como le pidió Santa María Salomé, que fue su madre, a Jesucristo...

Y fue interrumpido el hombre por una dueña:

—Sepa la señora que cura paralíticos, lunáticos, coléricos, flemáticos, temblones, llagados, tullidos, sarnosos, disentéricos y hasta a gentes mordidas por sierpes o alacranes...

—A energúmenos y poseídos... —continuó el hombre con cierto enojo y mirando mal a la dueña.

Y fue en este momento, al terminar la enumeración, cuando doña Poppa, que no había oído mencionar a ninguno de los dos parlantes la palabra «enana», se entristeció, pero ella misma se consoló, pues si el Apóstol era capaz de devolver vida a los muertos, con mayor motivo y menos trabajo, le concedería la gracia de que Lioneta creciera un palmo y a ser posible dos.

Y le hubiera gustado recogerse en sí misma y empezar a pedir favor al señor Santiago, pero hubo de levantarse para escuchar a sus capitanes que, albriciados, le decían que, como no les había gustado la casa que habían apalabrado los hombres que habían enviado en busca de alojamiento, tras porfiar con la posadera, se habían recorrido la ciudad de punta a cabo, hasta que le habían conseguido albergue en el monasterio de San Pedro de Antealtares, situado a espaldas de la catedral, pagando eso sí, pero no gran cantidad, por aposentos, celdas mejor dicho, para los nobles con camas y plumazos, y por dos habitaciones con heno en el suelo para domésticos y soldados, una para mujeres y otra para hombres, una atendida por beatos y la otra por beatas, con la única condición de que la servidumbre abandonara la casa después del desayuno para que no alborotara y dejara a los freires practicar la vida monacal que acostumbraban, salvo que lloviera, que llovía mucho en la ciudad, a jarros las más de las veces, que entonces les permitirían resguardarse en el monasterio siempre que guardaran el silencio requerido.

—Vamos, señora, que tienes casa —anunció don Morvan.

—Las niñas dormirán en cama —afirmó don Guirec.

—No, no puedo. Al alba abrirán la puerta y todos lo que estamos aquí entraremos en la iglesia a ganar la indulgencia.

—Nuestro alojamiento está dentro del recinto, desde el convento podemos entrar solos, sin esta pobre gente...

—No son pobres, don Morvan, son peregrinos como nosotros... Yo soy una más, voy a actuar como una más y a hacer lo que ellos hagan... No voy a pedir favores a nadie... Entraré en la iglesia con vosotros y con los que visten harapos.

—Señora, ¿hay que comulgar para ganar la indulgencia?

—Hay que confesar y comulgar...

—Nosotros no podemos, hemos comido y bebido...

—Vendremos mañana, señora.

—Si quiere la señora nos llevamos a las niñas y a Abdul, que es musulmán y no puede entrar, él las acostará...

—No, no, mis hijas ganarán la indulgencia conmigo...

—Te vuelvo a decir, señora, que desde Antealtares podemos entrar...

—Lo he entendido, don Morvan.

—Acompañaremos a la señora hasta que salga de la iglesia con los perdones ganados.

Cuando los segundos gallos anunciaron el alba, los romeros se recogieron en sí mismos y guardaron silencio, por fin. Las damas de Conquereuil pudieron incluso cabecear, pero a doña Poppa le fue imposible cerrar los ojos en virtud de que le asaltó la duda de si sus hijas, que eran menores de edad y aún les faltaba mucho tiempo para recibir la Primera Comunión, podrían lograr la indulgencia porque, salvo el bautismo, no habían recibido los sacramentos de la Confirmación ni de la Confesión, los cuales eran necesarios, junto a la Eucaristía, para conseguirla y, claro, se le abrieron unos ojos como platos y no hizo más que pensar si las criaturas, después de tantas millas recorridas y tantos sufrimientos, habrían hecho el viaje en balde cuando, vive Dios, no se les presentaría otra ocasión en su vida para obtener el perdón de todos sus pecados. En realidad, de sus pecadillos, de sus pecados veniales pues que, a los ocho años de Mahaut y a los seis de Lioneta, casi siete, las faltas que hubieren podido cometer eran de escasa importancia, si bien, cuando reñían, que era todos los días, o casi todos, y varias veces a lo largo de cada jornada, se incomodaban entre ellas con mala intención; se insultaban, llegaban a las manos e incluso se agarraban de los pelos con verdadera saña, como si fueran comadres, hasta deshacerse los moñetes y era menester separarlas, regañarlas y castigarlas de cara a la pared en un rincón, o sin postre o sin comprarles tal o cual. Y era que, a pesar de que hablaba consigo misma de la parvedad de las faltas que sus hijas hubieran podido cometer, que las cometían de eso no tenía duda, le venía a las mientes la escena de Lioneta corriendo como una flecha en pos de su señor padre, que haya Gloria, con los brazos levantados para propinarle un empujón, ya fuera en las corvas de las piernas o en los muslos, donde le diere que, maldita sea, le cogió desprevenido y, ay, *mon Dieu,* lo llevó a la muerte y, aunque hubiera deseado no tener tales pensamientos que le recordaban amargos momentos, no conseguía dejar de preguntarse lo que ya se había demandado de tiempo ha, si aquella mala acción de Lioneta, si aquella malísima acción de perniciosos resultados, la había hecho aposta o si fue un desdichado accidente y, aunque se aducía que para ganar la indulgencia no se hablaba de grandes o de chicos, no podía cerrar los ojos.

No obstante le vino bien tener los ojos muy abiertos, pues fue la primera de los romeros que vio cómo un sacerdote abría la puerta de la cerca, y con premura se secó con la mano las dos lágrimas que empezaban a caer por sus mejillas, y la tristeza de su rostro se tornó en gozo, en inmensa alegría, pues no en vano estaba a punto de culminar felizmente su larga peregrinación.

Capítulo
20

En buena hora, un preste abrió la puerta del recinto amurallado para que los peregrinos de aquella jornada, a un día entrante el mes de septiembre, era de 1038 y año vulgar de 1000, día de San Gil abad —según sostuvo uno de los francos y todos le creyeron—, enhorabuena, pues que, si habían estado estrechos, todavía lo hubieran estado más dado que no se habían puesto en pie los romeros y habían cedido el paso a doña Poppa y a su pequeño séquito para que entrara la primera. Que ya todos se habían enterado de que era condesa de un lugar de la Bretaña —región esta que unos supieron ubicar y otros no—. Y fue que se oyó un griterío y que, a poco, se presentó en la plaza una procesión de flagelantes, empujando además, pretendiendo abrirse paso a empellones, a codazos y a patadas que toda clase de golpes recibieron los últimos de la fila. Eso sí, iban sin dejar de invocar al Señor y a sus Santos ni de imprecar a Satanás y a sus acólitos, con aquellos gritos que causaban espanto, y de los que ya hemos hablado suficientemente en esta narración.

Avanzaron por la estrecha callejuela con violencia pero, mira, que los de Conquereuil salieron a su encuentro con don

Pol, levantando su crucifijo como si de demonios se tratare, y con los capitanes al frente, prestas las lanzas y las espadas, y los otros recularon. Para entonces, ya doña Poppa con Lioneta en un brazo y con Mahaut de la mano, seguida de las damas y las criadas, besaba la punta de una estola que le presentaba el sacerdote y, como al momento se vio rodeada de los peregrinos que habían pasado la noche con ella, atendió a sus lecciones. A los que le señalaban la iglesia del señor Santiago y le hacían ver lo pronto que los canónigos habían restaurado la fábrica del templo pues que había sido quemado por el Almanzor de los mil diablos; y, como venían sabidos, aún le advertían de que lo único que había respetado fue el sepulcro del Santo, lo más hermoso de todo: una urna que descansaba sobre una basa de mármol, ornada de preciosas columnas de pórfido, que los canonjes dejaban besar a los jacobitas.

A la puerta del sagrado recinto, los que no se habían descalzado, lo hicieron, las niñas también y fue, Santiago bendito, que, aunque había más luz dentro que fuera pues que había grande cantidad de lámparas, como aún no había amanecido fue harto dificultoso entrar en la iglesia y mucho más andar por ella y todavía mucho más avanzar hacia el altar. Allí no cabía un alfiler, pues había multitud de gentes, unas, pretendiendo entrar, otras, queriendo salir, otras, sentadas en el suelo y, otras, durmiendo cuan largas eran sobre el pavimento y sin que les molestara el bullicio. Y, claro, era imposible dar un paso, so pena de pisar a alguno y lastimarlo.

Así que los bretones anduvieron como si pisaran huevos, hasta que don Morvan se hartó o fue que no estaba acostumbrado a ir de tal modo por la vida, sino, muy al contrario, con el camino expedito y mandando, por eso alzó la voz y gritó en franco:

—*Pas a madame la comtesse de Conquereuil!*

Lo dijo en lengua franca y todos lo entendieron, se apretaron más y los que estaban durmiendo se levantaron. Entonces los bretones pudieron caminar por la nave central hacia el altar por un estrecho pasillo, y ya corrió por la iglesia que había una condesa y todos quisieron verla, algunos alzándose de puntillas para hacerse un hueco entre las cabezas del personal, pero fue tarea vana para los que estaban lejos del grupo bretón y los cercanos no supieron distinguirla entre las damas, ya que doña Poppa iba vestida como una peregrina más, como conocido es.

Las noticias de que, entre los romeros de aquella jornada había una condesa, llegaron presto a la sacristía donde los canónigos se vestían para celebrar misa de aurora y hubo allí una cierta conmoción, pues que, desde que llegara felizmente en peregrinación a Compostela el obispo Gotescalco, hombre de religión y probidad, ninguna otra personalidad se había presentado en la ciudad, al menos que se recordara, y era negocio de celebrar, pero no en aquel momento porque la campanilla del sacristán llamaba a misa.

Los tres canonjes que oficiaron y, después repartieron la Comunión, no fueron capaces de descubrir quién era la condesa entre un grupo de mujeres que había en primera fila hasta que, finalizada la misa los sacristanes retiraron la barrera, el cordón que separaba a los peregrinos del altar y dejaba un espacio libre para las celebraciones religiosas que, de no existir estaría talmente ocupado, en razón de que la iglesia estaba a rebosar de día y de noche, como dicho va. Y entró la primera, una mujer con la cara velada, por lo que dedujeron que era viuda, que llevaba una criatura de teta en brazos, un niño advirtieron después de que les pareciera un perrillo o un gatico, con paso resuelto, pese a que le martirizaban sus pies heridos, que no había más que verla, e hizo una genuflexión en la grada de acceso al ara del altar, a más de una inclinación de cabeza a los oficiantes, que habían ocupado sendas cátedras, y ya, seguida por sus gentes, subió las cuatro escaleras que llevaban al altar del señor Santiago y ella y el niño tocaron la columna de pórfido verde, la de la diestra —la que se dejaba tocar y besar a los romeros— y la besaron, no en la parte del hendido que tenía de tanto ser venerada, sino un poco más arriba a saber por qué. Y la vieron dejar al crío que llevaba en brazos a una de sus camareras y aupar a una niña de rubios cabellos para que hiciera otro tanto, y cómo la madre y sus descendientes se arrodillaban y rezaban con mucha devoción. Y ya observaron con qué interés la dueña miraba el arca de plomo que contenía los restos de Santiago que estaba sobre un podio de mármol blanco ornado con cenefas de flores, y el hacha con la cual los soldados romanos, por orden del rey Herodes Agripa, habían cortado la cabeza del Apóstol, y el bordón que le había servido de apoyo en sus muchos viajes, ambos útiles atados a una cadena en uno de los lados del altar. Y, en otro orden de cosas, con qué donaire, pese a que era manifiesto que le dolían los pies, bajaba las escaleras, y no les cupo duda de que era la condesa, pues que había subido la primera y la seguía un cortejo de damas, caballeros y un sacerdote también, tal parecía por el bonete y las vestes negras que llevaba.

El canónigo que esperaba a los peregrinos a la siniestra de la grada del altar, sonrió a la dama y a sus hijas, las bendijo y les dio su estola a besar, y a la mayor le tocó la cabeza haciéndole un cariño y, ay, que hasta en la iglesia del señor Santiago sucedía lo mismo que en todas partes, que el clérigo, al contemplar a Lioneta, no fue capaz de reprimir un gesto de desagrado, lo que, dicho sea, a doña Poppa le dio un ardite, pues que le había pedido con todo su corazón al Apóstol que hiciera crecer a la niña y no dudaba de que le concedería tal gracia, máxime porque había seguido con toda precisión el rito de los romeros e incluso, después de rezar, había pronunciado la palabra *laudo* y hecho que sus hijas la dijeran también.

Los bretones, siguiendo al preste, continuaron hacia la capilla de las reliquias, donde pudieron admirar a sus anchas, pues que el sacerdote no dejó entrar a más gente, la cruz de oro que ofrecieran el rey Alfonso, el tercero, de feliz memoria, y su mujer, la reina Jimena, y, sobre unos anaqueles, buen número de ciriales, incensarios, navetas y cruces de oro y de marfil, a más de una arqueta que se iba llenando con las reliquias que dejaban los peregrinos. Doña Poppa —que por dar no quedara— se tentó las que llevaba cosidas en el jubón, pero doña Crespina, advirtiéndolo y conociéndola, le dio con el codo y la dama se contuvo, diciéndose que ya dejaría limosna. Y luego continuaron detrás del sacerdote que les enseñó la tumba del obispo Teodomiro, el que descubriera el sepulcro del Apóstol y levantara el primer altar que, mira, había muerto el 13 de las calendas de noviembre, era DCCCLXXXV, año vulgar de 847, y lo supieron todos porque Lioneta sacó la cuenta.

Y ya, puestos al corriente, por el canonje, de lo que hacían los peregrinos, se dispusieron a esperar a la puesta del sol para recibir la colación que, a diario, la iglesia daba a hombres y mujeres, y se despidieron de él besándole el anillo de su dignidad. Y, como encontraron sitio en una de las naves pues que el gentío había menguado, sin duda porque el personal había salido a echar un bocado o a tomar el sol o a desaguar, se sentaron en las losas del suelo, pero no había tomado asiento la señora, que ya que se le presentaron unos pedigüeños con la mano extendida a limosnear, pero don Morvan los echó y anduvo por allí, y regresó diciendo que había muchos enfermos, algunos cuidados por un beato, pero otros dejados en manos de Dios.

La condesa, al oír lo de los enfermos, envió a sus hijas con don Morvan y doña Gerletta al albergue que aquel había contratado, al monasterio de Antealtares, ¿no?, con la manda de que, después de almorzar y sestear, volvieran a recibir lo que daban los canónigos, pues que sería vianda bendecida y, además, se acordó de Abdul que, vive Dios, a saber qué había sido de él, que a saber cómo lo habían tratado las gentes siendo negro, y ordenó a don Pol que lo buscara, quizá porque no se fiaba del capitán que le venía demostrando más inquina que otra cosa. En buen momento impartió aquellas órdenes pues que, apenas se fueron las niñas, contempló cómo unos beatos se llevaban a un muerto en parihuelas y menos mal que sus hijas no lo vieron.

Y ya, flanqueada por doña Crespina y don Guirec, con la espalda apoyada en la pared, se dispuso a disfrutar del gozo íntimo que le producía haber conseguido indulgencia plenaria y, loores al señor Santiago, tener el alma limpia de todo pecado. Además, se acordó de don Robert, descanse en paz, y hasta habló con él y le dijo que él también había logrado los perdones, y luego, tras encomendar al Apóstol a los señores duques de la Bretaña, como había prometido a doña Adalais, siguió rezando para que su *naine* creciera. Pero no, que aquel, digamos, descanso —que el gozo fue otra cosa— le duró poco, pues se le presentó el arcipreste —la primera autoridad de la santa casa en ausencia del obispo— con varios canónigos, y la invitó a desayunar en el refectorio, doña Poppa lo agradeció, dijo que ayunaba y que era una peregrina más, dejando patente que no quería honores, a más que no estaba vestida para la ocasión, que iba sucia y resudada por la mucha humedad que se respiraba en el templo, pero tanto insistieron que no le quedó otro remedio que aceptar la distinción que le hacían.

Los de Conquereuil saludaron a los canonjes y los siguieron a la sacristía y por unos pasillos llegaron al refectorio donde les ofrecieron un abundante desayuno al que se aplicaron doña Crespina y don Guirec, pero la condesa no, que sólo bebió agua. Para entonces, para cuando los bretones estuvieron sentados en las mesas corridas que había, los prestes ya le habían preguntado de dónde venía y aconsejado que comiera alguna cosa, pues que, si había de permanecer en la iglesia hasta que repartieran la colación que a la puesta del sol suministraban a los romeros —con las rentas de los bienes que les había concedido el buen rey Alfonso, el tercero, para sustento de pobres y peregrinos— faltaban muchas horas y tendría hambre. Lo que sí aceptó fue que, llegada la hora, el arcipreste le lavara los pies en una jofaina delante de la multitud que se juntaba cada tarde, pues que los llevaba destrozados y le vendría bien. Y escuchó a los sacerdotes, pero antes envió a don Guirec a Antealtares para que le dijera a doña Gerletta que les revisara bien la cabeza a las niñas no fueran a tener piojos, pues que a ella le picaba y había de disimularlo, aunque todo podía ser sugestión porque había estado hacinada entre gente maloliente, enferma y hasta visto retirar a un muerto.

Los canonjes le hablaron de que el señor Santiago, después de pasar por Roma donde posiblemente había diseñado estrategias con San Pedro, se personó en las Hispanias para evangelizarlas y que, tras andar por la Galicia, las Asturias y la Castilla, había permanecido bastante tiempo en la ciudad de Cesaraugusta —la Sarakusta de los musulmanes—, una gran urbe situada a orillas del Ebro, y le sucedió que el día 2 de enero del año 40 del nacimiento del Salvador, se le apareció la Virgen en carne mortal, de pie sobre una columna de mármol, rodeada de un sinnúmero de ángeles que cantaban el *Ave María, gratia plena...*, para pedirle que le levantara allí, en la ribera del río, una iglesia, cuyo altar fuera el pilar que ella misma, la Reina del Cielo, le había traído... Mandato que el Apóstol se apresuró a cumplir con la impagable ayuda de los siete varones que lo venían acompañando desde Roma y la de los cristianos que había conseguido hacer en la ciudad, que entre todos levantaron un pequeño oratorio...

—Que sigue allí y seguirá por los siglos de los siglos. —Tal aseveró el arcediano.

—Tal le manifestó Santa María al señor Santiago, así lo expresó Nuestra Señora del Pilar —sostuvo uno de los canonjes.

Y siguieron hablando los demás:

—El Santo Apóstol dejó a los varones en las Hispanias para que continuaran la evangelización y él partióse a Jerusalén, donde fue decapitado y, como los judíos no le dieron sepultura, sus discípulos, para salvar su cuerpo de aves carroñeras y de perros salvajes, lo trasladaron a la orilla del *Mare Nostrum,* dispuestos a enterrarlo, pero milagrosamente se presentó en la playa una barca sin tripulación...

—Hecho que, dando gracias a Dios, aprovecharon los rescatadores para embarcarse, alzar vela y hacerse a la mar...

—La barca, guiada por mano divina y después de siete días de navegación, arribó en el puerto de Iria, situado a unas millas de aquí...

—Que es la sede episcopal de estas tierras.

—¡Ah!, a Iria llegó don Carlomagno, el primer peregrino y el antepasado de mi difunto marido, por llamamiento que le hizo el señor Santiago...

—¡Ah, no, señora!

—¿No? El emperador, después de hacer guerra a los moros, de conseguir inmenso botín y de clavar su lanza en Iria para marcar la raya de su Imperio, ¿no residió en esta ciudad durante tres años y embelleció este templo y nombró obispo y canónigos bajo la regla de San Isidoro...?

—No, no, señora.

—¡Vaya, pues continúe el señor arcipreste...!

—Los tripulantes de la barca, que fueron Teodoro y Atanasio y que precisamente están enterrados en esta iglesia, conscientes de que habían surcado el *Mare Nostrum,* atravesado las Columnas de Hércules y navegado por la mar Océana sin dificultades, cuando se cuenta que hay monstruos de todas las especies, tuvieron su excelente viaje por prodigio...

—Y más maravillas que hubo, condesa, pues que el cuerpo de Santiago, apenas fue depositado en la tierra, se levantó muchas varas hacia el cielo hasta quedar en el centro del sol y, después, se posó levemente en un lugar próximo, en el que había de ser su sepultura, es decir, aquí... en lo que sería y es su iglesia.

—Pero ocurrió que sus discípulos lo perdieron de vista y, llorando con desesperación, anduvieron en su busca por las tierras de la reina Lupa, mujer que no había oído hablar de Cristo y adoraba a los ídolos.

—Caminaron doce millas y, guiados por los mismos ángeles que habían conducido la barca en la mar, encontraron el cuerpo del Santo, y ya con el cadáver en parihuelas y bien envuelto en un sudario, se presentaron ante la reina y le pidieron que les diera un terreno para enterrar al señor Santiago, pero ésta los remitió al rey Duyo, el más poderoso de todos los reyes de por acá que los encarceló porque odiaba a los cristianos...

—Y los llevó a un monte, al monte Sacro, el que se ve desde aquí, que estaba plagado de toros bravos que les arremetieron...

—Cierto que ellos, enarbolando la cruz, consiguieron detenerlos y tornarlos mansos corderos...

—Y también hubieron de hacerle frente con la cruz a un dragón...

—El caso es que cada día el rey Duyo, en su infinita maldad, los enviaba a luchar contra dragones y otros monstruos.

—Hasta que un ángel los liberó de su prisión, condesa. Y, encolerizado el soberano, salió tras ellos, lo que le valió la muerte, pues él y toda su gente cayeron al vacío al atravesar un puente que se derrumbó al paso de su ejército, pues estaba de Dios que los discípulos lograran su propósito...

—Que consiguieran sepultar al Santo Apóstol y, como no querían tomar ninguna tierra que tuviera amo, tornaron otra vez a la reina Lupa y le solicitaron lo que ya le habían pedido y ésta, enterada de la suerte de Duyo, les cedió su palacio para tumba de Santiago y se convirtió a la fe verdadera.

—¿No desea su merced tomar algo, un vasico de vino?

—Le hará bien a su señoría.

—No, no, señores, estoy bien. Continúen sus reverencias.

—Con el paso del tiempo, que todo lo borra, se olvidó el lugar donde estaba enterrado el Santo, aunque siempre se habló de que permanecía sepultado en tierra gallega...

—Hasta que un buen día, lo quiso Dios, un eremita llamado Pelayo que vivía en la pequeña iglesia de San Feliz de Lovio, fue avisado por un ángel de que allí se encontraba la tumba de Santiago, hecho que dio a conocer a sus devotos, a los que le iban a pedir su bendición o a llevarle un pan o un boto de vino.

—Y fue que el hecho no extrañó a la parroquia, pues que, de tiempo antes, venían observando unas extrañas luces que emergían de la tierra, mismamente como el agua mana...

—El anacoreta, señora, comunicó lo del ángel y lo de las luces a don Teodomiro, el obispo de Iria y, enterado, éste ayunó durante tres días y, al cuarto, se presentó en el lugar.

—Observó las luminarias y mandó cavar a sus peones que presto hallaron una lauda de mármol y no sólo una lauda, sino un sepulcro entero también de mármol blanco y dentro los restos de Santiago Apóstol...

—El que sostiene el arca que habéis podido contemplar con vuestros ojos, condesa.

—Inconfundible de todo punto, pues que hay una inscripción que dice: «Aquí yace Jacobo, hijo de Zebedeo y hermano de Juan».

—El obispo llamó al rey Alfonso, el segundo, y entrambos costearon un altar.

—Nos va a perdonar la señora, presto van a llamar a vísperas.

—¿Todavía no desea la señora comer o beber alguna cosa? Qué sé yo, un vaso de grosella, unas tortas...

—Ha sido muy grato escuchar de labios de sus reverencias esta historia... Vayan sus señorías a sus trabajos... Yo me arrodillaré en la iglesia para continuar mis oraciones.

—Como desees, señora. Voy a ordenar que te lleven un escabel al pie del altar.

—No, señor arcipreste, estaré entre los peregrinos.

—Ea, pues vamos.

Todos salieron camino del templo y como doña Poppa se retrasaba porque le dolían mucho los pies, doña Crespina le sugirió que se quedara en la sacristía y pidiera una cátedra pero, testaruda como era, no quiso. Además que deseaba ver a sus hijas o, al menos, saber cómo estaban, si habían dormido y sobre todo si tenían piojos, porque a ella seguía picándole la cabeza, tanto que pidió ir a la letrina y allí se quitó la toca e hizo que doña Crespina le mirará, pero no, que no llevaba. Que aquel picor debía ser de emoción, de gozo, pues que también tenía alborotado el corazón, sin duda de felicidad, pues había llegado sana y salva a Compostela y alcanzado la indulgencia y, siguiendo la Vía Láctea no se había perdido, eso sí, después de un viaje que le había resultado interminable, pero que había merecido la pena.

Tras rezar vísperas, permaneció en la iglesia de rodillas, pidiendo al señor Santiago, que era fama hacía muchos milagros, que la pequeña Lioneta creciera un palmo que fuera, sin dolerse de los pies y sin poner cuidado en que no se le fueran a inficcionar, hasta que un canónigo fue a buscarla poco antes de que llamaran a completas y la encaminó al refectorio, al lado de sus hijas, que le dieron mil besos, y de sus capitanes que habían llegado antes que ella, y todos sentados en el estrado de las personas principales, esperaron el inicio de la ceremonia.

A toque de completas fueron entrando en el refectorio los canónigos, vestidos de sobrepelliz, mientras una larga fila de peregrinos esperaba por los pasillos y los primeros en llegar habían ocupado las mesas, y el señor arcipreste, como hiciera Jesucristo en la Última Cena, delante de todos los asistentes, ya fueran pobres o peregrinos, lavaba en una jofaina los pies de doña Poppa, de doña Crespina, a la que también le vino bien aunque no se había descalzado, y de Mahaut.

Y, realizada la operación, iniciaba el rezo de un paternóster y un avemaría por la Iglesia, los cristianos, por los bienhechores de la iglesia de Santiago, por los reyes de Asturias y León y nombraba a todos, a los buenos y a los malos, por varios pontífices y por la condesa viuda de Conquereuil que, al oír su nombre bajó los ojos con humildad. Y, ya descendió un canonje del estrado, y fue dando panes de un cesto, que le sostenían los sacristanes, a los que estaban sentados. Les daba un pan y los besaba en la cara, mientras otros repartían un guisote de carne de vaca en las escudillas de los peregrinos y otros hacían correr botos y más botos de vino, tantos que algunos se llenaban las calabazas para tener para después. Y se levantaban unos y entraban los que estaban en los pasillos y en el templo, y algunos pedían para tal enfermo diciendo que no podía moverse y así se llevaban doble ración.

La condesa, muy aliviada tras el lavatorio, comió con apetito, pues que llevaba de ayuno dos días y, al igual que doña Crespina y sus hijas mojó el pan en el vino que le sirvieron en la copa y todas, tras despedirse de los canonjes, se encaminaron, precedidas por los capitanes, a su albergue, al monasterio de Antealtares. Y, por una pequeña puerta, doña Poppa con sus niñas de la mano, salieron al aire libre y respiraron hondo, un aire limpio, limpio, muy de agradecer después de haber estado tantas horas sin salir de la iglesia, donde, vive Dios, con tanta gente hacinada no se podía evitar que hubiera olor pestífero pero, como era de noche, no pudieron contemplar las iglesias que les señalaba don Morvan: el baptisterio de San Juan, Santa María y enfrente San Pedro de Antealtares adonde se dirigían, a más que no era tiempo de mirar, era tiempo de recorrer la explanada y de irse a la cama cuanto antes.

—¿Ha llovido, don Morvan?

—Sí. En esta ciudad llueve mucho, eso me ha dicho el hermano portero, y también que este hospital mantiene el fuego encendido todo el año, tanto para pobres como para gente de pago...

—¿Tendremos camas?

—Sí, señora. Te han dado las mejores habitaciones.

—¿Son monjes los rectores del albergue?

—Sí, hay un abad al frente de una comunidad de freires benitos...

—Es un nombre extraño este de Antealtares...

—Es que en la capilla hay tres altares, uno para San Salvador, otro para San Pedro y otro para San Juan Apóstol. Ve, señora, que en este recinto cercado se venera lo mejor de la Corte Celestial...

—Un momento, Morvan... Gerletta, ¿llevaban piojos las niñas?

—No, señora, no, las he bañado y les he lavado la cabeza con huevo...

—Bien. Crespina, me volverás a mirar la cabeza y quemarás la ropa que llevo, apesta.

—Sí, señora, yo haré lo mismo con la mía.

—Cuando estemos en las habitaciones, tú, Gerletta, te ocuparás de las niñas, y tú, Crespina, si hay baño me bañaré y si no me lavarás otra vez los pies, me traerás aceite de linaza y un paño limpio, yo me curaré...

—No debiste descalzarte, señora, dentro del templo y fuera, como viene tanta gente, está todo muy sucio y, además, ahora este barrillo es lo que te faltaba...

—Sí, pero qué le voy a hacer...

—No quiera Dios que se te inficcione alguna herida.

—No seas agorera, aya.

La condesa fue recibida con muchas cortesías por el fraile portero de San Pedro de Antealtares y, tras los parabienes, asonó una campanilla y apareció una beata que, tras más salutaciones, acompañó a las bretonas a sus habitaciones, mientras los hombres eran enviados a otra parte del edificio y, de inmediato, se mostró muy habladora pues, ya al pie de la escalera, les preguntó si habían recibido los perdones y de dónde venían y, en el piso, cómo era tan chica la niña pequeña y si padecía alguna enfermedad o le sucedía cosa alguna y, una vez enterada por la propia condesa, en la antecámara, de que era enana, en el dormitorio principal ya recomendaba que la viera una meiga de nombre Paya, que vivía en el monte Sacro. Pero fue que a la señora le vino a mientes el negro Abdul e interrumpiéndola, le demandó si sabía algo de él, y sí, sí, claro que sabía, del esclavo y de infinita gente, de los vecinos y de los peregrinos que, mira, sabía todo de todos, y le respondió que estaba en la habitación de enfermos, pues quien fuere, quienes fueren, le habían dado una paliza, que ya se enteraría quiénes eran, y estaba lleno de morados.

—Vaya por Dios —expresó la condesa—. Mañana haré que mis hombres lo traigan aquí.

—¿Aquí, con las damas?

—No temas que es eunuco.

Y fue que la beata, en vez de quedarse extrañada y preguntar: «¿Qué es eso?», lo sabía, que sabía todo, al parecer, y exclamó:

—¡Pobre mozo!

—A ver, dueña, ¿se te ha ocurrido llenar de agua caliente esta tina, para que se bañe mi señora? —intervino doña Crespina.

—Por supuesto, la señora tiene el agua caliente...

—Dueña, vales un valer.

—¿Cómo te llamas, mujer?

—Me llamo Dulce...

—¿Dulce de dulce, de pastel?

—Un hermoso nombre, Dulce —sostuvo la condesa y siguió—: Vete a descansar... Nosotras nos arreglaremos...

Desde la tina la condesa admiró la habitación que, aunque austera, era enorme y tenía un lecho muy grande, donde ya dormían sus hijas y, separadas por cortinas había dos camas, muy buenas también, en una de las cuales ya se había acostado doña Gerletta, que se había dado prisa. Ella tardó en tenderse en la cama, lo que le costó bañarse y curarse los pies que, dicho sea, los llevaba en perdición.

Al siguiente día, a la hora habitual, el aya abrió las ventanas del aposento y, al momento, tuvo que cerrarlas porque llovía a cántaros y entraba agua.

Las cuatro iglesias de la explanada las vio la condesa por la ventana, porque se empeñó y se acercó andando de talones e, ítem más, las casas de los canónigos y la del obispo. Se admiró de las construcciones y sobre todo de la muchedumbre habiente, entre otras cosas porque seguía pareciéndole mentira que, habiendo venido desde tan lejos, se hubiera cruzado con tan pocas personas en el camino, cuando aquello era un hervidero. Y comentó con sus camareras que, aunque en Compostela debía llover tanto o más que en la Bretaña, las personas no vivían encerradas en sus casas como allá, sino que eran muy callejeras y no les importaba la lluvia, pues que no había más que mirar a la explanada para observar a multitud de gentes que a gritos vendían sus mercancías, con lo cual se adujo que también serían muy habladoras. Y no erró pues sobradamente lo demostró la beata Dulce nada más que entró con la bandeja del desayuno, pues que respondió a todo lo que le preguntó la señora y se extendió con el clima, con el trazado de la ciudad, con las iglesias que había y se ofreció a acompañarla a donde quisiere ir o, como no podía andar, a comprarle lo que le apeteciera, si pasteles, pasteles, si frutas, frutas; si frutos del mar: langostas, cigalas, almejas, ostras y otro buen marisco, afirmando siempre:

—Yo me ocupo, déjalo a mi cuenta, señora... Yo seré tus pies y si es preciso tus manos...

Lo que incomodó a las camareras de la dama. A ver, que para eso estaban ellas, pero lo dejaron estar porque la dueña parecía tener buena voluntad.

Y mojaba doña Poppa una rebanada de pan en un cuenco de vino caliente y sus hijas comían unos huevos revueltos en manteca, cuando la dama preguntó a la Dulce qué hacía en el monasterio y cómo había llegado allí, y la interesada le respondía:

—Verás, señora, entré de beata para atender a las peregrinas porque me quedé viuda... Mi esposo, descanse en paz, era alarife, mandaba una cuadrilla de albañiles y trabajaba en la reparación de iglesias y oratorios, o tan pronto labraba una cruz, un *cruceiro,* un humilladero, para que me entienda la señora, como un sepulcro para algún canónigo o para algún burgués con dineros... Y teníamos una buena casa en la rúa de los Francos y, al señor Santiago sean dadas muchas gracias, vivíamos bien y teníamos la despensa siempre llena, pero sucedió que mi hijo, mi único hijo, que ahora es cantero en esta iglesia, se enamoró de una mujer, venida de lejos y de dudosa reputación para mayor desgracia. Y se casó con ella sin avisarnos y contra nuestra voluntad, porque eso no se hace con unos padres que se habían desvivido por él y, en los tiempos malos, se habían quitado de la boca para darle a él...

—¡Qué ingrato! —intervino doña Gerletta.

—La raptó, ya conocen sus señorías lo del «rapto», ¿no?

—No.

—Pues un hombre y una mujer, enamorados, se ponen de acuerdo. Él va a buscarla de noche a la puerta del corral o del castillo —que lo hacen nobles y plebeyos—, y ella, cuando sus padres duermen se va con él, y ambos se encaminan a algún poblado cercano para que un preste cualquiera los case. Y luego vuelven a casa de sus padres como si nada hubieran hecho... Lo malo fue que mi hijo se enfrentó con su padre y que mi difunto murió de un sofoco durante una discusión, y yo eso nunca se lo perdoné... Y como mi hijo, azuzado, por mi nuera, llegó a no soportar mi presencia porque mis ojos le acusaban del crimen que había cometido, me echaron de mi casa...

—De fuera vendrán y de tu casa, te echarán...

—¡Calla, Gerletta!

—¡Calla tú, Crespina!

—Continúa, Dulce —cortó Mahaut, asombrando a su madre, pues que era la primera vez que intervenía en las necias discusiones de las camareras, quizá porque cada día que pasaba, estaba más cerca de ser la condesa propietaria de Conquereuil.

—Entonces vine a pedir caridad a este hospital de Antealtares aunque bien pude pedir audiencia al obispo y exponerle mi caso, pero no quise echar a los vientos el mal comportamiento de mi hijo, su crimen quizá... Y quedéme aquí de beata para atender a las peregrinas, que son pocas, hay que decirlo... Y contenta estoy porque los frailes me dan comida y lecho, y las viajeras dinero, pues les sirvo de mandadera y de sirvienta...

—Nosotras también te daremos, Dulce —prometió Mahaut.

—Vamos a ver, Dulce... Primero buscas a don Morvan, ¿sabes quién es?

—Sí, señora.

—No, señora, no. Los capitanes dijeron que hoy ganarían la indulgencia, estarán en ello.

—Cierto, Gerletta. Entonces vas a la plaza del Mercado y compras langosta, cigalas, cangrejos y lo que veas más fresco, celebraremos que hemos ganado la indulgencia, y tú almorzarás con nosotras... Dale dineros, Crespina.

—Madre, con esa comida parecerá que estamos en la Bretaña.

—Sí, Mahaut, pero aún hemos de volver.

—¡Qué horror, madre, volver por el mismo camino!

—El que algo quiere, algo le cuesta, niña.

—Hemos empleado en el viaje noventa días, madre —sostuvo Lioneta—. Madre, te olvidas de algo...

—¿De qué, hija mía?

—De algo muy importante...

—Dime, no sé...

—Hoy es mi cumpleaños, hoy cumplo siete años...

—¡Oh, *mon Dieu!* ¡Qué cabeza, no sé en qué día vivo...! ¡Perdóname, Lioneta, y ven a mis brazos! ¡Felicidades...! —Y se la comió a besos.

—Es cierto —dijo Mahaut—, estamos a tres días entrante el mes de septiembre... Felicidades, hermana...

—¡Qué fallo, qué fallo, venga mi niña a mis brazos! —rogó doña Crespina.

—Un descuido imperdonable, Lioneta, felicidades —expresó doña Gerletta.

—¡Qué cumplas muchos años y que yo lo vea...! —añadió la Dulce.

Ida la beata con la bolsa que le había entregado la mayordoma, su propia bolsa, pues que las arcas de la condesa, qué las arcas, el arca, que ya sólo quedaba una, la tenía don Morvan a buen recaudo, doña Poppa pidió su azafate, sacó la cinta que llevaba para medir a su *naine,* se levantó y, sin hacer caso al dolor de sus pies, retiró el mantel de la mesa de comer y dijo:

—Sube, Lioneta.

Y la midió para exclamar:

—¡Gracias a Dios, has crecido otro dedo, hija mía...! Te compraré el regalo que quieras... Recuerdo que también le debo a Mahaut el de su cumpleaños, pero lo mejor es que has crecido otro dedo, y ya van dos...

Y, ante el contento de todas las presentes, la volvió a abrazar e hizo otro tanto con las demás y, tapándose la cara con las manos para que no la vieran llorar, gemiqueó:

—He venido en peregrinación con mucha esperanza en mi corazón... El viaje no ha sido vano, porque el señor Santiago me ha escuchado...

—Bendito sea.

—Loores a Santiago.

—Besos, madre.

—Besos a mí también, madre. ¿Entonces Lioneta llegará a ser tan alta como yo?

—Sí, seguramente sí. Bueno, dejemos las alegrías y hagamos lo que hemos de hacer. Crespina, ve a la enfermería y que los beatos traigan a esta antecámara a Abdul. Lo cuidaremos nosotras, les das unos dineros...

—Señora, no tengo un penique, le di mi bolsa a la Dulce...

—Gerletta, aflójate la faltriquera —añadió Mahaut.

—¡Niña, qué es eso de «aflójate», una dama...!

—Que les pague don Pol o ya lo haremos luego. Y tú, Gerletta, busca a unas cuantas criadas y te vas al mercado con ellas y las niñas a ver a los volatineros y a escuchar a los juglares, os compráis algunos dulces... Los regalos de cumpleaños ya los compraremos cuando don Morvan nos traiga dineros...

—Señora, llueve a jarros...

—Madre, llueve más que en la Bretaña...

—Esta tierra es muy parecida a la nuestra, sólo que las gentes hablan más y no son hurañas, al revés, son alegres y serviciales...

—Además, no te vamos a dejar sola...

—Vivo, Crespina, ve a entender en el asunto del esclavo, que te acompañen las niñas, o no, no, no se vayan a contagiar de alguna enfermedad... Ve, aya, ve... y tú, Gerletta, busca el juego de damas, pasaremos el rato... Venga, que Lioneta nos ganará porque hoy es su cumpleaños.

—¡Oh, señora, cualquiera sabe dónde para!

—¿Qué han hecho los hombres con mi equipaje? Sólo veo un par de baúles...

—No sé, señora, yo estuve ayer con las niñas y contigo y cuando llegué a este aposento, me encontré con los dos, en efecto, pero bien elegidos, uno con tu ropa interior y con trajes de diario y otro con ropa de las niñas...

—¡Qué desastre de organización!

—Me aburro, madre.

—Calla, Mahaut.

—Madre, cuéntanos alguna historia...

—Como no quieras que te cuente que don Carlomagno no estuvo en las Hispanias... Es lo que se dice desde que pasamos los Pirineos, Lioneta.

—Ésa no, madre, no me gusta.

—Madre, ven a la ventana, hay varias procesiones de flagelantes...

—¿Varias?

—Sí, tres procesiones. Los mercaderes de la explanada los están amenazando con palos...

—Madre, yo quiero verlas.

—No me puedo mover, no puedo andar. Tengo los pies en carne viva.

—¿Por qué bajaste el monte descalza, madre?

—Para mortificarme...

—¿Por qué?

—Para que tu hermana creciera, y ya ves, ha crecido...

—Madre, llaman a la puerta.

—Ve a ver, Mahaut, y tú, Lioneta, escóndete en el dormitorio... Gerletta, ve con ella...

—Madre, es un hombre, dice que es el abad de Antealtares...

—Que pase...

—Señora condesa, sed bienvenida a esta casa. Soy don Diego, el abad.

—Señor don Diego, bien hallado.

—Sé que venís de muy lejos...

—Del Fin del Mundo diría, noventa días de viaje...

—El Fin del Mundo es esta tierra...

—En la Bretaña, mi tierra, hay otro Fin del Mundo... Abad, ¿tú vas a ir a Finisterre el 31 de diciembre?

—No sé, por el momento no... Se habla de que el monje Dionisio el Exiguo se equivocó...

—Lo sé, lo sé... Se dice que el fin de los tiempos será al año que viene...

—No sé si sabes, señora, que en Finisterre, en el castillo-faro, vive una infanta del reino de León, de nombre Uzea...

—Sí, la señora Uzea, la que fue al Fin del Mundo cuando doña Teresa, su hermana, pronunció la frase de los «coños»...

—¡Niña!

—¿Qué, madre?

—Que te calles...

—Ha salido espabilada esta angelical criatura, ¿es tu hija, señora? —preguntó el abad.

—Sí, es mi hija y heredera. Soy viuda.

—Lo sé. Me lo dijeron ayer los canónigos...

—Ah, no te vi, don Diego...

—No me tocaba oficiar... Un día celebran los canonjes de la iglesia de Santiago y otro nosotros, los frailes de San Pedro de Antealtares. Sería luengo contarte todo. Mantenemos una larga porfía...

—Me hago idea, reverencia. Sepa su merced que, aunque no me puedo mover, estoy gozosa y que venir en peregrinación ha sido una de las mejores cosas que he hecho en mi vida...

Íbamos a venir mi marido y yo, pero el buen conde Robert de Conquereuil murió de accidente...

—Lo tendré en mis oraciones.

—Gracias, señor abad... No sé si llegarme a Finisterre a ayudar a la señora Uzea, se dice que van hacia allí miles de gentes, pero talvez sea un estorbo, pues llevo grande séquito...

—Don Pedro, el obispo, va a entender en ese asunto y los condes también, porque no podemos dejar sola a la señora Uzea en el trance que se le avecina... En esta locura que se ha desatado, algunos flagelantes actúan contra natura, pues siquiera se detienen en Compostela a recibir los perdones, y qué mejor que llegar al Último Día con el alma libre de todo pecado, digo yo. Pero no, pasan como almas que lleva el diablo diciendo que se acaba el tiempo... Y pueden convertirse en turba y asesinar a la condesa con sus hijos y criados, por eso vamos a tomar medidas...

—Me gustaría conocer a esa mujer, pero más viaje también me retrae... He recorrido más o menos 1.000 millas soportando la calor, el aguacero, la tormenta y me quedan otras tantas. Además, quiero volver para el aniversario de mi difunto que es el 30 de noviembre... ¿Cuántas millas hay hasta Finisterre?

—Quince... Debiste venir por mar, señora.

—¿Qué quieres decir, señor abad?

—Que hay varios caminos. Uno, el que tú has hecho, otro, el de la costa Cantábrica, otro, el llamado vía de la Plata que viene de al-Andalus, y otro por el mar... Algunos peregrinos de la Inglaterra se han hospedado en esta casa y con buena mar han hecho el viaje en cinco días...

—¡Cinco días! ¿Oyes, Mahaut?

—Sí, madre, sí. Volvamos a casa por el mar.

—Señor abad...

—Diga la señora.

—¿Se pueden contratar barcos con su marinería en algún puerto de por acá?

—Sí, señora, en Iria, en La Crunia o en Ferrol...

—¿Qué camino es el mejor para llegar a uno de ellos?

—El de La Crunia, es la vieja calzada romana. Además, está enlosado en su mayor parte.

—¿Qué distancia hay?

—Unas 50 millas...

—¿Podría su merced ayudarme a fletar unos barcos que nos llevaran a mí y a mi gente a la Bretaña?

—Lo intentaré... Pero, ¿sabe su señoría que en la mar hay monstruos que se tragan las embarcaciones y tormentas que las hacen naufragar?

—Sí, señor, yo nací en la isla de Sein, que está más allá del Finisterre de la Bretaña y rodeada de un mar asaz bravo, capaz de engullir ciudades enteras...

—¿Sabe, su señoría, que hay piratas normandos que apresan los barcos y que los pasajeros no llegan a su destino porque son vendidos como esclavos en otros países y si oponen resistencia son arrojados a la mar sin contemplaciones, y no digo ya si se trata de mujeres...? Los vikingos se presentaron en esta ciudad y la arrasaron, mismamente como Almanzor, en tiempos del obispo Rosendo...

—¡Sí, mi tío Martín fue pirata! —informó Mahaut.

—¡Calla, niña!

—Vea su merced de hacerme este favor... Mis hombres y yo estamos agotados, sería bueno hacer un viaje en cinco días en vez de en noventa.

—Bien, pues lo voy a intentar.

—Te lo agradeceré, reverencia.

Y no terminó de hablar la condesa que llamó a la puerta la beata que las atendía con una cesta llena de langostas, de cigalas, de cangrejos, dichos nécoras por la Galicia, y otros crustáceos que movían sus patas y estaban tan frescos como en la Bretaña y, ante semejante vista, Mahaut aplaudió y, ante los aplausos, apareció Lioneta de detrás de la cortina, que llevaba allí bastante rato y, tras tirar del hábito del abad y besarle la mano, se sumó a la alegría, pues que, por fin, iban a comer lo que no habían manducado en tres meses. El buen religioso que había mirado la cesta, como se miran las bandejas cargadas de manjares, se quedó pasmado al ver a Lioneta, pues el fraile portero no debía de haberle informado de la existencia de la pequeña.

—Es mi hija Lioneta, es enana. He venido a Compostela para pedirle el señor Santiago que crezca... Me haría merced su reverencia si aceptara almorzar conmigo...

—Será un placer... Vendré a las 11, mientras voy a ocuparme de la manda de su señoría...

—Manda no, don Diego, ruego, siempre ruego.

E ido el religioso, fuese la Dulce a cocinar los mariscos y, a poco, apareció doña Crespina con unos beatos que traían a Abdul en parihuelas, lleno de morados, talmente como aquel Mínimo que recogieron en Burgos y perdieron en León, y la condesa pidió un catre. Y fue que mientras llegaba y no llegaba, se acercó a él y le preguntó qué tal se encontraba.

—Mal, mi señora —respondió el esclavo.

—Doña Poppa...

—Dime, Crespina.

—Permite, señora, que te diga que si has invitado al abad a comer, no debe estar el negro en este lugar, sería hacerle desaire, pues en la enfermería estaba muy bien cuidado. Además, si lo acoges en tu propio aposento habrás de hacer lo mismo con cualquiera de los nuestros que se duela de alguna cosa, si no todo serán agravios y envidias...

—Ea, sí. Tienes razón, llama a los beatos y que se lo lleven... Menos mal, aya, que estás en todo...

Y, en esto, se presentaron los capitanes, gozosos, como cualquier cristiano que hubiera alcanzado la indulgencia plenaria y, la verdad, fueron muy bien recibidos, entre otras cosas porque don Morvan llevaba dineros y saldó las deudas de la condesa con las damas y, cuando la señora le preguntó por el resto de su equipaje fue a buscarlo y, a poco, se presentó con unos soldados bretones y cuatro baúles. Y doña Poppa le dijo:

—He invitado a don Diego, el abad, a almorzar... Tú y don Guirec también comeréis en mi mesa...

—Verás qué comida, don Morvan...

—¿Qué comida, Lioneta?

—Langostas, como en la Bretaña, para celebrar el día de mi cumpleaños...

—¡Oh, Lioneta, felicidades, dame un beso... Siete años...!

— Morvan, ¿están bien aposentados los caballeros?

—Muy bien, señora, y los soldados y las criadas también... He hecho grupos de treinta para que ganen los perdones, a los otros les he dado tiempo libre...

—Madre, están en la explanada, en los tenderetes...

—¡Mahaut, retírate de la ventana, te vas a caer!

—¡Niña, no te asomes tanto!

—Madre, ha dejado de llover, ¿podemos bajar a la explanada?

—Sí, Crespina, Gerletta, id con las niñas. Morvan, dales dineros para que se compren algún lamín... Otra cosa, ¿dónde está don Pol?

—En la iglesia, señora, los canónigos le han permitido celebrar misa...

—¡Ah, qué deferencia! ¡Adiós, hijas, y obedeced a las damas! ¡Ah, en cuanto a las langostas, vosotras las comeréis mañana...!

—Sí, madre.

—Sí, madre.

Señores capitanes... He de deciros una cosa...

—Diga la condesa.

—Veréis, he decidido regresar a la Bretaña por mar... Don Diego, el abad de este monasterio, se ha ofrecido a buscarme barcos...

—Señora, armar una nave es muy costoso. No tenemos dinero para pagarla, además con tanto séquito necesitaríamos cuatro, si no cinco...

—Lo pagaremos, Morvan.

—Además, no llevamos marineros.

—Ni los capitanes somos gente de mar, somos de tierra adentro...

—La mayor parte de los nanteses que llevamos habrán navegado, digo yo... Da igual, de cualquier forma, en el flete entrará la tripulación.

—¿Cómo vamos a pagar el alquiler?

—No te preocupes, Morvan.

—¿Cómo no me voy a preocupar, señora? De la última arca, de la cuarta, queda la mitad del dinero, y no es nuestra, es de la señora duquesa.

—Hicimos corto, eso sí. Pediré prestado. Lo he decidido, si os comunico mi resolución es porque he invitado al abad a comer y a vosotros dos también, para que no os sorprenda, pues que seguro habla de ello... Dejé dineros en el monasterio de San Salvador de Roncesvalles y a la señora reina de Pamplona, ¿os acordáis?

—Sí, señora, pero fue para regresar a pie...

—En el mar hay monstruos...

—Don Martín de Dinard, el tío de mi difunto marido, que surcó los siete mares no se encontró con ninguno... El monstruo fue él, de otro modo nos lo hubiera contado doña Adele...

—Hay piratas, sigue habiendo piratas vikingos...

—Los vikingos aceptaron un reino en la Bretaña muchos años ha. A cambio de dejar de perseguir, atacar y abordar naves, recibieron tierras y se asentaron en ellas...

—Sigue habiendo piratas normandos... Y tú, mi señora, tienes dos hijas menores que cuidar y un condado que gobernar...

—Lo sé, Guirec, pero no tengo fuerza para recorrer otra vez la misma ruta, ni para cruzar puentes que se desploman ni para andar con tantos calores... Voy camino de la vejez y de mi tránsito a mejor vida que, pido a Dios, sea un rato corto...

—A la señora le quedan muchos años...

—Te recuerdo, doña Poppa, que los hombres no fueron contratados para regresar por mar y que tienen empeño en visitar las grandes ciudades de la Francia...

—Lo sé, Morvan pero, ante arrastrar carros y carretas durante tres meses o hacer el camino en cinco días, no tendrán duda... Sólo de pensar en el Cebrero o en el puerto de Cisa me vienen tembladeras. De cualquier manera, el que no quiera venir que se vuelva a pie. Le pagamos la soldada y que regrese por su cuenta...

—Tampoco sabemos nadar...

—Luego está la tempestad que se puede presentar en cualquier momento. De repente, cambia el tiempo, y adiós barcos y adiós el linaje de Conquereuil.

—Si don Diego consigue las naves, yo, mis hijas y quien me quiera seguir, regresaremos por la mar... He dicho.

—¿Ha visto la señora un barco? A poco oleaje que haya, enseguida hay que achicar el agua, ya no digo si hay galerna...

—Te recuerdo, Morvan, que nací y me crié en una isla... Además, Dios y el señor Santiago nos protegerán.

—Se mareará la gente...

—¿No os dais cuenta de que debimos venir por mar...? Reconozco que no se me ocurrió y a don Robert, descanse en paz, tampoco... ¿Acaso vosotros dos no lo acompañasteis cuando fue a la isla de Sein?

—Sí, señora, pero fueron 20 millas y a la vista de la costa.

—¿Y se marearon sus mercedes?

—No, no.

—He dicho y no se hable más, ¿lo han entendido mis capitanes?

—Sí, señora.

—Sí, señora.

—Si es menester os pondréis a las órdenes del abad y con buena cara, además.

—¿Desea la señora que lo comuniquemos a la tropa?

—No, por el momento, no.

—¿Y qué haremos con la impedimenta, malvenderla?

—¡Morvan!

—Disculpe la condesa.

—Ea, servíos una copa de vino y dadme a mí otra. Y asomaos a la ventana a ver si distinguís a las niñas y decidme qué hacen, que no puedo dar un paso...

—No debió la señora...

—¡Guirec, por amor de Dios!

—Perdón, mi señora.

—Condesa, Lioneta está en brazos de doña Gerletta...

—Va comiendo algo...

—Luego no tendrá apetito...

—No comer por haber comido...

—Si lo permite la señora vamos a hacer una ronda, ya sabe que los hombres son muy bulleros.

—Id. Por cierto, cuando volváis me traéis la caja del *Beato,* que aún no lo he visto y me distraeré mirándolo... Habré de estar cinco o seis días así, tal le ha dicho a doña Crespina el fraile enfermero.

—¿Se va a quedar sola la señora?

—Sí, me vendrá bien. Vosotros a las 11 aquí.

Doña Poppa había ido andando de talones de la antecámara hasta su lecho y se había tendido sobre las cobijas, pues se cansaba de estar sentada y con los pies en alto sobre un escabel pero, lo que suele suceder, que no había entornado los ojos —que es lo que hacen algunas personas para gozar más íntimamente de su felicidad o para pensar mejor— y, vive Dios, vive Dios, llamaron a la puerta y entró la beata, seguida de varias criadas de Conquereuil que venían a poner la mesa. Las bretonas preguntaron a su señora qué tal se encontraba y le informaron de que los hombres y mujeres que se habían descalzado estaban en la misma situación que ella, tendidos en los catres de la alberguería y sin poder dar un paso hasta que se les secaran las postillas y, queriendo servirla, le ofrecían una almohada para que reposara los pies o se prestaban a ir a comprarle tal o cual, el caso es que con tanto cariño la trataron que la condesa dijo:

—Mañana comeréis marisco... Vosotras acompañaréis a Dulce al mercado...

—¡Oh, señora!

—Quiero que celebremos la indulgencia...

—¡Oh, señora, para terminar el viaje un banquete...!

—Oye, Dulce.

—Diga la señora.

—Como voy a almorzar con el señor abad y mis capitanes, ¿dónde podrán comer mis hijas?

—En el refectorio, señora. Como tus camareras te atenderán a ti, éstas se ocuparán de ellas, si no mandas otra cosa.

—No, bien está. Lo que necesitaré son vendas para los pies...

—Yo te las traeré, señora, y te vendaré...

—Gracias, Dulce. Mañana irás al mercado con mis criadas y comprarás marisco para todo mi séquito y tú comerás con mi gente.

—Lo que mande la señora. Cuando puedas andar podemos llegarnos al monte Sacro o a algún castro y almorzar allí...

—¿Qué es un castro?

—Un antiguo poblado celta. Los celtas son los antiguos pobladores de la Galicia.

—En la Bretaña también hubo celtas.

—¡Ah, tenemos antigüedades en común gallegos y bretones!

—Sí, además —intervino una criada— las borrascas entran por el mismo sitio, por la mar Océana.

—O podemos visitar iglesias. Las que han dejado en pie los ejércitos de Almanzor, que quemó las de San Feliz de Lovio, San Pedro da Fora, San Benito y San Miguel dos Agros...

—¿Tú estuviste cuando se presentó Almanzor?

—No, señora. Las campanas de todas las iglesias tocaron a rebato y todos los pobladores huimos con lo puesto, y cada uno con el oro que tenía, hacia las Asturias o León... Los demonios musulmanes se dedicaron a quemar las casas y las iglesias, entre ellas las que te he nombrado y la del señor Santiago, en la que sólo se salvo el altar, pero el rey Bermudo y el obispo se han dado priesa en restaurarla...

—Tengo oído que un monje que estaba rezando le plantó cara al Almanzor ese...

—Sí, se dice que entró en el templo Almanzor y se encontró al freire y, extrañado de que hubiera un hombre allí, le preguntó: «¿Qué haces?», y que el aludido respondió: «Rezar a Santiago», y que entonces el poderoso general ordenó a los que le seguían: «Que no lo moleste nadie», y así se salvó el sepulcro...

—Fue milagro...

—Ya puede decirlo la señora, pero en la ciudad no sucedió otro tanto... El moro arrambló con enorme botín y hasta las campanas de la iglesia de Santiago se llevó... En las torres aún están trabajando los canteros... Por la parte del poniente, la que va al mar, no dejó piedra de la muralla en pie...

—Dulce, ¿tú vas a ir a Finisterre a lo del Fin del Mundo?

—Yo no, si he de morir lo haré en este convento que es mi casa, ya que no puedo hacerlo en la mía...

—¿Qué te sucedió?

—Que os lo cuente luego —terció la condesa—. Ahora, necesito las vendas, no voy a estar ante el abad otra vez con los pies desnudos.

—Ea, voy y vuelvo, señora.

Y fue, regresó y realizó su tarea antes de que los capitanes volvieran y las mujeres desalojaran el aposento.

—¿Qué hacen los hombres, señores?

—Los que han ido con nosotros a recibir la indulgencia, están en la iglesia a la espera de que, antes de completas, les den la bazofia...

—Nosotros habremos de ir luego...

—Por supuesto.

—Los que irán mañana o pasado deambulan por la explanada o están en las tabernas o en la cama durmiendo o los que se descalzaron doliéndose, como tú, de los pies.

Y en esto llamó a la puerta el abad y entró seguido de dos monjes que portaban sendas jarras de buen vino, como luego comprobaron los bretones y, tras los saludos, doña Poppa le dio silla al igual que a sus capitanes, y ya los comensales iniciaron amena plática mientras eran servidos por las camareras de la condesa, que les pusieron amplias manutergas en el cuello y les acercaron sendos aguamaniles para que se lavaran las manos y lienzos para que se las secaran. Y ya el religioso bendijo la mesa, y llegó la Dulce con una enorme fuente llena de almejas y ostras crudas que, mira, se mataban con limón, en vez de con una vinagreta de cebolla como era costumbre en la Bretaña y, cuando terminaron con ellas, otras beatas entraron otras bandejas con unos caracoles con pinchos, que se llamaban «santiaguiños» y con nécoras y, dada buena cuenta de los manjares, trajeron otras con langostinos y gambas rojas y, al Señor sean dadas muchas gracias, pues que les estaba permitiendo aquel festín, luego llegaron pescados: merluza y rape, y para postre filloas y pastel de almendras, y todo ello bien regado con un vino rosado muy claro, que se cultivaba en las tierras del conde Menendo, uno de los prohombres del reino de la Galicia, al parecer.

Y resultó que el abad era el segundo hijo del dicho señor, cuyas tierras estaban al sur de las de la señora Uzea, la conocida como la Dama del Fin del Mundo, la que estaba en un brete por los muchos flagelantes que iban o ya habían llegado a su castillo, y sí, sí, que los bretones ya habían oído hablar de ella y, dicho sea, no le arrendaban la ganancia, pues ¿qué harían en Conquereuil si, Dios no lo quiera, se les presentara una multitud hambrienta, que así estarían los penitentes, entre otras cosas porque el hombre por su natura necesita comer cada día?

Y explicado lo de aquel vino tan especial y tan grato al paladar, los bretones comentaron su largo viaje y los peligros que habían corrido. Hablaron de que habían subido y bajado montañas, algunas tan empinadas que con sus cimas parecían romper el cielo; recorrido verdes y frondosos parajes, pero sobre todo parameras y bajo un sol de misericordia, y con los moros en los talones, pues que a la semana de pasar por la ciudad de Burgos, Almanzor la había conquistado. Que habían perdido cuarenta soldados que habían sumado a la tropa del conde de Saldaña para que, desdichadamente, fueran derrotados y muertos por el musulmán en algún lugar de la Castilla cuyo nombre no recordaban, etcétera.

Y fue que, en una pausa, intervino la condesa para decir:

—Después de tal camino y con otro tanto de vuelta a casa, entenderás, abad, que atienda tu sugerencia y quiera regresar por mar... He puesto a mis capitanes al tanto de mis deseos y ambos se pondrán a tus órdenes, cuando sea necesario, para organizar la expedición.

Y el clérigo, que era hombre industrioso, le comentó que ya había iniciado las pesquisas oportunas, y le explicó que había mandado palomas mensajeras a Ferrol, a Bayona y a La Cruina, para ver cuántos barcos había en cada uno de aquellos puertos y de ellos cuántos estaban en buenas condiciones para la navegación, pues que habían de estar en muy buen estado, ya que se trataba de una travesía larga, de unas 400 millas marinas, que equivalían más o menos, a 800 de tierra. Y avisó de que la mayoría de los navíos procedían de las presas que los gallegos habían hecho a los piratas vikingos, y que algunos eran viejos, para advertirle, después, que la ruta a seguir no era de cabotaje, sino en línea recta, es decir, por alta mar, por la que muchos llamaban la mar Tenebrosa, aunque no era la mar ignota pues que tenía más que constatado que llegaban peregrinos de la Inglaterra en cinco días si el viento soplaba a favor.

Oído el abad, a los capitanes empezó a agradarles aquel viaje, más que nada por los cinco días de navegación, o diez que fueren, pues, como le sucedía a doña Poppa, tras sopesar la cuestión, se sentían incapaces de volver a casa por donde habían venido.

Doña Crespina no refunfuñó al ser enterada del plan por doña Gerletta, que estaba en la cámara con la *naine* cuando don Diego habló del tema por vez primera; y a las niñas les entusiasmó en razón de que, ya en Conquereuil, deseaban ver el mar.

Doña Poppa no salió de sus habitaciones en seis días, el tiempo en que tardaron en cicatrizarle las heridas de los pies. Para entonces había sido visitada por varios canónigos que se personaban en Antealtares a interesarse por su salud, pues que parecían disputársela para contarle tal y cual, para hablarle tanto del señor Santiago, como de los obispos Teodomiro, Rosendo y Sisnando o de los señores reyes de Asturias y León, como de las tropelías, qué tropelías, atropellos, destrozos y saqueos del Almanzor del demonio, etcétera. Y ella los venía atendiendo con mucha cortesía y les había prestado mucha atención, aunque lo que escuchara ya se lo hubiera contado otro, o él mismo, pues que había canonjes muy ancianos que no sabían ya hablar seguido y hasta trabucaban los hechos o entrelazaban las historias. Pero al que recibía con mayor alegría era a don Diego, el abad, que cada día le llevaba una nueva noticia: que había un barco en Ferrol, dos en Bayona y uno en La Cruina y le preguntaba si mantenía su decisión, y ella le respondía que sí, que sí y se mostraba ansiosa por recibir al armador, un avezado marino de Bayona, que estaba dispuesto a trasladarla sana y salva a la Bretaña, eso sí, eligiendo para la partida el día más propicio, un día de claro sol y buena mar.

Pero fue que en el entretanto, al quinto día de permanecer en sus aposentos, volvió a solicitar el *Beato* para contemplar con sus ojos la maravilla de sus estampas y, como a don Morvan se le había olvidado, se lo pidió a don Pol que se encontraba en la antecámara para saludarla. El buen sacerdote fue a buscarlo al dormitorio de los monjes, donde había depositado su almario litúrgico, al lado de su cama, y en el estuche, que cabía perfectamente dentro del mueble y servía muy bien de peana, estaba el libro. Y fue que volvió muy extrañado de la ligereza de la caja que, dicho sea, no había sufrido daño alguno. Y fue que la condesa le rogó que la abriera y le acercara el tesoro de la duquesa de Bretaña. El «tesoro» dijo. Pero, Santiago bendito que, al abrirla, no había libro, que había desaparecido y, sin embargo, dentro de la caja había una cajita de marfil, eso sí, muy buena, y que el clérigo, en viendo lo que veía, creyó morir y la dama otro tanto, y las camareras, que estaban observando la operación porque algo tenían que hacer, se quedaron suspensas y menos mal que las niñas se habían ido con don Guirec, el negro Abdul —que ya estaba recuperado— y la beata Dulce, no se sabía adónde y tampoco era momento de intentar recordarlo; era momento de presenciar cómo actuaba su señora ante semejante adversidad. Y fue que procedió como suelen hacer las damas de alta cuna en toda la tierra de Dios, con enojo:

—¿Qué es esto, don Pol?

—No sé, señora.

—¿Dó está el libro?

—No sé, señora, yo he abierto muchas veces el almario, pero nunca he tocado la caja del *Beato* desde que tú lo guardaste allí...

—¡Por los clavos de Cristo...!

—Si miento, señora, que me muera ahora mismo y que me pudra en el Infierno para siempre jamás...

—*Bon sang!* Entonces alguien lo ha robado...

—¿Quién, señora? Yo no me he quitado la llave del almario del cuello, hasta he dormido con ella...

—Será negocio de diablos, señora.

—No hables de diablos, Crespina, *par Dieu.*

—Disculpe la señora.

—Don Pol, ¿has hablado con alguien de la existencia del libro?

—No, no.

—Haz memoria.

—Señora, no.

—¿Entonces?

—Es que no sé...

—Serían las meretrices del Cebrero.

—Calla tú, Crespina. Las prostitutas no fueron...

—¿Quiénes fueron pues, Gerletta?

—Los frailes de Córdoba...

—¡Dios mío!

—¿Cómo te atreves a acusar a unos hombres de Dios de semejante robo?

—¿No es cierto, don Pol, que te dieron orujo a beber y que no le hiciste ascos?

—¿No estaba su merced muy chispo...?

—Además, ¿no salió de la casa su reverencia con ellos?

—Sí, había mucho jaleo en el comedor, los confesé en mi carro y luego les administré la Comunión y la recibieron devotamente...

—¡Señor Santiago! ¿Qué le voy a decir a la duquesa?

—Señora, yo pondré mi cabeza a su disposición, que me mande decapitar o ahorcar, me lo merezco...

—¡A ver, trae esa caja, esa cajita, ea, presto!

—Tenga la señora.

—Es una caja muy buena, condesa.

—¡Contiene un diente, un diente!

—¿Un diente?

—Será una reliquia.

—A ver, que hay unas letras. Un momento, que me acerco a la ventana: *Isidorus, archiepiscopus Hispalensis...*

—¡Un diente de San Isidoro, arzobispo de Sevilla...!

—¡Dios mío!

—Es un gran Santo, señora. Creo que combatió la herejía arriana y que al menos contribuyó a la conversión de los godos a la fe verdadera, pero no lo sé bien, porque tuvo un hermano que también fue Santo...

—¿Qué más conoces dél?

—Poco, condesa, pero puedo preguntar.

—¿Preguntar?

—Sí, a los canónigos o al abad.

—No se te ocurra, si pertenece a un gran Santo, nos la pueden robar también...

—Los frailes de Córdoba se comportaron mal, pero entienda la señora que si San Isidoro es un gran Santo, ellos nos la cambiaron...

—Nos quitaron oro, pero nos dejaron otro oro, ¿eso quieres decir, Crespina?

—Sí, señora. La duquesa se holgará con la reliquia...

—No sé. Si hacemos corto para pagar al armador de los barcos la venderé, y a mi señora le hablaré del Almanzor...

—Eso, eso.

—Señora...

—Dime, don Pol.

—Si me lo permite su señoría yo volveré a Conquereuil andando y con grilletes en los pies para purgar mi descuido...

—Ya hablaremos, ya hablaremos de ello. Ahora, retírate y procura alejarte de mi presencia... ¡Ah, y de esto ni una palabra, siquiera a los capitanes! ¿Me habéis entendido los tres?

Y sí, sí, la habían entendido perfectamente e, ido el sacerdote, las camareras escondieron la caja grande en un baúl para que nadie tuviera la oportunidad de abrirla, y la pequeña se la colgó doña Crespina en el cuello...

Pese al disgusto que llevaba, doña Poppa, acompañada de sus hijas, sus damas, el negro Abdul, que iba tapado con una capucha frailuna, y de la beata Dulce, salió a la calle; antes visitó la capilla del monasterio donde se hospedaba y oró ante los tres altares, y volvió varias veces a la iglesia de Santiago. Pero por donde más anduvo fue por la explanada, lo que más gustaba a sus hijas y, pese a que no ignoraba que, cuando adquiría cualquier cosa, la engañaban en el precio y en el peso, les compró todo lo que quisieron, ya fuera de comer, pues que se hartaron de tortas y pastelillos, ya se tratara de unas conchas que se llamaban vieiras, que los vendedores decían ser el emblema de Santiago, de las que hicieron grande colección, ya le pidieran unos zapatos de madera, dichos almadreñas, que llevaban las gentes para la lluvia, o ya les apetecieran unos collares de azabache, que había de mil formas y tamaños, con tanta cosa saldó los regalos que les debía por sus cumpleaños. Además, escuchó a juglares cantar canciones, recitar leyendas y contar los muchos milagros que había hecho el señor Santiago. Aunque es de decir que rechazó todas las reliquias que le ofrecieron, pues que las creyó falsas y, naturalmente, dudó de que la suya, la de San Isidoro, fuera verdadera y, consciente de que allí no había hombres honrados, otro tanto hizo con los que se le acercaban tratando de comprarle alguna cosa buena que tuviere, alguna copa de oro, algún baúl de cordobán, para darle a cambio cuatro peniques. Con todo y con ello, le resultaba grato caminar por el bullicio y, además, las niñas se divertían.

Es de decir que, cada vez que se personaba en la iglesia de Santiago, contemplaba escenas que le causaban espanto: a enfermos de bubas y tabardillo, llagados, tullidos y pobres de todas las edades, a más de muertos que los beatos se llevaban a enterrar en el cementerio que había próximo y, fuera del templo había posaderos y, Dios de los Cielos, hasta mujeres públicas. Entonces se decía que si tuviera sobrante lo daría a los necesitados, pero no podía hacerlo porque siquiera sabía cuánto iba a costarle el viaje de regreso a casa y a saber si tendría que pedir prestado.

En cuanto a la vuelta a casa, todo iba viento en popa —por utilizar un término marinero—, pues que don Morvan se había desplazado con el abad, que previamente había hecho sus gestiones utilizando palomas mensajeras, a La Cruina, visto los cuatro barcos, hablado con el armador, ajustado un alto precio, eso sí, que doña Poppa prefirió ignorar. Tal le dijo al capitán cuando volvió:

—Mejor no saberlo, don Morvan.

Y ya atendió a lo que le decía: que de Compostela a La Crunia había unas 50 millas, que podían realizar en tres días, pues era buen camino, si iban con toda la impedimenta, o en dos si viajaban a caballo y prácticamente con lo puesto, aunque entonces habrían de dormir al raso...

—¿Y los baúles?

—Los baúles y las arcas se quedan, al igual que los carros... Las caballerías las dejaremos en La Cruina... Allí no hay nada, salvo un muelle, las gentes viven a varias millas de la costa por miedo a los piratas normandos...

—¿Cómo?

—Los barcos, señora, miden veinte pasos y no sé si cabremos todos...

—¿Entonces qué hemos de llevar? ¿Un zurrón, un talego?

—Más pequeño, señora, la escarcela que nos dieron en Roncesvalles...

—Llena de alimentos, ¿no?

—Sí, cada uno comerá lo que lleve en ella, y cuando se acabe pasaremos hambre... Iremos vestidos con ropa de abrigo y con las capas aguaderas puestas, también llevaremos una manta enrollada... Saldremos de La Cruina cuando terminen las mareas vivas, es decir, a final de mes. Si la señora lo tiene a bien podemos salir en una semana para llegar con tiempo.

—Bien, Morvan, saldremos en siete días. Pero no puedo llevar tan poco equipaje, las niñas necesitan mucha ropa y yo llevo mi manto de armiño que ocupa un baúl entero...

—¿No ha nacido la señora en una isla? ¿No sabe cómo es un barco?

—¡Morvan, no voy a consentirte impertinencias! Si te hablo de los baúles es porque los hombres del Norte llevan hasta caballos en sus embarcaciones... Por cierto, ¿has dicho a los hombres que nuestro viaje va a ser por mar?

—No, señora, y perdone la señora.

—Esta noche se lo comunicas a todos y el que no quiera venir que no venga. Le pagas, y amén. Procura poner énfasis en los peligros de la mar, por ver si algunos se van con don Pol, me ha dicho que se vuelve andando por hacer penitencia...

—Sí, la mi señora... ¿Todavía quiere hacer don Pol más mortificación?

—Tal parece, y yo no soy quién para prohibírsela.

En los días en que permaneció en Compostela, doña Poppa se levantaba muy temprano, se aviaba y, acompañada de doña Crespina y don Morvan, se encaminaba a la iglesia de Santiago a oír la misa de aurora pues que había pagado una novena por el alma de su difunto en el altar del Santo. El resto de la jornada lo pasaba con el capitán, en la antecámara, planificando el viaje. Bueno, lo que se dice planeando el viaje, no, que estaba clara la ruta a seguir y el puerto donde embarcar y el puerto donde arribar: el de Saint-Nazaire, más bien rezongando porque en la escarcela de peregrina no cabía nada. Si llevaba una muda y un vestido no le cabía el azafate; si sacaba los pomos y las joyas que le quedaban del arquilla y las envolvía en un paño entraba el queso y el pan, pero no la muda ni menos la veste, y se desesperaba y otro tanto le sucedía con las ropas de sus hijas, y tampoco a sus damas les cabía nada, pues que ya habían metido esto o estotro de las niñas. Y se dolía de tener que dejar lo pequeño y lo grande, pues que hasta el carro condal tenía que abandonarlo en razón de que ella misma había dispuesto hacer el viaje hasta La Cruina a caballo, y hasta se desesperaba y le venían las lágrimas y, a ratos, hasta entraba en llantina.

Y, en ausencia de sus hijas que para que no estorbaran las enviaba con la Dulce y unas criadas a alguna fuente para que corretearan por los verdes prados, la condesa lloraba con sus damas y hasta a don Morvan le asomaban las lágrimas cuando pensaba que habría de desprenderse de su caballo, que era tanto como renunciar a su espada, amén de que no hay caballero sin caballo, y el negocio tenía su qué. Y no valía que entre todos trataran de consolarse, de hacerse ver que, como treinta y dos soldados habían decidido volver a casa a pie y con el sacerdote sumaban treinta y tres, quedaban noventa y un bretones, con lo cual podían ir en tres barcos y no en cuatro y se ahorraban tanto y cuanto, que la condesa no lo quería saber. Pero, vive Dios, que era menester que entendiera en las cuentas, pues que todo el oro y la plata que quedaba en el arca de los dineros, junto a todos los caballos y las mulas que llevaban, era para pagar al armador y la soldada de los que se iban y, de consecuente, no había un penique para dejar de limosna a la iglesia de Santiago ni menos para abonar al abad de Antealtares la estancia de tanta gente durante tantos días. Y entonces el capitán, ante la tenacidad que mostraban los números, proponía pagar y dar limosna en especie, diciendo:

—Señora, a la vista de lo que tenemos, te propongo que pagues al abad de este monasterio con tu manto de armiño y a los canónigos de Santiago que les des todo lo que hemos de dejar: carros, carretas, tiendas de campaña; baúles, arcones, el almario de don Pol si no se lo lleva él y hasta la caja del *Beato,* o viceversa...

—O viceversa, o viceversa, si doy a unos el manto, los otros o el otro, se sentirán agraviados, ¿cómo acertar?

—Te recuerdo también que dejaste dineros a las reinas de Pamplona y el monasterio de San Salvador de Roncesvalles, y que les puedes dar carta para que vayan a recogerlos por tu cuenta... En cuanto al armador, ajusté con él que le pagaría el viaje con las caballerías que no podremos embarcar...

—Señora, lo primero que tienes que dar son los carros, pues no nos los podemos llevar —intervenía doña Crespina.

—Semejante cantidad de bagaje vale un valer —abunda-ba doña Gerletta.

—Es cierto, señora, lo mismo los frailes que los canonjes podrán utilizarlo o venderlo a buen precio —sostenía don Morvan.

—Sí, sí, pero, ¿qué doy a unos, qué a otros?

—Si me permite la señora...

—¿Qué, Morvan?

—Dé la señora el manto a don Diego, pues nos ha alber-gado y mantenido a todos, además nos ha facilitado el viaje...

—Al abad es al que más le debemos.

—Bien, así lo haré. ¿Cuándo salimos, Morvan?

—Pasado mañana.

—Ea, pues. Pídame el capitán audiencia con el arcipreste y con el abad para mañana.

—Sí, señora.

La víspera de iniciar el viaje, doña Poppa se dirigió a pie a la iglesia de Santiago con un pequeño séquito y fue recibida en la puerta por el arcipreste y varios canonjes, sin agobios porque los sacristanes habían hecho hueco entre los muchos peregrinos que allí había. Oyó misa —la que pagaba en sufragio del alma de su esposo—, besó por última vez el altar del Santo y se en-comendó a él. Luego, tomando colación en el refectorio con los prestes, les anunció que iba a regresar a sus tierras por el camino del mar —negocio del que ya estaban enterados los religiosos— y que les dejaba, de limosna, toda la impedimen-ta que había traído desde la Bretaña para que la utilizaran o para que la vendieran y, tras decirles que levantaría una iglesia en Conquereuil en honor del señor Santiago, les pidió la ben-dición a todos los presentes y, tras recibirla, se despidió de ellos y les dio recuerdos para don Pedro, el obispo de Iria y señor de Compostela. A cambio de tanta largueza, los clérigos se comprometieron a celebrar cien misas por que llegara sana y salva a su feudo.

Los bretones dejaron la iglesia contentos, pues que los clérigos se habían mostrado muy albriciados al recibir semejante donación, y diciéndose que, sin duda, los habían visto llegar con un cortejo que parecía el de un emperador. ¿O no, o no?

—Sí, pero vamos llegar pobres a nuestra casa.

—Bueno, Dios proveerá.

—Y Santiago nos protegerá.

Si alegres se quedaron los canónigos, más se contentó el abad de Antealtares, pues que no había visto semejante manto en su vida. Tal manifestó y añadió que no había tenido tal vestidura el rey Bermudo ni la reina Velasquita, que gocen del Paraíso, y que tampoco la poseía la reina Elvira. Y se lo puso sobre los hombros y anduvo con él unos pasos por su antedespacho y, aparte de verse bien y que le estaba perfecto, pues doña Poppa era mujer de alta estatura, se le veía como unas pascuas, y le prometió rezar cien misas para que llegara salva a su casa.

La condesa achacó la actitud del abad al pleito, o lo que fuere —que no había querido entrar en él—, que mantenían los frailes con los canonjes, pues algo había dejado caer don Diego el día en que se conocieron, y no quiso pensar qué sucedería entre ellos cuando supieran lo del manto y lo de los pertrechos pues, seguro que preferían lo del otro en vez de lo suyo.

Así las cosas, los bretones salieron más contentos todavía y se encaminaron a la capilla del convento para hablar con don Pol y convencerle de que volviera con ellos o a despedirse de él, y fue que, con tristeza, hubieron de decirle adiós pues no hubo forma ni manera de hacerle entrar en razón y siguió en sus trece, en que se iba solo y hasta les enseñó los pesados grilletes que llevaba en los talones, en fin.

Las damas pasaron la tarde llenando las escarcelas con los alimentos que les llevó Loiz, el mayordomo, un queso y un pan por persona y unos saquetes de nueces y almendras para las niñas, y luego metiendo y sacando del único arcón que les permitía llevar don Morvan, haciendo y deshaciendo, lagrimeando por dejar esto o aquesto, porque le tenían cariño a estotro, porque, qué pena, abandonar tan rica veste o tan hermosa cofia, que tanto trabajo que les llevó además coserla, tantas puntadas que dieron. Eso sí, consolándose entre ellas y alegrándose sobremanera cuando llegó don Guirec con la imagen de Santa María, la que estaba en el almario de don Pol que, vive Dios, con tanto jaleo se habían olvidado de ella.

Al día siguiente, después de oír misa, los bretones, tras recibir la bendición del abad don Diego, se echaron las esportillas al cuello, montaron en las caballerías —dos en un caballo, dos en una mula y en el bicho de la condesa tres personas, pues llevaba a Lioneta en brazos y a Mahaut a la grupa— y, tras recorrer unas callejuelas donde su cruzaron con una procesión de flagelantes, atravesaron la puerta de la muralla y emprendieron camino hacia La Cruina. Fueron mirando atrás para ver por última vez las torres y el caserío de Compostela, cuyo nombre venía de *Campus Stellae,* el celeste sembrado de estrellas que venían siguiendo desde Conquereuil, e iban todos jubilosos, no sólo por haber limpiado sus almas, sino porque, Dios mediante, pronto estarían en sus casas.

Y, como recorrían el camino mucho más holgados, pues que no llevaban los pesados carros, siquiera los de los fogones, dado que comían de frío y poco, un pellizco de queso y una pizca de pan en razón de que habían de guardarlo para la travesía, aunque quizá pudieran comprar vianda en algún lugar, iban muy apriesa, y en dos jornadas, tras atravesar un puente romano e ir incluso por caminos angostos, se presentaron en La Cruina y acamparon en la orilla del mar. En un mar que no les cupo duda era el de ellos, tal se dijeron los que lo habían visto en la Bretaña, a más que corría una suave brisa, no hacía calor y había humedad mismamente como en su tierra.

Durmieron al raso, como en las noches anteriores. La condesa y sus hijas, antes de acostarse, se alejaron de la hoguera y las tres encontraron sus estrellas en el ancho cielo y también la de don Robert, y rezaron una oración por su padre y marido. Luego la dama abrigó mucho a las niñas, no se fueran a resfriar, y descansaron todas, en torno al fuego bien tapadas con las mantas, por el relente de la madrugada.

Poco después de amanecer, cuando los bretones ya habían desentumecido sus huesos, pizcado el pan y andaban por la orilla del mar en busca de caracoles o cangrejos o de algún pez que llevarse a la boca, se presentó un hombre saludando con la mano desde lejos. Los capitanes salieron a su encuentro y, a Dios gracias, era el armador, un dicho Asuero, con sus marineros que, al ser presentado a la condesa, se inclinó hasta rozar la arena con su cabeza y dirigiéndose a don Morvan le instó a que la compaña los siguiera.

Los bretones levantaron el campamento, montaron en sus cabalgaduras y anduvieron detrás de los hombres durante un corto trecho. La condesa estuvo al lado del gallego y fue platicando con él, la dama diciendo que había nacido en una isla, el hombre asegurando que habían recorrido los siete mares, hasta que llegaron a unos tinglados. Y fue descabalgar y llegar una docena de mujeres con cestas en las que llevaban panes, huevos, salmones ahumados y carne seca, y sucedió, lo que nunca hubieran imaginado, que no iban a venderles, que toda aquella comida era regalo del Asuero y, sin preguntar nada, todos comieron a boca llena.

La condesa agradeció su esplendidez al dicho Asuero y luego fue a revisar los barcos con él y los capitanes. Y no dijo palabra pero, tanto tiempo lejos de la mar, le parecieron barquichuelas: cuatro barquicos de nada, de unos seis codos de manga, de veinticinco de eslora y de dos de calada; además con dos espadillas a la popa, un palo, vela cuadra y, eso sí, cofa para el vigía, y sobre el casco unos bancos para unos pocos, con lo cual muchos iban a tocar el agua con el trasero, pero nada dijo en contra, al revés, los alabó, pues que era lo que había.

Después, algunas mujeres del servicio, al verlos, se llevaron las manos a la cabeza y dijeron que no iban y, para ir más holgadas, las que estaban dispuestas a embarcar les decían que se quedaran, que talvez acertaran e hicieran hasta buena boda en la tierra de la Galicia. Las damas de la condesa, al contemplarlos, se miraron a los ojos y se santiguaron, pero no intervinieron en aquellas conversaciones pues estaban ocupadas con las niñas a las que no les dio miedo la corona rostral y, es más, se entusiasmaron con los barcos, y fue, Jesús-María que, como subieron y bajaron de ellos decenas de veces y los recorrieron otras tantas, las camareras volvieron a santiguarse pues que tenían una borda tan baja que Lioneta, encaramándose en uno de los bancos, podía tocar el agua con la mano. Sin embargo, el negro Abdul que había surcado la mar con el tío Martín y que había recorrido aquella ruta, o parecida, aseguraba ante las damas que eran muy marineros y que, con viento a favor, alcanzarían la velocidad de seis nudos, con lo cual, mediando Alá, en cinco días arribarían a la Bretaña.

Don Morvan y el armador empezaron los recuentos. El gallego le presentó a los marineros, cuatro por barco, y don Morvan le entregó a lo menos cincuenta animales entre caballos y mulas, entre ellos su propio caballo y fue que el capitán se despidió de él con lágrimas en los ojos, por lo que ya se dijo del caballo, de la espada y del caballero, en fin.

Y ya ambos distribuyeron los puestos, las mujeres en la popa y los hombres en la proa:

—Tú en esta nave y en este sitio, fíjate bien, en este banco, cada una hora, te cambiarás con el que va sentado en el casco, ¿entiendes? Tú en este otro, etcétera... Tú, tú, tú... Y las damas conmigo y el patrón también... Y todos con las escarcelas colgadas y con la manta y la capa aguadera enrolladas... Los toneles llevan agua... El agua se repartirá tres veces al día... ¡Está prohibido sentarse en los toneles...! ¡Está prohibido tocar los remos...! ¡El que se maree que vomite por la borda y que no vuelva a comer hasta que se le asiente el estómago...! ¿Lo habéis entendido todos? ¡Hale pues, en cinco días en Bretaña, y ahora a dormir...! ¡Dios nos asista!

—¡Dios nos asista! —corearon todos y muchos de ellos se encomendaron al Santo de su devoción y hasta a los Siete Santos Fundadores.

Antes del amanecer, ya estaban todos los bretones en sus puestos, alumbrados por la luz de dos linternas de aceite, una colocada en la proa y otra en la popa. A poco, se distribuyeron los marineros por los barcos, enderezaron las espadillas del timón, tomaron los remos y pusieron rumbo a la Bretaña.

—¡Avante toda! —gritó en un momento dado el armador.

Y, arriadas las velas, las embarcaciones tomaron la velocidad que el viento les permitió. Los hombres y las mujeres se santiguaron y, sin bendición y sin haber oído misa, porque don Pol se había quedado en Compostela y, de consecuente, sin que nadie gritara: *¡Adjuva Deo!*, y sin saber quién era el Santo del día, partieron la mar de contentos, entre otras cosas porque, en la Galicia, no se les había aparecido la Santa Compaña.

El viaje, pese a lo que les pudo parecer a los pasajeros y pese a que muchos se marearon y creyeron morir, fue muy bueno pues tuvieron buena mar y viento a favor y en ningún momento hubieron de achicar agua, amén de que, como se había previsto, para el mejor de los casos, en cinco días avistaron las costas bretonas.

Al principio de la navegación, donde lo pasaron peor fue en el barco de la condesa y los capitanes, más que nada por lo que se movían las niñas, que iban de popa a proa, de brazos de su madre a los de don Morvan, a los de doña Crespina y hasta a los del armador, pues hicieron migas con él, o se asomaban tanto por la borda, que había que sujetarlas, y hablaban y hablaban, y si el Asuero, que era un gran capitán, les contaba una aventura querían más y hasta pretendían ayudarle a subir o bajar la vela o que les dejara las espadillas del timón... Hasta que su señora madre tomó la determinación de darles vino a beber y, Dios le perdone, hasta que el Asuero no dijo que a la mañana siguiente verían las costas de la Bretaña, no cesó el, digamos, tratamiento. Pero, al ver en la lejanía, su tierra y, tras preguntarle a doña Crespina si llevaba la cajita de San Isidoro y recibir respuesta afirmativa, las despabiló, les dio agua a la cara y sumándose a la alegría de su gente levantó las manos y dio gracias a Dios, a su Santa Madre, al señor Santiago y a Santa Clotilde.

Y estaba la condesa en la popa del barco, mirando a la lontananza, cuando se le acercó su hija Lioneta y le tiró de la túnica para que la cogiera en brazos y, naturalmente, la levantó y estaban ambas contemplando aquella tierra plana, plana, que era la suya, y sucedió que, cuando ya veían nítidamente el caserío de Saint Nazaire, la niña, después de darle muchos besos, le susurró al oído:

—Madre, yo maté a mi padre, le empujé...

Y, dicho lo dicho, se orinó encima de su progenitora, y fue que la madre, mientras se la comía a besos, le dijo en voz bajita, muy bajita:

—Lo sé, hija mía, lo sé, pero no se lo digas nunca a nadie...

Y, en llegando a puerto, aquella madre, de nombre Poppa de Conquereuil, levantó el brazo que tenía libre y saludó a la mucha gente que llenaba la dársena para recibir a los que venían, y eso que era como para echarse a correr al verlos, pues parecían pordioseros.

Nota de la autora

Ni el doctor Orbañanos Celma ni yo nos hacemos responsables de las consecuencias que pueda traer la utilización de los remedios medicinales o mágicos que obran en esta historia.

Agradecimientos

A Patrick Digat, bretón de nacimiento, y a María del Carmen Pomar García, su mujer, a ambos por sus informaciones.

A Fernando Orbañanos Celma, por las recetas médicas y la corrección histórica-geográfica.

A María Rosa Pérez de Irisarri, por su corrección literaria y por su sentido común.

AUTORES CONSULTADOS:

Aguado Bleye, Pedro. Alfonso X el Sabio. Cañada Juste, Alberto. Castro Hernández, Juan José. Dom. Andrés de Silos. Flórez de Setién, Enrique. García de Valdeavellano, Luis. Lacarra y de Miguel, José María Menéndez Pidal, Gonzalo. Menéndez Pidal, Ramón. Moreta Velayos, Salustiano. Santana Ortega, Teresa. Ubieto Arteta, Antonio. Uría Ríu, Juan. Vázquez de Parga, Luis. Viguera Molins, María Jesús. Ximénez de Rada, Rodrigo.